U0783386

真假两面话红楼

红楼

褚衍珍 著

北京日报出版社

图书在版编目（CIP）数据

真假两面话红楼 / 褚衍珍著.--北京：北京日报
出版社，2021.3
ISBN 978-7-5477-3747-7

Ⅰ.①真… Ⅱ.①褚… Ⅲ.①《红楼梦》研究 Ⅳ.
①I207.411

中国版本图书馆 CIP 数据核字（2020）第 140603 号

真假两面话红楼

出版发行：北京日报出版社

地　　址：北京市东城区东单三条 8-16 号东方广场东配楼四层

邮　　编：100005

电　　话：发行部：（010）65255876
　　　　　总编室：（010）65252135

印　　刷：河北文盛印刷有限公司

经　　销：各地新华书店

版　　次：2021 年 3 月第 1 版
　　　　　2021 年 3 月第 1 次印刷

开　　本：787 毫米 × 1092 毫米　1/16

印　　张：24.25

字　　数：489 千字

定　　价：99.00 元

版权所有，侵权必究，未经许可，不得转载。

写在前面

习近平总书记在党的十九大报告中指出：文化是一个国家、一个民族的灵魂。文化兴国运兴，文化强民族强。没有高度的文化自信，没有文化的繁荣兴盛，就没有中华民族的伟大复兴。

著名红学家周汝昌先生说，《红楼梦》是我们中华民族一部古往今来、绝无仅有的"文化小说"，是我们中华民族文化代表性最强的作品。

博大精深的中华优秀传统文化，积淀了中华民族最深沉的价值追求。其中传统文化中的经典文化更是坚定文化自信，推动民族文化繁荣的精神支撑。

旷世奇书《红楼梦》，既是我国文学史上古往今来的文化瑰宝，也是世界文学作品中的伟大之作，更是体现民族文化价值，充满中华民族自豪和骄傲的经典巨著。

纵观中国文学史上的无数经典作品，无论楚辞汉赋，还是宋词唐诗，或其他古典小说，还没有一部能像《红楼梦》这样，蕴含着如此丰富而神秘、广博而浑厚的生活和艺术内涵，能给人们提供如此深刻的审美体验和奇妙感受。

作为一部公认的文学经典，它不仅深邃厚重、博大精深、摇曳多姿、包罗万象，有着无与伦比的艺术品格和神奇魅力，而且它所表达的思想内涵和人文精神，已经深深地嵌入了中华民族的血液和灵魂。

"正反两喻"是《红楼梦》作者的非凡手笔和惯用手法。它的独特之处就在于"以家喻国""以假隐真"。作者不仅全方位、多层次地揭露了封建社会各种矛盾，鞭挞了豪门贵族的伦理道德，而且以荣辱兴衰的"四大家族"为背景，对当时社会的政治腐败、贪官污吏、豪强横行、封建礼教等种种弊端，进行了无情的揭露和抨击。因此说，这部书所包含的政治、经济、思想、文化以及社会历史的深刻内涵，已经远远超出了故事本身。书中所隐喻的历史史实、暗藏的许多玄机，也成为一个个说不清、道不明、识不破、解不开的历史谜团。200多年来，虽然众多红学研究学者，沉溺其中，呕心研读，探侦评判，但迄今为止，还没有完全解决书中或隐或显的所有谜团。因此，争论也一直没有间断。其中包括《红楼梦》原作者。

作为一部文学作品，为了规避文字狱的牵连，往往借助小说的形式暗喻时弊、抨击时政、发泄不满，这是明清文学作品的惯用手法。当时的大部分文人，既怕触碰触目惊心的"文祸冤狱"，又想冲破禁锢表达思想意愿、抒发情感。所以，他们往往在创作过程中，对涉及"当朝时局"的一些"敏感"性话题，既不能明目张胆地说破，也不能哑口无言地沉默；既要著书立世，又要设防避祸；既怕读者不知道，也怕别人全清楚，因此，就运用"隐喻暗写"和"阴阳两面"等缜密技巧，采取以"虚"掩"实"、以"假"隐"真"的创作手法，将自己的思想和观点展现出来，以达到针砭时弊之目的。

《红楼梦》故事背景虽然发生在清朝康雍乾时代，其人物及事件大多取材于江南三织造的曹家、李家、孙家和"皇商"马家，而且具有一定的家族性和史实性。但是，毕竟它是一部小说，并非回忆录或历史故事。根据书中的描述和脂砚斋、畸笏叟的批语，《红楼梦》中的故事和人物"有真有假"。有描写现实的成分，也有艺术上的再加工、再创造。小说中的人物及事件，作者为了叙述编排得合乎情理，或者达到将"真事隐去"之目的，故意把别家的事写在自家，把过去的事写成现在，把父辈的经历写在晚辈身上。这种时间和空间的模糊错乱现象在书中比比皆是。而且书中前后矛盾很多，名字叫法也前后不一，甚至在数次传抄的过程中，一些地名、人名和年份等也有很多笔误的地方。不管怎么说，这部书创作方法之多样，角度把握之独到，艺术审美之奥妙，暗含隐匿之精巧，作者可谓独具匠心、用意良苦。

优秀的艺术作品都或多或少的带有时代印记。作者描写的《红楼梦》中兴盛衰败的贾府，是中国封建社会的缩影。虽然作者反复强调"此书不敢干涉朝廷"，也"并非怨世骂时之书"。但是作者非常巧妙地采用了多种创作手法，直接或间接地抨击谩骂了清朝政府的社会黑暗和政治腐败，以及迫害屠杀汉族百姓等野蛮暴行。这种奇妙的创作技巧，不仅使读者在似有若无、迷离恍惚的"梦幻"境界之中，获得一种神奇无比的审美享受，而且也使作者达到了隐写历史、暗讽时弊之目的。这种瞒天过海和欲盖弥彰的"狡猾"之笔，一方面反映了作者对时局的无情讽刺和血泪控诉，另一方面也折射出作者对清政府政治专权、文化专制的极度不满和强烈愤慨。

我们知道，《红楼梦》是一部具有高度思想性和艺术性的伟大作品。作者身为封建帝制大家族的一个落魄公子，他对当朝的黑暗腐败、功名利禄、国贼禄鬼、徇私枉法以及封建腐朽的不满与憎恨是显而易见的。当时，他不一定懂得复杂而诡秘的朝廷政治，也不会有改造现实的高尚情操，更谈不上推翻封建帝制王朝，建立大同世界的"崇高"境界。但他却潜意识地表达了"反传统"和"逆潮流"的超前思维。虽然作者"嘲谑"和批判的是属于他自己的时代，但他的"启蒙思想"在当时却具有历史进步性。

作家既是作品格局的凌驾者，也是思想灵魂的超越者。任何有作为、有建树的文学大家，都有其创作的原始动机和终极目的。要找到《红楼梦》的创作动机，首先应该明白作者为什么一定要写《红楼梦》。因为在作者的灵魂深处，隐含着一股强大的精神力量，这种力量来自"家散人亡各奔腾"的惨痛悲剧，来自"无才可去补苍天"的无望感慨，来自"枉入红尘若许年"的悲愤哀叹，来自"半生潦倒，一事无成"的无助无奈，来自对黑暗腐败和文化专制的强烈不满与反抗。或许在封建帝制时代，这种藐视权贵，呼唤自由，追求平等的"抗争思想"，只是作者在为自己惨遭不幸、为家族破灭衰亡喊冤叫屈鸣不平，但作品所表现出的深刻思想内涵，既是作者天生傲骨的不屈挣扎，也是作者灵魂深处的悲情呼唤。这种鞭挞罪恶、唤醒时代的嘶吼呐喊，最终化作笔墨，成为不朽，留给了他身后的世界。

老子在《道德经》开篇就说："道可道，非常道。""道"既是宇宙间的秩序规定，也是万物之根本；既是自然天地间的和谐统一，也是宇宙万物的根本法则。自然既是"道"的本质特征，也是万物之宗、万物之始，更是万象之源。道其所道，德其所德。"道"是共同遵循的普遍原则，"德"是合乎"道"的行为和品德。《红楼梦》这部旷世杰作，不仅体现了"持而盈之，不如其已""金玉满堂，莫之能守""富贵而骄，自遗其咎"的深邃内涵，而且"四大家族"从盛极到衰败，众多人物从生老到终亡，也体现着"祸者福之所倚，福者祸之所伏"的哲学智慧。如果我们从《红楼梦》这部书中，能够领悟到"从哪里来、到哪里去，为什么人、做什么事、担什么责"，崇"道"而恭，闻"道"而敬，尊"道"而笃，顺"道"而行，这将是国之大幸、民之大福也！

目　录

一、隐去真事的"自叙"

著名红学大师周汝昌先生指出，《红楼梦》最珍贵之处"在于它的写实自传体例之独特性上"。

文学艺术是社会生活实践的能动反映。作为"文化小说"的《红楼梦》，作者不仅反映了"四大家族"的兴盛衰败，而且再现了不堪回首、断肠摧心的现实生活场景，酣畅淋漓地表达了"怨世骂时"的真实意图。可以说，《红楼梦》具有一定的家族性和史实性。

据考，后金天命六年（1621年），努尔哈赤亲率八旗军队拿下了沈阳。而《红楼梦》原作者的高祖曹锡远，就曾经担任明朝沈阳中卫指挥使。清朝八旗军队攻占沈阳后，曹锡远父子被俘降清，由此"改汉入旗"。先是归属努尔哈赤的孙女婿佟养性管理（总理汉人军民事务），佟养性死后划归多尔衮正白旗，正式成为多尔衮旗下的包衣家奴。由此说明，曹锡远不仅是曹氏家族"由明入金"的第一人，也是百年曹家繁华兴盛的重要奠基人。

曹锡远父子自跟随多尔衮后，由于作战英勇顽强，深得多尔衮的器重赏识。因此，曹锡远及其儿子曹振彦、孙子曹玺被多次提拔重用。多尔衮去世以后，顺治皇帝把多尔衮的正白旗收归自己所有。至此，曹家由多尔衮家的"王府包衣"，变成了皇帝的"内务府"成员，曹玺也由王府护卫升任内廷侍卫，成为正四品官员。曹玺的妻子孙氏被选中为康熙皇帝幼年的教养保母，因此曹家得到了康熙皇帝的特别优遇和恩宠。曹家自曹玺开始，祖孙三代四人掌管江宁织造达58年之久。曹家也一度成为康熙朝时期地位极其显赫的诗书之家和江南望族。

《红楼梦》的故事主线虽然取材于江宁织造曹家，但书中的贾家既有江宁织造曹家的影子，也有很多与曹家"一荣俱荣、一损俱损，联络有亲"的江南三织造中的李家、孙家以及同为织造世家的皇商马桑格家的很多缩影。这"四大家族"，既是老亲世交，又是休戚与共的政治和经济"朋党"。作者为把人物情节编排得合乎情理，以达到出神入化的绝妙境界，往往把书中的"贾王薛史"与现实中的"曹李孙马"家的人物、事件等相互交叉，借以达到"以假乱真"之目的。最为明显的就是史湘云的身份。书中描述史湘云是贾母娘家的内侄孙女，而贾母的原型就是杭州织造孙文成的姑妈。而在苏州织造李煦的家谱中，记载了李煦有李鼒、李鼎两个儿子。但是作者却把史鼎、史鼐描写成了史湘云的两个叔叔。

《红楼梦》既然是文化小说，那么，作者为了达到艺术审美与客观现实的完美统一，使人物形象立体丰满或者故事情节合理恰当，完全可以对艺术典型高度概括，甚至揉碎了之后再行"创造"。因此，书中出现这种"张冠李戴""移花接木"的错乱现象不足为怪。

那么，《红楼梦》主要取材于曹家都有哪些事实依据呢？

一是书中描写贾家住在南京。小说第二回写冷子兴与贾雨村对话，雨村道："去岁我到金陵地界，因欲游览六朝遗迹，那日进了石头城，从他老宅门前经过。街东是宁国府，街西是荣国府，二宅相连，竟将大半条街占了。"这说明贾府的老宅是在南京。第十三回写秦可卿去世以后，贾珍给贾蓉捐官，太监戴权要求写个履历，上面写的是"江南江宁府江宁县监生贾蓉，年二十岁"等句。由此说明，京都的贾家是假，江宁的曹家是真。

二是书中贾政有个过早去世的儿子贾珠，贾珠死后留下孤儿寡母李纨及贾兰。曹寅的儿子曹颙，于康熙五十一年（1712年）承继江宁织造主事，康熙五十四年（1715年）在北京得急病去世，年仅26岁。曹颙去世后，其妻已有孕7个月，后留下"遗腹子"曹天佑及寡母马氏。

三是书中贾政有三儿两女。长子贾珠，次子贾宝玉，庶子曹环，长女贾元春，次庶女贾探春。长子贾珠早逝，贾元春、贾探春两个当了王妃。江宁织造曹寅的长子曹颙早逝，次子珍儿早夭。曹颙去世后，康熙皇帝安排李煦在曹寅弟弟曹荃诸子中，详考一人过继给曹寅之妻李氏，并署理江宁织造。曹荃第四子曹頫被选中，成为曹寅"过继子"。长女曹佳氏，由康熙皇帝指婚，于康熙四十五年（1706年）十月二十六日，嫁给了第五代平郡王纳尔苏为嫡福晋，成为平郡王妃。次女真实名字不详，嫁给康熙皇帝某侍卫，后承袭王位，曹寅次女成为王妃。

《永宪录续编》记载："頫之祖曹玺与伯寅相继为织造，将四十年。寅字子清，号荔轩，奉天旗人；有诗才，颇擅风雅；母为圣祖保母，二女皆为王妃。"

在故宫博物院明清档案部编印的《关于江宁织造曹家档案史料》中，记载了康熙四十八年（1709年）二月初八日，曹寅奏报给康熙皇帝的奏折。奏折中曾经提到次女出嫁并购置房产给女婿居住的情况。称"臣愚以为皇上左右侍卫，朝夕出入，住家恐其稍远，拟于东华门外置房移居臣婿，并置庄田奴仆，为永远之计。"另据《永宪录》记载，此侍卫应为某位世袭罔替的王爷之子，这个王爷之子后来承袭了王位，曹寅次女后来也成为王妃。

四是贾宝玉有位与贾家关系密切的舅舅王子腾，曾经担任九省统制、九省检点和九省总督，后荣升为内阁大学士。曹頫有位担任苏州织造30多年、官至户部右侍郎、大理寺卿衔，而且对曹家倍加呵护、倍加关爱的舅舅李煦，因亏空官帑数额巨大，于雍正元年（1723年），被罢官抄家。雍正五年（1727年）二月，又查出李煦在康熙五十二年（1713年），曾买了5个苏州女子送给雍正的政敌八阿哥允禩，于是，李煦被判为"奸党"，最后被流放到打牲乌拉。雍正七年（1729）李煦去世，时年75岁。

五是书中写贾宝玉"天下无能第一，古今不肖无双"。甲戌本《凡例》中的"上赖天恩、下承祖德，锦衣纨绔之时、饫甘餍美之日，背父母教育之恩、负师兄规训之德"的一段"作者自云"说明，曹頫经过康熙皇帝的亲自安排，过继给曹寅之妻李氏为嗣并署理江宁织造，正合"上赖天恩、下承祖德"。曹頫自幼在江宁织造府跟随曹寅长大，曾经过着奢侈豪华的生活，正合"锦衣纨绔之时、饫甘餍美之日"。曹頫因"骚扰驿站"和"企图转移家产"被抄家获罪，后因"弘皙谋逆案"受到牵连，曹家彻底败落。曹頫既败了曹家，又负了朝廷，正合"富贵不知乐业，贫困难耐凄凉。可怜辜负好时光，于国于家无望。天下无能第一，古今不肖无双"诗句之内容。

六是《红楼梦》第十六回有一条甲戌本回前批写道：借省亲事写南巡，出脱心中多少忆昔感今。康熙皇帝一生六次南巡，其中四次由时任江宁织造主事的曹寅接驾，并住在江宁织造署行宫。书中赵嬷嬷说："还有如今现在江南的甄家，嗳哟哟，好势派！独他家接驾四次。"赵嬷嬷所说与曹家接驾正相吻合。

七是贾家有富丽堂皇、曲径通幽、翠竹千竿、幽窗指凉的大观园。园内有沁芳亭、怡红院、潇湘馆、蘅芜苑、藕香榭、秋爽斋、稻香村，以及大观楼、拢翠庵、滴翠亭等。江宁织造曹家为迎接康熙皇帝南巡，扩建了规模宏大的曹家花园，园内亭台丛立、游廊曲折、花木繁茂、碧波荡漾。

清代诗人、散文家袁枚曾在《随园诗话》中写道："其子雪芹撰《红楼梦》一部，备记风月繁华之盛。中有所谓大观园者，即余之随园也。"袁枚的族孙袁起，曾经自绘《随园图》，并附有《随园图说》。文中多次提到亭、阁、廊、堂、轩、斋、桥、台、屏、山、湖、堤、闸等，其中最为明显的就是提到了小栖霞阁、鸳鸯亭、渡鹤桥、白鹭洲、藕香榭、芙蓉屏、香雪海、梅花、芍药，等等，这些描写，都能在《红楼梦》书中找到相关依据。因此，书中很多地方的景物和亭台楼阁描写与曹家花园以及"随园"颇为相似。

八是《红楼梦》中的几大家族皆姻亲互联，一损皆损，一荣皆荣，扶持遮饰，相互照应，地位非常显赫。江宁织造曹家的姻亲也都高门盛极。分别是苏州织造李煦、杭州织造孙文成，还有做过山东巡抚，吏部、兵部尚书的马桑格家。其中，曹寅的母亲孙氏夫人是杭州织造孙文成的姑妈，曹寅的妻子李氏是苏州织造李煦的堂妹。曹颙的遗孀马氏（书中李纨）是马桑格家的侄女。薛宝钗的母亲薛姨妈原型与曹寅的妻子李氏是姊妹关系，两人均是李煦的族妹、王熙凤原型的姑妈。史湘云的原型是贾宝玉的奶奶孙氏夫人娘家的侄孙女。贾宝玉、王熙凤、薛宝钗、林黛玉、史湘云、李纨的原型都是表姊妹关系。江南三织造的曹家、李家、孙家以及"皇商"马家，当时不仅是地位显赫的名门望族，而且也是彼此关照、相互照应的政治经济"朋党"。

九是贾家被"抄没"后，贾宝玉"悬崖撒手"，皈依佛门，出家当了和尚。雍正皇帝登基后，曹家失去了康熙皇帝的"庇护"，被雍正下令抄家，曹家被迫迁往北京，曹頫获罪带枷还款。这些都与《关于江宁织造曹家档案史料》中记载的时间、事件、过程完全相符。后来曹家彻底败落后，曹頫在北京西山某寺庙出家当了和尚。

十是第三回，林黛玉进荣国府时，抬头迎面看见一个赤金九龙青地大匾，大匾上写着斗大的三个大字"荣禧堂"，又有"万几宸翰之宝"。康熙第三次南巡时，曾赐曹家御书"萱瑞堂"。林黛玉看见的"赤金九龙青地大匾"，其中的"赤金"，是指纯正的金，"龙"意为"真龙天子"，"青地"的谐音是"清帝"，其意为"清朝皇帝"。而"万几宸翰之宝"意指康熙皇帝的印章。康熙皇帝有三枚常用的闲章，一枚为"万几余暇"，一枚为"康熙宸翰"，一枚为"康熙御笔之宝"。由此可见，"万几宸翰之宝"，是作者从康熙皇帝的三枚闲章中各取两个字，再巧妙地组合在一起的结果。据此推断，荣国府所挂的这个"荣禧堂"大匾，正与康熙皇帝赐给曹家御书"萱瑞堂"完全一致。

十一是江宁织造是专门为皇帝一大家子织造御衣礼服的织造机构。特别是贾母送给贾宝玉的一件乌云豹的氅衣"雀金呢"，与"龙袍"的织造用料及工艺完全相同。都是以黄金制成金线，用蚕丝捻金线，再以蚕丝及孔雀等珍禽的羽毛捻成丝线织成的。当时，这种织造工艺唯江宁织造独有。

十二是清代诗人富察·明义在其《题红楼梦》二十首组诗的小序中说道："盖其先人为江宁织府。其所谓大观园者即今随园故址。"富察·明义是傅恒的二兄傅清的儿子，傅恒又和曹寅的外孙福秀是连襟关系。因此，明义所说的"其先人为江宁织府"说明，《红楼梦》作者是江宁织造府中的某个人。

十三是乾隆朝时期的著名文人袁枚，在其所著的《随园诗话》卷二和卷十六中，就有"其子雪芹撰《红楼梦》一部"及"雪芹者，曹练亭织造之嗣君也"之句。"其子"无疑是指曹寅的儿子，说明《红楼梦》这部书是曹寅的儿子撰写。而"嗣君"是"嗣子"和"继子"的尊称。那袁枚所说的这个"嗣君"，无疑指的就是过继给曹寅之妻李氏为"继子"的曹頫。

袁枚不仅做过江宁县和上元县的知县，而且在乾隆十四年（1749年）辞官之后，一直隐居在南京，对江宁织造曹家的历史应该了解得比较清楚。袁枚的话可信度最高，也最接近事情真相，因此，其结论的说服力也最强。

十四是第五回有"吾家自国朝定鼎以来，功名奕世，富贵传流，虽历百年，奈运终数尽，不可挽回者。故遗之子孙虽多，竟无可以继业"之句，与曹家极度吻合。曹家自曹锡远开始，曹振彦、曹玺、曹寅等，都是朝廷三品以上高官。曹荃、曹颙、曹顺、曹頫等也是五品朝廷官员，可谓"功名奕世"。曹家自天命六年（1621年）到雍正六年（1728 年）败落之前，历经五代，正对"历经百年，富贵传流"。曹頫被雍正皇帝抄家治罪，后受到"弘晳谋逆案"牵连，曹家彻底惨败，正合"运终数尽，不可挽回"及"故遗之子孙虽多，竟无可以继业"。所有这些，都能够与曹家五世家史对得严丝合缝。

以上事实足以证明，《红楼梦》书中描写的年代背景及大部分人物事件，都与康雍乾三朝有关曹家的情况基本对应。特别是与故宫博物院明清档案部编印的《关于江宁织造曹家档案史料》中的记载丝毫不差。因此，说这部书具有一定的"家族性"和"史实性"一点儿也不为过。只不过是，这些真实的人物和事例，大部分采取了"隐写"和"暗喻"以及"穿越法""间色法""谐音法"等多种表现方式。一方面为了规避"文狱冤祸"，使此书得以广泛流传，另一方面也充分体现了作者高超的艺术造诣。

二、曹家历代重要人物

在江宁织造曹家的家族史中，曾经出现过多位重量级人物。虽然在历史的长河中，他们着实微不足道，但对于我们研究探讨《红楼梦》，帮助读者了解《红楼梦》的历史背景及江宁织造曹家由兴盛到衰败的历史、人物与事件的关系，具有不可或缺的作用。

曹家远祖的历史人物由于与研究探讨《红楼梦》关系不大，我们不作详考。在此，我们只把曹锡远作为第一代开始。

第一代：

曹锡远，又名曹世选，明朝沈阳中卫指挥使。天命六年（1621年）三月，努尔哈赤率领八旗军队攻占沈阳，曹锡远及其子曹振彦被俘降清，"改汉入旗"。先是归属总理汉人军民事务的佟养性，佟养性死后，被划归掌管正白旗的固山贝勒多尔衮，成为多尔衮旗下的包衣家奴。多尔衮死后，顺治皇帝将正白旗收归自己掌管。至此，曹家由多尔衮家的"王府包衣"，摇身一变成为了掌管宫廷事务的"内务府"成员。

第二代：

曹振彦，曹锡远之子。顺治六年（1649年）二月，跟随摄政王多尔衮征剿山西大同，参与平定姜襄叛乱有功，因救主立功，于天聪八年（公元1634年）加半个前程（加升半个级别）。顺治七年（1650年），曹振彦留任山西平阳府吉州（今临汾市吉县）知州。顺治八年（1651年），诰授曹振彦为奉直大夫。顺治十年（1653年），曹振彦转任山西阳和（今阳高县）知府，升为正四品。顺治十三年（1656年），升任从三品级的两浙转运盐使、司运使盐法参议和盐法道。康熙十四年（1675年）以"覃恩"诰赠曹振彦为光禄大夫三品郎中加四级。雍正十三年（1735年）九月三日，以"覃恩"追封曹振彦为资政大夫（二品虚衔等级）。

第三代：

曹玺，曹振彦长子，原名曹尔玉，因康熙皇帝把"尔玉"竖写为"玺"，故改名为"曹玺"。康熙二年（1663年），正在担任内务府营膳司郎中的曹玺，被康熙任命为江宁织造主事，由此成为曹家第一任江宁织造。曹玺约生于天命五年（1620年），卒于康熙二十三年（1684年）。原配姓名不详，早逝，无子。继配孙氏，康熙皇帝幼年教养保母，生子曹荃。妾顾氏，江南名儒、文学家顾景星同父异母之妹，生子曹寅。

康熙十七年（1678 年），"赐蟒服，加正一品，御书'敬慎'匾额"。曹玺去世后的5 个月，康熙皇帝赠其"工部尚书"职衔。

曹尔正，曹振彦的次子，约出生于顺治五年（1648 年），约卒于康熙三十六年（1697年）。生母为曹振彦的继妻袁氏。曾任正白旗包衣第五参领所属第三旗鼓佐领。康熙三十六年（1697 年），跟随康熙皇帝第三次征噶尔丹部，负责掌管马匹等。此后不久去世。雍正十三年（1735 年）九月初三，以"覃恩"追封曹尔正为资政大夫，配徐氏、梁氏为夫人。

第四代：

曹寅，曹玺庶长子，曹家第二任江宁织造。官至通政使、两淮盐漕监察御史。生于顺治十五年（1658 年），卒于康熙五十一年（1712 年）七月二十三日。原配顾氏早卒。继配李氏，江西布政使司参政李月桂之三女，苏州织造李煦堂妹。长子曹颙（乳名连生），次子珍儿（乳名）早卒，长女曹佳氏，次女名字不详，书中贾探春原型。

曹寅为人风雅，善交名士，通诗词，晓韵律，曾经受命主持刊刻过《全唐诗》和大型辞藻典故辞典《佩文韵府》，著《楝亭诗钞》八卷、《诗钞别集》四卷、《词钞》一卷、《词钞别集》一卷、《文钞》一卷等。

曹荃，曹玺嫡子，原名曹宣，因避讳康熙皇帝"玄烨"之"玄"字，故改名曹荃。康熙皇帝南巡图监画，后来担任内务府司库。曹荃约生于顺治十八年（1661 年），卒于康熙四十三年（1704 年）左右。生有曹顺、曹頫、曹颀、曹頔 4 个儿子。

曹宜，曹尔正之子，约生于康熙十九年（1680 年），约卒于乾隆五年（1740 年）左右。康熙三十六年（1697 年）入内务府当差。康熙四十七年（1708 年），奉佛像乘船到普陀山安置，受到江南三织造的接待和护送。雍正七年（1729 年），任正白旗包衣第五参领所属第三旗鼓佐领尚志舜之下的护军校（正六品）。后任鸟枪护军参领（从五品）。雍正十一年（1733 年）七月，奉旨补放为正白旗护军参领（正三品）。后又兼任正白旗包衣第四参领所属第二旗鼓佐领。雍正十三年（1735 年）七月左右，被派到圈禁允禵的地方巡察。曹宜后世子嗣情况不详。

第五代：

曹顺，曹荃长子，约生于康熙十六年（1677 年），卒年不详。康熙二十五年（1686 年），因伯父曹寅结婚以后一直没有男丁，曹顺 9 岁时就过继给曹寅为嗣子。康熙二十九年（1690 年）左右，因曹寅亲儿子曹颙出生，曹寅解除了曹顺的过继子关系，把曹顺归回曹荃本支名下。

曹颙，乳名连生，曹寅与继室李氏所生，曹家第三任江宁织造。原配马氏，生一子，即"遗腹子"曹天佑。曹颙约生于康熙二十八年（1689 年）。康熙五十四年（1715 年）正月初八，曹颙在京述职期间得急病去世，年仅 26 岁。

曹頫，乳名骥儿，曹荃次子，生卒年不详。

　　曹颀，乳名桑额，曹荃第三子，雍正朝时期任内务府茶房总领兼二等侍卫，后升为佐领。生年不详，卒于雍正十一年（1733年）。

　　曹頫，字昂友，号竹磵，曹荃第四子，曹寅过继子，曹家最后一任江宁织造主事。康熙五十四年（1715年），曹寅的亲生儿子曹颙去世以后，康熙皇帝"恩准"过继到曹寅遗孀李氏名下，并承继江宁织造主事职衔。雍正五年（1727年）十二月，曹頫在山东长清因"骚扰驿站"获罪并革职。雍正六年（1728年）元宵节前后，曹家被抄，全家老少被迫迁往北京，曹頫"戴枷"归还欠款。曹頫约生于康熙三十九年（1700年），卒于乾隆三十九年（1774年）左右。

　　甲戌本《凡例》中的"作者自云"，其实就是曹家最后一任江宁织造曹頫的自我独白和真实写照。

　　曹佳氏，曹寅长女，嫁给清太祖努尔哈赤次子代善的五世孙平郡王纳尔苏为嫡福晋，成为第五代平郡王王妃。曹佳氏约生于康熙三十二年（1693年），约卒于乾隆二十四年（1759年）。纳尔苏共有7子，其中嫡福晋曹佳氏生有4子。他们分别是：长子爱新觉罗·福彭，后袭封多罗平郡王爵位。第四子福秀，固山贝子品级。第六子福靖，三等侍卫，封奉国将军。第七子福瑞，早卒。

　　第六代：

　　曹天佑，曹颙与马氏"遗腹子"，生于康熙五十四年（1715年）。据刻成于乾隆九年（1744年）的《八旗满洲氏族通谱》中记载：曹天佑，现任州同。"州同"是清代知州的佐官。如果属于直隶州，相当于同知，属正五品。如果属于散州，均属六品或者从六品，相当于现在的正厅或副厅级别。

　　曹頫之子，名字及生卒不详。在曹頫于雍正二年（1724年）正月初七日，奏报给雍正皇帝的奏折中，就有"其馀家口妻孥"之句。"孥"字当儿女讲。照此分析，曹頫可能已有儿子。至于是一个或者几个儿子，目前无任何资料可考。

　　不过，据清末文人汪堃、陈其元和陈彝等考证，曹天佑的儿子或者曹頫的孙子曹勋、曹纶等，因参加嘉庆十八年（1813年）的"癸酉之变"叛乱，均被"诛杀灭族"再无后人。因无其他确凿资料证明，这一考证结果无法确定。

三、从"包衣"到高官

要想读懂《红楼梦》这部奇书，除了了解作者的家世起源和重要人物之外，最重要的还要知道他们是如何从身份卑微的"包衣"奴才，逐渐演变成位高权重、声名显赫的大清高官及百年望族的。

"包衣"原为满语"包衣阿哈"的简称，译成汉语就是"家奴"或"奴才"。

清朝社会实行八旗制度，丁壮战时皆兵，平时皆民。

八旗制度最初源于满洲（女真）人的狩猎组织，也是清代的根本制度。入关前，八旗中的正黄旗、镶黄旗由皇帝直接统领，其他六旗分别由皇帝的亲兄弟及儿子统领。顺治八年（1651 年），多尔衮去世，顺治皇帝收多尔衮所辖的正白旗归自己掌管，于是就形成了正黄旗、镶黄旗、正白旗为"上三旗"，镶白旗、正红旗、镶红旗、正蓝旗、镶蓝旗为"下五旗"的格局。对于普通旗人来说，"上三旗"和"下五旗"区别不大。但对"包衣"来讲，无论是经济待遇还是政治待遇，其差别非常大，有些"上三旗"的"包衣"甚至比许多旗人还要牛气。

包衣的来源比较复杂，有当时满族平民因犯罪沦为奴隶的；有家庭生活窘迫而将妻子儿女典卖为奴的；有在战争中被俘虏而成为奴隶的。包衣的人员构成以满人为主，一般占到总人数的六成，汉人约占三成，此外还有一部分朝鲜人。他们一般没有人身自由，其生活、婚嫁、居住等事项，都要由主子主宰。由此来看，包衣的身份的确卑微低贱。

包衣虽然是卑微低贱的"下等人"，但曾经也有不少包衣奴才最终成为大清高官。曹家祖上曹锡远和其儿子曹振彦就是其中的佼佼者。曹锡远归顺后金后，努尔哈赤为了统一全国，对俘虏过来的汉族官兵采取宽容政策，允许他们享有中下层指挥权。因曹锡远本来就担任前明军队指挥官，所以他就以旗鼓佐领身份，与他的儿子曹振彦一道跟随多尔衮征战沙场。

佐领是清朝时期的一个官名，是满语"牛录"的汉文翻译。牛录是早期满族的一种生产和军事合为一体的基本社会组织。清朝的八旗制度是在牛录的基础上形成的。

佐领和旗鼓佐领既有联系也有区别。由包衣汉人组成的叫旗鼓佐领，也叫包衣汉军佐领。其他的均为正统的满族人组成。

早期的满族社会，一般在家族或者村寨中，每 100 个人选一个首领，这个首领被称作"牛录额真",也是"箭主"的意思。明万历二十九年(1601年),努尔哈赤钦定300人为一个"牛录",由"牛录额真"一人全权管理,并由此开始成为正式的官名。天聪八年(1634年)改名"牛录章京"。顺治十七年(1660年)改为汉译"佐领"。佐领在战时是领兵打仗的军官,平时是掌管所属户口、田宅、兵籍、诉讼等事项的行政长官。

身为旗鼓佐领的曹振彦,由于聪明睿智、骁勇善战,在长期的征战中与其主子多尔衮感情甚密。据说还在沙场血战中救过主子多尔衮的命,因而受到多尔衮的欣赏和重用。顺治六年(1649年)二月,摄政王多尔衮统率清军征剿大同,平定姜瓖叛乱。随后,曹振彦即留任山西平阳府吉州(今临汾吉县)担任知州,成为从五品地方官员。顺治八年(1651年),曹振彦被授予奉直大夫,升为正五品。多尔衮死后,顺治皇帝将多尔衮的正白旗收归自己掌管,曹家由此成为"内务府"成员。顺治九年(1652年),曹振彦调任山西阳和(今阳高县)知府,升为正四品。顺治十二年(1655年),升任从三品级的两浙转运盐使、司运使盐法参议和盐法道。康熙十四年(1675年)以"覃恩"诰赠光禄大夫三品郎中加四级(实为一品)。曹寅的父亲曹玺也由王府护卫升任内廷侍卫,成为正四品官员。康熙二年(1663年),命曹玺署理江宁织造。至此,曹家完成了从军功之家到诗书之族的华丽转变。康熙十七年(1678年),曹玺被康熙皇帝"赐蟒服加正一品并御书'敬慎'匾额"。在曹玺去世后的5个月,康熙皇帝赠其"工部尚书"职衔。曹寅虽然一直署理江宁织造,但他也曾担任两淮巡盐御史,官至正三品的通政使司通政使等。曹寅的弟弟曹荃以及儿子曹颙,侄子曹頫、曹頔、曹顺等,也都官至四五品。当时的江宁织造曹家,对于皇家来说是身份低贱的"包衣"奴才,但对于大清王朝的其他官员和普通老百姓来讲,则是权重位高、显赫至极。

四、享有"密折"专奏特权

江宁织造的曹家，除了为皇家织造御用绫罗绸缎和采办宫廷用品外，还同时替皇帝秘密搜集地方情报，并享有"密折"专奏特权。

所谓"密折"，就是臣子秘密奏报给皇帝的一种特殊文书。这种特殊文书，是将所奏事项写在折子上，并放进一个特制"密匣"内。如果所奏事项特别重要，则派专人送给皇帝。如果是一般"密奏"，则通过驿马送到皇帝手中。至于密报之事，只有皇帝和奏报人清楚，外人不得而知。"密折"的内容不需要通政司、内阁大臣预览，直接由皇帝亲自拆阅，因此，保密性非常强。

清朝的"密折"制度起始于顺治朝时期。在康熙朝时代，只有皇帝的宠臣才具有"密折"专奏特权。到了雍正朝时期，"密折"制度已经趋于成熟完备，并有了新的发展。康熙朝时代，享有"密折"专奏特权的官员只有130人左右，到了雍正朝时期，则增加到了1200多人。

雍正朝时期，刚刚被任命的封疆大吏等朝廷要员，在上任之前，都要亲自来京接受皇帝的训勉"谈话"。同时，皇帝还交给他一个特制的"密匣"。"密匣"上有两道锁，而钥匙则只有皇帝和接到匣子的官员才有。官员会不定期地将一些重要事项写成折子，用特制的匣子直接送给皇帝亲拆御览。皇帝有什么指示和要求，就用朱笔直接批到"密折"上，然后再经过密封发还给奏报人。

雍正朝时期的"密折"制度，一开始的确达到了很好的实际效果。但是，随着具有"密折"专奏特权的人员不断扩大，也出现了诸如"作假欺骗""粉饰朝廷"，以及"报喜不报忧"等现象，甚至有些官员大臣利用"密折"专奏特权，公报私仇、打击报复等，这种"互参互奏"的不正常现象，弄得雍正皇帝左右为难。同时，"密折"特有的保密功能也有名无实、逐渐失去。

以江宁织造官曹寅奏报"密折"为例。曹寅每次"密报"给康熙皇帝的奏折，都特别小心谨慎。他先将奏报的事项写在纸上，然后折成六角形，将它塞进一个特制的小信封里，外面用封条封好，封条的上面写"固"，下面写"封"，小信封上写着"奏折"。再用一个大信封，套住小信封，在外面用一根纸条扎住，在纸条下写上自己的衔阶和名字，然后小心翼翼地包好，同样在纸的封口下方写上自己的衔阶和名字，最后写上"臣寅""叩首谨封"。"密折"到了康熙皇帝手中以后，他会十分留意封口、封条等，然后确认无误，这才拆开阅读。阅完之后，写上御批，再用一个朱红的"封"字封好，重新传到曹寅的手中。那个时候交通不发达，从南京到北京，如果不是加急，骑马传递至少需要20天。这项在曹寅和康熙皇帝之间的秘密传送活动，一直持续了20多年。

除了曹寅之外，苏州织造李煦、杭州织造孙文成也一直具有"密折"专奏特权。他们在任期间，经常向当朝皇帝秘密奏报江南各方面舆情，其内容包括地方政务、社情民意、官员品行、隐私、贪廉等。

康熙四十八年（1709年），康熙皇帝从李煦的奏折中得知江南有很多蜚语闲言，就在朱批中指示李煦道：

近日闻得南方有许多闲言，无中作有，议论大小事。朕无可以托人打听，尔等受恩深重，但有所闻，可以亲手书折奏闻才好。此话断不可叫人知道。若有人知，尔即遭祸矣。

这是康熙皇帝明确命令李煦替其打听江南的官风民情，秘密奏报江南乡绅民众的大小议论之事。根据康熙皇帝的这一密旨，李煦私下秘密探访，并且密查到了一些信息。康熙四十八年（1709年）十二月初二，李煦就亲自写了一份密折，禀报给康熙皇帝。李煦在密折中写道：

臣闻原任户部尚书王鸿绪今岁解职回家之后，每月必差人进京，至伊史都察院王九龄处探听宫禁之事，无中作有，摇惑人心。又有徽州人程兆麟者，陕西曾做过道官，今往来苏州、扬州，招摇多事，时有闲言。又有苏人范溥，系山东东平州知州，丁忧归里，自称熟于京师要路，亦有招摇不根之语，理合拟闻。

当天，李煦还写了一份有关扬州下雪的折子，连同告发王鸿绪、程兆麟等人的密折一并安排家人送到京城。

孙文成在担任杭州织造主事职衔的22年间，共密报奏折213份。综合孙文成的奏折，大体上有四项主要内容。一是密报东南沿海事务及民情。因为孙文成曾在广州做过一年的粤海关监督，对海事业务比较熟悉，他主要负责打探浙江、福建沿海一带的海上事务。二是定期汇报天气、米价、丝价及收成情况。三是在康熙皇帝与仇兆鳌之间传递信息。四是帮助高士奇的儿子高舆传递皮箱给康熙。

曹寅、李煦、孙文成奏报的这些"密折"，为康熙皇帝了解江南地方舆情提供了重要情报。

五、曾经备受皇恩

前期的江宁织造曹家，之所以备受康熙皇帝的莫大宠爱，与曾经担任康熙皇帝幼年保母的孙氏夫人有密切关系。

在清代宫廷中，保母是专门抚养皇子、皇女的已婚成年女子。史书《礼记·内则》曾经这样记载："择于诸母与可者，必求其宽裕、慈惠、温良、恭敬、慎而寡言者，使为子师，其次为慈母，其次为保母，皆居子室。"

过去宫廷中的"保母"和现在传统意义中的"保姆"有很大不同。在古代宫廷中，特别是清朝时期，皇家的子女生下来以后，并非全部由亲生母亲照看或者喂养，而是组成一个专门的"团队"培育照顾。这个团队包括保母、奶妈等。奶妈和保母有明确的分工，奶妈主要负责奶哺，保母则负责皇帝子女的一切生活起居以及幼年的启蒙教育，必须朝夕相处。选择保母和奶妈非常严格。清朝皇室有明确规定，奶妈和保母必须从内务府"八旗"中的正黄、正白、镶黄三旗内的"包衣"奴才当中选拔。同时，还要有过生育经历，有着照看小孩子的丰富经验。挑选的奶妈，最重要的是刚刚生产过，要年轻力壮、身体健康，家中及本人无任何的疾病或者疾病史，并且有足够的奶水来哺育阿哥和格格。因此，对于清宫的皇子皇女来说，保母对自己的幼年成长至关重要。他们最亲近的人不一定是自己的亲生母亲，尤其是皇子皇女年幼患病时，保母的悉心照顾非常重要。

在康熙幼年的保母中，最为康熙皇帝看重，称她是"此吾家老人也"的就是曹寅的嫡母孙氏夫人。

康熙皇帝对孙氏夫人如此亲近和厚爱，也可以说与当时"天花"病毒的大流行有相当大的关系。

"天花"病毒是痘病毒的一种，传染性极强。清朝时期，人类被感染后无特效药可治，患者在痊愈后脸上会留有麻子，并可获终生免疫。这种病毒，如今多数人并不十分清楚，可能只是在影视作品中听说过。"天花"病毒主要是通过呼吸道飞沫途径传播，而且病毒的繁殖速度非常快，很容易造成大传播、大流行。目前，"天花"已被全部消灭。这也是第一个被人类完全消灭的传染性极强的疾病。由于清朝时期人们意识不到"天花"病毒的严重性，加之医疗水平和救治能力相当低下，曾经造成大量人口死亡，甚至对大清王朝的施政也产生了极其严重的影响。

据《清宫档案揭秘》记载，在清朝入关后的10位皇帝中，顺治、同治直接死于"天花"，康熙与咸丰虽然侥幸从"天花"的魔爪下捡回一条性命，脸上却留下了斑斑点点的麻子。

"天花"对于清朝入关后的满族人来说，几乎就是绝症。当时大部分满族人谈"痘"色变、闻"痘"丧胆。"天花"流行的时候，太医院的太医也没有什么好法子治疗，只能消极躲避，听天由命。因此，大多数人依然没能逃脱厄运，死亡率高得惊人。

清朝时期幼年的皇家子女，最为可怕的就是感染"天花"病毒。仅从清朝顺治初年算起，到乾隆年间，阿哥格格们因感染"天花"而早夭的就有数十人之多。康熙皇帝拥有众多的宫中"女人"，曾经受到临幸的女人就有60多位。这些女人，一共为康熙皇帝生有儿女55人，其中只有31人活到成年。早夭的这些子女中，大部分是因感染"天花"病毒而死。可想而知，当时的"天花"是多么的恐怖。

据传说，康熙皇帝的生母佟佳氏，在还是庶妃的时候，有一次向孝庄太后请安，一出门就感到衣裙烁烁发光，好像隐约看到祥龙绕身。这个时候，孝庄太后才知道佟佳氏已怀有身孕。后来，孝庄太后曾经说过，她当初怀顺治皇帝的时候就有这种景象，如今佟佳氏也是如此，如果生的是个皇子，必定至尊至贵，有帝王风范，因此康熙皇帝自幼深受祖母孝庄的器重。

康熙皇帝对"天花"更是深有感触，其幼年一直笼罩在"天花"的恐怖阴影之下。康熙皇帝出生的第二年，正赶上北京紫禁城内"天花"大流行。过去医疗水平很差，如果不幸被传染上，别说普通老百姓，就连当朝皇帝和王公大臣都难逃厄运。在这种情况下，孝庄太后经过精挑细选，最终选择了曹玺的妻子孙氏，并委托她把幼年的玄烨带到紫禁城外进行哺养照看，类似于现在的"隔离"。这样，玄烨就被保母孙氏抱到宫外的一座宅邸里抚养教育了好几年。如果不是孙氏没日没夜的精心照料，康熙后来能不能成为"德高三皇，功过五帝"的一代明君，那只能是个未知数。因此，"天花"已经成为大清王朝皇家子女挥之不去的一个噩梦。

据《圣祖廷训格言》记载，康熙皇帝在其晚年曾经说过：

朕幼年时未经出痘，令保母护视于紫禁城外，父母膝下未得一日承欢，此朕六十年来抱歉之处。

康熙登基的第二年，他的生母就因病去世了。康熙对于母性的记忆，一方面来自祖母孝庄太皇太后，更多的一面，则是曹玺的妻子孙氏夫人所给予的，这种无微不至、至亲至情的抚育之爱，对于幼小的康熙而言更加弥足珍贵。

后来康熙成为皇帝并亲政之后，对孙氏夫人的培养抚育之爱始终念念不忘。同时，对孙氏一家及其儿孙也都倍加庇护关照。特别是对曹寅父子更是厚爱有加。可以说，曹家能够成为有权有势、极富极贵的钟鸣鼎食之家、诗礼簪缨之族，这与康熙皇帝的特别恩宠是绝对分不开的。因此，《红楼梦》书中的史老太君在贾府能够"一言九鼎"，成为贾家男女老幼"万宠千爱"的"德高望重"人物，那也是顺理成章的事。这也进一步说明，书中贾母的原型为曹寅"庶母"孙氏夫人的例证。

在故宫博物院明清档案部编印的《关于江宁织造曹家档案史料》中，就有康熙四十五年（1706年）八月初四曹寅上奏给康熙皇帝的《江宁织造曹寅奏谢复点巡盐并奉女北上及请假葬亲折》。奏折中就有"惟是臣母冬期营葬，须臣料理，伏乞圣恩准假"之句。由此说明，这位德高望重的孙氏夫人去世的时间应为康熙四十五年（1706年）的八月之前。

六、恰逢"末世"运偏消

看过《红楼梦》的读者都比较清楚，作者自始至终没有说明故事发生在哪朝哪代，只是说这个故事发生的时间是在一个"末世"。书中第二回，冷子兴演说荣国府时说道："老先生休如此说。如今的这宁荣两门，也都萧疏了，不比先时的光景。"就在这句话的旁边，有一条甲戌侧批：

记清此句。可知书中之荣府已是末世了。

这条批语很明显地告诉我们，贾家已经到了"末世"，眼看着就要衰亡了。

有关"末世"的描写，在王熙凤和贾探春的判词中也出现过。

王熙凤判词中的"凡鸟偏从末世来，都知爱慕此生才"之句，说明王熙凤出生在"末世"。

贾探春判词中的"才自精明志自高，生于末世运偏消"之句，也说明贾探春出生在"末世"。

在王熙凤和贾惜春的判词中，都明确提出了"末世"二字。但是，这个"末世"究竟是哪朝哪代的"末世"，或者这个"末世"究竟隐喻的是什么时代，书中却没有交代清楚。

"末世"是指一个历史阶段的末尾时期。《红楼梦》书中的"末世"，可以理解为一个朝代的末期，也可以理解为贾家由繁荣昌盛沦落到了萧疏衰败的时期。如果按照朝代末期来理解，那无疑就是明末清初时期。但是，脂砚斋的另一条批语又说：

作者之意原只写末世。此已是贾府之末世了。

这条批语，又非常明确地告诉我们，作者的本意只是写"某个时代"的末世。但是，伴随着这个时代的末世，此时的贾家也已经处于最后的"末世"了。

据考证，崇德元年（1636年）农历四月，皇太极继皇帝位，建国号为大清。崇德八年（1643年）农历八月二十五日，六岁的福临正式举行登基典礼，继承了大清皇位。十月初一，"儿童皇帝"顺治搬到北京，并昭告天下，"定鼎燕京"，从此意味着大明王朝的"末世"来临。

我们再来看看《红楼梦》贾家的主要原型曹家。曹家开始衰败的时间是雍正六年（1728年）初。彻底败落的时间是乾隆四年（1739年）。如果按照这个时间来推算，大明王朝的灭亡和曹家的彻底败落相差了一百多年。而这一百多年间，曹家从"包衣"

奴才，成为大清王朝的高级官员。特别是自曹玺担任江宁织造主事职衔以后，曹家更是繁花似锦、如日中天。因此说，书中的这个"末世"，写的既是大明王朝灭亡的"末世"，也是曹家由兴盛到衰败的"末世"。那么，作者为什么把一百多年的时间跨度，扯在一起来描述呢？

笔者认为，书中作者所说的"末世"和批者所说的"末世"，是一个问题的两个不同方面。

作者所说的"末世"，就是刻意模糊这个故事发生在什么朝代，也就是书中所说的"然朝代年纪，地舆邦国，却反失落无考"。这里所说的"失落无考"，是作者不想说出故事的时代背景，以规避"文字狱"的迫害。而批者所说的"末世"，则是说明贾府即将土崩瓦解、彻底灭亡。

按照"此书表里皆有喻"来判断，批者所要表明的就是，江宁织造曹家随着康熙朝的终结以及雍正朝的来临，由此一步步走向了衰败，直至"家散人亡各奔腾"。

《红楼梦》这部书，之所以被后人称为鸿篇巨著、旷世奇书，就是因为言外有"言"，书内有"书"。作者明写"四大家族"由兴盛到衰败的历史，而"暗写"的则是清政府的政治腐败、血腥屠杀和文化专制。

按照这个思路来理解，那"然朝代年纪，地舆邦国，却反失落无考"之句，就是作者的"狡猾之笔"。自古历朝历代，凡皇帝之事，大到帝王"驾崩"、朝代更替，小到散步聊天、吃饭穿衣，甚至皇帝身边的"狗咬猫叫"，都要事无巨细地逐一详细记载，根本没有"失落无考"之说。由此说明，"失落无考"只是作者释放的"烟幕弹"。作者所说的"无考"，则是某些历史真相被"当局者"故意篡改或者删除，以隐藏罪恶，蒙蔽天下百姓。然而就在"失落无考"之处，批者批出了"据余说，却大有考证"之句。这条批语就是启发读者，书中"隐喻"和"暗写"的某些事件，虽然被朝廷蓄意篡改或者有意删除了，读者万万不可轻易忽略，非常有必要细心"考证"。只有这样，才能看懂《红楼梦》，领悟其真谛。

七、微密久藏偏自露

甲戌本《脂砚斋重评石头记》第一回，在"至若离合悲欢，兴衰际遇，则又追踪蹑迹，不敢稍加穿凿，徒为供人之目而反失其真传者"这句话的附近，就有一条甲戌眉批写道：

事则实事，然亦叙得有间架、有曲折、有顺逆、有映带、有隐有见、有正有闰，以致草蛇灰线、空谷传声、一击两鸣、明修栈道、暗度陈仓、云龙雾雨、两山对峙、烘云托月、背面敷粉、千皴万染，诸奇书中之秘法，亦不复少。余亦于逐回中搜剔刮剖，明白注释，以待高明，再批示误谬。

这段批语说明，书中所描写的这些"离合悲欢，兴衰际遇"的事情，都是"实有其事"，都能够在现实中"追踪蹑迹"，找到依据。但这些真实的人物和事件，作者在叙述的过程中是讲究技巧和手法的。这种手法有顺逆、有映带、有隐有见、有正有闰，看似明修栈道，实是暗度陈仓，看似写实，却是云龙雾雨，看似"假如真"，实是"真事隐"，是虚敲旁击、反逆隐回，让你似是而非、似懂非懂、雾里看花、真假难辨。这些"以假隐真、时隐时现"的技巧和手法，书中也有很多。并告诉读者，在以后的逐回中还会剖析注解清楚，期待高明的读者再批示误谬。

虽然作者没有明确交代故事发生的时代背景，但是，书中所透露的诸多信息，足以说明《红楼梦》故事背景是发生在清朝时期。

例如，《红楼梦》中的"太虚幻境"设有"痴情司""结怨司""朝啼司""夜怨司""春感司""秋悲司""薄命司"等七个司。而清朝的内务府也有广储司、会计司、掌仪司、督虞司、慎刑司、营造司、庆丰司七个司。而内务府的这七个司是清代独有的机构，其他朝代根本没有"七司"设置。

第五十三回，写黑山村的乌进孝庄头来给贾府上供交租，清单上就有"御田胭脂米二石"。据清代刘迁玑所著的《在园杂志》及《顺天府志》记载，胭脂米是康熙皇帝在丰泽园御田布种的玉田稻中的优良品种，因而也叫"御田米"。这种稻米专为皇帝内膳所用。

第四十五回，贾宝玉从怀中掏出的核桃大小的金表，只有康熙朝的中后期才出现在中国。还有"奴才"这个称谓。明朝时期，太监称为"厂臣"和"内臣"，大臣统统自称为"臣"，并无"奴才"这个称谓。因清朝时期出现了特殊的"包衣"群体，皇宫内的太监、侍女便自称"奴才"。特别是在雍正朝时期，这一风气开始蔓延，不仅大臣、宦官及近臣在皇帝面前自称"奴才",一些家臣也开始自称"奴才"。

在《红楼梦》书中,作者把时代背景进行模糊化处理,这既是无奈之举,也是作者超高的创作技巧和聪明智慧之举。因此,作者才把本来发生在康熙、雍正、乾隆朝时期的事情,故意说成是"无考"。就像作者所说的"假作真时真亦假,无为有处有还无"。而且书中类似这种"烟云模糊""声东击西""瞒天过海"的情况就有很多处。

就像《红楼梦》原作者署名一样,作者明明是我,既不能署上我的真名字,也不能说是我写的这部书,而是假借一僧一道访道求仙的过程中,在大荒山无稽崖青埂峰下,发现的那块字迹分明的大石头上所编述的一段离奇故事,因此说成是"石头记"。而"石头"上记载的这些离合悲欢、炎凉世态的种种往事,也不能够完全一是一二是二地实写,我得用"假语",把"真事"隐去。这种"隐",并不是"隐而不宣",而是用暗喻、隐喻、借喻、谐音、换身法、拆字法等多种创作技巧和手法,移花接木、前后颠倒,把它模糊化、艺术化。因此,在很多的事例描写过程中,作者仿佛是在有意"掩盖",而且又在故意"暗示",让你感觉模棱两可、似有非有。可以说《红楼梦》的"真故事"基本上都是以"假故事"的形式展现在广大读者面前的,而且这种"假"还不能让你看出来是真的"假",而是"假"中有"真","真"中有"假"。

书中第十三回回前诗中的"微密久藏偏自露,幻中梦里语惊人"一句,就是批者对作者创作此书最恰当的评价。

比如第五十七回写道,因薛姨妈看见邢岫烟生得端雅稳重,且家道贫寒,是个钗荆裙布的女儿,便说与薛蝌为妻。这样,邢岫烟就成了宝钗的堂弟媳妇。一天二人在去看林黛玉的路上偶遇,书中写道:

宝钗问:"这天还冷得很,你怎么倒全换了夹的了?"邢岫烟低头不答。宝钗说:"必定是这个月的月钱又没得……"邢岫烟连忙解释:"姑妈打发人对我说,一个月用不了二两银子,叫我省一两给爹妈送出去。"还说:"前儿我悄悄去把棉衣服叫人当了几吊钱盘缠。"宝钗听了出主意说:"不如把那一两银子也都给了他们,倒都歇了心。你以后不要白给那些人东西吃,他尖刺让他们尖刺去……短了什么,只管找我。"宝钗又说:"你且回去把那当票叫丫头送来,我那里悄悄地取出来,晚上再悄悄地送给你去。"岫烟道:"叫作'恒舒典',是鼓楼西大街的。"当薛宝钗得知邢岫烟的棉衣服是典在"恒舒典"的时候,就笑着说:"这闹到一家去了,伙计们倘或知道了,好说,人没过来,衣裳先过来了。"岫烟听说,便知是他家的本钱,也不觉红了脸一笑。

据著名学者、红学家顾平旦先生考证,当时在北京的鼓楼西大街,确确实实有这么一家名为"恒书当"的当铺。

另外,还有贾琏偷娶尤二姐,在宁荣街后花枝巷内买了一所房子。在北京西城区,就有一条花枝胡同。再有,书中说贾雨村到京都之后,住在了兴隆街,现在的北京兴隆国际大厦附近,就有一个兴隆街。作者把这些北京的真实地名,"移花接木"地写在《红楼梦》书中，说明作者描写的虽然是江宁织造曾经的"陈年往事"，但用的则是北京的某些地名。这也是作者故意"模糊"地域概念，尽量不让读者看出来写的就是自己家的"实事"之缘故。

因此说，《红楼梦》作者这种即虚又实、虚实并用的叙事方式，就是让你"雾里看花，水中望月"，既朦朦胧胧而又时隐时现。读者如果不借助一双"慧眼"，你就不会把这"纷扰"看得清清楚楚、明明白白、真真切切。

纵观《红楼梦》整部书，我们明白了一个事实，那就是，作者是以"微露"和"半含"的形式，故意给广大读者制造出一个极富想象力的"梦幻"空间，让读者在"亦真亦幻、亦虚亦实"的朦胧意境中去体会和感悟。如果不知道"四大家族"，特别是曹家由繁盛到衰败的实际真相，不了解《红楼梦》作者的人生经历，不知道康熙、雍正、乾隆年间的历史背景，根本看不出作者创作这部书的良苦用心和真实意图。

八、白玉为堂金作马

从《红楼梦》书中我们了解到，薛家、贾家、王家和史家构成了小说中的"四大家族"。这"四大家族"一荣俱荣、一损俱损，联络有亲，彼此照应。

书中提到的"贾不假，白玉为堂金作马"，说的就是江宁织造的曹家。在康熙朝时期，江宁织造不仅是曹家的"世袭"职位，而且以江宁织造曹寅为中心的苏州织造李家、杭州织造孙家以及"皇商"马家，成为当时赫赫有名的并享有重大特权的大官僚买办和家族利益集团。

据《钦定大清会典》记载：

凡大红蟒缎、大红缎、片金、折缨等项，派江宁织造承办。

也就是说，江宁织造是专门为皇帝一家织造丝绸面料的御用机构。曹家自曹玺开始，三代四人掌管江宁织造达 58 年，曹寅还与李煦一起轮管两淮盐课 10 年，后又兼理两淮巡盐御史，曾经受命刊刻《全唐诗》及《佩文韵府》，还数次承办过康熙南巡接驾大典等，其实际工作范围远远超过了其职责规定。

按照现实中的"四大家族"各有原型的推论，《红楼梦》书中的贾家原型，就是曾经署理江宁织造 58 年之久的曹家。书中贾家与现实中的曹家对应关系是：

贾政——曹寅。曹寅生于顺治十五年（1658 年），卒于康熙五十一年（1712 年），字子清，号荔轩，又号楝亭，满洲正白旗内务府包衣，官至通政使司通政使、管理江宁织造、巡视两淮盐漕监察御史。康熙十年（1671 年）左右，年幼的曹寅成为康熙伴读，后为侍卫、銮仪卫，迁仪正，一直跟随康熙左右达 11 年之久。康熙二十二年至二十九年（1683 年至 1690 年），曹寅兼任佐领，迁内务府郎中、广储司郎中。曹寅原配顾氏，早卒，续娶江西布政使司参政李月桂的三女儿李氏，生两子两女。长子曹颙，乳名连生，次子乳名珍儿（早殇）。大女儿曹佳氏，二女儿名字不详。《红楼梦》书中贾元春、贾探春原型。康熙朝后期，由于曹家出现严重的亏空，且康熙三番五次地催促补齐，以至于曹寅"日夜悚惧"，不久，曹寅就病倒了。康熙知道以后，派快马加急送治疗疟疾的特效药奎宁，即金鸡纳霜，可惜的是，药送到时曹寅已经气尽而亡，享年 54 岁。

书中贾政有两个做王妃的女儿，一个是贾元春，另一个是贾探春。曹寅也有两个做王妃的女儿，大女儿曹佳氏嫁平郡王纳尔苏为王妃，二女儿也嫁给了某王的儿子，后成为王妃。贾政的长子贾珠英年早逝，留有一个没有父亲的孙子贾兰。曹寅的儿子曹颙，26岁去世，留有遗腹子曹天佑。贾政曾坐船经过毗陵时遇到下雪，曹寅曾坐船经过毗陵（今江苏常州）时遇到下雪，并作有《毗陵舟中雪霁》一诗。脂砚斋透露贾政实为巡盐御史，与曹寅两淮盐漕监察御史职务相同。书中说贾政造过船，赈过灾。曹寅也造过船，赈过灾。

第十六回赵嬷嬷说："咱们贾府在姑苏扬州一带监造海舫。"康熙四十三年（1704年）十二月曹寅奏称："臣同李煦已造江船及内河船只，预备年内竣工。"第七十回中提到："可巧近海一带海啸，又糟蹋了几处生民。地方官题本奏闻，奉旨就着贾政顺路查看赈济回来。"

康熙四十七年（1708年）曹寅奏折中提到："臣前奏徽、宁、池、太等处雨水甚大，臣遣老成员役至彼处密密看验，回称因雨水过多，山水骤发，江边圩田口岸俱被冲倒。其太平府当涂县，有大官圩五十余万亩，自万历年间倒后修筑，至今又百余年，人民懈弛，久未防固，值骤水壅决，共中禾稻房屋，漂没甚多，今地方官现在开仓赈济。"由此可以印证贾政的原型就是署理原江宁织造达20多年，曾经深受康熙皇帝信任的主事曹寅。

贾宝玉——曹頫。曹頫约生于康熙三十八年（1700年）左右。曹寅去世以后，曹寅的儿子曹颙继任江宁织造主事职衔没多久，曹颙也因病去世了，康熙皇帝安排曹寅的大舅哥李煦"详细考查"，将曹寅弟弟曹荃的第四子曹頫过继给曹寅之妻李氏为嗣子，并承继江宁织造主事职街。

曹頫自幼在江宁织造府中长大，曾经梦游于温柔富贵之乡。其少年时期，也曾桀骜不驯，鄙视功名利禄，"偏僻而乖张"，因此受到过长辈及师友的规劝。书中描写贾宝玉厌恶仕宦道路，讽刺那些热衷于功名的人是"国贼禄鬼"。因"不肯长进"成为"问题少年"，受到过父亲贾政的严厉斥责和多人的规劝。

曹寅的好友梦庵禅师曾经为曹頫作过一首《劝诫诗》，劝诫曹頫应当听从父命，勤奋学习，切记远离声色，不要形骸放逸，只有修身养性，学好"四书五经"，才能光宗耀祖、建功立业。诗中言辞恳切的程度，足以说明年少的曹頫与书中的贾宝玉的形象基本一致。

在《红楼梦》书中，贾宝玉的前世真身为赤霞宫的神瑛侍者，荣国府贾政与王夫人所生的第二个儿子。因出生时口中衔下一块五彩晶莹的通灵宝玉，故名贾宝玉，贾府中的丫环婆子通称他为宝二爷。

书中描写贾宝玉自幼天资聪颖，他给大观园所题匾额对联，曾经受到众多老儒及父亲贾政的频频赞许。在警幻仙姑的眼中，他是"天分高明，性情颖慧"的大家公子。他主张人人平等，尊重个性自由。在他心里眼里，人只有真假、善恶、美丑的划分，而没有身份的高低贵贱。他憎恶和蔑视世俗男性，亲近和尊重处于被压迫地位的女性。

他的丫环晴雯死后，贾宝玉为了祭奠她，洋洋洒洒写了一篇很长的《芙蓉女儿诔》祭文。文中贾宝玉以炽烈的情感、生动的比喻、形象的叙述，回想晴雯在世时，黄金美玉难以比喻她品质的高贵，晶冰白雪难以比喻她心地的纯洁，星辰日月难以比喻她智慧的光华，春花秋月难以比喻她容貌的娇美。所以姊妹爱慕她的娴雅，婆奴敬仰她的贤惠。贾宝玉用最美好的语言，热情赞颂这个"心比天高，身为下贱"的被迫致死的女婢。他以无限惋惜的心情，追忆了自己和这位丫环朝夕相处的快乐生活，同时又以无比激愤的语言痛斥、责骂了那些制造悲剧的当权者和那些卑鄙无耻的奴才小人。《芙蓉女儿诔》全篇辞藻华丽、文采飞扬、至真至情、寓意深刻，不失为最优秀的抒情悼祭文章。

贾珠——曹颙。曹颙是曹寅的长子，乳名连生，生于康熙二十八年（1689 年），卒于康熙五十四年（1715 年）。曹寅去世以后继任江宁织造主事。可惜的是，曹颙掌管江宁织造不到 3 年，于康熙五十四年（1715 年）正月初八，在北京述职期间得急病去世。曹颙去世以后，留有遗腹子曹天佑。

在《红楼梦》第二回冷子兴这样说道："这政老爹的夫人王氏，头胎生的公子，名唤贾珠，十四岁进学，不到二十岁就娶了妻生了子，一病死了。"在这里，冷子兴没有说明贾珠的死因，只是说他是因病而死，至于得的是什么病，死在什么地方，书中没有交代。不过冷子兴所说的"不到二十岁就娶了妻生了子"一句与事实有些出入。曹颙去世之前，的确迎娶了妻子马氏，但是，曹颙去世以后，他的妻子马氏才怀有 7 个月的身孕，其儿子曹天佑还没有出生。

贾兰——曹天佑。曹天佑是曹寅之孙，是曹颙的遗腹子。据曹頫在康熙五十四年（1715 年）三月初七上表谢恩的奏折中称：

奴才之嫂马氏，因现怀妊孕以及七月，恐长途劳顿，未得北上奔丧。将来倘幸而生男，则奴才之兄嗣有在矣。

按照这个时间推算，曹天佑出生的时间应该是公元 1715 年 6 月左右。据刻成于乾隆九年（1744 年）的《八旗满洲氏族通谱》中记载：

曹天佑，现任州同。

这个州同职务，是清代知府中的副职，其职务相当于现在的副厅级。《红楼梦》中的贾珠是贾政之子，去世时 20 多岁，留有遗腹子贾兰。

贾兰是荣府中的重长孙，父亲贾珠过早去世，是个单亲家庭的孩子，其身份地位比较特殊。他在《红楼梦》书中的出场并不多，而且出场时身边总是有贾环相伴。他的每次出场无非就是给贾府中的长辈请安问好或者读书习射。他从不与别人争执，也不参与任何事非，一心读书上进，求其功名。他沉默安静地在寡母李纨的悉心教导下低调成长。他敏感孤僻、性格内向、沉默寡言、胆小怕事，是一个有自尊、有志向、有教养，集多重性格于一身，受封建礼教影响颇深的"规矩"孩子。

贾元春——曹寅长女曹佳氏。在《红楼梦》第二回冷子兴与贾雨村的对话中，就有"第二胎生了一位小姐,生在大年初一"。由此可知,贾元春是曹颙的亲妹妹,曹頫的大姐。

在故宫博物院明清档案部编印的《关于江宁织造曹家档案史料》中,记载了《江宁织造曹寅奏谢复点巡盐并奉女北上及请假葬亲折》。奏折中写道:

江宁织造·通政使司通政使臣曹寅谨奏:恭请圣安。

八月初四日接邸抄,蒙恩复点曹寅巡视两淮盐课。臣寅谨设香案,望阙叩头谢恩讫。臣以家奴,两承钦命,祗切惶悚,惟有竭诚尽力,清完盐课,以仰报皇恩于万一。

今年正月太监梁九功传旨,著臣妻于八月上船奉女北上,命臣由陆路九月间接敕印,再行启奏。钦此钦遵。窃思王子婚礼,已蒙恩命尚之杰备办,无误筵宴之典,臣已坚辞。惟是臣母冬期营葬,须臣料理,伏乞圣恩准假,容臣办完水陆二运及各院司差务,捧接敕印,由陆路暂归,少尽下贱乌哺之私。

至于两淮盐课重大,所有敕印,或遵旧例交与督抚,或命臣李煦十月照旧报满,重复代印;或遵旧例,命盐道护理,伏请圣训,臣谨遵行。臣寅曷胜激切感悚之至。

从以上奏折中我们可以看出,康熙四十五年八月(1706年),曹寅的妻子李氏,奉康熙皇帝旨意,在当年的八月,送其女从南京乘船前往北京与某王子举办婚礼。同时,还明确了这次婚礼是康熙皇帝安排平南王尚可喜的儿子尚之杰具体筹办。

这道奏折还说明,深受康熙敬重嫡孙氏夫人,已于这一年"驾鹤西游",并准备于冬季安葬。

康熙四十五年(1706年)十二月初五日,曹寅又奏报了平郡王纳尔苏迎娶曹佳氏的情况。

江宁织造·通政使司通政使臣曹寅谨奏:恭请圣安。

前月二十六日,王子已经迎娶福金过门。上赖皇恩,诸事平顺,并无缺误。随于本日重蒙赐宴,九族普沾,臣寅身荷天庥,感沦心髓,报称无地,恩维偁恍,不知所以。

伏念皇上为天下苍生,当此严寒,远巡边塞,臣不能追随扈跸,仰奉清尘,泥首瞻云,实深惭汗。臣谨设香案九叩,遵旨于明日初六起程赴扬办事。

所有王子礼数隆重,庭闱恭和之事,理应奏闻,伏乞睿鉴。

据考证,曹寅的妻子和女儿于康熙四十五年(1706年)八月初乘船从南京出发,在当年的十月二十六日,曹佳氏嫁给了第五代克勤平郡王纳尔苏,成为平郡王妃。这门亲事由康熙皇帝亲自指婚,并赐其为满姓曹佳氏。按照这个时间来推算,这个女儿应该是曹寅的长女,她当时也就是十三四岁。康熙四十七年(1708年)农历六月二十六日卯时,曹佳氏生长子福彭。康熙皇帝知道平郡王纳尔苏有了儿子后,曾经有"……平郡王得了儿子,朕甚喜欢,总管同凌浦酌议送东西去。"等谕旨。

九、龙王来请金陵"王"

《红楼梦》中的"东海缺少白玉床，龙王来请金陵王"，说的就是王家。

书中王家的主要代表人物有王子腾、王夫人、王熙凤等。其实，书中王家的原型就是苏州织造的李家。王子腾的原型就是担任苏州织造30多年，后晋升户部右侍郎的李煦。他是曹寅去世以后"四大家族"的重要核心人物。

据考，李煦出生于顺治十二年（1655年），卒于雍正七年（1729年），字旭东，又字莱嵩，号竹村。李煦祖籍为山东莱州府昌邑，原姓为姜，其父原为姜士桢，后认旗人李西泉为义父，并加入了旗籍，改为李姓。

据考证，天聪十六年（1642年），清军集结数万之众围攻山东莱州府昌邑城，城内军民奋起抵抗，誓死守城。经过八天八夜的浴血激战，昌邑城被清军攻陷。上至县令，下至一般平民百姓，大部分都壮烈牺牲。整个城内的大街小巷，血流成河，尸骨成垛。这就是在莱州府昌邑历史上骇人听闻的"壬午兵变"。就在这场血腥惨变中，昌邑城东有一个叫姜士桢的年轻人，在父亲姜演被清兵杀害，哥哥姜士枟因守城战死，族人姜惺法、姜恂法等全部壮烈殉难之后，24岁的姜士桢被清朝军队俘虏。天聪十七年（1643年）初，清军班师回辽东，做了俘虏的姜士桢也随军来到辽东。正白旗佐领李西泉见姜士桢才思敏捷，学识鸿博，便认其为义子。姜士桢为保全性命，就认了旗人李西泉作义父，并加入了旗籍，改为李姓。顺治四年（1647年），李士桢以贡生身份参加了皇帝的昭问咨询，结果中取第16名，被授长芦（沧州）盐运判官。随后青云直上，曾历任冀宁道参政、湖东布政使、河南按察使、浙江布政使、江西巡抚，诰授光禄大夫，都察院右副都御史等职，成为包衣奴才中的文职一品大员。康熙二十六年（1687年），69岁的李士桢经吏部议复，退休在家赋闲，颐养天年。李士桢因在任期间"廉介奉公，宽仁待下，既久任，精详时事，声望甚隆"。因而在退休离任时，"士民辍耕罢市，无不奔走哀号而不能舍"。到了康熙三十四年（1695年）三月十二日，李士桢寿终正寝，享年77岁。

老子位高权重，长子李煦也不是庸俗之辈。李煦自幼年时，就和康熙的关系非同一般。李煦的母亲文氏，是康熙皇帝幼年的乳母。李煦与康熙既是"奶兄弟"，也是儿时的伙伴。康熙皇帝的顺懿密妃是李煦的舅表妹。康熙承继大统之后，李煦在朝中的地位便是如日中天。康熙十三年（1674年），李煦被授官内阁中书。康熙十六年（1677

年），年仅 24 岁的李煦，就被任命为广东韶州知府，可谓官运亨通。康熙三十二年（1693年）三月，李煦接替曹寅出任苏州织造。雍正继位以后，于雍正元年（1723年）正月初十，下令查抄李煦家产，将其家产房屋赏给了年羹尧，其子女家仆男童幼女共 200余口，送至苏州市场标价拍卖。因是旗人，结果卖了一年竟无人敢买。两江总督查弼纳奏报雍正皇帝同意后，全部押解进京，充当宫中"苦役"。雍正五年（1727年），又查出李煦曾为雍正的"政敌"八阿哥胤禩购买过 5 个江南美女。李煦再次遭受致命打击，后来被流放到打牲乌拉（今吉林省北部）。就这样，一个钟鸣鼎食的簪缨望族，顷刻间便落了个可悲的下场。

雍正七年（1729年），也就是李煦被流放后的第二年，在天寒地冻的打牲乌拉冻饿而亡。当时李煦敝衣破帽，食不得饱。康熙朝时期的文人李果，在他所著的《在亭丛稿》之《前光禄大夫户部右侍郎管理苏州织造李公行状》中，详细记叙了李煦的生平。其中就有："公卒之日，囊无一钱，韩夫人已先数年卒，二子又远隔京师，亲识无一人在侧。"其凄凉孤苦悲惨之情景可想而知。李果不仅是个文人，也是李煦的幕僚，要不然他也不清楚李煦的诸多生平情况。

因李煦的堂妹李氏嫁给了曹寅为妻，由此，曹寅成了李煦的妹夫。这两家的联姻，使得江宁织造曹家和苏州织造李家的关系更是如同一体，彼此照应。

康熙一生六次南巡，有四次指示曹寅接驾，一次指示李煦接驾。为此，李煦和曹寅都精心操持，竭尽全力筹备。为了取悦康熙皇帝，李煦还特意在苏州织造府的西侧，另建了一所极具奢华的行宫，专供皇帝驻跸之用。行宫建有大宫门、二宫门，中间是大殿，是地方官员朝拜皇帝的地方。后面是正寝宫、后寝宫，是皇帝居住之处，再后是戏台、看戏厅。两边有书房、随侍房，以及御茶房、御膳房等。行宫内建有花园，配置亭台楼阁，以及假山池水等。园内奇石林立，水波倒影，风光旖旎，景象万千，令人叹为观止。宏伟的建筑，清幽的环境，雅致的布局，豪华隆重的场面，康熙皇帝看在眼里，喜在心里。鉴于李煦、曹寅二人的忠诚，康熙皇帝在此次南巡途中，就御批了内务府关于给曹寅、李煦加官晋爵的奏折。内务府的这道保奏折子写道："曹寅等在宝塔湾修建驿宫，勤劳监修，且捐助银两。查曹寅、李煦各捐银一万两。彼等皆能尽心公务，各自勤劳，甚为可嘉。理应斟酌捐银数，议叙加级，惟以捐银数目过多者，不便加级。因此，请给彼等以京堂兼衔；给曹寅以通政司衔；给李煦以大理寺卿衔。"康熙皇帝看到这份奏折后，随即就非常高兴地批了"钦此"二字。

李煦被抄家治罪以后，雍正皇帝就安排自己的"连襟"胡凤翚接替李煦署理苏州织造。胡凤翚之所以能够得到雍正的破格提拔，这与他的妻子有关。

胡凤翚的妻子也是年羹尧的妹妹，与雍正皇帝的敦肃皇贵妃是亲姐妹。胡凤翚原本只是个小小的七品知县。雍正元年（1723年），因年羹尧西北征战有功，受到雍正皇帝的破格恩赏。年羹尧的妹夫胡凤翚也从七品知县，特授苏州织造主事并兼管浒墅关税务，成为正五品官员。

署理苏州织造并兼管地方税务，这些都是令人眼馋的肥差。但是不到三年，胡凤翚也因贪腐被雍正皇帝解职。至于胡凤翚有无贪腐，历史上没有详细记载。但当时年羹尧因欺君罔上、专擅狂悖、残忍贪婪、结党营私等九十二款大罪，被雍正皇帝赐其自裁。年羹尧一出事，有可能牵连到了胡凤翚。雍正四年（1726年）正月，朝廷命江苏巡抚张楷、继任苏州织造主事高斌，清查胡凤翚任内的织造关税钱粮，并降旨诘责，令胡凤翚回京。胡凤翚深知，就连深受雍正皇帝多年信任，并立下赫赫战功的一等公年羹尧都未能免去一死，何况自己一个小小的五品官员，回京后也肯定没有好下场。于是，胡凤翚在极度恐惧之中，于雍正四年（1726年）三月三十日，与其妻年氏和小妾共三人，在家自缢身亡。

当胡凤翚妻妾三人自缢而亡的消息传到雍正耳朵后，雍正批评负责调查胡凤翚一案的官员逼迫太过。其实，以雍正与胡凤翚的"连襟"关系，如果胡凤翚不是犯了死罪，相信雍正皇帝还是会网开一面，给他们一丝活着的希望的。

只可惜，胡凤翚竟然自己把自己吓死了。

书中王夫人的原型是江西布政使司参政李月桂的第三个女儿，苏州织造李煦的堂妹，江宁织造曹寅的续弦妻子。也是薛宝钗母亲薛姨妈的堂姊妹，贾家"大管家"王熙凤原型的亲姑妈。《红楼梦》书中贾元春、贾宝玉的亲生母亲，是荣国府掌权管事的家长之一。

王夫人性格善良厚道，谋事守旧，一心向佛。她遇事没有多少主见，脾气急躁冒进，有头无脑，不计后果，导致一些不必要的悲剧发生。她听信谗言，赶走四儿，驱走芳官等小戏子，命人将病弱不堪的晴雯赶出大观园，致使晴雯悲惨地死去。伺候她多年的丫头金钏儿，因与贾宝玉"调情"，言语略有些轻浮，就说金钏儿"勾引"贾宝玉，骂她是下作的小娼妇，导致金钏儿羞愧难耐而投井自尽。虽然她素来爱静，不喜热闹，对小辈们的嬉闹从不主动参与，但在道义上和经济上给予他们提供方便。在平时，王夫人对黛玉、宝钗、湘云、宝琴、岫烟、李纹、李绮等姑娘，都能做到关爱厚待。这么多人寄居在大观园，她照样发放月银，凤姐说小姐们的丫头太多了，对小姐们也感难待候，王夫人还是说与过去相比并没有太多，毫无半点嫌弃和反感。

在《红楼梦》书中，王熙凤既是贾琏的结发之妻，也是王夫人、薛姨妈的娘家侄女。她的原型其实就是李煦的侄女。书中通常称她为凤姐、琏二奶奶。书中形容她长着一双丹凤眼，满身锦绣，珠光宝气，身材苗条，含韵风骚。她精明强干，深得贾母和王夫人的信任，成为贾府的实际大管家。王熙凤是个"女汉子"型的人物，权利既是她欲望的"春药"，也是她专横的"手段"。她表面"粉面含春威不露，丹唇未启笑先闻"，实际嘴甜心狠，两面三刀。她"毒设相思局"，报复并害死贾瑞。她"弄权铁槛寺"，为了区区三千两贿银，逼人家自尽。她狡诈阴毒，害死尤二姐及她腹中的胎儿。她极度贪婪，靠迟发公费月例银子放债。无论在书中还是书外，王熙凤都是一个颇具争议的人物。或遭人褒贬，或亦赞亦咒。兴儿说她"明是一盆火，暗是一把刀"，周瑞家的说她"男人万不及一的"，黛玉说她"来者是谁，这样放诞无礼"。她的机关算尽，她的贪婪奸诈，她的争强好胜，她的心狠毒辣，都是一般人难以企及的。

第十六回，凤姐说道："那时候我爷爷单管各国进贡朝贺的事，凡有的外国人来，都是我们家养活。粤、闽、滇、浙所有的洋船货物都是我们家的。"

据考证，李煦的父亲李士桢曾经担任福建布政使、广东巡抚等职，也曾经掌管过福建、广东沿海事务。王熙凤所说的"凡有的外国人来，都是我们家养活。粤、闽、滇、浙所有的洋船货物都是我们家的"应该都是实事。由此可以证明，大管家王熙凤的原型的确是李煦的侄女。

十、住不下金陵一个"史"

《红楼梦》中的"阿房宫，三百里，住不下金陵一个史"，说的就是杭州织造的孙家，也就是康熙皇帝的幼年"保母"孙氏夫人的娘家。

贾母的原型是曹家首任江宁织造曹玺的妻子孙氏夫人。曹寅的生母并不是孙氏夫人。曹寅是曹玺的"小妾"顾氏所生。孙氏夫人是曹荃的亲生母亲，曹頫的亲奶奶，杭州织造孙文成的亲姑妈，做过康熙皇帝幼年的保母，诰封一品夫人，曾被康熙皇帝称其"此吾家老人也"。

在《红楼梦》书中，贾母又称史太君，也被贾家男女老幼尊称为"老祖宗"。贾母是贾府中最高权位者和德高望重之人。她是贾宝玉的祖母，也是林黛玉的外祖母，史湘云是其娘家兄弟的孙女。贾母是清朝"包衣奴才"中贵族人物的典型代表，一生享尽荣华富贵。贾母虽然是个年事已高的老太太，但她品位高雅，富有生活情趣。经常领着家里的男女老少、丫环婆子吃酒听戏、赏花玩牌、猜谜行令。她见多识广，修养颇深，懂得享乐，讲究排场，精于茶道。她酷爱戏剧，喜欢听琴，讲究赏月之道，说"如此好月，不可不闻笛"。她的音乐审美趣味，是"铺排在藕香榭的水亭子上，借着水音更好听"。她指导贾惜春作画，教薛宝钗布置居室，告诉王熙凤"蝉翼纱"和"软烟罗"的区别。她极具同情之心，怜贫惜老，善待优礼来自乡下贫农家庭的刘姥姥，宽待犯错的小道童。她知人善任，抓大放小，既能放权享受，又能统领全局。她调理出来的丫环紫鹃、晴雯、袭人等人，从资质相貌到聪明才干，无不令整个大观园啧啧称羡。

曾经担任江南三织造之一的杭州织造主事孙文成，就是贾母原型孙氏夫人的娘家侄子。

孙文成原先跟随曹寅在江宁织造帮助打理事务。康熙四十五年（1706年）六月，经曹寅举荐，康熙皇帝恩准，孙文成正式就任杭州织造主事职衔。

孙文成自康熙四十五年（1706年）起到雍正六年（1728年）止，担任杭州织造官达22年。

《红楼梦》第十六回有这样的一段描写：

赵嬷嬷道："唉哟哟，那可是千载希逢的！那时候我才记事儿，咱们贾府正在姑苏扬州一带监造海舫，修理海塘，只预备接驾一次，把银子都花得淌海水似的……"

凤姐忙接道："我们王府也预备过一次。那时我爷爷单管各国进贡朝贺的事，凡有的外国人来，都是我们家养活。粤、闽、滇、浙所有的洋船货物都是我们家的。"

根据《粤海关志》记载，康熙四十二年（1703年），孙文成在广州做过一年的粤海关监督，专门负责各国朝贡人员的日常衣食住行以及安全问题。

王熙凤所说的"我们王府也预备过一次"，并不是作者的虚构，而是真真切切的实事。只不过是作者把孙文成管理海关监督及筹备接驾的"真故事"，移花接木地安排给了王家，并借王熙凤之口表述了出来。

康熙四十五年（1706年），孙文成上任后的第一件大事，就是为康熙皇帝南巡做接驾准备。这次南巡，应该是康熙四十六年（1707年）的第六次南巡，也是康熙皇帝一生中的最后一次南巡。

据《杭州府志》卷五十三《水利一》中记载：

织造孙文成，启涌金水门，引水入城内，河广五尺，深八尺，至三桥转南，又折而东至，织造府前而止，备南巡御舟出入。

为了康熙皇帝南巡盛典，孙文成还专门开辟了一条宽广的大河。这条河连接着西湖和杭州织造府，目的就是方便康熙皇帝乘船到西湖游玩。但第二年康熙皇帝南巡之时，并没有下榻在杭州织造府，而是住到了西湖北部的孤山行宫。所以孙文成管理杭州织造期间，杭州织造有一次预备接驾，但没有正式接驾的记录。

孙文成担任杭州织造期间，也和曹寅、李煦一样享有"密折"专奏特权。只不过他所"密报"的内容，与曹寅、李煦相比，其"含金量"并不高。

在孙文成的一些"密折"中，也曾经闹过一些啼笑皆非的事情。

有一次，孙文成写了一个失火的折子密报给康熙皇帝，说烧毁了民人王三好几间房，结果康熙帝哭笑不得地批道："这几间房子有何要紧？"又有一次杭州一个地方失火比较严重，烧毁了上千间民房，孙文成又赶紧写了一道奏折密报上去，康熙皇帝御批道："此事或应于二月内，或四月间到来，于三月间奏闻，想是欲令朕忧愁也，朕闻知着实愁闷。"原来那年的三月间是康熙皇帝的万寿节！孙文成在万寿节期间密报失火的奏折，也着实有点不合时宜。还有一次，孙文成奏闻道："皇上，台湾省朱一贵聚众起义了！"康熙皇帝看过后批阅道："你这种话说得无头无尾，朕实在是看不懂！"

雍正皇帝登基以后，他以少则每月一折，多则每月几折的频率，向雍正皇帝问安。奏折的内容只有简简单单的几个字，大意是：皇上您好吗？

那个时候，雍正皇帝继位没多久，孙文成这么频繁地请安问好，弄得他哭笑不得。人家毕恭毕敬地又是请安又是"问好"，雍正皇帝也不好发火。于是，雍正皇帝每次都很认真地回复，其大意是：朕很好！

尽管孙文成也非常地用心做事，但其才干与曹寅、李煦相比，还真是相差不少。

也正因为孙文成是康熙皇帝保母孙氏夫人的娘家侄子，而且又和曹寅是表兄弟关系，康熙皇帝这才宽宏大量、网开一面。但雍正皇帝登基以后，孙文成的日子也没有从前那样顺风顺水了。

果不其然，雍正上任之初，就派浙江巡抚查杭州织造孙文成的亏空及贪腐问题，查了一段时间后，并没有发现孙文成的亏空和其他任何问题，最后无果而终。孙文成得以继续管理杭州织造。但是，自此以后，雍正对孙文成的态度一直都极为严厉，甚至过于苛刻。结果到了雍正五年（1727年）年底，便以孙文成年老体弱为由，将其革职，并举家迁往北京。

至此，杭州织造事务由李秉忠接任。

《红楼梦》书中的史湘云原型，是贾母原型孙氏夫人娘家的内侄孙女，也是杭州织造孙文成的侄女。在她刚出生不久，其父母就已双双亡故。

《红楼梦》书中关于史湘云的身世交代得不是很清楚。第十三回，写秦可卿去世了，亲戚朋友都来悼念，贾家上上下下忙得团团转，突然有人禀报说"忠靖侯史鼎的夫人来了"，王夫人、王熙凤等人就赶紧去迎接。这里提到的"忠靖侯史鼎"，就是史湘云的三叔。

第四十九回写道：

谁知保龄侯史鼐又迁委了外省大员，不日要带了家眷去上任，贾母因舍不得湘云，便留下他了。

这里就出现了史湘云的另外一个叔叔，名字叫史鼐。史湘云因父母早亡，自幼由她的两个叔婶轮流抚养。如此看来，史湘云的父亲是家中的长子，她的这两个叔叔，一个叫史鼎，另一个叫史鼐。

《红楼梦》第四十九回写道：

一时史湘云来了，穿着贾母与他的一件貂鼠脑袋面子大毛黑灰鼠里子里外发烧大褂子，头上戴着一顶挖云鹅黄片金里大红尚烧昭君套，又围着大貂鼠风领。黛玉先笑道："你们瞧瞧，孙行者来了。她一般的也拿着雪褂子，故意装出个小骚达子来。"

林黛玉在众人面前直呼她"孙行者"，可见史湘云姓孙的可能性较大。果真如此的话，那史湘云原型就一定是杭州织造孙文成的侄女。

另外，在苏州织造李煦的家谱中，记载了李煦有两个儿子，一个叫李鼐，一个叫李鼎。《红楼梦》作者采用移花接木的形式，把李鼎、李鼐安排为史鼎、史鼐。这种情况在《红楼梦》一书中司空见惯，不足为奇。

十一、丰年好大"雪"

　　《红楼梦》书中所说的"丰年好大雪，珍珠如土金如铁"指的就是薛家。薛家是专门为宫廷皇家置备购办各种物品用度的"皇商"。

　　所谓"皇商"，顾名思义就是专门为皇家服务的商人。清朝的"皇商"通常隶属于内务府或者户部，大多都会赐封官衔，且品级都在五品以上。因"皇商"具有"特供"或者"专供"性质，因此，能从皇家供应的独家垄断中赚取大把银子。"皇商"不仅与皇室关系密切，而且与达官显贵紧密联系。"皇商"除了在经济上具有特权以外，政治上的特殊地位也是非常高的。雍正七年（1729年），山西著名"皇商"范毓馪，就曾经被雍正皇帝赐封为太仆寺卿，用正二品冠服。其弟也被封为从三品的布政使司参政。乾隆皇帝曾赏赐徽商江春为"内务府奉宸苑卿布政使"，授正一品"光禄大夫"等衔。光绪皇帝封官商胡雪岩为从二品江西布政使，赐穿黄马褂。清朝末年著名晋商乔致庸、乔景仪、乔景俨父子三人均为二品顶戴花翎。这些"皇商"家族的权势地位和受到的特殊宠幸都远远超过一般的清朝高官。

　　薛家在《红楼梦》书中出场的人物主要有薛姨妈、薛蟠、薛宝钗，之后又出现了薛宝钗的堂兄妹薛蝌和薛宝琴。

　　薛家一直是以贾家的亲戚关系借住在贾府内的。既然"借住"亲戚家，说明薛家的"当家人"有可能被免或被贬。要不然以"皇商"在朝中的显赫地位，不可能"借住"在贾家。

　　书中描写薛姨妈和王夫人是同宗同族的姊妹关系，而王熙凤又是她们娘家的侄女。现实中，薛姨妈和王夫人都是苏州织造李煦的同宗同族的妹妹，那么曹寅应该和薛姨妈的丈夫是连襟，有可能也是李煦的亲姐妹或者本家姐妹。按照同是李家人来称呼，王熙凤理所当然称薛姨妈和王夫人为姑妈。

　　在现实中，薛家是指马桑格家。马桑格家与江宁织造曹寅家、苏州织造李煦家和杭州织造孙文成家同属上三旗包衣，也同为康熙皇帝的宠信，同是织造世家。

　　据冯其庸先生考证，马桑格的父亲马偏额，于顺治十三年（1656年）、十五年（1658年）和康熙三年（1664年）三次出任苏州织造。曹玺去世后的一段时间，江宁织造亦由马家执掌。

　　据《江南通志》记载：康熙二十三年至康熙三十一年（1684年至1692年），江宁织造主事由桑格执掌。

《江南通志》的这一记载，说明曹玺去世后的 8 年间，江宁织造主事职衔一直由马桑格掌管，直到曹寅接替为止。

另据台湾作家高阳先生推论，曹颙的妻子马氏（书中李纨）应为马偏额的后裔。如果按照这一推论，那薛宝钗原型应该和马氏是叔伯姊妹或者堂姊妹关系。这样也应验了"四大家族"联络有亲、相互照应、一荣俱荣、一损俱损的内在关系。

中国红楼梦学会常务理事兼副秘书长马国权先生，在《红楼梦学刊》1979 年第一辑上，发表了《关于马桑格的一件新史料》的文章。马国权先生在文章中指出：

在查阅有关曹家史料的过程中，发现清代《历朝八旗杂档》里雍正九年（1731 年）关于内务府三品以上大员出身履历姓氏档中有一份桑格的履历，现摘录如下：

原任吏部尚书桑格，于顺治六年八月二十日得护军，十月初九日从护军升护军校，康熙七年四月十五日从护军校升虞员外朗兼佐领，二十年十二月初三日从佐领、员外郎转升南京织造员外郎，三十年十二月十二日从织造外郎升山东巡抚，三十三年十一月二十日从巡抚处升淮安府总漕，四十七年三月十八日从总漕升兵部尚书加太子太保，四十七年十二月从兵部尚书转升吏部尚书，于五十二年二月十四日病故。

根据马国权先生的考证可知，清代《历朝八旗杂档》中的"桑格"就是《红楼梦》书中薛姨妈的丈夫，也就是薛蟠、薛宝钗的父亲。

如果按照薛蟠、薛宝钗父亲去世的时间段来推算，那《红楼梦》的故事背景就应该是发生在康熙朝中后期以及雍正、乾隆朝年代。

关于薛家原为"皇商"的证据，在《红楼梦》书中有过相关的描写。

第十三回写道：

贾珍见父亲不管，亦发恣意奢华。看板时，几副杉木板皆不中用。可巧薛蟠来吊问，因见贾珍寻好板，便说道："我们木店里有一副板，叫作什么樯木，出在潢海铁网山上，作了棺材，万年不坏。这还是当年先父带来，原系义忠亲王老千岁要的，因他坏了事，就不曾拿去。现今还封在店里，也没人出价敢买。你若要，就抬来罢了。"贾珍听了，喜之不尽，即命人抬来。大家看时，只见帮底皆厚八寸，纹若槟榔，味若檀麝，以手扣之，玎珰如金玉。大家都奇异称赏。贾珍笑问："价值几何？"薛蟠笑道："拿一千两银子来，只怕也没处买去。什么价不价，赏他们几两工钱就是了。"贾珍听说，忙谢不尽，即命解锯糊漆。贾政因劝道："此物恐非常人可享者，殓以上等杉木也就是了。"此时贾珍恨不能代秦氏之死，这话如何肯听。

这段文字向我们道出了一个重要信息。薛蟠家的店里有一副樯木板，万年不坏，这副樯木板才，原是义忠亲王老千岁要的，因他坏了事，才没有被拿去。现今还被封在店里，至今也没有人出价敢买。

我们知道，在中国封建社会，"万岁"和"千岁"这个称谓，不能随便乱叫，只有当今皇帝，才能称其为"万岁"或者"万岁爷"。而"千岁"则是对封"王"加"爵"的皇帝的叔伯、兄弟或者皇帝的妃子，皇后等的称谓，别人是万万不可有此称谓的。

在皇室宗亲内部，能够称得上"千岁"的只有太子和被封"王"加爵后的皇帝的叔伯、兄弟等。而这个"义忠亲王老千岁"坏了事，无疑就是康熙朝时期的原太子胤礽以及在"九子争储"斗争中落败的"八爷党"集团中的某个人。胤礽做了近40年的太子，这在中国封建王朝的历史上绝无仅有，称其为"老太子""老千岁"一点儿也不过分。胤礽二次被废，可以说是"坏了事"。"八爷党"中的八阿哥允禩、九阿哥允禟、十阿哥允䄉、十四阿哥允禵等亲王争夺皇位失败，最后被雍正皇帝圈禁，从此离开"权力中心"，也可以说是"坏了事"。从贾政所说的"此物恐非常人可享者"，就足以说明，这位"坏了事"的"义忠亲王老千岁"绝不会是一般人物。要不然也根本不配使用"纹若槟榔、味若檀麝、万年不坏的樯木板材"。同时也可以证明，《红楼梦》中的薛家就是专门给宫廷采办各种物品用度的"皇商"，也就是现实中的马家。

在《红楼梦》书中，马家的最主要代表人物就是薛宝钗和李纨。

薛宝钗的原型是曹頫的姨表妹，她是金陵十二钗正册之首。书中描写薛宝钗生得肌骨莹润，姿容绝代，举止娴雅，博学多才，因此受到贾府上下一致好评。她待人圆滑，济贫护弱。史湘云势单贫寒，她出钱出物为湘云设东摆螃蟹宴。她照顾命运坎坷的香菱，使香菱免受欺负；她暗中帮助家境贫寒的岫烟，一针一线地为她着想；连猜忌她的林黛玉她都用心教导，使黛玉都不禁对她"心下暗服"。对待下人也总是能够体谅他们的难处，处处为他们着想。她主张贾宝玉攻读圣贤之书，在仕途上有所作为。她有一个刻有"不离不弃，芳龄永继"八字的金锁，据说是出生时一个癞头和尚给的。而王夫人与薛姨妈为了家族利益，便以此为由，极力促成与贾宝玉的"金玉良缘"。因第五回有贾宝玉梦游太虚幻境时所听到的曲文《终身误》，后世推测，"金玉良缘"的结局应是"终身误"。其内容是：

> 都道是金玉良姻，
> 俺只念木石前盟。
> 空对着，山中高士晶莹雪；
> 终不忘，世外仙姝寂寞林。
> 叹人间，美中不足今方信：
> 纵然是齐眉举案，到底意难平。

"终身误"顾名思义就是"误了终身"。曲子以满怀惆怅的自诉口吻，描写了贾宝玉婚后仍怀念和眷恋故去的林黛玉。写薛宝钗徒有"金玉良姻"的虚名，而实际上则是独守空房、终身寂寞。表现出了作者遗憾和惆怅的郁闷心情和对封建包办婚姻的强烈不满。

对于薛宝钗的最终结局，《红楼梦》书中也有一些暗示。

第六十二回贾宝玉过生日，贾探春和薛宝钗行"射覆"酒令，书中写道：

探春便覆了一个"人"字。宝钗笑道："这个'人'字泛得很。"探春笑道："添一字，两覆一射也不泛了。"说着，便又说了一个"窗"字。宝钗一想，因见席上有鸡，便射着她是用"鸡窗""鸡人"二典了，因射了一个"埘"字。探春知她射着，用了"鸡栖于埘"的典，二人一笑，各饮一口门杯。

薛宝钗所用"鸡栖于埘"这个典故，出自《诗经》中的《国风·王风·君子于役》这首诗。诗中写道：

君子于役，不知其期，曷至哉？鸡栖于埘，日之夕矣，羊牛下来。君子于役，如之何勿思！

君子于役，不日不月，曷其有佸？鸡栖于桀，日之夕矣，羊牛下括。君子于役，苟无饥渴！

这首诗作的大体意思就是：

丈夫服役去远方，服役长短难估量，不知到了啥地方？鸡儿已经进了窝，太阳也向西边落，牛羊成群下山坡。丈夫服役在远方，我怎么能够不思想？

丈夫服役去远方，每日每月恨日长，不知何时聚一堂？鸡儿纷纷上了架，太阳渐渐也西下，牛羊下坡回到家。丈夫服役在远方，但愿不会饿肚肠！

这首语言朴素，通俗易懂的诗作，表现了妻子期盼远方服役的丈夫早日归来的思念之情，表达了女主人公对于归期不定的丈夫，牵肠挂肚以及满怀怅惘的复杂心态。

薛宝钗引用"鸡栖于埘"这个典故，预示着她虽然和贾宝玉成为夫妻，但是，贾宝玉最终出家当了和尚，留下独守空房的薛宝钗孤苦度日。这也应验了曲文《终身误》中的"纵然是齐眉举案，到底意难平"之句。

第二十二回，写贾母给宝钗过生日。庚辰本有一条双行夹批：

最奇者黛玉乃贾母溺爱之人也，不闻为作生辰，却去特意与宝钗，实非人想得着之文也。此书通部皆用此法，瞒过多少见者，余故云不写而写是也。

同样对这句话，畸笏叟也有一条眉批：

将薛、林作甄玉、贾玉看书，则不失执笔人本家。

这两条批语说明，薛宝钗这个人物在现实中的确是有原型的，不是作者的凭空杜撰。关于薛宝钗的原型，红学界有很多种说法。一种说法认为，她是钱开宗的女儿钱凤纶，另一种说法是柳蕙兰，还有一种说法是屈慧兰。但这几种说法大都是学者的推理，都没有确绝的真凭实据。

《红楼梦》书中写了一个才貌双全的美女傅秋芳，她的哥哥傅试仗着妹子有几分姿色，要与豪门贵族结亲，不肯轻易下嫁。豪门贵族又嫌她本是穷酸，根基浅薄，也不肯求配。所以成了个二十三四岁还嫁不出去的老姑娘。一些红学家认为，这个傅秋芳影射的就是薛宝钗。

《红楼梦》第二十二回有一条庚辰回前批：

钗玉名虽两个，人却一身，此幻笔也。今书至三十八回时已过三分之一有余，故写是回使二人合而为一。请看黛玉逝后宝钗之文字便知余言不谬矣。

这条批语说明，书中林黛玉和薛宝钗名字虽然两个，其实却是一个人的"化身"。

在金陵十二钗正册的首页，就有判词"可叹停机德，堪怜咏絮才。玉带林中挂，金簪雪里埋。"这首四言诗是并题在一幅画上的，说的就是林黛玉和薛宝钗。

事实上，薛宝钗和林黛玉名字中的"宝"和"玉"字，组合在一起就是"宝玉"的名字。林黛玉虽然早早地香消玉殒，她却得到了贾宝玉的真情真爱。薛宝钗最后虽然嫁给了贾宝玉，但贾宝玉却是"到底意难平"。说明贾宝玉一直深爱着林黛玉。要不然贾宝玉也不会"空对着，山中高士晶莹雪；终不忘，世外仙姝寂寞林"。

李纨是书中贾政之子贾珠的妻子，贾兰的寡母。实际是曹寅长子曹颙的原配妻子马氏，曹天佑的寡母。

《红楼梦》书中对李纨是这样描写的：

原来这李氏即贾珠之妻。珠虽天亡，幸存一子，取名贾兰，今方五岁，已入学攻书。这李氏亦系金陵名宦之女，父名李守中，曾为国子监祭酒，族中男女无有不诵诗读书者。至李守中继承以来，便说"女子无才便有德"，故生了李氏时，便不十分令其读书，只不过读些《女四书》《列女传》《贤媛集》等三四种书，使他认得几个字，记得前朝这几个贤女便罢了，却只以纺绩井臼为要，因取名为李纨，字宫裁。因此这李纨虽青春丧偶，居家处膏粱锦绣之中，竟如槁木死灰一般，一概无见无闻，唯知侍亲养子，外则陪侍小姑等针黹诵读而已。

书中描写李纨的父亲李守中做过国子监祭酒。国子监祭酒是中国古代的官名，类似于中央政府管理教育事项的行政主管。清朝时期的国子监，是当时国家专门培养干部的最高学府，类似于现在的清华大学或者中央党校。说明李纨的父亲属于最高学府的主管校长，其级别相当于现在的副部级或者还要稍高。由此说明李纨出生在达官贵族之家和书香门第，其幼年的生活环境应该比较优越富足。

从《红楼梦》书中对李纨的描写来看，李纨因青春守寡，心如"槁木死灰"。她沉静、从容，却也沧桑悲惨。她不仅是一个终身立志不嫁、坚守贞操、抚育子女的标准节妇，也是封建社会妇德妇功的现实化身。

十二、一从二令三人木

《红楼梦》第五回有一首王熙凤的判词。对于这首判词，红学界有很多种大同小异的解读。鉴于大多数红学家的判解，笔者虽有赞同，但亦有不同的判解观点。

王熙凤的这首判词是：

凡鸟偏从末世来，都知爱慕此生才。

一从二令三人木，苦向金陵事更哀。

众多红学家对这一判词的通常理解是：凤姐这个聪明能干的"女汉子"，偏偏出生在"末世"。"末世"是指贾家大势将尽，"死而不僵"。而"凡鸟"是繁体字的"鳳"字，暗指王熙凤。"都知爱慕此生才"，就是都知道王熙凤虽然为人刻薄，心狠手辣，但她的确很有才干。"一从二令三人木"指的是丈夫贾琏对凤姐前后态度的变化。贾琏和王熙凤结婚之后，先是对她百依百顺，处处言听计从。"二令"可解为"冷"，指的是贾琏对王熙凤渐渐冷淡，不像以前那样唯命是从。"三人木"表示"休"，是指王熙凤最后被贾琏休弃。"哭向金陵事更哀"，就是贾府被抄家治罪后，王熙凤被贾琏休弃，后获罪入狱，没多久就"哭向金陵"含恨而亡。

对于王熙凤判词中的"凡鸟偏从末世来，都知爱慕此生才"这句，大家基本上没有太大的争议。但是，对于"一从二令三人木"之句，红学界争议颇多。

著名政治学家、红学家吴恩裕先生在他所著的《有关曹雪芹十种·考稗小记》中说道，凤姐对贾琏最初是言听计"从"，继而对贾琏可以发号施"令"，最后事败终不免于"休"之，故曰"哭向金陵事更哀"。

吴恩裕先生的这一解读，得到了红学界的广泛认可。但是，云南大学杨光汉教授对此亦有不同的解读。

杨教授在他所著的《红楼梦：一次历史的轮回》卷一《释"一从二令三人木"》一节中认为："一从"即是"自从"之意，"二令"就是"冷"字，"三人木"是指"人来"的意思。"一从二令三人木"合起来就是指"自从冷人来"。对于这个"冷人"到底是谁，杨光汉教授认为这个"冷人"就是"冷面冷心"的"冷郎君"柳湘莲，也就是脂砚斋批语中所说的"日后作强梁"的柳湘莲。于是杨光汉教授进一步推测，在《红楼梦》后四十回内容里，会有"暴民"造反起义的内容。这样一来，贾府就会成为"造反起义军"的打击对象。这个时候，当朝皇帝不得不牺牲贾家以保全朝局的稳定。

杨老先生是云南大学中文系教授，在学术研究方面造诣很深，其研究成果颇丰。尤其在《红楼梦》的研究探佚方面，均有独到的个人见解。

对于吴恩裕先生和杨光汉教授关于"一从二令三人木"的推理分析，笔者却有另外不同的解读。

翻开甲戌本《脂砚斋重评石头记》第五回，在王熙凤判词"一从二令三人木"的下边，有一条甲戌夹批道：

折字法。

对于这三个字批语，甲戌本两处都是"折字法"，而戚序本为"拆字法"。笔者又查阅了两种经过编校过的《脂砚斋重评石头记》，这两种版本都是"拆字法"。"折"字应该是"折叠"之意，而"拆"字应该是"拆开"或者"拆解"之意。如果用在此处，笔者认为应该是"拆字法"。如此说来，那甲戌本中的"折字法"很可能就是"笔误"。

笔者认为，判词"一从二令三人木"的后一句就是"哭向金陵事更哀"。说明这一句必定与贾家的彻底败落以及王熙凤的最终结局紧密相连。既然王熙凤的最后结局是"哭向金陵事更哀"，说明导致王熙凤这一悲惨结局的真正原因就是贾家的彻底败落。也就是"家散人亡各奔腾"。

同时，针对这一句判词，批者给出了"拆字法"的提示，说明"一从二令三人木"这句判词，可以是某一个字的"拆"解，也可以是多个字的"合成"。

笔者按照这一思路，查找了一些与"一从二令三人木"能"拆"能"合"的字。那就是"检"字。而且甲戌本及庚辰本《脂砚斋重评石头记》影印版中的这个"检"字，用的全部都是繁体的"檢"。

按照繁体的"檢"字来"拆"开，"檢"字有"一人"，有"两个口"，有"三人"，也有"木"。不仅如此，还有"众人""人上人"，说明贾家的最终破灭是"一个人"或者"众人"造成的。如果是"一个人"，那这个人就是"檢"字最上边的"上人"或者"人上人"。这个"人上人"，就应该理解为最高当权者皇帝。如果是"众人"，那就是贾家在失去"靠山"以后，形成了"墙倒众人推""破鼓乱人捶"的格局。"两个口"可以理解"两次口令"。也就是贾家经历了最高当权者的"两次"打击。第一次"打击"贾家并没有彻底破灭。而第二次打击才导致贾家一败涂地，家破人亡。"三人木"就是"休"字。这里的"休"就是停止或者"完结"的意思，而汉语中的"完结"多指失败或者灭亡、死亡。而"檢"字的意思可以理解为检查，也可以理解为"抄检"。书中第七十四回"惑奸谗抄检大观园，矢孤介杜绝宁国府"就有抄检大观园的详细描写。"抄检"大观园是书中的重大事件。作者利用这么大的篇幅描写大观园"抄检"，并不是简简单单的"寻常之笔"，其"隐意"相当深刻。大观园"抄检"之后，众多闺阁女子的最终命运结果，都将各奔东西、灰飞烟灭。这是《红楼梦》悲剧结局的核心所在。

如果是"抄检"，那就意味着贾家受到过两次抄检。贾家第一次被抄检并没有伤筋动骨，而第二次抄检才导致贾家的彻底败落灭亡。王熙凤身为贾家的"大管家"，贾家彻底败落以后，孤苦伶仃，无家可归，只能"哭向金陵事更哀"。

通过以上分析，笔者认为，"一从二令三人木"完整的解释就是：雍正皇帝第一次下令打压江宁织造曹家，曹家并没有完全败落，只是抄没家产、押解进京，曹頫在北京"戴枷"归还欠款，因此曹家还有祖茔、田庄、房舍、地亩等。按照清朝的律例规定，这些是不会收走"充公"的。因此说，日子虽然不像在江宁织造时的"锦衣玉食、繁花似锦"，但也可以勉强维持生活，不至于饿死人。又因为后来曹家受到了以弘晳为主谋的"篡权谋逆"大案的牵连，第二次由乾隆皇帝下令治罪，从此曹家彻底"破灭"。曹家的所有男女老少死的死、亡的亡，坐牢的坐牢。而书中王熙凤的原型，也不可能"独善其身"，在万般无奈之际，只好悲惨地哭着面向曾经给曹家带来富贵荣耀的金陵，含恨而死。这也符合王熙凤判词前的"雌凤和冰山"这幅画的寓意。这幅画也说明那渐渐消融的冰山正是即将败落的贾府，冰山消融之后，"雌鸟"王熙凤再无立足之地。贾府彻底败落之后，王熙凤四面楚歌，最后沉入冰冷的水中，悲惨死去，暗示冰山崩溃之后贾家的彻底破灭和王熙凤的最后死亡。

这样的分析判断，读者或许感觉有些牵强附会。但不管怎么说，如果单解前半句，就会有失偏颇。只有把"一从二令三人木"与"哭向金陵事更哀"合起来解读，才能完整、全面、准确。王熙凤是因"一从二令三人木"，才导致她"哭向金陵事更哀"的。前是"因"，后是"果"。因此说，王熙凤的这句判词，如果不与江宁织造曹家第一次抄家治罪以及后来参与"弘晳谋逆"案导致彻底"灭亡"联系起来，而只是浅层次地从"字面"上解读，那只能是浅尝辄止或者浮光掠影。

十三、"随任"者定是曹頫

研究探讨《红楼梦》及其作者，不能背离作者所处的时代背景。但无论是作者所处的时代，还是后来的历史记载，其相关资料非常匮乏。因此，只能在与作者同时代的"圈中好友"和已经熟知的人群中找到一些蛛丝马迹。其中就有敦诚、敦敏二兄弟以及裕瑞、张宜泉等人。

清朝乾隆年间，有一个叫爱新觉罗·敦诚的宗室文人。有一年的秋天，敦诚遇见曹雪芹，当时天气很冷且下着大雨，两个人被大雨淋得像个"落汤鸡"。曹雪芹想喝酒驱寒。结果两人都没有带钱，于是敦诚"解佩刀沽酒而饮之"。雪芹非常高兴，特作了一首长诗感谢敦诚。敦诚也以《佩刀质酒歌》诗作以答之。由此说明，敦诚与曹雪芹关系非常密切。

敦诚是努尔哈赤第十二子英亲王阿济格的五世孙。他出生于雍正十二年（1734年），卒于乾隆五十六年（1791年），字敬亭，号松堂。他33岁补宗人府笔帖式，旋授太庙献爵。他在皇室宗亲诗人当中的知名度比较高，著有《四松堂集》等。

敦诚在《四松堂集》中，有一首《寄怀曹雪芹霑》的诗，诗中其中一段写道：

少陵昔赠曹将军，曾曰魏武之子孙。

君又无乃将军后，于今环堵蓬蒿屯。

扬州旧梦久已觉，且著临邛犊鼻裈。

我们详细分析一下这段诗作：

"少陵昔赠曹将军，曾曰魏武之子孙"。这里的少陵，即杜少陵，也就是杜甫。杜甫曾在《丹青引赠曹将军霸》中称赞曹霸将军。曹霸是盛唐著名的画马大师，"安史之乱"之后，曾经穷困潦倒，四处漂泊。杜甫和他在成都相识后，十分同情他的遭遇，由此写下这首诗作。因此，有人考证说曹雪芹原是魏武曹操之后。这是敦诚借杜甫之诗表达对曹雪芹的敬佩。

"君又无乃将军后，于今环堵蓬蒿屯"。这里的"君"是指曹雪芹。"无乃"应当理解为"或许"。这一句是说曹雪芹或许是曹将军之后代。说明曹雪芹祖上曾经出过带兵打仗且威武显赫的将军，而到如今，却穷困潦倒地住在蓬蒿围成的破院子里。

"扬州旧梦久已觉，且著临邛犊鼻裈"。扬州旧梦亦即秦淮旧梦，而"秦淮"意指位于南京市秦淮区的夫子庙一带。比喻曹雪芹曾经经历过繁华兴盛的往日生活。邛犊鼻裈，是说曹雪芹在繁华旧梦破醒之后，他犹如当年司马相如在四川临邛一样穷困潦倒。

以上几句诗说明曹雪芹曾经是将军的后代，经历过秦淮旧梦和南京江宁织造的繁华生活。而如今，却过着连吃饭穿衣都非常艰难的贫困生活。

敦诚还在"扬州旧梦久已觉"一句后边的注解中写道：

雪芹曾随其先祖寅织造之任。

这句话中的"寅"，肯定是指曾经担任江宁织造主事以及两淮巡盐御史的曹寅。"先祖"，是指已经去世的祖父或者祖先。祖父，即父亲的父亲。"祖先"特指年代久远的"先祖"。而"先人"是单指已故的父亲。这里的"先祖"既是对已逝先辈的尊称，也说明曹雪芹是曹寅的孙子或者儿子辈的某个人。

据考证，曹寅去世的时间是康熙五十一年（1712年），如果按照其孙子来理解，那只能是曹颙的遗腹子曹天佑，但曹天佑出生在康熙五十四年（1715年），其"过继子"曹頫之子出生的时候可能还要更晚。曹天佑出生时，曹寅已经去世了3年，根本不会有"雪芹曾随其先祖寅织造之任"一说。曹頫的儿子出生要比曹天佑更晚，更不会是曹頫的儿子。那么，现实中跟随曹寅在江宁织造任上的只能是曹颙和曹頫。

康熙五十四年（1715年）七月十六日，康熙皇帝谕旨曹頫汇报家中大小事。曹頫在奏报家务家产的奏折中，曾经提到"窃奴才自幼蒙故父曹寅带在江南抚养长大"等语句。虽然曹頫原来是曹寅弟弟曹荃的儿子，但是曹颙去世以后，曹頫是正式过继给曹寅妻子李氏为继子的。曹寅虽然早已去世，但曹頫在奏折中称曹寅为"故父"，不仅理所当然，而且合情合理。因曹寅的亲生儿子早在康熙五十四年（1715年）因病去世。因此，敦诚所说的"雪芹曾随其先祖寅织造之任"中的"雪芹"只能是曹頫。根本不会是曹天佑或者曹頫的儿子。

对于敦诚的"雪芹曾随其先祖寅织造之任"这句话，红学界也有很大的争论。争论的焦点就是这句话是《四松堂集》中的一条夹批，不是《四松堂集》原文所有。而这条夹批来自一个笺条。这个笺条是在刻印《四松堂集》的时候，把这句话加上去的。对此，一些红学家认为，这句话来路不明，怀疑这句话是后人"故意"添加的。

对于《四松堂集》和这个"笺条"的来历，胡适先生在《跋〈红楼梦考证〉》中说："今年四月十九日，我从大学回家，看见门房里桌子上摆着一部退了色的蓝布套的书，一张斑驳的旧书笺上题着'四松堂集'四个字！我已几乎不信我的眼力了，连忙拿来打开一看，原来真是一部《四松堂集》的写本！这部写本确是天地间孤本。因为这是当日付刻的底本，上有付刻时的校改，删削的记号。最重要的是这本子里有许多不曾收入刻本的诗文，凡是已刻的，题上都印有一个刻字的戳子。刻本未收的，题上都贴着一块小红笺。题下注的甲子，都被编书的人用白纸块贴去，也都是不曾刻的。我这时候的高兴，比我前年寻着吴敬梓的《文木山房集》时的高兴，还要加好几倍了！"

　　著名红学家冯其庸先生在他所著的《初读〈四松堂集〉付刻底本》一文中指出："胡适的这段题记，基本上说清楚了《四松堂集》付刻底本与《四松堂集》刻本之间的关系，胡适说：'集中凡已刻的诗文，题上都有刻字的戳子，凡未收入刻本的，题上都贴小红笺。'我手头恰好有《四松堂集》的刻本。这本书说来也巧，1954 年我刚到北京不久，在灯市东口一家旧书店里，在书架的最底层的面上，放着一部《四松堂集》，书上厚厚的一层尘土，我心想可能是同名的书罢，我随手拿起来一看，卷首居然署'宗室敦诚敬亭'，开卷就是'嘉庆丙辰长至后五日河间纪昀'序，这是千真万确的宗室敦诚的《四松堂集》，当年胡适花了九牛二虎之力没有买到，还是蔡元培给他借来的，我却不费吹灰之力，而且以极低的价格买下了这部书，实际上书店老板根本不知道这书的价值，所以任其尘封，以后我在各书店一直留意，50 年来竟未能再遇，这次我就拿这部《四松堂集》的原刻本，与胡适的这部《四松堂集》付刻底本对照，验证了胡适的话是大致可信的，刻本比底本少了很多诗，连悼念曹雪芹的那首诗刻本都未收。"

　　虽然冯其庸先生对照了他与胡适先生的《四松堂集》原刻本，并且认为胡适先生的话是可信的，但冯先生并没有说明他的《四松堂集》原刻本，有没有"雪芹曾随其先祖寅织造之任"这句话的笺条。

　　由于我们无法判断这个"笺条"的来龙去脉，因此，对"雪芹曾随其先祖寅织造之任"这句话的真实性，也难以给出可靠性的结论。

　　嘉庆朝时期的文人西清，在他所作的《桦叶述闻》中说：

　　《红楼梦》始出，家置一编，皆曰此曹雪芹书，而雪芹何许人，不尽知也。雪芹名霑，汉军也。其曾祖寅，字子清，号楝亭，康熙间名士，官累通政，为织造时，雪芹随任，故繁华声色，阅历者深。

　　西清的曾祖是康熙、雍正朝时期的大学士鄂尔泰，曾经与曹寅有过交往。西清在《桦叶述闻》中这段话的大体意思是：他家里有一部《红楼梦》，大家都说作者是曹雪芹，而曹雪芹是何许人，不完全清楚。

　　西清又说："曹寅是康熙年间的名人，官至通政使司通政使，在他担任织造官时，曹雪芹随任。"

　　但是，西清所说的"其曾祖寅"那就有点"瞎扯"了。"曾祖"指的是父亲的祖父，也就是爷爷的父亲或者父亲的爷爷。照此推算，那这个曹雪芹要么是曹頫的孙子，要么是曹天佑的儿子。

　　试想，连西清都不知道曹雪芹是何许人也，说明署名曹雪芹的《红楼梦》作者只是个"笔名"。而西清所说的"雪芹随任"，那就更不可能了。曹寅去世的时候，无论是曹颙的儿子曹天佑，还是曹頫的儿子曹某某，这些人都还没有出生，怎么可能"随任"呢？这样看来，曹頫的孙子和曹天佑的儿子那就更不可能了。

　　由此说明，这个跟随曹寅"随任"之人，要么是曹寅的亲生儿子曹颙，要么是曹寅的"过继子"曹頫。因曹颙已于 1715 年去世。那么，敦诚所说的"曾随其先祖寅织造之任"和西清所说的"雪芹随任"之人只能是曹頫。

一四、"家叔"者只能是曹頫

敦诚有个亲哥哥叫敦敏,他们同为曹雪芹的好友。敦敏27岁时在宗学考试中列为优等。28岁时曾协助父亲在山海关管理税务,还在锦州做过税务官,不久即回京长期闲居。37岁授右翼宗学副管,46岁升总管,54岁因病辞官。著有《瓶湖懋斋记盛》。

敦敏在他所著的《瓶湖懋斋记盛》中记载:乾隆二十三年(1758年)他与曹雪芹巧遇,并亲口告诉他说:

借家叔所寓寺宇,扎糊风筝,家居时少,以致枉顾失迓也。

敦敏还有一首诗曾经写道:

芹圃曹君霑别来已一载余矣。偶过明君养石轩,隔院闻高谈声,疑是曹君,急就相访,惊喜意外,因呼酒话旧事,感成长句。

可知野鹤在鸡群,隔院惊呼意倍殷。

雅识我惭褚太傅,高谈君是孟参军。

秦淮旧梦人犹在,燕市悲歌酒易醺。

忽漫相逢频把袂,年来聚散感浮云。

据考,敦敏的这首诗写于乾隆二十五年(1760年)。诗中的明君指的就是富察·明琳。明琳的姑妈就是乾隆皇帝的孝贤纯皇后。

诗前的小注和这首诗是说,有一天,敦敏偶然路过富察·明琳的养石轩,听到院内有高谈阔论的熟悉声音,怀疑是阔别已久的曹雪芹在此,急忙前去相见。敦敏见到曹雪芹后,感到非常惊喜和意外,于是几个人喝酒谈天,回忆昔日的陈年旧事。敦敏在这首诗中自愧自己没有褚太傅识辨人物的能力和见识,赞扬曹雪芹风雅洒脱、才思敏捷以及鹤立鸡群的才华和人品性格。

在这首诗中,敦敏以"秦淮旧梦人犹在"点出了曹雪芹早年在南京度过的繁华生活。以"燕市悲歌酒易醺"描写曹雪芹借助酒精的麻醉,来消解心中的苦闷、彷徨和愤懑。"忽漫相逢频把袂,年来聚散感浮云",则表现了敦敏与这位曹雪芹偶然相逢后,就像阔别多年的老朋友一样倍感亲切。同时,也感慨朋友之间忽聚忽散,就像浮云一样飘忽不定。

乾隆二十五年(1760年)的时候,曹雪芹已经沦落到生活极其贫困潦倒的地步了。而"秦淮旧梦人犹在"则说明,这位曹雪芹原来曾经有过在南京繁华荣昌的美好时光。

既然曹雪芹亲自告诉敦敏说："借家叔所寓寺宇，扎糊风筝。"说明曹雪芹不仅有一个家叔存在，而且还是个出家之人。因曹頫在他们兄弟几个排行当中年龄最小，曹雪芹所提到的这位家叔无疑就是曹家最后一任江宁织造曹頫。

在周汝昌与严中合著的《江南织造与曹家》一书中，他们一致认为这个曹雪芹就是曹頫的儿子。这一观点，也得到了不少红学家的认同。

雍正二年（1724年）正月初七，曹頫给雍正皇帝上了一道《江宁织造曹頫奏谢准允将织造补库分三年带完折》。在这道奏折中，曹頫曾经有"奴才实系再生之人，惟有感泣待罪，只知清补钱粮为重，其余家口妻孥，虽至饥寒迫切，奴才一切置之度外，在所不顾"的一段话。

"妻孥"可以作为妻子和儿子讲。据此，一些红学家就认为，"其余家口妻孥"中的"孥"，说明曹頫在雍正二年（1724年）正月初七之前，已经有了自己的儿子。但是，我们也不能因为曹頫有一个或者两个儿子，就断定他的儿子就是《红楼梦》作者曹雪芹。因此，说曹雪芹是曹頫的儿子这一说法，也只是一些人的猜测和估计，没有任何可靠的证据。

假使说曹雪芹就是曹頫的儿子，那他的这个儿子年龄肯定要比曹天佑小。那么，甲戌本《凡例》中的"上赖天恩、下承祖德，锦衣纨绔之时、饫甘餍美之日，背父母教育之恩、负师兄规训之德，已至今日一事无成、半生潦倒之罪"的"作者自云"，自然与这位曹頫的儿子扯不上任何关系。

如果说曹雪芹是曹頫的儿子，那敦敏诗中所说的"秦淮旧梦人犹在，燕市悲歌酒易醨"，也根本与他没有丝毫关系。因此说，曹雪芹是曹頫儿子的可能性几乎没有。

再说了，如果说曹雪芹是曹頫儿子的话，那曹雪芹肯定不会跟敦敏说"借家叔所寓寺宇，扎糊风筝"。而应该说"借家父所寓寺宇"。不然，曹雪芹再没脑子，也绝不可能把自己的父亲说成是"家叔"。按照当时敦敏与曹雪芹的这种亲密关系来看，也不可能是敦敏无中生有的胡乱"扯淡"。

笔者一直怀疑到底有没有曹雪芹这个"真人"。如果现实中真有这么一个人的话，那他是曹頫侄子的可能性比较大。因曹頫有三个亲哥哥，曹雪芹也有可能是曹頫某位亲哥的儿子。如果真是如此的话，"借家叔所寓寺宇"的说法就完全没有问题了。但是，无论是《五庆堂曹氏宗谱》，还是历史文献资料，以及众多红学家的考证，都找不到曹頫这个亲侄子撰写《红楼梦》的任何文字记载。如果曹頫的子侄当中有一个能够写出《红楼梦》这样的鸿篇巨著，那么，在丰富的历史资料当中，不会没有他的任何蛛丝马迹。因此说，曹雪芹是曹頫侄子的可能性也几乎不太可能。

当代著名小说家、剧作家麦家先生曾经说过，做事的目的是安放自己的灵魂，而不是去获得那些外在的名和利。

因此说，《红楼梦》作者撰写这部鸿篇巨著，并不是为了给后人留下"曹雪芹"

这个虚名。就像麦家先生所说的那样，他是为了安放自己不屈的灵魂，外在的名和利对于原作者来说并不重要。作者的终极意图，就是把自己所见所闻的这些人和事，以及曹家由兴盛到衰败的整个过程，用小说的形式再现出来，能够让后人真实了解曹家的冤屈和作者的坎坷，这样他的目的和愿望也就基本达到了。但是，由于当时"文字狱"极其恐怖，只有采取"以假乱真"的艺术手法，将"真事隐去"，把自己满腹的冤屈仇恨毫无保留地展现给读者，把大清王朝的残酷暴政淋漓尽致地揭露出来，他才能够瞑目安享并寂静归西。这对于作者而言，是极其残忍和极其不公的，而对于他呕心沥血所创作的《红楼梦》而言，能够领受岁月的赏赐，成为泱泱中华的旷世不朽之作，这又是宽厚仁爱和极其幸运的。

电视剧《汉武大帝》有一首《千百年后谁还记得谁》的插曲，其背景是功勋卓著的大司马、大将军卫青，在与汉武帝刘彻相见的最后时刻。天子降阶相迎，画面交错相映，往事历历在目，深情凄楚沧桑。每当笔者倾听这首歌曲之时，心灵的震颤随着跳动的音符始终难以平静。那富含哲理的歌词，粗犷凄凉的旋律，瞬间揪心撕肺，定格永恒。两千多年过去了，刘彻也好，卫青也好，很多为中华崛起作出过不朽功绩的仁人志士也好，至今依然千古流芳，令人铭记不忘。我们完全有理由相信，千年以后的《红楼梦》，其深刻的思想内蕴与卓越的艺术价值，依然会闪烁着厚重的耀眼光芒，令人沉醉，令人缠绵，令人流连忘返。

这样看来，《红楼梦》作者隐姓埋名，远离尘世，深藏幕后不愿现身，把"披阅增删，纂成目录，分出章回"的繁重任务交给这个曹雪芹也实属正常。由于清朝康雍乾时期极其恐怖的"文字狱"，谁也不会因为一部书的署名问题而遭到蹲监坐牢甚至抄家杀头的厄运。

一五、"织造嗣君"就是曹頫

在清朝雍正、乾隆、嘉庆朝时期，有一位叫袁枚的著名文人。袁枚是浙江钱塘（今杭州）人，约出生于康熙五十五年（1716 年），卒于嘉庆三年（1798 年），字子才，号简斋，晚年自号仓山居士、随园主人、随园老人等。乾隆四年（1739 年）入翰林院，他是清代中叶最负盛名、最具影响的诗人，其诗文激情澎湃、豪放恣意、纵横不拘、独树一帜。当时，他与清代政治家、文学家，《四库全书》总纂修官纪昀齐名，时称"南袁北纪"。

袁枚在他的《随园诗话》里两次提到曹雪芹是曹寅的儿子，第二次说得更准确，"雪芹者，曹楝亭织造之嗣君也"。历史上，曹寅只有一个过继子曹頫。这等于是告诉大家，曹頫就是小说的作者。袁枚于乾隆十年（1745 年）的春天，被调往江宁任县令。乾隆十四年（1749 年），父亲去世，袁枚辞官养母，隐居南京。应当说，他的话比较有说服力。

袁枚在他所著的《随园诗话》卷二中说道：

康熙间，曹练（楝）亭为江宁织造，每出，拥八骑，必携书一本，观玩不辍。人问："公何好学？"曰："非也。我非地方官，而百姓见我必起立，我心不安，故借此遮目耳。"素与江宁太守陈鹏年不相中。及陈获罪，乃密疏荐陈。人以此重之。其子雪芹撰《红楼梦》一部，备记风月繁华之盛。中有所谓大观园者，即余之随园也。

他在卷十六中又说：

雪芹者，曹练（楝）亭织造之嗣君也。

袁枚所说的曹楝亭，就是曹寅。因曹寅的父亲曹玺在金陵老宅西园内亲手种过一株楝树，后又在楝树附近修建了一个亭子，曹寅就选定"楝亭"二字作为别号，加之后来曹寅出版的作品大都以"楝亭"命名，如《楝亭诗钞》《楝亭词钞》《楝亭书目》《楝亭图咏》等，因此，其名气也越来越大。

对于袁枚在《随园诗话》卷二中的描述，可以理解为：

康熙年间，曹楝亭担任江宁织造主事，每次出门，都有 8 个侍从簇拥着车马，而且必带一本书，经常翻看阅读，从不间断。有人问他："你怎么这样勤奋好学？"他回答说："不是我好学。我这个织造官不是地方父母官，可是老百姓见到我却要起立肃穆行礼，我心里很是不安，因此借用书本遮眼罢了。"他平时和江宁太守陈鹏年不和睦，当陈鹏年获罪的时候，曹寅却秘密上书为他陈请申诉。老百姓都因为这件事而非常敬重他。他的儿子曹雪芹写了《红楼梦》一书，详细地记述了男女情爱和繁荣华丽的盛况。书中所说的大观园，就是我的随园。

据考证，袁枚曾经在南京小仓山购置了隋氏废园，后改名"随园"，自称随园先生。"隋园"原来是曹家的一处园林。曹家被抄家时，接替江宁织造的是绥赫德。在绥赫德继任江宁织造主事职衔后，雍正皇帝就把曹家的花园连同家产全部赏给了绥赫德，绥赫德将曹家花园改名为"隋公园"。几年后绥赫德也被罢免治罪，"隋公园"就废弃了一段时间，后来就被袁枚购买，改名"随园"。

而袁枚又说"其子雪芹撰《红楼梦》一部"。袁枚的这句话则说明，曹寅的儿子"曹雪芹"撰写了《红楼梦》这部书。

在卷十六中关于"雪芹者，曹练（楝）亭织造之嗣君也"的描述，可以理解为：这个叫曹雪芹的人，是江宁织造曹楝亭的接续、继承人。

"嗣"是继承的意思，"嗣君"对于皇家而言，是皇太子的意思。在民间，一般是嗣子或者继子的意思，也是对别人儿子的尊称。继子是指本支近门弟兄的儿子过继到自己名下以继承家业者。

在中华书局 1975 年出版，由故宫博物院明清档案部编撰的《关于江宁织造曹家档案史料》128 页和 131 页中，就有曹頫上奏的《江宁织造曹頫代母陈情折》《江宁织造曹頫覆奏家务家产折》两道奏折。奏折分别提到了曹頫承嗣袭职的事情。

在《江宁织造曹頫代母陈情折》中曾经记载：

窃奴才母在江宁，伏蒙万岁天高地厚洪恩，将奴才承嗣袭职，保全家口。

在《江宁织造曹頫覆奏家务家产折》中也曾记载：

窃奴才自幼蒙故父曹寅带在江南抚养长大，今复荷蒙天高地厚洪恩，俾令承嗣父职。

以上两份奏折中的记载说明，曹頫是"承嗣袭职"和"承嗣父职"的，说明曹頫不仅被过继给了曹寅妻子李氏为嗣子，而且还承袭了江宁织造主事职衔。他所承继的这个"嗣子"，是蒙康熙皇帝的天高地厚洪恩，奉旨过继的。说白了，曹頫过继给曹寅之妻李氏为嗣子并袭江宁织造这件事，是康熙皇帝下旨亲自安排的。

由此，我们可以明确地判断，这个"嗣君"，无疑就是曹寅的过继儿子曹頫。

既然袁枚说"其子雪芹撰《红楼梦》一部"，说明作者就是曹寅的儿子。又因曹寅的亲生儿子曹颙已于康熙五十四年（1715 年）病逝。而曹寅名下只有"过继子"曹頫一人，再也没有其他儿子。因此，袁枚所说的"其子雪芹撰《红楼梦》一部"，也就足以说明，曹頫撰写了《红楼梦》这部书。

一六、作者不至于"愚钝无知"

在清朝乾隆、嘉庆、道光年间，有一个叫爱新觉罗·裕瑞的宗室文人。据一些红学家考证，他是研究《红楼梦》续书的第一人。

据考，爱新觉罗·裕瑞约出生于乾隆三十六年（1771年），卒于道光十八年（1838年），他是努尔哈赤第十五子多铎的五世孙，曾任乾隆朝时期的副都统、辅国公等。嘉庆十八年（1813年），因他的手下参与天理教叛乱，遂以失察罪名被革职，并令他迁往盛京（沈阳）管理宗室事务。嘉庆十九年（1814年），裕瑞又被他人揭发购买有夫之妇为妾，被永久圈禁。裕瑞是个多才多艺的文学家，对《红楼梦》颇有研究。相传裕瑞的书斋窗外有一棵大枣树，故将他的著作命名为《枣窗闲笔》。

裕瑞在《枣窗闲笔》中记载：

闻旧有《风月宝鉴》一书，又名《石头记》，不知为何人之笔。曹雪芹得之，以是书所传叙者，与其家之事迹略同，因借题发挥，将此书删改至五次，愈出愈奇。

裕瑞的这段话是说，听说过去有《风月宝鉴》这部书，又名《石头记》，不知道是什么人所写，曹雪芹得到之后，看到书中的故事情节和内容，与自己的家事大体相同，于是借题发挥，进行了五次删改，流传后很受欢迎。

同时，《枣窗闲笔》中还记载：

雪芹二字，想系其字与号耳，其名不得知。曹姓，汉军人，亦不知其隶何旗。闻前辈姻戚有与之交好者，其人身胖、头广而色黑，善谈吐，风雅游戏，触境生春。闻其奇谈，娓娓然令人终日不倦，是以其书绝妙尽致。

闻袁简斋家随园，前属隋家者，隋家前即曹家故址也，约在康熙年间。书中所称大观园，盖假托此园耳。其先人曾为江宁织造，颇裕，又与平郡王府姻戚往来，其书中所假托诸人，皆隐寓其家某某，凡性情遭际，一一默写之，唯非真姓名耳。闻其所谓宝玉者，尚系指其叔辈某人，非自己写照也。所谓"元迎探惜"者，隐寓"原应叹息"四字，皆诸姑辈也，余闻所称宝玉系雪芹叔辈，而后书以雪芹为贾政之友，为宝玉前辈世交，以侄反作为乃叔之前辈，可笑！

以上裕瑞在《枣窗闲笔》中的这些记载说明：裕瑞并不清楚"曹雪芹"这个名字，说"雪芹"可能是他的"字"或者"号"，其真实姓名"不得知"。裕瑞还听说曹雪芹头大、皮肤黑，是个胖子。同时，裕瑞只知道曹雪芹姓曹，是汉军人，不知道他隶属哪个旗。由此说明裕瑞对曹雪芹并不十分了解。

裕瑞还说，听说袁枚家的随园，以前属于隋家。在属于隋家前，这个园子原来是曹家的，书中称为大观园，其先人曾经是江宁织造，非常富有，又与平郡王府有姻戚关系（曹寅长女曹佳氏嫁平郡王纳尔苏为妃），故事是发生在曹家的真事。凡书中的人物性情及命运遭遇，是凭记忆写出的，书中人物都有原型，人名等并非真人真姓，是假托其他人，隐寓自己的家事。书中所讲的"元迎探惜"者（元春、迎春、探春、惜春），隐寓"原应叹息"四个字，是其姑辈。书中称为宝玉的系曹雪芹叔辈的某个人。然而一些后续的书中将曹雪芹当作贾政的朋友，为宝玉前辈世交，错误地将侄子辈作为叔之前辈，实在是可笑至极！

裕瑞的《枣窗闲笔》共收录裕瑞8篇专题文章，其中7篇评论《红楼梦》续书，一篇评论小说《镜花缘》。裕瑞评论《红楼梦》的主旨，意在比较分析当时流行社会上的几种《红楼梦》续书，同八十回原作在创作含义、艺术手法、故事结构以及人物命运结局等方面的差异和优劣。当时，社会上泛起了一股"续写红楼梦"热潮，出现了很多种续写《红楼梦》的书籍。这些胡写八写的续书，歪曲了《红楼梦》原作者的创作思想和艺术底蕴，续得一塌糊涂。裕瑞认为这些续书是对《红楼梦》极大的歪曲和亵渎。因此，他认为这些续书暴露了续作者的荒唐恶劣，实在是"荒唐可笑"。

裕瑞所说的"其先人曾为江宁织造"之句，与明义所说的"盖其先人为江宁织府"如出一辙。而"先人"常指已故去的父亲。由此说明，他们所说的"曹雪芹"就应该是曾经署理江宁织造，担任两淮巡盐御史，官至正三品的通政使司通政使曹寅的儿子。

然而，至上世纪中叶起，一直有人对《枣窗闲笔》的真伪提出过严重质疑，认为《枣窗闲笔》是后人伪造，其中对《枣窗闲笔》中曹雪芹的身世及脂砚斋的批语等诸多内容提出怀疑。

山西大学文学院教授欧阳健先生，还写过一篇《枣窗闲笔·辨疑》的文章，说裕瑞的《枣窗闲笔》是后人的伪托。

红学研究爱好者尤志心先生，在他所著的《中立者眼中的甲戌本真伪之争》文章中指出：用字迹辨伪法来对《枣窗闲话》进行辨伪，证明它不是裕瑞的作品。据《清史稿》本传，裕瑞工诗善画，且具有相当学识，而《枣窗闲话》不仅"字体颇拙"，而且笔误很多，如把"狗"误为"狥"，"原委"误为"原尾"等。足证非裕瑞手稿，而是出于"抄胥之手"。裕瑞的书斋名为"萋香轩"，而《枣窗闲话》自序下所钤印章竟刻成"凄香轩"。世上哪有自己把自己的书斋名刻错的道理。书中所提供的关于曹雪芹与《红楼梦》版本信息也是不可靠的，甚至用了"想系""不得知""亦不可知""皆不可考"等模糊语言，以蒙混读者。

《枣窗闲笔》是否为裕瑞亲自撰写，赞成者和反对者都列出证据支持自己的观点，但都因证据不充足，说理不充分，致使谁也说服不了谁。因此，其争论也一直没有停止过。

那么裕瑞的《枣窗闲笔》到底是不是伪作呢?

据考证,《枣窗闲笔》最初是由著名学者、史学家、文物鉴定家史树青先生于1943年在北京隆福寺街青云斋书店发现的,后被孙楷第先生购得。中华人民共和国成立后,孙楷第将其捐赠给了北京图书馆。

1977年5月,北京崇文区"革命委员会"移交给了中国历史博物馆一幅裕瑞的绘画条幅。这件条幅里面有裕瑞的行书题字。这幅绘画是道光十二年(1832年)裕瑞赠给宗室大臣耆英的。随后,著名史学家、文物鉴定家史树青先生,根据这件条幅上的裕瑞笔迹,分别与裕瑞的《枣窗闲笔》和《姜香轩文稿》的字迹进行了详细对比。经过比对之后,史树青先生认为:《枣窗闲笔》的确为裕瑞手写稿,而《姜香轩文稿》系其他人的抄写稿,不是裕瑞的手笔。他说:"细审《枣窗闲笔》书法与此画题字,完全一致。"史树青先生的上述语句,原载于《文物》杂志1978年第二期上,后被《书画鉴真》收录。

根据史树青先生的鉴定判断,我们可以基本确定,《枣窗闲笔》确系裕瑞所撰无疑。

如果说原作者是曹雪芹,但从曹家宗谱和清代宫廷档案中,确找不到曹寅后代有个叫曹雪芹的人。而裕瑞也说"雪芹二字,想系其字与号耳,其名不得知"。同时,裕瑞《枣窗闲笔》中的每段话,都用了"想系、不得知、亦不知、闻、闻其、大概"等众多不确定词语,说明裕瑞并不清楚"曹雪芹"到底是谁。

裕瑞还说,曹雪芹得到《石头记》之后,看到"与其家之事迹略同",这才"借题发挥",删改五次,流传开来。由此可以断定,《石头记》作者并不是曹雪芹。

既然裕瑞说曹雪芹只是"将此书删改至五次",并没说曹雪芹是《石头记》作者。那么,他为什么还说"其书中所假托诸人,皆隐寓其家某某,凡性情遭际,一一默写之",这不是自相矛盾吗?

笔者认为,裕瑞所说的"一一默写之",是在作者以"假托"的明义,合理地"隐写"了一些家事。这些"家事"是作者的真实经历。而"删改"者并没有这些亲身经历。这是裕瑞把原作者和五次"删改"者分开来说的。

既然裕瑞说明了书中的这些名字都是假托,都有隐喻。那么,《红楼梦》原作者的真实姓名是不是也是假托、也有隐寓呢?如果曹雪芹这个名字是真实的,那就完全背离了作者"将真事隐去"的真实创作意图了。就算这部《红楼梦》真是曹雪芹所著,那么,清朝雍正、乾隆期间的残酷"文字狱",他怎么敢把自己的真实名字写到书中去,从而招来株连九族的灭顶之祸呢?

《红楼梦》如此博大精深,作者不至于"愚钝无知"。

十七、都来眼底复心头

在众多的清朝宗室文人中，有一个叫爱新觉罗·永忠的诗人。他虽然和《红楼梦》作者并不熟悉，但是，他却在乾隆三十三年（1768 年）写下了《因墨香得观〈红楼梦〉小说，吊雪芹三绝句》的诗作，引起了红学界的关注。

永忠出生于雍正十三年（1735 年），卒于乾隆五十八年（1793 年）。永忠一生以诗、酒、书、画以及禅、道为主。著有《延芬室诗稿》流传于世。

提起爱新觉罗·永忠，不得不说说他的爷爷和父亲。

永忠的爷爷就是康熙朝时期"九子夺嫡"的重要骨干成员之一的十四阿哥允禵。

允禵的生母是孝恭仁皇后。允禵和雍正皇帝是一母同胞的亲兄弟。康熙五十七年（1718 年）春天，准噶尔部首领策妄阿拉布坦出兵进攻西藏，拉藏汗请求出兵救援。十月，胤禵被封为大将军王，并以天子亲征的规格出征，清剿讨伐入侵之敌，为保卫西藏和平作出了重要贡献。允禵在与皇四子胤禛争夺皇帝大位的过程中落败，雍正皇帝派其守皇陵软禁，雍正三年（1725 年）被圈禁在景山寿皇殿内。直到乾隆皇帝继位后，他才被释放恢复自由。乾隆二年（1737 年）以后，允禵虽然被封为奉恩辅国公、多罗贝勒、多罗恂郡王，并先后任正黄旗汉军都统等职，但由于在"九子夺嫡"中失败，加之多年的"圈禁"生活，思想意志极为消极，对做官毫无兴趣。乾隆二十年（1755 年）去世，享年 68 岁。他死后，乾隆皇帝赏治丧银一万两，赐谥号"勤"。

永忠的父亲是允禵的第二个儿子弘明。因受到父亲的连累，30 岁才被封为贝勒。弘明于乾隆三十二年（1767 年）去世，享年 63 岁。弘明临终之时，给几个儿子每人一套棕衣、帽、拂，并告诉他们要远避官场，以保全身首。永忠深切体会到父亲的临终之意，遂自号"栟榈道人"，远离官场仕途。永忠虽然在乾隆二十一年（1756 年）二月被封授为"辅国将军"，但爷爷、父亲多年的不幸被贬，对自己的思想产生了较大影响。因此独衷佛道，对做官全无兴趣。永忠曾经在他的诗稿扉页上，写了一首无题小诗：

过去事已过去了，未来何必预商量。

只今只说只今话，一枕黄粱午梦长。

由此可见，永忠虽然被乾隆皇帝授为"辅国将军"，但他依然比较颓废消沉。

一次偶然的机会，永忠从敦诚的叔叔墨香处看到了《红楼梦》这部书。当时，《红楼梦》已经在清朝皇室宗亲中广为流传。永忠也知道这部书很受欢迎，于是借来阅读。当读完《红楼梦》之后，他积郁心中多年的消极颓废防线，瞬间崩塌殆尽，思浪情涛就像决堤的洪水一样汹涌澎湃，于是他满怀悲情地写下了《因墨香得观〈红楼梦〉小说，吊雪芹三绝句》诗作。

第一首为：

传神文笔足千秋，不是情人不泪流。

可恨同时不相识，几回掩卷哭曹侯。

第二首为：

颦颦宝玉两情痴，儿女闺房语笑私。

三寸柔毫能写尽，欲呼才鬼一中之。

第三首为：

都来眼底复心头，辛苦才人用意搜。

混沌一时七窍凿，争教天不赋穷愁。

永忠的这三首诗作，创作于乾隆三十三年（1768年），原载于他的《延芬室诗稿》文集中。诗中称赞《红楼梦》为"传神文笔"，足可流传千秋。同时，他与《红楼梦》作者生在同一个时代，因无缘相识相见而深表遗憾，表现了他对《红楼梦》作者的深切怀念之情。

从第一首诗作我们可以看出，永忠以"传神文笔足千秋"之句，对《红楼梦》这部书的巨大感染力给予了极高评价。书中对现实的深刻揭露和批判，使永忠产生了深深的共鸣，以致"几回掩卷"，向去世已久而未曾相识的《红楼梦》作者痛哭哀悼。

在第二首诗作中，永忠对贾宝玉、林黛玉坚贞不屈的爱情故事，寄予了最深切的同情。对书中各种人物性格的刻画描写，对故事情节的奇妙安排，对表达情感的艺术笔功，给予了极高的评价。

永忠在第三首诗的开头，写出了"都来眼底复心头"之句。说明永忠看到书中描写贾家的兴衰际遇，联想到自己的家庭以及爷爷、父亲一辈受到的不公平待遇，一种难以名状的悲情又重新涌上心头。同时，他借用《庄子·应帝王》中的"混沌之死"这一典故，指出了《红楼梦》贾家由兴盛到败落的结局与自己家何等的似曾相识。因此，永忠也仿佛从中看到了自己家族的影子。

那么，为什么永忠看到《红楼梦》之后，会产生如此强烈的共鸣呢？

这是因为《红楼梦》书中所描写的贾家与永忠的家事大同小异，永忠与《红楼梦》作者在思想感情方面似乎有着同病相怜之感。

我们知道，永忠的爷爷十四阿哥允禵，是康熙皇帝比较看重的一个儿子，而江宁织造曹家曾经也是康熙皇帝特别恩宠的织造世家。特别是曹玺、曹寅、曹颙、曹𫖯三代四人，康熙皇帝更是厚爱有加。因此，造就了曹家的显赫至极。永忠家在雍正皇帝登基之前，无论是在朝中的地位，还是家族的荣耀，都能够称得上钟鸣鼎食、万人敬仰之家。雍正皇帝承继大位之后，永忠的爷爷允禵因怀疑雍正继位的合法性，不肯承认这一现实，被雍正皇帝视为"政敌"而倍加打击迫害，最后遭到"圈禁"。从此，永忠一家不得不"夹着尾巴"，在胆战心惊中过着"昏天暗地"的日子。江宁织造曹家在康熙皇帝驾崩之前，也是钟鸣鼎食的江南望族。雍正皇帝继位后，对江宁织造曹頫接二连三地"挑刺找毛病"，后因"骚扰驿站"和"暗中转移财产"，曹頫被罢官"戴枷"还款，最终曹家因"弘晳谋逆案"受到牵连而彻底败落。曹家所有的这些经历，永忠也是非常清楚。所以，《红楼梦》书中"四大家族"的这些故事，这些情节，这些是是非非、恩恩怨怨，这些令人难以忘怀的悲情场景，必然会在他的内心深处产生极为强烈的情感共鸣。

虽然当时的永忠只有30多岁，正是一个"干事创业"的黄金年龄，但他因为家庭的缘故，不得不收起"直挂云帆济沧海"的锋芒而隐形遁迹、韬光养晦。此时的永忠虽然已经成为标准的"佛系大叔"，但他不甘心做一个若无其事的"吃瓜先生"，成为时代的"废柴"，而是抛弃哀怨、跳出平庸，走出了他有生以来最大胆的诗歌创作之路。因此，他才在"文字狱"极其残酷的时代，勇敢地放飞自己长久积郁的情感，义无反顾地写出了诸如"传神文笔足千秋""欲呼才鬼一中之""都来眼底复心头""争教天不赋穷愁"的绝妙诗句。

我们从爱新觉罗·永忠的诗作中可以看出，他与《红楼梦》作者原先并不认识。但墨香是永忠的堂兄弟，又是富察·明义的堂姐夫，还是爱新觉罗·敦敏、敦诚的叔父。他们这些人不仅阅读过《红楼梦》，而且还创作过不少有关《红楼梦》及作者的诗作。虽然到了《红楼梦》作者去世了五六年后，永忠才有缘看到这部书，但以他们的这种相互交叉的亲戚关系，要说永忠对《红楼梦》作者一点儿也不了解，这似乎也不太可能。

永忠的《因墨香得观〈红楼梦〉小说，吊雪芹三绝句》写出之后，被其堂叔弘旿看到，弘旿对其赞赏有加，于是在其卷额上手批道："此三章诗极妙。第《红楼梦》非传世小说，余闻之久矣、而终不欲一见，恐其中有碍语也。"

弘旿所说的"非传世小说"，说明《红楼梦》这部书当时并没有公开出版，而只是在私底下传抄或者传阅之意。而"终不欲一见"，说明他并没有读过《红楼梦》。他所说的"不欲一见"，并不是不想"见"，而是《红楼梦》这部书因为有"碍语"，很多人害怕受到牵连，都不敢传抄或者阅读。

弘旿虽然是康熙皇帝的亲孙子，但他也因为害怕被牵连，而不敢阅读《红楼梦》。可见，提及《红楼梦》，连雍正皇帝的亲侄子们也是深感自危，唯恐避之不及。

那么，以当时永忠所处的环境，估计他也是害怕"文字狱"引火烧身，惧怕他的家庭再次遭到无端打击，因此，他才一直无缘或者不敢阅读《红楼梦》。

既然连康熙皇帝的亲孙子都没有阅读《红楼梦》的胆量，那么这个被批书者认定为"足见作者之笔，狡猾之甚"的"曹雪芹"，怎么敢若无其事地把自己的名字写在《红楼梦》这部书上呢？

十八、"酒友""文友"为何模棱两可

在曹雪芹的"朋友圈"中，有好多看似与曹雪芹比较熟悉、比较要好的朋友。他们不仅是纵饮海喝的"酒友"，也是惺惺相惜的"文友"。但是，在对于曹雪芹的体貌特征上，裕瑞说"其人身胖、头广而色黑"，说明曹雪芹"身体胖、脑袋大、皮肤黑"。而明义又说他"王孙瘦损骨嶙峋"；张宜泉说他"年未五旬而卒"，而敦诚又说他"四十年华付杳冥"。从他们这些人的诗作描写来看，应该和这个叫"曹雪芹"的人并不陌生。既然这么熟悉，怎么可能会出现对其体貌特征，胖瘦不一致、年龄不一致等如此"不靠谱"的结论呢？甚至在他们的著作中，大都出现诸如"曾见""闻其""当系""大概"这些模棱两可的词语和荒唐可笑的事情。他们对曹雪芹的描述，究竟孰是孰非、谁对谁错，诸多的疑团重重，着实让笔者百思不解，难以释怀。

在曹雪芹的这些"朋友圈"中，还有个叫富察·明义的朋友。他就是乾隆皇帝孝贤皇后的亲侄子，做过专为皇家养马、牵马的上驷院侍卫。富察·明义是傅恒的二兄傅清的儿子，傅恒又和曹寅的外孙福秀、乾隆皇帝、愉郡王弘庆都是"连襟"关系。以他们这种亲密关系，不可能对曹雪芹作出如此"不靠谱"的形象描述。

富察·明义是满洲镶黄旗人，约出生在乾隆八年（1743 年），卒年日期不详。著作有诗集《绿烟琐窗集》等。明义所作的《题〈红楼梦〉绝句二十首》，较早地正面提到了《红楼梦》，因此备受红学界的重视。

明义在他《绿烟琐窗集》诗集中，收录了《题红楼梦》组诗 20 首，同时他还写了一篇小序。

明义的《题红楼梦》20 首组诗，反映了《红楼梦》全书的重要内容。其中的前 17 首都是反映前八十回的内容，涉及八十回后的情节内容只有后 3 首。

第 18 首写道：

伤心一首葬花词，

似谶成真自不知。

安得返魂香一缕，

起卿沉痼续红丝。

这首诗主要是写林黛玉之死的情节。

第 19 首写道：

莫问金姻与玉缘，

聚如春梦散如烟。

石归山下无灵气，

总使能言亦枉然。

此首写的是贾宝玉所佩带的"通灵宝玉"的最后结局。前两句从通灵宝玉（石头）的视角，写它对金玉姻缘结局的见证及感受。后两句是写"通灵宝玉"最终又重新回归大荒山、无稽崖、青埂峰下。

第 20 首写道：

馔玉炊金未几春，

王孙瘦损骨嶙峋。

青蛾红粉归何处，

惭愧当年石季伦。

明义在这首诗中提到的石季伦，就是西晋时期的大富豪石崇。

当时，有一个叫绿珠的美人名妓，被石崇纳为小妾，居住在专门为她建造的金谷园中，天天海喝畅饮、夜夜笙歌艳舞。赵王嫉妒石崇不仅家产万贯，而且有美人绿珠日夜相伴，遂派兵包围金谷园索要绿珠，被石崇拒绝。于是诬陷石崇为乱党并逮捕了他。当时石崇正在宴饮，得知金谷园被围困，知道自己难逃一劫，就满怀深情地对绿珠说："我是因你才得罪了这些人。"绿珠听后哭着说："我不会辜负大人的恩情。"于是纵身跳下高楼，转瞬间香消玉殒。石崇被杀害后，他的母亲、兄长、妻妾及儿女共 15 人都被杀害。

后来，人们把绿珠忠于爱情、不畏权势，跳楼自杀以保忠洁的故事，编成了一个"绿珠坠楼、感恩报主"的历史典故，在民间流传开来。

明义第 20 首诗的大体意思是说：《红楼梦》贾府中的众多"红粉女子"，因为贾家的惨败灭亡，最终死的死、亡的亡、逃的逃。小红、茜雪等人不忘旧主，想尽一切办法从监狱里救出宝玉。袭人虽然嫁给了蒋玉菡，但也经常周济穷困潦倒、瘦骨嶙峋的贾宝玉。明义写的这首诗，一方面感叹《红楼梦》中的"青蛾红粉"，在贾家彻底败落后惨遭毁灭的悲情下场，另一方面也对贾宝玉在穷困潦倒的情况下，有这些"青蛾红粉"能够不忘旧主，慷慨救助表示欣慰。

明义的这首诗所反映的是《红楼梦》的大结局。在书中，他看到了红楼女性惨遭毁灭的严重灾难，看到了贾家的败落以及贾宝玉骨瘦如柴、穷困潦倒的凄凉境遇。

而根据《红楼梦》十二支曲中的《收尾·飞鸟各投林》来判断，欠命的，已经偿命；欠泪的，泪已殆尽，最终的结局是"好一似食尽鸟投林，落了片白茫茫大地真干净"，说明贾府的最后结局是大衰败，大抄家，大毁灭。其中"青蛾红粉"除个别外，几乎全是毁灭性的悲惨结局，只有瘦骨嶙峋、穷苦潦倒、孤苦伶仃的贾宝玉，还仍然保持蔑视强权的傲世性格。这种悲惨结局，正与明义《题红楼梦》第20首诗的内容相吻合。由此说明《红楼梦》的全部书稿已经完成。

明义还在其《题红楼梦》组诗的小序中写道：

曹子雪芹出所撰《红楼梦》一部，备记风月繁华之盛，盖其先人为江宁织府。其所谓大观园者即今随园故址。惜其书未传，世鲜知者，余见其抄本焉。

这段小序我们可以这样解读：

"子"在古代是指儿女，现在专指儿子。"曹子雪芹"中的"子"，是明义对曹雪芹的尊称。与袁枚所说的"其子雪芹"意思不同。袁枚"其子雪芹"中的"其"，指的就是曹寅。"其子雪芹"说的是雪芹是曹寅的儿子。

"出所撰《红楼梦》一部"，意思是说《红楼梦》这部书是"曹子雪芹"亲自出示给明义的。

"备记风月繁华之盛"这句话，是说《红楼梦》这部书详细描述了男女爱情和贾家的繁华之盛。

"盖其先人为江宁织府"是说，大概其先人署理江宁织造府。

"其所谓大观园者即今随园故址"之句，说的是书中的大观园，就是现在的"随园故址"。

以上这几句话，除了"其子雪芹"与"曹子雪芹"不同外，其他几句与袁枚《随园诗话》卷二中所说的"其子雪芹撰《红楼梦》一部，备记风月繁华之盛。中有所谓大观园者，即余之随园也"的意思几乎完全一样。

最后一句"惜其书未传，世鲜知者。余见其抄本焉"。明义是说《红楼梦》尚未流传于社会，只在少数亲朋好友之间相互传阅，我读过的是个抄本。

以上《题红楼梦》20首组诗小序的内容，大概如此。但是，"盖其先人为江宁织府"中的"先人"，的确令人不好判定。

"先人"可以理解为"祖先"，也可以理解为"故去"的父亲。如果按照"祖先"来理解，那曹玺、曹寅、曹颙、曹頫祖孙三代四人都曾署理过江宁织造。能够称为"祖先"的只能是曹玺。如果按照"故去的父亲"来理解，这个"曹子雪芹"的父亲就应该是曹寅、曹颙二人。因为当时曹頫并没有去世，按照"故去的父亲"来判断，曹頫的儿子应该排除。那剩下的只能是曹寅的儿子和曹颙的遗腹子曹天佑。

袁枚在《随园诗话》卷十六中，也有"雪芹者，曹练（楝）亭织造之嗣君也"之句，由此说明，明义所说的"曹子雪芹"，其实就是袁枚所说的"曹练（楝）亭织造之嗣君"。这个"曹练（楝）亭"，就是署理过江宁织造20多年，担任两淮巡盐御史，官至正三品通政使司通政使的曹寅。

在中国民间，一般尊称别人的儿子为"嗣君"，也可称为"嗣子"。照此判断，那这个"嗣君"就应该是曹颙或者曹頫。因曹颙早已去世,那么,明义所说的这个"曹子雪芹",无疑就是过继给江宁织造曹寅的"嗣子"曹頫。同时也说明,这个"雪芹"其实就是一个地地道道的笔名。

一九、"曹西有"何许人也

曾被乾隆皇帝称为"八年至总督，异数谁能遘"的清朝重臣尹继善，曾著有《尹文端公诗集》十卷等。在其卷五中，收录了《初冬游摄山和曹西有韵》一首诗作。

尹继善的父亲就是康熙、雍正朝时期的大臣尹泰。尹继善出生于康熙三十三年（1694 年），卒于乾隆三十六年（1771 年），字元长，号望山，满洲镶黄旗人。雍正元年（1723 年）进士，历任云南、川陕、两江总督等。后任文华殿大学士兼翰林院掌院学士，协理河务，参赞军务，曾参修《江南通志》。他的女婿就是乾隆皇帝的第八子爱新觉罗·永璇。

尹继善《初冬游摄山和曹西有韵》诗作中的"摄山"，就是南京栖霞山的古称。因南朝时山中建有"栖霞精舍"，因此而得名。我们知道，曹寅曾自号"西堂扫花行者"，被誉为"西堂公"，著有诗集《荔轩集》，又名《西轩集》，还有词集《西农》等。"曹西有"三字中的"曹"，就是曹寅的姓，"西"就是曹寅"西堂公"的别号，而"有"字表示所属之意。因此说，"曹西有"既是曹寅的儿子，也是《红楼梦》原作者曹頫。

那么，尹继善为什么不直接说《初冬游摄山和曹頫韵》，而拐弯抹角地把曹頫说成"曹西有"呢？笔者认为，这不是尹继善"文笔"欠佳，而是有其深刻的"寓意"。

但是，也有的红学家认为，尹继善《初冬游摄山和曹西有韵》诗词中的"曹西有"不是曹頫，而是他的伯父曹寅。笔者认为根本不可能。尹继善最初担任江苏巡抚的时候是雍正六年（1728 年），当时尹继善是 32 岁。雍正七年（1729 年）署河道总督，雍正九年（1731 年）任两江总督。那个时候，曹寅早已去世很多年，怎么可能与尹继善一起游山玩水呢？

另外，也有的红学家认为尹继善诗中的"曹西有"是曹頫的侄子曹天佑。笔者认为这也不大可能。曹天佑出生在康熙五十四年（1715 年），尹继善担任江苏巡抚的时候是雍正六年（1728 年），那个时候曹天佑才 13 岁，而且曹家刚刚被抄家治罪，全家老少都已迁往北京。因此说，与尹继善一起游玩的也不会是曹天佑。虽然尹继善曾多次担任两江总督及江苏巡抚，我们也不清楚尹继善写这首诗的具体时间，因此，也不好准确判断这个"曹西有"是不是曹天佑。如果尹继善所说的这个"曹西有"就是曹天佑，那么，有可能就是《红楼梦》的原作者。但是，通过分析曹天佑的生平年代，特别是甲戌本《凡例》中的"作者自云"以及书中大量的批语。可以断定，曹天佑根本不会是《红楼梦》的原作者。

据资料记载，尹继善在中进士以前，曾经在康熙皇帝十三子胤祥府中做过"记室"。曹頫在山东长清"骚扰驿站"获罪罢官后，雍正皇帝把曹頫交给怡亲王胤祥"看管"。鉴于江宁织造的曹家与康熙皇帝的几个儿子一向来往密切，十三阿哥胤祥的儿子弘晓和曹頫的私人关系应当也不错，尹继善极有可能与曹頫认识。尹继善曾经四任两江总督。他本来就对曹寅的人品和学识仰慕已久，自己对书史诗文也十分钟爱。他的总督府衙，就与江宁织造曹家的"老宅"相邻，自己又兼管两淮盐政，就是兼管两淮盐政事务，两个人做着差不多一样的官职。因此，尹继善才日益体会到，曹家在江南历时58年之久，祖孙三代四人深得当地文人墨客及老百姓的爱戴，远非一般俗常仕宦可比。当时，手抄本《石头记》已在清朝皇室贵族中广泛流传，尹继善极有可能看过手抄本《石头记》，他对作者的才华非常倾慕，并且他也知道《石头记》的作者是谁。于是，他趁着两江总督府招募人才的机会，特意安排府中亲信务必设法寻找到曹寅的后人。此时，正好曹頫也很想再到南京、苏州、杭州旧地重游，探亲访友。于是，曹頫受两江总督尹继善的邀请，到总督府中做了幕宾。曹頫创作《石头记》，估计尹继善也非常清楚。但曹頫的思想与性格和这种"师爷"的生活习惯及做派很不适应，结果没多久，他便辞职回到北京。

还有一种说法就是，乾隆皇帝查出自己的八子永璇偷看《石头记》这部"邪书"，十分恼怒，决心弄清这部"淫词小说"的来龙去脉。当永璇的岳丈尹继善知道此事后，顿时吓得目瞪口呆。因为《石头记》作者就在他府邸做幕宾，追查下来不仅女婿永璇被贬受罚，而且自己也将晚节不保，并牵连众多。尹继善非常紧张害怕，于是就让曹頫赶紧托故离职，远走他乡，避免受到株连。所幸永璇极力周旋遮掩，这才搪塞过去，没有酿成大祸。

清代康雍乾三朝时期的"文字狱"极为恐怖。特别是乾隆朝时期，其次数之多，规模之大，在大清王朝的历史上是空前的。自清朝康熙二年（1663年）庄廷鑨的"明史案"以后，接连发生"文字狱"案多起。一人获罪，九族株连获罪遭殃，其残酷程度非常罕见。

尹继善作为居官多年的"老江湖"，他应该深知其害。在这种情况下，尹继善不愿意将《石头记》真正的作者公布于众，怕给他添麻烦，就非常聪明地将《石头记》原作者说成是"曹西有"，这既是为自己免遭大祸，保住性命，也是为这部书能够流传后世，更是害怕给《石头记》原作者曹頫雪上加霜。这种情况在"文字狱"盛行的大清王朝时期甚为普遍。

二十、书箱并非"雪芹"遗物

在 20 世纪 70 年代末期，曾经发生过一件轰动红学界的"爆炸性"新闻。

据说张宜泉的后人张行，无意中发现自己家中有一对老旧木箱。木箱上刻有"乾隆二十五年岁在庚辰上巳"及"清香沁诗脾，花国第一芳"等诗句，怀疑这是大名鼎鼎的《红楼梦》作者曹雪芹的遗物。除此之外，这对箱子内壁还糊有厚厚的衬纸，衬纸揭开后，发现有"仪礼义疏"和"春柳堂诗稿"等字样。

据考，《仪礼义疏》，全名《钦定仪礼义疏》，是乾隆十三年（1748 年）编订的《钦定四库全书》中御定《三礼义疏》之第二部。《春柳堂诗稿》是张宜泉的诗集。据一些红学家考证，张宜泉是曹雪芹生前好友，两个人经常喝酒畅谈、吟诗作赋。此箱在张姓家中发现，有可能曹雪芹或其续弦妻子去世后，这一对箱子就被张宜泉保存。据此，著名红学家冯其庸、吴恩裕两位老先生经过鉴定一致推断，这一对书箱是曹雪芹再婚的时候，朋友送给他的结婚礼物。

这对书箱的正面、左右各刻有兰花。其中的一个书箱的兰花下有一拳石，兰花的上端有行书题刻"题芹溪处士句"及"并蒂花呈瑞，同心友谊真。一拳顽石下，时得露华新"诗句。另一书箱兰花上端题刻"乾隆二十五年岁在庚辰上巳"，右下角题刻"拙笔写兰"，并有两句题刻"清香沁诗脾，花国第一芳"。此诗字迹端秀，字体比以上两段题字都要小得多。

在其中一个书箱的箱门背面，用草书写有箱内所装物品清单。据一些红学家考证，此箱的主人是一个名为"芳卿"的女子，有可能就是曹雪芹的续弦妻子。箱中的物品是她与丈夫所绘的编织类型的草图和歌诀稿本。清单共有五行字，其一为：为芳卿编织纹样所拟诀语稿本。其二为：为芳卿所绘彩图稿本。其三为：芳卿自绘编锦纹样草图稿本之一。其四为：芳卿自绘编锦纹样草图稿本之二。其五为：芳卿自绘织锦纹样草图稿本。这五行字的左边，是用娟秀的行书写的一首七言悼亡诗。诗中写道：

不怨糟糠怨杜康，乩诼玄羊重赼伤。

睹物思情理陈箧，停君待殓鬻嫁裳。

织锦意深睥苏女，续书才浅愧班娘。

谁识戏语终成谶，窀穸何处葬刘郎！

据一些红学家考证，这首七言悼亡诗的作者，是从箱子里清理亡夫遗物时，睹物思情，于是随手提笔，在上面写下了这首诗作，以抒发怀念丈夫的悲痛之情。

我们逐句分析一下这首七言悼亡诗。

"不怨糟糠怨杜康，乩诼玄羊重剋伤"之句，是说丈夫的去世是因为纵酒过度，根本不怨"糟糠之妻"。算命的曾经说"流年不利"，癸未年将有一场大劫。

"睹物思情理陈箧，停君待殓鬻嫁裳"之句，说的是一边整理书箱，一边回忆丈夫在世时的恩爱情景，如今物是人非，暗自饮泣，肝肠寸断。因生活极其困难，尸体停放在家里无钱安葬，只好把自己出嫁时的衣裳典卖。

"织锦意深睥苏女，续书才浅愧班娘"之句，意思是若论织锦技艺，我能跟苏蕙一比高下，然而对于续书我却没有"班昭"的才识。

此句中的"苏女"就是南齐窦滔的妻子苏蕙。她是一位"织锦"高手。"班娘"，即班昭。她是汉史学家班彪之女，班固之妹。班固死时，所撰《汉书》的八表及《天文志》遗稿散失，未完成。她奉命与马续共同续撰。也有一些红学家认为，这句中的"续书"，就是曹雪芹没有写完的《红楼梦》。

"谁识戏语终成谶，窀穸何处葬刘郎"之句，说的是谁能想到当初的戏言竟一语成谶，现在到哪里寻找墓穴埋葬郎君呀！

诗中提到的刘郎，是作者把自己的丈夫比作西晋"竹林七贤"之一的刘伶。刘伶是一位靠"海喝"而享誉当时的迷离"醉人"。《晋书·刘伶传》记载：刘伶"常乘鹿车，携一壶酒，使人荷锸（铁锹）而随之，谓曰：'死便埋我。'其遗形骸如此。"由此说明刘伶不仅是个嗜酒成瘾的酒鬼，而且还具有逍遥自在、放荡不羁的独立人格。

对于这一对箱子的发现过程及这首七言悼亡诗，红学界争论很大，孰是孰非目前难以断定。至于这个叫"芳卿"的女子，到底是曹雪芹的续弦妻子，还是张宜泉的续弦妻子，其争论一直不断，结论也始终无从统一。

不过笔者认为，单凭发现的这些诗作和物品，不能完全断定就是曹雪芹的"遗物"。张宜泉一生也和曹雪芹一样穷困潦倒、嗜酒如命。张宜泉有生之年也作过很多诗，并有诗集刻印。而"续书才浅愧班娘"中的"续书"，并不一定是没有写完的《红楼梦》。根据大多数红学家的推论，《红楼梦》当时是写完了，要不然批语中不会有"对清""今书至三十八回时已过三分之一有余"等批语。如果《红楼梦》没有写完，批者根本不会说"哭成此书"，更不会利用10多年的时间，反反复复地批阅前八十回书稿。

鄂州职业大学管理学院教授童力群先生认为：《题芹溪处士句》是曹雪芹恭喜张宜泉与花沁芳结婚的贺诗。其诗云："并蒂花呈瑞，同心友谊真。一拳顽石下，时得露华新。"

笔者认为，童力群先生的这一推论应该比较靠谱。这首诗作中的"并蒂花"应该是寓意"夫妻"，而"友谊"只能在朋友之间才能这样称呼。如果诗作是曹雪芹祝贺自己的新婚所作，他绝不可能把夫妻之间的恩爱感情说成"同心友谊真"，而应该是"同心连理真"。

又因这个曹雪芹与张宜泉既是"酒友"，又是"文友"，两个人住的又比较近，私情交往应该不错。有可能是张宜泉结婚时，曹雪芹写给张宜泉夫妻的新婚贺喜诗，要不然不会用"同心友谊真"。至于"续书"二字，或许就是张宜泉没有完成的"遗作"。因张宜泉在世时赤贫如洗，他的《春柳堂诗稿》，是他死后很多年才由他的嫡孙张介卿出钱印行。悼亡诗中所说的"续书"，有可能是张宜泉立志想把自己的《春柳堂诗稿》结集出版，但生前没钱刊印成书。而这个叫芳卿的妻子，在丈夫张宜泉死后，也无力完成丈夫毕生的唯一愿望，所以才感到遗憾。因此，在张宜泉死后很多年，这才由他的嫡孙出钱印行，继续来完成他爷爷的遗愿。还有一种可能，就是芳卿所说的续书，是张宜泉生前没有完成的其他诗作，这种可能性也不能说没有。

另外，书箱所刻"乾隆二十五年岁在庚辰上巳"这个具体日期，应该是一个非常重要的日子。这对于书箱的主人来讲，应该具有特殊的纪念意义。笔者认为，这有可能就是张宜泉结婚的大喜日子。张宜泉出生在康熙五十九年（1720年），到乾隆二十五年（1760年）时，恰好40岁。上巳是农历的三月，正是暮春时节，而在张宜泉《春柳堂诗稿》的集子里，恰好就有《春暮续婚》这首诗。

张宜泉的《春暮续婚》诗作这样写道：

锦瑟重弹再结丝，今番花烛异前期。

脸波还见牵帷处，眉样难看却袖时。

鸣雁已嘲司马愿，夭桃又笑孟光痴。

漫言一刻千金价，留恋春宵梦破迟。

由此说明，张宜泉在他40的时候，的确续娶了一位妻子。

仔细分析"并蒂花呈瑞，同心友谊真。一拳顽石下，时得露华新"这首诗作，我们发现这是一首藏字诗。诗中的"并蒂花呈瑞，同心友谊真"之句，藏有花沁芳的"花"字。第二句"同心友谊真"藏了张宜泉之名"宜"字的同音字"谊"。而"一拳顽石下，时得露华新"中也藏有"花沁芳"的同音字"华"。

还有题刻"清香沁诗脾，花国第一芳"之句，也非常明显地隐藏"花沁芳"三个字。有可能这是张宜泉称赞自己爱妻美丽漂亮的意思。由此说明，张宜泉续娶的这位新婚妻子名叫"花沁芳"。而"芳卿"的"芳"字，正是"花沁芳"的最后一字。"卿"字既是古时君对臣的爱称，也是夫妻或好友之间表示亲爱的称呼。张宜泉称自己的爱妻花沁芳为芳卿，既感到亲切又恰如其分。

综合以上分析说明，这对箱子属于张宜泉的可能性比较大。因这一对箱子是在张宜泉后人家里发现的，肯定与张宜泉有密切关联。如果是曹雪芹续弦妻子的物品，以他们当时穷困潦倒的程度来看，曹雪芹死后，这对箱子应当是这位续弦妻子仅有的也是最为贵重的"家当"，倘若她再嫁人，肯定会带走，不可能送给别人。除非在曹雪芹去世没多久，她也相继而亡，而她身边又没有其他亲属，这对箱子才会被张宜泉收留。

如果这对箱子是曹雪芹夫妇的"遗物"，两个人没隔多久相继死去，张宜泉把这对不值钱的箱子留给自己，也极为不妥。过去人们非常迷信，非"至亲"的遗物，是不能随便留存的，一般都要烧掉，一来随主人而去，二来也是对亡者的尊重。要不然就要"犯忌讳"。

对于这对箱子，有不少红学家严重质疑其真实性，孰是孰非一时难以断定。不过笔者认为，书箱左右宽70.5厘米，上下高51厘米，前后深23厘米。以这个尺寸来看，体积应该不是很小。况且箱子保存完好，而且内部字迹笔墨清楚可辨。如果是个不起眼的小物件，这么多年没有注意或者没人发现，这还能说得过去。这么大的一对箱子，为什么200多年来一直没人察觉，而到了20世纪七八十年代才被人无意发现呢？这里边是不是有什么"蹊跷"和秘密，的确难以判断。不过自从一些红学家对此提出严重质疑，并列出事实依据后，吴恩裕和冯其庸两位老先生则三缄其口，自此再也没有提及这对箱子是"曹雪芹再婚时，朋友送给他的结婚礼物"这一鉴定结论。

张宜泉是曹雪芹搬到西山之后的邻居，他曾经创作了好几首有关曹雪芹的诗作。从他的诗作中，非常明显地看出他有着桀骜不驯的叛逆性格，这正与曹雪芹的思想和性格有些相通。因此，他们成为惺惺相惜的好朋友也很正常。

据考，张宜泉约出生在康熙五十九年（1720年），卒于乾隆三十五年（1770年）。属清内务府汉军旗。著有《春柳堂诗稿》。有关张宜泉的家世，虽然在他的诗中曾经提到过"家世之隐"，但没有任何详细的资料可考。只是在其诗作中说他上代以"战功"受勋，自己家中也有过"曲槛、雕栏"等。按照其年代分析，有可能他的曾祖在康熙八年（1669年），受到鳌拜案件的牵连而从此败落，以至于连自家的祖坟及棺椁也都难以找到。从张宜泉的有关资料可以看出，他一生境遇坎坷，是一个命运多舛的苦孩子。张宜泉13岁即丧父，后又丧母。他在其诗作《分居叹》中说："嫂兄悌弃弟"，"亡家剩一身"。说明在他的父母亲相继去世以后，哥哥嫂子对他不管不问，仅靠自己一人艰难生活。由于"家门不幸"，孤苦一人经常纵饮无度。他终身不得志，感叹自己"三十年来，百无一就"，经常哀叹"吐气在何年"。其晚年主要靠教私塾勉强维持生计。

在张宜泉诗集的诗题上，明确提到雪芹的有4首。

张宜泉在北京西郊的住处，应该和曹雪芹相距不远，他曾经去曹雪芹的家里拜访过，两个人一起住宿、步游寺庙、摸鱼捉虾、喝酒畅谈、吟诗作赋。

曹雪芹去世以后，张宜泉还写了一首《伤芹溪居士》的悼亡诗。

诗中写道：

谢草池边晓露香，怀人不见泪成行。

北风图冷魂难返，白雪歌残梦正长。

琴裹坏囊声漠漠，剑横破匣影铔铔。

多情再问藏修地，翠叠空山晚照凉。

张宜泉在这首《伤芹溪居士》诗的标题后边，还写有小注：

其人素性放达，好饮，又善诗画。年未五旬而卒。

从张宜泉的这些诗作以及《伤芹溪居士》诗的题后小注来看，张宜泉不仅和曹雪芹熟悉，而且还说他"素性放达，好饮，又善诗画"，说明张宜泉也深知曹雪芹的性格特征。他能够和曹雪芹吟诗唱和，散步交流，甚至摸鱼捉虾、喝酒作诗，并且曹雪芹去世以后，张宜泉还作诗悼念曹雪芹，可见两人关系亲密。如果曹雪芹在撰写什么书，或者整理修改什么著作，张宜泉肯定会知道得一清二楚。而且《红楼梦》这部鸿篇巨著也不是三天五天写成的。按照一百二十个回目、100多万字的文字量和甲戌本每页200来字的书写格式来看，光是用纸就得5000多页。这还不算改来改去以及脂砚斋数次作批所用的纸张。过去书写用的全是毛笔，其纸张只能单面书写。哪怕是用蝇头小楷，一页纸也写不了多少字，况且打草稿一般用的都是狂草，占用的空间会更多。这么大的工作量，张宜泉自始至终没有提到过曹雪芹著有《红楼梦》一书，只是说"素性放达，好饮，又善诗画"。那么，为什么张宜泉一直没有说过曹雪芹撰写《红楼梦》的任何只言片语呢？

之所以出现这种不可思议的诸多现象，笔者认为：

其一，《红楼梦》这部书所揭露的事实、抨击的时代、辱骂的对象，都是清政府和皇家最害怕、最忌惮、最不能接受的。对于《红楼梦》这部书以及作者的一些情况，有可能和作者认识的这些人，不敢说、不能说也属正常。

其二，当时的文人，因忌惮"文字狱冤案"，谁也不会因为阅读或者传抄这部书，而遭到蹲监坐牢甚至抄家杀头的悲惨下场，更别说在个人诗作中明显表现出来了。况且，中国古典小说几乎没有一部署上真实作者姓名，目前署名的作者姓名，大部分都是后人的"考证"，其可靠性、真实性难以断定。而《红楼梦》原作者的相关历史资料又凤毛麟角，因此也很难确定作者的真实身份。

其三，或许张宜泉等"圈中好友"所认识的这个曹雪芹，与《红楼梦》原作者根本不是一个人。或者也同样受到最先提到作者曹雪芹之人的"误导"，而人云亦云地把曹雪芹作为《红楼梦》原作者。如果他们认识的曹雪芹不是《红楼梦》的原作者，那署名曹雪芹的这个作者，分明就是个"乌有先生"。

其四，认定曹雪芹是《红楼梦》作者，是胡适先生考证出的结论。在甲戌本、庚辰本等诸多古抄本中，书名一直为《脂砚斋重评石头记》或者《石头记》，根本没有明确谁是作者。胡适先生当初考证出的《红楼梦》作者为曹雪芹，也是通过清朝一些文人的诗作及记载，大部分都是坊间传说。这些记载也好，诗作也好，有的模棱两可，有的"牛头不对马嘴"，均缺乏直接证据。因此，也就不能完全认定作者就是曹雪芹。

其五，乾隆五十六年（1791年），程伟元、高鹗在整理出版程甲本《红楼梦》之时，也不知道作者是谁。要不然程伟元绝对不会在程甲本序言中说"《红楼梦》小说本名《石头记》，作者相传不一，究未知出自何人，惟书内记雪芹曹先生删改数过"这段话。可见，目前影印出版的古抄本和程甲本等，以及后来大量出版的编校本，其署名作者（清）曹雪芹，应该是后人"主观臆断"的产物。

其六，在甲戌本第一回，就有"后因曹雪芹于悼红轩中披阅十载，增删五次，纂成目录，分出章回，则题曰《金陵十二钗》"之句。这个"后因"对应的是"前因"。那么"前因"就是，空空道人把"石头"所记之事"从头至尾抄录"之后，"改《石头记》为《情僧录》。至吴玉峰题曰《红楼梦》。东鲁孔梅溪则题曰《风月宝鉴》"。这个"后"字说明，在曹雪芹"披阅增删"之前，这部书就已经存在，只不过是其书名一直没有最后确定。这部书基本成稿之后，原作者就把书稿交给了曹雪芹"披阅增删修改"。曹雪芹把书名定为了《金陵十二钗》。而"至脂砚斋甲戌抄阅再评，仍用《石头记》"则说明，曹雪芹"增删修改"之后，由脂砚斋抄阅并进行了"书评"。脂砚斋又把书名改为了《石头记》。由此说明，原作者就是"石头"，而曹雪芹只是"披阅增删修改"者。

其七，也许曹雪芹的这些好友都知道《红楼梦》原作者是谁，也非常清楚曹雪芹只是原作者的"笔名"。因此，在他们的诗作中也统称为原作者为曹雪芹，这样既不会给《红楼梦》作者添麻烦，更不会引火烧身给自己带来不必要的灾祸。

或许读者认为，笔者这样分析有些"标新立异"或者"不合主流"，但无论怎么说，以张宜泉和曹雪芹这种亲密无间的好友关系，他不会不知道曹雪芹撰写《红楼梦》这部百多万字的大书。

二十一、胡适评议也有失偏颇

笔者作为普通的红学爱好者，其实没有资格在这里妄加评论胡适先生。但看到胡适先生的有关文章和他的所作所为，似有不吐不快的"冲动"之感。

胡适先生在对《红楼梦》的研究过程中，基本上对《红楼梦》的文学艺术价值持否定态度。在他的诸多文章中，对《红楼梦》在中国文学史中的地位和作用，一直怀有不屑一顾的轻视和抵触。他还拿出了同为四大名著的《水浒传》与其比较，说《水浒传》才是标准的白话文学。

胡适先生在其晚年，曾经给台湾作家高阳先生写过一封信。信中说："我写了几万字的考证，差不多没有说一句赞颂《红楼梦》文学价值的话……我平心静气的看法是，雪芹是个有天才而没有机会得到修养训练的文人，他家庭环境、社会环境、往来朋友、中国文学的背景等等，都没有能够给他一个可以得到文学修养训练的机会，更没有能够给他一点思考、发展的机会，在那个贫乏的思想背景里，《红楼梦》的思想见解当然不会高明到哪儿去，《红楼梦》的造诣当然也不会高明到哪儿去。"

他在给文学家、评论家苏雪林女士的信中还说道："《红楼梦》的文学价值不高，比不上《儒林外史》《海上花列传》，甚至《老残游记》。"

胡适先生在《红楼梦》的探索研究方面，倾注了非常多的心血和汗水。应当说，他对《红楼梦》是怀有特殊感情的。就这样一位曾经享誉中外的学术大家，竟然如此贬低中国文学的巅峰之作。他的这些说法实在是让人难以理解。

胡适先生和陈独秀、李大钊、蔡元培都是中国新文化运动的主要倡导者。他们大力提倡白话文，打破了读书人必须用文言文写作的传统，促进了新文化的传播和发展。五四运动后，胡适先生与接受马克思主义思想的李大钊等革命者分道扬镳，从而走上了个人文化研究的道路。

20世纪20年代初，胡适先生撰写的《红楼梦考证》一书问世。一时间，引起了较大的反响，由此拉开了"新红学派"考证研究的序幕。《红楼梦考证》出版已近百年，他不仅开创了红学研究的新时代，对后世的小说研究影响深远。而且此书当时也被称为我国红学研究的里程碑。

虽然胡适先生的《红楼梦考证》曾经轰动一时，也深受当时红学界的普遍好评，但随着红学研究的不断深入，以及新材料、新考证、新观点的不断涌现，他的一些说法和观点，越来越受到诸多红学家的质疑和否定。特别是他在没有确凿证据的前提下，说程伟元和高鹗编造"伪书"而牟取暴利。还说前八十回是"改篡"的"伪本"，后四十回是东拼西凑的"伪续"等等。他的这些结论观点影响深远，直接误导了红学研究的方向。

综合胡适先生诸多方面的研究考证结果，他的一些论点前后矛盾重重，就连他自己对自己的考证结论都出尔反尔，很多地方都不能自圆其说。胡适为了证明《红楼梦》的作者是曹雪芹，也曾经冥思苦想地生拉硬扯出很多不切实际的证据。这些所谓的"证据"，把《红楼梦》的考证带入了死胡同。时至今日，一些红学家和红学爱好者都深陷其中，不能自拔。

比如胡适先生的《红楼梦》作者是曹寅孙子之说，就曾经受到众多红学家的诸多质疑。

曹家最后一任江宁织造曹頫，在给康熙皇帝的谢恩折子中曾经说过："奴才之嫂马氏，因现怀妊孕以及七月，恐长途劳顿，未得北上奔丧。将来倘幸而生男，则奴才之兄嗣有在矣。"曹頫的这段话说明，曹寅的亲孙子就是这个遗腹子。而根据刻成于乾隆九年（1744年）的《八旗满洲氏族通谱》中记载，这个遗腹子就叫曹天佑，当时是"现任州同"一职。如果胡适先生所说的曹雪芹是曹寅的孙子的话，那无论从年龄、阅历，还是甲戌本《凡例》中的"作者自云"来讲，这个"孙子"根本不可能是曹雪芹。曹寅就这一个亲孙子，如果按照批语中"其弟棠村"来讲，这个曹天佑更不可能有一个叫"曹棠村"的弟弟。

再说了，弘历在没有承继大位之前，大臣们大都称其"宝亲王"，成为乾隆皇帝之后，虽然不能称其为"宝皇帝"，但是在一些臣子们心中，也会被默认为"宝皇帝"。《红楼梦》中描写鸳鸯抗婚，把"宝天王""宝皇帝"骂得狗血喷头。如果作者是乾隆朝时期的曹寅之孙曹天佑，在当时"文字狱"特别严厉恐怖的情况下，这不仅是要掉脑袋，还会冒着株连九族的危险。况且书中林黛玉骂皇帝为"臭男人"，作者还把清政府比作"犬狗""野驴子"，把满人说成"胡虏"，还有大量揭露抨击清朝军队屠杀汉族百姓的"暗写"。这个"现任州同"职务的曹寅之孙子曹天佑，他根本不敢这样写。

因此说，胡适先生的这一推论极不严肃。

中华民国首任教育总长、北京大学原校长蔡元培先生，于1917年出版了《石头记索隐》一书。在这部书中，蔡元培先生首次把《红楼梦》列为政治小说的范畴。他认为：《红楼梦》的成书时间大概在康熙朝时期，而书中隐隐流露着民族主义，大有一种怀念明朝抨击清朝的意思。对此，胡适先生提出了不同的观点。胡适认为，《红楼梦》所描写的事情太过自然，从现在来看是一件很平常的事情。而《儒林外史》的作者吴敬梓的思想则不同，他以一种超时代的思想来抨击当时的统治者。

中国红楼梦学会常务理事、北京大学中文系教授陈熙中先生，在《中国古代小说研究论辩》的绪论中说："世上一切学术的发展进步都是通过不断的争论获得的。"

陈熙中先生的这句话告诉我们，无论是红学研究还是其他的学术研究，有不同意见、不同观点，甚至发生争吵、进行辩论，这对于去伪存真，探讨交流，弄清事实，追求真理，应该都是一件好事。

就《红楼梦》的研究探佚而言，很多的大家、名家、学者，甚至思想家、政治家、艺术家，还没有哪一个人不受到学术界和红学研究者的批评和质疑。就连王国维、蔡元培、鲁迅、王蒙、刘心武、蔡义江、欧阳健，以至于对红学研究付出毕生心血的周汝昌、冯其庸等资深红学大家，都曾经遭受过别人的诸多批评和质疑。

文学评论家苏雪林，就曾经于1936年至1967年，利用将近半生的时间，写了多篇"讨伐"鲁迅先生的文章，真可谓"反鲁达人"。临沂有一位70多岁的红学爱好老者，因潍坊的一位红学爱好者言辞犀利地批评了这位老者的博客文章，公开向潍坊的这位"评论者"叫板，大有拉弓射箭、刺刀见红之势。所有这些事例，在学术界，尤其是红学界不胜枚举。而且随着自媒体及网络的不断深入发展，争论的趋势还会大势蔓延。因此说，对于红学研究探讨中某一观点正确与否，出现争论甚至"剑拔弩张"，实在不足为怪。

同为胡适一代的新红学派创始人俞平伯先生，在其晚年，已经认识到对《红楼梦》误判的危害性和严重性。他曾经沉痛地写道："胡适、俞平伯是腰斩《红楼梦》的，有罪。程伟元、高鹗是保全《红楼梦》的，有功。大是大非！千秋功罪，难于辞达。"俞平伯先生还说："一切红学都是反《红楼梦》的。即讲得越多，《红楼梦》愈显其坏，其结果变成'断烂朝报'，一如前人之评春秋经。笔者躬逢其盛，参与此役，谬种流传，贻误后生，十分悲愧，必须忏悔。"

人之将死，其言也善。作为一个有名望、有地位的知名学者，他的所有观点和见解并不一定绝对正确。在发现自己观点不正确的同时，还能够敢于承认、勇于改正，这种"自我革命"精神，并不是所有人都能做到。俞平伯老先生在他生命的最后时刻，敢于解剖自己，纠正错误，这种"为求真理、舍我其谁"的担当精神，着实令我们这些后辈钦佩。

著名红学家胡文彬先生在他所著的《历史的光影——程伟元与红楼梦》一书中明确指出："程伟元、高鹗的搜集摆印之功，必须给予公正的重新评价。现今我们有责任澄清扣在程伟元头上的不实之词，还历史一个公道，给程伟元一个清白。"

胡文彬先生在这部书中，还以大量翔实的材料和事实依据，实事求是地作出了分析和论证。胡文彬先生认为，程伟元是一个有相当文化底蕴和文化修养的人，他不辞辛苦地花费大量银两，收集散落在民间的《红楼梦》残稿，并且对全书进行编辑整理，证明他是一个有历史责任感的文人，他的这种做法，并不是一味谋取利益的"无良奸商"，他是对当时即将散失的中华文学精品的抢救。

胡文彬先生还说："在某种意义上说，《红楼梦》遇到程伟元是一种历史的幸运。《红楼梦》之所以能够得以广泛流传，我们的确是应该感谢程伟元和高鹗，他们真的是'保全《红楼梦》有功'。从整理《红楼梦》全书过程看，程伟元是严格按对文化珍品的整理原则办事的。程、高对后四十回残稿发现和整理过程的介绍也是可信的，不可能是'无名氏'所续。如果是'无名氏'所续，就不可能散失，程伟元经过多年的收集才基本凑全。"

胡适先生在文学、哲学和史学等方面虽然成就斐然，但他也是一个颇具争议的人物，曾经有一些文化界的人士，说他是个有贡献也有缺失的人。尤其是在对《红楼梦》的研究考证方面，受到过许多"重量级"红学家及学者的质疑和指责。从他后来的许多文章都反映出，胡适先生到老都不肯改变，一直坚持自己的错误论点。特别是俞平伯先生晚年对《红楼梦》研究的深刻忏悔，显得胡适先生缺乏"自我革命"的大度和勇气，也是对他固执地坚持错误观点的一种否定。

中国自古就有文人相轻、文人相嫉之陋习。对于胡适先生的种种看法和评价，纵然有其老一代学者"互不服气""相互诋毁"的客观因素，但也有其在学术研究方面不深入、不严谨、不实事求是的诸多主观因素。同时，也反映出做学术研究决不能捕风捉影地人云亦云，更不能以讹传讹地道听途说；必须坚持真理，实事求是、客观严谨，经得起历史的检验。

中国红楼梦学会会长张庆善先生说："在《红楼梦》研究中，不同学术观点的讨论是正常的，这是学术发展的动力，无可厚非，但当前也确实存在一些不能忽略的问题，这其中有学风问题，有学术品格问题，有学术浮躁问题，还有学术造假问题。"

既然张庆善先生明确提出了这些问题，说明当今红学研究领域不仅有"悖论"，也有"怪论"；不仅存在学风、品格、浮躁问题，更有"学术造假"问题。如果任其"泛滥"，将会误导读者，成为千古罪人。

胡适先生有关红学研究的诸多观点，并非完全背离事实。他的观点中，《红楼梦》取材于江宁织造曹家，《红楼梦》就是曹家事之说，还比较符合事实。

1964年8月18日，开国领袖毛泽东在北戴河与哲学工作者谈话时说："《红楼梦》写了200多年了，研究红学的到现在还没有搞清楚，可见问题之难。有俞平伯、王昆仑，都是专家。何其芳写了个序，又出了个吴世昌。这是新红学，老的不算。蔡元培对《红楼梦》的观点是不对的，胡适的看法比较对一点。"

实事求是地讲，基于20世纪二三十年代研究材料匮乏的诸多限制，胡适先生能够潜心研究《红楼梦》，并且提出了"自成一说"的"独到"观点，并得到开国领袖毛泽东的"点赞"，的确令人钦佩。

人无完人，文无完文。不管怎么说，胡适先生在开启红学研究新开端，引领"新红学派"研究考证新时代等方面，还是做出过许多历史性贡献的。我们不能因为他某些不符实际的错误观点，而完全否定他在中国红学界的历史地位和作用。

二十二、生卒时间否定曹天佑是原作者

康熙五十四年（1715年）三月初七，曹頫给康熙皇帝上了一道《江宁织造曹頫代母陈情折》。其中就有"奴才之嫂马氏，因现怀妊孕以及七月，恐长途劳顿，未得北上奔丧。将来倘幸而生男，则奴才之兄嗣有在矣"之句。

根据曹頫奏折这段内容可知，曹颙的妻子马氏，当时已经怀有7个月的身孕。因为路途遥远，恐怕长途奔波劳累对胎儿不利，因此，没有北上奔丧，参加曹颙的葬礼。同时，曹頫还告诉康熙皇帝，如果将来生个男孩，则哥哥曹颙就有子嗣了。后来，这个怀有7个月身孕的马氏，果真生了个男孩。曹家给这个遗腹子取名曹天佑。

据此，一些红学家判断，曹天佑即是曹雪芹，也是《红楼梦》原作者。

对于这一推断，笔者认为有失偏颇。

按照曹頫奏报给康熙皇帝这道奏折的时间来看，这个遗腹子曹天佑的出生时间应该是康熙五十四年（1715年）的六月份左右。

据刻成于乾隆九年（1744年）的《八旗满洲氏族通谱》之《附载满洲旗分内之尼堪姓氏》中记载：

曹天佑，现任州同。

在著名红学家冯其庸先生编撰的《曹雪芹家事新考》中的世系表和《曹氏谱系全图》中，就有：

十三世，颙，寅长子，内务府郎中，督理江南织造，诰封中宪大夫，生子天佑。十四世，天佑，颙子，官州同。

由此说明，曹天佑后来担任了"州同"职务。

在敦诚所著的《四松堂集》中，有一首《挽曹雪芹》的诗作。这首诗的内容是：

四十年华付杳冥，哀旌一片阿谁铭？

孤儿渺漠魂应逐，新妇飘零目岂瞑？

牛鬼遗文悲李贺，鹿车荷锸葬刘伶。

故人惟有青山泪，絮酒生刍上旧坰。

据考证，敦敏、敦诚兄弟二人，不仅与曹雪芹熟悉，而且私交深厚。据说有一次敦敏、敦诚二兄弟去西山看望曹雪芹，当时曹雪芹家中一贫如洗，连吃的东西都没有，无奈之下，他们只好挖点野菜、摘些南瓜花做下酒菜。由此可见当时曹雪芹的处境是多么的"寒砧"。

敦诚在这首诗中提到了"四十年华付杳冥，哀旌一片阿谁铭"一句。意思是说曹雪芹去世的时候是 40 岁。

敦诚的这首《挽曹雪芹》诗，创作于乾隆二十九年甲申年（1764 年），其依据就是这首诗的原题后面标注了"甲申"纪年。

另外，甲戌本《脂砚斋重评石头记》第一回，有一条"壬午除夕，书未成，芹为泪尽而逝"的批语。这条批语说明曹雪芹去世的时间是壬午年（1762 年）的大年三十。也就是公元 1763 年的 2 月 12 日。

胡适先生认为，曹雪芹卒于乾隆二十九年甲申年（1764 年），其依据就是敦诚的"四十年华付杳冥"之句。胡适还认为"四十年华"不限定整 40 岁，因此断定曹雪芹死时是 40 至 45 岁。

如果按照康熙五十四年（1715 年）曹頫奏折中"马氏现怀妊孕以及七月"来推断，则这个曹天佑出生在 1715 年。按照批语"壬午除夕，芹为泪尽而逝"来判断，那他去世的时间是乾隆二十七年（1762 年）的除夕。照此推论，曹天佑去世时应该是 47 岁。如果这个曹天佑就是曹雪芹，那按照敦诚所说的曹雪芹只活到 40 岁来推论，那曹天佑已经在 1755 年就已经去世了，两者相差了 7 年时间。

周汝昌先生认为，敦诚说的"四十年华"乃是确指，理由是在旧社会的悼亡诗里，不会为死去的朋友"减寿"，如果对一个 40 多岁死去的人不说"五十年华"而偏说"四十年华"，那就太没道理。

我们再按照敦诚的这首《挽曹雪芹》诗来判断分析。

敦诚的这首诗说甲申年（1764 年）的时候，曹雪芹就"四十年华付杳冥"了。1764 年往前推 40 年就是雍正元年（1723 年）。照此推论，那么曹雪芹的出生时间是 1723 年。而曹寅就只有曹颙一个儿子，曹颙死后留有遗腹子曹天佑，他出生的时间是 1715 年，这在曹頫的奏折中说得非常明确。单从去世时间相差 7 年来判断，这个曹雪芹不可能是曹寅的亲孙子曹天佑。这从出生时间上，根本对不上号。

《八旗满洲氏族通谱》中记载，1744 年的时候，不到 30 岁的曹天佑，已经担任了"州同"职务。"州同"虽然不是什么大官，但其政治敏锐性还是应该有些。乾隆朝时期的"文狱冤案"他应该非常清楚。以当时的政治环境，哪怕再给他几个胆，他也不敢撰写揭露当朝"政治丑闻"和侮辱谩骂当朝皇帝的任何文字。因此说，曹天佑不可能就是《红楼梦》原作者。

另外，否定曹天佑是曹雪芹，在一些批语中也能找到可靠的证据。

书中第十六回，有一条甲戌回前总评道：

借省亲事写南巡，出脱心中多少忆昔感今。

据考，康熙皇帝一生总共六次南巡，其中最后一次南巡是在康熙四十六年（1707

年）。在这里，批者明确批出"借省亲事写南巡"，说明作者表面上是写"元妃省亲"，其实暗写的是康熙皇帝南巡的盛况。那么，康熙最后一次南巡的时候，曹天佑还没有出生。一个没有出生的人，怎么会经历过康熙皇帝南巡？而且还"忆昔感今"呢？再说了，元妃省亲的宏大场面和出行规格，分明就是太子、太后或者皇帝的规格。如果没有亲自"经过见过"，仅仅靠家里老人和亲朋好友的讲述，那也绝不会把元妃省亲的盛况描写得那么鲜活生动，那么深刻具体，那么栩栩如生。

第二十二回，在"往常间只有宝玉长谈阔论，今日贾政在这里，便惟有唯唯而已"之处，有一条庚辰双行夹批道：

写宝玉如此。非世家曾经严父之训者，断写不出此一句。

同一回，在"宝钗原不妄言轻动，便此时亦是坦然自若"处，有一条庚辰双行夹批道：

瞧他写宝钗，真是又曾经严父慈母之明训，又是世府千金，自己又天性从礼合节，前三人之长并归一身。前三人向有捏作之态，故唯宝钗一人作坦然自若，亦不见逾规越矩也。

以上两条批语，都提到了"严父"和"严父慈母"。而"写宝玉如此""断写不出此一句"和"瞧他写宝钗"之句，说的无疑就是作者本人。

书中贾政的原型是曹寅，而曹天佑是曹寅的亲孙子。因此，称曹寅为"严父"的这位作者，根本不会是曹天佑。况且曹天佑是个遗腹子，出生之前父亲曹颙已经去世，这在曹頫《江宁织造曹頫代母陈情折》中说得非常清楚，怎么会有"非世家曾经严父之训者，断写不出此一句"和"瞧他写宝钗，真是又曾经严父慈母之明训"呢？

因此说，曹天佑不会是曹雪芹，也不是《红楼梦》原作者。

二十三、"半生潦倒"与曹天佑无关

　　红学大师周汝昌先生在他所著的《曹雪芹生卒考释与阐微》中写道:"今存《甲戌本》卷前'凡例'中有了'一技无成,半生潦倒'的'作者自云'。按甲戌为乾隆十九年(1754),此本今存者止于二十八回书,在此之前很难说更有写定缮清的成型本,则可推知'凡例'诸文字即此次定型时所加,而自雍二至乾十九,为整三十岁——古以六十寿为'一生'之基数(我幼时听老辈皆有此言,是一个历代相传人寿观念,甚至传说古有"六十不死活埋"之习俗云。是以杜少陵"人生七十古来稀"不是无根之漫语),故'半生'者即指三十岁。乾隆时宠臣和珅的诗集中恰也有三十岁时自言"半生"之良例。那么,雪芹在乾隆十九年时缮定《石头记》初本所云之'半生',正合他生于雍二的年龄计数。"

　　如果按照周汝昌先生推断的话,雍正六年(1728年)初曹家被抄家时,这个出生在雍正二年(1724年)的曹雪芹,在4岁左右就已经举家迁往北京了,这与甲戌本《凡例》中的"锦衣纨绔之时、饫甘餍美之日,背父母教育之恩、负师兄规训之德,已至今日一事无成、半生潦倒之罪"的"作者自云"没有丝毫关系。更何况"上赖天恩"之句,与一个四五岁的小孩子根本搭不上边。也就是说,周先生所说的出生在"雍二"的曹雪芹与甲戌本《凡例》中的这个"自云"作者,不可能是一个人。即使这个所谓的"曹雪芹"存在的话,曹颙去世的时候是康熙五十四年(1715年),而且曹寅就只有这么一个亲生儿子,也不可能到了9年以后的雍正二年(1724年),又出生了一个亲孙子。如果这个曹雪芹是曹寅孙子的话,那这个孙子只能是过继给曹寅之妻李氏为继子的曹頫的儿子。

　　关于"半生"的解释,正如周汝昌先生所言,过去人们习惯以60岁为"标准寿命",所以60年为一世一生。"半生"正是30岁。

　　周先生关于曹雪芹出生在1724年的说法,是根据甲戌本《凡例》中的"一事无成,半生潦倒"的"作者自云"来推算的。周先生还说:"而自雍二至乾十九,为整三十岁。"按照这一说法,的确也正合甲戌本《凡例》中"一事无成,半生潦倒"的时间概念。其实,这一推断也实在是太过勉强。即使不用周先生这个大红学家"煞费苦心"地推算,稍微有点数学基础常识的人,谁都能推算出雍正二年(1724年)到乾隆十九年(1754年)为整30年。

　　笔者认为,周先生的这一推论,可能是基于甲戌本的底本成书年代,即乾隆十九年甲戌年（1754年）而来的。

甲戌本《脂砚斋重评石头记》底本的定稿年代是甲戌年，也就是公元1754年。按照周先生认为的曹雪芹出生在1724年来推算，那正好是整30岁。再按照《红楼梦》书中所说的"十年辛苦不寻常"来推算，曹雪芹不到20岁就已经开始写《红楼梦》了。

诚然，古今中外20岁左右就成为文学"大咖"的也不乏其人。比如西汉初年的著名政治家和文学家贾谊，18岁时，就因诵诗善文而闻名于当地，20岁即为汉文帝的博士。再如北宋文学家苏轼，20岁便中得进士第二名。苏联著名作家肖洛霍夫写《静静的顿河》时也只有21岁，为此获得了诺贝尔文学奖。法国一个15岁的女作家萨特，也发表了很有名的小说。但是，也有人说《静静的顿河》底稿是肖洛霍夫岳父写的。萨特的小说是她爸爸代写的。在此我们并非怀疑这些"天才"作家，更不能人云亦云地"以讹传讹"。但事实真相到底怎样，的确令人难以辨别。

如果这个曹雪芹，真的能够聪明过人而又博学多识，那他为什么没有考取功名，而胆敢触犯当朝"禁令"，冒着杀头的风险，撰写被当时称为"粗俗淫秽"的小说《红楼梦》呢？况且《红楼梦》这部书并不是寻常一般的市井小说，其政治性、艺术性、社会性、广泛性、深刻性是任何文学作品所无法比拟的。书中有如此气势恢宏的豪门家庭、如此细腻丰满的人物性格、如此至深动人的细节描写，以及有众多闺阁女子的悲悯情怀和深情厚爱，还有家庭由繁华兴盛到一败涂地的这种"切肤之痛"，任何一个非亲身经历之人，是不可能达到如此恢宏的境界和通篇效果的。即使靠别人的讲述回忆，或者间接体验，也根本不可能描写得如此栩栩如生、出神入化。也就是说，作者如果没有足够的人生经验、社会经验、感情经验、政治经验和文学艺术修养，根本写不出像《红楼梦》这样旷世经典的伟大杰作。

如果按照曹天佑出生在康熙五十四年（1715年）来分析，到乾隆十九年甲戌年（1754年）的时候，曹天佑已经虚岁40岁了，按照古代的通常习俗，曹天佑不可能给自己"减寿"，说成"半生潦倒"。况且，在刻成于乾隆九年（1744年）的《八旗满洲氏族通谱》中曾经记载："曹天佑，现任州同。""州同"相当于现在的副厅级别。副厅级别的高官，怎么会说自己"一事无成"呢？因此，无论从周汝昌先生所考证出的1724年出生的曹雪芹，还是从曹頫奏折中所说的1715年出生的曹天佑，这个署名"曹雪芹"的《红楼梦》作者，根本与他们没有半点关系。

二十四、遗腹子不是曹雪芹

曹頫去世时，其妻马氏怀有 7 个月身孕，这个遗腹子出生以后，取名曹天佑。据此，一些红学家判断，这个遗腹子就是大名鼎鼎的《红楼梦》作者曹雪芹。笔者认为，这一推断极不严肃。

乾隆二十八年癸未（1763 年）的三月，曹雪芹的好友敦敏写了一首《代简寄曹雪芹》的小诗。这首诗的内容是：

东风吹杏雨，又早落花辰。

好枉故人驾，来看小院春。

诗才忆曹植，酒盏愧陈遵。

上巳前三日，相劳醉碧茵。

这首诗被编在了敦敏的《懋斋诗抄》中，时间是乾隆二十八年癸未（1763 年）。这首诗是敦敏"以诗代信"的形式，约曹雪芹于"上巳前三日"来赏春饮酒。"上巳"是指传统节日三月三。喝酒的理由是这年（1763 年）的三月初一是他哥哥敦诚的 30 岁生日。此书简便是敦敏邀请曹雪芹去赴哥哥敦诚 30 岁生日的酒宴。由于曹雪芹居住的地方离城里较远，交通不便，所以敦敏邀请曹雪芹在"上巳前三日"的二月二十九日，先进城到他家赏春饮酒谈心，这样就不会耽误三月一日敦诚的生日酒宴。

而甲戌本《脂砚斋重评石头记》第一回，就有"壬午除夕，书未成，芹为泪尽而逝"的批语，说明曹雪芹卒于"壬午年除夕"。

既然批语说壬午年（1762 年）的除夕，曹雪芹就已经"泪尽而逝"了，敦敏怎么会在癸未年（1763 年）的二月二十九日还邀请曹雪芹赴哥哥的生日酒宴呢？

据此，红学大师周汝昌先生认为，壬午年（1762 年）的除夕，曹雪芹并没有去世，所以周先生认为曹雪芹应当卒于"癸未除夕"。

如果按照周先生的这一推论，癸未年（1763 年）的除夕，应该是乾隆二十九年（1764 年），往前推 40 年，恰好就是雍正二年（1724 年）。

对此，一些红学家认为，敦敏邀请曹雪芹参加他哥哥的"生日酒宴"，结果没有见到曹雪芹，说明曹雪芹已经在"壬午除夕"去世了，而敦敏不知道曹雪芹去世，所以敦敏没有见到曹雪芹。

那么，敦敏是亲自去曹雪芹的住处邀请，还是把《代简寄曹雪芹》小诗托人递送的呢？

如果敦敏亲自到曹雪芹住处邀请他"赴宴"，他不可能不知道曹雪芹已经去世。既然已经到了曹雪芹的住处，哪怕曹雪芹死后没有了家人，他肯定会打听周围的邻居，不会无功而返。

但从诗中的"好枉故人驾，来看小院春"一句来看，说明敦敏已经去过曹雪芹的住处。按照民间的习俗，家里有人去世，门上要张贴"白纸"，以示家里有人"过世"。因批语说曹雪芹"壬午除夕"去世，那肯定是大年三十晚上。

中国人向来有过年贴春联的习俗，以示辟邪除灾、迎祥纳福。一般过年张贴春联都是年三十上午之前。如果曹雪芹"癸未年"除夕去世，敦敏在"癸未年"的二月二十九日亲自到曹雪芹的住处，不可能看不出来门上有没有张贴以示家人亡故的"白纸"。

敦敏《代简寄曹雪芹》中的"寄"字，可以理解"托人递送"或者"付托"。那么，按照此意来分析，应该是敦敏托人递送或者是通过邮差递送的。那就说明敦敏没有亲自到过曹雪芹住处。

但是，对于这首《代简寄曹雪芹》小诗，到底是写于"癸未"还是"壬午"，红学界也产生了很多的分歧和争论。

坚持"癸未说"的学者认为：这首书简小诗是按照年代日期的顺序而编录在敦敏的《懋斋诗钞》里的。编在"癸未"年就应该是写于"癸未"年。此处虽有"挖补"，原因很多，主要是避开乾隆时期的"文字狱"。但这并不影响《代简寄曹雪芹》小诗写于"癸未"的事实。

坚持"壬午说"的红学家认为：《懋斋诗钞》收录的诗作，并没有严格遵循编年次序。而且这首小诗下面的"癸未"二字，有后人"挖补"的痕迹，而挖补的这两个字，原本应是"壬午"二字。

但也有一些红学家经过查证，认为所"挖补"的应该是"庚辰"二字。

至于是谁"挖"的，又是谁"补"的，目前没有确切的"嫌疑人"可查。不过笔者认为，既然"挖"去了两个字，而又"补"了"癸未"两个字，那么，"癸未"是假的可能性比较大，要不然，为什么单单"补"上的是"癸未"二字，而不补上"辛巳"和"壬午"呢？

不管是"癸未说"，还是"壬午说""庚辰说"，既然都承认有人"挖补"这个事实，那肯定有人故意作假伪造。

笔者认为，伪造都有其动机、目的、需求和条件。既然故意作假伪造，那这个"假"的"某某年"也肯定符合"作假人"自己的意愿和观点，为自己本来错误的观点人为地创造一个"事实依据"，要不然没有作假的动机和理由。或许"癸未"和"庚辰"这两种说法都不可信。也就是说，没有确切证据的一切推论，那只能是冠冕堂皇的假话。

的确也有一些所谓的红学家，为了让自己生编硬造的所谓"观点事实"，能够吻合"某某年"和甲戌本《凡例》中的"上赖天恩、下承祖德，锦衣纨绔之时、饫甘餍美之日，背父母教育之恩、负师兄规训之德，已至今日一事无成、半生潦倒之罪"这段"作者自云"，挖空心思，甚至不择手段地采取一些卑鄙做法进行人为地"作假"。这种红学研究的毒瘤，应该尽早铲除，否则将严重地误导读者，污染红学的研究环境。

按照曹雪芹去世的时间来推论，无论是壬午年的 1762 年除夕（公元 1763 年），还是癸未年的 1763 年除夕（公元 1764 年），往前推 40 年分别是 1723 年和 1724 年，说明这个所谓的"曹雪芹"不是遗腹子曹天佑。1723 年是雍正元年，当时曹天佑才八九岁。此时雍正已经做了皇帝。曹頫的舅舅、苏州织造李煦已经被抄家治罪，曹家的日子也是在担惊受怕中艰难度过。1728 年之时，曹家已经被抄家调京治罪，当时曹天佑 13 岁。他也许有过"锦衣玉食"的短暂富裕生活，但要说他"上赖天恩、下承祖德"，根本没有这种可能性。曹天佑没有出生之前，其父亲曹顒就已经去世，而且是个"独子"，也根本不会有"背父母教育之恩、负师兄规训之德"的人生经历，更不会有什么"半生潦倒之罪"了。

因此说，这个出生在康熙五十四年（1715 年）的遗腹子曹天佑，根本不会是《红楼梦》作者曹雪芹。

1968 年，在北京通州区张家湾曹家祖坟出土了一块"曹雪芹墓石"。这块墓石长 100 厘米，宽 40 厘米，厚 15 厘米，由一块沉积岩条石制成。此墓石无座无首，钎痕斧迹明显，制作粗糙且表面不平，左下侧还有残缺。碑阳正中刻有"曹公讳沾墓"五个大字，左下方刻有"壬午"二字，无记、无序、无立碑人姓名。

1992 年 8 月 26 日，国家文物鉴定委员会副主任、著名文物专家史树青和傅大卣先生考察了这块墓石。他们都认为"碑是真的，没问题"。时任红学会会长、著名红学家冯其庸先生经过考察后也认为曹雪芹确在"壬午"年葬在张家湾无疑。冯其庸先生还说："曹雪芹的墓石不合规制，正好说明他穷困潦倒，死后朋友们随便找的一块石头，为他凿一块墓石为记，刻上'壬午'的纪年，以志他的去世，这是完全合乎情理，无可怀疑的事实。"

对于这一鉴定结果，曾经引起了红学家的诸多质疑。资深红学研究者霍国玲女士曾经专门撰写文章，从四个方面分析论证"曹霑墓碑"为造假之物。

还有一些红学家认为，墓碑制作草率，不合规制。其中碑石用料、字的位置、刻工、碑文写法、落款等，不仅与传统墓碑极不匹配，更与这位"大文豪"以及和他交往的这些学有素养的朋友极不相称。另外，张宜泉诗作"多情再问藏修地，翠叠空山晚照凉"和敦诚诗作"青山松柏几诗家"之句，均指出曹雪芹死后葬在西山。而对于曹雪芹葬在通州张家湾曹家祖坟，均无任何只言片语的历史记载。

对于墓碑的真实性，笔者不敢妄加断言。不过，康熙五十四年（1715 年）七月十六日，曹頫曾经奏报过《江宁织造曹頫覆奏家务家产折》，奏折中就有"通州典地六百亩，张家湾当铺一所"等句。说明曹家在北京通州有六百亩典地。曹家把通州自家的典地作为祖坟也极有可能。

而且，清朝明确规定：凡抄家籍没者，其坟园房地及看园子之人等祭祀产业，均不入官。这一规定说明，即使是犯罪被抄家籍没的罪人，其自家的"坟园房地"并不没收，还是属于自家所有。至于这个"曹雪芹"死后是否葬在张家湾曹家祖坟，的确没有确切依据。

另外，批语中说"壬午除夕，书未成，芹为泪尽而逝"，说明曹雪芹死亡的时间为"壬午除夕"，那么埋葬的时间必然为第二年的"癸未年"。按照传统礼法来说，古人在墓碑上所刻的时间，并不是墓主的死亡时间，而是立碑时间，而墓碑上刻有"壬午"，这就有点说不过去。况且古代每60年才有一个"壬午"年，为了便于区分，墓碑上必须写上某朝某代的某某年，如"康熙壬午年"或"乾隆壬午年"等。单刻"壬午"二字，绝对不合规制。而且墓碑上的"曹公讳沾墓"字迹粗糙，歪歪扭扭，大小不一。因此说，这个"墓碑"造假的可能性不可否认。

至于这个曹雪芹去世的时间，笔者还是相信甲戌本原文中的"壬午除夕，书未成，芹为泪尽而逝"，也就是曹雪芹去世的时间应该是"壬午年"的除夕。

二十五、遗腹子写不出鸿篇巨著

　　曹寅自康熙五十一年（1712年）去世以后，他的儿子曹颙继承了江宁织造主事职衔。曹颙去世后，留下一个遗腹子曹天佑。

　　另据书中线索和史料记载，曹颙的妻子马氏，映照的书中人物应该是李纨，其儿子叫贾兰，对应曹家就是曹天佑。

　　根据曹頫于康熙五十四年（1715年）三月初七日，上奏给康熙皇帝的《江宁织造曹頫代母陈情折》中的记载，这个"遗腹子"曹天佑出生的时间应该是康熙五十四年（1715年）的五月或六月。曹家被抄家后，举家迁往北京的时间是雍正六年（1728年）初，那个时候，曹天佑也就是13岁。

　　在甲戌本《凡例》中，作者曾经说自己"上赖天恩、下承祖德"，还说自己过着"锦衣纨绔""饫甘餍美"的美好富裕生活，再还说自己"半生潦倒之罪"及"风尘碌碌，一事无成"等等。所有这些，都与一个13岁的孩子差得不是一星半点。

　　"赖"字表示依赖、倚靠和凭借的意思。"天恩"表示帝王的恩惠。"上赖天恩"是指依靠皇帝的恩惠或者是受到过皇帝的恩宠。康熙皇帝去世的时间是康熙六十一年（1722年），当时曹天佑8岁。雍正皇帝登基之后，曹頫接二连三受到雍正皇帝的斥责，曹家也一直过着担惊受怕的日子。试想，一个才8岁的孩子，怎么会得到过皇帝的莫大"恩宠"呢？

　　不仅如此，《红楼梦》书中描写曹天佑的原型贾兰这个遗腹子的形象，与贾宝玉这个吟诗作赋的少年天才形象也相差甚远，根本不属于一个档次。

　　贾兰是已故贾珠的儿子，是贾母独一无二的重孙子，是贾家不可忽视的新生代力量，其地位应该是非常的尊贵，理应是集万千宠爱于一身。可是书中描写的这个贾兰，却没有得到贾家男女老少应有的重视。他虽然地位不凡，可是他在贾母和王夫人眼中不过和贾环一样，是个可有可无的人。

　　书中描写贾兰在寡母李纨的教导下，从小诵读儒家经义，是一个受封建礼教影响根深蒂固的孩子。他走的是封建知识分子的仕宦之道，是个正统的科举型人才，对闺阁闲情及吟诗作赋并不在行。在当时，贾兰可以说是个很听话也很上进，符合封建伦理道德行为准则的一个"乖孩子"。

　　第二十二回写道：

　　荣国府众人聚在一起过灯节，贾政因不见贾兰，便问："怎么不见兰哥？"婆娘佣人忙进里间问李氏，李氏起身笑着回道："他说方才老爷并没去叫他，他不肯来。"婆娘回复了贾政。众人都笑说："天生的牛心古怪。"

　　说明贾兰脾气固执，性情古怪，全家在一起过节，没人叫他，他就不来，显然有些不大合群或者小心眼。

　　第二十六回写道：

　　只见那边山坡上两只小鹿箭也似的跑来，宝玉不解其意。正自纳闷，只见贾兰在后面拿着一张小弓追了下来，一见宝玉在前面，便站住了，笑道："二叔叔在家里呢，我只当出门去了。"宝玉道："你又淘气了。好好的射他做什么？"贾兰笑道："这会子不念书，闲着做什么？所以演习演习骑射。"宝玉道："把牙栽了，那时才不演呢。"

　　贾宝玉当面斥责贾兰闲着没事用弓箭射小鹿，说明对贾兰的射杀行为不太喜欢。

　　第九回写道：

　　金荣因在学堂欺负秦钟，贾宝玉也牵连在内，贾蔷叫来茗烟，就和金荣等打了起来，金荣的朋友用飞砚打茗烟，没打着茗烟，便落在贾菌和贾兰的座上，贾菌不愿意，抓起砚砖来要打回去。贾兰忙按住砚，劝道："好兄弟，不与咱们相干。"

　　说明贾兰不仅自私，而且还谨小慎微，胆小怕事，砚砖打在自己书桌上，还"不与咱们相干"。可想而知，贾兰这个遗腹子的形象和贾宝玉大家公子形象对比是有很大差别的。

　　因此说，这个遗腹子曹天佑，根本写不出《红楼梦》这部空前绝后的旷世杰作。

二十六、"州同"官职系"捐纳"

始修于雍正十三年（1735年）十二月，成书于乾隆九年（1744年）十一月的《八旗满洲氏族通谱》中曾经记载：

曹天佑，现任州同。

按照《八旗满洲氏族通谱》中的记载，曹天佑在曹家败落的若干年以后，担任过相当于副厅级别的"州同"职务。按照曹家当时的情况，曹天佑的这个"州同"的职务，不可能通过科举考试获得。

清朝时期，对参加科举考试者的资格有明文规定：凡是三代以内有重大犯罪或者正处于守孝期间的考生，不得应试。

按照这一规定，如果参加科举考试，每位考生都得填写清楚祖上三代姓名、职业等信息。又因曹家于雍正六年（1728年）被"抄家治罪"，曹天佑的叔叔曹頫在京城"戴枷"归还欠款。一直到了乾隆元年（1736年）的时候，曹頫才得到"宽免"。在此期间，如果曹天佑依靠科举考试获取"州同"职务，其严格的"政审"也不可能过关。因此说，曹天佑的这个"州同"一职，只能靠"捐纳"获得。

不过，也有一些红学家曾经推断，曹天佑的这个"州同"不是捐纳而来，而是走正常的科举考试之路考取的。其理由就是，曹天佑的寡母马氏，在曹頫接二连三受到康熙皇帝的严厉斥责后，感觉曹家的根基开始摇摇欲坠，特别是曹頫"骚扰驿站"之后，眼看着曹家这座大厦即将倾倒，于是里应外合，勾结在雍正皇帝身边担任茶房总领的曹頫的哥哥曹頎，密告曹家"暗移财产、乱找门路、坏朕声名"的不端行为，这才引起雍正皇帝的极大愤怒，导致曹家被抄家治罪。雍正皇帝念及马氏孤儿寡母及时"告密"的"功劳"，并没有把曹天佑母子列为曹家"罪人"。因此，曹天佑才得以按照正常科举考试的渠道，考取了功名，后被委任"州同"这一职务。

至于这一推论正确与否，目前没有任何资料可考。不过，以李纨在贾家"非同一般"的特殊地位，以及悉心教育培养贾兰刻苦用功的实际情况来看，这种可能性也不能说一点儿没有。况且，乾隆皇帝即位以后，曾经连续7年停止了官职捐纳。曹家自雍正六年（1728年）就被"抄家治罪"成为朝廷的"罪人"，其严格的"政审"制度，不可能让曹天佑参加任何科举考试。那么，在乾隆元年（1736年）到乾隆七年（1742年）的这段时间里，即使曹家没有受到"弘晳谋逆案"的牵连，或者这件"大案"不牵扯曹天佑，他的母亲马氏也根本没有机会为儿子捐官。如果说曹天佑所捐纳的"州同"一职，是在乾隆七年（1742年）恢复捐官制度以后的事，这无论从曹天佑的年龄还是时间上，都能够说得过去。

因此，笔者判断，曹天佑捐纳的"州同"官职，有可能是在乾隆七年（1742年）或乾隆八年（1743年）的某段时间。其年龄应该是二十七八岁。

在清朝时期，花钱捐的官职，大部分只是图个品级官衔的虚名。这种官职，既没有实职实权，也没有府衙和俸禄。但也有通过捐纳的官职是既有实职实权，也有府衙和俸禄，这种类型的叫"捐缺"。"捐缺"获得的官职才是堂堂正正的朝廷"官员"。不过因为清代"捐缺"的人比较多，而"实缺"也很少，所以大多数需要花费大量的银子，走门子、托关系才能得到"缺职"的官位。《红楼梦》书中贾琏捐纳的"同知"职位，以及贾珍给贾蓉用一千五百两银子捐纳的五品御前龙禁尉职位，都是属于无俸禄、无职权、无府衙的"虚职"。

从《八旗满洲氏族通谱》中记载的"曹天佑，现任州同"中的"现任"二字来看，曹天佑所捐的这个"州同"职务，应该是"实职实权"。

既然曹天佑的"州同"一职是通过捐纳而来，那么，捐纳"州同"之前必须有"贡监"身份。《清史稿·捐纳》记载："平民得捐贡监。"也就是说，曹天佑在捐纳"州同"之前，首先需要捐纳"贡监"，在取得"贡生"资格身份之后，才能进一步捐纳"州同"。这样下来，所需银两绝不会是个小数目。曹頫"戴枷"还款的七八年间，只还清了一百四十一两朝廷欠款，最后的三百零二两二钱还是被"豁免"的。曹天佑又是捐纳"贡生"，又是捐纳"州同"，而且还是个"实职"，那么，按照当时曹家穷困潦倒、一贫如洗的家境，为曹天佑捐官的银子是从哪里来的呢？

笔者认为，唯一的可能就是曹頫的姐夫纳尔苏索要绥赫德的三千八百两银子（详见第九十一章《纳尔苏设"套"绥赫德》）。按照当时的"捐纳"价格，这三千八百两银子，除了捐纳"贡生"和捐纳有职有权的"州同"官职外，最后也所剩无几。

按照《八旗满洲氏族通谱》成书于乾隆九年（1744年）十一月和康熙五十四年（1715年）曹頫所说的"奴才之嫂马氏，因现怀妊孕以及七月"两个时间段来推算，曹天佑不到30岁就已经成为副厅级官员。在封建帝制时代，有的人到了七老八十依然屡试不第，考不上一个功名。曹天佑不到30岁就已官至副厅级别的"州同"，如果说他"年轻有为"或者"大器早成"还差不多。那么，甲戌本《凡例》中的"一事无成"和"半生潦倒"的"作者自云"，用在曹寅的孙子曹天佑身上显然极不合适。

二十七、"州同"不至于"贫居西郊"

周汝昌先生在其所著的《红楼梦新证》第六章指出：乾隆十年（1745年），"时曹氏因遭巨变，家以顿落。贫居西郊，啜饘粥，但犹傲兀，时复纵酒赋诗，始草《石头记》。"

乾隆九年（1744年）的时候，曹天佑已经官至"州同"了，况且古代就有"三年清知府，十万雪花银"的民间谚语。此谚原特指知府的"灰色收入"名目繁多，后来泛指地方官员贪赃敛财，无所不能。这里的"清知府"，并不是单指"清朝知府"，而是指"清廉知府"之意。这句话是讽刺那些号称清廉为官的朝廷官员，在短短的三年任上，通过敲诈勒索、贪污受贿，已神不知鬼不觉地把十万两雪花花的"灰色收入"收入私囊。言下之意，清廉是假，腐败是真。

我们再来看看清朝"州同"官职的收入情况。

据考，清朝官员的俸禄分为年俸、禄米和养廉银三种。清朝康熙、雍正、乾隆朝时期，一两银子相当于现在的200元左右，一斛米约为现在的200斤，而"州同"相当于现在的正厅或者副厅级。如果按照副厅级来算，那当时的俸银为每年六十两，禄米每年为60斛，养廉银每年为一千二百五十两。按照现在的大米每斤3.5元的价格来测算，每年60斛禄米，那应该是42000元左右。俸银每年六十两，相当于现在的12000元左右。养廉银一千二百五十两，相当于现在的25万元左右。平均下来，应该是每年30万元左右，平均每月25000元。那个时期的老百姓生活可能要比现在差很多，正常一大家子人生活，一个月二三两银子（400至600元）就能够完全解决温饱问题。别说过去每月25000元的收入，就是现在的北京、上海等大城市，每月25000元的收入也是中等以上的收入水平了。这样看来，这个官至"州同"的曹天佑，即使再清廉，也不至于沦落到像周汝昌先生所说的"贫居西郊"，仅靠喝点粥汤维持生活的地步。

而周汝昌先生考证出，乾隆十年（1745年）曹氏因遭巨变，家以顿落，贫居西郊，与曹天佑官至"州同"只相差不到一年。如果当时曹天佑没犯什么严重错误，或者家庭没有出现重大变故，不至于到了乾隆十年（1745年），朝廷就无缘无故地"免除"他的"州同"官职。

在刻成于乾隆九年（1744年）的《八旗满洲氏族通谱》中也曾记载："曹天佑，现任州同。"说明曹天佑的这个"州同"职务，并不是后人的刻意"伪造"，而是事

实完全充分，历史证据确凿。

史料上既然明确记载曹天佑"现任州同"，说明曹天佑根本不会住在西郊的破草烂屋，贫穷的只能靠粥汤充饥，而且还"纵酒赋诗"。由此说明，曹天佑根本不会是曹雪芹。

不仅如此，与曹雪芹关系密切的"圈中好友"敦诚、敦敏二兄弟，也在多首诗中说他生活艰难、穷困潦倒。敦诚在他所著的《赠曹雪芹》这首诗中，说曹雪芹"举家食粥酒常赊"。在《寄怀曹雪芹》诗中说"劝君莫弹食客铗（给富贵人家当清客），劝君莫扣富儿门（讨饭）"等。敦敏也说他不仅"卖画钱来付酒家"，还时常喝醉之后，遭到别人鄙视的"白眼"等。敦诚还曾经在《佩刀质酒歌》诗作中说过，有一次他和曹雪芹相见，两个人被大雨淋湿了衣裳，曹雪芹一时来了酒瘾，结果没钱买酒，敦诚就解下自己心爱的佩刀典给酒保换酒喝。试想，一个相当于现在厅级的"州同"官员，怎么会如此"寒碜"到时常赊酒喝，仅靠卖画换取微薄的收入，而且还去富人家里当"清客"，靠"讨饭"维持生活，并时常遭到别人的鄙视嘲笑呢？

因此可以推断，曹寅的孙子曹天佑根本不会是《红楼梦》原作者曹雪芹。

二十八、曹天佑的辈分争议

成稿于乾隆九年（1744年）的《八旗满洲氏族通谱》卷七十四中记载：

曹锡远，正白旗包衣人，世居沈阳地方，来归年份无考。其子曹振彦，原任浙江盐法道。孙，曹玺，原任工部尚书；曹尔正，原任佐领。曾孙，曹寅，原任通政使司通政使；曹宜，原任护军参领，兼佐领；曹荃，原任司库。元孙，曹颙，原任郎中。曹頫，原任员外郎。曹颀，原任二等侍卫，兼佐领。曹天佑，现任州同。

从《八旗满洲氏族通谱》我们可以看出，"现任州同"的"曹天佑"，是和同为"元孙"辈的曹颙、曹頫排在了一起的。按照这个排列顺序，这个"曹天佑"就应该是曹颙和曹頫的弟弟，而不是曹颙的遗腹子，要不然根本不会这样排列。

《八旗满洲氏族通谱》是官修通谱，只列入家族中有官位、有名望的"成功人士"，而且此通谱成书于乾隆九年（1744年），目前藏有此通谱的人应该不在少数，其记载应该比较准确可靠。

20个世纪60年代，又发现了五庆堂《重修辽东曹氏宗谱》。这部"宗谱"有关曹家的部分记载是：

十三世，颙，寅长子，内务府郎中，督理江南织造，诰封中宪大夫，生子天佑。十四世，天佑，颙子，官州同。

冯其庸先生编撰的《曹雪芹家事新考》中的世系表和《曹氏谱系全图》记载的是：

十三世，颙，寅长子，内务府郎中，督理江南织造，诰封中宪大夫，生子天佑。十四世，天佑，颙子，官州同。

由此看来，冯先生的考证与五庆堂《重修辽东曹氏宗谱》中的记载是一致的。

那么，为什么《八旗满洲氏族通谱》把曹天佑编入"元孙"辈的十三世，而冯先生考证又变成十四世了呢？究竟哪个是对哪个是错的呢？

对此，周汝昌先生提出了自己的观点。周汝昌先生认为：

"现任州同"。即此一句，便知天佑并非雪芹，盖雪芹从未有"州同老爷"身份品级的任何记载与传说（只有贡生、孝廉、内务府笔帖式的文字与口碑）。假若他"现任州同"，则必不出雍十三至乾九之间，那么，当时与稍后的敦诚、敦敏、明义、永忠、张宜泉、裕瑞……诸家的诗文中必不会丝毫不留下直接间接的称谓或暗示。

盖《通谱》收录，自曹锡远（世选）为第一代，以下子振彦，孙玺与尔正，曾孙曹寅、荃、宜，元孙天佑——辈次井然，何尝有错？

元孙辈，取名皆排"页"旁，曹颙、曹頫属之。而"五庆"谱竟云"颙生天佑"。其谬可知！

既知天佑为元孙辈，则其本名亦必排"页"旁。于是，吾人乃得推知：天佑者，原即曹顺之表字，其经典依据出自《周易·系辞》十二，其文云："自天佑之，吉无不利"。子曰，"佑者，助也。天之所助者，顺也。"

我们已经考知，寅字子清，宣（荃）字子猷，颙字孚若，頫字昂友，皆有经典出处——此为曹家高级文化门风的一个表现。倘若天佑是"耳孙"辈人，他取名竟犯其伯父辈"顺"名的暗讳，这在当时是绝对不许发生的大笑话，曹家难道反会有那种贻讥腾笑的不学之事吗？

周汝昌先生的这段话说明，"现任州同"的曹天佑并不是曹雪芹。在历史文献和其他各方面的资料中，曹雪芹从未有过关于"州同老爷"身份品级的任何记载与传说，而只有贡生、孝廉、内务府笔帖式的文字与口碑。乾隆九年（1744 年）的时候，曹天佑已经官至"州同"了。"州同"的官职虽然不是很大，但在当时起码也是个从五品或者六品的官员。周汝昌先生认为，既然曹天佑已经"现任州同"，那敦诚、敦敏、裕瑞、明义等"圈中好友"不会不知道。然而，在他们的诗文记载中，却丝毫没有留下任何直接或间接的称谓和暗示证据。

周先生还认为，元孙辈的曹颙、曹頫，以及曹顺、曹颀的名字皆排"页"字旁，而"天佑"这个名字，虽然取自《周易·系辞》十二中的"自天佑之，吉无不利"，而其"佑者，助也。天之所助者，顺也"，竟犯了其伯父曹顺的"顺"字的暗讳，这在封建社会是绝对不许发生的。

周先生关于曹雪芹身份以及职务等情况的分析判断，笔者较为赞同。但对于先生所说的"佑者，助也。天之所助者，顺也"这句话中的"顺"字，犯了其父辈"顺"名的暗讳的分析判断，笔者认为有生拉硬扯、牵强附会之嫌。

孔子所说的"佑者，助也。天之所助者，顺也"这句话中的"佑"字，是辅助、帮助的意思。"天"，就是天道，就是自然，是不以人的意志为转移的客观性，也就是自然规律。这里的"顺"就是顺应天道、顺应自然、顺应客观规律。这句话的意思就是：这个"佑"就是告诉人们做任何事情，都要尊重自然规律，只有顺应自然、尊重客观规律，才能够得到自然的庇护。而曹顺的"顺"，是顺心、顺意、顺利的意思，也就是合乎心意。而孔子所说的"顺"，是顺从、顺应、归从的意思。字虽同而意有所不同。因此，孔子所说的"顺"，并不能说明曹天佑的取名，犯了其伯父辈"顺"名的暗讳。如果曹天佑取名为"曹天顺"或者"曹顺天"，那就不仅犯了"顺"字的暗讳，而是犯了其父辈的"名讳"了，这在封建社会里不仅是"大笑话"，也是绝对不允许的。

综合以上分析，笔者认为，冯其庸先生的考证和五庆堂《重修辽东曹氏宗谱》的记载应该是正确的。这也和曹頫奏折中所说的"奴才之嫂马氏，因现怀妊孕以及七月，恐长途劳顿，未得北上奔丧。将来倘幸而生男，则奴才之兄嗣有在矣"完全一致。

这样看来，成稿于乾隆九年（1744 年）的《八旗满洲氏族通谱》卷七十四中有关曹天佑与同为"元孙"辈的曹顒、曹頫、曹頎排在一起的记载，应该是错误的。

至于周汝昌先生所说的"现任州同"的这个曹天佑是不是曹雪芹，笔者在其他章节中已经说明，在此不再重复。

二十九、出现错误在所难免

尽管《八旗满洲氏族通谱》是乾隆皇帝御批官修的第一部满族氏族通谱，但是，由于受当时木活字刻板印刷条件的诸多限制，加上通谱数量达 80 册之多，可想而知其文字量和工作量之浩繁。因此，出现一些漏字、错字，甚至人名、地名等低级错误也在所难免。包括把曹天佑编入"元孙"辈的十三世等。

《八旗满洲氏族通谱》始纂于雍正十三年（1735 年），编竣于乾隆九年（1744 年）。按照编修的时间段来看，此时的曹家，虽然于乾隆登基之初就已经被"宽免"，曹頫也由当朝的"罪犯"恢复为内务府员外郎职务。但在乾隆四年（1739 年），曹家因受到"弘皙谋逆案"的牵连而彻底败落。一个曾经的朝廷罪人，能够被录入《八旗满洲氏族通谱》，已经是很难得了。因此，在编修过程中，错误地把曹天佑与其叔辈排列在一起也在所难免。至于《五庆堂重修曹氏宗谱》以及冯其庸先生的考证，由于受资料匮乏的诸多限制，出现一些谬误也很正常。就连康熙朝时期总管内务府的奏折都出现过非常明显的错误。

康熙二十九年（1690 年）四月初四，在《总管内务府为曹顺等人捐纳监生事咨户部文》折中曾经记载：

三格左领下苏州织造郎中曹寅之子曹顺，情愿捐纳监生，十三岁；三格左领下苏州织造曹寅之子曹颜，情愿捐纳监生，三岁。三格左领下南巡图监画曹荃，情愿捐纳监生，二十九岁；三格左领下南巡图监画曹荃之子曹颙，情愿捐纳监生，二岁；三格左领下南巡图监画曹荃之子曹頫，情愿捐纳监生，五岁。

国子监是国家设立的最高学府和教育行政管理机构，又称"太学"和"国学"。当时，进入国子监读书的学生称为"监生"。在清朝时期，按照规定必须具有"贡生"或"荫生"资格，才有可能被选入国子监读书。所谓"荫生"就是依靠父祖的官位而取得入监学习资格的贵族官僚子弟。在当时，如果不是皇亲国戚及贵族家庭出身，就不可能成为"荫生"。如果是家中有钱的富家子弟，要想步入仕途，必须先要进入国子监成为"监生"。而成为"监生"资格的渠道，要么是出钱捐纳，要么是经过科举考试取得。特别是"包衣"出身的"家奴"，能够进入国子监成为"监生"，是步入仕途、光宗耀祖的重要环节。乾隆皇帝登基之后，连续 7 年停止了"监生"捐纳。直到乾隆八年（1743 年）才恢复捐纳。在此期间，要想取得"监生"资格，只能靠科举考试。

从以上《总管内务府为曹顺等人捐纳监生事咨户部文》中，我们明显地看出有三处错误。其一，曹寅一生虽然有两个儿子，但是一个乳名叫珍儿的儿子不到两岁时就夭折了，剩下的唯一一个儿子就是曹颙。其二，这里曹寅出现了两个儿子，一个是曹顺、一个是曹颜。其三，错把曹寅的弟弟曹荃的儿子曹顺、曹颜安在了曹寅身上。同时，又把曹寅的儿子曹颙安在了曹荃名下。

如果把曹顺说成曹寅的儿子，这还能说得过去。因为在曹寅的亲生儿子曹颙还没有出生之前，曹荃先是把曹顺过继给曹寅本支名下为继子。康熙二十九年（1689年）曹颙出生以后，曹顺就回归了曹荃本支名下了。或许在给曹顺捐纳监生的时候，他还没有正式办理回归曹荃本支手续或仪式的缘故。如果那样的话，总管内务府《咨户部文》中的"苏州织造郎中曹寅之子曹顺"的记载，也应该算是正确。

按理说，作为皇帝身边的内务府御用官员，不应该出现这种低级错误。但的确就出现了。就连故宫博物院明清档案部编印的《关于江宁织造曹家档案史料》中，也同样出现了这样的错误。也许故宫博物院在编印此书的时候，也看出来这种错误了，但为了尊重"史实"，故意不改也是极有可能的。

另外，出现这种低级错误，也有可能是翻译所致。总管内务府的这份《咨户部文》原文可能是满文，由于翻译人员没有考证曹家的这些史实，所以在翻译的过程中出现了这种不应有的低级错误，这种可能性也不能说没有。

通过总管内务府《咨户部文》和故宫博物院编印的《关于江宁织造曹家档案史料》中出现的这些明显错误来看，《八旗满洲氏族通谱》出现曹天佑与其父辈同为"元孙"的记载，也就不足为奇了。

三十、《红楼梦》原作者之谜

　　《红楼梦》这部书虽然问世了 200 多年，但对于原作者这一至关重要的问题，红学界一直争论不休。之所以有如此大的争议，是因为大家对"曹雪芹"这个作者身份持有怀疑和否定态度，认为曹雪芹只是"披阅增删"者，所以大家也一直不断地探寻考证。就目前而言，曹雪芹、曹頫、曹頫、脂砚斋、胤礽、弘晳、和珅、洪升、顾景星、吴伟业、张宜泉、墨香、纳兰性德、吴梅村、李渔、蒲松龄、冒辟疆、朱由检、敦敏、敦诚、谢三娘等，都曾被一些红学家和红学爱好者认为是《红楼梦》的原作者。

　　著名红学家、中国红楼梦学会名誉会长李希凡先生曾经说过，现在被一些红学研究者"考证"出的《红楼梦》原作者已有 65 个。李先生的这一判断足以说明，《红楼梦》不仅枝繁叶茂，吸引着众多的研究探佚者，而且也是玄机难悟，"乱象横生"。笔者毫不夸张地断定，随着众多研究者和探佚者不断深入地探索"发现"，估计这个数字还会继续攀升。

　　对于考证出的这些《红楼梦》原作者，研究者的推论观点似乎各有各的道理，他们为了证明自己的观点正确，也曾经进行了洋洋洒洒的论证。虽然有的论证逻辑不够严密，甚至在很大程度上有些牵强附会，也甚至出现过匪夷所思的"雷人"结论，但他们对《红楼梦》这部伟大著作的热爱程度可圈可点，其孜孜不倦探佚考证所付出的心血和汗水应该加以肯定。但是，无论怎么研究、怎么考证、怎么探佚，必须靠事实说话，靠证据服人，绝不能挖空心思地生拉硬扯，更不能无原则、无根据、无尺度地"演义"，甚至出现人为造假和罔顾事实的"胡编乱造"。如果这种乱象任其泛滥，必然破坏学术研究的基本规则，使红学研究误入歧途。

　　中国现代著名爱国作家郁达夫曾经说过：伟大的作品多带有自传性质。《红楼梦》这部书当然也不例外。从《红楼梦》书中的重要人物形象及重大事件来看，大部分都与江南三织造有着密不可分的联系。脂砚斋、畸笏叟等批书者也在不厌其烦地提醒读者，《红楼梦》的作者就是故事中的亲身经历者。

　　比如"真有是事，经过见过"，"非经历者，如何写得出"，"谁说得出，经历者方说得出"等等。

　　其实，对于原作者这一问题，在《脂砚斋重评石头记》甲戌本《凡例》中，就有一大段自我告白式的"作者自云"。

作者在《凡例》中说自己："因曾历过一番梦幻之后，故将真事隐去，而撰此《石头记》一书也。"作者还说："上赖天恩、下承祖德，锦衣纨绔之时、饫甘餍美之日，背父母教育之恩、负师兄规训之德，已至今日一事无成、半生潦倒之罪。"作者又说："虽我之罪固不能免，然闺阁中本自历历有人，万不可因我不肖，则一并使其泯灭也。虽今日之茅椽蓬牖，瓦灶绳床，其风晨月夕，阶柳庭花，亦未有伤于我之襟怀笔墨者。"

同时，作者为了竭尽可能地抹去这部书的"政治色彩"，以规避"文字狱"的残酷迫害，还欲盖弥彰地告诉读者，这部书"并非怨世骂时之书矣。虽一时有涉于世态，然亦不得不叙者，但非其本旨耳，阅者切记之"。

这一大段"作者自云"，不仅向我们透露了作者的诸多信息，而且也间接地告诉我们《红楼梦》原作者的家庭状况、人生经历以及所处的时代背景。因此说，甲戌本《凡例》中的这段"作者自云"对于我们深入了解《红楼梦》这部书的深刻内涵，具有极为重要的意义。

笔者认为，分析判断究竟谁是《红楼梦》原作者，决不能背离作者所处的年代、家庭背景、人生经历等，特别是《凡例》中的"上赖天恩、下承祖德，锦衣纨绔之时、饫甘餍美之日，背父母教育之恩、负师兄规训之德，已至今日一事无成、半生潦倒之罪"等。如果断定某某人是《红楼梦》原作者，就必须与这段话中的每一句对得"严丝合缝"。如果只是某一句两句勉强对得上，则不能完全断定原作者是谁。同时，还要找出作者的有关历史资料记载，然后再参考脂砚斋、畸笏叟等人的批语等，这才能基本找出原作者的证据。不然，《红楼梦》原作者永远是个解不开的谜。

三十一、曹雪芹只是个"笔名"

在人们的普遍意识中，《红楼梦》作者曹雪芹早已根深蒂固，嵌入脑海。特别是近代以来，作者曹雪芹在各种出版物、教科书中，大有既成事实，板上钉钉之势。因此难以撼动，无人敢改。但是，根据笔者的探佚推断，曹雪芹只是做了"披阅十载，增删五次，纂成目录，分出章回"等"编辑整理修改"工作。如果说把曹雪芹定为作者，那他也只是临时穿着别人"马夹"的一个"笔名"而已。

"笔名"也叫"化名"或者"代名"。既然作者使用笔名，总有一些不愿披露真名的原因。这也是为避免不必要的文字麻烦，让自己惹祸遭罪，使用笔名的主要原因。

在中国古代，一般情况下正式姓名受法律保护，而化名、别名等不受法律保护。但在皇权高于一切的封建帝制时代，那就另当别论了。

对于《红楼梦》原作者问题，胡适先生提出了他的推论观点。

胡适先生在他所著的《红楼梦考证》一书中认为：曹雪芹是汉军正白旗人，曹寅的孙子，曹頫的儿子，生于极富贵之家，身经极繁华绮丽的生活，又带有文学与美术的遗传与环境。他会作诗，也能画，与一班八旗名士往来。但他的生活非常贫苦，他因为不得志，故流为一种纵酒放浪的生活。《红楼梦》一书是曹雪芹破产倾家之后，在贫困之中做的。做书的年代大概当乾隆初年到乾隆三十年左右，书未完而曹雪芹死了。

对于胡适先生的这一考证结论，看起来似乎言辞凿凿、证据满满、理由充足。他所说的曹雪芹是"曹寅的孙子，曹頫的儿子"，以及"《红楼梦》一书是曹雪芹所作"的观点，也得到了一些主流红学家的广泛认可。但是，曹雪芹到底是不是曹寅的孙子，曹頫的儿子。特别是曹雪芹是不是《红楼梦》原作者等推论观点，目前还没有确凿证据能够充分证明。

就目前而言，随着考证的不断深入以及新材料、新推论的不断涌现，大家越来越质疑曹雪芹这个《红楼梦》作者的合法性和真实性。

其实，这部书一开始的书名并不叫《红楼梦》，而是叫《石头记》或《脂砚斋重评石头记》，最终把"红楼梦"三字以正式书名命名的是1791年出版的程甲本《绣像红楼梦》。而且曹雪芹从来就没有说过是他自己撰写了《红楼梦》，在脂砚斋、畸笏叟的很多批语中，也都没有说明曹雪芹是《红楼梦》的原作者。如果真像胡适先生所说的曹雪芹是"曹寅的孙子，曹頫的儿子"的话，根本不会在曹家的族谱或者历史记载中，找不到蛛丝马迹。如果这个曹雪芹真的是曹頫儿子的话，面对清朝严酷可怕的文字狱，他也不敢毫无顾忌地把自己的真名字写在书中。因此说，曹雪芹这个名字，只是代替原作者掩人耳目的一个"笔名"而已。

甲戌本《脂砚斋重评石头记》第一回有一段写道：

空空道人听如此说，思忖半晌，将《石头记》再检阅一遍，因见上面虽有些指奸责佞贬恶诛邪之语，亦非伤时骂世之旨，及至君仁臣良父慈子孝，凡伦常所关之处，皆是称功颂德，眷眷无穷，实非别书之可比。虽其中大旨谈情，亦不过实录其事，又非假拟妄称，一味淫邀艳约、私订偷盟之可比。因毫不干涉时世，方从头至尾抄录回来，问世传奇。从此空空道人因空见色，由色生情，传情入色，自色悟空，遂易名为情僧，改《石头记》为《情僧录》。至吴玉峰题曰《红楼梦》。东鲁孔梅溪则题曰《风月宝鉴》。后因曹雪芹于悼红轩中披阅十载，增删五次，纂成目录，分出章回，则题曰《金陵十二钗》。并题一绝云：

满纸荒唐言，一把辛酸泪！

都云作者痴，谁解其中味？

至脂砚斋甲戌抄阅再评，仍用《石头记》。

以上原文中有"后因曹雪芹于悼红轩中披阅十载，增删五次，纂成目录，分出章回，则题曰《金陵十二钗》"一段文字。这段文字中的"后因"对应的是"前因"。那么"前因"就是"改《石头记》为《情僧录》。至吴玉峰题曰《红楼梦》。东鲁孔梅溪则题曰《风月宝鉴》"。这个"后"字，说明这部书在"曹雪芹于悼红轩中披阅十载，增删五次，纂成目录，分出章回，则题曰《金陵十二钗》"之前就已经存在。由此说明，曹雪芹只是做了"批阅增删""纂成目录""分出章回"等工作，真正作者并不是曹雪芹本人。

原文中在"满纸荒唐言，一把辛酸泪！都云作者痴，谁解其中味？至脂砚斋甲戌抄阅再评，仍用《石头记》"之处，有一条甲戌眉批：

若云雪芹披阅增删，然则开卷至此这一篇楔子又系谁撰？足见作者之狡猾之甚。后文如此者不少。这正是作者用画家"烟云模糊"处，观者万不可被作者瞒蔽了去，方是炬眼。

"楔子"即小说的引子。"楔子"一般设在文章的篇首，用以点明主题、补充正文。"楔子"的作用是为了引出正文或者是为正文做铺垫，以达到设置悬念、吸引读者的目的。清朝著名文学评论家金圣叹先生在删改《水浒传》的时候，将原本的引首和第一回合并，改称"楔子"，并解释说："楔子者，以物出物之谓也。"也就是说，"楔子"能够起到以甲事引出乙事的特殊作用。

这段批语中所提到的"楔子"，是《红楼梦》书中从第一回的第一句开始，到"至脂砚斋甲戌抄阅再评，仍用《石头记》"为止的这部分内容。楔子的中心命题，是向读者交代清楚"此书是从何而来"以及作者写这部书的原因和目的，也就是我们通常所说的"创作动机"等。

此条批语应该是畸笏叟所批，而且很明显是针对"满纸荒唐言，一把辛酸泪！都云作者痴，谁解其中味？至脂砚斋甲戌抄阅再评，仍用《石头记》"这段话来的。

"披阅"中的"披"是"打开"的意思。那么"披阅"也就是打开书本进行阅读。"纂"的意思是编辑、编纂、编修。"增删"可以理解为增加、删改、删除。这里的"披阅增删、纂成目录"，丝毫没有"创作"或者"撰写"的意思。既然"披阅增删"不是"撰写"，那就说明作者不是曹雪芹。

如果作者就是曹雪芹的话，这就意味着批书人是在有意"戳穿"曹雪芹欺骗读者这一事实。而且还煞有介事地告诉读者，不要受曹雪芹的蒙蔽。既然知道曹雪芹欺骗读者，那批者也肯定非常清楚隐瞒欺骗读者的理由，这个理由就是故意"将真事隐去"。既然批者知道作者是故意"将真事隐去"，那为什么还故意"戳穿"原作者的这些"满纸荒唐言"呢？

按照正常理解，作者故意"将真事隐去"，批书者也肯定清清楚楚，那就应该帮助作者继续隐瞒欺骗下去。如果确实没有必要隐瞒，批者就应该直接说出作者就是曹雪芹，没有必要绕来绕去。可批者自始至终都没说过作者就是曹雪芹。如果批者害怕直接说出来会受到文字狱的迫害，那就更没有必要把"曹雪芹"这个作者告诉读者了。

如果批书人告诉读者曹雪芹就是作者，那就等于故意"出卖"曹雪芹，把他送上断头台。试想，按照《大清律例》的规定，当时传抄、阅读《红楼梦》，甚至监管失职的官吏都要问责处罚、抄家治罪，何况撰写《红楼梦》这部书的作者。暂且不论批者和作者什么关系，但从众多的批语来看，批者和作者绝非一般关系。而且在批者的很多批语当中，都对书中有关"碍语"部分设迷障、打掩护，处处维护作者"欲盖弥彰"的"狡猾之笔"。既然如此，那么，批者肯定不会故意"伤天害理"地使绊子"出卖"作者，置他于万劫不复的境地。

对于这条批语，笔者认为应该这样来理解：

如果说曹雪芹披阅增删，那么这篇楔子又是谁撰写的呢？其实这篇"楔子"是作者所撰。曹雪芹只是"披阅增删"者。可见作者非常狡猾。作者的狡猾之笔，在后面的文字中也很多。这是作者用画家"烟云模糊"的创作手法迷惑读者，读者千万不要被作者瞒蔽。如果读者洞察出作者的意图，说明你具有锐利的鉴别能力。

在这里，批者为什么说"作者狡猾之甚"，而不说"雪芹狡猾之甚"呢？这是因为，批者明明知道作者不是曹雪芹，故意抛出了"作者曹雪芹"这个"烟幕弹"来迷惑读者。而且还不厌其烦地告诉读者，作者的这种"狡猾之笔"，在后面的章回中还有很多，千万不要被作者蒙蔽。同时，批者把曹雪芹和作者分开来说，并没有说"足见雪芹狡猾之甚"和"这正是雪芹用画家'烟云模糊'处"。由此表明，原作者根本不会是曹雪芹。

第八回在"那顽石亦曾记下他这幻相并癞僧所镌的篆文，今亦按图画于后"之处，有一条甲戌眉批道：

> 又忽作此数语，以幻弄成真，以真弄成幻。真真假假，恣意游戏于笔墨之中，可谓狡猾之至。做人要老诚，作文要狡猾。

由此可见，在这些批语中，批者根本不是要告诉读者谁是作者。因为批书人非常清楚一个事实，那就是作者撰写出这部书之后，就交给了"化名"曹雪芹的这个人进行"披阅增删"。原作者也可能很想留名，但迫于当时的政治环境，他根本不能或者不敢留名。作者故意把这些真真假假、亦真亦幻的人物故事，像捉迷藏一样，恣意游戏于笔墨之中，使读者感到亦幻亦真、真假难辨。并且还煞有介事地告诉读者"做人要老诚，作文要狡猾"。意思是说，做人要老实诚恳，但作书写文章，就可以用"狡猾之笔"耍点儿小聪明，以增强作品的艺术性和观赏性。同时，批者还害怕读者不明白自己"欲盖弥彰"的真实意图，然后又煞费苦心地警示读者，这些"真真假假"的梦幻故事，都是作者的恣意"笔墨游戏"，万不可被作者的"幻真幻情"所蒙蔽，如果谁能够"拨云见日"，领悟到《红楼梦》背面的真实故事，便可称为锐利无比的"炬眼"。但是，近300年来，众多的"观者"还是没有完全理解这句话的真正用意，而是上了作者的当，"三角眼"变成了严重的"白内障"，彻底地被"烟云模糊"了。

对于曹雪芹是不是原作者，其实在《红楼梦》第一回中，作者已经有了明显的暗示。

《红楼梦》第一回说道：从此空空道人因空见色，由色生情，传情入色，自色悟空，遂易名为情僧，改《石头记》为《情僧录》。至吴玉峰题曰《红楼梦》。东鲁孔梅溪则题曰《风月宝鉴》。后因曹雪芹于悼红轩中披阅十载，增删五次，纂成目录，分出章回，则题曰《金陵十二钗》。

以上这段文字提到了空空道人、情僧、吴玉峰、东鲁孔梅溪等多个人名，这些名字毫无疑问都是"假名"，而且对此书作了大量批语的脂砚斋、畸笏叟、畸笏、畸笏老人等，还有棠村、梅溪、松斋、绮园、雨窗等人，也没有一个是真实的名字，最多也就是个笔名或者别号。

那么，为什么作者偏偏情有独钟地署上"曹雪芹"这个"真实"姓名呢？

纵观《红楼梦》书中的好几百个人物的名字，甚至是一些地名，都是作者的"虚构"或经过了艺术化的加工处理。因此说，"曹雪芹"这个名字，也和批书者以及书中提到的其他名字一样，都是一个地地道道的笔名或者化名。

三十二、曹雪芹三字有"寓意"

大家知道，在《红楼梦》这部书中，人物众多，关系复杂，隐喻广泛，暗喻深刻。作者对于塑造这些鲜活的人物，耗费了大量的"脑细胞"。就连书中众多的人名和地名，也都费尽了相当大的心思。这些人名和地名，有的暗示了人物的命运，有的隐喻了情节的发展，有的概括了人物性格特点，有的则假借这些人名、地名，对人物事件进行讽刺和鞭挞等，真可谓多姿多彩，匠心独运。因此，《红楼梦》中的大部分人物名字及事件背后，大都暗藏着不为人知的玄机。

既然作者耗费这么大的心血，一明一暗、一真一假地布下这么多的"迷魂阵"，那么作者为什么不用"李雪芹""王雪芹""张雪芹"，而单单情有独钟地选中"曹雪芹"这个名字呢？是不是曹雪芹这个署名也有其"隐喻"和"暗喻"呢？

笔者认为，作者选用"曹雪芹"这个名字，一定有其特殊的"寓意"。在这里，我们不妨作一些探索性的大胆"求证"。

"曹雪芹"的"曹"姓，应该是作者的真实"姓氏"。按照中国民间的传统说法，叫"行不更名，坐不改姓"。"曹姓"在《红楼梦》书中，应该是做过 58 年之久的江宁织造的曹家。

"雪"是空气中降落的白色结晶，也就是我们通常所说的"下雪"。元代黄公绍所编韵书《古今韵会》称"雪"为"洗"。《战国策》也有"得贤士与共国，以雪先王之耻，孤之愿也。"抗金英雄岳飞在《满江红》中也写到"靖康耻，犹未雪"。这个"雪"字可作为"洗掉"讲，其意思应该为洗掉耻辱、洗掉仇恨、洗掉冤枉，也就是"雪耻"的意思。如果《红楼梦》四大家族的排列顺序改成"贾王薛史"，其谐音寓意就是"家亡血史"。

"芹"是指芹菜。芹菜也叫"水芹""水靳"，一般生长在潮湿的洼地或者水中。《尔雅注疏》把"芹"称为"水芹"，也叫"水英"。第十四回的回前批就有"清，属水"等批语。《本草再新》对芹的解释是"除烦解热，化痰下气，治血分，消瘰疬结核"。而"芹"字上面是一个草字头，下面是一个"斤"字，斤与"金"同音，寓意"草头金"。而努尔哈赤于天命元年（1616 年）在中国东北地区的赫图阿拉（今辽宁省抚顺市新宾县）建立了"后金"政权，也就是大清王朝的前身。这里是暗讽清朝的"金政权"是"草头政权"。在苏州、杭州、南京一带，"芹"的读音也与"靳""金"大体相似。而《红楼梦》作者曹頫自幼一直在南京江宁织造府长大，经常跟随伯父曹寅行走于苏州、杭州等地，使用的语言也多为当地方言（具体结论详见第四十二章"'尚乳浑'者当属曹頫"）。在《红楼梦》书中，作者也自觉不自觉地出现过很多的"吴语"方言。例如，将头皮说成"油皮"，姨夫叫"姨爹"，把开水称为"滚水"，喝茶喝酒说成是"吃茶、吃酒"等等。

经过以上探索性的"猜想"求证，"曹雪芹"三字的寓意就应该是：《红楼梦》作者，以"贾王薛史"的"四大家族"为创作背景，表面上描写的是男女爱情、吃酒猜谜、家长里短、吟诗作赋，而实际上所要表达的就是兴盛衰败的"家亡血史"。作者创作这部小说的终极目的，就是以纸笔为刀枪，沾着血泪之"墨"，贬低谩骂大清王朝，以此诉说自己的冤屈，发泄自己的悲愤，揭露清政府的黑暗，抨击大清王朝的政治腐败与血腥屠杀，以"洗刷"清朝统治者强加给曹家的莫须有罪名，并提醒汉族同胞，千万不要忘记斑斑血泪中的民族灾难。由此说明，《红楼梦》这部书，不仅是一部旷世奇典的文化小说，也是一部隐写历史、暗讽时弊的"问题小说"。

以上只是笔者的探索性地"求证"，纯属一家之言。如果有牵强附会之嫌，那就承望读者一笑了之，不必当真。

三十三、谕旨否定曹雪芹是原作者

第十八回，写元妃省亲，贾家极尽全家之力，动员男女老少、丫环婆子，操持准备迎接省亲事宜。其中有一段写道：

此时王夫人那边热闹非常。原来贾蔷已从姑苏采买了十二个女孩子，并聘了教习，以及行头等事来了。那时薛姨妈另迁于东北上一所幽静房舍居住，将梨香院早已腾挪出来，另行修理了，就令教习在此教演女戏。又另派家中旧有曾演学过歌唱的众女人们，如今皆已皤然老妪了，着他们带领管理。就令贾蔷总理其日用出入银钱等事，以及诸凡大小所需之物料账目。又有林之孝家的来回："采访聘买的十个小尼姑、小道姑都有了，连新作的二十份道袍也有了。外有一个带发修行的，本是苏州人氏，祖上也是读书仕宦之家。因生了这位姑娘自小多病，买了许多替身儿皆不中用，到底这位姑娘亲自入了空门，方才好了，所以带发修行，今年才十八岁，法名妙玉。"

在这段《红楼梦》原文中，描写了贾蔷从姑苏采买了12个女孩子，并在梨香院教演女戏，又聘买了10个小尼姑、小道姑，还有带发修行的妙玉等。

雍正皇帝登基之初，为了整治朝廷上下的铺张浪费和奢靡之风，就曾经谕旨道：

朕以移风易俗为心，凡习俗相沿，不能振发者，咸与以自新之路，如山西之乐户，浙江之惰民，皆除其贱籍，使为良民，所以厉廉耻，广风化也。

雍正皇帝这道谕旨的大体意思是说：社会上一些不良习俗沿袭太久，这些沉沦在其中的职业人士，如果不能靠自己的力量振作，那么就用行政命令的手段让他们走上自新之路，除掉他们的贱民户籍，让他们成为良民，以激励正业，改善风俗。比如山西的"乐户"，浙江的不务正业的游民等，都要废除这些"贱民"身份，给他们应有的社会地位，成为自食其力的良民，以激励正业，改善社会风气。

所谓"乐户"，一部分是以音乐歌舞为生计的人士，也有一部分是"官妓"。在封建社会，"乐户"属于"下九流"中的"贱民"之列，其社会地位十分卑微。就整个群体而言，这些"贱民"既不能与一般的老百姓通婚，其子女也不能像普通百姓一样上学读书、参加科考，甚至去世以后，都不能葬入自家"祖坟"。

雍正皇帝的这道谕旨一颁布，山西和浙江等地的官员，很快命令"乐户"和"惰民"立马改行。于是，这些被革除"贱籍"，成为良民的"乐户"和不务正业的游民等，都非常感激新皇帝的莫大恩典。

清代学者俞正燮在其撰写的《癸巳类稿》卷十二之《皇朝通志》中写道：

雍正元年，时山西省有曰"乐籍"，浙江绍兴府有曰"惰民"，江南徽州府有曰"伴当"，宁国府有曰"世仆"，苏州之常熟、昭文二县有曰"丐户"，广东省有曰"蜑户"者，该地方视为卑贱之流，不得与齐民同列甲户。上甚悯之，俱令削除其籍，与编氓同列。而江西、浙江、福建又有所谓"棚民"，广东有所谓"寮民"，亦照保甲之法，按户编查。

从以上雍正皇帝的谕旨和《皇朝通志》的记载中我们看出，雍正皇帝刚刚继位不久，就颁发了禁止女人做优伶、乐户及戏子的御令，各地也按照要求，解除了他们"优伶""乐户""惰民"等贱民名籍。《红楼梦》书中的戏子"琪官"蒋玉菡，在八十回后，就脱离了"乐户"名籍，与贾宝玉的贴身丫环袭人结为夫妻。

如果曹雪芹是《红楼梦》原作者，那按照周汝昌先生的考证，这个所谓的"曹雪芹"出生在雍正二年（1724 年）。那个时候，贾家根本不敢违背朝廷的禁令，明目张胆地购买戏子和尼姑。既然贾家为了迎接元妃省亲，能够大张旗鼓地购买 12 个女戏子，而且还聘买了 10 个小尼姑、小道姑，说明元妃省亲必定是发生在康熙朝时期。否则的话，那就严重违反了朝廷禁令。当时如果有人"告发"，朝廷追究下来，可就要杀头治罪的。

书中第十六回有一条"借省亲事写南巡"的甲戌回前总评，说明表面上描写的是"元妃省亲"，而暗写的则是康熙皇帝南巡。康熙皇帝最后一次南巡的时候是康熙四十六年，也就是公元 1707 年。无论是曹頫奏折上所说的 1715 年出生的曹天佑，还是周汝昌先生考证的 1724 年出生的"曹雪芹"，他们都还没有出生。那么曹雪芹怎么会是《红楼梦》原作者呢？

三十四、批语否定曹雪芹是原作者

第十三回，秦可卿因和公公贾珍"偷情"，被丫环瑞珠碰见，自感丑事败露，于是在天香楼自缢身亡。贾珍按照贾宝玉的建议，让荣国府的"大管家"王熙凤担任料理秦可卿后事的"大总管"。这时候，王熙凤大模大样地来至三间一所抱厦内坐下了，然后就想了"五件事"。头一件是人口混杂，遗失东西；第二件，事无专责，临期推诿；第三件，需用过费，滥支冒领；第四件，任无大小，苦乐不均；第五件，家人豪纵，有脸者不服钤束，无脸者不能上进。

就在这一段的页眉处，有两条眉批，一条是甲戌眉批，一条是庚辰眉批。

第一条的甲戌眉批是：

旧族后辈受此五病者颇多，余家更甚。三十年前事见书于三十年后，令余悲痛血泪盈面。

第二条的庚辰眉批是：

读五件事未完，余不禁失声大哭，三十年前作书人在何处耶？

第一条批语中的"三十年前事见书于三十年后，令余悲痛血泪盈面"，说明30年前发生的真事，写在了30年后的书中，批者批到此处，非常伤心悲痛，以至血泪盈面。

第二条批语中的"三十年前作书人在何处耶"，批者是在自问，30年前的这个写书的作者，现在在哪里呀？

这两条批语都同时提到了"三十年前"。

众所周知，甲戌本的成稿时间是乾隆十九年，也就是公元1754年。那么庚辰年就应该是乾隆二十五年 即公元1760年。

我们知道，中国农历以天干地支纪年，每60年为一个轮回。其他年代的甲戌年和庚辰年因与《红楼梦》当时的历史背景相差久远，对此，我们忽略不解。

根据以上这两条批语可知，甲戌年（1754年）往前推30年是雍正二年，也就是公元1724年。庚辰年（1760年）往前推30年就是雍正八年，即1730年。根据众多红学家的探佚，曹雪芹的出生年份一个是1715年（曹頫说），另一个就是1724年（曹天佑说）。也就是说，无论按照曹雪芹的哪一个出生年龄来推算，"三十年前"的这个"作书人"要么还没出生，要么还没成年，更不可能写出像《红楼梦》这样的鸿篇巨著。更何况一个没有出生的人，作批者怎么可能预先知道他是个"文学巨匠"，能够写出旷世奇书《红楼梦》呢？因此说，批语中所说的"三十年前作书人"根本不会是曹雪芹。这也就彻底否定了曹雪芹是《红楼梦》原作者之说。

第七十四回，在"老太太因怕孙男弟女多，这个也借，那个也要，到跟前撒个娇儿，和谁要去，因此只装不知道"之处，有一条庚辰双行夹批道：

奇文神文！岂世人想得出者？前文云"一想不若私自拿出"，贾母其睡梦中之人矣。盖此等事作者曾经，批者曾经，实系一写往事，非特造出，故弄新笔，究竟记不神也。鸳鸯借物一回于此便结了。

这件事的前因后果是，贾家因用度过大，一时银子短缺周转不开，贾琏就暗中通过鸳鸯"暂借"贾母的东西，出去典当一些银子"度过难关"。其实，这件事贾母心知肚明，因此也就"装不知道"。当批者看到这段描写后，也就批出了"盖此等事作者曾经，批者曾经，实系一写往事，非特造出"之句。由此说明，贾琏"暂借"贾母之物典当银子这件事是"实事"，并不是作者"无中生有"的编造。

据考，贾母的原型孙氏夫人去世的时间是康熙四十五年（1706 年）。既然书中交代"老太太因怕孙男弟女多，这个也借，那个也要，到跟前撒个娇儿，和谁要去，因此只装不知道"，说明当时的孙氏夫人还健在。无论按照曹雪芹 1715 年或者 1724 年的哪个年龄来推算，这个时候，他都还没有出生。因此，批者所说的"作者曾经"，根本与曹雪芹没有丝毫关系。这也就彻底否定了曹雪芹是原作者的证据。

红学家朱光东先生在他所著的《曹雪芹考证对史料的误解误读》一文中指出：敦诚有《寄怀曹雪芹沾》、《赠曹芹圃（雪芹）》、《挽曹雪芹·甲申》（《四松堂集》）、《挽曹雪芹》（《鹪鹩庵杂记》抄本）等诗作。敦敏有《题芹圃画石》、《赠芹圃》、《访曹雪芹不值》、《小诗代简寄曹雪芹》（《懋斋诗钞》抄本）等诗作。这些诗作只能证明有一个叫曹雪芹的人，而不能证明这个曹雪芹写了《红楼梦》。因为二敦从来没有说过曹雪芹写过《红楼梦》，也没有说曹雪芹是曹寅之孙。敦诚《寄怀曹雪芹沾》里面的贴条"雪芹曾随其先祖寅织造之任"明显是错误的，因为曹寅赴任时胡适考证的"曹雪芹"还没有出生。所以这是后人加上去的，不能作依据。如果这个"随其先祖寅织造之任"的"曹雪芹"是真的，那么他也不是那个与二敦交往的曹雪芹。

以上朱先生的这段话，也彻底否认了曹雪芹撰写了《红楼梦》这部书的推论。

既然如此，那为什么还要署上"作者曹雪芹"呢？

最有可能的事实就是，批者在书中明确提到曹雪芹的名字，是在运用他说的"烟云模糊"的手法，指东道西地让读者误认为曹雪芹就是作者，以掩盖真正的作者。就像贾宝玉是"假的宝玉"，而甄宝玉才是"真的宝玉"一样。因为书中的一些故事情节和众多批语，不同程度地隐藏着重要的历史事件，其中也有很多描写大清王朝残酷迫害汉族百姓，甚至侮辱谩骂当朝天子的隐喻描写，这与当时的政治环境是格格不入甚至水火不容的。作者不得不把本来属于自己创作这部书的署名权隐去，同时也把书中的人名、地名等真事隐去。书中最明显的就是借元妃省亲来写康熙南巡。把康熙第三次南巡时，赐给曹家御书"萱瑞堂"的真事，写成林黛玉进贾府所看见的赤金九龙青地大匾"荣禧堂"的假故事，而且还假借林黛玉之口骂当朝皇帝是"臭男人"。把雍正皇帝排行"老四"说成是"有害无益的人"，并且骂"四儿"晦气，说他"玷辱了好名好姓"等等。这种以"假"乱"真"、以"假"隐"真"的事例在书中比比皆是。书中第一回就有"不可被作者瞒蔽"，第二回也有"瞒过世人亦可"。其他地方也有不少类似于"看官勿被作者被瞒"等批语。脂砚斋和畸笏叟故弄玄虚地三番五次提醒读者，就是告诉读者，这正是作者用画家"烟云模糊"处，看官万不可被作者瞒蔽了去，方是炬眼。

三十五、序言否定曹雪芹是原作者

　　《红楼梦》现存的古本有 10 多种，而且大部分都是"抄本"。乾隆五十六年（1791年），经程伟元多年"竭力搜罗"，并经高鹗编撰整理，这才由萃文书屋使用木活字正式刊印出版了程甲本《红楼梦》。至此，《红楼梦》终于结束了手抄时代。因此书由程伟元牵头刻印，故称此本为"程本"或者"程甲本"。就在"程甲本"正式出版后仅 70 天，又刊刻出版了"程乙本"。

　　程甲本、程乙本除了卷首有木刻 24 幅绣像图赞以外，还有程伟元、高鹗的序言，只不过是程甲本是程伟元、高鹗两人分别作的序言，而程乙本的序言是两人共同作的。

　　程伟元在"程甲本"序言中写道：

　　《红楼梦》小说本名《石头记》，作者相传不一，究未知出自何人，惟书内记雪芹曹先生删改数过。好事者每传抄一部，置庙市中，昂其值，得数十金，可谓不胫而走者矣。然原目一百廿卷，今所传只八十卷，殊非全本。即间称有全部者，及检阅，仍只八十卷，读者颇以为憾。不佞以是书既有百廿卷之目，岂无全璧？爰为竭力收罗，自藏书家甚至故纸堆中无不留心，数年以来，仅积有廿余卷。一日偶于鼓担上得十余卷，遂重价购之，欣然繙阅，见其前后起伏，尚属接笋，然漶漫不可收拾。乃同友人细加厘剔，截长补短，抄成全部，复为镌板，以公同好，《红楼梦》全书始自是告成矣。书成，因并志其缘起，以告海内君子。凡我同人，或亦先睹为快者欤？

　　　　　　　　　　　　　　　　　　　　　　　　　　　　小泉程伟元识

　　高鹗在"程甲本"序言中写道：

　　予闻《红楼梦》脍炙人口，几廿余年，然无全璧，无定本。向曾从友人借观，窃以染指尝鼎为憾。今年春，友人程子小泉过予，以其所购全书见示，且曰："此仆数年铢积寸累之苦心，将付剞劂，公同好，子闲且惫矣，盍分任之？"予以是书虽稗官野史之流，然尚不谬于名教，欣然拜诺，正以波斯奴见宝为幸，遂襄其役。工既竣，并识端末，以告阅者。

　　　　　　　　　　　　　　　　　　时 乾隆辛亥冬至后五日铁岭高鹗叙并书

　　程伟元、高鹗在程乙本序言中写道：

　　是书前八十回，藏书家抄录传阅几三十年矣，今得后四十回合成完璧。缘友人借抄争睹者甚夥，抄录固难，刊板亦需时日，姑集活字刷印。因急欲公诸同好，故初印时不及细校，间有纰缪。今复聚集各原本详加校阅，改订无讹，惟识者谅之。

书中前八十回抄本，各家互异；今广集核勘，准情酌理，补遗订讹。其间或有增损数字处，意在便于披阅，非敢争胜前人也。

是书沿传既久，坊间缮本及诸家所藏秘稿，繁简歧出，前后错见。即如六十七回，此有彼无，题同文异，燕石莫辨。兹惟择其情理较协者，取为定本。

书中后四十回，系就历年所得，集腋成裘，更无它本可考。惟按其前后关照者，略为修辑，使其有应接而无矛盾。至其原文，未敢臆改，俟再得善本，更为厘定。且不欲尽掩其本来面目也。

是书词意新雅，久为名公钜卿赏鉴。但创始刷印，卷帙较多，工力浩繁，故未加评点。其中用笔吞吐虚实掩映之妙，识者当自得之。

向来奇书小说，题序署名，多出名家。是书开卷略志数语，非云弁首，实因残缺有年，一旦颠末毕具，大快人心，欣然题名，聊以记成书之幸。

是书刷印，原为同好传玩起见，后因坊间再四乞兑，爰公议定值，以备工料之费，非谓奇货可居也。

壬子花朝后一日，小泉、兰墅又识

程伟元、高鹗在所作的序言，起码向我们透露出了以下重要信息：

一是《红楼梦》这部小说，原名叫《石头记》，作者是谁众说纷纭，难以确定，只知道书内记叙了由曹雪芹增删数次。很多留心者手抄一部下来，在街市中沽价叫卖，换取银两，导致此书流传甚广。

二是此书脍炙人口，在当时很受欢迎，原目有120回，而所传的只有80回，并不是全本。数年以来他们一直留心收集，仅积存20余卷。偶然有一天在旧书摊上花重金购得了10余卷，大部分都残缺破损不堪。后经过整理、校订、增补，截长补短，才使全书完整出版。

三是程伟元找到高鹗，把收集的《石头记》残稿交给他编纂整理，打算将其刻印出版。

四是书中所谓的后40回，是经过多年收集后的集成，因没有其他版本可以参考，只有按照作品前后内容，略为修辑，使其能够上下前后衔接而无矛盾。至于前80回的原文，未敢随意改动。书中如果有增加或者删减的文字，主要是便于阅读，并没有否定原作者的意图。

五是书中的前80回，已经抄录传阅了30年，后40回是收集后的合成。因为想尽快让读者看到这部书，故在初印时不及细校，书中出现了不少的纰缪。现在又综合各种原本仔细详加校阅，准情酌理，补遗订讹，确定修改无误后再次刊印。说明程甲本刻印后没多久，发现书中有很多"不妥"之处，所以经过"详加校阅，准情酌理，补遗订讹"，于70多天后，又重新出版了程乙本。

　　从程伟元、高鹗的序言中我们看出，如果曹雪芹是《红楼梦》原作者，他们绝不会说"作者相传不一，究未知出自何人"这句话。而他们所说的"惟书内记雪芹曹先生删改数过"这句话，则来自《石头记》第一回中的"披阅十载，增删五次，纂成目录，分出章回"之句。因此说，曹雪芹只是"整理删改"者，并不是原作者。

三十六、何解"余谓雪芹撰此书"

《红楼梦》第一回,有一段这样写道:原来雨村自那日见了甄家之婢曾回顾他两次,自为是个知己,便时刻放在心上。今又正值中秋,不免对月有怀,因而口占五言一律云:

未卜三生愿,频添一段愁。

闷来时敛额,行去几回头。

自顾风前影,谁堪月下俦?

蟾光如有意,先上玉人楼。

就在"因而口占五言一律云"及"未卜三生愿,频添一段愁"之间,有一条甲戌双行夹批道:

这是第一首诗后文香奁闺情皆不落空余谓雪芹撰此书中亦为传诗之意。

因天津古籍出版社出版的影印版庚辰本《脂砚斋重评石头记》前十一回无任何批语,故此,笔者翻阅了天津古籍出版社出版的《脂砚斋重评石头记》编校本,这条批语是:

这是第一首诗。后文香奁、闺情皆不落空。余谓雪芹撰此书,中亦为传诗之意。

经过对比可以看出,甲戌本的这条批语与天津古籍出版社编校本的大体相同,只不过是天津古籍出版社的编校本加了标点符号。

针对此条批语,一些红学家和红学爱好者认为,批语中的"雪芹撰此书",已经说得非常明白,《红楼梦》原作者就是曹雪芹。

对此,笔者有不同看法。其他我们先不讲,最起码,后一句显得非常别扭,似有语句不通顺之感。

按照古本的抄书习惯,甲戌本《脂砚斋重评石头记》中的这条批语,文字全部都是竖写,而且批语中间没有一处标点符号。

此批的其他语句不难理解,关键是"余谓雪芹撰此书中亦为传诗之意"这句。

笔者认为,要想全面准确理解这条批语,就必须明白这条批语是针对什么内容来批的,然后再结合这条批语的整段意思综合领会。绝不能单独截取其中一句,断章取义地孤立判断。

如果单从"余谓雪芹撰此书中亦有传诗之意"之句来理解,的确不好判断批者是说雪芹"撰此书"在"书中亦为传诗之意",还是说"这首诗"在"书中亦为传诗之意"。如果是前者,那就有点讲不通。"雪芹撰此书",就是曹雪芹撰写了这部书,既然明确是曹雪芹撰写了这部书,再说"中亦为传诗之意",很显然语句就不怎么顺畅。笔者认为,批者绝对不会这么"弱智"地批出如此不通的句子。

笔者认为,应该是"这首诗"在"书中亦为传诗之意"。

我们先根据"余谓雪芹撰此书中亦为传诗之意"这段话进行详细分析。

这段话"余谓"中的"余"字,是"我"的意思。"谓"当"告诉"来讲。"撰"字不仅当"撰写"讲,而且也有整理、编撰、编订之意。"此书"应该是《石头记》这部书。"中"当"内"和"里面"讲。"亦"应该当为"也"。"为"可以作"替"和"为了"讲。"意"当"想法""意思"或者"意境"讲。这句话连起来就是:

我告诉雪芹,把他的诗写进《石头记》书中,也有替他传诗的想法。

因为我们现在能够看到的《红楼梦》,都是经过多次编校修改的通行本,包括带有批语的编校本。那么,此条批语会不会是后来的校注编修此书的编者,把这句话的标点符号点错了呢?

我们再试着采用下面这种断句方式,这条批语的整个意思是不是变化很大。

这是第一首诗,后文香奁闺情皆不落空。余谓雪芹撰此书中,亦为传诗之意。

按照这个意思来理解,那曹雪芹只能是撰写了这首"五言诗",而不是撰写了《石头记》这部书。

因为这条批语的位置是在"未卜三生愿,频添一段愁"之处,说明批者针对的是这首"五言诗"。而批语开头就说"这是第一首诗",很显然指的就是这首"五言诗"。这首诗是贾雨村在中秋对月感怀随口而作的。批者作此批的目的,一方面告诉读者,这首诗虽然是经贾雨村之口而出,但诗的作者并不是贾雨村,而是曹雪芹。曹雪芹把自己写的"第一首诗"放进这部书里,目的是让自己的诗跟这部书一样流传下去。如果单从这句话的字义来理解,那么,另一层意思则说明,这条批语的主题是"诗"而不是"书"。

如果把这条批语变成白话文的话,其整体意思就是:

这是本书正文曹雪芹所作的第一首诗,后文香奁闺阁之情都不会落空。我告诉雪芹,把他的这些诗写进《石头记》书中,不仅为这部书增添意味无穷的艺术效果,而且也有替他传诗的想法。

按此理解,那就彻底否定了曹雪芹撰写《石头记》这部书的推论。

其实,在甲戌本《脂砚斋重评石头记》第一回中,这首诗并不是第一首。第一首是《凡例》中的"浮生着甚苦奔忙,盛席华筵终散场"。第二首是"无材可去补苍天,枉入红尘若许年"。第三首是"满纸荒唐言,一把辛酸泪"。第四首是"惯养娇生笑你痴,菱花空对雪澌澌"。第五首是"未卜三生愿,频添一段愁"。第六首是"时逢三五便团圆,满把晴光护玉栏"。第七第八首分别是跛足道人的《好了歌》和甄士隐的《好了歌解注》。由此说明,脂砚斋批语中所说的"这是第一首诗",专指的就是曹雪芹在《石头记》书中所作的"第一首诗"。

在甲戌本第一回"满纸荒唐言，一把辛酸泪"之处，也有一条"此是第一首标题诗"的双行夹批。只不过这条批语说的是第一首"标题诗"，而不是曹雪芹所作的"第一首诗"。照此推论，后边肯定还会有曹雪芹的其他很多诗。

比如甲戌本第二回就有"只此一诗，便妙极！此等才情，自是雪芹平生所长！余自谓：评书，非关评诗也。"

还有庚辰本第七十五回的回前总评，就有"缺中秋诗，俟雪芹"的一条批语。说明曹雪芹的诗作在《红楼梦》这部书中不止一首两首。正因为在这部书中曹雪芹撰写了"未卜三生愿，频添一段愁"的"第一首诗"，因此脂砚斋才说"具有传诗之意"。这既有曹雪芹把他的诗跟这部书一起流传之意，也有脂砚斋有意溜须拍马夸奖他的诗写得好，有才气之意。

三十七、寓意当中有深意

我们知道，《红楼梦》这部书，隐含了太多的寓意，特别是一些令人"似懂非懂""似是而非"的批语，有时候让人百思不得其解。如果我们单从字面上来理解作者和批者想要表达的真实意图和思想内涵，那未免有些过于肤浅。作者和批者处处设伏，致使许多地方神秘奥妙、隐晦难测，甚至"寓意当中有深意""看似平常非寻常"。

比如批语"《一捧雪》中伏贾家之败""《长生殿》中伏元妃之死""甄家正是大关键、大节目""又一真正之家，特与假家遥对，故写假则知真""作者似曾在座"等等。这些众多批语，内涵丰富，寓意深刻。不仅作者用笔看似平淡无奇，实则"内隐玄机"，而且批者也是云龙雾雨，偷天换日，使人似懂非懂，难辨真假。

仔细品读"余谓雪芹撰此书中亦为传诗之意"这句批语，感觉批者似有"意犹未尽"之感。那么，这句批语到底还有哪些弦外之音及深刻寓意呢？

笔者认为，这条批语，除了"曹雪芹在书中撰写的第一首诗，具有传诗之意"以外，还有"一语两音、一笔两意"之深意。

这句批语的另外一层深刻含义就是：我以为将曹雪芹这个名字撰写在《红楼梦》这部书中，亦为"传诗"之意。正所谓"一击两鸣""一语双关"，真假虚实，正反两喻。

《尚书·尧典》中说："诗言志，歌永言"。意思是说，诗歌是表达思想、抱负、志向和愿望的语言。《说文解字》认为，"诗，志也，从言寺声"。"志"既是意愿、志愿，也是文字记录。按照这个意思来理解，"传诗之意"也有"传文"和"传意"之意，也就是有"传话"和"传声"之意。那为什么要"传话"？谁去"传话"？给谁"传话"？"传"的又是什么话呢？

笔者认为，作者将曹雪芹的名字非常明确地写在这部书中，是借用"曹雪芹"这个"假作者"之名，代替真正的作者，来真实表达自己的主题内涵和思想情感。

如果按照这个意思来理解，那批者就完全彻底地否定了曹雪芹就是《红楼梦》原作者的推论。

既然如此，结合这部书的时代背景，那"传文"或者"传话"的寓意就是：因为清朝时期极其残暴的文字狱，作者不得不借用曹雪芹这个假名字，迫不得已地让曹雪芹充当这个假作者，利用《红楼梦》这部书，让曹雪芹来替真正的作者"传达"自己的思想和意愿，以此揭露清朝时期的文化专制和残酷黑暗，抨击大清王朝的政治腐败与血腥屠杀，以发泄作者对时局的憎恨厌恶和强烈不满。

我们知道，甲戌本《脂砚斋重评石头记》定稿于乾隆十九年（1754年），而庚辰本的定稿时间是乾隆二十五年（1760年）。那么这两个本子与程甲本《红楼梦》正式出版的时间只相差30多年，当时程伟元在出版序言中说"作者相传不一，究未知出自何人"，只是说"惟书内记雪芹曹先生删改数过"，而且裕瑞也说"不知为何人之笔"。因此说，曹雪芹只是在前台负责接待顾客的"店小二"，而真正的"大老板"则另有其人。

笔者理解，书中说的曹雪芹"披阅十载，增删五次，纂成目录，分出章回"，只能是《红楼梦》一书的披阅整理者，虽然他对此书进行了增删，也可以定位为编辑修改者，根本不会是"撰写者"。

按照常理，如果曹雪芹是《红楼梦》这部书的唯一作者，不会自己又说自己"后因曹雪芹于悼红轩中披阅十载，增删五次，纂成目录，分出章回"，而会说"笔者"或者"作者"于悼红轩中"披阅十载，增删五次，纂成目录，分出章回"。更何况乾隆朝时期的"文字狱"如此恐怖，作者不可能为了著作权，连自己的性命都不要。

试想，《红楼梦》小说中人名、地名都有很多的隐含、映射和隐喻。既然作者自己都说"因曾历过一番梦幻之后，故将真事隐去"，那么，为什么作者还非常直白地告诉我们作者是"曹雪芹"呢？难道这个"曹雪芹"真的不惧怕"文字狱"的凶残迫害，导致抄家治罪、蹲监杀头，甚至株连家族吗？

假如《红楼梦》原作者不想让别人知道自己撰写了这部"有碍朝政"之书，那么他肯定会想方设法找个"替身"，故弄玄虚地将原作者的"名号"安在别人身上，以隐藏自己的真实身份。因此说，曹雪芹就是原作者的"替身"。既然找了个"替身"，最起码不能让读者一眼就看出来，于是就千方百计地虚掩遮盖，最大限度地迷惑读者。这样做既能显示创作手法高超，又能规避"文狱冤祸"，不至于因为写书给自己及全家带来不必要的麻烦。

在古代封建社会，特别是清朝时代，通常把小说视为"粗俗淫秽"的东西，在官场及平民百姓眼里，写言情小说的作者，其社会地位比较低下，都不愿意受到公众的讽刺嘲笑，让人看不起。由此，作者也一般没有署名的传统和习惯。无论是作品内容有无涉及当朝时政，有无露骨的淫秽描写，大部分都不会署上作者的真实姓名，即使有的署名，用的也是笔名、化名。就连署名"兰陵笑笑生"的《金瓶梅》作者，其身份一直是个历史谜团，至今学术界也没能考证出他究竟何许人也。

或许有人会说，曹雪芹不仅是个反潮流、反封建的"逆行者"，而且也是肩膀上担起山的铁杆汉子和"硬核"斗士。他敢作敢为，不怕杀头、不怕蹲监坐牢、不怕株连九族，所以他敢于署上自己的真实名字。试想，连真实名字都敢写进《红楼梦》书中的人，为什么还要采取"烟云模糊"的形式，故意将"真事隐去"而撰写被清政府列为"粗俗淫秽"的"问题小说"呢？而且还煞有介事地说"此书不敢干涉朝政"，也"并非怨事骂时之书"呢？何况清朝时期"文字狱"的严酷残暴程度是超乎常人想象的。别说是撰写这些书的人有罪，就连评点者、批阅者，甚至阅读者一旦有"好事者"言官的告发，都能够蹲监坐牢、被判有罪。聪明绝顶的《红楼梦》作者，绝不会如此糊涂。

那么，《红楼梦》原作者为什么将自己的真实身份隐去，而用"曹雪芹"这个"假名字"来"蒙蔽"读者呢？

清朝文学家梁恭辰在他所著的《北东园笔录》中写道：尝语家大人曰：《红楼梦》一书，诲淫之甚者也……其稍有识者，无不以此书为诬蔑我满人，可耻可恨。若果尤而效之，岂但《书》所云骄奢淫逸将由恶终者哉……那绎堂先生亦极言：《红楼梦》一书为邪说诐行之尤，无非糟蹋旗人，实堪痛恨。我拟奏请通行禁绝，又恐立言不能得体，是以隐忍未行，则与我有同心矣。

晚清文人汪堃也在其《寄蜗残赘》中，称《红楼梦》"宣淫纵欲，流毒无穷"。

从梁恭辰和汪堃的这些著作中我们可以看出，在清朝时期，《红楼梦》这部书并不是作者所说的"只是着意于闺中"，"并非怨世骂时之书"。书中也有很多"指奸责佞、贬恶诛邪"，甚至讽刺谩骂"国贼禄鬼"等大量语句。这些指桑骂槐、糟践旗人、唐突讽刺当朝时政的敏感性语言，再借给作者几个小胆，他也绝对不敢署上自己的真实姓名。

三十八、原作者"乃石头耳"

我们知道，《红楼梦》原名叫《石头记》或者叫《脂砚斋重评石头记》。

书中第一回开篇写道：

原来女娲氏炼石补天时，于大荒山无稽崖。练成高经十二丈、方经二十四丈、顽石三万六千五百零一块。娲皇氏只用了三万六千五百块，只单单剩了一块未用，便弃在此山青埂峰下。谁知此石自经煅炼之后，灵性已通，因见众石俱得补天，独自己无材不堪入选，遂自怨自叹，日夜悲号惭愧。

后来经一僧一道将这块石头大施佛法，变成了一块美玉后才"幻形入世"，"到那昌明隆盛之邦，诗礼簪缨之族，花柳繁华地，温柔富贵乡"去安身乐业。这块石头在"历尽离合悲欢炎凉世态"，"历过一番梦幻"之后，又回到大荒山下，在石头上刻下了自己的种种经历，故谓之《石头记》。

再后来，又不知过了几世几劫，因有个空空道人访道求仙，忽从这大荒山无稽崖青埂峰下经过，忽见一大块石上字迹分明，编述历历。空空道人乃从头一看，原来就是无材补天，幻形入世，茫茫大士、渺渺真人携入红尘，历尽离合悲欢炎凉世态的一段故事。后面又有一首偈云：

无材可去补苍天，

枉入红尘若许年。

此系身前身后事，

倩谁记去作奇传？

诗后便是此石坠落之乡，投胎之处，亲自经历的一段陈迹故事。其中家庭闺阁琐事，以及闲情诗词倒还全备，或可适趣解闷，然朝代年纪，地舆邦国，却反失落无考。

因毫不干涉时世，方从头至尾抄录回来，问世传奇。从此空空道人因空见色，由色生情，传情入色，自色悟空，遂易名为情僧，改《石头记》为《情僧录》。至吴玉峰题曰《红楼梦》。东鲁孔梅溪则题曰《风月宝鉴》。后因曹雪芹于悼红轩中披阅十载，增删五次，纂成目录，分出章回，则题曰《金陵十二钗》。

在这里，我们不难看出，《石头记》就是女娲氏炼石补天剩下的那一块"石头"，经过"幻形入世"之后，所记录的曾经悲欢离合的一段故事。空空道人看了以后，"方从头至尾抄录回来，问世传奇"。因此说《石头记》就是"刻在"那块石头上的"悲欢离合"故事，经过空空道人抄录以后才"问世传奇"，到曹雪芹这里，又进行了"披阅增删，纂成目录，分出章回"。由此说明，曹雪芹并不是"撰写"者或创作此书的作者。

同时，书中还明确指出了是空空道人自己易名为"情僧"，改《石头记》为《情僧录》。那么，这个"空空道人"为何把《石头记》改为《情僧录》，而不把《石头记》改为《尼姑录》《道士录》呢？

甲戌本《脂砚斋重评石头记》第五回正文，在"开辟鸿蒙，谁为情种"的旁边，有一条甲戌侧批：

非作者为谁？余又曰：亦非作者，乃石头耳。

这条批语先是说"非作者为谁"，这里的"作者"就是指"原作者"，意思是"情种不是原作者，谁还能是原作者呢？"但是，批者又似乎又自问自答地说"亦非作者，乃石头耳"。因为"石头"才是真正的原作者。开辟鸿蒙，谁为情种？并不是增删者曹雪芹，是这个"石头"。也就是说，石头就是"情种"，就是《红楼梦》的原作者。

另外，脂砚斋还透露出八十回后有《情榜》。《情榜》中的贾宝玉为"情不情"。在《红楼梦》第八回中有一条甲戌眉批，这条批语将贾宝玉的"情不情"解释为：

按警幻情榜，宝玉系"情不情"。凡世间之无知无识，彼俱有一痴情去体贴。

并且又在第二十五回说道：

玉兄每"情不情"，况有情者乎。

红学大师周汝昌先生认为，"情不情"就是"以'情'心来对待那一切无情、不情之人、物、事、境。"

著名红学家、中国红楼梦学会副会长蔡义江先生认为："贾宝玉不但能钟情于有情的人，他也能够用情于无情无知者。"

在这里，无论是周先生所说的"以'情'心来对待那一切无情、不情之人、物事、境"，还是蔡先生的"贾宝玉不但能钟情于有情的人，他也能够用情于无情无知者"等，这些都体现出了他的兼爱和博爱。贾宝玉无论对待姐姐妹妹，还是丫环婆子，他大都尊重她们的人格，钦羡她们的才智，喜欢她们的姿色，体恤她们的冷暖，分担她们的忧愁，同情她们的遭际。贾宝玉的这种"体贴"和"多情"，是经过多次过滤净化，最终升华为高尚纯洁的一种精神境界。

按照一般理解，《情僧录》就应该是一个"出家的有情之人"所作的记录。那么，无论是"道人"还是"僧人"，都是出家修行之人。书中描写贾宝玉出家当了和尚，而书中又说空空道人遂易名为"情僧"，改《石头记》为《情僧录》，也就进一步说明《情僧录》就是"情种石头"所经历的悲欢离合、爱恨情仇以及血泪斑斑的真实记录。而贾宝玉既是"石头"，又是"情种"，还出家当了和尚。因此，可以断定这个《情僧录》就是"情种石头"贾宝玉"幻形入世"的真实记录。

清朝同治初年，有一个叫江顺怡的文人，他在其《读＜红楼梦＞杂纪》中曾经指出："盖《红楼梦》所记之事，皆作者自道其生平，非有所指。如《金瓶》等书意在报仇泄愤也。数十年之阅历，悔过不暇，自怨自艾，自忏自悔，而暇及人乎哉？所谓宝玉者，即顽石耳。"

在这里，江顺怡老先生明确指出了"《红楼梦》所记之事，皆作者自道其生平"和"所谓宝玉者，即顽石耳"。可见，《红楼梦》一书所描写的不仅是作者的"生平"，而且"顽石"就是主人公贾宝玉。

纵观《红楼梦》前八十回通篇，我们得知，这块石头是全书的主线，是主人公贾宝玉的前世今生。他既是贾府繁华兴盛的亲历者，也是书中贾家落魄衰败过程的见证者。贾宝玉性格顽固乖张，所以书中对那块"宝玉"多以"顽石"称之。"顽石"记的是"身前身后事"，作者写的也是"身前身后事"。而这个"身前"就是作者家繁华兴盛的辉煌历史；"身后"就是作者所经历的"离合悲欢，炎凉世态"故事。书中一开头所说的"梦幻"境界，实际上是"假语存焉"的表象，而"身前身后事"才是这部书的真实内涵。并且作者和批者还反复告诫读者，《红楼梦》包含着作者的家史和自己的亲身经历，不要被"假语"和"梦幻"所迷惑，而不解其中的"真意"。

书中交代，贾宝玉是天界下凡的神瑛侍者，他出生时口含的那块"通灵宝玉"，就是女娲氏炼石补天剩下的那块"石头"。这个"瑛"字，虽然可以解释为像玉的美石，但毕竟是"假玉"真石。可以说"神瑛"与灵性已通的"顽石"是通身一体、形影难离的。如果这块"通灵宝玉"不见了，贾宝玉就会精神病发作，轻者痴痴呆呆、浑浑噩噩、又哭又闹，重则疯疯癫癫、胡言乱语、不省人事。可以说，这块"石头"就是贾宝玉的命根子。

书中第二回，贾雨村与冷子兴笑谈甄家与贾家时说：

但这一个学生，虽是启蒙，却比一个举业的还劳神。说起来更可笑，他说"必得两个女儿伴着我读书，我方能认得字，心里明白，不然我自己心里糊涂。"

此时有一条甲戌侧批：

甄家之宝玉乃上半部不写者，故此处极力表明，以遥照贾家之宝玉。凡写贾家之宝玉，则正为真宝玉传影。

这条批语中的"甄家之宝玉乃上半部不写者"一句，那批者就等于告诉我们，这部书的下半部内容，作者会用一定的篇幅写江南甄家之宝玉。

而这条批语最重要的就是"凡写贾家之宝玉，则正为真宝玉传影"之句。

批书人的意思是说：书中的甄宝玉其实和贾宝玉是"传影"的关系。就像是照镜子，照镜子的那个是"真"的，镜子中的那个是"假"的。贾宝玉是镜子中的影子，是"假"的宝玉。甄宝玉才是照镜子的那个，镜子中的那个是甄宝玉的"影子"，而照镜子的甄宝玉才是"真"的宝玉。

由此可见，"甄贾"宝玉是年龄一致、性格一致、长相一致、互为映照、互为补充、互为一体、不可分割的两个分身。这是作者为了作品和人物塑造的需要，把本来一个人物幻化出一个或多个完全相同的形象，所采用的一种"分身法"。这种"分身法"也是许多文学艺术作品中的惯用手法。

由此，我们也可以进一步确定，作者即石头，石头是贾宝玉，贾宝玉是镜子中的"影子"，而照镜子的才是"真"的宝玉，也就是真正的作者。这正是"假作真时真亦假，真作假时假亦真"。

书中第三回，林黛玉第一次见贾宝玉，书中写道：

宝玉就问黛玉："可也有玉没有？"林黛玉答道："我没有那个。想来那玉亦是一件罕物，岂能人人有的。"

宝玉听了，顿时发作起痴狂病来，立马摘下那块玉，就狠命地往地下摔去。

此时有一条甲戌夹批：

试问石兄，此一摔，比在青埂峰萧然坦卧何如？

第八回，贾宝玉去梨香院看生病的薛宝钗。薛宝钗要看贾宝玉的"通灵宝玉"，宝玉从项上摘下以后，递与薛宝钗手中，宝钗双手托于掌上。

此时有一条甲戌双行夹批：

试问石兄，此一托，比在青埂峰下猿啼虎啸之声何如？

同一回，袭人等把贾宝玉扶至炕上，脱换了衣服，服侍他睡下，袭人伸手从他项上摘下那通灵玉来，用自己的手帕包好，塞在褥下，次日带时便冰不着脖子。

此时有一条甲戌双行夹批：

试问石兄，此一渥，比青埂峰下松风明月如何？

以上三条批语，都是批者试问"石兄"，这"一摔""一托""一渥"，比在青埂峰下的情况如何如何。在这里，批者已经非常明确地告诉我们，"石兄"就是青埂峰下的那块"顽石"。而批者的这"三问"，正与贾宝玉有着非常密切的关系，因此说，这块"通灵宝玉"喻指的就是"石兄"贾宝玉。

经过以上分析，我们可知，"石兄"既指"顽石"，也指"通灵宝玉"，又被指贾宝玉，也就是《红楼梦》一书的原作者。

三十九、"黄口无知"属自谦

康熙五十四年（1715年）三月初七，曹頫继任江宁织造后，给康熙皇帝上了一道《曹頫奏谢继任江宁织造折》。在这道奏折中，就有"窃念奴才包衣下贱，黄口无知，伏蒙万岁天高地厚洪恩，特命奴才承袭父兄职衔，管理江宁织造"之句。

古人通常称20岁为"弱冠"，20岁以上为"丁"。曹頫自称"黄口无知"，可见其当时应该在20岁以下。

笔者认为，这个时候的曹頫应该是虚岁17岁左右。

"黄口"这一典故出自《淮南子》卷十三《氾论训》。"黄口"本来是指雏鸟黄色的小嘴，也被借指儿童。古代户役制度称小孩为"黄"。隋朝时期称不满3岁的幼儿为"黄"。唐代把刚出生的婴儿称为"黄"。后来，10岁以下的儿童皆泛称为"黄口"。如果按照这个说法来推断，那曹頫承袭江宁织造的时候应该不会超过10岁。这无论从哪个角度来讲，都是不可思议的事情。

况且曹頫在康熙五十四年（1715年）七月十六日在给康熙皇帝的《江宁织造曹頫覆奏家务家产折》中，就有"窃奴才自幼蒙故父曹寅带在江南抚养长大"之句。当然，"长大"一词并没有严格意义上的年龄界限。但是，曹頫在承继江宁织造主事后所说的"长大"，就应该是个已经成年或者即将成年的小伙子，根本不会是一个10岁以下的小孩子。再说了，以康熙皇帝的雄才大略，根本不会安排一个10岁以下的小孩子来担任江宁织造主事这一重任的。

康熙五十四年（1715年），康熙皇帝已经是一个60多岁的老皇帝了。曹家虽然是赫赫扬扬的织造世家，但也是皇家终身为奴的"包衣奴才"，曹頫又是刚刚承袭江宁织造这一重任，自己给"老主子"上奏折说自己"黄口无知"，只是小辈的一种谦称，而非实指。连曹頫的伯父曹寅在给康熙皇帝的奏折中，就曾经有"臣等虽即草木昆虫"等句，这里的"草木昆虫"只是一种比喻。现在民间就有年长的老人称自己的小辈之男子为"黄口小儿"或者"小子"，哪怕20多岁的大小伙子，年长的老人也经常对小辈有类似的称谓。

同样说自己"年幼无知"的还有曹頫的哥哥曹颙（乳名连生）。

康熙五十二年（1713年）二月，在《江宁织造曹颙奏谢继承父职折》中，也有"窃奴才包衣下贱，年幼无知，荷蒙万岁旷典殊恩，特命管理江宁织造，继承父职"等句。

曹頫接任父亲曹寅担任江宁织造之职的时候，是康熙五十一年（1712年），当时曹頫已经是二十三四岁的成年人了。但是，他给老皇帝康熙的奏折中也是称自己"年幼无知"，这里的"年幼"并不是年幼的小孩。而"无知"，也不是不明事理，什么也不知。因此，我们不能因为曹頫自称"黄口无知"，就错误地认为他的年龄非常小或者认为他真的不明事理，一无所知。

康熙五十年（1711年）三月，曹寅在扬州得知幼子"珍儿"不幸夭折后，曾经作过《辛卯三月二十六日闻珍儿殇书此忍恸，兼示四侄寄西轩诸友三首》诗作。这里的"四侄"，毫无疑问就是曹寅弟弟曹荃的第四个儿子曹頫。

这三首诗作中的第二首的内容是：

予仲多遗息，成材在四三。

承家望犹子，努力作奇男。

经义谈何易，程朱理必探。

殷勤慰衰朽，素发满朝簪。

我们来解读一下曹寅的这首诗。

第一句："予仲多遗息，成材在四三。""予"字正是曹寅的自称，"仲"，是指曹寅的二弟弟曹荃。古时称儿子为"息"。而"遗息"是指死去以后遗留下的儿子。这一句表明，自己的二弟死后遗留的儿子很多。"成材在四三"，表明他的二弟曹荃有四个儿子，曹寅认为老大老二一般，只有老三老四具有一定的才能。正因为曹頫自幼失去父母，才被伯父曹寅抚养。这也应验了曹頫奏折中所说的"奴才自幼蒙故父曹寅带在江南抚养长大"之句。

第二句："承家望犹子，努力作奇男。"犹子，本意指的是兄弟的儿子，如同自己的儿子。文天祥在《寄惠州弟》诗作中，就有"亲丧君自尽，犹子是吾儿"的诗句。这两句诗表明，曹寅当时对三侄和四侄怀有很大的期望，希望他们将来能够承继家业、光宗耀祖，并鼓励他们要有理想、有志向，做一个不平凡的"奇男"。

第三句："经义谈何易，程朱理必探。"这句的大体意思就是，掌握经籍义理，走科举考试做官的路子谈何容易，必须对程朱理学发奋努力、刻苦深入研读。

第四句："殷勤慰衰朽，素发满朝簪。"这句的大体意思就是，你们要勤奋刻苦学习，有所作为，将来成为朝廷栋梁之材。这样才能慰藉这些"素发满朝簪"的衰朽长辈们。

从曹寅的这首诗作中我们可以看出，这首是曹寅专门为"四侄"曹頫所写的励志诗。曹寅写这首诗的时间应该是康熙五十年（1711年）。从诗的内容我们可以得知，当时曹頫不会是个几岁的小孩子，估计其年龄一定是在10岁以上，要不然曹寅也不会带着一个三五岁的小孩子去扬州。按照这个年龄来推算，曹頫应该出生在康熙三十八年或者三十九年，也就是公元1699年或者1700年左右。如果按照这个年龄来推算，康熙五十四年（1715年）正月，曹頫袭任江宁织造的时候，应该是虚岁十六七岁上下。

要不然曹𫗧不会称自己"黄口无知"。

中国的记龄方式与西方不同。在中国封建社会，一般情况下男子只用"虚岁"，即"男进女满"。意思就是男人按虚岁计算年龄，女人按实岁计算年龄。民间老百姓对虚岁的计算方法是：出生时就记为一岁，以后每到一个春节增加一岁。如果孩子恰好出生在农历年的年末，那么不但一出生就算一岁，并且到了大年初一又要加一岁，这样算来，这孩子到了满实岁一岁多点时，按虚岁就已经是三岁了。

如果按照虚岁来计算曹𫗧的年龄，康熙五十四年（1715年）曹𫗧袭任江宁织造的时候，正好是虚岁17岁左右，这样与曹𫗧所自称的"黄口无知"不差上下。同时，也能和《陈鹏年传》中记载的"乙酉，上南巡……织造幼子嬉而过于庭"对得严丝合缝（详见第四十四章《"织造幼子"定是曹𫗧》）。

四十、暗写曹頫"庚辰年"出生

《脂砚斋重评石头记》第六十二回有一段这样写道：

当下又值宝玉生日已到，原来宝琴也是这日，二人相同。因王夫人不在家，也不曾像往年闹热。只有张道士送了四样礼，换的寄名符儿；还有几处僧尼庙的和尚姑子送了供尖儿，并寿星纸马疏头，并本命星官值年太岁周年换的锁儿。家中常走的女先儿来上寿。王子腾那边，仍是一套衣服，一双鞋袜，一百寿桃，一百束上用银丝挂面。薛姨娘处减一等。其余家中人，尤氏仍是一双鞋袜；凤姐儿是一个宫制四面和合荷包皮，里面装一个金寿星，一件波斯国所制玩器。各庙中遣人去放堂舍钱。又另有宝琴之礼，不能备述。姐妹中皆随便，或有一扇的，或有一字的，或有一画的，或有一诗的，聊复应景而已。

以上这段原文的描写，作者巧妙地运用了《红楼梦》经常使用的"谐音法"和"拆字法"。张道士"换的寄名符儿"中的"名符"，其谐音应该是"名頫"。贾宝玉所收的礼物当中有"供尖儿"，用拆字法可以拆出"小儿"，隐含曹頫是曹荃最小的儿子。而且张道士送的是"四样礼"，王熙凤送的是"宫制四面和合荷"，王子腾送的"四个一"，即："一套衣服，一双鞋袜，一百寿桃，一百束上用银丝挂面"，"姐妹中皆随便，或有一扇的，或有一字的，或有一画的，或有一诗的"，送的也是"四个一"。暗喻曹頫排行"老四"。

第七十七回写道：

王夫人因问："谁是和宝玉一日的生日？"本人不敢答应。老嬷嬷指道："这一个蕙香，又叫作'四儿'的，是同宝玉一日生日的。"王夫人细看了一看，虽比不上晴雯一半，却有几分水秀。视其行止，聪明皆露在外面，且也打扮得不同。王夫人冷笑道："这也是个不怕臊的。他背地里说的，同日生日就是夫妻。这可是你说的？打量我隔得远，都不知道呢。可知道我身子虽不大来，我的心耳神意时时都在这里。难道我通共一个宝玉，就白放心凭你们勾引坏了不成！"这个"四儿"见王夫人说着他素日和宝玉的私语，不禁红了脸，低头垂泪。

这一段描写说蕙香"四儿"和贾宝玉是同生辰。

第二十一回，有一段贾宝玉和丫头蕙香的对话：

贾宝玉问："你姊妹几个？"蕙香道："四个。"宝玉道："你第几？"蕙香道：

"第四。"宝玉道："明儿就叫'四儿',不必什么'蕙香''兰气'的。"

"四儿"在家里姐妹四人中是老小,被贾宝玉改成"四儿",暗涵曹頫在兄弟四人中排行老四。

以上两段原文描写,从侧面暗示贾宝玉生辰,同时也暗喻"老四"曹頫的生辰。

第六十三回,描写贾宝玉生日夜宴。宝玉、黛玉、宝钗、袭人、探春、李纨等一大帮子人在一起抽签喝酒,黛玉掣了支芙蓉花签后,接着袭人掣签。

书中写道:

袭人便伸手取了一支出来,却是一枝桃花,题着"武陵别景"四字,那一面旧诗写着道是:"桃红又是一年春。"注云:"杏花陪一盏,坐中同庚者陪一盏,同辰者陪一盏,同姓者陪一盏。"众人笑道:"这一回热闹有趣。"大家算来,香菱、晴雯、宝钗三人皆与他同庚,黛玉与他同辰,只无同姓者。芳官忙道:"我也姓花,我也陪他一钟。"于是大家斟了酒,黛玉因向探春笑道:"命中该着招贵婿的,你是杏花,快喝了,我们好喝。"探春笑道:"这是个什么,大嫂子顺手给他一下子。"李纨笑道:"人家不得贵婿反挨打,我也不忍的。"说得众人都笑了。

第六十三回中的这一段,表面上是写生日夜宴,抽签喝酒,欢乐取笑。而实际上,作者却向读者透露了贾宝玉的出生年份。也就是这段描写中两次提到的"同庚"和"同辰"。

同庚,是指年龄相同的意思,即同年生。同辰,是指同一天生日,即生日相同。《红楼梦》作者所写的"同庚"和"同辰",却是隐含了"庚"和"辰"两个字。袭人抽的诗签上写的是"桃红又是一年春",这其中的"年"字,与"庚辰"二字合在一起,就是"庚辰年",暗示贾宝玉出生于庚辰年。又因为十二地支中的"辰"年正是龙年,因此可以断定,贾宝玉属"龙"。这个签又是袭人抽到的,"袭"字的上半部就是"龙"字。

第二十五回写道:

赵姨娘说道:"罢,罢,再别说起。如今就是个样儿,我们娘儿们跟得上这屋里哪一个儿!也不是有了宝玉,竟是得了活龙。"

第四十三回写道:

那老姑子见宝玉来了,事出意外,竟像天上掉下个活龙来的一般,忙上来问好,命老道来接马。宝玉进去,也不拜洛神之像,却只管赏鉴。虽是泥塑的,却真有"翩若惊鸿,婉若游龙"之态,"荷出绿波,日映朝霞"之姿。

《红楼梦》书中两次提到贾宝玉"活龙",一次提到"婉若游龙",正是暗写贾宝玉出生于庚辰年,是属龙的。第十五回,北静王水溶在贾政面前夸宝玉是"龙驹凤雏",也暗有此意。

《红楼梦》作者煞费苦心地暗写贾宝玉出生于庚辰年,属龙,也正是暗示曹頫出生于庚辰年,属龙。清朝康熙年间的庚辰年正是康熙三十九年,也就是公元1700年。

四十一、暗喻曹頫"五月初三"出生

确定了曹頫出生在公元1700年的庚辰年。那么,曹頫具体出生在哪一天呢?对此,《红楼梦》书中也有一些"暗示"。

第六十二回,贾宝玉生日已到,原来薛宝琴、邢岫烟和平儿都是这天的生日。由于没有贾母、王夫人的约束,于是几个人凑份子,大观园里的小姐丫环等大摆宴席,为贾宝玉、薛宝琴、邢岫烟和平儿几个祝贺生日。大家无拘无束、猜拳行令、推杯换盏,好不热闹。岂不知史湘云一高兴喝得有点高,竟然醉卧在山后的一块青石板上。

原文中还接着写道:

四面芍药花飞了一身,满头脸衣襟上皆是红香散乱,手中的扇子在地下,也半被落花埋了,一群蜂蝶闹嚷嚷地围着他,又用鲛帕包了一包芍药花瓣枕着。

以上《红楼梦》原文中提到了"芍药花"。

我们知道,芍药花一般是在每年的春夏季节开花,花期较短,一般为八至十天。盛花期一般在五月份,曾被称为"五月花神"。由此说明,贾宝玉的出生月份是在五月。

第六十三回,袭人、晴雯、麝月、秋纹、芳官、碧痕、小燕、四儿几个人凑钱为贾宝玉单独过生日。林之孝家的带领几个管事的女人提着大灯笼查夜。原文这样写道:

只见怡红院凡上夜的人都迎了出去,林之孝家的看了不少。林之孝家的吩咐:"别耍钱吃酒,放倒头睡到大天亮。我听见是不依的。"众人都笑说:"那里有那样大胆子的人。"林之孝家的又问:"宝二爷睡下了没有?"众人都回不知道。袭人忙推宝玉。宝玉趿了鞋,便迎出来,笑道:"我还没睡呢。妈妈进来歇歇。"又叫:"袭人倒茶来。"林之孝家的忙进来,笑说:"还没睡?如今天长夜短了,该早些睡,明儿起得方早。不然到了明日起迟了,人笑话说不是个读书上学的公子了,倒像那起挑脚汉了。"

林之孝家的走了以后,几个丫环就操持摆上酒果。随后原文又写道:

袭人道:"不用围桌,咱们把那张花梨圆炕桌子放在炕上坐,又宽绰,又便宜。"说着,大家果然抬来。麝月和四儿那边去搬果子,用两个大茶盘做四五次方搬运了来。两个老婆子蹲在外面火盆上筛酒。宝玉说:"天热,咱们都脱了大衣裳才好。"众人笑道:"你要脱你脱,我们还要轮流安席呢。"宝玉笑道:"这一安就安到五更天了。知道我最怕这些俗套子,在外人跟前不得已的,这会子还怄我就不好了。"众人听了,都说:"依你。"于是先不上坐,且忙着卸妆宽衣。

以上这段描写，先是林之孝家的说是"如今天长夜短了"，随后贾宝玉又说"天热，咱们都脱了大衣裳才好"。林之孝家的所说的"天长夜短"和贾宝玉所说的"天热"，就应该是初夏的时节。中国的民间向来就有"捂冬凉秋"的习俗，而且他们这次的"生日聚会"安排在了晚上，昼夜温差应该比较大。而贾宝玉所说的"脱了大衣裳才好"，并不是冬天的这皮袍那棉袄，而是我们平常所说的外套。因此也可以断定，贾宝玉过生日的时间应该是五月份左右。

确定了贾宝玉出生在五月，那么具体是在哪一天呢？

第五十八回写道：

可巧这日乃是清明之日，贾琏已备下年例祭祀，带领贾环、贾琮、贾兰三人去往铁槛寺祭柩烧纸。

这一回，作者向我们交代了"清明之日"。而每年的清明节大都是阴历三月初。

第六十二回写道：

外面小螺和香菱、芳官、蕊官、藕官、荳官等四五个人，都在园中玩了一回，大家采了些花草来兜着，坐在花草堆中斗草。

同一回，荳官说香菱道：

"你汉子去了大半年，你想夫妻了？便扯上蕙也有夫妻，好不害羞！"香菱听了，红了脸，忙要起身拧他，笑骂道："我打你这个烂了嘴的小蹄子！满嘴里汗獭地胡说了。等我起来打不死你这小蹄子！"

以上这段描写，作者提到了"斗草"和"你汉子去了大半年"等语句。

第四十八回，开头就写道：

展眼已到十月，因有各铺面伙计内有算年账要回家的，少不得家内治酒饯行。

随后又写道：

张德辉满口应承，吃过饭告辞，又回说："十四日是上好出行日期，大世兄即刻打点行李，雇下骡子，十四一早就长行了。"薛蟠喜之不尽，将此话告诉了薛姨妈。

这一段说明香菱的男人薛蟠出门远行的时间是头年的十月十四日，到了第二年的五月份，正好过了大半年多。

斗草，又称斗百草，是中国民间流行的一种游戏，属于端午节民俗。如今，斗草这一民间习俗仍在南方某些地区流传。端午节在阴历的五月初五，这群女孩子斗草不大可能到了端午当天才斗，一定是提前就玩起来。由此可知，贾宝玉的生日是在清明节和端午节之间，而且靠近端午节。

那么，《红楼梦》书中在清明节和端午节之间，特别是靠近端午节的时候，有没有具体的描写日期呢？

在此期间，书中曾经提到了两个重要日期，一个是四月二十六，一个是五月初三。

第二十七回有一段原文写道：

至次日乃是四月二十六日，原来这日未时交芒种节。

第二十九回：

张道士对贾母说道："前日四月二十六日，我这里做遮天大王的圣诞，人也来得少，东西也很干净，我说请哥儿来逛逛，怎么说不在家？"

第二十六回，薛蟠把贾宝玉骗出来吃酒，贾宝玉很生气。薛蟠说道：

"要不是我也不敢惊动，只因明儿五月初三日是我的生日……如今留了些，我要自己吃，恐怕折福，左思右想，除我之外，惟有你还配吃，所以特请你来。"

那么，贾宝玉的生日到底是四月二十六还是五月初三呢？

笔者认为，应该是五月初三。因为四月二十六离端午节还有10天左右的时间，香菱她们离端午节10多天的时间就开始"斗草"，似乎早了点。而五月初三离端午节只有两天时间，这个时候"斗草"，不早不晚，时间上也正合适。

第二十八回写道：

宝玉出来，到外面，只见焙茗说道："冯大爷家请。"宝玉听了，知道是昨日的话，便说："要衣裳去。"自己便往书房里来。

随后又接着写道：

可巧门上小厮在甬路底下踢球，焙茗将缘故说了。小厮跑了进去，半日抱了一个包袱出来，递与焙茗。回到书房里，宝玉换了，命人备马，只带着焙茗、锄药、双瑞、双寿四个小厮去了。

那么，冯紫英要请贾宝玉吃饭，带的四个小厮当中有叫"双瑞"和"双寿"的两个人。书中描写贾宝玉进出大观园的次数也不少，陪他出去的也没有叫"双瑞"和"双寿"的小厮，独此一回。而且翻遍《红楼梦》全书，叫"双瑞"和"双寿"的两个小厮仅这一次出场，书中再也找不到他两个人的任何踪迹。那么，作者这样安排究竟有什么寓意呢？

"瑞"字在汉语中是吉祥如意的意思。"寿"就是寿辰和生日的意思。"瑞"和"寿"合在一起，就是"生日吉祥、如意快乐"。所以，"双瑞""双寿"两个名字，应该就是暗指五月初三这一天是有两个人同时过生日。

前面我们说了，薛蟠五月初三要过生日，程日兴给他送了一些鲜藕、西瓜、鲟鱼等，于是薛蟠想请贾宝玉来共享。并且薛蟠还说："我自己要吃，恐怕折福，左思右想，惟有你还配吃。"

薛蟠请贾宝玉过生日，却说出了"我自己要吃，恐怕折福"和"左思右想，惟有你还配吃"这样的话。其实，程日兴送给薛蟠的这些东西，在当时的贵族家庭当中，也不是什么名贵稀奇的东西。难道这些平常的东西，除了贾宝玉能够"配吃"，其他人就不配吃了吗？那么，为什么别人不配吃，而"唯有贾宝玉才配吃"呢？

其实，作者这样安排的寓意就是，"只有过生日的人，才能够配吃"。也就是说，作者采取"一明一暗"的创作手法，明写五月初三是薛蟠的生日，而实际上是在暗写贾宝玉的生日。

根据以上分析，我们可以基本确定，曹頫的具体出生日期就是康熙三十九年（1700年）的五月初三。

既然书中两次提到"四月二十六日"，那么，这个日期也绝对不会是作者随随便便的"等闲之笔"，肯定会"大有深意"。按照《红楼梦》作者"一击两鸣"的惯用创作手法，笔者认为，"四月二十六日"这个特殊的日子，隐喻了清朝入关以后的一次重大屠城事件。那就是"扬州十日"。

四十二、"尚乳潼"者当属曹頫

　　根据对曹頫出生日期的分析考证得知，曹頫出生在康熙三十九年（1700 年）的五月初三，雍正六年（1728 年）年初，曹家被抄家时，恰好曹頫是虚岁 29 岁或 30 岁。

　　另据曹頫在康熙五十四年（1715 年）七月十六日的一份奏折中，就有"窃奴才自幼蒙故父曹寅带在江南抚养长大"之句。

　　幼儿通常是指一至三岁的儿童。根据第十八回写宝玉"三四岁时，已得贾妃手引口传"来分析，这里的"自幼"应该就是 3 岁左右。这么小的孩子备受骨肉分离之苦，让曹寅带到南京江宁织造府中抚养，他的父母能够忍心吗？这于情于理都说不过去。那么，这到底又是怎么一回事呢？

　　原来，曹頫的亲生母亲在生下曹頫后没多久，就因病去世了。由于曹頫的父亲曹荃在北京宫中当差，照顾幼小的曹頫会有诸多不便，而曹寅在江宁织造府中的生活条件又相当优越，更重要的是曹頫的亲祖母孙氏夫人，可怜自己的亲孙子这么小就失去母亲，着实心疼怜爱，就让曹寅把曹頫抱到江宁织造府中自己抚养。这样，曹頫自幼不仅能够得到亲祖母孙氏夫人的特殊关爱，而且还有姐姐"手引口传"式的教书认字，这在情理和年龄上，都对得严丝合缝。

　　另据著名红学家冯其庸先生在《曹雪芹家事新考》一书中考证，曹頫的生父曹荃去世的时间是康熙四十三年，即 1704 年。此时曹頫也就是四岁左右，所以他的幼年及青年时期，就一直在江宁织造府中学习和生活。

　　曹荃去世后，曹寅为怀念弟弟曹荃，还著有《思仲轩》一诗，其中就有"只身念老兄，诸子尚乳潼"等语句，这里的"只身念老兄"表示曹寅非常怀念自己的弟弟曹荃。而"诸子尚乳潼"，比喻曹荃的儿子中还有正在吃奶的孩子。这里的"尚乳潼"并不一定这个孩子当时还在"吃奶"，而是比喻年龄很小。曹頫在他们兄弟四人中排行最小，曹寅所说的这个吃奶的孩子肯定就是曹頫。

　　这首诗中"只身念老兄"中的"老兄"，并不是曹荃是曹寅的"兄长"。民间有句俗语叫"逝者为大"。曹寅称故去的弟弟为"老兄"，是对曹荃这个"作古"之人的尊称。民间的普通百姓男性之间也可以相互尊称为"老兄"。民间有时候把家中最小的儿子称为"老儿子"，把最小的女儿称为"老姑娘"是一样的道理。

　　曹頫年少得志，17 岁就做了令人羡慕的江宁织造，身边应该有很多貌若天仙的妙龄美女。在大观园里，贾宝玉玩尽风花雪月之美，享尽富贵奢华之福，因此作者曹頫才在甲戌本《凡例》中的"作者自云"说"忽念及当日所有之女子"。反观这位"曹雪芹"，曹家被"抄家"之后，全家调京治罪，归还欠款，别说经过"锦衣纨绔、钟鸣鼎食"的富裕日子了，就连吃饭穿衣都成问题，更谈不上有这么多俊男貌女、丫环婆子常伴其左右了。

纵观曹頫的人生经历，他是康熙皇帝指示李煦"详查"并亲自安排过继给曹寅之妻李氏为"嗣子"并承继江宁织造主事的，符合"上赖天恩，下承祖德"。曹頫自幼在江宁织造府中长大，当时曹家正处于鼎盛辉煌时期，对于曹頫来说，"锦衣纨绔之时、饫甘餍美之日"他完全经历过。曹家被"抄家"是在雍正六年初，也就是1728年的初春，当时曹頫虚岁是29岁或30岁，符合"半生"的年龄。曹家是在曹頫担任江宁织造主事任上被抄家治罪导致家道败落的，曹頫自感辜负了曹家祖宗的殷切期望和伯父曹寅的抚养教育之恩，因此他才说自己"今风尘碌碌，一事无成""我之罪固不能免"和"无才补天"的惭愧之语。而批者也针对"无材补天，幻形入世"之句，批出了"八字便是作者一生惭恨"的批语。

曹家连年亏空，把本来不善经营且处事不够圆滑的曹頫弄得焦头烂额。虽然曹頫竭尽全力弥补亏空，但终究窟窿太大，加之当时曹家的日子已经很不好过，尽管还不至于饥寒交迫，但恰如第二回冷子兴所说的"如今外面的架子虽未甚倒，内囊却也尽上来了"。从曹家被抄家的桌椅板凳以及百余张当票来看，的确像曹頫奏报雍正所说的"凡有可以省得一分，即补一分亏欠"。只是因为亏空巨大，曹頫恳请雍正皇帝恩准"将亏空分三年补完"的承诺，也非常自然地成为"空头支票"。

曹頫担任江宁织造主事整整13年。康熙皇帝在世时，对曹家处处关爱体恤照顾，所以曹頫在织造任上风生水起，享尽了人间荣华富贵。可以说，康熙皇帝给了曹家以及曹頫至高无上的荣耀，让他体验了人生最美好的时光。没有想到的是，雍正皇帝上台登基以后，曹頫不仅风光不再，而且是胆战心惊，时时处处布满了荆棘和屈辱，让他体验了人生的心酸与苦难。活了半辈子，不仅一事无成，而且还沦落到如此穷困潦倒的地步，在懊恼与悔恨之际，只好编述小说《石头记》，流传后世。

综合曹頫大喜大悲、大起大落的人生经历，完全符合甲戌本《凡例》中的"作者自云"。因此说，《红楼梦》的原作者应该就是曹頫。

四十三、"手引口传"者定属曹頫

　　我们知道，书中贾元春是贾宝玉的姐姐。现实中曹頫是曹寅长女纳尔苏王妃的弟弟。

　　第十八回写道：

　　当日这贾妃未入宫时，自幼亦系贾母教养。后来添了宝玉，贾妃乃长姊，宝玉为弱弟，贾妃之心上念母年将迈，始得此弟，是以怜爱宝玉，与诸弟待之不同。且同随贾母，刻未暂离。那宝玉未入学堂之先，三四岁时，已得贾妃手引口传，教授了几本书、数千字在腹内了。

　　据考证，曹寅长女曹佳氏出嫁的时间是在康熙四十五年（1706年），当时曹佳氏13岁左右。1706年往前推13年就是1693年。曹佳氏的亲哥哥曹颙约出生在康熙二十八年（1689年）。曹佳氏比曹颙还小4岁，书中描写的"贾妃手引口传，教授了几本书，数千字在腹内"的这个人不可能是曹颙。而曹寅过继的儿子曹頫约出生于康熙三十九年（1700年），而且小时候一直在江宁织造府中长大，曹頫三四岁时正是1703年至1704年期间，此时曹佳氏是十一二岁左右，按照现在的入学年龄来算，就应该是一个六年级的小学生了。况且曹家是江南的名门望族、书香门第，曹佳氏又是名门中的大家闺秀，一个12岁的名门闺秀，教弟弟读书识字是完全没有问题的。因此说，曹寅的过继之子曹頫既是书中的主人公贾宝玉，也是贾妃"手引口传"之人。

　　据《魏书·勿吉》记载："初婚之夕，男就女家，执女乳而罢，便以为定，乃为夫妇"。可见早在勿吉（满族的先祖）时代，男女订婚结婚，要在发育成熟之后。但由于连年征战，满族男人死亡甚多。为了弥补人口不足，所以，当时的大部分满族人也就有了早娶早嫁的习俗。特别是努尔哈赤掌权之后，皇亲国戚的子女大都带头早娶早嫁。因此，当时的满族女孩十二三岁出嫁非常普遍。康熙皇帝的亲生母亲孝康章皇后，13岁嫁给了顺治皇帝，14岁就生了康熙皇帝。康熙皇帝11岁大婚。当时，他的孝诚仁皇后赫舍里氏也只有12岁。康熙三十年（1691年），时为13岁的皇四子胤禛，就被康熙皇帝赐封乌拉那拉氏为嫡福晋，乌拉那拉氏当时才11岁。曹家属满洲正白旗包衣奴才，是正式入了满族"旗籍"的，男婚女嫁当然要跟随满族的习俗。因此说，曹佳氏13岁嫁给平郡王纳尔苏实属正常。

　　就在"三四岁时，已得贾妃手引口传，教授了几本书、数千字在腹内"原文的旁边，就有一条庚辰侧批道：

批书人领过此教，故批至此竟放声大哭，俺先姊仙逝太早，不然余何得为废人耶？

在这里，批书者说自己也"领过此教"，说明曹佳氏当时在教授贾宝玉原型的时候，作批者也领教过曹佳氏的"手引口传"。按照"俺先姊仙逝太早"一句来判断，说明当时曹佳氏已经故去。批者称呼曹佳氏为"姐姐"，那就是与贾宝玉同辈的姐妹或者表姊妹。如果这条批语是脂砚斋的原型史湘云所作，史湘云经常到曹家常住，称呼曹佳氏为姐姐并且与贾宝玉的原型一起学习也合情合理。如果这条批语属畸笏叟所批，那也就正验了贾宝玉就是畸笏叟的判断。如果按照批语中"余何得为废人耶"来判断，自称"废人"的批者与畸笏叟的"畸"字正合，那这个人肯定是畸笏叟无疑。由此也可以判断，能够得到曹佳氏"手引口传"之人是贾宝玉，说自己也"领过此教"之人是畸笏叟，那贾宝玉就是畸笏叟。贾宝玉的原型是"石头"，《石头记》是石头所作，那《红楼梦》原作者理所当然就是畸笏叟。也就说明，书中贾宝玉原型与批者畸笏叟和《红楼梦》原作者是同一人。

第五十二回，晴雯带病给贾宝玉夜补"雀金裘"，因为"明儿是正日子"，贾宝玉害怕烧坏这么名贵的"雀金裘"被老太太发现，心里很是着急，一会儿给晴雯端水、一会儿说歇一歇，又一会儿拿衣服披在晴雯身上。

原文中这样写道：

晴雯央道：小祖宗！你只管睡吧。再熬上半夜，明儿把眼睛抠搂了，怎么处！宝玉见他着急，只得胡乱睡下，仍睡不着。一时只听自鸣钟已敲了四下。

就在这句话的后面，有这样一条庚辰双行夹批：

按"四下"乃寅正初刻，"寅"此样写法，避讳也。

此时的自鸣钟敲了四下，正是"寅时"，是在避讳"曹寅"的"寅"字。

这一条批语说明不只是作者在避讳"寅"字，批者同样也在避讳"寅"字。体现出批者和作者都应该是曹寅的晚辈之人。按照书中贾宝玉与批者畸笏叟和《红楼梦》原作者曹頫是同一人的推论，避讳父亲"曹寅"的"寅"字既合情又合理。

当然，这部书由于版本的不同，其"避讳"之禁忌并不是太过严格。

中国的汉字是"形、音、义"的结合体，其数量将近10万个。由于汉字数目庞大，因而有明显的同音字现象，同时还有很多一字多音、一字多意的情形。如果真要避讳起来，那文人根本没法吟诗作赋写文章了。因此，《红楼梦》书中也时常有不避讳的情况。

比如第二十六回写道：

薛蟠笑道："你提画儿，我才想起来。昨儿我看人家一张春宫，画得着实好。上面还有许多的字，也没细看，只看落的款，是'庚黄'画的。真真的好得了不得！"宝玉听说，心下猜疑道：古今字画也都见过些，哪里有个'庚黄'？想了半天，不觉笑将起来，命人取过笔来，在手心里写了两个字，又问薛蟠道："你看真了是'庚黄'？"薛蟠道："怎么看不真！"宝玉将手一撒，与他看道："别是这两字罢？其实与'庚黄'相去不远。"众人都看时，原来是"唐寅"两个字，都笑道："想必是这两字，大爷一时眼花了也未可知。"

以上《红楼梦》中的一段原文，薛蟠把"唐寅"读作"庚黄"，这其中就没有避讳曹寅的"寅"字。

四十四、"织造幼子"定是曹𬞟

据《国朝耆献类征》卷一百六十四宋和《陈鹏年传》记载：

乙酉，上南巡。总督集有司仪供张，欲于丁粮耗加三分。有司皆慑服，唯唯；独鹏年不服，否否。总督怏怏。议虽寝，则欲抉去鹏年矣。无何，车驾由龙潭幸江宁。行宫草创，欲抉去之者因以是激上怒，时故庶人（指太子胤礽，后废）从幸，更怒，欲杀鹏年。车驾至江宁，驻跸织造府。一日，织造幼子嬉而过于庭；上以其无知也，曰："儿知江宁有好官乎？"曰："知有陈鹏年。"

乙酉年是康熙四十四年，即1705年，是康熙的第五次南巡。可以肯定，这个"织造幼子"不是曹寅的儿子曹颙。这是因为，康熙四十四年（1705年）的时候，曹寅的亲生儿子曹颙已经十六七岁，不可能称其为"幼子"。而曹𬞟约出生在康熙三十九年（1700年），曹𬞟出生没多久，其母亲就已去世，其亲生父亲去世的时间是康熙四十三年（1704年）。曹𬞟母亲去世之后，曹寅按照孙氏夫人的安排，就把曹𬞟抱到江宁织造府抚养，此后曹𬞟就一直跟随伯父曹寅生活在江宁织造府中。而1705年的时候，曹𬞟已经在江宁织造府中生活。因此，可以判断，这个"嬉而过于庭"的小孩子只能是幼年时期的曹𬞟。

康熙皇帝本来就非常喜欢小孩子，当时在曹家看见这个顽皮的"幼子"跑来跑去，康熙皇帝以为这个小孩什么都不懂，就有意无意中随便问了一句："你知道不知道江宁有没有好官？"这个小孩张口就说："有，陈鹏年就是一个好官。"这个陈鹏年，就是身为江宁知府的陈鹏年。

当时，陈鹏年因拒绝增加税赋修建康熙南巡豪华行宫，添置贵重物件，与两江总督阿山发生矛盾，并得罪了原太子胤礽，被诬陷治罪差点被杀。大学士张英前来觐见康熙皇帝，当问及陈鹏年时，张英回奏陈鹏年为贤臣，乃江宁第一廉吏。张英曾经充任太子胤礽的师傅。于是，康熙皇帝就责问太子道："你师傅都说他是个贤臣，你怎么还要杀他呢？"当时，太子胤礽仍然极力辩解。这个时候，曹寅突然脱帽跪下叩头，为陈鹏年求情。此时，曹寅的大舅哥、苏州织造李煦正跪在曹寅的身后，看见曹寅的额头上叩出了鲜血，恐怕引发康熙皇帝的怒气，就偷偷地扯了一下曹寅的衣服，给予警示。曹寅愤怒地回头看着他说："云何也？复叩头，阶有声。竟得请。"最终，康熙皇帝准许了曹寅等人的请求，免除了陈鹏年的死罪。可以说，陈鹏年能够免除死罪，除了张英、曹寅等人的慷慨陈请以外，这个童言无忌、"嬉而过于庭"的幼年曹頫，也应该给记上一大功。

对于曹寅在康熙皇帝面前为陈鹏年叩头陈请这件事，时任江苏巡抚的宋荦后来对曹寅说："楝亭先生真不愧为正直敢言的臣子啊！"

巡抚大人都如此称赞曹寅，那陈鹏年就更不用说了。本来陈鹏年还对曹寅大操大办接驾康熙皇帝南巡之事耿耿于怀，这样一来，对曹寅佩服得那是五体投地。陈鹏年曾经在《沧州近诗》中写道："银台曹荔轩先生北行，相念甚切。"曹寅去北京出差一趟，陈鹏年就"相念甚切"，可想而知陈鹏年是多么感恩戴德。后来陈鹏年还写了一些赞美曹寅的诗词，其中就有"楝花春雨细，亭屋紫烟笼"之句。说楝亭先生就像春雨一样润物细无声，我要像紫烟一样围绕着先生！可见曹寅的儒雅性格和为官的气度风貌自有不同寻常之处。

康熙皇帝下诏免除陈鹏年的死罪之后，就把他调入京城，在武英殿修书。康熙四十九年（1710年），康熙皇帝命他担任江南布政使。时任两江总督噶礼看到了陈鹏年写的诗，认为他的诗有反对朝廷之意，便以文字罗织罪名，将其革职入狱。然而，康熙皇帝亲自读了他的诗歌之后说，"诗人讽咏世间之事，怎么能随便罗织罪名呢？"于是，康熙皇帝又一次救了陈鹏年，并且又把他调进京城，任命他为武英殿修书总裁。

康熙六十一年（1722年），陈鹏年奉命勘察山东、河南等地运河，后来康熙皇帝任命他署河道总督，专治南河（黄河下游）。此时，河南武陟县马营口决堤，他不避寒暑，亲自督工，日夜奋战，与卒役一起堵口疏流，甚至常常废寝忘食。经过数日堵筑，黄河决口终于合拢，而陈鹏年因操劳过度，一病不起。雍正元年（1723年），陈鹏年因积劳成疾，病逝在河道治理任上。雍正皇帝知道以后，谕曰："陈鹏年洁己奉公，实心为国。因河工决口，自请前往堵筑，寝食俱废，风雨不辞，积劳成疾，殁于工所。闻其家有八旬老母，室如悬罄。此真'鞠躬尽瘁，死而后已'之臣。"

陈鹏年死后，雍正皇帝亲书"鞠躬尽瘁"四字，并赐帑金二千厚葬。其遗柩于次年迁葬于湘潭县祖山（今湘潭分水乡）。当时，陈鹏年的墓东西长50米，南北宽15米，气势肃穆，规模宏大，自东向西，成对排列着石狮、石虎、石马、石牛、石羊、石翁仲等。立有花岗石牌楼、华表，下有御碑一座，为礼部侍郎方苞所书。还有墓庐两栋。墓上主碑书"陈恪勤公之墓"。其母亲、妻子均被诰封。其长子陈树芝官至平越知府，次子陈树萱官至户部侍郎。

应当说，陈鹏年能够成为康熙朝时期的"天下第一能臣"，并受到如此高品级的"封赏"，与大学士张英、江宁织造曹寅当年的陈请，还有"嬉而过于庭"的幼年曹頫之美言分不开。要不然，陈鹏年早早地就会死在时任两江总督的阿山和原太子胤礽手中。

四十五、批语透露原作者是曹頫

第十八回元妃省亲，书中写道：

一时传人一担一担地挑进蜡烛来，各处点灯。方点完时，忽听外边马跑之声。一时，有十来个太监都喘吁吁跑来拍手儿。这些太监会意，都知道是"来了，来了"，各按方向站住。

此时有一条庚辰侧批：

难得他写得出，是经过之人也。

这条批语说元妃省亲时"他"是经过之人。而"难得他写得出"之句则说明，这个"他"就是原作者本人。

在甲戌本第十六回中，有一条"借省亲事写南巡"的回前批。说明书中描写的元妃省亲，实际上就是描写的康熙南巡。

康熙皇帝一共6次南巡，其中4次是住在江宁织造署行宫。康熙第六次南巡的时间是康熙四十六年（1707年）。此时曹頫虚岁大约八九岁，当时的宏大场景，曹頫完全能够记得。而批语"难得他写得出，是经过之人也"就非常明确地告诉我们，作者是经历过康熙南巡的人。曹頫自幼跟随伯父曹寅在江宁织造府中生活，很可能不止一次经历过康熙南巡。曹頫把这些亲眼所见、亲耳所闻的珍贵素材写进书中，更是顺理成章的事。因此说，曹頫无论从年龄还是学识水平，无论是所见所闻，还是生活阅历，能够写出《红楼梦》这部书，应该完全没有问题。

同一回又写道：

贾妃满眼垂泪，方彼此上前厮见，一手搀贾母，一手搀王夫人，三个人满心里皆有许多话，只是俱说不出，只管呜咽对泪。

此时有一条庚辰眉批：

非经历过，如何写得出？

批者说，没有经历过的人，是写不出贾妃满眼垂泪，手搀奶奶和母亲呜咽着说不出话的情景的。曹頫是"经历过"的人。而曹天佑出生在康熙五十四年（1715年）。周汝昌先生说曹雪芹出生在雍正二年（1724年）。康熙皇帝最后一次南巡的时候，他们两个都还没有出生。因此说，能够写得出这种感人场景的人也只有曹頫。

第七回原文写道：

　　尤氏秦氏未及答话，地下几个姬妾先就笑说："二奶奶今儿不来就罢，既来了，就依不得二奶奶了。"

　　此时有一条蒙府本侧批：

　　非把世态熟于胸中者，不能有如此妙文。

　　这段批语是说，不深谙世事，饱经风霜，经历挫折的人，写不出如此奇妙无比的好文章。

　　江宁织造曹家的兴盛衰败，曹頫既是亲眼看见的见证者，也是大起大落的经历者。曹頫继任江宁织造以后，数次遭到雍正皇帝的讽刺挖苦和无端指责，使他亲身经历了官场丑恶和世态的炎凉冷漠。人生的酸甜苦辣，家族的瞬间落败，戴枷还款的身心折磨，他都了然在心、熟于胸中。他把这些饱经风霜、经历挫折的"真人真事"，经过艺术加工处理并写进小说当中，自然顺理成章。

　　第七十七回，王夫人抄检贾宝玉的住所怡红院，满屋搜检宝玉之物。书中写道：

　　凡略有眼生之物，一并命收的收，卷的卷，着人拿到自己房内去了。王夫人又吩咐袭人麝月等人说："你们小心！往后再有一点分外之事，我一概不饶。"

　　此时有一条较长的庚辰双行夹批，其中就有"况此亦是余旧日目睹亲闻，作者身历之现成文字，非捏造而成者，故迥不与小说之离合悲欢窠臼相对"之句。

　　这句批语说"作者身历之现成文字，非捏造而成"，就足以说明，抄检大观园这件事，是作者的亲身经历，不是凭空的杜撰和捏造。当时王夫人抄检的就是贾宝玉的怡红院，而贾宝玉也刚好外出回来，说明贾宝玉在场。曹頫自幼住在江宁织造府中，由此说明，这个"亲身经历之现成文字"者就是曹頫。

　　另外，还有一些批语非常明显地透露了原作者的踪迹。

　　例如第四十一回就有这样一段描写：

　　只见一个婆子走来请问贾母，说："姑娘们都到了藕香榭，请示下，就演罢还是再等一会子？"贾母忙笑道："可是倒忘了他们，就叫他们演罢。"那个婆子答应去了。不一时，只听得箫管悠扬，笙笛并发，正值风清气爽之时，那乐声穿林度水而来，自然使人神怡心旷。宝玉先禁不住，拿起壶来斟了一杯，一口饮尽。

　　就在"一口饮尽"的旁边，有一条蒙府本侧批：

　　作者似曾在座。

　　笔者看到的这个本子，是中国言实出版社 2012 年版的庚辰本《脂砚斋重评石头记》的综合校编本。当看到这六个字的时候，心里着实一惊。马上想到，批者这不是非常明确地告诉我们，《红楼梦》作者就是"贾宝玉"吗？为了核实判断正确与否，笔者又翻阅了天津古籍出版社 2006 年出版的《脂砚斋重评石头记》编校本。而这一条批语真真切切地也是写着"作者似曾在座"这六个汉字。

　　上面《红楼梦》第四十一回的一段描写，有两个地方我们要特别注意。一是原文有"姑娘们都到了藕香榭"一句；二是有"作者似曾在座"一条批语。前面是说，参加这次"喝茶品梅赏雪"的人当中，大多数都是"姑娘们"，而男性就是贾宝玉和刘姥姥的孙子板儿。后面的这条批语说明，《红楼梦》的原作者也"似曾在座"。"似曾"作"好像"或"曾经"讲。为什么批者这么不自信地说是"似曾"，而不是肯定地说"在座"或者"不在座"呢？这是因为评书人看到这一情节，回想起他们在一起品茶喝酒看戏的情景，忽然想到好像作者也在座。还有，批者所批的这条批语，不前不后，恰恰就在"宝玉先禁不住，拿起壶来斟了一杯，一口饮尽"的旁边紧挨着，说明贾宝玉就是那个"似曾在座"的人，可能就是《红楼梦》原作者曹頫。

对于原作者的踪迹，在第二十回的一条批语中，也非常明确地透露给了读者。

第二十回写道：

没两盏茶的工夫，宝玉仍来了。林黛玉见了，越发抽抽噎噎地哭个不住。宝玉见了这样，知难挽回，打叠起千百样的款语温言来劝慰。

此时有一条庚辰侧批：

石头惯用如此笔仗。

在这里，批者说是"石头惯用如此笔仗"，那也就是说作者"惯用如此笔仗"。贾宝玉的前世真身是赤霞宫的"神瑛侍者"，"瑛"是一种像玉的"石头"。《石头记》是石头所作，那《红楼梦》原作者理所当然就是贾宝玉。前面我们分析过，"石头"既指"顽石"，也指"通灵宝玉"，又被指贾宝玉，而曹頫就是贾宝玉的原型。批者说"石头惯用如此笔仗"，据此推理曹頫为原作者。

其实，小说本身对原作者的问题已经作了明确的交代。《红楼梦》第一回说，该《石头记》是空空道人从大荒山无稽崖青埂峰下一块石头上抄回来的，后经曹雪芹"于悼红轩中披阅十载、增删五次，纂成目录，分出章回"才形成的。原作者就是块"石头"。石头既不能说话，更不能写书，这当然是作者的虚化。但曹雪芹只是修改增删却是完全有可能的，对于《红楼梦》的这一创作手法，不少考证者和众多的读者都认为这是"曹雪芹"的"狡猾之笔"，是他不想让人知道原作者是自己而采取的"烟云模糊"手法，从而规避极其严酷的"文字狱"。其实这种说法有些站不住脚。因为按照当时"文字狱"的凶残程度，不仅作者要受到牵连，修改增删的人也同样受到牵连，甚至连阅读这部小说的读者也会受到牵连。曹雪芹要规避"文字狱"，为何还要明目张胆地在小说中写上自己"于悼红轩中披阅十载、增删五次，纂成目录，分出章回"呢？那不是故意暴露自己，给自己找麻烦吗？

《红楼梦》作者挖空心思地设置"迷障"，瞒人耳目，躲避"文狱冤案"之灾，他决然不会如此明目张胆地暴露自己。

四十六、暗写贾宝玉是"过继子"

在现实的江宁织造曹家之中，曹頫是在曹寅的亲生儿子曹颙去世以后，过继给曹寅之妻李氏的"过继子"。关于这一点，在《红楼梦》书中有过类似的"暗写"。

第三十三回，因贾环状告贾政说贾宝玉在王夫人房中企图猥亵强奸丫环金钏儿未遂，金钏儿受到羞辱，赌气投井死了。

第三十回原文写道：

金钏儿睁开眼，见是宝玉。宝玉悄悄地笑道："就困得这么着？"金钏儿抿嘴一笑，摆手令他出去，仍合上眼。宝玉见了他，就有些恋恋不舍的，悄悄地探头瞧瞧王夫人合着眼，便自己向身边荷包里带的香雪润津丹掏了出来，便向金钏儿口里一送。金钏儿并不睁眼，只管噙了。宝玉上来便拉着手，悄悄地笑道："我明日和太太讨你，咱们在一处罢。"金钏儿不答。宝玉又道："不然，等太太醒了我就讨。"金钏儿睁开眼，将宝玉一推，笑道："你忙什么！'金簪子掉在井里头，有你的只是有你的'，连这句话语难道也不明白？我倒告诉你个巧宗儿，你往东小院子里拿环哥儿同彩云去。"宝玉笑道："凭他怎么去罢，我只守着你。"只见王夫人翻身起来，照金钏儿脸上就打了个嘴巴子，指着骂道："下作小娼妇，好好的爷们，都叫你教坏了。"宝玉见王夫人起来，早一溜烟去了。

紧接着又写道：

这里金钏儿半边脸火热，一声不敢言语。登时众丫头听见王夫人醒了，都忙进来。王夫人便叫玉钏儿："把你妈叫来，带出你姐姐去。"金钏儿听说，忙跪下哭道："我再不敢了。太太要打骂，只管发落，别叫我出去就是天恩了。我跟了太太十来年，这会子撵出去，我还见人不见人呢！"

第三十二回原文写道：

一句话未了，忽见一个老婆子忙忙走来，说道："这是哪里说起！金钏儿姑娘好好的投井死了！"袭人唬了一跳，忙问："哪个金钏儿？"那老婆子道："哪里还有两个金钏儿呢？就是太太屋里的。前儿不知为什么撵她出去，在家里哭天哭地的，也都不理会她，谁知找她不见了。刚才打水的人在那东南角上井里打水，见一个尸首，赶着叫人打捞起来，谁知是她。"

第三十三回原文写道：

贾环悄悄对贾政说道："我母亲告诉我说，宝玉哥哥前日在太太屋里，拉着太太的丫头金钏儿强奸不遂，打了一顿。那金钏儿便赌气投井死了。"

根据以上《红楼梦》原文的描写来看，事情并不是贾环状告贾政所说的那么严重。金钏儿投井自杀，贾宝玉虽然负有重要责任，但是从整个事件的过程来看，根本体现不出贾宝玉强奸金钏未遂的事实，顶多算得上"性骚扰"之类。

另外，从贾环对贾政所说的话语中分析，王夫人是一个封建家族思想比较严重的人，她一心向佛，奉诵经文。王夫人根本不会想到金钏会投井自杀。况且当时贾环才十多岁。贾环的母亲赵姨娘再怎么"居心不良"，也不至于跟一个十来岁的孩子，说出贾宝玉企图强奸金钏这样有辱门风、丢人现眼的话，因此说，贾环分明就是"无中生有"地说瞎话。

在《红楼梦》书中，凡是贾宝玉房里的丫环，基本上都与他有说不清、道不明的暧昧关系，甚至还曾有过"云雨之欢"。

第三十一回，贾宝玉吃酒回来，有点晕晕乎乎，看见院中乘凉枕榻上有个人躺着，以为是袭人，后来才知是晴雯。原文这样写道：

晴雯道："怪热的，拉拉扯扯做什么！叫人来看见像什么！我这身子也不配坐在这里。"宝玉笑道："你既知道不配，为什么睡着呢？"晴雯没的话，嗤的又笑了，说："你不来便使得，你来了就不配了。起来，让我洗澡去。袭人麝月都洗了澡，我叫了她们来。"宝玉笑道："我才又吃了好些酒，还得洗一洗。你既没有洗，拿了水来咱们两个洗。"晴雯摇手笑道："罢，罢，我不敢惹爷。还记得碧痕打发你洗澡，足有两三个时辰，也不知道做什么呢。我们也不好进去的。后来洗完了，进去瞧瞧，地下的水淹着床腿，连席子上都汪着水，也不知是怎么洗了，笑了几天。我也没那工夫收拾，也不用同我洗去。"

这段话是说贾宝玉想和晴雯一起洗澡，这在当时男女授受不亲的封建年代，那绝对是有伤风化的。不仅如此，晴雯还说出了"碧痕打发你洗澡，足有两三个时辰，也不知道做什么呢。我们也不好进去的。后来洗完了，进去瞧瞧，地下的水淹着床腿，连席子上都汪着水"这句话，说明贾宝玉不仅和晴雯说不清，而且还与丫环碧痕有沾染。

晴雯说碧痕与贾宝玉洗澡洗了两三个时辰。如果按一个时辰两个小时计算，那这个澡洗了五六个小时，很显然这是晴雯的故意夸张。但也有可能是两个人洗着洗着睡着了。晴雯还说，"地下的水淹着床腿，连席子上都汪着水"。这就有点不对劲了。两个人洗澡，地上有水或者淹着床腿是有可能的，说明他们在洗澡的过程中曾经泼水嬉戏。再怎么着也不能"连席子上都汪着水"。由此说明，碧痕和贾宝玉一起"洗澡"，都洗到床上去了，这就不是戏水打闹这么简单了。

比这更"香艳"的还有书中第六回的一段描写：

袭人伸手与他系裤带时，不觉伸手至大腿处，只觉冰凉一片沾湿。唬得忙退出手来，问是怎么了。宝玉红涨了脸，把她的手一捻。袭人本是个聪明女子，年纪本又比宝玉大两岁，近来也渐通人事，今见宝玉如此光景，心中便觉察一半了，不觉也羞得红涨了脸面，不敢再问。仍旧理好衣裳，遂至贾母处来，胡乱吃毕了晚饭，过这边来。袭人忙趁众奶娘丫鬟不在旁时，另取出一件中衣来与宝玉换上。宝玉含羞央告道："好姐姐，千万别告诉人。"袭人亦含羞笑问道："你梦见什么故事了？是哪里流出来的那些脏东西？"宝玉道："一言难尽。"说着便把梦中之事细说与袭人听了，然后说至警幻所授云雨之情，羞得袭人掩面伏身而笑。宝玉亦素喜袭人柔媚娇俏，遂强袭人同领警幻所训云雨之事。袭人素知贾母已将自己与了宝玉的，今便如此，亦不为越礼，遂和宝玉偷试一番，幸得无人撞见。

像这种类似丫环主子以及大观园中的男女之间的"暧昧"举动，在《红楼梦》书中也有很多处。因此说贾宝玉和金钏说的这些"暧昧"语言，实在是不足为奇。而贾环状告贾政说金钏儿的死，是因为贾宝玉猥亵强奸金钏儿未遂，金钏儿不忍羞辱这才导致投井自杀。这分明是贾环无中生有。因为在贾环的内心深处，一直嫉妒贾宝玉处处比自己强，贾环这才别有用心地落井下石陷害贾宝玉。同时，作者也暗示了他们兄弟之间似有不可告人的种种矛盾。

贾政听说贾宝玉因强奸金钏儿未遂导致金钏投井自杀以后，非常气愤，遂命人叫来贾宝玉并进行了一顿毒打。王夫人看着宝玉"由臀到胫，或青或紫，或整或破，竟无一点好处，不觉失声大哭起来"。在哭到"苦命的儿呀"时，又想起死去的儿子贾珠来："若有你活着，便死一百个我也不管了"。此时，王夫人看到贾宝玉被打得皮开肉绽，顺便连带着哭已经死去的儿子贾珠也很正常。但是，王夫人边哭边说贾珠"若有你活着，便死一百个我也不管了"这句话就显得极不寻常。难道"贾宝玉"不是王夫人的亲生儿子吗？

作者在这里正是借王夫人之口，向读者暗示，"贾宝玉"的原型是曹寅遗孀李氏的"过继"子，并不是曹寅与李氏的亲生儿子。而这个"过继"儿子就是曹頫。

第二十八回，林黛玉因头一天去找贾宝玉，恰好遇上晴雯与人怄气，也就没给开门。林黛玉和贾宝玉就产生了误会。第二天，林黛玉葬花见到贾宝玉生气不理，贾宝玉就郁郁寡欢地来找林黛玉，半路上看见林黛玉在前头走，连忙赶上去，贾宝玉就对林黛玉说了一些心里话，进行了自我表白。贾宝玉说道：

"我又没个亲兄弟亲姊妹。虽然有两个，你难道不知道是和我隔母的？我也和你似的独出，只怕同我的心一样。谁知我是白操了这个心，弄得有冤无处诉！"说着不觉滴下眼泪来。

在这里，贾宝玉说出了"我又没个亲兄弟亲姊妹。虽然有两个，你难道不知道是和我隔母的"这段话。这些不着边际的话，表面上是说在荣国府中，贾宝玉自己没个"亲兄弟亲姊妹"，即使有，也不是"一母同胞"，而实际上是作者故意透露给读者，这个"贾宝玉"并不是王夫人的亲生儿子。

　　看过《红楼梦》的读者，谁都知道贾宝玉除了贾探春、贾环和贾宝玉是同父异母以外，贾珠、贾元春和他就是一母同胞的亲哥哥、亲姐姐，说明贾宝玉的这段话是作者专有所指。而"我也和你似的独出"这句话，则表明贾宝玉的原型与贾珠、贾元春并不是书中描写的"一母同胞"亲姊妹。其实，作者安排贾宝玉说出这样的话，也是作者的"一击两鸣"，他要告诉读者的就是，书中"贾宝玉"的原型，是过继来的"嗣子"。这也进一步证明，贾宝玉的原型曹頫，是过继给曹寅之妻李氏的"过继儿子"。

四十七、"荣府一府"正是曹頫

甲戌本《脂砚斋重评石头记》第二回的回前批，有这么一段文字：

未写荣府正人，先写外戚，是由远及近，由小至大也。若使先叙出荣府，然后一一叙及外戚，又一一至朋友，至奴仆，其死板拮据之笔，岂作《十二钗》人手中之物也？今先写外戚者，正是写荣府一府也。

而随后接着又批到：

通灵宝玉于士隐梦中一出，今又于子兴口中一出，阅者已洞然矣。然后于黛玉、宝钗二人目中极精极细一描，则是文章锁合处。盖不肯一笔直下，有若放闸之水、燃信之爆，使其精华一泄而无馀也。究竟此玉原应出自钗黛目中，方有照应。今预从子兴口中说出，实虽写而却未写。观其后文，可知此一回则是虚敲傍击之文，笔则是反逆隐曲之笔。

以上这两段回前批，居然三次提到"荣府"，一次提到"荣府一府"，而且毫不隐讳地指明此书"正是写荣府一府也"。而又"观其后文，可知此一回则是虚敲傍击之文，笔则是反逆隐曲之笔"。

纵观《红楼梦》全书，其"谐音"无处不在。例如蘅芜苑（恨无缘）、青埂峰（情根峰）、詹光（沾光）、单聘仁（善骗人）、戴权（大权）、卜固修（不顾羞）、卜世仁（不是人）等等。

所谓"谐音"，就是利用汉字同音或近音的条件，用同音或近音字来代替本字，产生所要达到的效果。这种"谐音"，由于全国各地的方言不同，发出的口音千差万别，其读音与标准的"普通话"相差甚远。有的地方把"日本"读为"勒本"，"哥哥"读成"国国"，"买肉"说成"买漏"等。《红楼梦》书中的史湘云就把"二哥哥"叫成"爱哥哥"。这些都是地方方言的特殊发音。

我们知道，江宁织造曹寅的亲生儿子叫曹颙，过继的儿子叫曹頫。如果利用《红楼梦》书中惯用的"谐音文化"，把"颙頫"与"荣府"联系起来，那么，这条批语要告诉我们的就是，贾宝玉就是《红楼梦》中的"荣府正人"，而《红楼梦》则"正是写颙頫一頫也"，这恰好印证了"虚敲傍击之文""反逆隐曲之笔"。

第十四回，有一条署名畸笏叟的庚辰眉批写道：

忙中闲笔，点缀玉兄，方不失正文中之正人。作者良苦。壬午春。畸笏。

畸笏叟的这条批语虽说是忙中的"闲笔",其实是闲笔不"闲"。在这里,他非常明确地点缀出了"玉兄是正文中之正人"。同时,他还怕读者不明白,又进一步说"作者良苦"。其意思是作者虽然在《红楼梦》一书中没有署上自己的名字,把本来属于自己的著作权放弃,然而用这种方式告诉我们,这位"衔玉而诞"的贾宝玉就是真正的《红楼梦》一书的作者,其良苦用心可想而知。

因此,我们可以有充分的理由断定,《红楼梦》正文中的"正人"就是"玉兄"贾宝玉,而"荣府一府"就是江宁织造府中的曹頫。

其实书中的批语,不止一处说"玉兄"是书中正文。在第十五回,就有几处庚辰眉批。

一处是:

八字道尽玉兄,如此等方是玉兄正文写照。壬午春。

另一处是:

写玉兄正文总于此等处,作者良苦。壬午季春。

另外在同一回,又有一条庚辰眉批:

《石头记》总于没要紧处闲三二笔,写正文筋骨。看官当用炬眼,不为被瞒过方好。壬午季春。

这条批语告诉我们,《石头记》这部书,作者总是在看似不要紧的地方,把"正文"中的要紧处闲写那么三二笔。读者应当用极为敏锐的眼睛,看出其中的端倪,千万不要被作者瞒过才好。

四十八、"作者自云"系曹頫真实写照

在甲戌本《脂砚斋重评石头记》正文之前，有一篇几百字的《凡例》，而《凡例》中的"作者自云"，则明显地透露出了原作者的自身经历。

甲戌本《凡例》中的"作者自云"写道：

今风尘碌碌，一事无成……当此时则自欲将已往上赖天恩、下承祖德，锦衣纨绔之时、饫甘餍美之日，背父母教育之恩、负师兄规训之德，已至今日一事无成、半生潦倒之罪，编述一记，以告普天下人。虽我之罪固不能免，然闺阁中本自历历有人，万不可因我不肖，则一并使其泯灭也。虽今日之茅椽蓬牖，瓦灶绳床，其风晨月夕，阶柳庭花，亦未有伤于我之襟怀笔墨者。何为不用假语村言，敷演出一段故事来，以悦人之耳目哉？

这段话中的"作者自云"，写出了作者以"亦未有伤于我之襟怀笔墨"之跌宕情怀，在艰难困苦的逆境中创作《红楼梦》的心灵历程。作者自己还说，他曾经"上赖天恩、下承祖德"，也曾经"锦衣纨绔""饫甘餍肥"。他因"背父母教育之恩，负师兄规训之德"，最终因"一事无成、半生潦倒"在"茅椽蓬牖，瓦灶绳床"的艰难困苦情况下创作。

这段简短文字，既是作者的重要人生经历，也是江宁织造曹家由"盛极一时"到"衰败覆灭"形象而又巧妙的叙述。

尤其是在《红楼梦》第一回有一条脂砚斋的批语：

八字便是作者一生惭恨。

批者所说的"八字"，就是"无材补天，幻形入世"。那么究竟谁在哀叹"无材补天"？谁又是"幻形入世"来的呢？如果说作者是曹雪芹，那么曹雪芹要补的是什么天？他年纪轻轻，无职无权，谈不上补国家这个天。再说"幻形入世"，《红楼梦》书中一开头就已经向我们交代得非常清楚了，"幻形入世"的就是"石头""石兄"贾宝玉。还有"一生惭恨"，曹家不是在曹雪芹手中败落的，他能有什么惭愧和悔恨？"一事无成，半生潦倒"更是与他半毛钱的关系都没有。很明显，"无材补天，幻形入世"这八个字根本不适合曹雪芹本人。

更何况根据最早的甲戌本成书于1754年和"十年辛苦不寻常"来推断，无论按照曹雪芹1715年出生（曹頫说），还是按照1724年出生（周汝昌说）来推算，他不到20岁就撰写《红楼梦》这部大书，再加上构思、立意、收集材料，等等，他们哪里来的"上赖天恩、下承祖德"和"一事无成、半生潦倒"的自我告白呢？更何况"枉入红尘若许年"之句说明，作者是一个历经苦难、饱经风霜的人。1715年出生的曹天佑不到30岁就已经官至"州同"了。1724年出生的"曹雪芹"就更不用说了。他们哪来的"天恩祖德"可"赖"、可"继"？

然而，"无材补天，幻形入世"这八个字，用在另外一个人身上却非常合适恰当。这个人便是曹家最后一任江宁织造曹𫖮。

曹𫖮需要补的就是曹家败落的这个"天"。曹家的盛况辉煌败落在曹𫖮之手，他既辜负了康熙皇帝的"旷世洪恩"，又成了"枉入红尘若许年"的有罪之人。曹𫖮被革职罢官后"戴枷"归还欠款，不仅"一事无成"，而且"四大皆空"，曹𫖮既愧疚，又有罪，无奈发出了"无才可去补苍天"的哀鸣。而此时批者又批出了"八字便是作者一生惭恨"的批语，说明作者一心幻想着能够挽回曹家的惨败颓势，让全家再重新过上好日子。只可惜，现实既无情又悲情。所以曹𫖮才自怨自叹，日夜悲号，惭愧自己"枉生世间"。同时，他又是女娲氏炼石补天时剩下的一块"石头"，被丢在大荒山无稽崖青埂峰下，经一僧一道大施佛法"幻形入世"。这块石头就是"石兄"，"石兄"就是贾宝玉，贾宝玉的原型就是曹𫖮。

一般而言，作者创作一部小说，肯定有他的创作动机。而驱使作者进行文学创作的内在动力，一个是外界的刺激力，另一个就是内在的驱动力。

根据现有的资料考证，曹𫖮虽然被"罢官抄家"，但他一生极富传奇色彩。康熙朝的中后期，他自幼在伯父所在的江宁织造府中长大，后来在康熙皇帝的"悉心关照"下，将他过继给曹寅之妻李氏为继子并承袭江宁织造职衔，可谓沐浴"亘古未有"之"旷典洪恩"。雍正年间他被抄家治罪，戴枷还款，在穷困潦倒中受尽羞辱折磨。乾隆年间他被平反昭雪，恢复了内务府员外郎职务。后又受到"弘晳篡权谋逆"案的牵连，被逮捕法办，蹲监坐牢。家庭的顷刻惨败、人生的大起大落、前途的无望无助，激起了他坚韧不屈的抗争意志。他的这种"肠断摧心"的郁闷与愤慨，无处申诉、无处发泄，只好借助写书的形式，抨击谩骂当朝时政，以发泄自己的怨恨与不满。

因此说，曹𫖮创作《红楼梦》的内部驱动力，就是他"肠断摧心"的大起大落的人生经历。而他创作的外界刺激力，就是在他经营江宁织造的过程中，曹家由赫赫扬扬、不可一世的"江南望族"，顷刻间沦落到如此惨败不堪的境地。为此，他愤慨、他郁闷、他冤屈。而他的这种愤慨，这种郁闷，这种冤屈，又无处申诉、无处发泄。因此，只有借助创作小说的形式，把自己的仇恨和冤屈发泄出来，以慰藉自己不屈而又无奈无助的灵魂。

逆风的方向，更适合飞翔。中国台湾词曲作者陈信宏的这句经典歌词，正是曹𫖮在逆境中创作《红楼梦》的绝佳写照。

因此说，《红楼梦》的原作者，就是曹家最后一任江宁织造曹𫖮。

四十九、"诈死"之说纯属无稽之谈

著名红学家冯其庸先生曾经说道："世间学问是不怕比较和不怕历史检验的，而世间的假学问、骗人的把戏，哪怕喊得更响，到头来总归要被人识破的。被搅浑的水，不可能永远浑下去，到头来总归是会被澄清的。"

的确，在研究探讨《红楼梦》过程中，一些"雷人"观点层出不穷，这种奇葩的探佚成果，搅浑了"红学"这一池清水。

比如有些红学家别出心裁地提出了《红楼梦》原作者的"诈死"之说。说是曹寅的独子曹颙根本没有死，而是隐瞒朝廷，"诈死"并隐姓埋名，将自己的愤世嫉俗和人生坎坷写进了《石头记》这部书中。

笔者认为，这种说法既无确切依据，也更不合情理。

根据史料记载，曹寅去世之前，曹家的确出现了巨额亏空。因此，康熙皇帝也曾批示曹寅：

两淮情弊多端，亏空甚多，必要设法补完，任内无事方好，不可疏忽。千万小心，小心，小心，小心！

在这里，康熙千叮咛、万嘱咐，并连续用了四个"小心"，让曹寅想方设法把亏空补完，可见康熙皇帝对亏空一事的重视程度。虽然曹寅的亏空如此严重，但康熙并没有追究曹家。尽管如此，此时的曹寅也整天忧心忡忡、寝食难安。

康熙五十年（1711年）三月初九，《江宁织造曹寅奏设法补完盐课亏空折附钱粮实数单》中，曾经记载了曹寅因亏空而"日夜悚惧，恐成病废"等语句。

江宁织造·通政使司通政使臣曹寅谨奏：

本月初八日摺子回南，伏蒙御批：两淮亏空近日可曾补完否？新任运司如何？钦此。臣跪读之下，仰见皇上轸念两淮，垂警愚昧，至深至切，臣敢不据实上陈，以副圣念。

窃自去年二月蒙圣恩将李煦任内带徵一百万两，至十月十三日交代与臣，新旧共该存库银二百八十六万二千馀两。臣自到任后，即与暑道满都并力催徵，已完过九十万两，现在上纳尚该银一百九十馀万两。易完者十分之九，不能完者十分之一，皆有通河保状，即不能完，众商人为之摊补，非比有司地丁漕项悬欠，或少缓惰不徵，即成实在亏空，难以追赔。臣与运道催徵，今年满任之时，可以补完八分，若尽数催徵，亦可全完。但臣今年新钱粮正杂带徵各项，多于往年，共该徵银二百三十八万馀两，连前商欠共银五百二十余万两，如一时并责令共全完，商力恐有不继。去年皇上如此洪恩，若已故运司李斯佺不因病愦，则今年竟可清楚。至于臣身内债负，皆系他处私借，凡一应差使，从未挂欠运库钱粮，臣自黄口充任犬马，蒙皇上洪恩，涓埃难报，少有欺隐，难逃天鉴。况两淮事务重大，日夜悚惧，恐成病废，急欲将钱粮清楚，脱离此地，敢不竭蝼蚁之诚，以仰体圣明。所有钱粮细数，另开一单，以备御览。

暑道满都，实心办事，所有漏规，分毫不取，培商裕课，深有裨益。新运司李陈常尚未到任，俟其到任后，臣观察真实，再当具奏。（钱粮实数单：略）

朱批：亏空太多，甚有关系，十分留心，还未知后来如何，不要看轻了。

我们从曹寅的奏折中看出，曹家的"身内债负"，"皆系他处私借"。可见曹寅的巨额亏空，并不是因"私"造成的。同时，曹寅还说："日夜悚惧，恐成病废，急欲将钱粮清楚，脱离此地。"说明当时曹寅已经被巨额亏空压得喘不过气来，想急欲"脱离此地"。曹寅在如此大的心理压力下，终于在康熙五十一年（1712年）八月，因积劳成疾病逝于扬州。

曹寅去世以后，康熙皇帝御批曹寅之子曹颙继任江宁织造职衔。曹颙担任江宁织造后，为了尽快弥补亏空，曹颙的舅舅李煦曾上奏康熙皇帝，要求代管两淮盐差一年，用所得银子的结余部分来补齐曹寅生前的亏空。一年以后，曹家所欠的亏空不仅顺利完成，而且还盈余三万六千两。可见曹颙并没有因还不上国库亏空，而隐瞒朝廷，诈死出家当和尚的任何理由和动机。

康熙五十四年（1715年）正月，曹颙突然在京病故，曹寅因再无子嗣，江宁织造职衔就没有了继承人。于是，在康熙皇帝的亲自过问下，通过曹颙的舅舅李煦详考，最终选择曹寅弟弟曹荃的第四子曹頫，过继给曹寅之妻李氏为继子，并承袭江宁织造职衔。

其实，在此之前，曹荃已经有一个儿子曾经过继给曹寅为继子。

据冯其庸先生考证，因曹寅结婚以后长时间没有生子，曹荃于康熙二十五年（1686年）春天，就把9岁的大儿子曹顺过继给曹寅。后来，因为曹寅有了自己的亲儿子曹颙，故曹寅解除了曹顺的嗣子地位，又把曹顺归回曹荃本支名下。

按理说，曹荃的长子曹顺应继续过继给曹寅，并继承江宁织造职衔。但是，康熙皇帝却亲自过问了此事，并且说："他们弟兄原也不和，倘若使不和者去做其子，反而不好。"故此，康熙不让曹顺再过继给曹寅之妻为继子，而是选择了曹頫。

康熙五十四年（1715年）正月十二日，在《内务府奏请将曹頫给曹寅之妻为嗣并补江宁织造折》中，记载了康熙皇帝得知曹颙去世的消息后，曾经说过的一段话。康熙皇帝说：

曹颙系朕眼看自幼长成，此子甚可惜。朕所使用之包衣子嗣中，尚无一人如他者。看起来生长得也魁梧，拿起笔来也能写作，是个文武全才之人。他在织造上很谨慎。

朕对他曾寄予很大的希望。

康熙皇帝的这段话，非常明显地说明曹颙死后，内务府是按照程序，通过正式上表的方式告诉康熙的，内务府及曹家不可能拿曹颙诈死作为儿戏欺骗康熙皇帝。如果曹家敢冒天下之大不韪，欺君罔上，蒙蔽朝廷，曹家就不仅仅是抄家进监狱的事，而是犯下了灭九族的大罪了。即使曹颙不为自己想，但凡为自己的老母亲和兄弟姐妹及曹家整个大家族着想，也不敢犯欺君之罪诈死出家当和尚。

除非一种可能，那就是康熙皇帝亲自安排或者默许。如果真是这样，那康熙皇帝绝对不会再安排曹頫来做江宁织造，否则就太不合情理。因为刚刚默许曹颙诈死出家做和尚，以此保全曹家，却又安排李煦从曹寅的侄子中选择曹頫来做江宁织造，这不是又把曹家由"小火盆"推进了"大火坑"了吗。即使是康熙皇帝的安排或者默许，一个担任过江宁织造主事的大活人，外界能一点风声没有吗？如果有人知道了，那么康熙皇帝怎样为君，怎样向臣子们交待？康熙皇帝是"文韬武略"的一代天子，以康熙皇帝这样的开明之君，肯定不会糊涂到如此地步。

因此说，曹颙为了"躲避"巨额亏空，隐瞒朝廷，"诈死"出家当了和尚，在悔恨交加之中撰写《石头记》之说纯属无稽之谈。

五十、关于"乃其弟棠村序也"

甲戌本《脂砚斋重评石头记》第一回，有一条甲戌眉批道：

雪芹旧有《风月宝鉴》之书，乃其弟棠村序也。今棠村已逝，余睹新怀旧，故乃因之。

对于这条批语中的"乃其弟棠村序也"一句，大部分红学家和红学爱好者都普遍认为，曹雪芹过去著有《风月宝鉴》这部书，是他的弟弟棠村为这部书作了"序言"。

对此，笔者有不同看法。

"序"在汉语中既作"序言""题序"讲。也作"次第"讲，如，顺序、秩序、工序、程序、序数等。然而"序"也作"开始""开头"和"草拟"讲，比喻某件事情的开始阶段。

在汉初儒者编辑的《礼记·乐记》中，曾有"礼者，天地之序也"之语句。其意思就是"礼所表现的是天地间的秩序"。这里的"序"并不是"序言"的意思，而指的是有先后、不颠倒。

《周易·系辞》第二章，也有"是故君子所居而安者，易之序也"之句。这里的"序"是指"记叙"和"陈述"之意。

因此，"乃其弟棠村序也"中的"序"，应该为"开始""开头"或者"草拟"和"记叙"讲。

按照这个意思来理解，那批语"乃其弟棠村序也"中的"序"，不是为《风月宝鉴》"作序"或者写"序言"的意思，而是指"开头""记叙""草拟"或者开始阶段的"先后次第"之意。

如果是作序言，那批者应当说是"题序"，或者说"作序"。

因此，我们可以基本断定，批语"乃其弟棠村序也"中的"序"，应为棠村开头"草拟"或"记叙"的意思。

批语"雪芹旧有"中的"旧"字，可以理解为"曾经""以前""过去"等。"有"可以解释成"留有"或者"藏有"。"雪芹旧有《风月宝鉴》之书"，可以理解为曹雪芹以前"撰写"过《风月宝鉴》，也可以理解为曹雪芹过去曾经"留有"或者"藏有"《风月宝鉴》这本书。

笔者认为，《风月宝鉴》这部书是棠村一开始"草拟"了半截，但是没等写完，棠村就去世了。结果这部没有写完的《风月宝鉴》，就留在了曹雪芹手里"保管"了起来。曹雪芹把棠村没有写完的《风月宝鉴》中的大部分情节和内容，经过他数次"披阅增删"，最终融入了《红楼梦》这部书中。

这些内容大体包括：好色之徒贾瑞，癫蛤蟆想吃天鹅肉，企图勾引王熙凤，结果王熙凤设局让他在寒风刺骨的夜晚受冻，并遭到蓉蔷等人的折腾和勒索，后在病重期间看了镜子的正面后"精尽人亡"；贾珍、贾琏、贾蓉与尤二姐、尤三姐之间的"聚麀之诮"和"偷鸡盗狗"；贾琏在"大丧"之期"包养二奶"偷娶尤二姐；贾珍、薛蟠等人的"狎昵娈童"；鲍二家的和贾琏的厮混；薛蟠等人和妓女云儿的吃酒寻欢；秦可卿与贾珍之间的偷情"乱伦"；秦钟和智能儿的"媾和"；薛蟠和"小学生"香怜、玉爱的同性恋；多姑娘与贾琏和贾府中的其他人"胡搞八搞"；贾宝玉在"太虚幻境"领略人间仙界第一等"美色"；贾宝玉"遂强袭人同领警幻所训云雨之事"等情节描写。

这些《风月宝鉴》中的诸多内容，不仅增强了《红楼梦》这部作品的可读性和感染力，而且也使《红楼梦》这部不朽之作的层次结构更加立体，情节描写更加惟妙惟肖，人物性格更加栩栩如生。

如果说雪芹撰写了《风月宝鉴》这部书，根据其年龄来判断，他应该不超过20岁，那"棠村"也就是十五六岁左右，按照其"淫秽不堪"之内容来讲，雪芹怎么可能让一个未成年的孩子来为其作"序言"呢？

如果《风月宝鉴》是曹雪芹撰写，那批者肯定会说"雪芹撰有《风月宝鉴》之书"，而不会含糊其词地说"雪芹旧有《风月宝鉴》之书"。这在书中的其他批语中也可以找到可靠的依据。

例如第一回中就有"余谓雪芹撰此书中，亦有传诗之意"。第二回也有"盖作者实因鹡鸰之悲、棠棣之威，故撰此闺阁庭帏之传"这样的批语。所以，"雪芹旧有《风月宝鉴》一书"表达的意思就是"曹雪芹藏有《风月宝鉴》"这部书，而不是"曹雪芹撰写《风月宝鉴》"这部书。

对于此条批语中"今棠村已逝，余睹新怀旧，故乃因之"之句中的"睹新怀旧"，著名红学家戴不凡先生认为："睹新怀旧"是睹新"稿"怀旧"稿"。笔者理解，戴不凡先生所说的"新稿"，毫无疑问是脂砚斋正在作批的《石头记》，而"旧稿"就是已故棠村没有写完、后来被曹雪芹"收藏保管"的《风月宝鉴》。

同时，"今棠村已逝，余睹新怀旧，故乃因之"这句话，还说明棠村去世以后，批者看到《红楼梦》书中有《风月宝鉴》这个书名，对已经去世的棠村似有怀念之情，因此才作此条批语。

故此，这一条批语的意思应该是：曹雪芹过去曾经藏有《风月宝鉴》之书，这部书是他弟弟棠村一开始撰写了半截，没等这部书全部写完，棠村就已经去世，如今看到《红楼梦》书中提到了《风月宝鉴》这个书名，批者"睹物思情"，勾起了他对早已故去的棠村的深切怀念之情，所以作此批语。

五十一、"棠村"何许人也

曹雪芹的这个叫"棠村"的弟弟，到底是亲弟弟还是表弟还是其他范围内的弟弟，作者和批者既没有"如实"交代，也没有其他资料可考。

然而一些红学家经过考证认为，曹棠村约生于雍正五年（1727 年），约卒于乾隆三十二年（1767 年），他除了号棠村、常村之外，还用过东鲁孔梅溪、梅溪、松斋、立松轩、杏斋等化名。同时，还根据庚辰本第二十二回的"芹溪、脂砚、杏斋诸子皆相继别去，今丁亥夏只剩朽物一枚，宁不痛杀"的一条批语，推论出"杏斋"（棠村）卒于乾隆三十二年"丁亥夏"的结论。

不过，笔者总感觉这个结论似乎有些太过牵强。假设这个所谓的"曹棠村"真实存在的话，那么曹雪芹出生在 1724 年，毫无疑问他的弟弟会出生在 1724 年之后。而这条批语说"丁亥夏"（1767 年）"杏斋诸子皆相继别去，只剩朽物一枚"，说明丁亥年（1767 年）夏天之前，这个"曹棠村"已经去世。不用这些红学家来推论，哪怕稍微有点数字头脑的人，都能够推断出"曹棠村"的大体生卒年来。因此，笔者感觉，这种所谓的"推论"，分明就是"自己哄自己"。

不仅如此，根据这些红学家的考证，这个所谓的"曹棠村"还用过"东鲁孔梅溪、梅溪、松斋、立松轩、杏斋"等这么多的化名和别号。如果说这么多的"化名"和"别号"都是曹棠村一个人的，那这个曹棠村也太能"嘚瑟"了吧！

一般而言，古代的文人或者学者，有名，有字，有别号很正常。既然是"文化人"，他们的这些"字"和"号"都来自历史典故或者具有一定的特殊意义。清朝名臣尹继善的字就是"元长"，号就是"望山"。《四松堂集》作者爱新觉罗·敦诚的字是敬亭，别号叫松堂。而曹雪芹的这个所谓的弟弟，又是棠村，又是东鲁孔梅溪、梅溪，还有松斋、立松轩、杏斋等，他有那么多的"斋""轩"和"村"吗？况且，这些很有名气的"大咖"都没有这么多的"字号"及"化名"，这个"布衣草民"曹棠村怎么会给自己起这么多的"别号"呢？

棠春的松斋、立松轩、杏斋等这些个"名号"，由于资料缺乏，我们无法考证到底与他有没有关系。

至于这个叫"东鲁孔梅溪"和"梅溪"的人，也有一些红学家查证出了其人的真实姓名。只不过这个叫"东鲁孔梅溪"和"梅溪"的人，与"棠村"没有任何关系。

著名政治学家、法学家和红学研究专家吴恩裕先生，在他所著的《曹雪芹佚著浅探》中指出：1975年6月，我接到文物出版社转来江苏盐城75岁老人周梦庄先生来信。信上说，其亡友李鹤仙旧藏孔继涵所书一副对联，下款署名"梅溪孔继涵"。并说这个孔继涵，别名孔梅溪，就是《红楼梦》第一回"楔子"中所说的"东鲁孔梅溪"。

据考证，孔继涵生于乾隆四年（1739年）正月初二，卒于乾隆四十八年（1783）冬。山东曲阜人，字体生，一字埔孟，号荭谷。孔子第六十九代孙，是衍圣公孔毓圻的曾孙。孔继涵是乾隆二十五年（1760年）的举人，是乾隆三十六年（1771年）的进士，官至户部主事。

不过笔者认为，孔继涵出生在乾隆四年（1739年），他比《红楼梦》原作者曹頫小了近40岁。而甲戌本的定稿时间是公元1754年。这个时候，孔继涵才15岁，单从年龄上来讲，"其弟棠村"和"东鲁孔梅溪"与"梅溪"这个人，根本不可能是孔继涵。而且孔继涵一生著书颇丰，著有《考工车度记补》《杜氏考工记解》《勾股粟米法释数》《同度记》各一卷，《红桐书屋诗集》四卷，《文集》二卷，《水经释地》八卷等。除了周梦庄老先生所说的书法对联下款署名"梅溪孔继涵"以外，他的所有这些著作以及历史文献中，没有任何有关"梅溪"就是孔继涵的记载。

也有一些红学家经过考证认为，"东鲁孔梅溪"及"梅溪"这个人的真实名字叫孔尚任，也叫孔梅溪。他出生于顺治五年（1648年），卒于康熙五十七年（1718年），山东曲阜人，字聘之，号东塘。他是孔子的第六十三代孙，也是清朝较有名气的诗人和戏曲作家。他历经10余年，苦心创作的传奇剧《桃花扇》，于康熙三十八年（1699年）成稿，不仅在京城引起了很大轰动，也很快受到了康熙皇帝的重视。这年的秋天，"内侍索《桃花扇》本甚急……进之直邸，遂入内府"。康熙三十九年（1700年）二月，《桃花扇》在京城热演，孔尚任由此被提升为户部员外郎。然而没过多久，孔尚任突然不明原因地被罢了官。后来根据一些人的猜测，其中的重要原因就是，《桃花扇》"借离合之情，写兴亡之感"。剧中揭露了"弘光政权"衰亡的原因，展现了明朝遗民的亡国之痛。因此，经过一些"御史言官"添油加醋地在康熙皇帝跟前"建言献策"，触动了康熙皇帝的神经。于是《桃花扇》在全国禁演。不管怎么说，当时《桃花扇》这部剧作能够在京城引起如此大的轰动，说明孔尚任的水平的确不一般。由此，世人也将孔尚任与《长生殿》作者洪升相提并论，史称"南洪北孔"。

从以上这些考证资料来看，似乎还真有一定的可信度。别的不说，单从"东鲁孔梅溪"中的"东鲁"二字来推断，似乎也很有道理。"东鲁孔梅溪"中的"东"字，应为"山东"，而"鲁"既是"鲁国"，也可称为"齐鲁"，这些名称都是山东的别称。而孔尚任就是山东曲阜人，也有一些人称他为"东鲁人"。因此，"东鲁孔梅溪"这个"别号"用在孔尚任身上还真的极其合适。

但是，这位孔尚任出生在顺治五年（1648年），卒于康熙五十七年（1718年），而曹雪芹要么出生在 1715 年（曹天佑说），要么出生在 1724 年（周汝昌说），而曹雪芹这个叫"棠村"的弟弟出生得更晚。况且孔尚任去世的时候，无论按照曹雪芹的哪个年龄来推算，这个叫"棠村"的弟弟都还没有出生（或年幼），"棠村"怎么会是《桃花扇》作者孔尚任呢？

对于"松斋"其人，吴恩裕先生说："据敦诚《四松堂集》中的《潞河游记》一文，松斋姓白名筠，是白潢的后人。白潢在《清史列传》中有传，他是汉军镶白旗人。"

吴世昌先生还认为：白筠是白潢的孙子。白潢的祖父白承年，清初自辽阳随顺治帝入关，定居北京，也是"从龙入关"人物。白潢在康熙朝曾任贵州、江西巡抚，在雍正朝任协办大学士、兵部尚书。白潢在雍正二年（1724 年）即被弹劾罢官，自此家道中落。

尽管敦诚《四松堂集》中的《潞河游记》，记载了一位叫"松斋"的人。但是中国的人名、字号重名重号的非常多。如果因为字号相同就认为是同一个人，这也有点太不严谨了吧！

不过，也有一些学者认为，无论是东鲁孔梅溪、梅溪也好，还是松斋、立松轩、杏斋也好，这些名字都是强加给"棠村"的"子虚乌有"的"名号"。

乾隆朝时期的学者周春也曾经说道："又将孔梅溪题曰《风月宝鉴》，陪出曹雪芹，乃乌有先生也。其曰东鲁孔梅溪者，不过言山东孔圣人之后，北省人口语如此。"

周春出生在雍正七年（1729 年），卒于嘉庆二十年（1815 年），老先生活了 87 岁，应该算是同《红楼梦》作者同代之人，他所说的这些话，其可信度应该很高。试想，连《红楼梦》作者同时代的周老先生，都说这些人只是曹雪芹的陪衬，是虚拟的"乌有先生"。因此说，批语中"乃其弟棠村序也"中的"棠村"，还同时拥有"东鲁孔梅溪、梅溪、松斋、立松轩、杏斋"等这么多的"名号"，其实都是作者虚拟出的"乌有先生"。

一般而言，作者撰写完成了一部书，需要找个人为其作个"序言"，那这个人一定是饱读诗书的学者或者有一定成就的"名人"，最起码也得找个有威望、有地位的长辈。棠村既没有威望，也没有地位，更不是什么"名人"，况且哥哥写的书，让一个名不见经传的弟弟来作序言，这确实有点不合常理。

五十二、此"棠村"非彼"棠村"

关于批语中"乃其弟棠村序也"中的"棠村"之人，也有一些红学家提出是明末清初著名藏书家、文学家梁清标。

经查证，梁清标生于天命五年（1620年），卒于康熙三十年（1691年），字玉立，号棠村、蕉林，别号苍岩子，斋号秋碧堂，河北正定人。中国清代书画鉴藏家。明崇祯十六年（1643年）进士。清顺治元年（1644年）授编修。官至户部尚书、保和殿大学士。梁清标一生藏书颇丰，并著有《蕉林近稿》一卷，《棠村词》《棠村随笔》《棠村乐府》《棠村奏草》《蕉林诗钞》等书籍。

2017年4月，河北新闻网以《张志坚：正定梁清标（棠村）与〈红楼梦〉》为题，发表了采访山西省红学会副会长、中国作家协会会员张志坚女士的新闻稿。

在这篇新闻稿中，张志坚女士认为：甲戌本眉批标出"棠村"，并没有特意标出"棠村就是河北正定棠村"，而她发现这个"棠村"、研究与论证这个"棠村"就是"正定梁清标（棠村）"，用了整整12年时间。甲戌本关于"棠村"的眉批，是一条非常关键、非常重要的批语。老一辈红学家，比如胡适、俞平伯、周汝昌等前辈红学家均没有在历史文献中发现"棠村"是谁，他们中后两位先生享年均在90岁以上，研究《红楼梦》长达60多年，没有解决好"棠村是谁"这个关键性的研究课题，可知，"棠村是谁"是前辈红学家研究过程中的一个"瓶颈"问题。2004年她在甘肃兰州参加黄河水利委员会工作会议，在考察黑河时于张掖市的新华书店一本《长生殿》剧本中发现的。说来很是巧妙，这本《长生殿》剧本，恰好是河北师范大学阎福玲教授整理出版的。在这本书的《例言》中写道："棠村（梁清标）相国称予是剧乃一部闹热《牡丹亭》，世以为知言。"

张志坚女士说："此时，我已经读邓遂夫校订的甲戌本几年了，对甲戌本第一回楔子中关于'棠村'眉批非常清楚。看到这里的'棠村（梁清标）相国'后，我特别高兴，当即给在人大读博士的儿子打电话，让他给我查梁清标其人，很快儿子告诉我：梁清标（1620—1691），字玉立，又字苍岩，号蕉林，又号棠村，别号冶溪渔隐，河北正定人，康熙二十七年相国大学士。著有《棠村词》《棠村乐府》《棠村奏章》《棠村随笔》《蕉林诗集》等著作。"

张志坚女士还说："我当时就认定，这个'相国梁清标，又号棠村'的人，就是

《红楼梦》甲戌本批语中的'为《风月宝鉴》作序的棠村'。读到《风月宝鉴》，得知该书中唯一可作为历史信息的就是《长生殿》。而《长生殿》的主持出台人正是'正定棠村梁清标相国'。至此我们就可以完全断定，该书的作序人是——棠村梁清标。"

从以上张志坚女士的采访问答可知，张志坚女士研究甲戌本批语中的"棠村"用了整整12年的时间，从而论证出这个"棠村"就是"正定梁清标相国"的结论。

张志坚女士这种孜孜不倦地执着追求精神值得我们尊敬和学习。但是，不能因为梁清标为洪升的剧本《长生殿》主持出台，或者因为梁清标著有《棠村词》《棠村随笔》《棠村乐府》《棠村奏章》几部书，而认为梁清标就是甲戌本批语"乃其弟棠村序也"中的"棠村"。

据考证，洪升创作《长生殿》这个剧本历经10年时间，曾经三易其稿。此剧本的定稿时间为康熙二十七年（1688年）。《长生殿》剧本问世以后，在社会上引起了很大的轰动。康熙二十八年（1689年），因在孝懿皇后的忌日演出《长生殿》，洪升被弹劾入狱，并革去了他国子监监生的功名，被逐出京城，返回故里。康熙四十三年（1704年），洪升回到江南。时任江宁织造主事的曹寅，召集江南社会名流集聚一堂，排演全本《长生殿》。为了表达对剧作者洪升的敬重，曹寅让洪升一个人独自坐上VIP座。此剧演了三天三夜。每演完一出，几个人就停下来讨论修改一次剧本。这种"文化大餐"，在江南一带被称为自明清以来戏曲文化的一大盛事。所不幸的是，"盛事"过后"悲剧"出现。洪升在从南京返回杭州的路上，这位老先生因喝了太多的酒，在乌镇落水身亡。一代名家从此"含笑九泉"。

从河北正定县的官网《正定名人》栏目中，笔者查到了梁清标的人物介绍。其中就有"康熙二十七年（1688年），奉旨监修《三朝国史》《政治》《典训》《大清会典》《大清一统志》"等文字。

笔者从清朝《大学士列表》中查到，梁清标自康熙二十七年（1688年）至康熙三十年（1691年），的确担任过保和殿大学士职务。这个职位在康熙朝时期属于正一品大员，相当于现在的副国级。试想，在清朝等级制度极其"森严"的情况下，一个堂堂"副国级"朝廷高官，为一个"平民布衣"所作的《风月宝鉴》这本书作序言，这似乎有些匪夷所思。

"风月"，意即清风明月，也指风骚、风情及声色场所。按照《红楼梦》书中有关《风月宝鉴》的内容来看，描写的大部分都是"淫秽风骚"之内容。况且，清朝就有规定："凡坊肆市卖一应小说淫词……严查禁绝。"并且对于造作刻印、买卖、阅读淫词小说者以及监管失职之官吏，也规定了各等处罚条例。这些规定，后来被收入《大清律例》卷二十三刑律贼盗的条款中。雍正二年（1724年），朝廷又重申了此项禁令。乾隆三年（1738年），又规定应当销毁之小说"过期不行销毁者，照'买看例'治罪"，该管的官员任其收存租赁，明知故纵者，按照"禁止邪教不能察缉例，降二级调用"。

可想而知，当时因传抄、阅读"淫词小说"就要问责处罚甚至治罪，何况为《风月宝鉴》作序。再说了，一个堂堂的"副国级"高官，怎么可能不顾大清朝的严格禁令，为"淫词小说"《风月宝鉴》作"序言"呢？

况且此条批语中的"今棠村已逝"之句，说明批者在作此批的时候，这个"曹棠村"已经不在人世。据查，梁清标已于康熙三十年（1691年）就去世了。甲戌本《脂砚斋重评石头记》的成书时间是乾隆十九年（1754年），说明此本在梁清标去世后的62年才成稿。再怎么着，曹雪芹的这个弟弟"棠村"也不可能是梁清标。

因此，笔者认为，张志坚女士如此自信地断定"该书的作序人是棠村梁清标"的结论，未免有些太过主观、太过武断。

前面我们已经分析过，批语"乃其弟棠村序也"中的"序"字，并不是"序言"或者"作序"的意思，而是指"次第""开头"或者"草拟"之意。因此，张志坚女士的这一推论，很显然极不严肃。

《红楼梦》第十八回写道：

那时贾蔷带领十二个女戏，在楼下正等得不耐烦，只见一太监飞来说："作完了诗，快拿戏目来！"贾蔷急将锦册呈上，并十二个花名单子。少时，太监出来，只点了四出戏：第一出《豪宴》；第二出《乞巧》；第三出《仙缘》；第四出《离魂》。

就在第二出《乞巧》处，有一条庚辰双行夹批：

《长生殿》中，伏元妃之死。

《乞巧》这出戏，出自清朝戏剧文学家洪升的代表作《长生殿》第二十二出《密誓》。说的是唐明皇李隆基与中国古代四大美女之一的杨贵妃，在七月七日七夕节的这一天，深夜祭拜牛郎织女二星，以表现至死不渝、白头偕老的爱情故事。

虽然张志坚女士认为，康熙二十七年，钱塘洪升《长生殿》剧创作完成后，由"棠村梁清标相国"主持出台，而且《长生殿》这个剧本的自序中有"棠村相国尝称予是剧乃一部闹热《牡丹亭》，世以为知言"等语句。但也并不能够确定剧本《长生殿》序言中的"棠村"就是《红楼梦》甲戌本眉批中的这个"棠村"。尽管《长生殿》中的"棠村"与《红楼梦》甲戌本批语中的"棠村"同属一个名字，我们决不能因为名字相同，而把相隔近百年的两个人视为同一人。

我们知道，梁清标的出生年份为天命五年，也就是公元1620年，而他去世的时候是康熙三十年，即公元1691年。根据大多数红学家和红学爱好者众口一致的推论观点来看，曹雪芹出生的时间，要么是康熙五十四年（1715年），要么是雍正二年（1724年）。我们按照曹雪芹最早出生于康熙五十四年（1715年）来推算，他比梁清标的出生年份整整晚了95年。如果按照曹雪芹出生于雍正二年（1724年）来推算，两个人相差了104年。

批语说"雪芹旧有《风月宝鉴》之书"。单从"旧有"两字来说，的确不好判断

《风月宝鉴》究竟创作于什么年代。如果说梁清标为《风月宝鉴》作序，那《风月宝鉴》的成书时间一定是在康熙朝的中前期。但是，批语"乃其弟棠村序也"之句，则说明这个"棠村"是曹雪芹的弟弟。我们知道，梁清标去世的时候，这个所谓的曹雪芹还没有出生，怎么能够说成是"其弟"呢？即使作批语的这个脂砚斋再糊涂，也不会把相隔这么多年的两个人，如此这般地"穿越"在一起，说成是"其弟"，而且还能够为《风月宝鉴》这部书作序，这不让人笑掉大牙吗？

而且根据批者的透露，丁亥年（1767年）的时候，这个所谓的"棠村"已经不在人世了，而梁清标比他早去世至少76年。死人冒出来为活人"作序"，这也有点太恐怖了吧！

因此，我们可以判断，曹雪芹这个叫"棠村"的弟弟，和别号"棠村"的梁清标大学士根本扯不上半点关系。尽管梁清标著有《棠村词》《棠村随笔》等多部带有"棠村"别号的书籍，并不能证明此"棠村"就是彼"棠村"。因此，曹雪芹所说的"乃其弟棠村序也"中的"棠村"，根本不会是康熙朝时期的大学士梁清标。

五十三、此书表里皆有"暗喻"

批语"雪芹旧有《风月宝鉴》之书"中的《风月宝鉴》，在《红楼梦》书中也曾经提到好几次。并且作者还在甲戌本《凡例》中告诉读者，"《风月宝鉴》是戒妄动风月之情"。这究竟是怎么一回事呢？

关于《风月宝鉴》，在《红楼梦》第十二回中有过这样几段描述：

那贾瑞此时要命心胜，无药不吃，只是白花钱，不见效。忽然这日有个跛足道人来化斋，口称专治冤业之症。贾瑞偏生在内就听见了，直着声叫喊说："快请进那位菩萨来救我！"一面叫，一面在枕上叩首。众人只得带了那道士进来。贾瑞一把拉住，连叫："菩萨救我！"那道士叹道："你这病非药可医！我有个宝贝与你，你天天看时，此命可保矣。"说毕，从褡裢中取出一面镜子来—两面皆可照人，镜把上面錾着"风月宝鉴"四字递与贾瑞道："这物出自太虚幻境空灵殿上，警幻仙子所制，专治邪思妄动之症，有济世保生之功。所以带它到世上，单与那些聪明俊杰、风雅王孙等看照。千万不可照正面，只照他的背面，要紧，要紧！三日后吾来收取，管叫你好了。"说毕，扬长而去，众人苦留不住。

接下来作者又写道：

贾瑞收了镜子，想道：这道士倒有些意思，我何不照一照试试。想毕，拿起"风月鉴"来，向反面一照，只见一个骷髅立在里面，唬得贾瑞连忙掩了，骂："道士混账，如何吓我！""我倒再照照正面是什么。"想着，又将正面一照，只见凤姐站在里面招手叫他。贾瑞心中一喜，荡悠悠地觉得进了镜子，与凤姐云雨一番，凤姐仍送他出来。到了床上，"嗳哟"了一声，一睁眼，镜子从手里掉过来，仍是反面立着一个骷髅。贾瑞自觉汗津津的，底下已遗了一摊精。心中到底不足，又翻过正面来，只见凤姐还招手叫他，他又进去。如此三四次。到了这次，刚要出镜子来，只见两个人走来，拿铁锁把他套住，拉了就走。贾瑞叫道："让我拿了镜子再走！"只说了这句，就再不能说话了。

贾瑞死了以后，他的爷爷贾代儒大怒，命人毁掉这面镜子。按照我们现代的常理，要想毁掉这面镜子，要么把它砸碎，要么把它摔烂。然而贾代儒居然让人架在火上烧它，这就有点不合常理。古代的镜子大都是铜镜，玻璃镜子是在乾隆朝前中期才传入中国。而即錾"风月宝鉴"四字则说明，不可能是玻璃镜子。既然是铜镜，那么用火"烧"

它根本不起作用，那作者为什么要这样写呢？

要想解开这个谜底，非常有必要看一看这其中的几条批语。

第一条批语是：

凡看书人从此细心体贴，方许你看，否则此书哭矣。

第二条批语是：

此书表里皆有喻也。

第三条批语是：

观者记之，不要看这书正面，方是会看。

以上三条批语都提到了"此书"和"这书"。《红楼梦》的这段原文，明明写的是"风月宝鉴"这个镜子，怎么又说上"此书"了呢？

在甲戌本《凡例》中，就有：又如贾瑞病，跛道人持一镜来，上面即錾"风月宝鉴"四字，此则《风月宝鉴》之点睛。这是因为"风月宝鉴"这面镜子，实质上"点睛"的就是《红楼梦》这部书。而"此书表里皆有喻也"是说，"此书"不仅"有表有里"，而且"表里"环环相扣，都有暗喻隐喻。并且还告诉读者，要"细心体贴"，多动脑子，认真思考，不要只看这部书的正面，如果能够做到这一点，那你就能够看懂《红楼梦》。否则的话，作者用"字字看来皆是血"写成的这部书，就会扯地呼天地号啕大哭。

而随后在《红楼梦》原文中的这面镜子说的一句话，则揭开了为什么"千万不可照正面"的真正原因。

旁边服侍贾瑞的众人，只见他先还拿着镜子照，落下来，仍睁开眼拾在手内，末后镜子落下来便不动了。众人上来看看，已没了气，身子底下冰凉渍湿一大滩精，这才忙着穿衣抬床。代儒夫妇哭得死去活来，大骂道士，"是何妖镜！若不早毁此物，遗害于世不小。"遂命架火来烧，只听镜内哭道："谁叫你们瞧正面了！你们自己以假为真，何苦来烧我？"正哭着，只见那跛足道人从外跑来，喊道："谁毁'风月鉴'，吾来救也！"说着，直入中堂，抢入手内，飘然去了。

在原文"代儒夫妇哭得死去活来，大骂道士，是何妖镜"的旁边，有一条庚辰双行夹批：

此书不免腐儒一谤。

随后又有一条庚辰双行夹批道：

凡野史俱可毁，独此书不可毁。

前面我们说了，"风月宝鉴"这面镜子，"点睛"的就是《红楼梦》这部书。而贾代儒大骂道士这个镜子是"妖镜"，是对《红楼梦》这部书的诽谤和侮辱，因此批者才批出了"此书不免腐儒一谤"这条批语。随后的"凡野史俱可毁，独此书不可毁"这条批语，说的就是《红楼梦》这部书不是胡编滥造的"野史"，书中的诸多内容"暗写"的都是实际发生的"正史"实事。也就是说，这部书的正面为"假"，反面为"真"，要不然批者不会提示读者"此书表里皆有喻也"。其他的书都可以销毁，唯独这部《红楼梦》不可以销毁。而镜子所说的"何苦来烧我"，就是清朝的当权者看到《红楼梦》这部书中隐喻、暗喻了很多大清时期的"政治内容"，这些带有"政治色彩"的文字内容，一旦被朝廷发现或者被言官告发，就会焚毁"烧"掉。读者千万不能像贾瑞的爷爷贾代儒那样，因为《红楼梦》遭到"禁毁"，就诽谤和侮辱这部书是遗害于世的"坏书"。

书中提到"风月宝鉴"这面镜子的反面是"一个骷髅"，而"骷髅"一般是指人死后腐烂最后剩下的一副骨头。在这里寓意为"死亡"。上面说了，"风月宝鉴"这面镜子，"点睛"的就是《红楼梦》这部书。也就是说，这部书中"隐写"的是充满死亡的"血腥历史"。虽然作者强调此书"毫不干涉时世"，其实这是"此地无银三百两"，是蒙蔽人的烟幕弹。作者的本意，就是希望读者通过"正面"看到"背面"，从而发现并找到书中"隐喻"的血泪历史，而不只是过于沉溺于此书表面的故事，"否则此书哭矣"。也就是说，如果读者看不到这部书"隐写"的"斑斑血泪"，只看到吃吃喝喝、吟诗作赋、家长里短、猜谜听戏，那作者的一片"良苦用心"也就白费了。

同时，作者在这里还告诫读者，《红楼梦》书中很多内容"有碍朝政"，在阅读或者传抄这部书的时候，一定要小心谨慎，千万不可"邪思妄动"照正面，如果不听作者的劝告受到牵连，轻者罚款抄家、戴枷治罪，重则蹲监杀头，甚至株连全家。书中贾瑞的死以及受到"文字狱"株连的众多受害者，已经受到了类似的惩罚。如果看官不听从作者的"劝告"而受到此书的牵连，那作者就会伤心流泪。

五十四、曹頫具有文学天赋

据康熙六十年（1721年）《上元县志·曹玺传》记载：

曹頫"好古嗜学，绍闻衣德，识者以为曹氏世有其人云"。

这段话的意思是说，曹頫对古代先贤的文章非常喜爱，特别爱好读书学习，能够崇尚和继承先人的美德。

同时，曹頫刚继任江宁织造主事不久，康熙皇帝命曹頫为清代"历算第一名家"和"开山之祖"梅文鼎经办丧事。《历算全书》六十卷记载："特命织造曹頫为经纪其丧。至今传为稽古之至荣。"

曹頫20多岁，就能奉康熙皇帝谕旨，经办如此隆重的丧事，并得到很多人的称颂并记入史册，可见曹頫不仅有威望，而且有一定的办事才能。书中描写不到20岁的王熙凤有条不紊地主持操办秦可卿的隆重丧事，这应该跟曹頫的亲身经历有一定关系。

曹頫自幼虽然梦游于温柔富贵之乡，其少年时期，也曾桀骜不驯，鄙视功名利禄，"偏僻而乖张"。但是，曹家身为江南首富、名门望族、书香门第，曹頫自幼耳濡目染，深受伯父曹寅的影响和大姐曹佳氏的"手引口传"。青少年时期的曹頫，不仅对儒家经典和天文、地理、医学颇有钻研，而且对诗词歌赋以及绘画也颇有建树，曾经得到过伯父曹寅的赞扬。这些真实的历史记载，就足以说明曹頫完全具备撰写《红楼梦》的知识储备和能力水平。

20世纪80年代初，位于北京香山附近的曹雪芹纪念馆（黄叶村）建成开馆。一天，山西太原外语学校的高之杜、高炯叔两位老师，持《曹頫题陶柳村画海棠册》找到了纪念馆的负责人，表示愿意将此画册无偿捐赠给曹雪芹纪念馆。当时担任馆长的邓政一先生接受了捐献并回赠了礼品。该《曹頫题陶柳村画海棠册》，经过著名书画家、教育家、鉴定家、红学家启功和著名红学家周汝昌两位老先生考证鉴定，确为曹頫真迹。此画册现藏于北京曹雪芹纪念馆。这件文物，是除故宫曹頫奏折之外，民间发现的唯一一件曹頫字画作品真迹。由此说明，曹頫不仅知天文地理、学识渊博，而且对绘画也颇有造诣。

雍正二年（1724年）四月初四，曹頫给雍正皇帝上报了一道大将军年羹尧将罗卜藏丹金歼灭殆尽后凯旋的贺折后，雍正皇帝御批道：

此篇奏表，文拟甚有趣，简而备，诚而切，是个大通家作的。

在这道御批中，雍正皇帝夸奖曹頫写的奏折"简而备，诚而切"，称赞他是个"大通家"。可见，曹頫的文章非同一般。

曹頫因父母早逝，自幼由伯父曹寅在南京江宁织造府中抚养长大。江宁织造府中经典藏书极其丰富，光经典读本就有3287种之多。伯父曹寅为人风雅，喜交名仕，知识渊博，辞藻雅丽。他精通诗词、戏曲和书法，创作过剧本《续琵琶》，主持刊刻过《全唐诗》和大型辞藻典故辞典《佩文韵府》。他的代表作有《楝亭诗钞》八卷、《诗钞别集》四卷等。曹頫自幼在这种极富文化艺术气息的环境中感染熏陶，受益匪浅。应当说曹頫的知识积累和学识水平还是比较高的。

在曹寅所著的《楝亭诗钞》卷六中，有一首《和竹磵侄上巳韵》诗作。诗中写道：

上日宜称巳，春来三月三。

老抛修禊笔，句合丽人簪。

幕井桃花水，穿街卖荠篮。

红桥正泥泞，游骑莫骖驔。

诗中描写的是"上巳节"这天，曹寅与"竹磵侄"一起在扬州郊游时的情景。从诗中轻松愉快的抒写笔调来看，曹寅当时的心情应当不错。诗中的"红桥"就是当时扬州比较有名的风景名胜，是达官贵人、风流才子经常爱去的地方。

在《楝亭诗钞别集》卷四中，又有一首《赋得桃花红近竹林边和竹涧侄韵》的诗作。这首诗是和《和竹磵侄上巳韵》同天而作。

曹寅的这两首诗写得较晚，大约在曹寅去世前的一段时间。我们知道，曹頫的字是"昂友"，而他的别号是"竹磵"。"磵"是"涧"字的古别体字。曹寅诗作《和竹磵侄上巳韵》和《赋得桃花红近竹林边和竹涧侄韵》中的"竹磵侄"及"竹涧侄"，实际上是一个人，那就是曹頫本人。

当时的曹寅，已经是享誉大江南北的作家和诗人，而且正在奉康熙皇帝谕旨，紧锣密鼓地在扬州主持刊刻《佩文韵府》。这两首诗作，是因为曹寅读了侄儿曹頫的诗作之后，感到语言精彩美妙，诗意独特浓郁，由此引发了自己的诗兴。因此，曹寅又依照"竹涧侄"原诗的用韵，另外撰写这两首诗作相酬和。由此说明，这位侄儿曹頫的诗作已经写得具有相当高的水准了。

按照曹寅这两首诗作的撰写时间来看，曹頫当时应该是虚岁十二三岁。一个十多岁的孩子写的诗，能够博得精通诗词韵律的伯父曹寅的称赞，说明曹頫具有良好的文学天赋，其诗文水平绝非一般。

《红楼梦》书中描写贾宝玉十二三岁就能够作诗作赋。其中第十七回，写贾宝玉随贾政及几位老先生在大观园内题匾额对联，展现了贾宝玉具有非凡的诗文才情，深得几位老先生称颂。第十八回写元妃省亲的时候，贾宝玉一连赋了三首，贾妃看了，喜之不尽，说："果然进益了！"又指《杏帘》一首为前三首之冠。遂将"浣葛山庄"改为"稻香村"。贾政等看了，都称颂不已。由此说明，书中贾宝玉的诗文水平与曹頫基本相似。

尽管曹頫在江宁织造任上，品行好，口碑佳，深得人们的尊敬爱戴，也尽管在吟诗作赋等方面比较优秀，但他仁爱忠厚，在对待某些人事上，不善于低眉顺目，平时也比较迂腐呆板，其应变能力也往往不够"圆滑"。在官场上看不清也看不透，甚至也分不出奸逆险恶和时局的变化，更谈不上有什么"政治敏锐性"了。因此说，自曹頫署理江宁织造之后，由于缺乏政治和经济头脑，也不善管理，加之雍正皇帝登基之后采取了兴利除弊的各种改革举措，使得曹頫苦不堪言，曾经三番五次地遭到雍正皇帝的训斥，以致后来被"抄家治罪"，实属正常。

果不其然。雍正五年（1727年）十二月，曹頫因押运御用缎匹送往京城，他的随从人员在山东长清"骚扰驿站"，被时任山东巡抚塞楞额参奏并获罪。雍正五年（1727年）十二月二十四，因有人"告密"说曹頫"暗中转移家产"，引起了雍正皇帝的极大反感，下旨查封曹家。雍正六年（1728年）初，曹頫举家老少被迫迁至北京，曹頫"戴枷"归还欠款。

按照雍正五年（1727年）十二月二十四下令查抄曹家的时间来看，曹家应该是在元宵节前后正式被抄家。这一点，在书中亦有"隐写"。

《红楼梦》第一回，甄士隐抱着英莲在街上看热闹，遇见了一僧一道，那僧便大哭起来，并说道："施主，你把这有命无运，累及爹娘之物，抱在怀内作甚？"士隐听了，知是疯话，也不去睬他。那僧还说："舍我罢，舍我罢！"士隐不耐烦，便抱女儿撤身要进去，那僧乃指着他大笑，口内念了四句言词道：

惯养娇生笑你痴，

菱花空对雪澌澌。

好防佳节元宵后，

便是烟消火灭时。

就在"好防佳节元宵后"一句旁边，有一条"前后一样，不直云前而云后，是讳知者"的甲戌侧批，说明这条批语是针对这句话来的。

这条批语不说"元宵前"而说"元宵后"，就是为了不让"知情者"看出来"隐写"曹家在元宵节被"抄家"这件"真事"。由此看来，批者对曹家被"抄家"的记忆非常深刻。

第五十四回，写贾府一大家子男女老少元宵节开夜宴，大家吃酒听戏讲故事，欢天喜地，好不热闹：

王熙凤见贾母十分高兴，就出了个"击鼓传梅"讲笑话的主意。传到王熙凤时，凤姐儿想了一想，笑道："一家子也是过正月半，合家赏灯吃酒，真真的热闹非常，祖婆婆、太婆婆、婆婆、媳妇、孙子媳妇、重孙子媳妇、亲孙子、侄孙子、重孙子、灰孙子、滴滴搭搭的孙子、孙女儿、外孙女儿、姨表孙女儿、姑表孙女儿，……嗳哟哟，真好热闹！"……凤姐儿笑道："再说一个过正月半的。几个人抬着个房子大的炮仗往城外放去，引了上万的人跟着瞧去。有一个性急的人等不得，便偷着拿香点着了。只听'噗哧'一声，众人哄然一笑都散了。这抬炮仗的人抱怨卖炮仗的捆得不结实，没等放就散了。"湘云道："难道他本人没听见响？"凤姐儿道："这本人原是聋子。"众人听说，一回想，不觉一齐失声都大笑起来。又想着先前那一个没完的，问他："先一个怎么样？也该说完。"凤姐儿将桌子一拍，说道："好啰嗦，到了第二日是十六日，年也完了，节也完了，我看着人忙着收东西还闹不清，哪里还知道底下的事了。"

随后就是描写放烟火炮仗：

王熙凤说道："等散了，咱们园子里放去。我比小厮们还放得好呢。"说话之间，外面一色一色地放了又放，又有许多的满天星、九龙入云、一声雷、飞天十响之类的零碎小爆竹。放罢，然后又命小戏子打了一回"莲花落"，撒了满台钱，命那孩子们满台抢钱取乐。

《红楼梦》作者向来"惜墨如金"。作者用整整一回多的笔墨，如此详细地描写贾家过"元宵节"，这绝不是作者的恣意挥洒，而是大有深意。

从王熙凤讲故事的这段内容可知，一开始王熙凤就交代了"正月半"，而且还两次提到。作者的目的就是强调"元宵节"期间贾家被"抄家"。随后，王熙凤列出了这婆婆，那媳妇，这孙子，那侄孙子，几乎把大观园里的所有与贾家有关系的人一个不留，全部列出。说明"抄家"时，与贾家沾亲带故的所有人全部悉数登记造册，等待朝廷发落。而王熙凤所说的"几个人抬着个房子大的炮仗"，而且"偷着拿香点炮仗"，随后就"噗哧"一声，"众人哄然一笑都散了"。这几句则说明，"元宵节"这晚是贾家"最后的晚餐"。"偷着拿香点炮仗"的就是贾家"暗移财产"的"告密者"。"告密者"对贾家的被抄起了推波助澜作用。被"抄家"之后，贾家这座"大房子"，顷刻间"噗哧"一声化为灰烬。最后王熙凤又说"到了第二日是十六日，年也完了，节也完了"，说明具体"抄家"的时间是"元宵节"的"第二日"正月十六。而"年也完了，节也完了"预示着"贾家也完了"。自此以后，贾家"家破人亡各奔腾"。

综合以上分析，那么，描写放烟火炮仗这段的"寓意"就非常明确。"满天星"是指贾家丫环、婆子、子孙流散，各奔东西。"一声雷"和"飞天十响"指烟消云散，家破人亡。"莲花落"是古代盲人乞讨时唱的民间曲艺。这里比喻贾家败落之后，日子难以为继，家人的生活几乎到了沿街乞讨的地步。"撒了满台钱"和"满台抢钱取乐"，比喻皇帝下令"抄家"，等同于明目张胆地抢掠。

以上有关"抄家"的描写，也正好与"好防佳节元宵后，便是烟消火灭时"遥相对应。

五十五、曹頫曾被收监关押?

根据脂砚斋和畸笏叟的批语可知,贾宝玉被收监关押的地方应该有个"狱神庙"。

狱神庙是明清时期设在监狱里的一种庙堂或神案,它供奉的是所谓狱神,故而得名。罪犯刚收监入狱的时候,或者判刑以后起解赴刑前,都要祭拜一下狱神,以求宽恕自己所犯下的罪恶。明朝以前的"狱神"为皋陶,到了清朝以后则换成了萧何。

清朝时期的监狱大体上可分为中央和地方两级。中央监狱是以刑部监为中心,另外还有盛京刑部监、宗人府空房、慎刑司监和步军统领衙门监狱等特设监狱。雍正朝时期的重臣隆科多,因结党营私、私藏玉牒等四十一条大罪,被雍正皇帝下旨抄家治罪,朝廷在畅春园给他单独建造的三间禁所,就应该是"特设监狱"。地方监狱与地方行政区划是一致的,设置于省、府、州、县各级衙门。各监狱之内,还有内监、外监、女监之区别。清代的监狱还设有"待质所",相当于现在的"拘留所"或者"留置"的地方场所。那个时候的犯人不分已判决犯和未判决犯,一律关在监狱内等待调查取证候审。由于这些人犯还没有被实际判决,是否构成犯罪或者罪行轻重并不完全确定,那么就被关押在监狱内等待审后判决。

另外,中国古代就有"秋冬行刑"的习惯,也就是被判了死刑的人犯,一般都在秋冬季节行刑。在清朝的律法中,死刑犯被分为"斩立决"和"秋后决"两种。"秋后决"相对于"斩立决"而言,也就意味着暂缓执行。这些被判为秋后决的人犯,一般也会关押在这些监狱内等待"秋后问斩"。

第二十回,李嬷嬷骂袭人,说袭人"哄宝玉""妆狐媚",又说"配小子"等,袭人由不得又愧又委屈,禁不住哭了起来。此时黛玉、宝钗等也走过来劝说,李嬷嬷见她们二人来了,便拉住诉委屈,将当日吃茶,茜雪出去与昨日酥酪等事,唠唠叨叨说个不清。此时有一条庚辰眉批:

茜雪至"狱神庙"方呈正文。袭人正文标目曰"花袭人有始有终",余只见有一次誊清时,与"狱神庙慰宝玉"等五六稿,被借阅者迷失,叹叹!丁亥夏。畸笏叟。

第二十六回,写红玉与佳蕙一段对话:

红玉道:"也不犯着气他们。俗语说的好,'千里搭长棚,没有个不散的筵席',谁守谁一辈子呢?不过三年五载,各人干各人的去了。那时谁还管谁呢?"这两句话不觉感动了佳蕙的心肠,由不得眼睛红了,又不好意思好端端地哭,只得勉强笑道:"你这话说的却是。昨儿宝玉还说，明儿怎么样收拾房子，怎么样做衣裳，倒像有几百年的熬煎。"

此时有一条庚辰眉批：

狱神庙回有茜雪、红玉一大回文字惜迷失无稿，叹叹！丁亥夏。畸笏叟。

在第四十二回中，王熙凤让刘姥姥为巧姐取名，说日后若有不遂心的事，必然是遇难成祥，逢凶化吉。凤姐笑道，只保佑她应了刘姥姥的话就好了。此时有一条靖藏本眉批：

"应了这话固好"，批书人焉能不心伤！狱庙相逢之日始知"遇难成祥，逢凶化吉"，实伏线于千里，哀哉伤哉！此后文字不忍卒读。辛卯冬日。

从以上这些批语来看，《红楼梦》八十回后将有茜雪、红玉等"狱神庙慰宝玉"的故事情节出现。这一故事应该是茜雪、红玉这二位丫头，到狱神庙来看望贾宝玉和王熙凤，并最终设法把他俩搭救出来。这就是所谓狱神庙回的主要情节内容。

由此可见，《红楼梦》八十回后有狱神庙等相关情节，而且批者还明确指出了针对袭人有专回的情节描写，而这一回的正文标目是"花袭人有始有终"等，要不然畸笏叟、脂砚斋也不会说"茜雪至狱神庙方呈正文、狱神庙慰宝玉、狱神庙回内方见、狱神庙回有茜雪、红玉一大回文字惜迷失无稿"等语句。

《红楼梦》前八十回对红玉、茜雪的文字描写并不是很多。按照畸笏叟关于"狱神庙回有茜雪、红玉一大回文字惜迷失无稿"的这条批语来判断，八十回后茜雪、红玉在贾府彻底败落以后，她们会想尽千方百计去狱神庙营救贾宝玉。至于她们怎么营救的贾宝玉，具体到茜雪至"狱神庙"章回的正文内容是什么，因这五六稿"被借阅者迷失"，那我们也就无从查考了。

据考证，贾宝玉的原型曹頫，在雍正六年（1728 年）初被革职抄家治罪以后，只是受到"枷号"催缴欠款的处罚，并没有被收监关押。而且，乾隆皇帝登基之后，还恢复了曹頫的员外郎职务。那为什么脂砚斋、畸笏叟会作出"狱神庙慰宝玉、狱神庙回内方见"的批语呢？难道乾隆元年（1736 年）之后，曹頫又犯了什么重罪，被朝廷"收监关押"了吗？

笔者认为，因曹家一向与太子胤礽、怡亲王胤祥等皇室宗亲关系密切，有可能在乾隆四年（1739 年）十月，参与了以废太子胤礽的儿子弘皙为首的"篡位谋逆"大案，后被乾隆皇帝彻底铲除。此时的曹頫等家人有的被"收监关押"，有的被变卖遣散，也有的自杀身亡。从此，曹家彻底败落。而茜雪、红玉等人不忘旧主，想尽千方百计救出了贾宝玉的原型曹頫。人虽然被救了出来，但家散人亡，生活难以为继。在此期间，曾经得到过袭人、蒋玉菡夫妻原型的资助，在穷困潦倒中勉强度日。

五十六、曹頫出家做过和尚

《红楼梦》这部书的写作技巧非常隐晦巧妙，作者往往借助一些不起眼的闲话琐事，来预示人物的命运和发展结局。这既反映出作者高超的创作技巧，也是《红楼梦》这部书的最大魅力所在。

在《红楼梦》书中，贾宝玉曾经有两次萌发出家的念头。而贾宝玉出家做和尚，正是《红楼梦》作者所预先设定的结局。

书中第三十回这样写道：

林黛玉心里原是再不理宝玉的，这会子见宝玉说别叫人知道他们拌了嘴就生分了似的这一句话，又可见得比人原亲近，因又撑不住哭道："你也不用哄我。从今以后，我也不敢亲近二爷，二爷也全当我去了。"宝玉听了笑道："你往哪去呢？"林黛玉道："我回家去。"宝玉笑道："我跟了你去。"林黛玉道："我死了。"宝玉道："你死了，我做和尚！"林黛玉一闻此言，登时将脸放下来，问道："想是你要死了，胡说的是什么！你家倒有几个亲姐姐亲妹妹呢，明儿都死了，你几个身子去做和尚？明儿我倒把这话告诉别人去评评。"

第三十一回，晴雯与宝玉、袭人吵架，晴雯在旁哭着，方欲说话，只见林黛玉进来，便出去了。期间林黛玉和袭人有一段对话。随后袭人笑道："林姑娘，你不知道我的心事，除非一口气不来死了倒也罢了。"随后有一段描写道：

林黛玉笑道："你死了，别人不知怎么样，我先就哭死了。"宝玉笑道："你死了，我做和尚去。"袭人笑道："你老实些罢，何苦还说这些话。"林黛玉将两个指头一伸，抿嘴笑道："做了两个和尚了。我从今以后都记着你做和尚的遭数儿。"宝玉听得，知道是她点前儿的话，自己一笑也就罢了。

以上这两次关于贾宝玉出家当和尚的描写，并不是作者为了故事情节的需要而平白无故的杜撰。只不过是，第一次贾宝玉并没有完全出家，而第二次才是真正出家当了和尚。

关于贾宝玉出家当和尚的事实，在脂砚斋等人的批语中，也能够找到一些根据。

第二十一回，在"便权当他们死了，毫无牵挂，反能怡然自悦"之处，有一条庚辰双行夹批：

此意却好，但袭卿辈不应如此弃也。宝玉之情，今古无人可比，固矣。然宝玉有情极之毒，亦世人莫忍为者，看至后半部则洞明矣。此是宝玉三大病也。宝玉有此世人莫忍为之毒，故后文方有"悬崖撒手"一回。若他人得宝钗之妻、麝月之婢，岂能弃而为僧哉？此宝玉一生偏僻处。

第二十五回，有一条甲戌眉批：

通灵玉听癞和尚二偈即刻灵应，抵却前回若干《庄子》及语录机锋偈子。正所谓物各有所主也。叹不得见玉兄"悬崖撒手"文字为恨。

以上两条批语，提到了贾宝玉"悬崖撒手"和"弃而为僧"的事实。

第二十一回的批语说的是"后文方有'悬崖撒手'一回"，说明在八十回后的章回中，会有贾宝玉"悬崖撒手"的专回描写。而"岂能弃而为僧哉"，则是说明贾宝玉真的成为"僧人"。

第二十二回，有一大段关于贾宝玉、林黛玉、薛宝钗等大谈"菩提""禅机""偈云"等的对话：

黛玉便笑道："宝玉，我问你：至贵者是'宝'，至坚者是'玉'。尔有何贵？尔有何坚？"宝玉竟不能答。三人拍手笑道："这样钝愚，还参禅呢。"

此时有一条庚辰双行夹批道：

拍案叫绝！大和尚来答此机锋，想亦不能答也。非颦儿，第二人无此灵心慧性也。

此时，作者写出了"这样钝愚，还参禅呢"之句，而且批者还批出了"大和尚来答此机锋"等语句。在这里，批者为什么单单说"大和尚"答此机锋呢？由此说明，贾宝玉是个出家的"大和尚"。

第二十五回批语中的"悬崖撒手"是在贾宝玉、王熙凤中了马道婆魔魇的情况下所作的这条批语。因为贾环故意将热油蜡灯推倒烫伤了贾宝玉，贾宝玉寄名的干娘马道婆来到贾府为他施法驱邪。平日里赵姨娘就嫉妒贾宝玉，赵姨娘就收买马道婆扎糊纸人，装神弄鬼诅咒陷害王熙凤和贾宝玉。弄得王熙凤、贾宝玉疯疯癫癫，不省人事，贾府上下乱作一团。书中写道：

到了第四日早晨，贾母等正围着宝玉哭时，只见宝玉睁开眼说道："从今以后，我可不在你家了！快收拾了，打发我走罢。"贾母听了这话，如同摘心去肝一般。赵姨娘在旁劝道："老太太也不必过于悲痛。哥儿已是不中用了，不如把哥儿的衣服穿好，让他早些回去，也免些苦；只管舍不得他，这口气不断，他在那世里也受罪不安生。"

眼看着宝玉、凤姐性命不保，却有一个癞头和尚与一个跛足道人前来相救，口中还念道"沉酣一梦终须醒，冤孽偿清好散场"，至晚间，贾宝玉、王熙凤这才渐渐醒来。

根据第二十五回的大体内容和贾宝玉所说的"从今以后，我可不在你家了！快收拾了，打发我走罢"，以及一僧一道口中所念的"沉酣一梦终须醒，冤孽偿清好散场"一句，再结合"叹不得见玉兄'悬崖撒手'文字为恨"和"岂能弃而为僧哉"等批语来分析，贾宝玉出家当和的事实基本上已经确定。

第二十六回，薛蟠请贾宝玉一起过生日一段，有一条甲戌侧批：

呆兄亦有此话，批书人至此，诵《往生咒》至恒河沙数也。

据查证，《往生咒》是佛教净土宗信徒经常持诵的一种咒语，亦用于超度亡灵。如要持诵《往生咒》，应该清净三业，沐浴，漱口，至诚一心，在佛前燃香，长跪合掌，日夜各诵念 21 遍，若此就可消灭杀生、偷盗、邪淫、妄语"四重罪"等，现世一切所求都能如意获得，不被邪恶鬼神所迷惑。若能持诵 20 万遍，就会萌生智慧的苗芽。若念 30 万遍，就能亲眼看见阿弥陀佛。

"恒河沙数"也是佛教用语，出自《金刚经·无为福胜分第十一》。人们通常用该词语来形容数量很多的意思。

脂砚斋批书至此，要诵读无数遍的《往生咒》，表明贾宝玉的原型曹頫，最后的确出家当了和尚。

按照一般红学家的解读，他的出家是"历尽离合悲欢、炎凉世态"，以至心灰意冷，看破红尘，这才皈依佛门。而实际上是他不肯向世俗屈服，是不肯和这个肮脏的封建社会同流合污。这也是《红楼梦》作者最令人敬佩的地方。

曹頫出家当了和尚，在敦敏的《瓶湖懋斋记盛》中亦有记载。

乾隆二十三年（1758 年）他与曹雪芹巧遇并亲口对敦敏说"借家叔所寓寺宇，扎糊风筝"。说明曹雪芹有一个"家叔"存在。因曹頫在他们兄弟排行当中年龄最小，被曹雪芹称为"家叔"的这个人只能是曹頫。"所寓寺宇"中的"寓"应该是居住的意思，"寺宇"应该理解为"寺院"或者"寺庙"。

既然曹雪芹告诉敦敏说"借家叔居住的庙寺，扎糊风筝"，那这个"家叔"曹頫毫无疑问当时是居住在"寺庙"的"出家"之人。而且曹雪芹借曹頫居住的寺庙扎糊风筝换取银两贴补家用，不会是一天两天。可见，曹頫当时已经是个出家的和尚。

五十七、墙倒众人推

雍正五年（1727 年）十二月四，因曹頫在山东长清勒索驿站，被时任山东巡抚塞楞额奏参。雍正下令严查，曹頫由此获罪。

事情的起因是，就在雍正四年（1726 年），曹頫负责操办的衣料质量"粗糙轻薄"，曹頫被罚。不久，雍正皇帝穿的石青缎褂褪色，经查又是江宁织造的产品，雍正很生气，连续罚了曹頫等人两次的俸禄，所以他就提心吊胆，不敢再出事了，就改走旱路往北京送。因为有人跟他说，为什么龙衣掉颜色呢？就是因为船走运河不仅时间很长，而且水气太大，容易受潮，到了皇宫之后，皇帝也不可能马上就穿，放的地方也有可能通风不好，所以就掉颜色。因此，曹頫不敢再走运河乘船北上，就改走驿道旱路。结果走到山东长清驿站，随从人员要求派柴、派草、派粮、派钱，地方上就不堪其扰，怨气很深，结果让山东巡抚塞楞额给参了一本。

按惯例，江南三大织造应轮流督运缎匹进京。雍正五年（1727 年）五月二十二日，雍正特谕内务府：

本年系高斌回京之年，奉请另派官员署理其缺，高斌不必进京，仍着曹頫将其应进缎匹送来。

雍正四年（1726 年）曹頫已经去过一次，这一年应该轮到苏州织造高斌办这差事，可是雍正皇帝偏偏不让高斌去，而专下"谕旨"让曹頫去。进京押送缎匹这点小事，当朝皇帝还亲自谕旨让曹頫去，这就有点匪夷所思。如果换成高斌，会不会同样遭到抄家治罪的命运，这的确不好猜测。

在雍正朝前期，驿站是国家重要信息的传递机构，但不少往来官员向驿站勒索钱财，如此一来，驿站如果没钱没草没粮，人和驿马只好饿着，遇到重要紧急的事情，就要耽误行程，影响朝廷及时有效决策。雍正登基后改革了驿站制度，明确只有传递灾荒、暴动、邪教等重要信息才允许使用驿站，其他一概不允。这个时候，曹家他们不遵守朝廷的制度，还是依然让驿站派草、派粮、派钱等，影响非常恶劣。本来雍正皇帝对曹家的巨大亏空早就心怀不满，现在又破坏自己立下的规矩，雍正认为"多加夫马，苛索繁费，苦累驿站，甚属可恶"，因此就下令革职查办。

塞楞额还开列了"骚扰驿站"勒索银物的具体清单："一起江宁织造府曹頫，督运龙衣进京，勘合内填用驮马十四匹、骑马二匹，每站除照勘合应付，外加马

二十三、五匹不等，又轿夫十二名、杠夫五十七名。每州县送程仪、骡价二十四两、三十二两不等，家人、前站、管马、厨子等共银十两、十四两不等，俱交方姓经手……"。

就在塞楞额上奏的 10 天后，雍正皇帝就作出了御批：

朕屡降谕旨，不许钦差官员、人役骚扰驿处。今三处织造差人进京，俱于勘合之外，多加夫马，苛索繁费，苦累驿站，甚属可恶！塞楞额毫不瞻狗，据实参奏，深知朕心，实为可嘉！若大臣等皆能如此，则众人咸知儆惕，孰敢背公营私？塞楞额着议叙具奏。织造人员既在山东如此需索，其他经过地方，自必照此应付！该督抚何以不据实奏闻？着该部一一察议具奏。织造差员现在京师，着内务府、吏部，将塞楞额所参各项，严审定拟具奏。

从雍正的御批中可以看出，雍正皇帝对于"骚扰驿站"这件事不仅反应迅速，而且非常气愤，其措辞也很严厉。

雍正皇帝御批后，总管内务府和吏部奉旨审讯曹𬱟等人。档案中也记载了曹𬱟的口供：

从前御用缎匹俱由水运，后恐缎匹潮湿，改为陆运驿马驮送，恐马惊逸，途间有失，于是地方官会同三处织造官员定议，将运送缎匹于本织造处雇骡运送；沿途州县酌量协助骡价、盘缠、历行已久，妄为例当应付，是以加用马匹，收受程仪，食其所具饭食，用其所备草料，俱各是实。我受皇恩，身为职官，不遵定例，多取驿马、银两等物，就是我的死罪，有何辩处。

内务府经过调查核实后，上报了核查审讯的结果：

查定例，驰驿官员索诈财物者，革职等语。但曹𬱟等俱系织造人员，身受皇上重恩，理宜谨慎事体，敬守法律，乃并不遵例，而运送缎匹沿途骚扰驿站，索取银钱等物，殊属可恶！应将员外郎曹𬱟革职……曹𬱟等沿途索取银两严数照追。

其实，曹𬱟等人"骚扰驿站"这件事，要是在康熙朝时代，就根本不会被参。可当时是雍正朝时代，大气候对曹家极其不利，地方官员也肯定了解此时的曹家已经不得宠了，正所谓"墙倒众人推"，也因此发生了被参革职的境遇。

五十八、"哑巴"吃黄连

雍正皇帝登基以后,面对国帑空虚、吏治不清等诸多弊端,进行了一场声势浩大的经济改革运动,并且针对严重的钱粮亏空,进行了严格清查。曹𫖯刚接任江宁织造时,就已经背负了十一万两的巨额亏空,加之后期经营不善,以致亏空越来越多。此时,曹𫖯曾经奏报雍正皇帝,准许把织造亏空分三年补完,得到了雍正皇帝的批准。

那么,雍正皇帝为什么把同样获罪的李煦一家查抄的查抄、变卖的变卖、流放的流放,而对曹家就如此开恩呢?

其实,曹家的巨额亏空,大部分是康熙南巡造成的。雍正在没做皇帝之前,也曾经跟随康熙皇帝南巡过,曹家接待康熙南巡的宏大场面和奢靡程度,他也亲身经历过,所花费的银两他心知肚明,再加上曹𫖯的亲外甥福彭和当时的"宝亲王"弘历曾经同窗读书习武,后又袭封了平郡王爵位。雍正六年(1728年),雍正皇帝将福彭选入内廷,担任宗人府副主官和都统。当时,由于雍正皇帝刚刚登基没几年,正是革故鼎新、推行新政的关键时期。因此,福彭受到了雍正皇帝的重用。这个时候,雍正皇帝对于曹家也多多少少讲了点情面。因此,在对曹家的处理上,并没有像李煦那样严重。

第十六回有一首回前诗写道:

请看财势与情根,万物难逃造化门。

旷典传来空好听。那如知己解温存?

第十七回有一首回前总评诗说:

豪华虽足羡,离别却难堪。

博得虚名在,谁人识苦甘?

意思就是说,康熙皇帝南巡的"旷典隆恩"以及豪华的大场面,当时人人都很羡慕,但只是使曹家博得了"虚名"而已。康熙回京之后,面对巨额的亏空而无法弥补,给曹家带来的难言的苦衷,局外人是难以体会到的。

就在第十七回的这首回前总评诗的附近,有一条庚辰侧批道:

好诗,全是讽刺。近之谚云:"又要马儿好,又要马儿不吃草"。真骂尽无厌贪痴之辈。

此时,批者联想到为了弥补这些巨额亏空,他们也一再请求康熙赏赐肥缺以填补亏空,康熙就是不同意。再加上太子、亲王阿哥以及大臣们三番五次地"索要"银两,弄得曹家"有苦难言"。因此，批者才批出了"又要马儿好，又要马儿不吃草"，并且讽刺谩骂他们是"无厌贪痴之辈"。

被批者骂的这些"无厌贪痴之辈"，并不是批者的无中生有，是有一定的事实依据的。而这些事实依据，肯定不能够摆在桌面。具体分析，大致有以下四点：

一是康熙皇帝六次南巡，其中四次住在江宁织造署，江宁织造曹家必然要架桥铺路，修建花园，而且还要建造康熙及随行官员下榻用的行宫，还有行宫内部的一切用品及摆设，这些用度与摆设，都是比较高档和名贵的。这部分的开支费用肯定会很大。

据史料记载，曹寅为了接驾，煞费苦心。除了修建码头、道路、织造府，还整修了曹家大院和皇帝御用行宫。曹家大院向西北扩大一倍面积，与皇帝行宫连成一体，大院的花园正好成为行宫的后花园，里面亭台楼阁，曲水潺潺，极尽风雅趣致。皇上住在你家，你就得给皇上撑面子，吃喝用度就得讲究排场。不仅光是给皇上好吃好喝，还得给皇上身边的人好吃好喝。跟着皇上来的皇子、侍卫、朝廷大臣等还不能空着手回去，每个人都得"意思意思"，这样下来，曹家花费的银子数额应该是巨大的。曹家接驾皇帝，看起来很是风光，其实也给曹家埋下了祸患。

康熙南巡时，为了避免不好的影响，康熙皇帝也曾经给当地巡抚打过招呼，不能动用公款，更不能劳民伤财，搜刮民脂民膏，扰害穷民百姓。

但是，在至高无上的皇权统治下，地方官员根本不可能按照康熙皇帝的要求去做的。迎接南巡所花费的大量银子，要么是强收民众赋税，增加百姓负担，要么是江南三大织造出钱"赞助"。

《红楼梦》书中第十六回，赵嬷嬷和王熙凤有这样一段对话：

赵嬷嬷道："还有如今现在江南的甄家，嗳哟哟，好势派！独他家接驾四次，若不是我们亲眼看见，告诉谁谁也不信的。别讲银子成了土泥，凭是世上所有的，没有不是堆山塞海的。'罪过可惜'竟顾不得了。只纳罕他家怎么就这富贵呢？"

赵嬷嬷所说的"江南的甄家"，就是与贾宝玉共同的原型甄宝玉的家。甄宝玉的父亲叫"甄应嘉"，其谐音就是"真应贾"和"真迎驾"。意思就是真正迎接康熙皇帝四次南巡的就是江南的"甄家"，也就是江宁织造的曹家。

而就在"还有如今现在江南的甄家"一句的旁边，就有一条甲戌侧批道：

甄家正是大关键、大节目，勿作泛泛口头语看。

第二回，在冷子兴与贾雨村说道"钦差金陵省体仁院总裁甄家"时，也有一条甲戌眉批道：

又一真正之家，特与假家遥对，故写假则知真。

这两条批语说明，江南甄家才是"真正之家"。书中的"甄家"与"贾家"是遥对关系。而江南的"甄家"，才是书中描写的"大关键、大节目"，才是名副其实的"真正之家"。而这个"真正之家"，就是江宁织造的曹家。与此同时，批者还告诫读者，不要把这个真正的"甄家"作为"泛泛口头语"来看,意思是读者千万不要忽略了这一点。

也就在"好势派!独他家接驾四次"的旁边,也有一条庚辰侧批道:

点正题正文。

在随后的一条庚辰侧批又批道:

真有是事,经过见过。

批者针对"独他家接驾四次"这句话,点出了"正题正文"中的江宁织造曹家。而"真有是事,经过见过"这条批语,则说明江宁织造曹家接驾四次这件事,不是赵嬷嬷无中生有的随便一说,而是"真事""实事"。这也更加印证了真正接驾四次的就是江宁织造的曹家。

从赵嬷嬷和王熙凤的这段对话中,我们非常清楚地知道,曹家数次接驾康熙皇帝南巡,所花费的银两可以说是个天文数字。

二是曹家每年给康熙及诸位王爷进贡的物品及银两,其数量也是非常可观的。据《关于江宁织造曹家档案史料》记载,曹家从曹寅的父亲曹玺开始,一直到曹頫,单是给康熙本人的众多物品就不计其数,其中不乏很多非常贵重且稀奇的东西。包括名人字画、铁梨案子、天宝鼎、汉垂环尊、宋磁菱花瓶、窑变葫芦瓶,等等,甚至还进送腌鲥鱼、茶叶、鱼翅、东洋鲛鱼、杨梅酱、玫瑰露、冬笋等众多吃喝用品。这还不包括给众皇子、阿哥、皇后、贵妃娘娘及公主进送的银两及物品。这些庞大的开支既不能进账,更没有地方报销,曹家只能是"哑巴吃黄连"。

三是联络地方官员及乡绅名流发生的各种费用。红学家朱淡文教授在其著作中指出,种种历史文献证实,曹寅与明朝遗民及江南上层知识分子之诗酒流连决不能仅以文人积习视之,亦决非曹寅个人之礼贤下士所能涵盖。此乃康熙皇帝笼络南方士子、磨灭其反清意识的政治决策,曹寅等人则为具体实施之臣僚而已。

曹寅所管辖的江宁织造,一方面织造皇宫御用所需的绫罗绸缎,而另一方面,也是康熙皇帝安插在江南的秘密情报机关。特别是曹寅担任江宁织造主事的时候,在经济上承担织造、巡盐、建筑等多种任务。其中就有监修明太祖陵、洪武陵冢塌陷等。在文化上,受命主持刊刻《全唐诗》、刊刻御颁《佩文韵府》,侦查吏事民情,打探收集密报江南地方舆情等特殊使命。在政治上,对知识分子、社会名流进行"统战",最重要的就是结识并联络明朝遗民中的重要骨干人物,随时掌握他们的所思所想所为,监督并安抚他们的一举一动,打消他们反清复明的幻想。可想而知,曹寅联络结交这些地方名流及乡绅人士所发生的差旅费及宴请的费用,也是一笔很大的开销。

四是还要"巴结逢迎"或者"馈送"皇室权贵众多银两。这点可以在江宁织造曹家找到可靠的依据。

曹寅曾经馈送原任散佚大臣佛保银一千七百五十六两,原任尚书凯音布收受馈送银五千六百两,原任大学士兼二等伯马齐,也"欠"了曹寅七千六百二十六两银子。

当时，一个五品的官员每年的俸银才区区八十两，朝廷的这些官员，光欠曹寅的银子就这么多。而且这些"欠银"被追查出来了说是"欠"的，如果朝廷没有发现，这么大数额的银子，这些官员还能"归还"吗，他们能够"归还"得起吗？

另据康熙四十七年（1708年）九月二十三日，八贝勒等奏查报《讯问曹寅李煦家人等取付款项情形折》记载："据讯问曹寅之家人黑子，回称：康熙四十四年，由我主人曹寅那里，取银二万两，四十六年，取银二万两，皆交给凌普了。听说去南省时，取了银一万两，不知交给了谁。又，每月给戏子、工匠等银两，自康熙四十四年三月起，至四十七年九月止，共银二千九百零四两，都交给他们本人了。由曹寅那里，取银共五万二千九百零四两。"

凌普在康熙四十四年（1705年）二月至康熙四十七年（1708年）任内务府总管大臣。他是皇太子胤礽保母的丈夫。凌普在担任内务府总管大臣的三年间，仅从曹家就索取银子五万二千九百多两，甚至连给戏子、工匠的钱，都要向曹家索要，可想而知，他们贪婪到了什么程度。

康熙四十八年（1709年）十二月初六日，在《两江总督噶礼奏覆访查两淮亏欠库银情形折》的康熙朱批中，就有这样的语句：

朱批：尔这奏的是。皇太子、诸阿哥用曹寅、李煦等银甚多，朕知之甚悉，曹寅、李煦亦没办法。现曹寅尚未到京城，俟到来后，其运使库银亏欠与否之处，朕问毕再颁旨于尔。

康熙皇帝的这道朱批，非常明确地说明了太子胤礽及诸位阿哥索取曹寅、李煦银两的事实，同时也说明了曹寅、李煦巨额亏空的另一个重要原因。

我们从《关于江宁织造曹氏档案》中可以看到，康熙南巡时，随行的太子胤礽恃宠而骄、飞扬跋扈、贪财好利、大肆勒索。对江宁织造曹家、苏州织造李家无休止地利用多种借口，理直气壮地索银要物。而且曹家、李家也不能说、不敢道，更不能记录入账，弄得曹寅、李煦苦不堪言。太子胤礽及众位王爷、阿哥等敲诈勒索的行为，康熙也是心知肚明。其中，康熙四十七年（1708年）九月，康熙在决定废除太子时，曾经召集诸王大臣、侍卫、文武官员等齐集行宫前，命皇太子胤礽跪，康熙垂涕训之，语间并痛哭仆地。康熙非常痛心地这样说道：

朕巡幸陕西、江南浙江等处，或住庐舍，或御舟航，未敢跬步妄出，未敢一事扰民。胤礽同伊属下人等恣行乖戾，无所不至，令朕难于启齿，又遣使邀截外藩入贡之人将进御马匹，任意攘取，以至蒙古俱不心服。种种恶端不可枚举。朕尚冀其悔过自新，故隐忍优容至于今日。

又云：又朕知胤礽赋性奢侈，著伊乳母之夫凌普为内务府总管，俾伊便于取用。孰意凌普更为贪婪，至使包衣下人无不怨憾。

又云：屡次南巡江、浙，西巡秦、晋，皆命胤礽随行，原望其谙习地方风俗，民间疾苦，乃辄强勒督抚大吏及所在官司，索取财贿。所用宵小匪类，尤恣意诛求，肆行攘夺……

以上康熙皇帝的这段话说明，太子胤礽平时不仅"恣行乖戾，无所不至"，而且还"赋性奢侈"。康熙皇帝南巡时，好几次都安排太子胤礽随行，目的是让他了解地方民俗，洞悉民间疾苦，而他却利用这个机会，勒索地方官员，索取财贿，致使包衣下人无不怨憾。

康熙四十六年（1707年）三月，康熙皇帝秘密安排王鸿绪调查一件事：

前岁南巡，有许多不肖之人骗苏州女子。朕到家里方知。今年又恐有如此行者。尔细细打听，凡有这等事，亲手蜜蜜（密密）写来奏闻。此事再不可令人知道。有人知道，尔即不便矣。

"上有天堂，下有苏杭"，"自古苏杭出美女"。说的是苏州、杭州不仅水美如画、风景迷人，而且窈窕淑女众多。康熙皇帝秘密安排王鸿绪调查"不肖之人骗苏州女子"，大概发现了有人趁着康熙南巡的机会，搭便车精选江南美女，以供享乐。

康熙四十四年（1705年），在康熙皇帝第五次南巡的时候，两江总督阿山，就曾经送给康熙皇帝两个年轻漂亮的江南美女。康熙皇帝斥责道："阿山何意？汝当朕何人？"

江南官员购买苏杭年轻女子敬献皇子以及朝中大臣，这在清朝不是什么新鲜事。有的皇室宗亲还亲自安排江南官员购买女子送到京城。类似这样的花费，肯定不会自己掏腰包。

由此可见，曹寅的巨款亏空，不仅仅是接驾康熙南巡造成的，太子胤礽及阿哥王爷的"索取财贿"以及敬献美女的费用，也是造成亏空的重要原因。李煦也曾经因为购买女子给八阿哥胤禩而被雍正皇帝判为"奸党"。造成如此巨大的亏空，只能说接驾康熙南巡是主要原因之一。

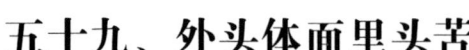

五十九、外头体面里头苦

据《清世宗实录》记载：

官无论大小，职无论文武，皆视盐课为利薮。

《清世宗实录》的这一记载说明，无论官大官小，也无论文官武官，都把办理盐课事务视为获取财利的肥差。

"盐课"是中国历代王朝财政收入的重要来源。曹家身为包衣奴才，却手握国之命脉。政治地位虽然不是很高，经济地位却是极其重要。王公权贵正是看着他们兼任两淮盐务这个肥差，才三番五次地索要银两。曹寅、李煦等明明知道他们在"敲竹杠"，不仅要满足他们的敲诈勒索，而且还得守口如瓶，即使靠典当物品，也得满足他们的贪欲，自己只能甘吃哑巴亏。

靠典当物品过日子的情况，在现实的江宁织造曹家也有可靠依据。

雍正六年（1728年）三月初二日，在《江宁织造绥赫德奏细查曹𫖯房地产及家人情形折》中，除了记载查抄曹家的人口房屋、土地及桌椅之外，还查出当票百余张，就连雍正皇帝知道后都大为愕然。可想而知，那个时候，曹家穷得已经到了靠典当物品过日子的境地了。

第七十二回，夏太监派小太监前去贾家索要银两：

小太监说："夏爷爷偶见了一所房子，如今竟短了二百两银子，打发我来问舅奶奶家里，有现成的银子借一二百，过一两日就送过来。"凤姐儿笑道："什么是送过来，有的是银子，只管先兑了去。改日等我们短了，再借去也是一样。"小太监道："夏爷爷还说了，上两回还有一千二百两银子没送来，等今年底下，自然一齐都送过来。"此时，因为家里没有现银，王熙凤就叫平儿："把我那两个金项圈拿出来，暂且押四百两银子。"平儿出去典押了四百两，王熙凤给了太监二百两，剩下二百两交给旺儿媳妇去办八月中秋的节。这时，贾琏出来说道："昨儿周太监来，张口一千两，我略应慢了些，他就不自在。"

《红楼梦》书中这段太监索银及平儿典押金项圈的描写，不仅说明宫中太监时不时来贾家勒索银两，而且反映出那个时候贾家已经并不富裕了。小太监打着大太监或者主子的旗号，恬不知耻地前来索要银子，贾家不但不能得罪，还不得不想方设法，拿出自己的贵重物品，以典押的方式兑换银子，来满足他们贪婪的私欲。

从《红楼梦》书中，也透露出了曹家的艰难状况。

书中第五十三回，有一段贾珍、贾蓉和乌进孝的一段对话：

乌进孝道："爷的这地方还算好呢！我兄弟离我那里只一百多里，谁知竟大差了。他现管着那府里八处庄地，比爷这边多着几倍，今年也只这些东西，不过多二三千两银子，也是有饥荒打呢。"贾珍道："正是呢，我这边都可，已没有什么外项大事，不过是一年的费用费些。我受些委屈就省些。再者年例送人请人，我把脸皮厚些，可省些也就完了。比不得那府里，这几年添了许多花钱的事，一定不可免是要花的，却又不添些银子产业。这一二年倒赔了许多，不和你们要，找谁去！"随后，贾珍又说道："这二年哪一年不多赔出几千银子来！头一年省亲连盖花园子，你算算那一注共花了多少，就知道了。再两年再一回省亲，只怕就精穷了。"贾珍笑道："所以他们庄家老实人，外明不知里暗的事。黄柏木作磬槌子——外头体面里头苦。"贾蓉又笑向贾珍道："果真那府里穷了。前儿我听见凤姑娘和鸳鸯悄悄商议，要偷出老太太的东西去当银子呢。"

我们知道，《红楼梦》书中的贾氏家族分为宁、荣两府。贾珍和贾蓉、乌进孝所说的"那府里"，就是贾政这边的"荣国府"，也就是江宁织造的曹寅家。

从以上这段描写中我们可以看出，当时的江宁织造曹家，就像贾珍所说的"黄柏木作磬槌子——外头体面里头苦"。穷得甚至要偷老太太的东西典当银子的地步了。同时也暗喻出了造成这种"精穷"的重要原因就是"省亲"，也就是接驾康熙皇帝的几次南巡。

六十、暗移财产被"抄家"

曹家的亏空也好，"骚扰驿站"也罢，这在当时根本不是什么大事，要不是发现了曹家企图转移隐匿家产，引起雍正的震怒，抄家或许根本就不会发生。所以，"将家中财物暗移他处"这件事，才是雍正怒斥曹頫"行为不端"的要害，也才是真正导致曹家被抄的直接原因。

清朝时期的"抄家"与现在到经济犯罪嫌疑人家中"搜查取证"决然不同。现在的"搜查取证"，只是查找与贪污受贿人员有关的"物证"，比如存款、房产、车辆、现金、古玩字画、贵金属等，并作为贪污受贿的证据。其他与嫌疑人无关的人事物等，一概不牵扯。

清朝时期的"抄家"也称为"籍没""抄没"。其特点不仅是以罪犯本人为对象，而是扩大到罪犯的家庭，乃至整个家族。"抄家"也不仅仅以财产为对象，还包括犯罪者家庭或家族人口的命运。凡是被"抄家"者，先是革职罢官，然后把家中人口、资产、房屋、家仆悉数登记造册，全部封存，甚至连桌椅板凳、一碗一筷，都必须记录在案。然后把家人及家产要么赏给皇帝的亲信或有功人员，要么到"人口市场"变卖或者发配边关充当奴隶。而且怎么定罪、怎么处理全都由皇帝一个人说了算，主管司法的部门和人员只是负责取证审理，把结果报给皇帝。应当说，当时，谁要是被判为"抄家"，只能落个"人财两空"，甚至死的死、亡的亡的悲惨地步。

所以，一般情况下，获罪的官员如果感觉自己要被"抄家"，都会提前把自家的名贵物品及金银细软，要么偷偷地转移到比较要好的亲戚家里，要么埋在地下，以供今后生活之需。这样一来，皇帝知道后肯定会非常不高兴。因此，凡是被发现"暗移财产"的官员，一般都要受到罪加数等的严厉惩罚。

当雍正皇帝通过密报知道曹頫"将家中财物暗移他处"后，非常气愤。同时，雍正皇帝还发现曹頫"乱跑门路"，企图想蒙混过关、减轻罪责，更加引起了雍正皇帝的强烈不满，这才下令革职查办、抄家治罪。

关于曹家"企图转移隐匿家产"之事，在《红楼梦》第七十五回中，详细记述了暗移财物他处，企图隐藏的事实。

《红楼梦》第七十五回写道：

话说尤氏从惜春处赌气出来，正欲往王夫人处去。跟从的老嬷嬷们因悄悄地回道：

"奶奶且别往上房去。才有甄家的几个人来,还有些东西,不知是作什么机密事。奶奶这一去恐不便。"

《红楼梦》书中的甄家其实映射的就是曹家。甄家"暗移财物",实际上说的就是曹家。

雍正皇帝登基以后,接连颁布谕旨,开始在全国上下大张旗鼓地清查钱粮、追补亏空。凡亏空钱粮官员一经揭发,立刻革职。仅雍正元年(1723年),被革职抄家的各级官吏就达数十人。与曹家既是联络有亲,又是荣辱与共的苏州织造李煦,也因亏空被革职抄家治罪。

雍正二年(1724年),在《江宁织造曹頫请安折》上,我们看到雍正有如下朱批:

朕安。你是奉旨交与怡亲王传奏你的事的,诸事听王子教导而行。你若自己不为非,诸事王子照看得你来;你若作不法,凭谁不能与你作福。不要乱跑门路,瞎费心思力量买祸受。除怡亲王之外,竟可不用再求一人拖累自己。为什么不拣省事有益的做,做费事有害的事?因你们向来混账风俗惯了,恐人指称朕意撞你,若不懂不解,错会朕意,故特谕你。若有人恐吓诈你,不妨你就求问怡亲王,况王子甚疼怜你,所以朕将你交与王子。主意要拿定,少乱一点。坏朕声名,朕就要重重处分,王子也救你不下了。特谕。

从雍正的这道朱批我们看出,对于曹頫拖欠的亏空,雍正已经十分不满了。这个时候,曹頫有可能私下交结某位亲王或者雍正皇帝的宠臣,或者通过他的姐夫老平郡王纳尔苏及他的亲外甥福彭,希望打通关系争取减轻罪责。同时,雍正皇帝也知道有人假传圣意恐吓讹诈曹頫,他才特谕曹頫提防上当,故告诫他不要乱跑门路,并指示曹頫,如果遇有疑难问题,"不妨你就求问怡亲王,况王子甚疼怜你,所以朕将你交与王子",而且还非常严厉地告诉曹頫要拿定主意,少乱一点,不要败坏皇帝的名声,要不然就要受到更加严厉地处罚,到时候,怡亲王也救不了你。

曹頫"暗中转移家产"和到处托人找门路,而且还"坏朕声名",更加引起了雍正皇帝的猜疑和反感。

雍正五年(1727年)十二月十五,雍正皇帝下令,曹頫被革职,雍正的亲信绥赫德接任江宁织造。

雍正五年(1727年)十二月二十四,雍正皇帝命令江南总督范时绎查封曹頫家产,并把曹家在江南的全部家产赏给了江宁织造的接任者绥赫德。

雍正六年(1728年)元宵节前后,曹家老少连同仆人共一百一十四口,全部迁往北京。也就是书中第七十五回所说的"调京治罪"。

对于"查抄"江宁织造曹家,在电视剧《雍正王朝》中亦有体现。大臣奏曰:"江宁织造曹寅之侄曹頫、苏州织造李煦两家拖欠官银数百万两",雍正立即下旨抄家,随即镜头一转,曹府大门洞开,江苏巡抚李卫率大队清兵如狼似虎,连抄带抢,一个少年躲在老太太怀里吓得不知所措，这时出现字幕：少年曹雪芹。

然而，真实的情况并非如此。

其一，抄家的时间不同。查抄苏州织造李煦家的时间是在雍正元年（1723 年），而查抄江宁织造曹家的时候是雍正六年（1728 年）的元宵节前后。二者相差了 5 年多。

其二，抄家的人员有误。查抄江宁织造曹家的是江南总督范时绎，而不是江苏巡抚李卫。

其三，"少年曹雪芹"不符。字幕中出现的"少年曹雪芹"不确切，不严谨。按照曹家被抄家的时间来算，画面中出现的这个"少年曹雪芹"，应该是曹颙的"遗腹子"曹天佑。曹天佑出生于康熙五十四年（1715 年），那个时候，曹天佑是 13 岁。但就目前而言，对于曹天佑是不是曹雪芹，红学界存在很大的争议。

其四，"连抄带抢"不现实。在清朝时期，负责查抄的官员首先把家中人口、资产、房屋、家仆，甚至桌椅板凳都要全部登记造册并封存。然后等待皇帝的谕旨，要么把家产充公，要么赏给有功的臣子。说是"抄家"，实质上就是把全部家产如实"造册封存"。雍正六年（1728 年）元宵节期间，范时绎奉旨对曹頫家产实施查封。二月初二，接替江宁织造主事的隋赫德进行了清点接收。三月初二，完成抄家。这期间根本不会出现官兵"连抄带抢"或者"中饱私囊"的情况。按照当时的规定，任何人也不敢为"蝇头小利"冒杀头的风险。

因此可以说，电视剧《雍正王朝》中的这些抄家情节，都是原作者和编剧为了情节安排的需要而设置的，都与真实情况出入很大，而且带有很大的误导性。

六十一、暗写曹家有"内鬼"

《红楼梦》书中暗写曹家出现"内鬼"的地方不止一处。第一次出现在七十二回，第二次出现在一百零一回。

第七十二回写道：

王熙凤对贾琏说："我有三千五万，不是赚的你的。如今里里外外上上下下背着我嚼说我的不少，就差你来说了，可知没家亲引不出外鬼来。"

王熙凤所说的"没家亲引不出外鬼"，表面上是说贾琏，而实际上这是暗喻江宁织造曹家先是出现了"内鬼"，由"内鬼"招来了查抄曹家的"外鬼"。作者暗写的这个"内鬼"，有可能就是曹頫的亲哥哥曹颀。

虽然大多数红学家和红学爱好者研究考证《红楼梦》主要是在前八十回，但是八十回后无论是别人的续写还是原作者所有，我们不去讨论。但八十回后也有暗写曹家出现"内鬼"的事实。

《红楼梦》第一百零一回开头写道：

却说凤姐回至房中，见贾琏尚未回来，便分派那管办探春行装查事的一干人。那天已有黄昏以后，因忽然想起探春来，要瞧瞧他去，便叫丰儿与两个丫头跟着，头里一个丫头打着灯笼。走出门来，见月光已上，照耀如水。凤姐便命打灯笼的"回去罢"，因而走至茶房窗下，听见里面有人喊喊喳喳的，又似哭，又似笑，又似议论什么的。凤姐知道不过是家下婆子们又不知搬什么是非，心内大不受用，便命小红："进去装做无心的样子，细细打听着，用话套出原委来。"小红答应着去了……

下面接着写道：

凤姐刚举步走了不远，只觉身后哱哱哧哧，似有闻嗅之声，不觉头发森然直竖起来。由不得回头一看，只见黑油油一个东西在后面伸着鼻子闻他呢，那两只眼睛恰似灯光一般。凤姐吓得魂不附体，不觉失声地咳了一声，却是一只大狗。那狗抽头回身，拖着个扫帚尾巴，一气跑上大土山上，方站住了，回身犹向凤姐拱爪儿。凤姐此时肉跳心惊，急急地向秋爽斋来。随后王熙凤又迎面看见有一个人影儿一恍，凤姐心中疑惑，心里想着必是哪一房里的丫头，便问："是谁？"问了两声，并没有人出来，已经吓得神魂飘荡……那人冷笑道："婶娘那时怎样疼我了，如今就忘在九霄云外了。"凤姐听了，此时方想起来是贾蓉的先妻秦氏，便说道："嗳呀，你是死了的人哪，怎么跑到这里来了呢!"啐了一口,方转回身,脚下不防一块石头绊了一跤,犹如梦醒一般,浑身汗如雨下。

原文又接着写道:

至次日五更贾琏就起来,要往总理内庭都检点太监裘世安家来打听事务。因太早了,见桌上有昨日送来的抄报,便拿起来闲看。第一件:"吏部奏请急选郎中,奉旨照例用事。"第二件:"刑部题奏云南节度使王忠一本:新获私带神枪火药出边事,共十八名人犯,头一名鲍音,系太师镇国公贾化家人。"贾琏想了一想,又往下看。第三件:"苏州刺史李孝一本:参劾纵放家奴,倚势凌辱军民,以致因奸不遂,杀死节妇事。凶犯姓时,名福,自称系世袭三等职衔贾范家人。"贾琏看见这一件,心中不自在起来,待要往下看,又恐迟了不能见裘世安的面,便穿了衣服,也等不得吃东西,恰好平儿端上茶来,喝了两口,便出来骑马走了。

贾琏骑马去找裘世安,裘世安已经上朝去了,结果没见着,于是贾琏气呼呼地返回家中。进家之后,就问平儿,书中写道:

"那些人还没起来呢么?"平儿回说:"没有呢。"贾琏一路摔帘子进来,冷笑道:"好,好,这会子还都不起来,安心打擂台打撒手儿!"一叠声又要吃茶。平儿忙倒了一碗茶来。原来那些丫头老婆见贾琏出了门又复睡了,不打量这会子回来,原不曾预备。平儿便把温过的拿了来。贾琏生气,举起碗来,"哗啷"一声摔了个粉碎。

后来一段又写道:

贾琏道:"问谁!问你哥哥。"凤姐道:"是他吗?"贾琏道:"可不是他,还有谁呢!"凤姐忙问道:"他又有什么事叫你替他跑?"贾琏道:"你打量你哥哥行事像个人呢,你知道外头人都叫他什么?"凤姐道:"叫他什么?"贾琏道:"叫他什么,叫他'忘仁'!"凤姐扑哧地一笑:"他可不叫王仁叫什么呢。"贾琏道:"你打量那个王仁吗,是忘了仁义礼智信的那个'忘仁'哪!"

再后来文中写道:

贾琏劝慰王熙凤道:"你倒不用这么著,是你哥哥不是人,我并没说你呀。"

以上这几段原文描写看似啰里啰唆,却"暗写"茶房总领曹頫是曹家抄家治罪的"告密者",同时还透露出曹家即将遭到噩运的信息。

据此,我们来作如下详细分析:

一是茶房里的人喊喊喳喳,又似哭,又似笑,又似议论什么,随即王熙凤"心内大不受用",似乎预感到要出现什么不可预知的状况。

二是王熙凤走不多远,感觉身后咝咝哧哧,似有闻嗅之声。此时,王熙凤不觉"头发森然直竖起来",回头一看,发现一条大狗伸着鼻子闻她,吓得她魂不附体。当她咳了一声以后,这条狗突然回身,拖着个扫帚尾巴,一气跑上大土山上,等到站住以后,回身就向王熙凤拱爪儿。

　　三是当王熙凤正吓得肉跳心惊的时候，又撞见了贾蓉死去的妻子秦氏。便说道："嗳呀，你是死了的人哪，怎么跑到这里来了呢！"啐了一口，方转回身，脚下不防一块石头绊了一跤，犹如梦醒一般，浑身汗如雨下。

　　四是次日五更，贾琏就起来要往总理内庭都检点太监裘世安家打听事务。因太早了，见桌上有昨日送来的抄报，便拿起来闲看。其中第二件、第三件中的人犯一个是"贾化家人"。另一个是"贾范家人"，这两个"人犯"都是"贾家"之人。

　　五是贾琏没见到总理内庭都检点太监裘世安，回来生气"把茶碗摔得粉碎"。

　　六是在贾琏和王熙凤的一段对话中，贾琏说王熙凤的哥哥叫"忘仁"，而且还进一步解释说是忘了"仁义礼智信"的那个"忘仁"。还说"是你哥哥不是人"。

　　以上这六条，先是茶房里的人喊喊喳喳，出现了不正常的议论，王熙凤"心内大不受用"，似乎要发生什么事情。而当时曹顾就在雍正皇帝身边担任内务府茶房总领，说明接下来发生的一系列事件与曹顾有关。紧接着王熙凤遇见一条大狗伸着鼻子闻她，预示着曹顾在暗处紧盯着王熙凤及曹家，"闻一闻"曹家有什么"腥臭味"，看一看曹家有什么不轨行为。而王熙凤遇见的是一条"大狗"，曹顾当时是个"五品"官员，不是"小狗小猫"。接着这条大狗拖着扫帚尾巴，跑上山上后，回身就向王熙凤拱爪儿。预示着这个"告密者"掌握了曹家的某些"秘密"证据，去皇帝那里准备"告发"。这条狗向王熙凤"拱爪儿"，似乎是在向王熙凤"示威"，或者站在高处看曹家的"笑话"。随后，王熙凤就撞见了"鬼"，而且这个"鬼"还不是别人，就是早已死去的秦可卿这个曹家"内鬼"。王熙凤转身要走时，又被"一块石头绊了一跤"，同时也在暗示，由于"内鬼"的"告密"，曹家将要"栽跟头"。再后贾琏看到的抄报，其"人犯"都姓"贾"，说明此时的曹家即将被"抄家治罪"，曹頫也马上要被革职查办。贾琏因为生气，"把茶碗摔得粉碎"，暗喻对茶房总领曹顾这个"内鬼"的憎恨和厌恶。后文又写王熙凤的哥哥忘了"仁义礼智信"和"是你哥哥不是人"等，这是作者暗骂曹頫的哥哥曹顾置亲情、仁义、礼仪、道德于不顾，骂他就是一个没有人性的两足兽，是个"不是人"的狗东西。

　　作者"假借"这接二连三的一系列的事件，不仅憎恨和谩骂"告密者"这个"不是人"的狗东西，也是在暗喻曹家即将"调京治罪"，走向衰败。同时也反映出作者高超创作艺术。

六十二、事出蹊跷必有“妖”

按理说，曹家“暗移家产”“乱找门路”都是“隐秘”行为。既然如此，那么，高高在上的雍正皇帝是怎么知道曹家这些“绝密”举动的呢?

事出蹊跷必有“妖”。既然雍正皇帝下令查抄曹家，说明他已经掌握了铁的事实。也就是说，他的情报信息比较准确可靠，要不然雍正皇帝绝不会这么快就下令查抄曹家。而“暗移财产”这种关系曹家生死存亡的秘密举动，曹家之外的人不可能知道。因此，必然有“内部人”兴妖作怪。那么，这个兴妖作怪的“告密者”究竟是谁呢?

经过综合分析判断，笔者认为，曹頫的三哥曹颀的可能性比较大。

其一，曹颀具有告密的机会。当时，曹颀是旗鼓佐领兼茶房总领，经常在雍正皇帝身边侍奉。曹家的其他人要想接近雍正皇帝，那是绝对不可能的，即使作为江宁织造主事的曹頫，想和雍正皇帝见上一面，那也是十分困难。而茶房总领曹颀则能够天天见到雍正皇帝。特别是牵扯江南三织造的相关奏折，因曹颀是曹家的“内部”人，雍正皇帝时不时地问下曹颀的可能性也是有的。这个时候，曹颀如果添油加醋地说曹頫的坏话，甚至把曹家的不轨行为告诉雍正皇帝，也是极有可能的。

曹颀担任内务府茶房总领，在康熙五十五年（1716 年）闰三月十七的《署内务府总管马齐奏请补放茶房总领折》中有此记载：

奉旨：曹寅之子茶上人曹颀，比以上这些人都能干，著以曹颀补放茶房总领。钦此。

需要指出的是，这里的曹颀并不是“曹寅之子”，也不是曹寅的过继子曹頫。曹寅的儿子曹颙已于康熙五十四年（1715 年）正月病逝，曹頫也于此年经康熙皇帝“恩准”，过继给曹寅之妻李氏为“嗣子”并掌管江宁织造。因此，这个曹颀只能是曹寅的侄子，也就是曹頫的亲哥哥。

另外从雍正十一年（1733 年）七月二十四，《内务府总管允禄为旗鼓佐领曹颀等身故请补放缺额折》中可知，曹颀后来被提拔为旗鼓佐领。

其二，曹颀具有暗中使“绊子”的动机。曹玺去世以后，康熙皇帝本来想安排曹寅署理江宁织造，康熙幼年时期的保母孙氏夫人就认为康熙皇帝“偏心眼”。因为曹荃是孙氏夫人的亲生儿子，而曹寅是曹玺的一个小妾顾氏所生，也就是说曹寅不是“嫡出”，而是“庶出”。最终曹荃没有干成。康熙皇帝为了照顾孙氏夫人的面子，就把曹荃安排到身边担任御前侍卫。过了三年以后，康熙皇帝采取了“迂回曲折”的方法，先让曹寅署理苏州织造，几年以后，才让曹寅正式担任江宁织造主事。再有就是，因曹寅结婚很长时间没有生子，弟弟曹荃就把大儿子曹顺过继给了哥哥曹寅。后来曹寅的亲生儿子曹颙出生，曹寅就解除了曹顺的“过继子”关系。曹颙去世之后，按理说曹顺应该再继续过继过来承继父业，结果康熙皇帝参与了这件事，最后安排曹頫过继给曹寅之妻李氏为继子，并承继江宁织造主事。这些事虽然与曹颀本人关系不大，但有可能忌恨曹頫，而且江宁织造当时是个很吃香的肥差。先是他们的父亲曹荃没有干成，后来曹顺也阴差阳错地没有干成。因此，曹颀对此耿耿于怀，暗中使个“绊子”也极有可能。

其三，曹頫被抄家治罪而曹颀受到封赏。据《江宁织造曹家档案史料》记载，雍正三年（1725年）五月二十九，雍正御批将烧酒胡同房一所，计九间，灰偏厦子二升，赏给茶房总领曹颀。在此期间，雍正皇帝剥夺了曹頫承造马鞍撒袋等饰件的铸造权。随后，曹頫因织造绸缎轻薄和掉色而连续被雍正皇帝斥责，并两次受到罚俸。曹頫的姐夫，平郡王纳尔苏被革爵圈禁。然而，恰巧就在雍正下令查抄曹家的第四天，也就是雍正五年（1727年）腊月二十八，雍正就赏给在皇宫里当茶房总领的曹颀等人每人御笔“福”字一张。当时，能够得到当朝皇帝亲自书写赏封的“福”字，是一种莫大的荣耀。其后，曹颀又由茶房总领提升为旗鼓佐领。雍正皇帝登基以后，曹頫三番五次地受到雍正的严厉斥责，后来被“抄家”并戴枷归还所欠银两，而他的哥哥不仅受到雍正皇帝的封赏，而且由七品的茶房总领，提升为相当于现在厅级干部的旗鼓佐领，事情确实有些蹊跷。曹颀有没有告密邀功的因素，的确令人深思。

雍正登基以后，就对曹頫的舅舅苏州织造李煦革职查办，曹頫的姐夫平郡王纳尔苏也被削爵圈禁。这个时候的曹頫，接二连三地失去依靠，更是诚惶诚恐，如履薄冰。因此，他也免不了要跑门路、找靠山。曹頫的这些秘密活动，雍正却掌握得一清二楚，并警告他“不要乱跑门路，瞎费心思力量买祸受”“少乱一点，坏朕名声”。这个时候的“告密者”也深知雍正皇帝对于“暗通贿赂、结交权贵”深恶痛绝，一旦发现，就要严惩不贷。所以，这个经常“打小报告”的人，很有可能就是雍正身边的这位茶房总领曹颀。

其四，曹颀对曹頫落难处置漠然。曹頫被革职“戴枷”偿还骚扰驿站多索要的银子，只是区区的四百四十三两二钱。

雍正五年（1727年），在《大清会典·内务府六·慎刑司》中，曾经规定：

嗣后内务府佐领人等，有应追拖欠官私银两，应枷号者枷号催追，应带锁者带锁催追，俟交完日再行治罪释放，著为定例。

当时曹家被“抄家”后，其在江南的所有家产全部赏给了江宁织造的继任者绥赫德，说明曹頫已无力赔偿。

乾隆皇帝登基以后，颁布恩诏：

八旗及总管内务府五旗包衣佐领人等内，凡应追取之侵贪挪移款项，倘本人确实家产已尽，著查明宽免。

曹頫到雍正十三年（1735 年）十二月被宽免时，还仍然欠银三百零二两。说明从雍正六年（1728 年）到雍正十三年（1735 年）的 7 年间，曹頫只还了一百四十一两二钱。而其间也一直"枷号催追"。如果他们兄弟之间团结一心，想法凑凑或者东借西借，也不至于还不上这区区四百多两银子。况且曹颙在宫中还担任旗鼓佐领及茶房总领，虽然官职属正五品，但他们也不可能拿不出三百两银子替曹頫还清，而眼睁睁地看着曹頫戴枷受罪。只能说明他们兄弟之间不是一般的矛盾。因此可以判断，这个落井下石的"告密者"，有可能就是曹颙。

其五，批语中透露曹頫曾受"棠棣之威"。书中第二回冷子兴与贾雨村有一段关于贾宝玉的对话。此时有一条甲戌眉批：

以自古未闻之奇语，故写成自古未有之奇文。此是一部书中大调侃寓意处。盖作者实因鹡鸰之悲、棠棣之威，故撰此闺阁庭帏之传。

鹡鸰、棠棣，都比喻为兄弟，鹡鸰困在原野，赶来救难的只有兄弟。而"鹡鸰之悲"的意思则是兄弟遭难，要有悲剧发生。批语"作者实因鹡鸰之悲"，指的就是作者因为兄弟不和要有悲剧发生。而"棠棣之威"的意思则是作者受到了兄弟的威逼、威胁或者威吓。由此可以推断，他们兄弟可能是因为"不和"而自相残杀。

其六，书中暗喻曹家"内讧"。在《红楼梦》第七十四回中：

贾探春说："你们别忙，自然连你们抄的日子有呢！你们今日早起不曾议论甄家，自己家里好好的抄家，果然今日真抄了。咱们也渐渐地来了。可知这样大族人家，若从外头杀来，一时是杀不死的，这是古人曾说的'百足之虫，死而不僵'，必须先从家里自杀自灭起来，才能一败涂地！"

贾探春是说，像贾家这样的大家族，如果单从外边杀来，不是那么容易杀死的。必须先从自家"自杀自灭"，才是造成一败涂地的根本原因。贾探春的这番话，也更进一步地验证了曹家最终的"一败涂地"，是"自杀自灭"的内讧导致的。

其七，批语中透露曹家出现"不肖子孙"。靖藏本第十八回有一条很长的眉批，其中有一段写道：

大族之败必不致如此之速，特以子孙不肖，招接匪类，不知创业之艰难。当知瞬息荣华，暂时欢乐，无异于烈火烹油、鲜花著锦，岂得久乎！戊子孟夏读《庾子山文集》，因将数语系此，后世子孙其毋慢忽之！

这条批语是畸笏叟在乾隆戊子年（1768 年）所批。这条批语是说，大家族的衰败没落，其速度不至于这么快，只是因为"子孙不肖，招接匪类"，不知道创业的艰难，只知道瞬间的荣华富贵，这就相当于"烈火烹油、鲜花著锦"，怎么能够长久呢！最后，批者还谆谆告诫后人子孙，千万不能忽视这点。

这段批语所说的"子孙不肖，招接匪类"，是指曹頫的哥哥曹桑额勾结衙役设计拘捕吴老汉之事。这件事在《内务府奏审拟桑额等设计逮捕曹頫家人吴老汉一案请旨折》中，详细记载了曹桑额企图抵赖曹頫的银两，并勾结萧林及衙役将曹頫家人吴老汉绑架囚禁等一系列事实。

"桑额"是"三儿"的音转，有一些排行第三的男孩子的乳名就被叫作"三儿"，以音之转就被写为"桑额"。据此判断，企图抵赖曹頫银两，勾结萧林及衙役将曹頫家人吴老汉绑架囚禁的曹桑额，很可能就是曹頫的三哥曹頎。

书中第二十八回，冯紫英请贾宝玉吃酒，参加的人员有薛蟠、蒋玉菡等，还有一个叫云儿的妓女。

那薛蟠三杯下肚，不觉忘了情，拉着云儿的手笑道："你把那体己新样儿的曲子唱个我听，我吃一坛如何？"云儿听说，只得拿起琵琶来，唱道：

两个冤家，都难丢下，想着你来又记挂着他。两个人形容俊俏，都难描画。想昨宵幽期私订在荼蘼架，一个偷情，一个寻拿，拿住了三曹对案，我也无回话。

此时有一条甲戌侧批道：

此唱一曲为直刺宝玉。

云儿的唱曲中，有"拿住了三曹对案"一句，这句当中的"三曹"，倒过来读就是"曹三"，而"拿住了三曹对案"，也就是"拿住曹老三对案"，说明这个叫"曹老三"的人是个案底在身的"罪犯"。而曹頫的三哥曹頎，曾经向雍正皇帝密告曹頫"暗移家产""乱找门路"等，致使曹頫被"抄家治罪"。他还抵赖曹頫的银子不还，勾结萧林及衙役将曹頫家人吴老汉绑架囚禁。所有这些，都充分说明，曹頫的三哥曹頎，对曹頫本人及曹家犯下了"滔天大罪"。而此时的曹頫，虽然对他亲哥哥曹頎恨之入骨，但也是无可奈何。因此批者才批出了"此唱一曲为直刺宝玉"的批语。

雍正十一年（1733年）七月二十四，从《内务府总管允禄为旗鼓佐领曹頎等身故请补放缺额折》中得知，曹頎死于雍正十一年（1733年），年仅三十六七岁，死因不详。但根据曹桑额企图抵赖曹頫银两，勾结萧林及衙役将吴老汉绑架囚禁一事的处理结果来看，他很有可能是病死。

对于曹桑额的处理结果，在《关于江宁织造曹家档案史料》中曾经有这样的记载：

查律载：凡人若合谋设计，故意哄骗，使捕旁人，陷致获罪者，应与犯罪者同罪，处以杖流。桑额欠吴老汉银两，而因吴老汉常往其家催索，竟尔向索住关说，央烦番役蔡二格，计捉吴老汉者，甚是可恶。因此，议将桑额枷号两月，鞭责一百，发往打牲乌拉，充打牲夫；（中略）桑额所欠之银一千三百十五两，应向桑额於枷号期内催取，俟偿完吴老汉时，再行发配。

如果按照这个处理结果来判断，曹桑额有可能死于"打牲乌拉"。但从《内务府总管允禄为旗鼓佐领曹頎等身故请补放缺额折》中看到，当时曹頎死时，其身份还是个"旗鼓佐领",这就有点蹊跷。难道曹頫还清了吴老汉的欠银后,雍正皇帝念其"忠心耿耿"而改变主意,仍然保留他"旗鼓佐领"的身份而禁锢在家,这就不好妄加猜测了。

目前,关于曹顺是曹荃的儿子还是曹宜的儿子,红学界也有一些争论。一种说法认为他是曹荃的二儿子,也有的说是三儿子。另一种说法认为,曹顺是曹宜的儿子,后来过继给曹荃。

笔者认为,曹顺是曹荃二儿子或者三儿子的可能性比较大。说是曹宜的儿子也有可能。说是曹顺后来过继给曹荃的可能性不大。因为曹荃本支已经有四个儿子,没有必要再过继来一个儿子。况且本来曹宜就只有一个儿子,这个儿子是不是曹顺,目前没有确切证据可考。

冯其庸先生在他所著的《曹雪芹家事新考》中,考证出曹顺是曹宜的儿子。而康熙五十一年(1712年)九月初四日,在《曹寅之子连生奏曹寅故后情形折》中,就有"九月初三日,奴才堂兄曹顺来南,奉梁总管传宣圣旨"等语句。

"堂兄弟"是共祖不共父的平辈兄弟之间的互称。过去把亲兄弟、亲姐妹之外的称为堂兄弟或堂姐妹,后来把五代之内的兄弟统称为"堂兄弟"。曹玺和曹尔正是亲兄弟。曹寅和曹荃的父亲是曹玺,曹宜的父亲是曹尔正。如果照此理解,那么,冯其庸先生所说的"曹顺是曹宜儿子"的观点也应该正确。如果按照"五代之内的兄弟统称为'堂兄弟'"来理解,曹颙也可以称曹顺为"堂兄"。这样看来,那曹顺也可能是曹颙叔叔曹荃的儿子,也可能是曹宜的儿子。

《五庆堂曹氏宗谱》虽然也有其记载,但其真实性也一直争论不休。从区区100多字的《总管内务府为曹顺等人捐纳监生事咨户部文》的记载中,居然会出现三四处明显的错误。因此,曹顺到底是谁的儿子目前也在争论之中。

六十三、他们弟兄原也不和

康熙五十四年（1715 年）正月十二日，内务府给康熙皇帝奏报了一道《内务府奏请将曹頫给曹寅之妻为嗣并补江宁织造折》。这道奏折写道：

总管内务府谨奏：为请旨事。

康熙五十四年正月初九日，奏事员外郎双全、物林达苏成额、奏事张文彬、检讨杨万成，交出曹颙具奏汉文摺，传旨谕内务府总管：曹颙系朕眼看自幼长成，此子甚可惜。朕所使用之包衣子嗣中，尚无一人如他者。看起来生长得也魁梧，拿起笔来也能写作，是个文武全才之人。他在织造上很谨慎。朕对他曾寄予很大的希望。他的祖、父，先前也很勤劳。现在倘若迁移他的家产，将致破毁。李煦现在此地，著内务府总管去问李煦，务必在曹荃之诸子中，找到能奉养曹颙之母如同生母之人才好。他们弟兄原也不和，倘若使不和者去做其子，反而不好。汝等对此，应详细考查选择。钦此。本日李煦来称：奉旨问我，曹荃之子谁好？我奏，曹荃第四子曹頫好，若给曹寅之妻为嗣，可以奉养。奉旨：好。钦此。等语。臣等钦遵。查曹颙之母不在此地，当经询问曹頫之家人老汉，在曹荃的诸子中，哪一个应做你主人的子嗣？据禀称：我主人所养曹荃的诸子都好，其中曹頫为人忠厚老实，孝顺我的女主人，我女主人也疼爱他等语。

臣等敬维圣主不弃奴才等微劳，普施恩泽，推及妇孺子孙，亦必抚育成全，决不使其家业破毁，所施恩泽，不仅其一家感受鸿恩，得以成全养育者，数之不尽，即推及臣等之身及所有闻知之人，亦皆不胜赞誉奇恩，无不感激者也。因此遵奉仁旨，详细考查，曹荃诸子中，既皆曰曹頫可以承嗣，即请将曹頫给曹寅之妻为嗣，并补放曹颙江宁织造之缺，亦给主事职衔。为此，谨奏请旨。等因缮摺。

这道内务府的奏报表明，曹家兄弟之间的不和，康熙皇帝知道得非常清楚，要不然在总管内务府的奏报中，不会有康熙皇帝所说的“他们弟兄原也不和，倘若使不和者去做其子，反而不好”等文字记载。同时也说明，曹家兄弟之间的不和，绝不是空穴来风，而是有一定的事实依据。试想，他们兄弟之间的“不和”，连康熙皇帝都知道得一清二楚，可想而知这种“不和”并不是一般的家庭不团结。

有关他们兄弟之间的“不和”，在《红楼梦》书中也有“暗写”。

第七十五回，薛宝钗来找李纨，说母亲病了，出去照顾几天，等母亲好了再进来。因为凤姐疾病缠身，王夫人让贾探春和李纨料理家中各种事务，所以薛宝钗来向李纨辞行的同时，已经派人去请探春过来，也要向探春辞行。哪知探春一听便说："很好。不但姨妈好了还来的，就便好了不来也使得。"这话说得有点阴阳怪气，尤氏马上问道："这话奇怪，怎么撺起亲戚来了？"探春冷笑道："正是呢，有叫人撺的，不如我先撺。亲戚们好，也不在必要死住着才好。咱们倒是一家子亲骨肉呢，一个个不像乌眼鸡，恨不得你吃了我，我吃了你！"

在这里，作者借贾探春之口，说出了"一家子亲骨肉"恨不得"你吃了我，我吃了你"之句。可见，他们明争暗斗导致的"兄弟不和"，的确有事实依据。

那么，他们之间的"兄弟不和"是如何产生的呢？

浙江省丝绸文化研究会秘书长李建华先生认为，曹寅的生母是曹玺的小妾顾氏，并不是孙氏夫人。孙氏亲生的儿子名叫曹荃，比曹寅小几岁。曹玺去世以后，康熙原打算让曹寅继承江宁织造主事职衔，这时候孙氏就不愿意。意思是这样的肥差事不让我"嫡出"的儿子曹荃担任，反而让"庶出"的曹寅担任，这不就意味着我的亲生儿子不如曹寅吗。此时看到曹家出现内部矛盾，曹寅很是大度，就主动禀报康熙皇帝，让曹荃做江宁织造主事。康熙安排曹寅做江宁织造主事，并不是康熙皇帝一时头脑发热，而是经过深思熟虑，有特别用意的，根本就没想让曹荃去的意思。因为江宁织造主事这个差事，不仅仅是为皇家织造绫罗绸缎等，康熙还有其他特殊的任务安排，所以康熙没有同意。此时，康熙皇帝为了顾及孙氏夫人的"脸面"，既没让曹荃去，也没有让曹寅去，而是提拔曹荃担任御前侍卫。一方面能够让孙氏夫人面子上过得去，另一方面也让曹荃感到康熙皇帝对他的重视。

过了3年，曹家的内部矛盾有了一定缓解，康熙皇帝就安排曹寅先去苏州织造任职，同时又安排曹寅把孙氏夫人带到身边，亲自供养、悉心孝敬，以增加母子感情，缓和家庭矛盾。3年后，曹家的矛盾有了很大的改变。这个时候，康熙皇帝也没有立即让曹寅转任江宁织造，而是让他由苏州织造兼理江宁织造。又过了两年，康熙才正式让曹寅担任江宁织造主事职衔。由此看来，康熙皇帝为了缓解曹家的矛盾，前后用了8年的时间，这才最终达到让曹寅署理江宁织造的目的，真可谓用心良苦。

笔者认为，既然康熙皇帝压根就没想让曹荃担任江宁织造主事，一方面可能认为曹荃不具备管理织造的天赋和才干。另一方面，江南一带的前明遗老和乡绅名人"反清复明"思想比较活跃，也曾经出现过很多新兴的士林政党群体。这些以"反清复明"为宗旨的政党群体，一直是康熙皇帝的一大"心病"。而江南大儒顾景星是曹寅的舅舅，在江南一带享有极高的威望。康熙皇帝利用曹寅与顾景星的舅甥关系，能够最大限度地笼络安抚前明遗老，洞察江南名人绅士以及政党群体的一切动向，以利于大清王朝的封建统治。

当然，康熙皇帝这种"治国安邦"的战略用意，曹荃不可能明白。但无论怎么说，曹荃没有做成江宁织造主事，从他的内心来讲，应该是很不愉快。再加上第一次过继给曹寅为继子的是曹荃的大儿子曹顺。曹頫去世之后，在江宁织造主事空缺的情况下，不仅没让曹荃的大儿子曹顺继续过继到曹寅名下，而是又重新安排曹荃的第四子曹頫过继给曹寅之妻李氏为继子，并承袭江宁织造主事。可想而知，他们家的矛盾随着曹寅、曹荃的相继去世，不仅没有得到有效缓解，而是有进一步扩大蔓延之趋势。

庚辰本《脂砚斋重评石头记》第二十一回，有一条回前总批，其中就有"自执金矛又执戈，自相戕戮自张罗"诗句。这句诗，一方面"暗含"作者自己既著书（自执金矛）又批书（又执戈），另一方面也"一语两意"地"暗示"曹氏家族的内部矛盾，已经到了"真枪实刀，戕戮厮杀"的地步。

六十四、"政治原因"是根本

雍正皇帝登基以后，在全国上下开展了声势浩大的整饬吏治，惩治贪官污吏，崇尚节俭，反对奢侈浪费的一系列改革行动。在这种大背景下，对于曹家的巨大亏空，雍正皇帝也没有立即治罪，而是特殊施恩，让曹頫"将织造补库分三年带完"。到了雍正五年（1727 年），三年期限已满，曹家的亏空依然没有还清。当时，雍正皇帝还是没有按照"限满未完"来追究曹頫的罪责，而是再次"施恩宽限，令其赔补"。雍正五年（1727 年）五月二十二，雍正传旨，让曹頫将其应进缎匹送到京城来。曹頫在进京途中，因手下"骚扰驿站"被山东巡抚塞楞额参奏。后来又发现曹家"暗移财产、乱找门路"，雍正皇帝这才下令查抄曹家。但是，在下令查抄曹家的御批中，丝毫没有提到"骚扰驿站"这回事，而定罪的主要原因是"行为不端""暗移财产"。很显然，曹頫获罪的主要原因并不完全是"亏空"和"骚扰驿站"等经济问题。因此可以说，"政治原因"是查抄曹家的根本。

这个"政治原因"，有可能就是第一次废除太子胤礽后，所发生的轰动朝野的"争储夺嫡"事件。

当时康熙皇帝有 24 个儿子，在康熙的众多儿子当中，其中有 9 个参与了皇位的争夺战。这 9 个儿子分别是：大阿哥胤禔、二阿哥胤礽、三阿哥胤祉、四阿哥胤禛、八阿哥胤禩、九阿哥胤禟、十阿哥胤䄉、十三阿哥胤祥、十四阿哥胤禵。康熙皇帝在第一次废除太子胤礽后没多久，就征求佟国维、马齐等大臣们的意见，并且采用"保举"的方式进行推荐，看看谁能够将来承继大统。以佟国维、马齐、阿灵阿、鄂伦岱、揆叙、王鸿绪等为首的朝中重臣，联名保奏八阿哥胤禩为"新储君"，令康熙皇帝大感意外，并且说道：

> 立皇太子之事关系甚大，尔等各宜尽心详议，八阿哥未曾更事，近又罹罪，且其母家亦甚微贱，尔等其再思之。

由于八阿哥胤禩的生母卫氏系"辛者库"出身，身份卑微低贱，胤禩生下来就由大阿哥胤禔的生母惠妃抚养。胤禩在"寄人篱下"的环境中，自幼就懂得发愤图强，不仅在待人处事上灵活温润、细致周全，而且在文韬武略等诸方面，在康熙所有儿子当中都属于出类拔萃的佼佼者。

本来康熙皇帝就对"结党营私"十分反感，加之推荐新太子这件事，有百多位官员又一边倒地联名保举八阿哥胤禩，这引起了康熙皇帝的极大警觉。况且康熙皇帝因为八阿哥胤禩的生母身份"亦甚微贱"，所以根本就没有想立胤禩为新太子的意思。这时，康熙也非常清醒，于是重新复立二阿哥胤礽为皇太子，并严词重责举荐八阿哥胤禩的几位朝中大臣。

康熙五十一年（1712年）胤礽二度被废之后，四阿哥胤禛看到胤礽绝无再复立的可能，就开始秘密拉拢近臣，窥视储位。他们兄弟之间的钩心斗角也极为激烈。这个时候，经过多次的博弈，就形成了以四阿哥胤禛为首的"四爷党"和以八阿哥胤禩为首的"八爷党"两大势力。其中尤为以胤禩为首的"八爷党"集团人多势众，而且呼声也最高。

天下诸事，事与愿违的蹊跷之事着实不少。康熙五十三年（1714年）十一月，八阿哥胤禩因为"毙鹰"事件，受到了康熙皇帝的严厉斥责，使八阿哥胤禩在康熙皇帝心中的好感度更加昼衰夜减。

据《康熙朝实录》记载，康熙五十三年（1714年）十一月二十六日，康熙巡视热河，原本应该是八阿哥胤禩随行侍奉，结果那天恰好是胤禩生母良妃的祭日，所以他就前去祭奠母亲，并未赴康熙巡行之地请安，只好派了个太监去康熙皇帝处说明缘由，表示将在汤泉处等候父皇一同回京。这个时候，胤禩为了讨好康熙皇帝，就挑选了两只上等的海东青，安排太监送给父皇。结果这对海东青送到康熙手里的时候，却非常蹊跷地变成了两只奄奄一息的死鹰。

海东青的满语叫"雄库鲁"，意思就是世界上飞得最高最快的大鸟，具有"万鹰之神"之称。传说中10万只神鹰才能够选出一只上好的海东青。海东青性情刚毅而凶猛，其力量之大，如千钧击石，其翔速之快，如闪电雷鸣。由此可见海东青的生命力非常迅猛强健。八阿哥胤禩向来做事缜密，是个极为聪明的人，他为了讨好父皇，在挑选海东青的时候，肯定是精挑细选、优中选优。这样两只生命力极强的"上等"海东青，怎么到了康熙皇帝手中就变成了"奄奄一息"的死鹰了呢？在这如此重大关键及敏感时刻，又有谁敢冒这么大的风险，背后陷害八阿哥胤禩呢？

笔者认为，这是以四阿哥胤禛为首的"四爷党"集团的所作所为。

康熙皇帝听到八阿哥胤禩送给自己海东青，本来心里很是高兴。但是，当他看到这两只死去的海东青，非常愤怒。认为这是八阿哥胤禩故意诅咒自己，当即宣召诸皇子，谴责声讨。并且说胤禩：

系辛者库贱妇所生，自幼心高阴险。听相面人张明德之言，遂大背臣道，觅人谋杀二阿哥，举国皆知。伊杀害二阿哥，未必念及朕躬也。朕前患病，诸大臣保奏八阿哥，朕甚无奈，将不可册立之胤礽放出，数载之内，极其郁闷。胤禩仍望遂其初念，与乱臣贼子结成党羽，密行险奸，谓朕年已老迈，岁月无多，及至不讳，伊曾为人所保，谁敢争执？遂自谓可保无虞矣。

此时，康熙皇帝终于承认了胤礽的废而复立是其出于无奈之举。随后，康熙皇帝说出了更为绝情的话：

自此朕与胤礽，父子之恩绝矣。

康熙五十四年（1715年）正月二十九日，康熙又告诉八阿哥胤禩道：

行止卑污，凡应行走处俱懒惰不赴，停本人及属官俸银俸米、执事人等银米。

八阿哥胤禩遭受如此重大打击，从此，对"争储夺嫡"完全失去了信心，从而转为扶持与四阿哥胤禛一母同胞的弟弟十四阿哥胤禵。

康熙六十一年（1722年）十一月十三日，康熙皇帝病故于畅春园清溪书屋，当时"八爷党"的重要骨干十四阿哥胤禵，早于康熙五十七年（1718年）受命为抚远大将军，远在西北。四阿哥胤禛等众皇子留在北京。胤禛通过自己的内线，准确掌握了康熙皇帝的身体情况，并三番五次地设法前去请安抚慰。康熙在弥留之际，急传四阿哥胤禛觐见，随后，康熙近臣步军统领隆科多宣布康熙遗诏。

康熙皇帝遗诏的内容很长，其中的最后一部分这样写道：

太祖皇帝之子礼亲王之子孙，现今俱各安全，朕身后尔等若能惕心保全，朕亦欣然安逝。雍亲王皇四子胤禛，人品贵重，深肖朕躬，必能克承大统。著继朕登基，即皇帝位，即遵舆制，持服二十七日，释服布告中外，咸使闻知。

康熙六十一年十一月十三日卯

由此，这场持续多年的"争储夺嫡"事件，最终以皇四子胤禛获胜而告终。

雍亲王胤禛继承皇位后，并没有放过其政敌"八爷党"一帮人。八阿哥允禩等人也不甘心失败，所以双方明争暗斗也一直不断。以雍正皇帝刚正不阿的性格特征，任何对他的皇权构成威胁的可能，他都会利用皇帝的特权扫除其障碍。这个时候，雍正为了巩固皇权，首先是消除异己，分化瓦解"八爷党"集团。

雍正二年（1724年）四月初七，雍正皇帝斥责八阿哥允禩并谕诸王大臣：

圣祖生前，因胤禩种种妄行，致皇考暮年愤懑，"肌体清瘦，血气衰耗"，伊等毫无爱恋之心，仍"固结党援，希图侥幸"。朕即位后，将胤禩优封亲王，任以总理事务，理应痛改前非，输其诚悃，乃不以事君、事兄为重，以胤禟、胤禵为伊出力，怀挟私心。诸凡事务，有意毁废，奏事并不亲到，敬且草率付之他人。

雍正三年（1725年）二月十四，雍正皇帝又严厉斥责胤禩道：

怀挟私心，遇事播弄，希动摇众志，搅扰朕之心思，阻挠朕之政事。

雍正四年（1726年）正月初五日，允禩、允禟及苏努、吴尔占等被革去代表宗室身份的专用黄带子，由宗人府除名。

雍正四年（1726年）三月初四日，对八阿哥允禩削去宗籍并圈禁，其名字被改为"阿其那"。九阿哥允禟被削宗籍和圈禁，并被改名为"塞思黑"，以示贬辱。十阿哥允䄉被圈禁。皇十四子允禵先是被雍正安排为康熙守陵，后来也被圈禁。雍正四年（1726

年）六月初一日，雍正将允禩、允禟、允䄉之罪状颁示全国，议允禩罪状四十款，议允禟罪状二十八款，议允䄉罪状十四款。至此，以八阿哥允禩为首的"八爷党"集团彻底垮台。

雍正四年（1726年）八月二十七日，允禟因腹泻卒于保定。九月初八日，允禩亦因"干呕"病逝于监所。短短的10天左右，雍正皇帝的两位政敌因"上吐下泻"相继死去，这不得不引起诸多疑端。据此，坊间大多认为他们是被下毒致死。

在此期间，雍正皇帝还清除了自己的大舅哥年羹尧和舅舅隆科多。

雍正三年（1725年），雍正以作威作福、刚愎自用、结党营私、贪赃受贿等九十二款大罪，责令年羹尧自尽。雍正五年（1727年）十月，又因隆科多结党营私、私藏"玉牒"等四十一条大罪，被雍正罢免、抄家，在畅春园外面给他单独建了三间小屋，被永远禁锢。隆科多的长子岳兴阿撤职，次子玉柱发配黑龙江。雍正六年（1728年）六月，隆科多死于禁所。

雍正皇帝在肃清"八爷党"及其成员后，并没有就此罢休，而是把打击的对象放在了与"八爷党"集团关系密切的其他人身上。曹家作为掌管江宁织造58年的包衣奴才，可谓与皇家关系非同一般。特别是在曹寅掌管江宁织造的20多年间，他与康熙皇帝以及众多王爷阿哥们建立起来的特殊"关系网"，也是人所共知的事实。其中就有太子胤礽、八阿哥胤禩、十阿哥胤䄉、十三阿哥胤祥、十四阿哥胤禵等。唯独与四阿哥胤禛关系一般。由于太子胤礽被废，"八爷党"失败圈禁，曹家不但站错了队，更是完全失去了靠山。雍正本身就对曹家与"八爷党"集团勾勾搭搭恨得咬牙切齿，再加上织造亏空、"骚扰驿站"、转移财产，所以才被雍正皇帝下令抄家治罪。

关于曹家与"八爷党"成员关系密切，还有一个事实能够证明。

据《关于江宁织造曹家档案史料》记载，雍正六年（1728年）七月初三日，继任江宁织造主事绥赫德又奏报了曹頫在自家的万寿庵内，替雍正的政敌九阿哥允禟贮藏了一对镀金大狮子的事实。

《江宁织造绥赫德奏查织造衙门左侧庙内寄顿镀金狮子情形折》这样写道：

江宁织造·郎中奴才绥赫德跪奏：

窃奴才查得江宁织造衙门左侧万寿庵内，有藏贮镀金狮子一对，本身连座共高五尺六寸。奴才细查原因，系塞思黑于康熙五十五年遣护卫常德到江宁铸就，后因铸得不好，交与曹頫，寄顿庙中。今奴才查出，不知原铸何意，并不敢隐匿，谨具摺奏闻。或送京呈览，或当地毁销，均乞圣裁，以便遵行。奴才不胜惶悚仰切之至。谨奏。

朱批：销毁。

这道奏折说明，绥赫德接管江宁织造主事后，对曹家在南京的家产房屋进行了清理，在清理的过程中，发现江宁织造衙门左侧的万寿庵内，藏贮着一对连座高五尺六寸的镀金大狮子。经过细查得知，这一对镀金大狮子系"塞思黑"（九阿哥允禟）于

康熙五十五年（1716年）派遣护卫常德到南京铸造的。九阿哥允禟有可能还没来得及运回北京，就交给了江宁织造曹頫暂存。于是曹頫就寄放在了他的家庙万寿庵里。试想，这么大的一对镀金大狮子，允禟不可能自己享用。况且这种规格的镀金大狮子，一般的王爷也是授受不起，除非皇帝能够受用。那么允禟是为谁铸造的呢？最为合理的解释就是，将来八阿哥允禩或者十四阿哥允禵争储成功做了皇帝，允禟作为贺礼送给他们当中的上位者。虽然雍正皇帝轻描淡写地批示"销毁"，但对于曹頫来说，其性质就不是"亏空"和"骚扰驿站"这么简单了。再怎么说"亏空"和"骚扰驿站"只是经济问题，而为雍正的政敌私藏镀金大狮子，那就是"政治问题"了。

因此，曹家被抄家治罪的"政治原因"，应该与"争储夺嫡"事件有一定关联。

六十五、作者之说证据不足

脂砚斋作为《石头记》作批的第一人，她对这部小说的贡献有着不可替代的重要作用。她的几千条批语，对我们了解《红楼梦》的创作背景、人物命运以及作者家世具有重要的参考价值。其中涉及了作者的创作动机、故事原型、情节构思与写作技巧等，甚至对一些古代典故、谐音文化、隐喻暗喻等都进行了直接或间接的透露说明。正因为作者借"假"隐"真"，脂砚斋担心读者不理解作者的创作意图和内藏的各种玄机，因此才煞费苦心地给读者作出了提示性的告知和史实性的"暗示"。特别是对八十回后"迷失"的章回文字、主要情节、人物结局等所作的批注，使我们能够对《红楼梦》后半部分的情节内容大致有所了解。

对于这位神秘"大仙"脂砚斋，一些红学家认为她就是《石头记》原作者。笔者认为这种观点不仅失之偏颇，而且证据不足。

最早提出脂砚斋是《石头记》作者本人这一观点的是资深红学"大咖"胡适先生。

胡适先生根据《石头记》第二十二回中的"凤姐点戏，脂砚执笔事，今知者寥寥矣，不怨夫"这一条批语认为：由于凤姐不识字，按照当时的情况，贾宝玉是最合适替她执笔的人。据此，胡适先生认为脂砚斋就是贾宝玉。

同时，胡适先生还根据第十六回中的"借省亲事写南巡"等批语认为，脂砚斋与曹雪芹是同一人，是作者曹雪芹的"化名"。

胡适先生在《跋乾隆庚辰本脂砚斋重评石头记抄本》文章中写道：现在我看了此本，我相信脂砚斋即是那位爱吃胭脂的宝玉，即是曹雪芹自己。

胡适先生还说：脂砚只是那块爱吃胭脂的顽石，其为作者托名，本无可疑。

以上胡适先生的这两段话，不仅把曹雪芹和贾宝玉看作同一人，而且还将脂砚斋与曹雪芹视为同一人。按照胡适先生的这一说法，那作者曹雪芹就等同于主人公贾宝玉和批者脂砚斋。这种"误导性"的判断，实为生拉硬扯和不负责任。

书中第三回，林黛玉与袭人谈论贾宝玉衔玉而诞的那块"通灵宝玉"。书中写道：

黛玉道："姐姐们说的，我记着就是了。究竟那玉不知是怎么个来历？上面还有字迹？"袭人道："连一家子也不知来历，上头还有现成的眼儿，听得说，落草时是从他口里掏出来的。等我拿来你看便知。"黛玉忙止道："罢了，此刻夜深，明日再看也不迟。"

此时有一条蒙府本侧批：

他天生带来的美玉，他自己不爱惜，遇知己替他爱惜，连我看书的人也着实心疼不了，不觉背人一哭，以谢作者。

在这条批语当中，批者把"他"视为贾宝玉，把自己当作"看书人"，最后还"以谢作者"，说明批者和作者绝对不是一个人。

第十八回写道：

贾妃见宝、林二人亦发比别姊妹不同，真是姣花软玉一般。因问："宝玉为何不进见？"贾母乃启："无谕，外男不敢擅入。"元妃命快引进来。小太监出去引宝玉进来，先行国礼毕，元妃命他进前，携手揽于怀内，又抚其头颈。

此时有一条庚辰侧批：

作书人将批书人哭坏了。

这条批语，批者把"作书人"和"批书人"分开表述。如果作者和批者同属一人，批者绝不会分开表述。

第二十一回，在"谁知四儿是个聪敏乖巧不过的丫头"之处，有一条庚辰双行夹批：

又是一个有害无益者。作者一生为此所误，批者一生亦为此所误，于开卷凡见如此人，世人故为喜，余反抱恨，盖四字误人甚矣。被误者深感此批。

这条批语中的"作者一生为此所误，批者一生亦为此所误"一句，也是把作者和批者分开表述，而且在表述作者的时候，还多了一个"亦"字。如果批者和作者同属一人，那就应该是"余一生为此所误"，也更没有必要多加这个"亦"字。因此，作者和批者同属一人的说法根本就不成立。

第二十回写道：

宝玉听了这话，公然又是一个袭人。因笑道："我在这里坐着，你放心去罢。"

此时有一条庚辰侧批：

每于如此等处石兄何尝轻轻放过不介意来？亦作者欲瞒看官，又被批书人看出，呵呵！

这条批语批者说"亦作者欲瞒看官，又被批书人看出"，也把作者和批者分开表述。很显然，作者和批者不是一个人。

第二十五回，有一条甲戌侧批：

一段无伦无理信口开河的混话，却句句都是耳闻目睹者，并非杜撰而有。作者与余实实经过。

这条批语明白无误地说"作者与余实实经过"，也就是说，作者和批者实实在在地经历过。批者的这句批语，也充分说明作者和批者绝对不是一人。

第四十三回写道：

李纨又向众姊妹道："今儿是正经社日，可别忘了。"

此时有一条庚辰双行夹批：

看书者已忘，批书者亦已忘了，作者竟未忘，忽写此事，真忙中愈忙、紧处愈紧也。

这条批语中的"批书者亦已忘了，作者竟未忘"，也是将作者和批者分开来说。

第一回有一条甲戌眉批道：

今而后惟愿造化主再出一芹一脂，是书何幸，余二人亦大快遂心于九泉矣！

这条批语不仅把"一芹一脂"分开来说，而且批者作此批的时候，"一芹一脂"早已死去。如果脂砚斋是曹雪芹，批者绝不会如此表述。因此说，脂砚斋绝不会是曹雪芹。

甲戌本原持有者刘铨福，在甲戌本题跋中曾经说过：

脂砚与雪芹同时人，目击种种事，故批笔从不臆度。

在这里，刘铨福说脂砚与雪芹是"同时人"。如果脂砚斋和作者是一个人，那刘铨福肯定会说"同一人"，而不会说是"同时人"。由此说明，脂砚斋和曹雪芹绝不是一人。

第二十六回写道：宝玉穿着家常衣服，趿着鞋，倚在床上拿着本书。

此时有一条甲戌侧批：

这是等芸哥看，故作款式。若果真看书，在隔纱窗子说话时已经放下了。玉兄若见此批，必云：老货，他处处不放松我，可恨可恨！回思将余比作钗、颦等，乃一知己，余何幸也！一笑。

在这里，批者非常明确地告诉我们，脂砚斋不仅是女性，而且是与薛宝钗和林黛玉相提并论的女性。在大观园众多的年轻女性之中，能与薛宝钗和林黛玉一样成为贾宝玉红颜知己的女性有史湘云、晴雯、袭人等。晴雯和袭人是贾宝玉的贴身丫环，肯定识字不多，而且晴雯早就死去，袭人也最后嫁人。那么，最有资格成为贾宝玉红颜知己的女性只有史湘云一人。

从脂砚斋的一些批语中，不仅能够说明脂砚斋是女性，而且也是个敏感细腻，感情丰富，时常爱哭的女性。男人感情通常不会那么脆弱，也更不会轻易流泪甚至号啕痛哭。在此，我们略举几例。

第十五回写道，在"不想如今后辈人口繁盛，其中贫富不一，或性情参商"之处，有一条甲戌双行夹批：

所谓"源远水则浊，枝繁果则稀"。余为天下痴心祖宗为子孙谋千年业者痛哭。

第二十三回写道：

贾政一举目，见宝玉站在跟前，神采飘逸，秀色夺人，看看贾环，人物委琐，举止荒疏，忽又想起贾珠来。

此时有一条庚辰侧批：

批至此，几乎失声哭出。

第三回写道：

只因宝玉性情乖僻，每每规谏宝玉，心中着实忧郁。

此时有一条蒙本侧批：

我读至此，不觉放声大哭。

书中出现"痛哭""大哭"的脂砚斋批语很多。由此说明，脂砚斋不仅是个情感丰富的细腻女人，而且也是个时常爱哭的性情中人。

庚辰本第二十六回写道：

贾宝玉对紫鹃说，"好丫头，若共你多情小姐同鸳帐，怎舍得叠被铺床？"林黛玉听后很生气，登时撂下脸来。

此时有一侧批：

我也要恼。

这个时候，贾宝玉守着林黛玉的面，对紫鹃说这些"暧昧"调情的话，作为深爱着贾宝玉的林黛玉自然要"生气"。而脂砚斋批到此处，就顺手批到"我也要恼"。这说明脂砚斋就是女性。要不然贾宝玉对紫鹃"调情"，她为什么也要"恼"呢？

另外，从"脂砚斋"这个名字本身来看，就带有非常浓厚的脂粉香气。书中描述贾宝玉虽然调脂弄粉，爱吃"胭脂"，但他只是对女子特别"怜惜"而已，毕竟他是个堂堂男儿，离真正的浓郁脂粉香气差得不是一星半点。

六十六、叔叔之说牵强附会

也有一些红学家认为脂砚斋就是《红楼梦》原作者的叔叔。其依据有两点：

一是根据清朝宗室文人裕瑞在《枣窗闲笔》中的"本本有其叔脂砚之批语"之句，认为脂砚斋是曹雪芹的叔叔。

二是根据庚辰本第十八回的一条批语来判断的。这条批语就是：

批书人领至此教，故批至此，竟放声大哭。俺先姊仙逝太早，不然，余何得为废人耶。

据此，一些学者认为，批书人称贾元春为"先姊"，而贾元春的原型是作者曹雪芹的"姑姑"，批者当然应该是曹雪芹的叔辈。

在裕瑞《枣窗闲笔》中，的确有"本本有其叔脂砚之批语"和"闻其所谓'宝玉'者，当系指其叔辈其人，非自己写照也"这段话。如果按照裕瑞《枣窗闲笔》中的这段话来判断，那"叔叔之说"就已铁板钉钉。然而笔者认为，这纯粹是牵强附会。

据考，裕瑞的《枣窗闲笔》的创作时间大概是嘉庆朝中期，即公元1809年左右，那个时候《红楼梦》程甲本、程乙本已经正式刊印出版近20年之久。估计裕瑞看到的《红楼梦》就是程甲本或者程乙本。由于受到"程甲"的影响，裕瑞把曹雪芹当作了原作者。裕瑞虽然也可能看到过带有批语的手抄本《石头记》，当时因为条件所限，对于脂砚斋及畸笏叟等人的批语，研究得不够深细和精准，况且程甲本、程乙本出版时把所有脂砚斋、畸笏叟的批语全部删除了。所以，裕瑞没有弄清楚脂砚斋的男女性别，因此就有了"本本有其叔脂砚之批语"的错误说法。

前面我们考证了曹雪芹只是这部书的"披阅整理者"，真正的原作者是过继给曹寅之妻李氏为嗣子，并承继江宁织造主事的曹頫。在这里，裕瑞也知道贾宝玉的原型不是曹雪芹，而"系指其叔辈其人"。因为曹頫在他们叔伯兄弟中的排行最小，这个"叔辈其人"就可能是原作者曹頫。

而裕瑞所说的"闻其所谓'宝玉'者，当系指其叔辈其人，非自己写照也"之句，是说这个"宝玉"就是曹雪芹的叔叔，并不是自己的"写照"。如果认定作者曹雪芹是曹天佑或者曹頫的某位侄子，裕瑞的这句话没有毛病。如果作者不是曹天佑或曹頫的某位侄子，而是曹頫本人，那裕瑞把"宝玉"说成曹頫的"叔叔"，分明就是无稽之谈。而从这句话中的"闻"和"当系"来判断，裕瑞的这句话就明显地带有不确定性。

不能排除这是裕瑞的"道听途说"，或者主观臆断的"猜想"。

关于脂砚斋是作者叔叔之说的依据之二，是根据书中第十八回的一条批语来判断脂砚斋是曹雪芹的叔辈人。

第十八回元妃省亲，书中写道：

那宝玉未入学堂之先，三四岁时，已得贾妃手引口传，教授了几本书、数千字在腹内了。

此时有一条庚辰侧批：

批书人领至此教，故批至此，竟放声大哭。俺先姊仙逝太早，不然，余何得为废人耶？

这条批语中的"俺先姊仙逝太早"的"先姊"应该是贾元春。书中称呼贾元春为姐姐的虽然有贾宝玉、贾环、贾琮等。在这几个人当中，只有贾宝玉能够有资格在"三四岁时，已得贾妃手引口传"，那么贾环、贾琮就可以排除出局。同时，批语将"贾妃"与"先姊"并列，将"宝玉"与"余"并列，表明批书人就是作者的原型贾宝玉。

这段批语中的"余何得为废人耶"的"余"，可以理解为"我"。"废人"应该是"无才无用"之人。这句话连起来就是"我何以成为无才无用的人啊"。由此，我们想到《脂砚斋重评石头记》第一回的"无才可去补苍天，枉入红尘若许年"的大荒山无稽崖青埂峰的那块石头，就是自称"无才无用"之人的贾宝玉。也就是说，这条批语应该是贾宝玉的原型批的。

而就在"无才可去补苍天"的旁边，有一条甲戌侧批：

书之本旨。

在"枉入红尘若许年"的旁边，也有一条甲戌侧批：

惭愧之言，呜咽如闻。

这两条批语说明，"无才可去补苍天"是这部书的"本旨"，而"枉入红尘若许年"的"惭愧之言"，则是批者也仿佛听到了作者惭愧中泣啼呜咽的声音。

我们知道，对《石头记》作批的最重要之人除了脂砚斋以外，还有另外一个自称"畸笏""畸笏老人"的"隐身"人畸笏叟。而"畸笏叟"中的"畸"字，也作"畸形"讲，也就是身体"畸形"，有些"残废"，这正与批语中的"废人"之意暗合。由此可以进一步推断，批语中的"余"也指畸笏。自称"废人"与自称"畸笏"，其意思大致相同。

曹家最后一任江宁织造曹頫，被雍正下令抄家治罪以后，在北京"戴枷"还款达七八年之久，导致身体严重畸形，故可称为身体"畸形"的"废人"。因此笔者认为这条批语出自畸笏叟的原型曹頫之手，而不是脂砚斋。

前面我们分析了，石头就是石兄，石兄就是贾宝玉，贾宝玉就是畸笏叟，畸笏叟就是曹頫，曹頫就是《红楼梦》原作者。

以上判断也可以从以下两条批语中得到证实。

第十七回写道：

贾政笑道："诸公听此论若如？方才众人编新，你又说不如述古；如今我们述古，你又说粗陋不妥。你且说你的来我听。"宝玉道："有用'泻玉'二字，则莫若'沁芳'二字，岂不新雅？"贾政拈髯点头不语。众人都忙迎合，赞宝玉才情不凡。

此时有一条庚辰眉批：

六字是严父大露悦容也。壬午春。

同一回另一条的庚辰眉批是：

于作诗文时虽政老亦有如此令旨，可知严父亦无可奈何也。不学纨绔来看。畸笏。

以上这两条批语是畸笏叟所批无疑，而且原文的内容都与贾政相联系，批语中都称贾政为"严父"。书中能够称贾政为"严父"的虽然还有其他人，但原文中的这些内容和其他人无关，只有贾宝玉一人。这也进一步证明了贾宝玉就是畸笏叟，畸笏叟就是曹頫，曹頫就是《红楼梦》原作者的推断。

如果按照曹雪芹是曹頫的侄子来推断的话，那么贾宝玉的原型曹頫和这个自称"废人"的曹頫与曹雪芹正合"叔侄"关系。

但是，经过我们分析，脂砚斋是个女性，如果按照与曹雪芹的关系来论的话，只能是"姑侄"或者"婶侄"关系，也绝不是叔侄关系。因此，持这种观点的学者根本没有弄清楚脂砚斋的男女性别，误把脂砚斋当作了七尺男儿。

六十七、堂兄弟之说生拉硬扯

认为脂砚斋是作者的堂兄弟，这一说法的依据就是靖藏本第二十二回中的一条畸笏叟批语。这条批语是：

前批知者寥寥，不数年，芹溪，脂砚，杏斋诸子皆相继别去，今丁亥夏，只剩朽物一枚，宁不痛杀！

依据此条批语，有些学者认为，既然畸笏叟把"芹溪，脂砚，杏斋"并称为"诸子"，而自称"朽物"，说明畸笏叟的辈分高于二人。而曹雪芹和脂砚斋应该是同辈。再者，作批人时常避讳曹寅"西堂扫花行者""西堂公"中的"西"子。因此，也就有了脂砚斋和作者是堂兄弟之说。

笔者认为这种说法实为生拉硬扯。其理由如下：

其一，确定了《红楼梦》原作者是曹頫，那么曹雪芹和脂砚斋就不可能是同辈人。假设曹雪芹的原型是曹頫的儿子或者某位侄子，而脂砚斋的原型是史湘云，明显差着辈分。那么，脂砚斋和作者的堂兄弟之说也就不复存在。如果"曹雪芹"是曹頫的"化名"，虽然与脂砚斋是"同辈"关系，那也就说明曹雪芹只是曹頫的"笔名"。即使这样，那也不会是"堂兄弟"，只能是"表姊妹"。

其二，持这种观点的人还是没有弄清楚脂砚斋的男女性别，错把脂砚斋当作男性，堂兄弟之说也就不攻而破。

其三，无论是堂兄弟也好，还是堂兄妹也好，古时候晚辈避讳长辈的"字"或者"号"都是习以为常的家庭伦理之事，就在当今时代也是常理。"西堂"是曹寅在世时的江宁织造府堂斋园池名。曹寅不仅自号"西堂扫花行者"，而且别人也尊称他为"西堂公"。曹寅是曹家德高望重的长辈，避讳曹寅"西堂公"中的"西"字也符合人之常情。

其四，畸笏叟称曹雪芹、脂砚斋、杏斋为"诸子"，而自称"朽物"，不能完全说明兄弟之间才能够这样称呼。那么"堂兄弟"之说，也就极不严谨、很不严肃。

据查证，著名法律史学家程树德先生，在他所著的《论语集释》中讲到，马融曰：子者，男子之通称。据此，我们可以理解为男人都可以称为"子"。中国现代著名学者钱穆先生，在他所著的《论语新解》中提到，没有官职的普通人，如果被学者认可为开创一个学派的宗师，也可以成为"子"。因此来看，"子"是一种尊称。被称为"子"的人，无论是否有爵位和官衔，只要在学术等方面有自己的一套见解，并形成一个学派或者对学派的发展有重要的贡献，都可以被尊称为"子"。

另外，"诸"字也可当"众"和"许多"讲，例如诸位、诸君等。"子"字也可以是对特定人的称呼，例如古代经常把读书人称为"士子"，把船夫称为"舟子"，把某方面具有艺术才能的人称为"才子"等。就像称读书人为"士子"，称船夫为"舟子"一样。畸笏叟称他们为"诸子"，并不能完全认定畸笏叟比他们高一个辈分。如果按照这个逻辑来推论，那么"船娘""厨娘""伴娘"就应该称其为"娘"，这也有点太不可思议了吧！

还有第二十九回写道：

张道士道："前日我在好几处看见哥儿写的字，作的诗，都好得了不得，怎么老爷还抱怨说哥儿不大喜欢念书呢？依小道看来，也就罢了。"

在这里，张道士称自己为"小道"，称贾宝玉为"哥儿"，并不能认为张道士比贾宝玉"小"才称其为"哥儿"。张道士已经80多岁了，贾宝玉和王熙凤都称他为"张爷爷"。书中刘姥姥等还称呼王熙凤与贾琏的女儿巧姐为"大姐儿"。如果称呼什么事实就一定是什么，那不全乱套了吗？

可见称谓既有风俗习惯和地域的差异，也有其普遍性和特殊性。因此，我们万万不可断章取义地把畸笏叟称曹雪芹、脂砚斋、杏斋为"诸子"，就笼统地认为畸笏叟是他们共同的长辈。

另外，我们从其他一些批语中，也能够明显地看出，批者并不是作者"堂兄弟"的证据。

例如，在第二十一回的回前诗中，就有"茜纱公子情无限，脂砚先生恨几多"之句。"茜纱公子"，指的就是贾宝玉。而"情"和"恨"二字说明，她们不是"恋人关系"就是"夫妻关系"，绝对不是兄弟关系、叔侄关系和作者本人之关系。

第九回写道：

偏生这日贾政回家早些，正在书房中与相公清客们闲谈。忽见宝玉进来请安，回说上学里去，贾政冷笑道："你如果再提'上学'两个字，连我也羞死了。依我的话，你竟顽你的去是正理。仔细站脏了我这地，靠脏了我的门！"

此时有一条蒙府本双行夹批：

这一句才补出已往许多文字。是严父之声。

第十七回写道：

贾政道："休如此纵了他。"因命他道："今日任你狂为乱道，先设议论来，然后方许你作。"

此时有一条庚辰双行夹批：

又一格式，不然，不独死板，且亦大失严父素体。

既然批者称贾政为"严父"，那么，就足以说明脂砚斋并不是作者的堂兄弟。如果这两条批语是畸笏叟所批，那么称贾政为"严父"也正合畸笏叟就是贾宝玉。如果是脂砚斋所批，按照脂砚斋的原型史湘云的身份，应该称贾政为"表叔"或者"表伯"。如果脂砚斋也称贾政为"严父"，只有一种可能，那就是脂砚斋的原型后来嫁给了贾宝玉的原型，成为贾政原型儿子的媳妇。如果真是这样，那也就应验了周汝昌先生所判断的史湘云的原型后来和贾宝玉原型成为"患难夫妻"的又一旁证。

还有，脂砚斋虽然不是"男子"，而畸笏叟把脂砚斋并列于曹雪芹和杏斋，称她们为"诸子"，这更是显得对女性的莫大尊重。就像毛泽东敬称宋庆龄为"庆龄先生"是一样的道理。

六十八、定是红楼梦中人

脂砚斋在 20 多年的时间跨度里，不辞辛苦地对《石头记》进行了多次抄评，付出了相当大的心血汗水。从她字里行间的批语中可以看出，她对主人公贾宝玉表现出了超乎寻常的情感。她不拘于寻常的封建世俗，时而悲情流泪，时而调侃打诨。她为书中"玉兄"和"石兄"悲愤惋惜，也为作者的精彩妙句喝彩点赞，同时她也时常感叹自己的坎坷身世，经常拿书中的人物与自己的身世相比较。她的众多批语表明，《红楼梦》中的一些故事，大部分是作者本人的亲身经历。据此，我们可以非常确切地判断，脂砚斋一定是《红楼梦》书中某个现实人物原型。

例如第三回，当王夫人向林黛玉介绍贾宝玉时，书中写道：

"我有一个孽根祸胎，是家里的'混世魔王'，今日因庙里还愿去了，尚未回来，晚间你看见便知了。你只以后不要睬他，你这些姊妹都不敢沾惹他的。"

此时有一条甲戌侧批：

四字是血泪盈面，不得已无奈何而下四字，是作者痛哭。

第三十四回，贾宝玉挨打，林黛玉很是心疼。此时林黛玉虽不是号啕大哭，然越是这等无声之泣，气噎喉堵，更觉得厉害。听了宝玉这番话，心中虽然有万句言词，只是不能说得。书中写道：

半日，方抽抽噎噎地说道："你从此可都改了罢！"宝玉听说，便长叹一声，道："你放心，别说这样话。就便为这些人死了，也是情愿的！"

此时也有一条蒙府本侧批：

心血淋漓，酿成此数字。

第十三回，在"三春去后诸芳尽，各自须寻各自门"处，有一条甲戌侧批：

此句令批书人哭死。

试想，如果批者不是书中某个人物原型，不知道"三春"之后的众多姐妹们死的死、亡的亡、逃的逃，有的甚至沦落到烟花柳巷，怎会这么伤心流泪地把自己"哭死"呢？

第二十五回，写马道婆进荣国府请安，看见贾宝玉被烫，马道婆就故弄玄虚地又是比画又是嘟囔持诵，书中写道：

"管保就好了，这不过是一时飞灾。"随后就向贾母说道："祖宗老菩萨哪里知道，那经典佛法上说的厉害，大凡那王公卿相人家的子弟，只一生长下来，暗里便有许多促狭鬼跟着他，得空便拧他一下，或掐他一下，或吃饭时打下他的饭碗来，或走着推他一跤，所以往往的那些大家子孙多有长不大的。"

就在马道婆说这段话的旁边，有一条甲戌侧批：

一段无伦无理信口开河的混话，却句句都是耳闻目睹者，并非杜撰而有。作者与余实实经过。

脂砚斋的这条批语是说，虽然马道婆说的这些无伦无理、信口开河的混账话，作者曾经句句耳闻目睹，并不是杜撰，作者和我实实在在地经历过。

第四十八回，有一条庚辰双行夹批：

一部大书起是梦，宝玉情是梦，贾瑞淫又是梦，秦之家计长策又是梦，今作诗也是梦，一并"风月鉴"亦从梦中所有，故"红楼梦"也。余今批评亦在梦中，特为梦中之人作此一大梦也。脂砚斋。

在这里，脂砚斋将作者、批者融为一体，声称自己就是《红楼梦》书中人物中的一个，即小说中的某个人物。由此可知，书中的其人其事、其景其物，都是作者、批者所亲身经历过的事。否则，批书人怎么能够进入作者的这部"大梦"之中呢？

从以上这些批语中，我们明显地看出，脂砚斋不仅比较熟悉曹家和作者的很多往年旧事，而且《红楼梦》书中的这些人、这些事、这些景、这些物，作者和她都是曾经见过、经过、听过或者说过。

第三十八回写道：

贾母听了，又抬头看匾，因回头向薛姨妈道："我先小时，家里也有这么一个亭子，叫作什么'枕霞阁'。"

此时有一条庚辰双行夹批：

看他忽用贾母数语，闲闲又补出此书之前似已有一部十二钗的一般，令人遥忆不能一见，余则将欲补出枕霞阁中十二钗来，岂不又添一部新书？

同一回又写道：

说着，只见史湘云走来，将第四第五《对菊》《供菊》一连两个都勾了，也赘上一个"湘"字。探春道："你也该起个号。"湘云笑道："我们家里如今虽有几处轩馆，我又不住着，借了来也没趣。"宝钗笑道："方才老太太说，你们家也有这个水亭叫'枕霞阁'，难道不是你的。如今虽没了，你到底是旧主人。"众人都道有理，宝玉不待湘云动手，便代将"湘"字抹了，改了一个"霞"字。

我们从书中第三十八回的这两段原文描写来看，这个"枕霞阁"，原来是贾母娘家的一个亭子，而薛宝钗说："方才老太太说，你们家也有这个水亭叫'枕霞阁'，难道不是你的。如今虽没了，你到底是旧主人。"这也说明史湘云家里同样有这个"枕霞阁"的亭子。因为贾母的原型是史湘云原型的亲姑奶奶，贾母家的"枕霞阁"也就是史湘云家的"枕霞阁"。而史湘云在诗社中的别号就是"枕霞旧友"。前一条批语中的"令人遥忆不能一见"之句，则说明史湘云家中的"枕霞阁"，是过去很久的事。现在只能"遥忆"，已经没有机会再次见到了。由此可见，脂砚斋就是史湘云的可能性还是比较高的。而薛宝钗所说的"如今虽没了，你到底是旧主人"一句，则道出了史湘云家原来也有个"亭台楼榭"的大花园。说明史家当时也是极其富有的诗书大家。至于为什么现在"没了"，而只能"遥忆"，不能"再次一见"，笔者认为，有可能史湘云家也是因为某种原因被"抄家治罪"，她家原有的这处花园子被"没收"赏给了别人。因此薛宝钗才说出了"你到底是旧主人"和史湘云起别号为"枕霞旧友"的缘故。

第三十八回又写道：

黛玉说道："我吃了一点子螃蟹，觉得心口微微的疼，须得热热地喝口烧酒。"宝玉忙道："有烧酒。"便令将那合欢花浸的酒烫一壶来。

此时有一条庚辰双行夹批：

伤哉，作者犹记矮𩑢舫前以合欢花酿酒乎？屈指二十年矣。

此时，批者看到贾宝玉要合欢花浸的酒，不禁回想起20年前，他们在"矮𩑢舫"前一起用合欢花酿酒这些往事。由此看来，脂砚斋经常在大观园和众姐妹及贾宝玉生活在一起。

合欢花树又名绒花树、马缨花，属落叶乔木，外形姿势优美，叶形雅致，树冠开阔，入夏绿荫清幽，其羽状复叶昼开夜合，十分清奇。夏日粉红色绒花吐艳，有色有香，十分美丽。同时，合欢花也象征着两两相对、永远恩爱，是夫妻百年好合的象征。

林黛玉因吃螃蟹引起不适，需要喝点烧酒，贾宝玉让拿酒来，而批者却反问作者"犹记矮𩑢舫前以合欢花酿酒乎"，说明批者和作者都曾经在"矮𩑢舫"前用合欢花一起酿过酒。而按照"合欢花"之寓意，我们可以断定，脂砚斋不仅是红楼"梦中之人"，而且寓意她最终与贾宝玉两两相对、合欢恩爱。

六十九、脂砚斋与史湘云

在《红楼梦》金陵十二钗正册当中，除了巧姐很小以外，其他11个女子的性格特点各有不同。比如说林黛玉拈酸吃醋、狭隘嫉妒。薛宝钗软语温情、世故藏奸。王熙凤干练辣毒、机关算尽。李纨冰冷吝啬，槁木死灰。贾探春自卑好强，精明能干。贾迎春懦弱怕事，愚钝无能。贾惜春孤僻怪异，无情冷漠。贾元春贤孝才德，高贵命短。妙玉神秘清高，气质如兰。秦可卿袅娜风流，平和温柔。那么，史湘云的性格特点就是心直口快、大气豪爽，从不把儿女私情放在心上。

关于史湘云和脂砚斋的关系问题，红学界一直争论不休。周汝昌先生认为，史湘云就是脂砚斋。对于周先生的这一观点，不少红学家认为过于片面，缺乏依据，并不严谨。周汝昌先生在《谁知脂砚斋是史湘云》一文中说道：

我的这一论证得到了先师顾随先生的高度评价。他给我写来了数十封很长的信，现择录一部分，以供我的支持者们一同受享。"如今玉言不必过谦；述堂亦决不肯为吾玉言代谦。根据《新证》之引证、之考订，脂砚斋绝对是云老，断不可能是第二个人。即有可疑，亦是云老自布下的疑阵，故意使后人扑朔迷离，不能辨其雌雄。而却又自留下漏洞来，使后之明眼人如今世之射渔村人其人者，得以蛛丝马迹地大布其真相于天下。若问云老当日何苦如斯，述堂答曰：这便是旧日文士藏头露尾的相习成风，云老快人亦复未能免俗。"

顾随先生是文化学术研著专家，是红学泰斗周汝昌先生的老师。周汝昌先生在他的《红楼梦新证》一书中，第一次提出了脂砚斋是史湘云之说，在红学界产生了极大的反响，质疑和批评的声音也此起彼伏。这个时候，顾随先生给周汝昌先生写来了数十封书信，谈了自己的看法，并且肯定了周汝昌先生关于"脂砚斋就是史湘云"的观点。

尽管红学界对周汝昌关于"脂砚斋就是史湘云"的观点褒贬不一。但笔者认为周先生的这一观点应该比较靠谱。

有关"脂砚斋就是史湘云"的观点，在书中也有大量的内容表现。

一是史湘云既父母双亡，又无兄弟姐妹。《红楼梦》书中第三十二回，史湘云同袭人说起宝钗："我但凡有这么个亲姐姐，就是没了父母，也没妨碍的！"说着，史湘云眼圈就红了。

二是史湘云打小跟着叔婶生活。第三十一回"史大姑娘来了"，王夫人因笑道：

"也没见穿上这些干什么！"湘云笑道："都是二婶娘叫穿的，谁愿意穿这些！"

三是史湘云经常来贾家长住。第二十回和第三十一回，史湘云两次来贾家，丫环都是回的"史大姑娘来了"，给人的感觉是史湘云经常来贾家。第二十一回有"湘云仍往黛玉房中安歇"之语，既是说湘云每次来都是这样，也是说湘云经常来贾府。

四是史湘云同贾宝玉打小就很亲近。第二十回就有：

湘云睡觉，露了膀子，宝玉见了叹道："睡觉还是不老实，回来风吹了，又让肩膀疼了。"一面说，一面轻轻地替她盖上。

宝玉就着湘云的洗脸水洗脸，且从来都是这样；湘云为宝玉梳辫子，且从来都是这样。

五是袭人在谈到史湘云的婚事时，史湘云有点害羞。这时袭人说："十年前我们在暖阁里说的话，难道你就不知道害臊了。"这里，可能是湘云当时说过长大了要嫁给"爱哥哥"之类的话。由此看来，史湘云生长在南方，说话好像咬舌头，时常把"二哥哥"说成"爱哥哥"。

六是第三十六回里有这样一段描写：

正说着，忽见史湘云穿得整齐地走来辞别，说家里打发人来接她。宝玉黛玉听说，忙站起来让座，史湘云也不坐，宝黛二人只得送她至前面，那史湘云只是眼泪汪汪的。见有她家人在跟前，又不敢十分委屈。少时薛宝钗赶来，越觉难舍难分……众人送至二门前，宝玉还要往外送，倒是湘云拦住了。一时，回身又叫宝玉到跟前，悄悄地嘱道："便是老太太想不起我来，你时常提着打发人接我去。"宝玉连连答应着。眼看着他上车去了，大家方才进来。

从这段描写中我们看出，史湘云是来了不想走，没走就想来。再从史湘云对贾宝玉说悄悄话的亲切程度来看，就足以证明她们的关系是何等亲密。可以说，自幼失去双亲的史湘云，大观园既是她展现魅力、寄托情感、释放哀怨的栖息地，更是她魂牵梦萦、恋恋不舍的精神家园。

七是第二十五回，贾宝玉从外面回来，便一头滚在王夫人怀内。此时有一条甲戌侧批：

余几乎失声哭出。

紧接着，在"王夫人便用手满身满脸摩挲抚弄他"的一句旁边，有一条甲戌侧批：

普天下幼而丧母者齐来一哭。

同一回的尾部，贾宝玉和王熙凤中魔后渐渐醒来，贾母、王夫人如得了珍宝一般，旋熬了米汤来与他二人吃了。此时有一条甲戌侧批：

昊天罔极之恩如何报得？哭杀幼而丧亲者。

这三处的批语说明，脂砚斋看到王夫人对贾宝玉这么疼爱，以及"贾母、王夫人如得了珍宝一般"等语句，回想自己父母早亡，无人疼爱，遂触景生情，感慨万千，

故批出了"哭杀幼而丧亲者"。

在整部《红楼梦》书中，幼年父母早亡、无人疼爱的只有林黛玉、妙玉、史湘云、平儿和小舍儿等人。虽然贾蔷和贾瑞也是"幼年父母早亡"，但是贾蔷从小跟着贾珍生活。他与贾蓉弟兄二人常相共处，斗鸡遛狗，赏花玩柳，小日子过得"有滋有味"。"无人疼爱"对于贾蔷来说根本算不上。贾瑞虽然也是父母早亡，但他一直跟随爷爷贾代儒生活。后因"勾引"王熙凤，被王熙凤巧设"相思局"，导致贾瑞最终死亡。而林黛玉早已香消玉殒，不在人世；妙玉跟贾府没有任何亲缘关系，在贾家败落后，"无瑕白玉遭泥陷"，最后被贼寇杀害。死去的人不可能再活过来作批语。而平儿是王熙凤的贴身丫环，小舍儿是夏金桂从小在家使唤的丫环，她们两个丫环识字不识字都很难说，不可能是作批语之人。那么作此批语的可能就是史湘云。

第二十六回，有一条甲戌侧批：

这是等芸哥看，故作款式。若果真看书，在隔纱窗子说话时已经放下了。玉兄若见此批，必云：老货，他处处不放松我，可恨可恨！回思将余比作钗、颦等，乃一知己，余何幸也！一笑。

此条批语是说，贾芸来怡红院给贾宝玉请安，没进屋贾宝玉就知道有人来，这时贾宝玉还故作姿态地看书。批者看到贾宝玉如此装模作样，感觉有点好笑，故作此批。

批者还说，如果贾宝玉看到此批，肯定会说，你这个"老货"，连批书的时候也不放过我，真是可恨。回想原来"玉兄"把我与钗、黛同样视为知己，我是多么高兴啊！

在这里，批书者也明确地告诉我们，脂砚斋不仅是女性，而且是被贾宝玉视为与薛宝钗、林黛玉同样知己的女性。在大观园里，能与薛宝钗、林黛玉一样朝夕相处，并且成为贾宝玉红颜知己的女孩子，除了薛宝钗、林黛玉之外，也只有史湘云一人。

不仅如此，这条批语还说明，脂砚斋在作此批时，年龄已经很大，要不然肯定不会用"老货"一词。这也间接证明，多年以后的史湘云一定和《红楼梦》原作者在一起共同生活。

如果确定了脂砚斋就是史湘云，那么，第二十一回回前诗中的"茜纱公子情无限，脂砚先生恨几多"这句话中的"茜纱公子"，毫无疑问指的就是贾宝玉。而其中的"情"和"恨"说明，"茜纱公子"贾宝玉和"脂砚先生"要么是"恋人"关系，要么是"夫妻关系"。当时，贾宝玉对林黛玉爱恋有加、情意绵绵，史湘云是清清楚楚、明明白白。而对于同样倾心爱恋"茜纱公子"贾宝玉的"脂砚先生"史湘云来说，是既爱又"恨"。爱也得不到，恨也恨不起。爱是真爱，是发自内心的"暗恋"。"恨"是"羡慕"，是"嫉妒"，是无可奈何的"假恨"。这种恨不起的抓心挠肝和爱不成的撕心裂肺，既窥视了"脂砚先生"史湘云的复杂心态，也坚定了她义无反顾，最终与贾宝玉的原型结为"患难夫妻"，成为名副其实"金玉良缘"的动力所在。

七十、谁为凤姐"执笔事"

第二十二回，贾母因为平日喜欢薛宝钗平和稳重、知书达理，况且也是薛宝钗来荣国府之后第一次过生日。贾母就自己掏出 20 两银子，安排王熙凤置办生日酒宴等事宜。到了薛宝钗生日这天，就在内院搭了个小戏台，定了一班新出的小戏，昆弋两腔皆有。酒席安排在了贾母上房，并无一个外客，只有薛姨妈、史湘云、薛宝钗是客，余者皆是自己人。

书中随后又交代，贾宝玉又拉了林黛玉来。因薛宝钗是此时的"主角"，贾母就让薛宝钗先点戏名，薛宝钗推让一番后，点了一折《西游记》，然后贾母命王熙凤点。王熙凤点了一出《刘二当衣》，此时有一条庚辰眉批：

凤姐点戏，脂砚执笔事，今知者寥寥矣，不怨夫。

虽然书中没有交代贾家的贾迎春、贾探春、贾惜春、李纨等有没有前来吃酒听戏凑热闹，只是交代"余者皆是自己人"。但是贾母是贾家德高望重的"老太君"，她自己掏腰包置办的酒席及戏班子，这些孙男嫡女们理所当然地都应前来捧场助兴。这样，参加这次生日聚会的"外客"只有林黛玉、薛宝钗、史湘云和薛姨妈。

经过我们分析论证，贾宝玉的原型是曹頫，是作者在书中的化身，也是江宁织造府的"当家人"，自然不会是"执笔事"者脂砚斋。贾迎春、贾探春、贾惜春她们后来出嫁的出嫁、出家的出家，这些人也不可能是脂砚斋。薛姨妈是王熙凤的亲姑姑，长辈肯定不会给王熙凤"执笔事"。李纨虽然寡居多年，但她是贾家的长孙媳妇。从贾家所分配的月份银子来看，同样是贾家孙媳妇辈的，她的月份银子比王熙凤还高出四倍，以她在贾家的这种特殊地位，也不可能由她来为"弟媳"王熙凤"执笔事"。林黛玉泪尽而逝，肯定不是脂砚斋。那么剩下的就是薛宝钗和史湘云了。贾母为薛宝钗过生日，薛宝钗就是当天的"主角"，况且薛宝钗在贾宝玉出家没多久，也忧郁而终，也不可能由她为王熙凤"执笔事"。那么，剩下的就只有史湘云一个人。

从书中的描写情况来看，史湘云原本就要离开贾家回自己老家去，是贾母刻意留下的。贾母还说："等过了你宝姐姐的生日，看了戏再回去。"所以史湘云就暂时留了下来。书中史湘云的原型称呼贾母为姑奶奶，贾母自掏腰包为薛宝钗举办生日宴会，史湘云作为贾母娘家的孙女辈，她和贾母在大观园中应该最为亲近。而且按照既定安排，史湘云听完戏以后，就要回到自己的老家，也不知道猴年马月再来贾家。此时，她跑前跑后地照应左右,也极为合情合理。况且,按照史湘云活灵活现的性格特征来看,"凤姐点戏,脂砚执笔事"不仅恰如其分,而且也是完全应当。因此,这个为王熙凤"执笔事"的人肯定就是史湘云。

如果按照这个推论,那么作此条批语的应该是畸笏叟。当时畸笏叟肯定也是在场的"参与者"。要不然批者不会说"今知者寥寥矣"。也就是说,当时为王熙凤执笔写戏单子这件事,不光是史湘云知道,还有另外一个人知道。况且批者作此批语时,在场的林黛玉、薛宝钗以及"三春"等人,死的死、亡的亡,出嫁的出嫁,出家的出家。因此,批者这才批出了"今知者寥寥矣"之句。而批语中"不怨夫"的"夫"字,既可以当"丈夫"或者"夫人"讲,也可以当"成年男子"以及"他"讲。如果当"丈夫"或者"夫人"讲,那批者畸笏叟和这个"执笔事"的脂砚斋就是"夫妻"关系。这也应验了周汝昌先生判断的"史湘云和贾宝玉最后结为患难夫妻"的结论。如果不是夫妻关系,那么,这里的"夫"应为"他"的意思。

通过以上分析,我们可以基本判断,脂砚斋就是史大姑娘史湘云。

但是,对于脂砚斋就是史湘云的这一说法,红学界的不同观点也很多。

江苏红学研究会的俞润生先生认为:脂砚斋为史湘云的说法绝对是错误的。他说周汝昌固然是研究红学的巨擘,但对于明明是很有争议的问题,在没有充分材料佐证的情况下,轻易下脂砚斋就是史湘云,而史湘云就是曹雪芹妻子的结论,治学态度是有失严谨的。而且还把自己的观点强加到其他研究者的身上,就是一种学术上的霸权行为。他还告诉记者,即将在央视播出的大剧《曹雪芹》杜撰的成分居多,剧情与历史事实将相距很远。理由很简单,关于可查的曹雪芹的历史资料实在太少,对曹雪芹的了解还大多停留于对他的小说研究和阅读他与一些友人的往来信件,不足以完整地表现这样一个文学巨匠。

俞润生先生上述这些观点也不是没有一点道理。不过笔者认为,如果按照曹雪芹原型来判断脂砚斋是不是史湘云的话,很显然俞先生的观点很有道理,那也就应验了"叔叔"之说或者"姑姑"之说的推论。因为据笔者判断,曹雪芹只是一个"笔名",虽然《红楼梦》书中有"曹雪芹于悼红轩中披阅十载,增删五次,纂成目录,分出章回"的描述,但根本就没有说曹雪芹是《红楼梦》的原作者,而只是"披阅增删"者,最多也就是个"整理修改"者。如果真有这么一个曹雪芹的话,那曹雪芹应该是《红楼梦》原作者曹頫的某个侄子或者儿子,史湘云就更不可能是曹雪芹的续弦妻子了,这在辈分上是行不通的。反过来,如果确定贾宝玉的原型曹頫是《红楼梦》原作者,曹頫又和史湘云的原型是青梅竹马、两小无猜的表姊妹,无论按照年龄还是辈分,再加上脂砚斋在批语中透漏出的有关大量信息,这都能够讲得通。

因此,脂砚斋和史湘云同属一人的推论应该比较靠谱。

七十一、两情别梦终成"患难夫妻"

对于史湘云与贾宝玉最终是否结为"患难夫妻",红学界争论了好些年。这些争论,也大都公说公有理、婆说婆有理。应当说,到目前为止,也没有"达成共识"。

根据书中的"暗示"描写和部分历史资料的考证,笔者认为,史湘云原型与贾宝玉的原型最终结为"患难夫妻"的可能性比较大。

《红楼梦》第三十一回,有一大段翠缕与史湘云对谈"阴阳"与"公母"的话题,弄得翠缕一时明白一时糊涂。书中写道:

翠缕猛低头就看见湘云宫绦上系的金麒麟,便提起来问道:"姑娘,这个难道也有阴阳?"湘云道:"走兽飞禽,雄为阳,雌为阴;牝为阴,牡为阳。怎么没有呢!"翠缕道:"这是公的,到底是母的呢?"湘云道:"这连我也不知道。"翠缕道:"这也罢了,怎么东西都有阴阳,咱们人倒没有阴阳呢?"湘云照脸啐了一口道:"下流东西,好生走罢!越问越问出好的来了!"翠缕笑道:"这有什么不告诉我的呢?我也知道了,不用难我。"

下面接着写道:

一面说,一面走,刚到蔷薇架下,湘云道:"你瞧那是谁掉的首饰,金晃晃在那里。"翠缕听了,忙赶上拾在手里攥着,笑道:"可分出阴阳来了。"说着,就要先拿史湘云的金麒麟看,还说:"这是从哪里来的?好奇怪!我从来在这里没见有人有这个。"湘云举目一验,却是文彩辉煌的一个金麒麟,比自己佩的又大又有文彩。湘云伸手擎在掌上,只是默默不语,正自出神,忽见宝玉来了,湘云连忙将那麒麟藏起。随后,宝玉就说:"我得了一件好东西,专等你呢!"这时宝玉怎么也找不着,紧接着史湘云知道是找金麒麟,就问宝玉:"你几时又有了麒麟了?"然后就拿出金麒麟。湘云笑道:"幸而是顽的东西,还是这么慌张。"说着,将手一撒,"你瞧瞧,是这个不是?"宝玉见了那麒麟,心中甚是欢喜,便伸手来拿,笑道:"亏你捡着了,你是哪里捡的?"史湘云笑道:"幸而是这个,明儿倘或把印丢了,难道也就罢了不成?"宝玉笑道:"倒是丢了印平常,若丢了这个,我就该死了。"

从以上两段描写来看,一是史湘云与翠缕先谈了一大通"公母""阴阳"的话题,接着翠缕就看见史湘云系在腰间的金麒麟,接着翠缕问:"姑娘,这个难道也有阴阳?"二是湘云给翠缕解释说:"雄为阳,雌为阴。"翠缕又问史湘云的金麒麟:"这是公的,还是母的呢?"三是她们两个捡到了的金麒麟,翠缕又说"可分出阴阳来了"。说着就要先拿史湘云的金麒麟看。四是史湘云看见捡到的金麒麟比自己的金麒麟大，书中暗示捡到的是雄性的麒麟，而自己的金麒麟是雌性的，正好是一公一母。而且此时史湘云是默默不语，正自出神，似有所思、所感、所悟。五是贾宝玉从清虚观张道士那里得到了一只比较大的、文彩辉煌的金麒麟，原本是想送给史湘云的，作者用了"专等"二字，而恰巧被史湘云捡到了。说明贾宝玉所"给"与史湘云所"捡"，既是"巧中之巧"，更是"不谋而合"。六是说明贾宝玉送给史湘云的金麒麟比印重要。印在这里是指印玺，象征权力地位。而且贾宝玉还说出了"倒是丢了印平常，若丢了这个，我就该死了"这生死攸关的话。说明贾宝玉送给史湘云的金麒麟比权力地位和生死都重要。这也正合"情种"贾宝玉厌恶"功名利禄"的纨绔个性。七是这两只一大一小、一公一母的金麒麟，也就应验了这一回中的"因麒麟伏白首双星"回目。

"双星"在过去一般是指牛郎星和织女星，也常用来代指一对恋人或者一对夫妇。而就在这一回的回前总评中，出现了"金玉姻缘"已定，又写一金麒麟，是"间色法也"的一条批语。

"间色法"是一种写作手法，意思是文字表面上写的是一件事，而实际上所要表达的是另外一件事，也就是作者惯用的"言外还有言""意中还有意"手法。由此说明，薛宝钗嫁给贾宝玉看起来是既定的"金玉姻缘"，但作者所要真实表达的就是史湘云和贾宝玉的"金玉姻缘"。同时也说明贾宝玉和史湘云最终必然成为患难夫妻。要不然，作者也不会如此这般地大费"笔墨"，用这么多的文字量，把翠缕与史湘云谈论这"一大一小、一公一母"金麒麟的情节描写得这么详细。

有关史湘云原型与贾宝玉原型是否"终成眷属"，从史湘云的判曲中，也能够找到可靠依据。

在史湘云的判曲《乐中悲》中，有一句这样写道：

厮配得才貌仙郎，博得个地久天长，准折得幼年时坎坷形状。

"厮配"就是"相配厮守"的意思。"才貌仙郎"是指史湘云嫁给了才俊"仙郎"。"准折得幼年时坎坷形状"，是指史湘云的人生道路和婚姻状况曲折多难。

这句判曲的意思是说：史湘云最终嫁了个"才貌双全"的"仙郎"，"厮守"一生。

就目前而言，红学界普遍认为，史湘云嫁给了"王孙公子"卫若兰。

在《红楼梦》前八十回中，卫若兰仅在秦可卿出殡的时候出现过一次，书中点明他的身份是"王孙公子"。除此之外，只有批语中提到过他三次。一次是第二十六回的庚辰眉批和回末总评。这两次批语的内容大体相同：

惜"卫若兰射圃"文字无稿。叹叹！

只不过是庚辰眉批署上了"丁亥夏。笏叟"，回末总评什么都没署。另一次是第三十一回的庚辰回末总评。这条批语是：

后数十回若兰在射圃所佩之麒麟正此麒麟也。提纲伏于此回中，所谓"草蛇灰线，在千里之外"。

有关卫若兰的这三条批语，说的无非就是"射圃""麒麟"以及"提纲伏线"等。由此说明，卫若兰在《红楼梦》前八十回中，算不上什么有头有脸的"大人物"。当然，一些红学家根据批语中的"后数十回若兰在射圃所佩之麒麟正此麒麟也"之句，及"因麒麟伏白首双星"，判断史湘云嫁给了卫若兰。笔者认为，这种判断也不无道理。

但是，史湘云判曲中的"才貌仙郎"四个字，很显然与这位"王孙公子"卫若兰相差很远。

在《红楼梦》众多的男性之中，不乏也有"颜值"很高的"才貌"郎君，但唯有贾宝玉是"神仙"出身。贾宝玉的前身是赤瑕宫的神瑛侍者，因动了凡心来到人间，是个地地道道的"仙郎"。对于贾宝玉的外貌，书中第三回这样写道：

头上戴着束发嵌宝紫金冠，齐眉勒着二龙抢珠金抹额，穿一件二色金百蝶穿花大红箭袖，束着五彩丝攒花结长穗宫绦，外罩石青起花八团倭锻排穗褂，蹬着青缎粉底小朝靴。面若中秋之月，色如春晓之花。鬓若刀裁，眉如墨画，面如桃瓣，目若秋波。

而对于卫若兰，书中不仅没有描写其外貌，而只是在第十四回有"卫若兰等诸王孙公子"一句。由此看来，在作者的眼中，卫若兰只不过是个普普通通的"公子哥"。因此，能够称得上"才貌仙郎"之人，只能是贾宝玉。

由此可以判断，史湘云判曲中的"才貌仙郎"，早已暗示了她最终与贾宝玉终成眷属，"相配厮守"。

贾宝玉和史湘云最后结为夫妻，在《程甲本红楼梦》中，也能够找到一定的证据。

我们知道，在《程甲本红楼梦》的卷首，附有木刻二十四幅绣像图赞，而且每幅绣图各配有一首赞诗。在二十四图赞诗中，有关史湘云的图赞诗是：

拾得麒麟去，非关风月媒。

芍茵沉醉后，花向夕阳开。

这首图赞诗中的"拾得麒麟去"，说的是贾宝玉遗落在大观园中的金麒麟，被史湘云拾到，并且她和翠缕大谈了一通"阴阳"和"公母"之事。"非关风月媒"一句有"月"和"媒"二字，说明当初史湘云捡到的这个大"金麒麟"看似与她的小"金麒麟"是"一公一母"，其实那个时候"月下老人"并没有前来"牵线搭桥"做媒，暗示了她与贾宝玉在贾家败落之前并没有缔结"美好姻缘"。而"芍裀沉醉后"一句，则直接点出了第六十二回回目中的"憨湘云醉眠芍药裀"之句。说的是史湘云喝醉后，用鲛帕包了一包芍药花瓣枕着，醉卧在一块青石板上，四面芍药花落了一身，一群蜂蝶闹嚷嚷地围着她。而芍药的别名也叫"别离草"。说明史湘云和贾宝玉的姻缘结合，是史湘云"醉眠芍药裀"离开大观园之后。而"花向夕阳开"中的"夕阳"二字，指的是傍晚的太阳，也用以比喻晚年。则暗示了史湘云与贾宝玉的真正结合，是中晚年以后开始的。由此说明，史湘云经过颠沛流离，在贾家败落后的若干年后，偶然遇见了穷困潦倒的贾宝玉，"青梅竹马、两小无猜"的一对表兄妹，终于结成了久别患难的"老夫妻"。要不然史湘云的图赞诗中不会有"花向夕阳开"之句。

史湘云最后嫁给贾宝玉，在褚德彝《独坐幽篁图》的题跋中，也能够找到可靠依据。

据考，乾隆二十七年（1762年）三月，上海南汇有一个叫王冈的人，客居京师，在工部尚书董邦达家中学习绘画。在此期间，王冈结交了曹雪芹、敦诚、敦敏等人。王冈还为曹雪芹画了一幅画像，题名《独坐幽篁图》。此画后面有乾隆皇帝第八子爱新觉罗·永璇、乾隆朝礼部尚书观保、内阁学士钱载、钱大昕、陈兆仑、倪承宽、秦大士、谢墉、蔡以台、那穆齐礼等10人的题跋。辛亥革命爆发以后，这幅画作被上海商人李祖韩购得。李祖韩又请褚德彝、朱祖谋、樊增祥、冯煦、叶恭绰等5人作了题跋。李祖韩于1964年9月病故，自此这幅画作也就从此"迷失"。

在这幅《独坐幽篁图》中，就有晚清篆刻家、书法家、文学家褚德彝和收藏家、书画家叶恭绰两人的题跋。叶恭绰的题跋也已经不知去向，只有褚德彝的题跋由李祖韩家人传录出来，得以保存。不过均为传抄本。

褚德彝在《独坐幽篁图》题跋中写道：

宣统纪元，余客京师，在端陶斋方处，见《红楼梦》手抄本，与近世印本颇不同。叙湘云与宝玉有染，及碧痕同浴处，多媟亵语。八十回以后，黛玉逝世，宝钗完婚情节亦同。此后则甚不相类矣。宝玉完婚后，家计日落，流荡益甚；逾年宝钗以娩难亡，宝玉更放纵，至贫不能自存。欲谋为拜阿堂（满语，即无品级的当差执事人），以年长格于例，至充拔什库（满语，即千总，掌管文书的小兵丁）以糊口。适湘云新寡，穷无所归，遂为宝玉胶续。时蒋玉函已脱乐籍，拥巨资，在外城设质库，宝玉屡往称贷，旋不满。欲使铺兵往轰，为袭人所斥而罢。一日大雪，市苦酒羊胛，与湘云纵饮赋诗，强为欢乐。适九门提督经其地，以失仪为从者所执，视之盖北靖（静）王也，骇问颠末，慨然念旧，赒赠有加，越日送入鸾（銮）仪卫充示麾史，迄潦倒以终云。

共大略如此。沧桑之后，不知此本尚在人间否？

癸亥（1923年）六月 褚德彝

褚德彝题跋的大体意思是说：宣统元年（1909年），我客居京师，在托忒克·端方处，看到过一部《红楼梦》手抄本，而且这个手抄本与其他的本子不同。其中写了史湘云和贾宝玉"有染"，以及与碧痕一起洗澡等"污秽"语句。八十回后，书中写林黛玉去世、薛宝钗完婚等情节与其他的本子大体相同。其后的情节则有很大的不同。这些情节内容包括：贾宝玉与薛宝钗完婚后，贾家没多久衰落，贾宝玉流落街头，很是凄惨。一年后，薛宝钗分娩难产死亡，贾宝玉更是放荡不羁，穷困潦倒，难以生存。贾宝玉求拜当差的衙役，想谋个小差事养家糊口，结果因年纪不合格为由，未能破例入选。此时，正巧遇到表妹史湘云。当时史湘云丈夫刚刚去世，正守新寡，也和贾宝玉一样贫穷潦倒、无家可归，结果与贾宝玉结合，成为贾宝玉的"续弦"妻子。当时，蒋玉菡已经脱离了"乐户"名籍，和贾宝玉的贴身丫环袭人结为夫妻，两个人花巨资在城外开设了一处当铺，贾宝玉经常前去借钱度日，引起了蒋玉菡的极大不满。蒋玉菡让铺子里的守卫往外轰贾宝玉，因为受到袭人的严厉斥责，方才罢休。一天下着大雪，贾宝玉在集市上与史湘云喝着便宜的劣质白酒，啃着羊骨头，满嘴油污地正在倾杯畅饮、作诗吟赋，自得取乐。此时九门提督经过，他的随从以礼节疏失为由，把贾宝玉捉拿报给九门提督。这时，贾宝玉才知道原来这个九门提督就是老相识北静王。北静王看到贾宝玉沦落到如此不堪的地步，甚是惊骇，于是馈赠给了贾宝玉一些钱物，令贾宝玉感慨万千。第二天，北静王就差人把贾宝玉送到了銮仪卫当差。自此贾宝玉找到了工作，结束了四处流浪、穷困潦倒的生活。

褚德彝题跋中提到的"端陶斋"，就是托忒克·端方的别号，他是满洲正白旗人，出生于咸丰十一年（1861年），卒于宣统三年（1911年），字午桥，号陶斋，清末大臣，金石学家，官至直隶总督、北洋大臣等。著有《端忠敏公奏稿》《陶斋吉金录》等书籍。因托忒克·端方有一部与一般通行本不同的《红楼梦》手抄本，因此，此本被称为"端方本"。

"端方本"《红楼梦》抄本是否真的存在，红学界争议颇多。据一些红学家考证，端方于1911年奉命入四川镇压保路运动，刚到达资州（四川内江资中县）的时候，辛亥革命爆发，端方被起义士兵杀害。同时，端方从北京带去的几十驮架书籍就此不知去向。这部珍贵的"端方本"也有可能随之失散。

中国红楼梦学会理事、四川行政学院教授胡邦炜先生，曾经花费很大的精力追寻流散在四川的"端方本"线索，并在成都、重庆等地听到不少人谈起此事，其中还有人说他们亲眼看见过这个"端方本"《红楼梦》，但胡先生最终也没有找到此本。自此，这部"端方本"《红楼梦》就成了红学界的一个难解之谜。

这部"端方本"《红楼梦》抄本最终虽然没有找到。但是，褚德彝在《独坐幽篁图》中的题跋记载却是"言之凿凿"。虽然这个题跋只是一个"传抄本"，也曾经受到部分红学家的质疑，但是此题跋有时间、有地点、有人物，而且情节翔实，内容连贯。再说了，褚德彝的后人或者其他文人，谁也不会挖空心思地去伪造一个与己无关的"题跋"。因此说，这个"题跋"的可信度应该比较高。

如果确定褚德彝所作的题跋真实可信，那题跋中的"适湘云新寡，穷无所归，遂为宝玉胶续"之句，就足以说明史湘云和贾宝玉最终"再续旧情"，结成了"患难夫妻"。

褚德彝题跋中的"胶续"一词，是"煎胶续弦"之意，比喻交情密切或再续旧情。也就是说，贾宝玉在贾家败落之后，与同样无家可归且刚刚失去丈夫的表妹史湘云相遇。最后，史湘云成为贾宝玉的"续弦"妻子。由此说明，无论是贾宝玉与薛宝钗的"金玉良缘"，还是林黛玉和贾宝玉的"木石前盟"，都是"水中月、镜中花"。而真正的"金玉姻缘"，终究属于贾宝玉和史湘云。

七十二、是真名士自风流

史湘云是金陵"四大家族"中史家的千金小姐,大观园中的众姐妹通常称她为"史大姑娘"。

在《红楼梦》前八十回中,有关史湘云外貌的笔墨描写并不很多,可是对其外在举动的描述却有不少。大观园中只要有史湘云出现的场景,处处欢歌笑语,精彩连连,成为一道亮丽的风景线。

史湘云既有江南女子的娴静与温婉,也有北方女儿的疏朗与豁达。她蜂腰猿臂,鹤势螂形,憨态可掬,妩媚俏丽。她无所拘束,大气英豪,心意明媚,坦诚阳光,"从未将儿女私情略萦心上"。她的豁达不是孤芳自傲,而是情趣释然。她才情超逸,文采风流,连词行令,吟诗作赋,别致新颖,意趣悠远。她乘兴时大块吃肉、大碗喝酒,忘形时呼三喝四、喊八叫七。她虽因家道中落、不复为贵,却是平易近人,丝毫不端架子。她既无视高低贵贱,又不拘于男女之别,与人相交,本色顺其自然,更无功利私心,歪邪企图。她是一个富有浪漫色彩、令人怜爱、富有"真、善、美"的旷达豪放女性。她的性格为人,活脱脱就像个顽皮可爱的大男孩儿。这种在封建社会闺阁女子中的轻盈与自由性格,倒是有些现代女性的明艳与轻飒。因此,她受到了大观园中众多男女老少的无比喜爱。

美国著名教育家、作家威廉·亚瑟·沃德先生曾经说过:悲观者埋怨刮风,乐观者静候风变,现实者调整风帆。

面对纷繁杂乱的现实环境,命运虽然不能自主选择,但可选择不一样的人生态度。乐观豁达的人能够放下现实的羁绊,以乐观向上、优雅自如的怡然姿态对待人生。史湘云虽然自幼父母双亡,其命运可谓坎坷不幸,但她并没有因此沉浸在悲伤之中而不能自拔,而是放下羁绊,"调整风帆",以乐观积极的姿态面对人生。她不为世俗困扰,不被闲情纠缠。她爱说爱笑,超然自逸,心中始终装满喜乐,思想始终明媚清澈,行为始终充满正能量。她的睿智与从容、浑厚与率真、知性与清新,既是大家闺秀厚积薄发的积淀,也是清逸旷达人格魅力的展现。

第六十二回,恰巧贾宝玉、薛宝琴、邢岫烟、平儿都是一天的生日,大家猜谜行令、划拳吃酒,好不热闹。其中一段写道:

大家轮流乱划了一阵,这上面湘云又和宝琴对了手,李纨和岫烟对了点子。李纨便覆了一个"瓢"字，岫烟便射了一个"绿"字，二人会意，各饮一口。湘云的拳却输了，请酒面酒底。宝琴笑道："请君入瓮。"大家笑起来，说："这个典用的当。"湘云便说道："奔腾而澎湃，江间波浪兼天涌，须要铁锁缆孤舟，既遇着一江风，不宜出行。"

说的众人都笑了，说："好个诌断了肠子的。怪道他出这个令，故意惹人笑。"又听他说酒底。湘云吃了酒，拣了一块鸭肉呷口，忽见碗内有半个鸭头，遂拣了出来吃脑子。众人催他"别只顾吃，到底快说了"，湘云便用箸子举着说道："这鸭头不是那丫头，头上哪讨桂花油。"众人越发笑起来，引得晴雯、小螺、莺儿等一干人都走过来说："云姑娘会开心儿，拿着我们取笑儿，快罚一杯才罢。怎见得我们就该擦桂花油的？倒得每人给一瓶子桂花油擦擦。"

喝完酒后，大家都各自返回，这个时候又有一段精彩的描述：

正说着，只见一个小丫头笑嘻嘻地走来："姑娘们快瞧云姑娘去，吃醉了图凉快，在山子后头一块青板石凳上睡着了。"众人听说，都笑道："快别吵嚷。"说着，都走来看时，果见湘云卧于山石僻处一个石凳子上，业经香梦沉酣，四面芍药花飞了一身，满头脸衣襟上皆是红香散乱，手中的扇子在地下，也半被落花埋了，一群蜂蝶闹嚷嚷地围着他，又用鲛帕包了一包芍药花瓣枕着。众人看了，又是爱，又是笑，忙上来推唤挽扶。湘云口内犹作睡语说酒令，唧唧嘟嘟说："泉香而酒洌，玉碗盛来琥珀光，直饮到梅梢月上，醉扶归，却为宜会亲友。"

众人笑推他，说道："快醒醒儿吃饭去，这潮凳上还睡出病来呢。"湘云慢启秋波，见了众人，低头看了一看自己，方知是醉了。原是来纳凉避静的，不觉得因多罚了两杯酒，娇袅不胜，便睡着了，心中反觉自愧。连忙起身扎挣着同人来至红香圃中，用过水，又吃了两盏酽茶。探春忙命将醒酒石拿来给他衔在口内，一时又命他喝了一些酸汤，方才觉得好了些。

第三十一回这样写道：

宝钗一旁笑道："姨娘不知道，他穿衣裳还更爱穿别人的衣裳。可记得旧年三四月里，他在这里住着，把宝兄弟的袍子穿上，靴子也穿上，额子也勒上，猛一瞧倒像是宝兄弟，就是多两个坠子。他站在那椅子后边，哄得老太太只是叫'宝玉，你过来，仔细那上头挂的灯穗子招下灰来迷了眼。'他只是笑，也不过去。后来大家撑不住笑了，老太太才笑了，说'倒扮上男人好看了'。"林黛玉道："这算什么。惟有前年正月里接了他来，住了没两日就下起雪来，老太太和舅母那日想是才拜了影回来，老太太的一个新新的大红猩猩毡斗篷放在那里，谁知眼错不见他就披了，又大又长，他就拿了个汗巾子拦腰系上，和丫头们在后院子扑雪人儿去，一跤栽到沟跟前，弄了一身泥水。"说着，大家想着前情，都笑了。宝钗笑向那周奶妈道："周妈，你们姑娘还是那么淘气不淘气了？"周奶娘也笑了。迎春笑道："淘气也罢了，我就嫌他爱说话。

也没见睡在那里还是咭咭呱呱，笑一阵，说一阵，也不知哪里来的那些话。"

还有第四十九回，史湘云与贾宝玉、贾探春、薛宝琴、平儿等割鹿肉吃烧烤。

书中写道：

凤姐打发了平儿来回复不能来，为发放年例正忙。湘云见了平儿，哪里肯放。平儿也是个好顽的，素日跟着凤姐儿无所不至，见如此有趣，乐得玩笑，因而褪去手上的镯子，三个围着火炉儿，便要先烧三块吃。那边宝钗黛玉平素看惯了，不以为异，宝琴等及李婶深为罕事。探春与李纨等已议定了题韵。探春笑道："你闻闻，香气这里都闻见了，我也吃去。"说着，也找了他们来。李纨也随来说："客已齐了，你们还吃不够？"湘云一面吃，一面说道："我吃这个方爱吃酒，吃了酒才有诗。若不是这鹿肉，今儿断不能作诗。"说着，只见宝琴披着凫靥裘站在那里笑。湘云笑道："傻子，过来尝尝。"宝琴笑说："怪脏的。"宝钗道："你尝尝去，好吃的。你林姐姐弱，吃了不消化，不然他也爱吃。"宝琴听了，便过去吃了一块，果然好吃，便也吃起来。一时凤姐儿打发小丫头来叫平儿。平儿说："史姑娘拉着我呢，你先走罢。"小丫头去了。一时只见凤姐也披了斗篷走来，笑道："吃这样好东西，也不告诉我！"说着也凑着一处吃起来。黛玉笑道："哪里找这一群花子去！罢了，罢了，今日芦雪广遭劫，生生被云丫头作践了。我为芦雪广一大哭！"湘云冷笑道："你知道什么！'是真名士自风流'，你们都是假清高，最可厌的。我们这会子腥膻大吃大嚼，回来却是锦心绣口。"宝钗笑道："你回来若作得不好了，把那肉掏了出来，就把这雪压的芦苇子搵上些，以完此劫。"

由此可见，史湘云的大气豪爽、清逸豁达、无拘无束、蔼然可亲的特色性格，以及俏丽妩媚中所固有的风流倜傥的男儿气概跃然纸上。

纵观《红楼梦》全书，其总体基调是晴空蔚蓝伴随着沧桑灰暗，欢声笑语伴随着凄凉悲惨。而史湘云可以说在整部书中最具生机和浪漫。她看似漫不经心、大大咧咧，实际却是大智若愚、不矜不伐。虽然她命运多舛，然而却怡情淡然，并没有因其年幼的孤苦伶仃而扭曲心态和性情，更没有因家业凋零、金银散尽而自暴自弃、自怜自伤。她大度豪爽、超凡自信的乐观精神，令《红楼梦》书中所有的闺阁女子都无法企及。她那历尽沧桑、洗尽铅华的高洁俊逸，以及放浪形骸、纵情挥洒的清艳醇美，为《红楼梦》整部书增添了最耀眼、最夺目的奇妙光亮和梦幻色彩。

七十三、湘江水逝楚云飞

　　《红楼梦》第五回，贾宝玉在"侄媳妇"秦可卿卧房午睡，梦入太虚幻境，遇警幻仙姑，翻阅金陵十二钗正册、副册、又副册判词，有图有诗。贾宝玉似懂非懂，警幻仙姑命仙女演奏《红楼梦》十四曲，其中首曲为《红楼梦引子》，末曲为《飞鸟各投林》，中间十二支分咏十二个人物。曲子同金陵十二钗图册判词一样，隐喻地将部分《红楼梦》"闺阁女子"的命运结局进行了含蓄的交代，为读者了解《红楼梦》的时代背景、人物性格、命运结局以及"四大家族"最后的彻底覆灭提供了重要线索。

　　史湘云在金陵十二钗正册中排名第五位，书中描写她的判词前面画了几缕飞云，一湾逝水。其词曰：

　　富贵又何为，襁褓之间父母违；

　　展眼吊斜晖，湘江水逝楚云飞。

　　下面我们逐句分析。

　　"富贵又何为，襁褓之间父母违"。说的是史湘云生于封建侯门富贵之家。所谓"阿房宫，三百里，住不下金陵一个史"，指的就是她家。史湘云在很小的时候，父母就去世了，虽然家中极其富贵，然而却得不到父母的关爱和家庭温暖。

　　"展眼吊斜晖，湘江水逝楚云飞"。"展眼吊斜晖"，说的是转眼之间，只有湘云一人独自面对西下的落日无比感伤。"湘江水逝楚云飞"点出了"湘云"二字。同时，湘江又是娥皇、女英二妃哭舜之处。楚云则由宋玉《高唐赋》中楚襄王梦见能行云作雨的巫山神女一事而来。所以，这一句和画中"几缕飞云，一湾逝水"似乎隐喻史家的衰败以及后来史湘云夫妇美好生活的短暂。

　　我们再看看史湘云的判曲。

　　曲名《乐中悲》：

　　襁褓中，父母叹双亡。纵居那绮罗丛，谁知娇养？幸生来，英豪阔大宽宏量，从未将儿女私情略萦心上。好一似，霁月光风耀玉堂。厮配得才貌仙郎，博得个地久天长。准折得幼年时坎坷形状，终究是云散高唐，水涸湘江。这是尘寰中消长数应当，何必枉悲伤？

　　曲名《乐中悲》，就是寓意快乐中的悲伤或者快乐中的悲剧。寓意史湘云的美满婚姻毕竟不长。下面我们逐句分析。

"襁褓中，父母叹双亡，纵居那绮罗丛，谁知娇养。""襁褓中，父母叹双亡"，这和判词"富贵又何为，襁褓之间父母违"的意思差不多。"绮罗丛"是指富贵家庭的生活环境。

"幸生来，英豪阔大宽宏量，从未将儿女私情略萦心上，好一似霁月光风耀玉堂。"前两句是判词里没有的内容，说史湘云天真豪爽，直面人生，不屈不挠，不卑不亢，且带着媚人娇憨。这里是比喻史湘云胸怀开朗，不拘小节，对人生充满快乐。

"厮配得才貌仙郎，博得个地久天长，准折得幼年时坎坷形状。""厮配"就是相配的意思。"准折得"比喻道路坎坷不平的样子，引申为人生道路上曲折多难。这里指史湘云幼年丧失父母寄养在叔婶家的不幸。这句的意思是说，史湘云嫁了个美貌的"王孙公子"，期盼白头到老，地久天长。但是人生的道路充满了曲折，并没有把幼年失去父母的不幸心酸完全抵销。

"终久是云散高唐，水涸湘江。"这句和"湘江水逝楚云飞"意思非常接近，而且也同样嵌了"湘云"的名字。"云散高唐，水涸湘江"中的"云散"和"水涸"，指的是史湘云没能够与"王孙公子"卫若兰白头偕老，自己守寡，独守空房。

"这是尘寰中消长数应当，何必枉悲伤？""尘寰"是指尘世和人世间。"消长"是指消失盛衰。"数"即是命数、气数。这句话的意思是说，美好的夫妻生活没能长长久久，这是命运中的注定，悲伤也没用，日子还得过，生活还得继续。既然这样，何必再徒然无谓地如此悲伤呢？

第三十七回，史湘云咏白海棠诗中有句"花因喜洁难寻偶，人为悲秋易断魂"。意思是说：花儿因为洁净，很难寻找到中意的配偶，秋天的悲凉容易使人断魂哀伤。这句诗也暗喻了史湘云的婚事蹉跎。

第三十八回，有一首史湘云的《对菊诗》：

别圃移来贵比金，一丛浅淡一丛深。

萧疏篱畔科头坐，清冷香中抱膝吟。

数去更无君傲世，看来惟有我知音。

秋光荏苒休辜负，相对原宜惜寸阴。

这首诗中的前两句说的是菊花。后两句的寓意是说，算来算去只有你高傲自负、玩世不恭，茫茫人海，看来也只有我才是你的知音。光阴似箭，日月如梭，别再浪费这飞逝不多的时光了，不要再辜负对方的一片真情，还是要珍惜在一起的每一寸光阴。

从这句诗中，我们不难看出，后来史湘云的确和贾宝玉走到一起。作者并且借这首《对菊诗》，"暗喻"现在的生活来之不易，不要辜负你我的"患难"真情，珍惜自己的生命和每一寸光阴。

在《红楼梦》第七十六回中，林黛玉和史湘云在大观园内的凹晶馆联诗，史湘云出的一句是"寒塘渡鹤影"。意思是在冰冷的池塘里，一只野鹤飞起，只留下一道影子，好不孤独凄凉。作者在书中第四十九回曾描写她长得"鹤势螂形"。由此可以推出卫若兰死后，史湘云曾经沦落到了孤苦无依，冷清凄凉的境地。

根据史湘云的判词和《乐中悲》的曲子以及史湘云的诗句可知，史湘云后来和一个贵族公子卫若兰结婚，但是婚后不久，卫若兰不幸去世。无家可归的史湘云迫于生计，沦落为秦淮河岸边花船上的一名歌妓，在经过一番颠沛流离之后，最终与贾宝玉相聚并结为相濡以沫的患难夫妻。

七十四、此批"弥足珍贵"

《红楼梦》第一回，有一首五言律诗写道：

满纸荒唐言，一把辛酸泪。

都云作者痴，谁解其中味。

就在这首五言诗的附近，有一条甲戌眉批写道：

能解者，方有辛酸之泪，哭成此书。壬午除夕，书未成，芹为泪尽而逝。余常哭芹，泪亦待尽。每意觅青埂峰再问石兄，奈不遇癞头和尚何？怅怅！今而后惟愿造化主再出一芹一脂，是书何幸！余二人亦大快遂心于九泉矣！甲午八月泪笔。

这段批语交代了两个时间概念。一个是"壬午除夕"，另一个是"甲午八月"。"壬午除夕"是乾隆二十七年的大年三十，也就是公元 1763 年 2 月 12 日。"甲午"年是乾隆三十九年，也就是公元 1774 年。

关于这条批语，中国社会科学院研究员、中国古代小说研究专家石昌渝先生在人民文学出版社 2010 年出版的影印版甲戌本《脂砚斋重评石头记》前言中说道：

甲戌本有一些批语是别的抄本所没有的，亦弥足珍贵。第六回和第八回两回的批语，其他各抄本皆无。第一回在"满纸荒唐言"诗上有眉批云：能解者，方有辛酸之泪，哭成此书。壬午除夕，书未成，芹为泪尽而逝。余常哭芹，泪亦待尽。每意觅青埂峰再问石兄，余（奈）不遇獭（癞）头和尚何？怅怅！今而后惟愿造化主再出一芹一脂，是书何本（幸）！余二人亦大快遂心于九泉矣！甲午八日（月）泪笔。此批惟另见于《靖藏本》，然《靖藏本》已佚，仅存过录下来的批语。

根据石昌渝先生的说明，甲戌本的这条批语，《红楼梦》其他任何版本都没有。虽然靖藏本也有此批，但靖藏本已经遗失，只有过录下来的批语，而且这些过录下来的批语，争议也非常大。不管怎么说，这条批语亦显得弥足珍贵。

对于这条重要批语，是脂砚斋还是畸笏叟所批，红学界也一直争论不休。尽管石昌渝先生没有说明这条批语到底是谁所批，然而笔者却认为，这条批语是畸笏叟所批无疑。

除此之外，争论的焦点还在于"甲午八月"和"甲申八月"上。有的红学家说这是抄书过程中的笔误，错误地将"甲申"抄成了"甲午"。

据考证，脂砚斋在不同的年代对《红楼梦》原稿作过数次书评。其中在乾隆二十六年（1761年）对小说进行最后一次作评的时候，除了删掉了"脂砚斋重评"五字，改书名为《石头记》外，也删除了批语中的脂砚斋署名。脂砚斋在数次评书的过程中，其手稿你抄我抄、传来传去，有的归还，也有的没有归还。即使归还来的，也不一定就是脂砚斋的原稿原本。这样，大家在抄书的过程中，出现一些笔误也是很有可能的。

甲申年是乾隆二十九年（1764年）。如果按照"甲申八月"来理解，曹雪芹去世时是乾隆二十七年壬午除夕，即公元1763年初。再说了，批语中非常明确地说明"愿造化主再出一芹一脂"，就足以说明作批者作此批语之时，曹雪芹、脂砚斋已经不在人世了。所以，笔者认为"甲午八月泪笔"并不是笔误。至于有的说成是"甲午八日"，其"八日"与"八月"相差不是很大，争论没有意义。

同时，就在这条朱色眉批"甲午八月泪笔"的后边，紧接着又有"此是八月"的一墨色眉批。因为笔者手中的这部甲戌本《脂砚斋重评石头记》，是2010年人民文学出版社的影印版，这个版本的原本是1927年胡适先生发现并珍藏的。胡适先生的这个原本，曾经被俞平伯、周汝昌等借阅过，"此是八月"到底是谁批的笔者也拿不准。但是，根据这四个字的运笔笔迹和书写习惯来判断，应该是胡适先生所为。

不管怎么说，"此是八月"四个字，是谁的批语已经不重要了，关键是这条批语更加进一步说明了原批是"甲午八月"，而不是"甲申八月"和"甲申八日"。

香港梦梅馆总编辑梅节老先生，在他所著的《曹雪芹卒年新考》一文中，对甲戌本上这条批语，作出了新的解释。

梅节老先生认为，这条批语是经过两次所批，应该重新进行分段。其中"能解者方有辛酸之泪，哭成此书，壬午除夕"是单独的一条批语。其中的"壬午除夕"是此批语的落款年代。以下的"书未成芹为泪尽而逝"直到"甲午八月泪笔"是批者在写出上条批语后，又过了12年后的甲午年，批者又加的另外一条批语。如果按照这样的分段，那"壬午除夕"与"书未成芹为泪尽而逝"则扯不上一点关系了。

梅老先生还说，抄手不清楚这些情况，就将"壬午除夕"的这条批语与"甲午八月泪笔"的这条批语，合并抄成了一条批语。

如果按照梅老先生的推论，那曹雪芹去世的时间不会是"壬午"年的除夕。

对此，红学家霍国玲女士则认为：此眉批无论从内容上还是从形式上进行分析，都应该是甲午八月一次写成的批语。

霍国玲女士认为，此批从内容上看，前后贯通一气，自始至终围绕着一个"泪"、一个"哭"。批书人一开始便批出，"能解者方有辛酸之泪，哭成此书"。这就是说：此书是作者哭成的。只有理解了此书本旨的读者，才会为之落泪。紧接着便批出了"壬午除夕，芹为泪尽而逝"。然后，批书人便写到了自己的"哭"和自己的"泪"。"余尝哭芹，泪亦待尽"。这是批书人的"哭"与"泪"。下面是"每意觅青埂峰，再问石兄，余不遇癞头和尚何，怅怅！"批书人想继雪芹之后，继续增删《红楼梦》，想去青埂峰再去找石兄，却无处去寻他，对此深感遗憾；最后批书人道出了自己的愿望："今而后，惟愿造化主再出一芹一脂，于书何幸，余二人亦大快遂心于九泉矣。"这说明，甲午八月批者流着泪写下了这条批语。

霍国玲女士还说，这条眉批始终围绕着一个"泪"、一个"哭"，它确实是用来批"满纸荒唐言，一把辛酸泪"的。此眉批前后贯通，一气呵成，不可能是相隔了12年的两条批语的机械撮合。

从以上梅老先生和霍国玲女士的分析判断来看，似乎都有一定的道理。此时，当笔者反复阅读这条批语的时候，的确像霍国玲女士所说的"前后贯通"，有一种"一气呵成"的感觉。因此，笔者认为"甲午八月泪笔"的这条批语，并不是多条批语的合并抄成。

第二十二回，贾母为薛宝钗过生日，因贾母喜欢热闹，特叫了一班戏来。贾母首先让薛宝钗点戏，薛宝钗点了一出《西游记》，然后贾母让王熙凤点，王熙凤点了《刘二当衣》。这里有两条甲戌眉批，其中一条批道：

前批"知者寥寥"，芹溪、脂砚、杏斋诸子皆相继别去，今丁亥夏，只剩朽物一枚，宁不痛杀！

丁亥年是乾隆三十二年（1767年），根据这一条批语中的"芹溪、脂砚、杏斋诸子皆相继别去"可知，此时脂砚斋已经不在人世。而从"只剩朽物一枚"来判断，那只能是畸笏叟本人。既然丁亥年的夏天之前，"芹溪、脂砚、杏斋诸子皆相继别去"了，那么7年后的1774年不可能脂砚斋还能活着并进行书评。

对此，我们继续作如下分析。

化名曹雪芹的这个人是乾隆二十七年（壬午年）的除夕去世的，按照阳历，应该是1763年初春。曹雪芹去世以后，就再也看不到脂砚斋的批语了，说明曹雪芹去世以后，脂砚斋没多久也相继去世了。畸笏叟在1762年作评之前，虽然有个别批语，但从乾隆二十七年（壬午年）以后，连续5年作了很多条批语，到了乾隆三十二年（1767年）以后，就再也看不到任何的批语了。直到乾隆三十九年（1774年）甲午年，又突然出现了以上这条重要批语。也就是说，自乾隆二十七年（壬午年）到乾隆三十九年（甲午年）的12年间，没有看到过一条脂砚斋的批语。那么，这12年间为什么脂砚斋就消失得无影无踪了呢？只能说明脂砚斋已经不在人世了。批语中所说的"一芹一脂"，毫无疑问是指曹雪芹和脂砚斋。假设这条批语是脂砚斋所作，那么，为什么要再出一芹，又要再出一脂呢？她尚在人间，自己却说希望造物主再出一脂，那不是诅咒自己吗。所以，笔者认为这条批语铁板钉钉就是畸笏叟所批。

为什么说这条批语"弥足珍贵"和"非常重要"呢？

第一，这条批语除了甲戌本独有之外，就是迷失的靖藏本曾有，而且靖藏本原本早已不知去向，只有过录的150多条批语，其过录的批语是真是假目前还无定论。至于新发现的庚寅本是否有此批，因笔者手头无此本，故不好妄言。除此之外的其他版本均没有这一条批语。

第二，这条批语说明，曹雪芹、脂砚斋、畸笏叟三人感情至深，关系非同一般，不仅对全书倾注了毕生的心血，而且脂砚斋和畸笏叟都还是红楼"梦中之人"。

第三，这条批语向我们透露出，在乾隆二十七年（1762年）的壬午除夕，对这部书"披阅十载，增删五次，纂成目录，分出章回"的曹雪芹溘然长逝了。

第四，不仅曹雪芹撒手尘寰，曾经对这部书进行多次抄阅并留下好几千条批语的脂砚斋也香消玉殒了。

第五，这条批语落款的年代是甲午年（1774年），而壬午年除夕（1763年），"芹为泪尽而逝"。曹雪芹已死，而畸笏叟还想再问"石兄"，说明"石兄"不是曹雪芹。而被畸笏叟称为"石兄"的这个人，才是《石头记》的原作者。由此证明曹雪芹不可能是《红楼梦》原作者。

第六，这条批语告诉我们，乾隆三十九年（1774年），即甲午年的八月，畸笏叟在作出全书的最后一条批语后，不久也含笑九泉了。

这条批语虽然短短数句，但是说明的问题和透露出的信息，对于我们了解《红楼梦》书中的"真"与"假"和"暗"与"隐"至关重要。因此，这条批语用"弥足珍贵"和"非常重要"一点也不过分。

七十五、如何认定"余二人"

前面我们分析了畸笏叟的一条非常重要的批语，因为芹溪、脂砚早在丁亥年（1767年）之前就已经去世。那么"余二人亦大快遂心于九泉矣"中的"余二人"怎样理解呢？

这里的"余"作"我"和"我们"讲，"余二人"按照字义理解，应该是"我二人"或者是"我们二人"。按此理解，那么就是"我二人亦大快遂心于九泉矣"。这里的"我"可以理解为畸笏叟，因为此条批语是他所作。那么"我二人"中的另一个人到底是谁呢？

笔者认为，"余二人"中的另外一人应该是"一芹一脂"中的其中一人。要不然，畸笏叟不会把与此书无关的其他人扯在一起，肯定是与畸笏叟、脂砚斋关系非常亲近，而且参与整理书稿的人。

如果按照畸笏叟和"一芹一脂"中的任何一人来理解，似乎也能讲得通。但是，畸笏叟当时还健在，而"一芹一脂"早已"归天"。按照中国民间习俗，活着的人最忌讳与死去的人合并称呼，也就是说，畸笏叟不会和"一芹一脂"中的任何一人称为"余二人"。但仔细琢磨琢磨，如果脂砚斋和畸笏叟两人属于亲密无间的夫妻关系的话，畸笏叟把自己与脂砚斋称为"余二人"，不仅完全可以，而且也合乎常理。

我们知道，畸笏叟在作此批的时间是甲午年的八月，也就是公元1774年的9月左右，当时他已经七十四五岁了，回想自己前半生的荣华富贵和后半生的坎坎坷坷，当下"一芹一脂"又相继去世，心中不免倍加孤独和感慨万千。特别是与脂砚斋朝夕相伴的艰苦岁月里，更加激起了对早已故去的脂砚斋的怀念之情，再加上年老体弱，老眼昏花，自己将不久于人世，因此就有了"今而后惟愿造化主再出一芹一脂，是书何幸！余二人亦大快遂心于九泉矣"之说。这里的"余二人"中的另一人就应该是脂砚斋。在这里，畸笏叟是说，你虽然离我而去，阴阳两隔，我依然对书稿继续修改和作批，直至完成我们的毕生心愿，把这部书传承下去。如果在不久的将来，能够和你在九泉之下再次相遇相知、倾心相爱，那么，我们俩也就遂心如愿、含笑九泉了。

前面我们说了，乾隆二十七年（1762年）之前，基本上全部都是脂砚斋的批语。此后再也没有出现过脂砚斋的批语。那么，为什么乾隆二十七年（1762年）之前，基本上没有畸笏叟所作的批语呢？

最为合理的解释就是，《红楼梦》书稿基本完成后，作者就安排这个化名曹雪芹的人，让他继续整理书稿，在整理差不多的时候，脂砚斋来帮助誊写，并且一边誊写一边作评。其间，亲朋好友知道这部书后，都来借阅传抄。这个时候，"书未成，芹为泪尽而逝"。此时，脂砚斋的身体也不甚安好，或者已经病入膏肓，就不能继续承担誊写和评书的任务了。畸笏叟不能眼看着浸满自己多年心血的书稿半途而废，就接过来继续修改整理并作书评。

还有一种可能就是，书稿基本完成后，畸笏叟就从北京出发，到曾经生活工作过的南京、苏州、杭州等走亲串友、故地重游了。因当时的交通不便，所以走走停停，边走边浏览当地山水名胜。这样，没有几年的时间是不可能来回的。

那么，为什么自乾隆三十二年（1767 年），到乾隆三十九年（1774 年）八月之前的这段时间，畸笏叟不作批语，而又在乾隆三十九年（1774 年）的八月出现了"甲午八月泪笔"这条批语呢？

关于这一点，在畸笏叟的另外一条批语中已经透露出了他的踪迹。

书中第二十三回写道：

那一日正当三月中浣，早饭后，宝玉携了一套《会真记》，走到沁芳闸桥边桃花底下一块石上坐着，展开《会真记》，从头细玩。正看到"落红成阵"，只见一阵风过，把树头上桃花吹下一大半来，落得满身满书满地皆是。宝玉要抖将下来，恐怕脚步践踏了，只得兜了那花瓣，来至池边，抖在池内。那花瓣浮在水面，飘飘荡荡，竟流出沁芳闸去了。回来只见地下还有许多，宝玉正踟蹰间，只听背后有人说道："你在这里做什么？"宝玉一回头，却是林黛玉来了，肩上担着花锄，锄上挂着花囊，手内拿着花帚。

此时有一条庚辰眉批：

丁亥春间，偶识一浙省新友，其白描美人，真神品物，甚合余意。奈彼因官缘所缠无暇，且不能久留都下，未几南行矣。余至今耿耿，怅然之至。恨与阿颦结一笔墨之难若此！叹叹！丁亥夏。畸笏叟。

畸笏叟的这条批语说明：丁亥年的春天，偶然结识了一位浙江省的新友，他的一幅用墨色线条勾描出的美人画作，艺术水准很高，达到了出神入化的地步，比较符合我的心意。无奈当时因官场之事缠身，事情颇多而无暇顾及，而且也不能久留京都，不几天就要南行。我至今依然耿耿于怀而怅然若失。可恨我与黛玉表妹连缔结笔墨之缘都非常的难呀。

这条批语的落款是丁亥年，也就是公元 1767 年，而且春天的时候畸笏叟就要南行。也就从这一年开始，到乾隆三十九年（1774 年）的 7 年间，畸笏叟没有任何批语，这很可能与他所说的"南行"有关。

至于畸笏叟为什么这个时候南行，此次南行是去南京，还是苏州、杭州，他要见的这位官员是谁或者有什么事，却没有任何资料可考。另据一些红学家考证，畸笏叟的这次南行，是受怡亲王弘晓之托，去南京找尹继善商讨刊刻《红楼梦》事宜。至于

真实程度如何，并没有任何可靠资料查证。

不过，从畸笏叟没有得到那幅白描美人画作而"耿耿于怀、怅然若失"的惋惜程度来看，他对昔日倾心相恋的这位"黛玉妹妹"，依然是情深厚意地念念不忘。真是应验了"终不忘，世外仙姝寂寞林。叹人间，美中不足今方信。纵然是齐眉举案，到底意难平"啊！

七十六、揭秘"畸笏老人"

纵观畸笏叟的所有批语，我们不难发现，他的批语多为眉批，而且大部分都标注了壬午春、丁亥、乙酉冬以及畸笏叟、畸笏、畸笏老人等年代及名字。根据这一特点，我们基本可以判断，这类批语应该属于畸笏叟无疑。这也是区别畸笏叟与脂砚斋批语最为明显的特征。

畸笏叟的批语大部分内容是引述当年旧事，语气比较颓靡伤感，喜欢用反问句。由此说明，畸笏叟是个人生充满曲折，经历过许多坎坷之人。

第八回，贾母给秦钟一个金魁星，有一条甲戌眉批道：

作者今尚记金魁星之事乎？抚今思昔，肠断心摧。

从"今尚记"三字可以看出，这应是很久以前的往事。也许作者幼年时曾有过"金魁星"的玩物，畸笏叟印象很深，批书至此不禁触动了往日的回忆。可见，畸笏叟要么是江宁织造曹家的某个人，要么是与曹家关系"甚密"之人。

书中第四十一回写道：

当下贾母等吃过茶，又带了刘姥姥至栊翠庵来。妙玉忙接了进去。至院中见花木繁盛，贾母笑道："到底是他们修行的人，没事常常修理，比别处越发好看。"一面说，一面便往东禅堂来。妙玉笑往里让，贾母道："我们才都吃了酒肉，你这里头有菩萨，冲了罪过。我们这里坐坐，把你的好茶拿来，我们吃一杯就去了。"妙玉听了，忙去烹了茶来。宝玉留神看他是怎么行事。只见妙玉亲自捧了一个海棠花式雕漆填金云龙献寿的小茶盘，里面放一个成窑五彩小盖钟，捧与贾母。

此时有一条靖藏本眉批：

尚记丁巳春日谢园送茶乎？展眼二十年矣！丁丑仲春，畸笏。

这条批语的落款是"丁丑仲春"，也就是乾隆二十二年（1757年），往前数20年就是乾隆二年（1737年）丁巳年。那个时候，曹家已经被乾隆皇帝"宽免"，曹頫也恢复了内务府员外郎的职务。这个时候，畸笏叟看到书中描写妙玉捧着小茶盘给贾母送茶，就联想到了20年前的丁巳春日，在谢园送茶的情形。至于畸笏叟所说的"谢园"，究竟在什么地方，是谁"送茶"，又是送给谁，却没有任何资料可考。

在一些署名畸笏叟的批语中，经常称呼宝玉为"玉兄"或"石兄"。

第十四回，在贾宝玉路谒北静王一回的尾部，水溶问贾政道："哪一位是衔玉而诞者？"此时有一条庚辰眉批：

忙中闲笔，点缀玉兄，方不失正文中之正人。作者良苦。壬午春。畸笏。

第十五回，水溶见宝玉语言清楚，谈吐有致。此时有一条庚辰眉批：

八字道尽玉兄，如此等方是玉兄正文写照。壬午季春。

第十五回宁府送殡，宝玉、秦钟和几个小厮在庄农家游玩，书中写道：

一面说，一面又至一间房屋前，只见炕上有个纺车，宝玉又问小厮们："这又是什么？"小厮们又告诉他原委。宝玉听说，便上来拧转作耍，自为有趣。只见一个约有十七八岁的村庄丫头跑了来乱嚷："别动坏了！"众小厮忙断喝拦阻，宝玉忙丢开手，赔笑说道："我因为没见过这个，所以试他一试。"那丫头道："你们那里会弄这个，站开了。"

此时有一条庚辰眉批：

一"忙"字，二"赔笑"字，写玉兄是在女儿份上。壬午季春。

类似称呼宝玉为"玉兄"的批语书中还有很多。

畸笏叟的批语，还经常称呼贾政为"政老"，称贾赦为"赦老"。

第四回写薛姨妈进贾府，贾政安排住处等，有一条甲戌眉批：

用政老一段，不但王夫人得体，且薛母亦免靠亲之嫌。

第十七回，贾珍禀告贾政，大观园工程完工，大老爷贾赦已经看过了，让贾政过去看看。在一处处观看的过程中，众人让贾政题匾额对联，贾政笑道："你们不知，我自幼于花鸟山水题咏上就平平，如今上了年纪，且案牍纷繁，于这怡情悦性文章上更生疏了，纵拟了出来，不免迂腐古板，反不能使花柳园亭生色，似不妥协，反没意思。"此时有一庚辰眉批：

政老情字如此写。壬午季春。畸笏。

第三回，林黛玉进贾府后，贾母命两个老嬷嬷带林黛玉去拜见两个母舅。到了贾赦家，邢夫人一边让黛玉坐，一面让人去外面书房请贾赦。贾赦因身体不适，怕见了林黛玉彼此伤心，暂且不忍相见。并捎话劝林黛玉不要伤心想家，跟着老太太和舅母，就像在家里一样等语。此时有一甲戌侧批：

赦老亦能作此语，叹叹！

林黛玉没见到贾赦，随后又来拜见舅舅贾政，王夫人因说："你舅舅今日斋戒去了。再见吧。"此时有一条甲戌侧批：

赦老不见，又写政老。政老又不见，是重不见重，犯不见犯。作者惯用此等章法。

书中其他地方称贾政为"政老"，称贾赦为"赦老"的也有好几处。

根据畸笏叟称贾政为"政老"，称贾赦为"赦老"，称宝玉为"玉兄"或"石兄"来判断，那畸笏叟不仅和贾宝玉同辈，而且无疑就是"贾家之人"。

根据考证，曹頫是贾宝玉的原型。按照常规来理解，如果畸笏叟这个人称宝玉为

“玉兄”或“石兄”，那畸笏叟就应该是曹頫的弟弟。曹頫在家排行“老四”，那么《红楼梦》书中或者江宁织造的曹家是否有一个“曹老五”呢？

虽然史料及书中没有明确说明曹頫有个“五弟弟”存在，但在《红楼梦》小说中，确实有个“五奶奶”。

《红楼梦》二十七回，王熙凤在大观园里叫住宝玉的丫头红玉，让她到自己房中，向平儿传话并取一个荷包。红玉取回荷包时，平儿又让她顺便向王熙凤回报另一事。从红玉和王熙凤的对话中，的确出现过一个五奶奶。

书中写道：

红玉道：“平姐姐说：‘我们奶奶问这里奶奶好。原是我们二爷不在家，虽然迟了两天，只管请奶奶放心。等五奶奶好些，我们奶奶还会了五奶奶来瞧奶奶呢。五奶奶前儿打发了人来说，舅奶奶带了信来了，问奶奶好……’”话未说完，李纨道：“嗳哟！这些话我就不懂了。什么‘奶奶爷爷’的一大堆。”凤姐笑道：“怨不得你不懂，这是四五门子的话呢。”

红玉的这段话，一口气说出了好几个这奶奶那奶奶，听起来有些迷糊。在这里，我们不去具体考证都是哪些奶奶。但是，既然红玉说明了有个五奶奶存在，那么五老爷这个人是存在的。

根据周汝昌老先生考证及史料记载，曹玺有两个儿子，老大是曹寅、老二是曹荃。曹寅有一个早亡的儿子叫曹颙，而曹荃有四个儿子。按照叔伯兄弟排行，曹頫正好排行老五。如果按照这个排行，红玉所说的这个“五老爷”就只能是曹頫。

如果曹頫还有一个五弟弟，那么李纨又是这个“五弟弟”的堂嫂子，她不会不知道红玉所说的这个“五奶奶”。因此，曹頫有个五弟弟的说法丝毫没有什么依据。至于书中红玉和王熙凤所说的那个“五奶奶”，也根本不可能就是贾宝玉的五弟媳妇，更不能说明这个“五老爷”就是畸笏叟。

另外，根据书中的描写，也确实有个“五奶奶”。那就是书中第二十四回中贾琏给宝玉介绍贾芸的一段对话。

贾芸看见宝玉，给宝玉请安，宝玉佯装对贾芸不熟悉，就问贾芸叫什么名字，这时候贾琏就笑道：“你怎么发呆，连他也不认得？他是后廊上住的五嫂子的儿子芸儿。”

贾芸虽然从地位上不能和贾琏、贾宝玉比，但因他们都姓贾，而且贾琏称贾芸的母亲为五嫂子，红玉等丫环、佣人们称其为“五奶奶”也能完全讲得通。但是，这个“五奶奶”的丈夫“五老爷”却早已“驾鹤西游”了。

本回紧接着下面有一段写道：

宝玉看着贾芸生的着实斯文清秀，便笑道：“你到比先越发出挑了，倒像是我的儿子。”贾芸说：“俗语说的，‘摇车里的爷爷，拄拐的孙孙’。虽然岁数大，山高高不过太阳。只是我父亲没了，这几年也无人照管教导。如若宝叔不嫌侄儿蠢笨，认作儿子，就是我的造化了。"

从贾芸与宝玉的这段对话中，我们知道贾芸的父亲早已去世，这个"五老爷"也就不复存在了。况且书中交代贾芸要比宝玉大四五岁，贾芸的父亲应该比贾宝玉大更多。那么，被称为曹頫"五弟弟"的这个"五老爷"根本不会存在。

七十七、贾环、贾琮不是畸笏叟

根据《红楼梦》书中的人物对号，能够称贾宝玉为"玉兄"或"石兄"，称贾赦为"赦老"、贾政为"政老"的人还应该有贾环和贾琮二人。其他几个虽然也可以这样称呼，但与贾环和贾琮相比，根本不值一提，因此可以就此忽略。

贾环是贾政之妾赵姨娘所生，是贾宝玉同父异母的弟弟。他举止粗糙，诡计多端，其行为不仅滑稽可笑，而且小气自私。因此经常遭到王夫人、王熙凤等人的贬抑，加之贾母不喜，众人更是踩在他的头上，拿他不当个"人物"对待。

第二十回，写贾环掷骰子赌博要赖，明明那骰子掷出的是么。贾环伸手便抓起骰子，然后就拿钱，说是个六点。莺儿很委屈地说道：

"前儿我和宝二爷玩，他输了那些，也没着急。"后边贾环道："我拿什么比宝玉呢。你们怕他，都和他好，都欺负我不是太太养的。"说着，便哭了。

此时有一条庚辰侧批道：

蠢驴。

此后书中写道：

王熙凤说道："你明儿再这么下流狐媚子，我先打了你，打发人告诉学里，皮不揭了你的。"

这一段说明贾府中不仅主人对贾环不太喜欢，就连丫环们也看不起他。

第二十七回又写道：

只见贾环、贾兰叔侄两个也来了，请过安，邢夫人便叫他两个椅子上坐了。贾环见宝玉同邢夫人坐在一个坐褥上，邢夫人又百般摩挲扶弄他，早已心中不自在了，坐不多时，便和贾兰使眼色儿要走。

这段文字说明贾环看见贾宝玉坐在坐褥上，而让他坐在椅子上。贾宝玉受到邢夫人的爱抚，而他和贾兰没有人搭理。此时感觉自己受到冷落而不自在。可想而知，与贾宝玉相比，他在贾府中的生存环境和地位，根本不是一个档次。

更有不可原谅的是在第二十五回。贾环因素日对贾宝玉怀恨在心，虽不敢明言，却每每暗中算计，只是没有机会下手。"今见相离甚近，便要用热油烫瞎他的眼睛。因而故意装作失手,把那一盏油汪汪的蜡灯向宝玉脸上只一推"。就在这段话的页眉处，有一条甲戌眉批：

环儿种种行为，毫无大家规范，实实可恨之至！

贾环故意烫伤贾宝玉后，王夫人不好直接骂贾环，便叫赵姨娘来骂道："养出这样黑心不知道理下流种子来，也不管管！几番几次我都不理论，你们得了意了，越发上来了！"试想，如果畸笏叟是贾环的话，批者不可能这样毫不留情的骂他"蠢驴"，畸笏叟更不可能自己骂自己"黑心不知道理下流种子"，王熙凤也不可能说他"下流狐媚子"。假如畸笏叟看到书中描写他的原型是这种心怀鬼胎的小人形象的话，肯定会气得不得了。因此，书中贾环的原型不可能是畸笏叟。

排除了贾环是畸笏叟后，那剩下的就是贾琮了。

贾琮和贾宝玉是同辈人，称贾政为政老，称贾赦为赦老，称元春为姊，称宝玉为兄，似乎这几个条件他都具备。

贾琮从年龄上来看，大约比贾宝玉小三到四岁的样子，贾宝玉的原型曹頫出生于1700年左右，贾琮应该出生在1703年左右。以畸笏叟之名作批语是从"壬午年"乾隆二十七年，也就是1762年左右开始出现的，此时他已经60岁左右，称自己为"老朽""朽物、畸笏老人"似乎也恰如其分。可是书中对于贾琮的形象描写却有点说不过去。

书中描写贾琮是贾赦庶出的次子，实际上是贾赦的一个小妾所生，其生母应该已经死了。贾迎春也是贾赦的小妾所生。书中就有"二小姐乃赦老爹之妾所出，名迎春"之句。从书中所描写的处境来看，其生母同为小妾，贾琮应该比贾迎春之母的地位还要低，这也就说明，贾琮和贾迎春也不是一母同胞的姐弟。

在《红楼梦》全书中，贾琮一共出场六次，论频率比不上贾芸、贾蔷和贾芹。书中描写他既没有行半点好事，也没见他办什么坏事。众人玩乐不见他，淘气作恶没有他，后来贾家败落也没有他的任何踪影。应该说，他的生长环境，比贾环更恶劣，更冷漠，是个可有可无的小人物。贾琮的每次出场，大多与贾环在一起，可以说他和贾环是臭味相投的铁哥们。

第二十四回写道：

宝玉去给贾赦、贾母等请安，然后，邢夫人拉宝玉上炕坐了，方问别人好，又命人倒茶来。一盅茶未吃完，只见贾琮来问宝玉好。邢夫人道："哪里找活猴儿去！你那奶妈子死绝了，也不收拾收拾你，弄得黑眉乌嘴的，哪里像大家子念书的孩子！"

在这里，邢夫人说贾琮"黑眉乌嘴"，表明他的奶妈子根本没拿他当回事，也不给他收拾卫生。说明贾琮又黑又脏，形象很猥琐，根本不像大家族里识文断字的孩子。

由此看来，书中的贾琮形象也不像是畸笏叟。

七十八、畸笏叟三字有"寓意"

畸笏叟是仅次于脂砚斋的批语撰写人，是研究探佚《红楼梦》一书不可或缺的"重量级"人物，对于弄清他的具体身份至关重要。

根据众多红学家的探佚情况来看，有的说畸笏叟是脂砚斋的另一个"化名"。也有一部分研究者认为畸笏叟就是《红楼梦》原作者本人。比较集中、比较统一的观点就是认为脂砚斋和畸笏叟都是和原作者比较熟悉、比较亲近的"内部人"和"知情人"。为此，他们也都列出了众多例证。

笔者理解，在没有确切证据证明畸笏叟到底是谁的情况下，要想知道他是何方大仙，只能从他的批语中找到一些蛛丝马迹。就目前来讲，这是唯一正确的方法。

我们先从"畸笏叟"这三字的字义来分析。

关于畸笏叟名字中的"畸"字，在书中也有过详细的描写。

第六十三回，贾宝玉过生日，寄居在贾府带发修行的尼姑妙玉，给贾宝玉送来了一个粉色的帖子，上面写着"槛外人妙玉恭肃遥叩芳辰"。其中的"槛外人"让贾宝玉一时摸不着头脑，也不知道怎么回帖。然后他就去找林黛玉，刚过了沁芳亭，恰巧遇见邢岫烟去找妙玉说话聊天。贾宝玉这才知道邢岫烟和妙玉原来是老相识。

书中写道：

贾宝玉喜不自禁地说道："怪道姐姐举止言谈，超然如野鹤闲云，原来有本而来。正因他的一件事我为难，要请教别人去。如今遇见姐姐，真是天缘巧合，求姐姐指教。"说着，便将拜帖取与岫烟看。邢岫烟看后，笑着说道："他这脾气竟不能改，竟是生成这等放诞诡僻了。从来没见拜帖上下别号的，这可是俗语说的'僧不僧，俗不俗，女不女，男不男'，成个什么道理。"宝玉听说，忙笑道："姐姐不知道，他原不在这些人中算，他原是世人意外之人。因取我是个些微有知识的，方给我这帖子。我因不知回什么字样才好，竟没了主意，正要去问林妹妹，可巧遇见了姐姐。"岫烟听了宝玉这话，且只顾用眼上下细细打量了半日，方笑道："怪道俗语说的'闻名不如见面'，又怪不得妙玉竟下这帖子给你，又怪不得上年竟给你那些梅花。既连他这样，少不得我告诉你缘故。他常说，古人自汉晋五代唐宋以来皆无好诗，只有两句好，说道：'纵有千年铁门槛，终须一个土馒头。'所以他自称'槛外之人'。又常赞文是庄子的好，故又或称为'畸人'。他若帖子上是自称'畸人'的，你就还他个'世人'。畸人者，他自称是畸零之人，你谦自己乃世中扰扰之人，他便喜了。如今他自称'槛外之人'，是自谓蹈于铁槛之外了，故你如今只下'槛内人'，便合了他的心了。"

在这里，邢岫烟说得很清楚，"畸人"是奇零之人的意思，与"世人"相对应。世人是普通人，即所谓俗人；畸人，意为有独特志行、不同流俗的人，也指孤单、孤独之人。在此可以理解为远离红尘的"世外之人"，就像妙玉那样的尼姑、和尚、道士之类的出家之人。

另外，"畸"也作"畸形"讲。"畸人"也就是身体"畸形"的"残废"之人。

"笏"，一是指古时候官员上朝手持的笏板，寓官宦之意。二是在中国的道教中，道士们在科仪斋醮时使用的一种重要法器。

"笏"字在书中也有描述。《红楼梦》第一回中的《好了歌》就有"陋室空堂，当年笏满床"之句。

《好了歌》中的"陋室空堂"，我们可以理解为"简陋的房舍、没有人居住的府堂"等。"当年笏满床"，应为"当年满床都是笏板"。形容家中做官的人很多，是地位显赫人物的府邸。

这里的"叟"就是老头子、老人的意思。

经过以上分析，"畸笏叟"三个字，大体应该理解为：一是曾经家中有多人做过官或者曾经自己当过官；二是后来远离红尘出家做过和尚或者道士；三是身体有些"畸形"或者"残废"；四是年龄很大的一位老男人。

七十九、畸笏叟就是"石兄"

经过综合分析可知，畸笏叟这个神秘人物具有六项重要特征：一是曾经当过官或者家中众多的人做过官。二是出过家做过和尚或者道士。三是身体有些"畸形"或者"残疾"。四是年迈的一个老头子。五是称贾赦为"赦老"，称贾政为"政老""严父"。六是称宝玉为"玉兄"或"石兄"。

笔者认为，只有同时满足这六个条件，才能基本确定这个人就是畸笏叟。

可是，无论是书中的描写，还是脂砚斋、畸笏叟的批语，甚至历史资料的记载，可以说，没有一个人能够完全满足这六项条件。

但是，完全满足前五个条件的倒有一人。那就是"石兄"贾宝玉的原型，曹家最后一任江宁织造曹頫。

依据书中的原文描写及批语透露以及史料的记载，我们来看看曹頫在现实中的情况：

一是书中描写贾宝玉出家做过和尚。曹家因参与"弘皙谋逆案"彻底败落后，曹頫因此万念俱灰，在北京西山某寺出家当了和尚。符合"不同流俗、遁迹空门，远离红尘"的世外之人形象。而且书中多次描写贾宝玉要么"悬崖撒手"，要么"出家为僧"。林黛玉也曾经叫过他"大和尚"。

二是曹頫因无力归还朝廷欠款，"戴枷"还款七八年之久，不仅心灵受到严重折磨，而且每天戴着几十斤重的"刑具"，身体严重畸形，导致残废，故可称为身体"畸形"的"残废"之人。

三是曹頫担任过内务府员外郎，掌管过江宁织造。内务府员外郎在当时是个从五品级别，相当于现在的厅级干部。不仅如此，曹家自曹振彦开始，家中五代十多人都是朝廷官员，最高为一品大员，最低为从五品官职。符合"当年笏满床"之说。曹家自曹玺以来，三代四人担任过江宁织造主事职衔，是赫赫有名的江南望族，其府邸之显贵，就连两江总督也无能可比。

四是在清朝时期，批书、评书是一种时尚。以畸笏叟之名连续作批大约是乾隆二十七年，也就是1762年。曹頫出生在康熙三十九年，也就是公元1700年，此时曹頫已经60多岁，自称"老朽""朽物""畸笏老人"名副其实。

五是曹頫是过继给曹寅之妻李氏的"过继子"，是书中贾宝玉的原型，贾赦是贾宝玉的伯父，贾宝玉称贾赦为"赦老"恰如其分。而贾政是贾宝玉的父亲，贾宝玉称贾政为"政老"和"严父"更在情理之中。

至于称贾宝玉为"玉兄"或"石兄"这一条，笔者认为，这既是批书者的谦称，也是对自己"形象代言人"贾宝玉的尊重。书中称"兄"的地方很多，有时还称贾琏为"琏兄"，称薛蟠为"呆兄"。如第二十一回写贾琏"口里说着瞅她不防，便抢了过来。"此时有一条庚辰侧批：

毕肖。琏兄不分玉石，但负我平儿，奈何！奈何。

又如第二十六回薛蟠说"我要自己吃，恐怕折福。"此时有一条甲戌侧批：

呆兄亦有此话，批书人至此诵《往生咒》至恒河沙数也。

兄，指哥哥，仁兄，兄台，是旧时对同辈人的敬称，表示尊敬，并不是一定要按年纪区分，也可以对关系比较密切的哥们之间，文雅地称呼为兄。蒋介石曾经称比他小3岁的陈布雷为兄，他在给张学良的电报里，也每每称呼比自己小13岁的张学良为兄。

第十三回，写秦可卿之死，彼时合家皆知，无不纳罕，都有些疑心。此时有一条靖藏本眉批：

通回将可卿如何死故隐去，是余大发慈悲也。叹叹！壬午季春。畸笏叟。

"余"字在现代汉语中是第一人称代词，是"我"的意思。这条批语是说，秦可卿死亡的真正原因是我大发慈悲才隐去的。这条批语署名畸笏叟，也就意味着批者和作者同属一人。

第二十回原文写道：

彼时晴雯、绮霰、秋纹、碧痕都寻热闹，找鸳鸯琥珀等耍戏去了，独见麝月一个人在外间房里灯下抹骨牌。宝玉笑问道："你怎不同他们玩去？"麝月道："没有钱。"宝玉道："床底下堆着那么些，还不够你输的？"麝月道："都玩去了，这屋里交给谁呢？那一个又病了。满屋里上头是灯，地下是火。那些老妈子们，老天拔地，服侍一天，也该叫他们歇歇，小丫头子们也是服侍了一天，这会子还不叫他们玩玩去。所以让他们都去罢，我在这里看着。"

此时有一条庚辰眉批道：

麝月闲闲无语，令余酸鼻，正所谓对景伤情。丁亥夏。畸笏。

这条批语是说：麝月说的这番看似闲闲细语的平常话，感动得我伤心流泪，再联想到当初的情景往事，不免引起伤怀之情。

在这里，为什么麝月说的这番话能够引起批者的感动并伤心流泪，而且还"对景伤情"。说明批者畸笏叟看到书中麝月这个普普通通的小丫环，能够如此善解人意地说出这样"贴心"感人的话，勾起了他往日在大观园与她们朝夕相处的情景，这才引起批者畸笏叟的伤怀之情。

　　由此可以断定，批者畸笏叟就是贾宝玉的原型。要不然也不会引起畸笏叟的诸多联想，更不会对景伤情、酸鼻流泪。

　　其实，曹頫虽然是书中贾宝玉的原型，但作为小说，贾宝玉就是书中虚构的一个人物，畸笏叟尊称他为"兄"一点也不奇怪。所以说，畸笏叟称自己的"形象代言人"贾宝玉为"玉兄"或"石兄"一点也不为过。

　　因此，我们可以断定，曹家最后一任江宁织造曹頫，就是这个神秘人物畸笏叟。

八十、畸笏叟掌握全本内容

第十八回，在介绍妙玉时，此处书中写道：

林之孝家的向王夫人回道："采访聘买的十个小尼姑、小道姑都有了，连新做的二十分道袍也有了。外有一个带发修行的，本是苏州人氏，祖上也是读书仕宦之家。因生了这位姑娘自小多病，买了许多替身儿皆不中用，到底这位姑娘亲自入了空门，方才好了，所以带发修行，今年才十八岁，法名妙玉。"

此时有一条畸笏叟所作的庚辰眉批：

是处引十二钗总未的确、皆系漫拟也。至回末警幻情榜，方知正、副、再副及三四副芳讳。壬午季春。畸笏。

这条批语说明畸笏叟知道八十回后有"警幻情榜"的内容。

第二十七回，也有一条畸笏叟所作的庚辰眉批：

此系未见"抄没""狱神庙"诸事，故有是批。丁亥夏，畸笏。

这条批语有"抄没"及"狱神庙"等内容，说明畸笏叟非常清楚八十回后有贾家被"抄没"及贾宝玉、王熙凤等人被关押的地方，有一个"狱神庙"等情节内容。

第二十回，写李嬷嬷骂袭人和贾宝玉，将当日吃茶等事唠叨说个不清。此时有一条庚辰眉批：

茜雪至狱神庙方呈正文。袭人正文标目曰"花袭人有始有终"，余只见有一次誊清时，与"狱神庙慰宝玉"等五六稿被借阅者迷失，叹叹！丁亥夏。畸笏叟。

这条批语说明，畸笏叟不仅知道八十回后会有茜雪在狱神庙大段的文字描述，而且还清楚，描写袭人这一回的正文标题是"花袭人有始有终"。在这里，批者见到誊录整理完成后的稿本时，发现"狱神庙慰宝玉"等五六回的稿本，被借阅者迷失了，因此发出了无可奈何的感叹。

第二十回写道：

李嬷嬷说贾宝玉："把你奶了这么大，到如今吃不着奶了，把我丢在一旁，逞着丫头们要我的强。"

此时有一条庚辰眉批：

特为乳母传照，暗伏后文倚势奶娘线脉，《石头记》无闲文并虚字在此。壬午孟夏，畸笏老人。

第二十一回，写贾琏戏多姑娘一段，有三条庚辰批语，其中一条眉批写道：

此段系书中情之瑕疵，写为阿凤生日泼醋回及"大风流"宝玉悄看晴雯回作引，伏线千里外之笔也。丁亥夏。畸笏。

第二十八回，写给林黛玉配药，书中写道：

王夫人说："既有这个名儿，明儿就叫人买些来吃。"

此时有一条庚辰眉批：

写药案是暗度颦卿病势渐加之笔，非泛泛闲文也。丁亥夏，笏叟。

以上这三条批语，说明畸笏叟对这部书前前后后成书过程比较了解，对于"伏线千里"之外的情节安排了如指掌。

第十三回，有一条靖藏本回前批写道：

此回可卿梦阿凤，作者大有深意，惜已为末世，奈何奈何！贾珍虽奢淫，岂能逆父哉？特因敬老不管，然后恣意，足为世家之戒。"秦可卿淫丧天香楼"，作者用史笔也。老朽因有魂托凤姐贾家后事二件，岂是安富尊荣坐享人能想得到者？其事虽未行，其言其意，令人悲切感服，姑赦之，因命芹溪删去"遗簪""更衣"诸文，是以此回只十页，删去天香楼一节，少去四五页也。

这一条回前批，批者向我们说明了以下具体内容：

其一，作者写秦可卿给王熙凤托梦，不是粗略地随便一写，这里大有深意，可惜此时的贾家已经到了末世，其败落的颓势已经无法挽回，真是无可奈何，没有办法。

其二，贾珍虽然骄奢淫逸、恣意妄为，究其原因是贾敬放任不管的结果，这足以引起门第高贵、世代为官的人家引以为戒。

其三，"秦可卿婬丧天香楼"这一回，作者写的是实事，不是人为的随意编造。

第十三回原文写道：

这四十九日，单请一百单八众禅僧在大厅上拜大悲忏，超度前亡后化诸魂，以免亡者之罪；另设一坛于天香楼上，是九十九位全真道士，打四十九日解冤洗业醮。

在这里，我们不得不特别注意这一回原文中的"另设一坛于天香楼上"这句话。

就在这句话的旁边，有一条甲戌侧批道：

删却！是未删之笔。

根据这一条批语，我们可以判断，"另设一坛于天香楼上"这句话，原本是要删除的，结果是"未删之笔"。这"未删之笔"，批者也间接地向我们透露出了秦可卿死亡的真正原因。

原来在中国古代以及大部分民间，一个人如果意外死亡，或者客死他乡，家里人就要前去出事的地方带些贡品，烧些纸钱，做点"法事"，名曰"招魂"，其目的就是把"魂魄"召回家乡，不至于成为"孤魂野鬼"。按理说，秦可卿死在宁国府自己的家中，根本不会在天香楼另设"一坛"，而且还要"九十九位全真道士，打四十九日解冤洗业醮"。由此说明，秦可卿并不是像外界所说的"病死"，而是非正常死亡，也就是在天香楼上吊而死。而批者也非常清楚秦可卿死亡的真正原因，因此才有了"删却！是未删之笔"这条批语。这也应验了秦可卿判词前的那副"画着高楼大厦，有一美人悬梁自尽"画中所隐含的内容。

其四，"老朽因有魂托凤姐贾家后事二件，岂是安富尊荣坐享人能想得到者？其事虽未行，其言其意，令人悲切感服，姑赦之"一段，说的是秦可卿死后托梦给王熙凤的贾家两件后事。

书中写秦可卿给王熙凤托梦：

秦氏冷笑道："婶子好痴也。否极泰来，荣辱自古周而复始，岂人力能可常保的。但如今能于荣时筹划下将来衰时的世业，亦可谓常保永全了。即如今日诸事都妥，只有两件未妥，若把此事如此一行，则后日可保永全了。"凤姐便问何事。秦氏道："目今祖茔虽四时祭祀，只是无一定的钱粮；第二，家塾虽立，无一定的供给。依我想来，如今盛时固不缺祭祀供给，但将来败落之时，此二项有何出处？莫若依我定见，趁今日富贵，将祖茔附近多置田庄房舍地亩，以备祭祀供给之费皆出自此处，将家塾亦设于此。合同族中长幼，大家定了则例，日后按房掌管这一年的地亩、钱粮、祭祀、供给之事。如此周流，又无竞争，亦不有典卖诸弊。便是有了罪，凡物可入官，这祭祀产业连官也不入的。便败落下来，子孙回家读书务农，也有个退步，祭祀又可永继。若目今以为荣华不绝，不思后日，终非长策。"

这两件事虽然是通过秦可卿给王熙凤托梦时说出来的，但是，从"老朽因有魂托凤姐贾家后事二件"一句来看，表明托梦给王熙凤的这个人就是批者"老朽"。按照自称"老朽""朽物"的通常惯例来判断，这个所谓的"老朽"，无疑就是畸笏叟。

其五，"秦可卿淫丧天香楼"的文字内容，并不是作者的虚构，而用的是"史笔"，因此批者就"命"芹溪删去了"遗簪""更衣"等部分文字。此回原来有十多页，删去天香楼一节，就少去了四五页，应该还剩下五六页。

笔者查看了人民文学出版社2010年出版的甲戌本《脂砚斋重评石头记》影印版的每页字数。此版本每页竖排是12列，每列18个字。经测算，每页大概有216个字。删去的这四五页，其字数应该在1000字左右。

如果按照天津古籍出版社2013年出版的庚辰本《脂砚斋重评石头记》的影印版来看，此版本每页竖排是10列，每列30个字。经测算，每页大概有300字。如果删去了四五页，其字数应该在1500字左右。

不过，批者还说"是以此回只十页，删去天香楼一节，少去四五页也"。如果按照批者的这一说法，那第十三回剩下的就应该是五六页。目前的人民文学出版社2010年版的这个甲戌本影印版的字数大概是4700字左右。天津古籍出版社2013年版的庚辰本影印版的字数是4800字左右，两种版本的字数不相上下。如果按照"删除四五页"，还剩"五六页"的话，那删除的这些文字，应该在 3000 字左右。

然而就在"因忽又听得秦氏之丫鬟名唤瑞珠者，见秦氏死了，她也触柱而亡"之处，又有一条甲戌侧批道：

补天香楼未删之文。

这条批语说明，在"删去天香楼一节"之后，作者为了情节的合理性和叙事的连续性，又补写了一部分内容。至于补写的这部分内容有多少文字，批者没有说清。笔者认为，即使是"补写"了一部分内容，那总体删除的内容，最起码不会低于 2000 字。

因为第十三回的这条回前批，只有靖藏本所有。虽然甲戌本第十三回也有一条内容相似的回前批，但这条回前批缺失了大半页，只能看到如下部分文字：

贾珍尚奢岂有不请父命之理因敬□□□要紧不问家事故得恣意放为□□□□□若明指一州名似落西游□□□□□□□地不待言可知是光天□□□□□□矣不云国名更妙□□□□□□□义之乡矣直与□□□□□□□今秦可卿托□□□□□□□□□理宁府亦□□□□□□□□□□凡□□□□□□□□□□□□在封龙禁尉写乃褒中之贬隐去天香楼一节是不忍下笔也。

甲戌本缺失的这大半页回前批，总共应该是三条批语。

第一条批语缺失的三个字，应该是"老修仙"，或者是"老修炼"。

第二条、第三条批语中的缺字较多。同时，在缺失的这一页中，分别有"刘铨福子重印""胡适之印"和"专祖斋"朱色方印。由此说明，第十三回缺失的这大半页，在胡适先生购买到手之前，原本就已缺失。

由于第二条、第三条批语缺字比较多，我们试着把这三条批语能否补上。

第一条：贾珍尚奢，岂有不请父命之理？因敬老修炼要紧，不问家事，故得恣意放为，足为世家之戒。

第二条：若明指一州名，似落西游之套，故曰至中之地，不待言可知是光天化日仁风德雨之下矣。不云国名更妙，可知是尧街舜巷衣冠礼义之乡矣。直与第一回呼应相接。

第三条：今秦可卿托梦阿凤，盖作者大有深意。阿凤协理宁府，亦是贬尽贾家一族空顶冠束带者。凡物可入官，这祭祀产业连官也不能入的。在封龙禁尉，写乃褒中之贬。隐去天香楼一节，是不忍下笔也。

这三条批语，由于第一条只缺失三个字，相对好补许多。第二条因为庚辰本恰好也有此条批语，这条批语除了开头多出"奇文"两个字，其他个别字略有不同之外，内容和字数与甲戌本的这条批语完全相同。因此也可不费吹灰之力补全。唯独第三条批语，不仅缺失较多，而且在其他版本的批语中也找不到任何参考资料，着实花费了不少时间和精力。至于补上的内容合理与否，笔者也无一定把握。

　　靖藏本早在 1964 年迷失，只留下毛国瑶先生录下的批语。因此，我们无法看到靖藏本的内容，也无法确定靖藏本每页的字数。如果按照甲戌本和庚辰本每页的字数来看，删去的这四五页，应该不会低于 3000 字。不过，从古本《脂砚斋重评石头记》一丝不苟、惜墨如金的文笔来看，删掉的这四五页，其内容和情节的文字含量也是很大的。

　　书中第九回原文写道：

　　谁想这学内就有好几个小学生，图了薛蟠的银钱吃穿，被他哄上手的，也不消多记。更有两个多情的小学生，亦不知是哪一房的亲眷，亦未考真名姓，只因生得妖媚风流，满学中都送了他两个外号，一号"香怜"，一号"玉爱"。

　　此时有一条双行夹批：

　　一并隐其姓名，所谓具菩提之心，秉刀斧之笔。

　　此时作者写的是"亦未考真名姓"，但批者却很清楚地知道"香怜"和"玉爱"的真实姓名，只是被"具菩萨之心"的人隐去了而已。此处"具菩提之心"的这个人，应该就是畸笏叟。

　　那么，畸笏叟为什么把"香怜"和"玉爱"的真实姓名故意隐去呢？说明这两个叫"香怜"和"玉爱"的妖媚风流小学生，一定是贾府某个亲属的公子，畸笏叟说出来他们的真实姓名后，怕"家丑外扬"，有辱这个亲属或者贾府的"门风"，因此他才把"香怜"和"玉爱"这两个小学生的真实姓名故意隐去。

　　综合以上内容分析我们可知，批者畸笏叟对《红楼梦》这部书的成书过程，以及情节发展和人物的真实情况，掌握得非常透彻，知道得清清楚楚。

八十一、伏蒙天高地厚洪恩

20世纪50年代末，家住南京浦口的毛国瑶先生，到明远里的挚友靖应鹍家中借阅图书。在靖应鹍家阁楼上的旧书堆里，发现了一部线装古抄本《红楼梦》，共有厚厚的10册，是由19分册合并装订而成的。每个分册上都有暗蓝色的封皮，并盖有江都靖家营靖氏祠堂"明远堂"和"拙生藏书"两枚篆文图章。此书不仅早已破旧，而且纸张黄脆，骑缝断裂，还有很多虫蛀的小洞。全书只剩下七十七回多一点，缺失第二十八回和第二十九回。第三十回尾部残失三页左右。书中有大量的批语及贴条。此抄本未标书名，也没有序文，中缝并无页码。毛国瑶先生借回家阅读之后发现，此《红楼梦》版本的批语和内容，与其他版本存在着不少的差异。他遂以笔记的形式，抄录了150余条批语。

毛国瑶先生发现的这个本子，就是《红楼梦》"靖藏本"。然而令人遗憾的是，这个"靖藏本"不知何因，竟然迷失无踪。据说让靖应鹍的妻子当作旧书卖给了收破烂的了。目前，仅存经毛国瑶先生之手抄写下来的一百五十余条批语。

"靖藏本"第五十三回，就有一段非常重要的批语。这条批语的原文是：

祭宗祠开夜宴一番铺叙隐后回无限文字亘古浩荡宏恩无所母孀兄先无依变故屡遭不逢辰心摧人令断肠积德子孙到于今望族都中首吾门堪悲业立英雄辈遗脉孰知祖父恩知回首。

虽然这段文字乍看起来错乱不堪，但是，经过一些红学家校订以后，发现这段文字实际上是由两部分组成。前半部分是批语，后半部分是首诗。

祭宗祠，开夜宴，一番铺叙，隐后回无限文字。今回首：

亘古浩荡无洪恩，屡遭变故不逢辰。

兄亡孀母无所依，令人断肠亦摧心。

积德于今到子孙，都中望族首吾门。

堪怜立业英雄辈，遗脉孰知祖父恩。

我们来解读这首诗。

"亘古浩荡无洪恩，屡遭变故不逢辰。"这句可以理解为：亘古未有的浩荡洪恩已经不复存在，三番五次地遭受命运变故，真是生不逢辰。

"兄亡孀母无所依，令人断肠亦摧心。"这句可以理解为：兄长亡故，父亲去世，孀母无依无靠，令人断肠摧心。

"积德于今到子孙，都中望族首吾门。"这一句是指曹家自曹玺开始，几代人建功立业、勤恳效力、行善积德。曹家经营江宁织造58年，堪称豪门贵族。特别是在曹寅时期，康熙六次南巡唯独曹家接驾四次，而且住在织造署行宫，地位非常显赫。

"堪怜立业英雄辈，遗脉谁知祖父恩。"这一句是对英雄立业的祖辈怀有追念之情，叹息遗脉子孙们忘记了"天高地厚洪恩"，不能承继家业，延续祖业的辉煌。

这首诗的大体意思就是：亘古未有的浩荡洪恩不复存在，三番五次地遭受命运变故，真是生不逢辰。父亲去世，兄长夭亡，孀母无依无靠，令人断肠摧心。几代人为大清立国建功，为朝廷勤恳效力，造就了曹家名门望族的显赫地位。可怜这些立事建功、勤勉效力的英雄前辈，遗脉子孙有谁能够不忘祖辈的恩德，立志振兴祖业，延续辉煌呢？

从这首诗的大体意思看，只能出自曹家最后一任江宁织造曹頫之手。曹家五六代人兢兢业业为大清立国建功，为皇家勤勉效力，曾经受到过康熙皇帝的莫大"恩宠"，是当时地位显赫的江南名门望族。曹寅、曹颙相继去世，特别是雍正皇帝继位之后，曹家的盛极地位每况愈下，风光不再，曹頫也曾经受到雍正皇帝的数次处罚以至因"骚扰驿站"被抄家治罪，还有再后来的彻底败落。曹頫感叹"生不逢辰"，再加上曹家失去经济来源，孀母无依无靠，自己深感痛心疾首。特别是"兄亡孀母无所依"一句中的"孀母""兄亡"这两个称呼，唯有曹頫才符合其身份。因为曹寅去世后，其儿子曹颙继任江宁织造主事没多久就去世了，这样，曹頫过继给了曹寅的妻子李氏为嗣子，并继承了江宁织造主事。由此可见，称曹寅的妻子"孀母"，把曹颙说成是"先兄"之人只能是曹頫本人。

这首诗中的一些关键性语句，在曹頫的奏折中也曾提到。

例如康熙五十四年（1715年）三月初七日，在《曹頫奏谢继任江宁织造折》中曾经记载：

伏蒙万岁天高地厚洪恩，特命奴才承袭父兄职衔，管理江宁织造。奴才自问何人，骤蒙圣主浩荡洪恩，一至於此。奴才惟有矢公矢慎，遵守成规，尽心办事，上以图报王恩，下以奉养老母，仰副万岁垂悯孤孀，矜全骨肉之至意。谨具折奏闻，伏乞圣鉴。奴才不胜感激惶悚之至。

在同日的《江宁织造曹頫代母陈情折》中，也有类似的记载：

窃念奴才祖孙父子，世沐圣主豢养洪恩，涓埃未报。不幸父兄相继去世，又蒙万岁旷典奇恩，亘古未有。奴才母子虽粉身碎骨，莫能仰报高厚於万一也。谨具折代母奏闻，恭谢天恩，伏乞圣鉴。奴才母子不胜激切感戴之至。

从以上批语和奏折的语句中，我们可以看出这是曹頫的手笔无疑。因此，我们可以推断畸笏叟就是曹頫。

从以上诗作中，我们非常明显地看到，这是曹𫖯在不堪回首再回首的情况下，追忆曹家昔日往事时所发出的由衷感慨，同时也是对自己家境、身世的有意披露。

通过以上分析，我们可以基本断定批者畸笏叟与作者曹𫖯同为一人。

对于这首诗作，也有一些红学家说成是后人的伪造。笔者认为却不尽然。

曹颙去世以后，苏州织造李煦于康熙五十四年（1715 年）正月十八，给康熙皇帝上了一道《奏安排曹颙后事折 》。李煦在奏折中说道：

曹颙病故，蒙万岁天高地厚洪恩，念其孀母无依，家口繁重，特命将曹𫖯承继袭职，以养赡孤寡，保全身家。仁慈浩荡，亘古所无，不独曹寅父子妻孥死生衔结，普天之下莫不闻风感泣，仰颂天恩。奴才与曹寅父子谊属至亲而又同事多年，敢不仰体圣主安怀之心，使其老幼区画得所（下略）。

在李煦给康熙皇帝的这道奏折中，曾经提到了"天高地厚洪恩""孀母无依"和"仁慈浩荡，亘古所无""仰颂天恩"等关键词，与这首诗的用词基本相近，说明这首诗中的用词是曹𫖯、李煦奏折中的常用词，其来历有依有据，并不是凭空捏造。这样来看，后人伪造的可能性几乎不存在。

或许有人要问，作者自己写书，自己再作批语，合适吗？

笔者认为，这很正常。因为原先作批语的脂砚斋等人，均已相继去世，当作者看到这些批语，有的没有完全表达出作者的创作意图，也有的本该作批加以说明的地方没有及时作批，作者感到不完整或者不充分，所以又进一步作了阐述性、概括性、关键性的部分批语。批者这样做的目的，就是能够使读者更加真实地了解掌握《红楼梦》的历史背景和思想内涵。

八十二、《红楼梦》是否写完全部

　　根据已经发现的《红楼梦》各种版本和众多红学家的推论，《红楼梦》前八十回是原作者所著无疑。至于八十回后的内容，到底是原作者所为，还是其他人的后续，目前争论较大，孰是孰非，至今却无定论。

　　按照脂砚斋、畸笏叟批语中的透露，《红楼梦》八十回后的主要情节和人物结局，已经形成了较为完整的故事情节链条。但令人遗憾的是，八十回后的"真"故事就像谜团一样，至今没有真实完整的发现。

　　据此，一些红学家根据前八十回和八十回后的笔力、功力，以及脂砚斋、畸笏叟透露出的八十回后的相关回目，还有故事情节、人物命运的"伏线"安排来判断，《红楼梦》前八十四为原作者所写，其后的四十回是别人的续补。

　　至于《红楼梦》是真的没有写完，还是因某种原因遗失或者销毁，红学界也一直争论不休。

　　清朝乾隆年间的著名藏书家、学者周春，在他所著的《阅红楼梦随笔》中写道：

　　乾隆庚戌秋，杨畹耕语余云："雁隅以重价购抄本两部：一为《石头记》，八十回；一为《红楼梦》，一百廿回，微有异同。爱不释手，监临省试，必携带入闱，闽中传为佳话。"

　　根据周春《阅红楼梦随笔》中的记载可知，早在乾隆五十五年（1790年）庚戌年，杨畹耕就和他说过，福建巡抚杨嗣曾（雁隅）就购买了一百二十回的《红楼梦》手抄本。按照当时的情况来看，杨嗣曾购买的这个本子，不太可能是程甲本或程乙本。因为程甲本是在乾隆五十六年（1791年）才正式出版，况且杨畹耕已经说明是个"手抄本"，而程甲本、程乙本是经过官方正式允许，用木活字排印出版的本子。按照这一说法，作者应该全部写完了《红楼梦》。

　　如果杨畹耕所说的这个一百二十回《红楼梦》手抄本是程甲本的话，除非一种可能，那就是程伟元和高鹗在整理编撰程甲本的过程中，故意流出，被人传抄后高价购买，谋取利益。因为程甲本是用木活字印刷的，程甲本定稿以后，光是刻字、排版、校对等繁杂的工作就会用上很长时间。从时间上来看，杨嗣曾购买的这个本子与程甲本只相差不到一年。一些书商为了谋取利益，故意流出并传抄出售谋利的可能性也不能说没有。

如果按照书中第一回所说的"纂成目录，分出章回"来理解，《红楼梦》这部书应该是写完了全部。如果整部书没有写完，作者不会说"纂成目录，分出章回"，更不会利用 10 年时间，翻来覆去地只披阅增删修改前八十回的内容，这不符合常理。

另外，甲戌本第一回就有"能解者方有辛酸之泪，哭成此书。壬午除夕，书未成，芹为泪尽而逝"一条批语。如果《石头记》没有写完，批者不可能说"哭成此书"。而且甲戌本早在 1754 年已经定稿，与壬午年除夕（1763）相差了近 10 年时间。在这 10 年期间，作者不可能一个字不写，而让脂砚斋反反复复地抄抄评评。

中国红楼梦学会会长张庆善先生说："其实《红楼梦》是写完了，但准确地说是没有最后修改完。"

张庆善先生还说道："我为什么说'基本'写完了呢？是因为全书写完了，但还需要修改整理，有些地方还缺些内容没有补上，有的章回还没分开等。如庚辰本第二十二回后有评语写道'此回未成而芹逝矣'。这里的'未成'是未修改完，不是没有写完的意思。'披阅十载，增删五次'就是一个不断修改的过程。"

《红楼梦》庚辰本第四十二回，有一条回前评道：

钗、玉名虽两个，人却一身，此幻笔也。今书至三十八回时已过三分之一有余，故写是回，使二人合而为一。请看代玉逝后宝钗之文字，便知余言不谬。

按照这条批语来看，《红楼梦》这部书应该是写完了，要不然批者不会说"今书至三十八回时已过三分之一有余"。同时，依据批者"今书至三十八回时已过三分之一有余"一句来判断，《红楼梦》并不是我们通常认为的一百二十回，按照批者的这一说法，三十八回已过三分之一还有"余"，那就应该不会超过一百一十回。

与胡适先生并驾齐驱的新红学派创始人俞平伯先生，根据《红楼梦》前八十回的结构分析判断认为，全书应该是一百一十回。

周汝昌先生在 1978 年《社会科学战线》创刊号上，发表了《〈红楼梦〉原本多少回》的文章。周先生经过分析考证后认为，《红楼梦》原本是一百零八回。

第七十五回，有一条落款庚辰评的回前总评道：

乾隆二十一年五月初七日对清。缺中秋诗，俟雪芹。

"对清"，就是对整部书的抄本进行勘校整理核对，以查补缺漏。在这里，批者已经明确地说，她在乾隆二十一年（1756 年）五月初七日，已经对整部书的抄本整理核对清楚了，但是还发现缺了一首中秋诗。这条批语也说明，作者是已经完成了整部书的创者。

根据以上分析考证，作者应该是全部写完了《红楼梦》。

既然作者全部写完了这部书，那么，为什么在甲戌本第一回中，会出现落款"甲午八月泪笔"这一大段批语呢？

批者已经说明，此书已经于乾隆二十一年（1756 年）五月初七日"对清"了，怎么到了甲午年（1774 年），时隔 18 年，批者又说"书未成"了呢？

笔者认为，这两种说法并不矛盾。

乾隆二十一年（1756 年）的这条批语，应该是脂砚斋所批。在《红楼梦》这部书的成书过程中，并不是全部书稿整理完成之后，才流传于世的，而是每誊抄整理完十回二十回之后，就陆续借阅出几章几回，而且借阅出去的这部分书稿，有的归还，有的没有归还，这也是一些书稿迷失的原因之一。脂砚斋曾经对这部书反复进行了数次书评，她也不是把整部书从头至尾全部评完之后才借阅流出的，而是评几章几回，借阅出去再评几章几回，然后再流传借阅。这也是甲戌本、庚辰本中的批语，在很多地方不一致的主要原因。脂砚斋发现缺少中秋诗的这次书评，很可能就是己卯本或者庚辰本。

而乾隆三十九年（1774 年）所批的"书未成"是畸笏叟所批。畸笏叟在作此批的时候，其他人已经去世多年。这期间，畸笏叟不断地对这部书进行了大量的删改整理和修补。畸笏叟所说的"书未成"，实质上是没有"删改整理修补"完毕。因此，脂砚斋所说的"对清"与畸笏叟所说的"书未成"，是不同时期两种版本的不同概念。

至于这部书的原本，到底是一百二十回还是一百零八回，其意义并不重要，我们在此不作具体分析。

八十三、原稿为何遗失

既然《红楼梦》作者写完了整部书，那么，除程甲本、程乙本以外，其他各种版本为什么只剩下十几回，或者不到八十回呢？八十回后的原稿又去哪里了呢？

《红楼梦》第二十二回，王熙凤点戏，她点了《刘二当衣》。这里有一条庚辰眉批道：

前批"知者寥寥"，芹溪、脂砚、杏斋诸子皆相继别去，今丁亥夏，只剩朽物一枚，宁不痛杀！

畸笏叟在这条批语中说，丁亥年（1767 年）夏天的时候，曹雪芹、脂砚斋等人都已经相继别我而去，只剩下老朽我一个人了。

这条批语明确告诉我们，《红楼梦》书稿最终落到了畸笏叟的手中。

这个时候，畸笏叟在对前八十回继续作评的同时，又继续整理编撰八十回后的书稿。

根据前八十回中的伏线安排，结合脂砚斋和畸笏叟的众多批语，《红楼梦》八十回后有可能会发生贾府被抄家治罪，贾赦、贾政、贾琏被革职查办、蹲监坐牢甚至流放。贾宝玉也被判入狱。贾元春是"眼睁睁把万事全抛，荡悠悠把芳魂消耗"。贾迎春出嫁后一年，就被孙绍祖这个"中山狼"折磨而死。接着就是探春远嫁，把骨肉家园齐来抛闪。香菱会被夏金桂活活折磨致死。后来就是贾母病逝，鸳鸯自杀身亡。贾宝玉与薛宝钗成婚，林黛玉悲愤欲绝，泪尽而亡。袭人嫁给了蒋玉菡，贾家落难后她不忘前主，尽力相助。贾兰中举，其母李纨也昏惨惨黄泉路近，最终死亡。贾惜春出家为尼，妙玉泥陷瓜州渡。史湘云与卫若兰成婚，继而丧夫守寡。刘姥姥三进荣国府，贾芸、小红、茜雪仗义探监并想方设法搭救出贾宝玉和王熙凤。巧姐被她亲母舅王仁卖到妓院，刘姥姥东借西凑大把银两，把她从妓院搭救出来，最后嫁给了刘姥姥的孙子板儿。巧姐"遇难成祥"。贾家破灭后，王熙凤最终哭向金陵哀伤而死。贾宝玉出狱后，看破红尘，悬崖撒手，出家为僧。薛宝钗独守空房，最后郁郁而终。

最终的结局就是，贾府这座大厦完全倾倒，儿女子孙、丫环婆子死的死，散的散，蹲监的蹲监，坐牢的坐牢，流放的流放。一个赫赫扬扬、历经百年的名门望族，从此"衰草枯杨"，不复存在。

面对贾家的彻底败落，作者肯定要带着满腔的怨恨，浓墨重彩地着力描写出贾家惨败的诸多文字。这些大量血泪满满的文字内容，毫无疑问会触及当朝的"政治神经"。

此时，作者也不敢再继续对外借阅传抄了，因此就没有广泛流传。

在清朝时期，诗词歌赋被当作高尚风雅的东西，文人骚客、达官贵族常常以吟诗作赋作为时尚。而小说被认为是不能入大雅之堂的"粗俗淫秽"的东西。当时，写小说的文人，大都是官场屡遭不顺，科考屡次失败，家庭屡受不幸，或者受到排挤迫害的群体。这部分群体，如果创作小说，肯定会把自己遭到的不幸迫害，受到的不公平排挤等，或多或少地写进小说之中，用文字来表达对社会腐朽黑暗统治的不满。这样就会触犯当朝的法律法规，一旦被当权者发现，轻者严刑拷打、革职查办，重则蹲监杀头，甚至株连九族、祸害全家。在这方面，大清时期的律法是有明文规定的。

据史料记载，大清自顺治朝时期开始，就颁布了禁止在民间造作、刊刻、传播小说、剧本、曲词、民歌等禁令，特别是"淫词小说"，要"永行严禁"。

康熙二十六年（1687），康熙皇帝就颁布了"禁淫词小说，并及僧道邪教"的上谕。他说："淫词小说，人所乐观，实能败坏风俗，蛊惑人心。朕见乐观小说者，多不成才。是不唯无益而且有害，至于僧道邪教，素悖礼法，其惑世诬民尤甚。俱应严行禁止。"他把这类"淫词小说"等同于歪理邪教，严加禁止。

康熙五十三年（1714年）四月初四，又颁布规定："凡坊肆市卖一应小说淫词……严查禁绝"的禁令，并被收入《大清律例》卷二十三刑律贼盗的条款中。于是，禁毁淫词小说在法律上成为定例。

雍正二年（1724年）又重申了此禁令。乾隆三年（1738年），又规定应当销毁之小说"过期不行销毁者，照'买看例'治罪"，该管的官员任其收存租赁，明知故纵者，"照'禁止邪教不能察缉例'，降二级调用"。可想而知，当时创作、传抄、阅读《红楼梦》要冒多大的政治风险。

因为《红楼梦》这部小说，当时是被《大清律例》列为"淫词小说"之列的"禁书"，肯定要被"永行严禁"。试想，就连阅读"淫词小说"的人和监管失职的官吏都要问责处罚，何况创作、传抄这部书。

因此，八十回后不敢继续对外借阅传抄，也是作者的无奈之举。

早在康熙朝前期，"淫词小说"被禁并不是特别严格。但在康熙二十二年（1683年）收复台湾以后，就开始全面禁止。当时，清政府为了强力推行"奴化教育"，一方面大肆制造骇人听闻的"文狱冤案"，另一方面则打着"端风俗、正人心"的幌子，强化了对各种小说的管制和打击。

雍正六年（1728年），护军参领郎坤向雍正皇帝递了一份奏折，奏折中有一句"明如诸葛亮，尚误用马谡"之句，结果遭到了革职、枷号、鞭刑的严厉处罚。郎坤在奏折中引用的诸葛亮和马谡两个人物，出自小说《三国演义》。因为小说是当时重点打击的对象，因此犯了"援引小说陈奏"的错误。

乾隆十八年（1753年），乾隆皇帝下谕，禁止将小说译成满文，理由是满人一向单纯淳朴，小说会把他们教坏。

乾隆十九年（1754年），福建道监察御史胡定上奏乾隆皇帝，说《水浒传》"以凶猛为好汉，以悖逆为奇能"，"辄慕好汉之名，启效尤之志，爰以聚党逞凶为美事，则《水浒》实为教诱犯法之书也"，奏请将《水浒传》焚毁禁绝。

另外，《红楼梦》八十回后的遗失，也有可能因为乾隆御批官修《四库全书》。当时，官修《四库全书》其中就有"寓禁于征"的指导原则。在征集编纂的过程中，凡是被列为禁书的，一律销毁。

据史料记载，在征集编纂《四库全书》过程中，共销毁了对大清朝不利的各种书籍共13600卷，焚书总数15万册。总共焚毁的图书超过70万部。《四库全书》是乾隆皇帝以"稽古右文"为名，推行文化专制政策的产物。凡是不利于清朝统治的书籍，大都采取了全毁、抽毁和删除，并且篡改了大批历史文献。

第三十六回写道：

贾宝玉说："好好的一个清净洁白女儿，也学得钓名沽誉，入了国贼禄鬼之流。这总是前人无故生事，立言竖辞，原为导后世的须眉浊物。不想我生不幸，亦且琼闺绣阁中亦染此风，真真有负天地钟灵毓秀之德！"因此祸延古人，除四书外，竟将别的书焚了。

这段中的"除四书外，竟将别的书焚了"一句，说明官修《四库全书》的时候，除了按照朝廷的规定，收录进经、史、子、集四书内容的以外，别的书都已经遭到了焚烧，不仅"祸延古人"，而且还"祸延今人"。

按照当时的政治环境，《红楼梦》八十回后中的众多人物及事件，都属于被禁毁之列。迫于当时"文字狱"的残酷迫害，畸笏叟所保管的《红楼梦》八十回后的书稿，要么被收走烧掉了，要么不敢拿出，自己偷偷地焚烧了。

然而笔者认为，因《红楼梦》所揭露的历史事件"骇人听闻"，其很多内容与当时的政治环境格格不入。书中第十六回就有林黛玉变相地骂皇上"臭男人"。还有《红楼梦》里有多处买官卖官，收受贿赂，公然敲诈官员钱财的描写。特别是到了八十回后，肯定会写到"四大家族"的惨败与衰亡，所涉及的主要人物也是死的死、亡的亡，甚至蹲监坐牢、充军流放。这种血淋淋的家族史，肯定会有大量的语句触及当朝的敏感神经。当时，畸笏叟也想删改后"公诸同好"。然而，如果删除的内容太多，就会失去作者创者这部书的"宗旨"，破坏整个作品的完整性。畸笏叟在进退两难之际，也曾苦闷彷徨、无所适从。加之当时越来越严重的"文字狱"，畸笏叟深感自己已经年迈体衰，精力不济，不久也将作古而去，经权衡再三，干脆就让八十回后的全部书稿"胎死腹中"，以免再遭受牢狱之灾。

最终，他老人家不得不遗憾地留给我们一部红楼"残梦"。

八十四、甄家"真"贾家"假"

《红楼梦》第五十六回有这样一段描写：

刚说着，只见林之孝家的进来说："江南甄府里家眷昨日到京，今日进宫朝贺。此刻先遣人来送礼请安。"说着，便将礼单送上去。探春接了，看道是："上用的妆缎蟒缎十二匹，上用杂色缎十二匹，上用各色纱十二匹，上用宫绸十二匹，官用各色缎纱绸绫二十四匹。"李纨也看过，说："用上等封儿赏他。"因又命人回了贾母。贾母便命人叫李纨、探春、宝钗等也都过来，将礼物看了。李纨收过，一边吩咐内库上人说："等太太回来看了再收。"贾母因说："这甄家又不与别家相同，上等赏封赏男人，只怕展眼又打发女人来请安，预备下尺头。"一语未完，果然人回："甄府四个女人来请安。"贾母听了，忙命人带进来。

这一段是说江南的甄家来北京进宫朝贺，先派人到贾家送礼请安，送的全部都是"上用"的缎、绸、纱等物品。

"上用"一词，在封建帝制时代应该解释为"御用"，也就是单指皇帝一大家子的专用。江南甄家来京朝贺，遣人给贾家送礼请安，这也是很正常的事情。但是，江南甄家送的这些丝绸全部都是"上用"，这就有点不合"常规"。甄家能够把皇帝君主专用的东西送给贾家，那么，江南甄家到底是什么来头呢？

据《大清五朝会典》记载：

织造在京有内织染局，在外江宁、苏州、杭州有织造局，岁织内用缎匹，并制帛诰敕等件，各有定式。凡上用缎匹，内织染局及江宁局织造；赏赐缎匹，苏杭织造。

这段话的意思是说，清朝时期，在北京的内务府有织染局，在外地有江宁、苏州、杭州三个织造局。这三个织造局分工不同，各有不同的织造任务。凡是皇帝君主专用的丝绸缎匹，由内务府的织染局和江宁织造负责完成。凡是赏赐用的丝绸缎匹，由苏州、杭州织造负责完成。

《大清五朝会典》的这一记载，已经明确地告诉我们，"上用"缎匹丝绸，全部由内务府的织染局和江宁织造完成。内务府织染局肯定设在北京，而江宁织造是在南京。"上用"的丝绸缎匹，除了北京的内务府织染局的库房里面存有以外，另外一个地方，那就是负责加工生产的南京江宁织造。甄家进宫朝贺，遣人给贾家送礼请安，说明贾家住在北京。书中"江南甄府里家眷昨日到京"一句，说明甄家住在江南，也就是江宁织造府，要不然甄家根本不会有这么多的"上用"丝绸缎匹送给贾家。

清朝时期的等级制度极为严格分明，大到皇帝太子皇后妃子，小到答应常在太监，他们吃穿用度及出行，都有严格的等级制度，一旦违反规定，轻者掌脸杖打罚俸，重则圈禁充军赐死，甚至祸害全家。对于"上用"的物品，不是随随便便什么人都可以享用的，丝绸产品也不例外。其他人如果使用或者私藏上用的丝绸缎匹，那是要查办治罪的。

顺治七年（1650年），多尔衮行猎时坠马不久身亡，其政敌便纷纷出来揭发他的大逆之罪。在他的14条罪状中，其中一条就是多尔衮私藏了很多的"上用"丝绸，据此认为多尔衮对当今皇帝的大不敬。由此可以看出，就连顺治皇帝的皇父摄政王私藏"上用"丝绸都可以作为罪状，那么《红楼梦》中的甄家一次性送给贾家那么多的"上用"丝绸缎匹，不仅仅是犯法了，应当说抄家杀头的罪都有。在当时，无论是江南甄家，还是北京贾家，他们应该非常清楚，私送收受"上用"丝绸缎匹的严重后果。

那么，甄家、贾家为什么胆敢冒这么大的风险，私送收受这么多的上用丝绸缎匹呢？

我们知道，《红楼梦》书中的贾家原型，其实就是江宁织造的曹家，也是江南的甄家。作者说江南的甄家来京给贾家又是送礼又是请安，难道江南甄家和贾家不是一家吗？其实，书中甄家的出现并不是偶然的，更不是作者的胡编滥造，这是作者刻意的精心安排。

《红楼梦》这部书里有"真"有"假"，作者在书中就明确表白"假亦真时真亦假，无为有处有还无"。意思是说，当你把真实的东西当作虚幻的东西来看的时候，那虚假的东西它甚至比真实的东西显得更加真实。反之也是一样。作者采用其惯用的"分身法"，就是故意让读者"真假难辨"。书中的甄家和贾家也是如此。

第二回，在贾雨村说道甄家时，有一条甲戌眉批道：

又一真正之家，特与假家遥对，故写假则知真。

这一条批语，批者要告诉读者的就是，"贾家"是真的"假"，而"甄家"才是真的"真"。江南甄家才是管理生产上用丝绸的江宁织造曹家，要不然，甄家也不可能一次性拿出来这么多的"上用"丝绸送给贾家。在现实生活中，甄家和贾家，其实就是一家。因此，《红楼梦》中的贾家就是专为皇帝做"上用"丝绸的"真"家，即江宁织造曹家。

第七十五回写道：

尤氏道："昨日听见你爷说，看邸报甄家犯了罪，现今抄没家私，调取进京治罪。怎么又有人来？"老嬷嬷道："正是呢。才来了几个女人，气色不成气色，慌慌张张的，想必有什么瞒人的事情也是有的。"

尤氏所说的"甄家犯了罪，现今抄没家私，调取进京治罪"，实际上"暗写"的是江宁织造曹家"抄没家私，调京治罪"。雍正五年（1727年）十二月十五日，雍正皇帝下令，曹頫因"骚扰驿站"被革职。十二月二十四日，雍正皇帝命令江南总督范时绎查封曹頫家产，并把曹家在江南的全部家产，赏给了江宁织造的接任者绥赫德。雍正六年（1728年）元宵节前后，曹家老少连同仆人共114口，被迫迁往北京。曹家最后一任江宁织造曹頫也在北京"带枷"归还欠款。这些内容和情节，与江宁织造曹頫"犯了罪"，曹家继而"抄没家私，调京治罪"完全一致。

既然书中交代贾家住在北京，甄家住在南京。这一南一北的"两家"，怎么会是"一家"呢？其实，《红楼梦》这部书中的"贾家"，是真的"假"家，贾家所映射的就是江宁织造的"曹家"。曹家是在雍正六年（1728年）初被抄家治罪后，全家迁至北京的。当时居住在北京崇文门外的十七间半原曹家老宅内。而南京的"甄家"就是"真正"的江宁织造"曹家"。这是作者"以贾乱甄"的故意安排，其目的就是不让读者看出"贾家"就是江宁织造"曹家"，这样不至于引火烧身，触发"文狱冤案"，招致牢狱之灾。

《红楼梦》书中描写贾家穿着和使用的"上用"物品的地方不止一处。比如：贾宝玉穿的被贾母称为"俄罗斯国"做的"雀金呢"。贾母送给薛宝琴翠光辉煌的斗篷"凫靥裘"。第五十二回做帐子、糊窗屉用的"薄如蝉翼"的"软烟罗"。还有王熙凤身上穿的"缕金百蝶穿花大红洋缎窄褙袄"和"五彩刻丝石青银鼠褂"，以及薛宝钗在梨香院见贾宝玉时穿的"玫瑰紫二色金银鼠比肩褂"，等等，这些都是"上用"的丝绸缎匹。

以上事实说明，《红楼梦》"四大家族"中贾家的原型，就是清朝康熙、雍正年间，江南三大织造之一的曹家。

八十五、舅甥关系为何不能公开

　　曹寅是曹玺的"庶出"之子，并不是"嫡母"孙氏夫人亲生。他的亲生母亲是江南名儒、文学家顾景星同父异母的妹妹，也就是说顾景星就是曹寅的亲母舅。

　　说起顾景星，一些学者认为他就是《石头记》的原作者。说是顾景星只写了前八十回，就一病呜呼了。死后他的儿子顾昌把《石头记》手稿交给了表哥曹寅。曹寅爱不释手，每次出行时都带着手稿阅读。其依据就是袁枚在《随园诗话》中所说的"康熙间，曹栋亭为江宁织造，每出拥八骓，必携书一本，观玩不辍"之句。据此，有人判断，曹寅"必携书一本"的书就是《石头记》。

　　诚然，以顾景星的学识水平，要是想写小说，肯定能写出与《石头记》比肩相美的文学作品。但这只是一些学者一厢情愿的推论，其依据并不充分。

　　据考证，顾景星出生于天命六年（1621年），卒于康熙二十六年（1687年），字赤方，号黄公，别号玉山居士，今湖北蕲春县蕲州镇人。顾景星出身于明朝官僚世家和理学名门。顾景星的曾祖父顾阙，曾祖叔顾问均为声名远播的理学家、教育家。曾祖叔顾问还是医圣李时珍的老师。顾景星承传了顾家的读书传统，自幼聪慧早熟，6岁时就会吟诗作赋，9岁时就能够遍读经史。15岁在黄州府（今湖北黄冈黄州区）考试，名震全府，院试奇魁，被誉为"江夏神童"。《四库全书存目提要》称他"记诵淹博，才气尤纵横不羁，诗文雄赡，亦一时之霸才"。可以说，年轻时候的顾景星，完全可以称为标准的"学霸"级天才人物。他一生著书颇丰，先后撰写了《读史集论》九卷，《顾氏历代列传》五十卷，《阮嗣宗咏怀诗注》二卷，《李长吉诗注》四卷，《赙池录》一百八十卷，《南渡》《来耕》二集七十三卷。可惜，康熙五年（1666年），因家中遭遇大火，其著书和藏书被烧。后来，顾景星仅凭记忆和一人之力，又撰写了一部一百三十卷的《黄公说字》。清朝著名诗人施闰章在《送黄公还山》的诗中称顾景星"才偏称野史，名已遍皇州"。顾景星清风高节，经历丰富，一生坎坷。他虽然在府试院试科举考试皆获得第一，加之广博深厚的文化积淀浸润，个人前程应该是无可限量，他完全可以辅佐朝政，治国安邦。但他曾经多次力辞清廷征召，以此抗议大清王朝的文化专制和残酷统治。他一心著书立说，是个很有气节的前明遗老。

　　在顾景星生前，曹寅和他一直没有公开其舅甥关系，只是顾景星多次在诗文中用典故作其暗示。而曹寅虽然对这个舅舅百般关照，却似有难言之隐，迟迟不敢在诗文中公开承认两人的关系。直到康熙三十九年（1700 年），在顾景星去世后的 14 年，曹寅才写了《舅氏顾赤方先生拥书图记》一文，公开称顾景星为"舅舅"。

曹寅在文中写道：

后己未二十二年，庚辰，寅行年四十三，文饶四十有八，舅黄公先生弃世已十四年，寅出使莅吴十年，文饶三上公车矣。文饶下第，自都门奉遗像及海内名家诗赞共一巨卷，投知己中丞宋公，抵苏州而还，过金陵使院，将买舟归黄冈。八月十七夜，晚厅画诺毕，振衣屦，秉烛炬，出像瞻拜，颧颊宛然，馨欬如在，第须鬓苍白，稍异前时，问，知为后来追想补图者。中间人事不足述，感叹存殁，悠悠忽忽，何以遽至二十二年之久！而灯影徘徊，亦竟忘余与文饶之年，皆企于知非不惑之间也。然自今以往，得睹此卷者尚有日。虽寿至耄耋，子孙满前，亦终拳拳于二十二年之前也。作诗：慕庐韩侍郎，果亭徐学士，昆陵邵鼒子湘，其馀皆有闻而不相识。子湘亦二十二年前于舅氏坐中相识者。其云老辈，盖同就征之山西傅青主、关中李天生、长洲汪苕文、宜兴陈其年、宣城施尚白，文采彪炳，风流映带，神光奕奕，一时皆可想见者也。寅谨记。

从曹寅的《舅氏顾赤方先生拥书图记》一文中我们可以看出，当时的曹寅回想起舅舅顾景星的言谈举止和音容笑貌，心中的敬仰及怀念之情油然而生，对舅舅的愧疚缺憾不能自拔。表现出了舅舅和外甥之间的厚重情谊。

曹寅之所以早期没有正式承认顾景星为舅舅，是因为当时"其母"孙氏夫人还健在，曹寅虽然深得康熙皇帝的信赖，而且在官场及社会上具有一定的地位和名望，但正式承认父亲小妾的哥哥为舅父，则是冒犯宗法，有碍前程的。

其实，要说曹寅的亲生母亲顾氏是曹玺的"小妾"，也似乎有点勉强。因为曹寅的生母顾氏，是曹玺在顺治二年（1645 年）征战昆山过程中抢掠而来的江南女子。这种情况在清军征战中并不是什么新鲜事，尤其是有一定职级的高级军官。至于这个曹寅的生母顾氏有没有被曹玺正式纳为妾室，由于没有任何资料可考，目前都不好说。如果顾氏被曹玺正式纳为妾室，那曹寅就是曹玺名正言顺的"庶出"之子。如果不是，那曹寅就是"名不正言不顺"的"私生子"。不管怎么说，曹寅到了其舅舅顾景星去世 14 年后，才公开承认其舅甥关系，的确有点不可思议。

在中国古代封建社会，一般情况下，凡是"嫡母"健在，其生母不得诰封任何的称号。《清史稿》第一百一十四卷《职官志一》就有"凡嫡母在，生母不得并封"的记载。因此，曹寅的生母顾氏在孙氏夫人去世之前不可能得到诰封。孙氏夫人在康熙四十五年（1706 年）就已经去世了。曹寅作为康熙朝时期的三品要员，又深得康熙皇帝的信任，奏请康熙皇帝给自己的亲生母亲赐个封号，应该不是什么难事。但不知什么原因，曹寅一直没有为生母请封。也许曹寅觉得孙氏夫人刚刚去世，马上为自己的生母请封，怕引起"歧义"。但是，直到康熙五十一年（1712 年）七月曹寅去世，也没有为生母请封。由此说明，曹寅的亲生母亲顾氏的身份地位比较"卑微"。如果曹寅的生母顾氏被父亲曹玺正式纳为妾室,曹寅请封还能说得过去,如果曹寅是顾氏和曹玺的"非婚所生",曹寅为生母请封等于告诉大家自己的这一"隐私",以曹寅当时在朝廷的地位和威望,他不可能因为生母的一个封号,而"自取其辱"。这也充分显示了当时曹寅的"尴尬"状态。因此,曹寅一直不肯公开自己和顾景星的舅甥关系,也就很好理解了。

关于不认自己的舅舅之事,在《红楼梦》书中也有类似的描述。

书中第五十五回写道:

赵姨娘对贾探春说:"如今你舅舅死了,你多给了二三十两银子,难道太太就不依你?分明太太是好太太,都是你们尖酸刻薄,可惜太太有恩无处使。"探春没听完,已气得脸白气噎,抽抽咽咽地一面哭,一面问道:"谁是我舅舅?我舅舅年下才升了九省检点,哪里又跑出一个舅舅来?我倒素习按理尊敬,越发敬出这些亲戚来了。"

在曹寅《楝亭诗别集》卷二中,有一首《过甘园》的诗,诗中提到了"鸿舒表兄"。周汝昌先生在《红楼梦新证》里,就有确切的考证。周先生认为,这个"鸿舒表兄"就是云贵总督甘文焜的第三子甘国基。冯其庸先生在他所著的《曹雪芹家世新考》一书中也证实了这一点。按照书中贾政原型为曹寅来判断,贾探春原型理应称甘国基为舅舅。因此说,贾探春所说的这个舅舅应该不是作者的"虚构"。

从第五十五回的这段描写来看,《红楼梦》作者采取"虚实并用"的创作手法,表面上是写贾探春是姨娘所生,不认赵国基这个舅舅,而实际上是在暗写曹寅是曹玺的"小妾"所生,不能承认顾景星是自己亲舅舅的事实。这是作者的"意内言外"和"指东道西"。

因为顾景星这个舅舅在江南的威望和影响,曹寅担任织造官之后,与江南乡绅名仕的交往更加深入广泛,并深得他们的信任。由于曹寅在江南 20 多年的时间里,不折不扣地认真执行了康熙皇帝的既定政策,加之自己与江南名儒相处得比较融洽,曹寅在江南地区享有极高的声誉。

八十六、奏报江南"重大舆情"

江南三大织造除了为皇家织造御用缎匹以外，还承担江南一带的"谍报"工作，替"主子"收集并奏报江南重大时政舆情。在此，笔者略举两例。

康熙朝时期比较有名的"朱三太子"案，就有江宁织造曹寅等秘密调查奏报的部分内容。

据《明史·诸王传》记载，崇祯皇帝朱由检共生有七个儿子，其中皇太子朱慈烺、皇三子朱慈炯、皇四子朱慈炤均健在，其他儿子都已早夭。李自成大军攻破北京的时候，崇祯皇帝为了给大明王朝保留一丝血脉，就安排儿子换上老百姓的服装，由太监护送逃出京城。崇祯皇帝临死之前，还曾经写下遗诏，要求各地的官员协力辅佐太子，重振大明江山。

关于崇祯帝的几个儿子的下落，民间有很多种说法，有的说跟随李自成败退，不知所终。有的说被清朝军队捕获杀害，也有说被吴三桂杀害。各种说法不一。但在康熙朝时期，有人借崇祯太子之名进行反清复明起义，最终证实也是个"冒牌货"。崇祯的三个儿子到底下落何处，时至今日，仍然是一个解不开的谜团。

既然有人以前明太子之名"反清复明"，不得不引起康熙皇帝的关切。

康熙四十七年（1708年）闰三月十二日，曹寅详细密报了《曹寅奏陈浙江审张廿一案由折》

曹寅奏折中所说的"张廿一"，就是浙江的张君玉。他们以朱三太子的名义占山为王，劫掠百姓，蛊惑人心，煽动造反。官府出兵已将其拿下。曹寅认为，这些土匪只是假借朱三太子的旗号"借端煽惑，恐吓愚民"，而实际上他们中间并没有"朱三太子"其人。曹寅告诉康熙，眼下只能到山东拿住人犯，搞明白了才可以把这件事了结。

因朱三太子在山东被缉拿后，曹寅不知道已经缉拿归案。因此，曹寅又于康熙四十七年（1708年）四月十六日，又向康熙皇帝奏报了朱三太子在山东被拘捕的奏折。

根据曹寅奏报的这两道"密折"来看，这个所谓的"朱三太子"，实际上就是别人冒名顶替的。

"朱三太子"这件事虽然已经"尘埃落定"，但对于康熙皇帝来说，"朱三太子"这面大旗的感召力却不可轻视。虽然每次爆发以"朱三太子"为名号的骚乱和起义，都能够被顺利剿灭，但江南一带依然隐藏着"反清复明"的火种，一旦"火种"燃成"燎原之火",那就会成为大清王朝的心腹之患。因此,康熙皇帝每次听到"朱三太子"事件,都会使他犹如芒刺在背。

在电视剧《康熙王朝》里,也曾经提到过"朱三太子"。当时,康熙皇帝宠臣魏东亭在陪同康熙祭拜明孝陵的时候,朱三太子一帮人偷了红衣大炮,准备密谋暗杀康熙皇帝,结果未遂。康熙皇帝因为魏东亭没能及时发现朱三太子的这次暗杀行动,而被贬到台彭去任知县。

《康熙王朝》里魏东亭的原型就是曹寅,曹寅字"楝亭",也叫曹楝亭。东亭由"楝亭"化用而来。二月河小说中还有一个人物叫穆子煦。"穆子"就是"木子"李。其原型就是曹寅的大舅哥李煦。

再有就是曾经轰动全国的"辛卯科场案"。

康熙五十年(1711年),江南举行了乡试,主考官叫左必蕃,副主考官叫赵晋。到了发榜时,中举者除苏州13人外,其余多为盐商及官员子弟,引起了考生极大不满。苏州生员千余人到江宁府集会,抬着财神像游行示威,愤怒的考生还在贡院大门上贴出一副对联:"左丘明两眼无珠,赵子龙一身是胆",以此讽刺左必蕃和赵晋。

事情闹得越来越大,康熙下令严查。没想到这件事牵扯到了江苏巡抚张伯行和总督噶礼。而且噶礼和张伯行互参互奏。不仅如此,两个人还在公堂内拳脚相加,大打出手。康熙皇帝将此案先后交由尚书张鹏翮、总漕赫寿、尚书穆和伦、张廷枢等朝廷大员审理。最初,张鹏翮袒护噶礼,说张伯行所奏之事多为不实。当时,噶礼的母亲向康熙皇帝直言噶礼贪状,并为张伯行申冤。康熙皇帝说"其母尚耻其行,其罪不容诛矣!"最后,经上大夫李光地恳请圣意决断,康熙皇帝御批:主考官左必蕃、副主考官赵晋等五人斩首,噶礼革职,张伯行革职留用。自此,"江南科考案"最终尘埃落定。

在此期间,曹寅向康熙皇帝连续上了六道"密折",苏州织造李煦也连续上了多道"密折",详细奏报了"江南科考案"以及噶礼、张伯行"互参案"的前后过程等。

"科场案"和"互参案"经过曹寅、李煦的一道又一道"密奏",使康熙皇帝真实了解了事情的来龙去脉,为康熙皇帝公正处理这起大案起到了至关重要的作用,稳定了江南士子学者的不满情绪。为此,深得江南乡绅民众的衷心拥护。江南乡绅士民知道处理结果之后,纷纷摆案焚香,叩头拜谢皇恩,称颂"天子圣明,还我天下第一清官"。京城数万人也聚集畅春园跪奏,愿各减一岁,增益圣寿万万岁。

由此可见,曹寅、李煦等收集并"密报"江南重大时政舆情,对于康熙皇帝"治国安邦"非常重要。

八十七、受命刊刻《全唐诗》

中国的历代明君，大都把"文治武功"作为完成君主帝业的重要内容。康熙皇帝也不例外。康熙皇帝的前半生，一直忙于铲除鳌拜、平定三藩、收复台湾、征剿噶尔丹等重要军事活动，这不仅强化了康熙皇帝的执政根基，稳固了大清江山，同时也赢得了极大威望。应当说，在"武功"方面，康熙皇帝基本上取得了很大成功。但是，康熙皇帝意识到，作为一代明君，光靠军队攻城略地不能臣伏于民，光靠"剃发易服"也不能征服人心，还必须在"文治"上有所建树、有所作为。

康熙四十四年（1705 年）四月，康熙皇帝第五次南巡至苏州之时，命江宁织造曹寅刊刻《全唐诗》。曹寅作为康熙皇帝的股肱之臣，受命刊刻《全唐诗》当然义不容辞。于是，康熙皇帝将内务府所藏季振宜的《唐诗》拨给曹寅，作为校刊底本。与此同时，曹寅按照康熙皇帝的旨意，立即组织江南赋闲在家的在籍翰林官 10 多人，在扬州天宁寺开局编纂。自此，由曹寅奉旨设立的清朝大型编校出版机构"扬州诗局"，在扬州天宁寺诞生。

在故宫博物院明清档案部编辑出版的《关于江宁织造曹家档案史料》的记载中，就有曹寅奏报给康熙皇帝的有关刊刻《全唐诗》的多道奏折。其中包括办公地点、人员选择、编辑校勘、唐诗样本、完工时间、进呈御览等。

康熙四十五年（1706 年）九月十五日，曹寅奏报了《江宁织造曹寅奏报起程日期并进刻对完全唐诗折》。

江宁织造·通政使司通政使曹寅谨奏：恭请圣安。

臣寅前具摺请假，蒙御批：知道了。又奏事傻子传旨：著曹寅十月内来，敕印交与李煦。钦此。臣闻命之下，感激涕零。臣谨侯敕印到时，侯十月十三日李煦钱粮报满，交付明白，即从扬州拜本起程。今有刻对完全唐诗九十套，进呈御览。其馀俱已刻完，月内对完，即行刷印进呈，合并奏闻。

至此，经过短短一年多的时间，由翰林官彭定求、沈三曾、杨中讷、潘从律、徐树本、车鼎晋、汪绎、查嗣瑮、俞梅等人编撰的这部巨著，终于大功告成。

曹寅作为主持编撰的首要人物，康熙皇帝在编者一栏中，特意安排曹寅作为编纂官首席。为此，曹寅还专门给康熙皇帝上了一道"奏谢列衔名折"。

曹寅在这道奏谢折中写道：

江宁织造·通政使司通政使臣曹寅谨奏：

臣于康熙四十四年奉旨命臣校刊全唐诗，久经告竣进呈，此皆皇上圣心独运，定为必传之书，臣同诸官不过校字督工。令准翰林咨，奉圣谕并钞列臣等衔名，刊刻款式到臣，谨遵旨补入刊刻。但臣系何人亦得列名其上，永垂不朽，臣不胜感愧无地，不知何幸得至于此，谨具香案九叩。理合具摺恭谢天恩，伏乞睿鉴。

这部由曹寅主持刊刻的《全唐诗》，"得诗四万八千九百余首，凡二千二百余人"，全书共计900卷，是清朝编修汇集唐代诗歌的总集，可谓卷帙浩繁。

这部900卷的《全唐诗》，刊刻之精美，版式之新颖，装潢之考究，当时被誉为清代有史以来的登峰造极之作。

与此同时，曹寅还奉命刊刻过大型辞藻典故辞典《佩文韵府》，并亲自到扬州天宁寺料理刻工事宜。康熙五十一年（1712年）二月，曹寅在京述职回到江宁以后，于三月初二日就给康熙呈递奏折，报告刊刻《佩文韵府》的前期准备工作。曹寅在奏折中写道："臣在扬州与李煦、孙文成商议刻书之事，现在料理齐集，匠人遴选好手，务期速为告成，广传天下，使后学迂儒，得窃见古来未有之书，以仰见皇上启发愚蒙至意。"

康熙皇帝将刊刻《佩文韵府》的重任交给曹寅之后，曹寅一如既往，马不停蹄，为之奔走不暇。为了刻好《佩文韵府》这部大书，曹寅专门在扬州成立了"扬州书局"，以便统一管理刊刻事项。为了能兼顾刊刻《佩文韵府》与江宁织造诸多事务，曹寅甚至把南京江宁织造的许多事务都搬到了扬州来处理。康熙五十一年（1712年）六月十六日，曹寅在匆忙前往南京处理江宁织造公务又回到扬州之后，因感冒转成疟疾，于七月二十三日不幸去世。弥留之际，曹寅仍然"张目以盐政事及校刊《佩文韵府》书局事"嘱托李煦，可谓忠心赤胆、死而后已。

曹寅去世以后，《佩文韵府》由李煦主持刊刻，直至完工。尽管《佩文韵府》最终是借李煦之力得以刻成，但曹寅这种呕心沥血、鞠躬尽瘁的勤劳精神，足以让后人敬佩。

八十八、监督安抚前明遗老

由于康熙皇帝长期身居内宫，要想了解官风民情和江南前明遗老的真实情况，只能通过地方官员的奏折汇报，而这些地方官员，往往为了粉饰太平盛世或者自己的政绩，能瞒则瞒，能骗则骗。因此，康熙皇帝要想了解真相，就不得不依靠曹寅这样的"心腹"之臣。

清朝虽然统一了天下，但是人心不服，尤其是江南一带的前明遗老和乡绅名仕。这些明朝遗老和乡绅名仕，一直对大清的文化专制和残酷统治深怀不满，其反清复明的言论和行为时常发生，而且还有很多的民间秘密武装和各种名目繁多的社团组织。这些都成为康熙皇帝挥之不去的一块心病。曹寅作为康熙皇帝的"股肱之臣"，而且又担任统辖江南四省三十六府的盐漕监察御史，理应倾心尽力地为"主子"分忧解难。特别是他的舅舅顾景星，是曹寅生母顾氏同父异母的哥哥，在江南一带具有非常高的威望和影响，这些江南乡绅名仕和前明遗老，都把曹寅视为"自己人"。曹寅利用这些得天独厚的便利条件，对江南前明遗老及乡绅士子笼络安抚，这对于磨灭他们"反清复明"思想，消除"满汉"民族矛盾和隔阂，巩固大清王朝的政权统治，实现社会稳定和经济繁荣，具有重大意义。

曹寅在江宁织造任上的20多年间，与这些江南名儒频繁往来，相处得也比较融洽。因此，曹寅在江南地区享有极高的威望和声誉。据统计，在江南一带，曾经与曹寅有过诗文交往的"重量级"绅士文人多达200余人，其中就有尤侗、禹之鼎、恽寿平、严绳孙、邓汉仪、毛奇龄、姜宸英、钱澄之、杜浚、杜岕、顾赤方等很多当时极有影响的知名人士和前明遗老。

特别是清初著名诗人、"铁杆"反清志士钱澄之。清兵南下后，钱澄之组织反抗武装，后又辗转于福建、广东等地继续抗清。抗清失败后，钱澄之在桂林出家当了和尚，最后回到家乡躬耕著书。像钱澄之这样一个毕生坚定抗清复明的顽固之人，在与曹寅结交之后，很快就成为至交好友。临终之时，钱澄之竟然把儿孙托付给曹寅照料，可见曹寅在江南乡绅名儒心中的威望是多么高。

康熙四十八年（1709年）三月，康熙皇帝让曹寅打听老师熊赐履的近况。曹寅前去了解后，就把熊赐履的诸多情况，秘密奏报给康熙皇帝。曹寅在密折中写道：

打听得熊赐履在家，不会远出。其同城各官有司往拜者，并不接见。近日与江宁一二秀才陈武循、张纯及鸡鸣寺僧，看花做诗，有小桃园杂咏二十四首，此其刊刻流布在外者，谨呈御览。因其不与交游，不能知其底蕴。谨据所得实奏。

康熙皇帝朱批：知道了。并诗稿发回。

按照康熙皇帝御批，曹寅就把熊赐履的二十四首诗作发给了康熙皇帝。

从曹寅奏报的用语和康熙皇帝御批这些情况来看，康熙皇帝既有对自己老师的念念不忘和关怀之情，也有对他不放心，对其进行监视之意。康熙皇帝安排曹寅把诗稿发给他，并不是康熙皇帝多么喜欢他老师的诗作，而是看看熊赐履在诗中写了什么，有没有辱骂大清或者反清复明之词。

康熙四十八年（1709年）九月，熊赐履去世。曹寅把他去世前的情况、病症的发展过程奏报给了康熙皇帝。

九月初二日，探得大学士臣熊赐履于八月二十八日未时病故。臣寅身在仪真掣盐，于二十九日闻信，即遣人探听访问何病，用何医药？据称：熊赐履先感寒成痢，卧床数日，遂不起。臣理应即报，恐传闻不真，谨探实具奏。

朱批：知道了。再打听用何医药，临终曾有甚言语，儿子如何？尔还送些礼去，才是。

康熙四十八年（1709年）十月，曹寅奏报了康熙皇帝安排打听的情况。

熊赐履事，蒙旨知道了。再打听用何医药，临终会有甚言语，儿子如何？尔还送些礼去才是。钦此。

江南省中凡各衙门汉官，定例七日后俱有报帖，随其官职大小，即往祭奠。有交情者，厚薄不等。臣于前月已送奠仪二百四十两祭过，其子已收。

再，探得熊赐履临终时，感激圣恩，遗本系其病中自作。所服之药，乃江宁医生欧怡、戴麟郊、胡景升、张彦臣、吴庄、刘允吉之药。其病因脾胃不调，用药杂乱，后来遂不肯服。熊赐履今年已七十五岁，老病衰残，饮食不进，以致不起。大儿子熊志伊，年三十四岁，系监生，娶原任大学士余国柱女，另宅居住，不出交游，不知深浅。小儿子一个去年所生，一个今年所生。闻其遗言命葬江宁淳化镇之地，不回湖广。谨此奏闻。

朱批：闻得他家甚贫，果是真否？

这次曹寅去熊赐履家，除了送给熊家二百四十两银子外，还发现了熊赐履病中留下的遗嘱手稿。于是便派遣亲信快马加鞭呈送给康熙皇帝。

同年十一月，曹寅又按照康熙皇帝的御批，奏报了《江宁织造曹寅奏报熊赐履家产及生活情况折》。

十一月初五日，臣家奴赍捧折子回南，大学士熊赐履，伏蒙御批，闻得他家甚贫，果是真否？钦此。

臣细探得熊赐履湖广原籍有祖遗住房一所，田不足百亩，江宁现有大住房二所，田一百馀亩，江楚两地房田价值约可七八千两。其内中有无积蓄，不得深知，在外无营运生理之处。其家人上下大小约有百口。熊赐履在日未闻其向人借贷之事。其间或有门生故吏周济，或地方来往官员赠贻，故过日充裕，较之汉官大臣内，亦属中等过活，未见甚贫。臣谨据实奏闻，伏乞睿鉴。

朱批：熊赐履遗本，系改过的，他真稿可曾有无？打听得实，尔面奏。

熊赐履是康熙皇帝的老师，他的书写笔迹和平常用语康熙皇帝非常熟悉。因此，康熙皇帝看出了熊赐履的遗嘱不是原稿，怀疑有人改过。

曹寅接到康熙皇帝的御批之后，立即着手调查。最后发现，熊赐履的遗嘱原稿确实被人篡改过。这个篡改的人就是其同族熊本。

原来熊本想借熊赐履的临终遗言举荐自己"谋取高位"。没想到，熊本假借死人之口举荐自己"东窗事发"，结果被康熙皇帝下令处以"革职拟斩"。

康熙皇帝通过曹寅在江南经营多年的人脉关系，及时准确地了解到了江南地方的很多有价值的信息，这对于正确处理江南地区的官风民情，安抚前明遗老和乡绅名仕，稳定大清江山，起到了非常重要的作用。

八十九、不可思议的巨额欠银

曹寅、曹颙父子二人相继去世后，康熙皇帝恩旨，让曹頫过继给曹寅之妻李氏为嗣子，并补放江宁织造主事职衔。没想到，曹頫一上任，就不明不白地担负了十一万两巨额欠银。

曹寅去世以后，总共亏欠库银二十三万两，而当时曹家已竭尽全力，再无银两家产可赔。曹颙继任江宁织造后，他的舅舅李煦就奏请康熙皇帝允许他代管盐差一年，以所得余银偿还曹寅的亏空。经过一年多的努力，曹家的亏欠终于偿还完毕。

曹家的亏欠偿完以后，曹颙于康熙五十二年（1713 年）十二月二十五日，专门给康熙皇帝上了一道奏折：

江宁织造·主事奴才曹颙谨奏：

窃奴才父寅故后，奴才母子孤苦伶仃，身家性命已同瓦解，仰荷万岁如此天恩，得以保全。今钱粮俱已清补全完，奴才一身一家，自顶至踵，皆蒙圣主再生之德。又屡蒙圣训，不敢丝毫浪行花费。奴才仰赖天恩，可以过活。所有盐差任内馀剩银三万六千两，奴才无有费用之处。奴才临行之时，母谕谆谆，以奴才年幼，并无一日效力犬马，乃沐万岁天高地厚洪恩，一至於斯，杀身难报，将此所得馀银，恭进主子添备养马之需，或备赏人之用，少申奴才母子蝼蚁微忱。伏乞天恩赏收，不特奴才母子感沐恩荣，奴才父寅九泉之下，亦得瞑目。奴才曷胜恐惧感戴激切叩头之至。

朱批：当日曹寅在日，惟恐亏空银两不能完，近身没之后，得以清了，此母子一家之幸。馀剩之银，尔当留心，况织造费用不少，家中私债想是还有，朕只要六千两养马。

从曹颙的这道奏折中我们发现，一年多一点的时间，曹颙不仅偿还清了父亲曹寅欠下的巨大亏空，而且还结余了三万六千两。曹颙遵照母亲的意思，想把这些银子全部敬奉给康熙皇帝养马或者作为封赏之用。此时康熙皇帝看到亏空已经还清，也为之高兴。并且交代曹颙，织造事务用银也很多，家里的私债还需要偿还，我只要六千两养马就行了，其余的你们留着用吧！可见，康熙皇帝对曹家是多么的理解和宽容。

康熙五十五年（1716 年）二月初三日，在《苏州织造李煦奏李陈常代补曹寅亏欠不足求赐矜全折》中记载：

臣李煦跪奏：

窃臣至江宁织造衙门，传宣万岁命李陈常代补亏欠恩旨，曹頫母子即望阙叩头谢恩，举家皆感激涕零也。

今户部行文已到，而臣接阅部文之后，有应再奏於圣主之前者。窃臣煦从前查曹寅亏欠，原有三十七万三千两零。因壬辰纲臣代曹寅任内，商人有应缴之费十一万两，扣存未收。既有此宗现银可抵，则曹寅实欠二十六万三千两零，所以臣煦前摺内奏曹寅亏欠之数止二十六万三千两零而不奏三十七万三千两零也。在李陈常奉旨代补欠项，原系陈常自己任内馀银，今部议请将曹寅未收之商费十一万两，即抵算在臣煦所奏曹寅二十六万三千馀两亏欠数内，是曹寅名下少收商费十一万两，即多出亏欠十一万两矣，曹頫母子拆骨难完。除曹頫具摺泣奏外，臣煦冒死再奏，伏求万岁俱赐矜全，则曹寅一门永衔结於生生世世矣。

再，李陈常摺内，将商人应缴之费十一万两折去平色，止算九万九千五百馀两，而其实当时结算商人未缴之费，原算十一万两。合并奏明，伏乞圣鉴。臣煦临奏不胜悚惶战栗之至。

从李煦奏报康熙皇帝的奏折中可以看出，曹寅去世以后，李煦先前奏报曹寅亏欠二十六万三千两。结果最后核查曹寅实际亏欠是三十七万三千两，即多出亏欠十一万两。对于多出的这些欠银，李煦的说法显然不够明白。到底怎么回事，我们也无处查考。

至此，我们不得不翻一翻当时曹頫接管江宁织造到曹頫去世前后的一些"旧账"。

曹頫接管江宁织造初期，李煦于康熙五十一年（1712 年）七月二十三日，给康熙皇帝奏报了《苏州织造李煦奏请代管盐差一年以盐馀偿曹寅亏欠折》。在李煦奏折的后面，康熙皇帝御批道：

曹寅与尔同事一体，此所奏甚是。惟恐日久尔若变了，只为自己，即犬马不如矣！

李煦看到康熙皇帝的御批后，诚惶诚恐，非常害怕。只好诚心实力地把"代管盐差"之事办好，以尽快还清曹寅去世之前欠下的亏空。

康熙五十一年（1712 年）九月初四日，曹寅的儿子曹頫，给康熙皇帝密报了《曹寅之子连生奏曹寅故后情形折》。其中一段写道：

九月初三日，奴才堂兄曹颀来南，奉梁总管传宣圣旨，特命李煦代管盐差一年，着奴才看着将该欠钱粮补完，倘有什么不公，复命奴才摺奏。钦此钦遵。

从以上康熙皇帝在李煦奏折上的御批，以及曹頫密报给康熙皇帝的奏折中不难看出，李煦奏请"代管盐差一年以盐馀偿曹寅亏欠"，这不仅是好事，也是人之常情。因为曹頫刚刚承袭父职，各方面都不十分熟悉，李煦作为曹頫的舅舅，能够担当重任，接过盐差，把结余的银子偿还曹寅在任时的亏欠，也的确非常合乎情理。

既然如此，那么，康熙皇帝为什么还会在李煦的奏折上御批"曹寅与尔同事一体，此所奏甚是。惟恐日久尔若变了，只为自己，即犬马不如矣"这样"暗藏玄机"的语句呢？不仅如此，康熙皇帝还让梁总管传宣圣旨，安排曹頫的堂哥曹颀，把康熙皇帝的旨意传话给曹頫，说要"看着"李煦将该欠钱粮补完。同时，梁总管还让曹颀告诉曹颙"倘有什么不公，复命奴才折奏"。康熙皇帝一边说李煦"只为自己，连犬马不如"，又一边安排曹颙留心"看着"李煦，将"该欠钱粮补完"，还让梁总管告诉曹颙，"倘有什么不公"，要写奏折参他。康熙皇帝这究竟是玩的什么高超"把戏"呢？

有可能的事实是，一开始，曹寅去世的时候，李煦奏报给康熙皇帝说曹寅亏欠库银二十三万两，已经无赀可赔，无产可变。李煦还给康熙皇帝说这是曹寅"临终之言"。曹颙接任以后，李煦奏请康熙皇帝代管一年盐差，把结余的银子，替曹寅还上亏空。康熙皇帝在答应李煦"代管一年盐差"的同时，似乎对李煦并不放心。结果康熙皇帝就在李煦的奏折上御批了"曹寅与尔同事一体，此所奏甚是。惟恐日久尔若变了，只为自己，即犬马不如矣"的话。康熙皇帝的意思是说：你奏报的很对，曹寅与你既是亲戚又是同事，现在曹寅已经去世，他的儿子接替署理江宁织造，惟恐你时间长久，心会变。如果让你代管一年盐差，一定要想方设法把曹寅亏欠的库银还清。如果你只为自己，徇私舞弊从中捞"好处"，那就连猪狗不如了。这个时候，李煦也没有辜负康熙皇帝的信任，结果一年多一点，不仅还清了曹寅在世时亏欠的二十三万两库银，而且还多了三万六千两。

曹颙去世以后，曹頫接替了江宁织造主事职衔。李煦又奏报给康熙皇帝说，曹寅在世时候的亏欠账目算错了，不是原先的二十三万两，而是三十七万三千两。为什么当时奏报曹寅亏欠之数是二十三万三千两，而不奏报三十七万三千两。是因为李陈常奉旨代补了一部分欠银。当时，曹寅未收的商费是十一万两，而这十一万两，算在了原先所奏曹寅二十六万三千两亏欠之内，当时结算商人未缴，即多出亏欠十一万两。

这十一万两银子，对于刚刚接任江宁织造主事的曹頫来说，无疑是个天文数字。虽然康熙皇帝对此有些疑问，但因为李煦奏报的"密折"，别人也不知道内容，宫中也没有复印件，而且奏报的"密折"连同御批都返还给了李煦，再想看看奏报的具体内容，已经不太可能。康熙皇帝也只好懵懵懂懂地接受了这个现实。但是，接受归接受，从此，康熙心里总是怀疑李煦徇私舞弊。这个时候，康熙皇帝也不好明说，只好又让梁总管安排曹颀来江南传宣圣旨给曹颙，让曹颙特别留心李煦，"看着"他把亏欠银两如实还清。如果发现李煦违背规制，想"中饱私囊"，捞取好处，就让曹颙立即密报给康熙皇帝。

由此来看，曹頫刚刚上任就无故多出十一万两欠银，这的确让曹頫难以接受。但这也没法，只好倾尽所能之力归还朝廷欠银。

九十、曹𫖯屡遭雍正"差评"

曹𫖯继任江宁织造后，面对十多万银两的亏空压力，只能倾全家之力设法偿还。但终因数额巨大，加之在任期间又累年出现亏空，以致"窟窿"越来越大。雍正皇帝登基后，接连多次斥责曹𫖯办事不力，甚至就连一些看似平常的小事，也对曹𫖯严厉责怪，使得曹𫖯苦不堪言。雍正三年（1725 年），曹𫖯因所造绸缎轻薄粗糙被罚俸禄一年。雍正五年（1727 年）又因雍正皇帝穿的石青褂子落色，被罚俸禄一年。

雍正二年（1724 年）正月初七日，曹𫖯上了一道《江宁织造曹𫖯奏谢准允将织造补库分三年带完折》。

江宁织造奴才曹𫖯跪奏：为恭谢天恩事。

切奴才前以织造补库一事，具文咨部，求分三年带完。今接部文，知已题请，伏蒙万岁浩荡洪恩，准允依议，钦遵到案。窃念奴才自负重罪，碎首无辞，今蒙天恩如此保全，实出望外。奴才实系再生之人，惟有感泣待罪，只知清补钱粮为重，其馀家口妻孥，虽至饥寒迫切，奴才一切置之度外，在所不顾。凡有可以省得一分，即补一分亏欠，务期於三年之内，清补全完，以无负万岁开恩矜全之至意。谨具摺九叩，恭谢天恩。奴才曷胜感激顶戴之至。

雍正朱批道：

只要心口相应，若果能如此，大造化人了！

雍正二年（1724 年）五月初六日，曹𫖯又上了一道《江宁织造曹𫖯奏江南蝗灾情形并报米价折》。

江宁织造奴才曹𫖯跪奏：

江南因去冬雪少，今年闰四月间，蝗蝻生发，幸在二麦登收之时，不能为害。今自五月初一日至初五日，连得大雨，淋漓沾沛，蝗蝻僵灭大半，百姓俱现在插苗，及时播种，人心慰悦，太平无事。

目下米价：上米每石一两二钱五分，次米一两一钱六分。

谨将闰四月分晴雨录，恭呈御览，伏乞圣鉴。

雍正朱批道：

蝗蝻闻得还有，地方官为什么不下力扑灭？二麦虽收，秋禾更要紧。据实奏，凡事有一点欺隐作用，是你自己寻罪，不与朕相干。

从以上雍正皇帝的朱批中我们不难看出,雍正皇帝对曹頫的口气一次比一次严厉。可想而知,此时的曹頫已经处于如临深渊、如履薄冰的极度不安状态了。

雍正五年(1727年)底,曹頫终于大难临头,他被山东巡抚塞楞额参劾"骚扰驿站"。雍正立即下旨交部严审,随后又将其革职查办。几天后,雍正皇帝得到密报,曹頫在革职受审期间竟然秘密转移家财,因此龙颜大怒,并下旨抄家,从此曹頫获罪带枷还款,全家老少迁往北京,居住在北京崇文门外蒜市口十七间半房屋艰难度日。

自雍正六年(1728年)初曹家迁往北京,曹頫戴枷补交欠款,一直到雍正七年(1729年)五月初七日,总管内务府咨文称,曹頫仍在枷号中。

《大清律例》曾经规定:

徒一年者枷号二十日,每等递加五日,总徒准徒亦递加五日,流二千里者枷号五十日,每等亦递加五日;充军附近者枷号七十日,近边者七十五日,边远、沿海、边外者八十日,极边防部队、烟瘴者九十日。

然而,雍正五年(1727年),雍正皇帝又下旨:

嗣后内务府佐领人等,有应追拖欠官私银两,应枷号者枷号催追,应带锁者带锁催追,俟交完日再行治罪、释放。著为定例。

按照原先《大清律例》的规定,枷号最长的为90日。可是,雍正又下了一道"补充"谕旨,说是枷号催追的欠银,不缴完不能释放。曹頫从雍正六年(1728年)初被"枷号"补交欠款,到雍正十三年(1735年)农历八月二十三日"驾崩",曹頫一直没有还清欠款。说明7年多的时间,曹頫一直"戴枷"还款。

"枷号"是中国封建帝制时代独立于"五刑"之外的特殊刑种。"枷"是一种方形木质项圈,以套住脖子,有时还套住双手,是封建社会作为惩罚罪犯的一种工具。对于犯罪较轻,其罪行不够入狱的罪犯,一般强制戴枷于监狱外或官府衙门前以及街市进行示众,以示羞辱,使之痛苦。《大清律例》曾规定,平常的枷重25斤,重的则为35斤。枷面长二尺五寸,阔二尺四寸。清朝时期的重量和现在的重量不同。清朝时期的25斤约等于现在的30斤,35斤约等于今天的42斤。数十斤重的木板套在脖颈部,那种痛苦的折磨可想而知。如果按照最轻的30斤来算,曹頫戴了7年多的枷,受尽了残酷的身心折磨。至此,曹頫身体严重变形,落下了终身残疾,基本上与"废人"没什么两样。

乾隆皇帝登基后,连降三旨,对前朝经济亏空案予以宽免。同时,也先后对雍正朝时期大部分"犯了事"的官员进行了赦免。曹家也因为没什么太大的罪过,再念及曹家对大清朝的贡献,宽免了曹頫"骚扰驿站"案尚未赔偿完的三百零二两二钱银子,并对曹家祖上进行了追封,继而曹頫也官复内务府员外郎职务。

曹頫虽然被赦罪宽免,由朝廷钦犯变为朝廷官员,但也无所事事,只是领点薪水,维持生计。

九十一、纳尔苏"设套"绥赫德

　　曹家最后一任江宁织造曹頫获罪革职后，江宁织造一职由雍正皇帝的宠臣绥赫德继任。同时，雍正皇帝将曹家的家产全部赏给了绥赫德。

　　据《关于江宁织造曹家档案史料》一书中《江宁织造绥赫德奏细查曹頫房地产及家人情形折》记载：

　　雍正六年三月初二日。

　　江宁织造·郎中奴才绥赫德跪奏：为感慕天恩，据实奏闻，仰祈圣鉴事。

　　切奴才荷蒙皇上天高地厚洪恩，特命管理江宁织造。于未到之先，总督范时绎已将曹頫家管事数人拿去夹讯监禁，所有房产什物一并查清，造册封固。及奴才到后，细查其房屋并家人住房十三处，共计四百八十三间；地八处，共十九顷零六十七亩；家人大小男女，共一百四十口；余则桌椅、床几、旧衣零星等件及当票百余张外，并无别项，与总督所查册内仿佛。又家人供出外有欠曹頫银，连本利共计三万二千余两。奴才即将欠户询问明白，皆承应偿还。

　　再，查织造衙门钱粮，除在机缎纱外，尚空亏雍正五年上用、官用缎纱并户部缎匹及制帛诰敕料工等项银三万一千余两。奴才核算其外人所欠曹頫之项，尽足抵补其亏空。但奴才接任伊始，今岁新运缎匹实属紧要，现在敬谨趱织，以期无误。至于曹頫名下未完缎匹，若一并补办，恐误新运，容俟今年追完所欠曹頫之项，于新运起解后即行续机接办，陆续解完。奴才不敢擅便，谨请圣训遵行。朱批：据情报部。

　　再，曹頫所有田产、房屋、人口等项，奴才荷蒙皇上浩荡天恩，特加赏赉，宠荣已极。奴才举家骨肉，自顶至踵，悉皆圣主天恩所赐。奴才感激顶戴之私，镂心刻骨，口笔难尽。惟有竭其犬马之力，图报涓埃，以少申奴才分寸之心。至曹頫家属，蒙恩谕少留房产以资养赡，今其家属不久回京，奴才应将在京房屋人口酌量拨给，以彰圣主覆载之恩。

　　谨薰沐缮摺奏闻，伏乞圣鉴。奴才不胜惶悚顶沐之至。谨奏。

　　从绥赫德奏报雍正皇帝的这一奏折中我们得知，负责查抄曹家的是两江总督范时绎，接替曹頫江宁织造主事职衔的是绥赫德。曹家被抄家后，所有田产、房屋等，雍正皇帝全部赏给了绥赫德。

　　从绥赫德的这道奏折中可以看出，曹頫在任时，实际亏欠的银子是三万一千余两，而别人欠曹頫的银子连本带利共计三万两千余两。两项折抵，还多余银子一千两。这样算起来，曹頫并没有亏欠国库银子。这还没算曹家大量田亩地产的抵扣。由此说明，雍正下令查抄曹家并不完全是"经济问题"。

同时，查抄的不仅有田产、房屋等，而且连旧衣服等零星物品都要"造册封固"，这其中还有"当票百余张"。可想而知，当时曹家为了归还国库欠款，已经到了典当家中物品过日子的地步了。

而"蒙恩谕少留房产以资养赡"则说明，曹家搬到北京居住的房屋，并不是绥赫德的好心馈赠，而是雍正皇帝的"法外开恩"。

绥赫德虽然接替了江宁织造主事职衔，但是，没过多久，也因"犯了事"被雍正皇帝"撤职罢官"。这还不算，还有更倒霉的"窝心事"等着绥赫德。

雍正十一年（1733年）十月，内务府查出绥赫德"以财钻营"，走原平郡王纳尔苏的门路，私自向纳尔苏行贿银两、古董等物，企图起复。此案经雍正御批，将"绥赫德发往北路军台效力赎罪。如不肯实心效力，即行请旨于该处正法"。

事情的原委是，老平郡王纳尔苏在雍正四年（1726年）被革去王爵后，一直赋闲在家，无所事事。绥赫德被雍正皇帝免去江宁织造主事职衔后，也可能正忙着托关系、走门子巴结皇室宗亲及权贵，以图东山再起。于是他就把雍正赏给他的曹家很多价值不菲的古董拿出去变卖。

老平郡王纳尔苏知道后，身为曹寅的女婿、曹頫的姐夫，本来就对绥赫德"侵吞"曹家家产不满。因为曹家的家产是雍正皇帝赏给绥赫德的，纳尔苏也敢怒不敢言。一天，他听说绥赫德变卖本来属于曹家的古董。同时，老平郡王纳尔苏还听说，绥赫德回北京之前，还把原本属于曹家的扬州家产及房屋变卖了五千两银子，就派小儿子福靖去找这家古董店老板，自称想买古董。老板就带着他去绥赫德家挑了几件。当绥赫德得知福靖是老平郡王纳尔苏的亲生儿子时，没收银子就让福靖把古董抱走了。本来绥赫德就挖空心思地想攀附皇家宗亲，以图起复。此时，老平郡王纳尔苏也猜透了绥赫德的心思，随后又让曹佳氏所生的儿子福靖出面跟他借钱。虽然老平郡王被削了王爵，圈禁在家，没什么利用价值，但他的大儿子小平郡王福彭，当时正深受雍正皇帝的器重和信任。那个时候，福彭已经成了当时最年轻的军机大臣，又被雍正皇帝任命为定边大将军。福彭小时候又和雍正的儿子弘时、弘历一起在宫中读书习武，当时福彭的地位和前途正是如日中天。老平郡王纳尔苏派福彭的亲弟弟福靖"索要"银两，绥赫德也不得不给，于是就拿出三千八百两银子给了老平郡王纳尔苏的儿子福靖。

其实，绥赫德交给福靖的这三千八百两银子，是绥赫德在出事以后变卖曹家扬州家产房屋剩下的一部分。

后来有人就把这事告到了雍正皇帝那里，说绥赫德向平郡王府行贿，意图钻营，跑官要官。雍正皇帝本来就对皇室宗亲及官员"结党营私"相互勾搭极其反感，于是就派他的弟弟庄亲王允禄调查此事。在调查核实的过程中，绥赫德赌咒发誓说自己没有行贿，是老平郡王纳尔苏有意"赖账"。而福靖就说古董和这三千八百两银子是他们自愿给的。这样一来，绥赫德的确有口难辩。

在故宫博物院明清档案部编印的《关于江宁织造曹家档案史料》中，详细记载了《庄亲王允禄奏审讯绥赫德钻营老平郡王折》的奏折：

和硕庄亲王臣允禄谨奏：臣遵旨讯问原任织造绥赫德以财钻营一案。

据绥赫德供称：奴才原有宝月瓶一件，洋漆小书架一对，玉寿星一个，铜鼎一个，放今年二三月间，交与开古董铺的沈姓人拿去变卖。后来沈姓人带了老平郡王的小儿子，到奴才家来，说要书架、宝月瓶，讲定书架价银三十两，瓶价银四十两，并没有给银子，是开铺的沈姓人保着拿去的。奴才并未见老平郡王，老平郡王也无差人叫奴才。后来给过书架价银三十两，是我家人四虎儿在古董铺里要了来的，瓶价银四十两没给，我使家人二哥催过。后来我想，小阿哥是原任织造曹寅的女儿所生之子，奴才荷蒙皇上洪恩，将曹寅家产都赏了奴才，若为这四十两银子，紧着催讨不合，因此不要了是实。并没有借给银两之事，我若妄说借给老平郡王银两，天必不容等语。

随讯问绥赫德家人孟二哥、四虎儿，并责古董的沈四，俱照绥赫德供同。

因其不吐实情，随传唤原平郡王纳尔苏第六子福靖讯问，据供：因寻古玩，有开古董铺的沈四，引我到绥赫德家，看定几件，我即获物回家，留沈四讲价，或该多少，我八月务必清还。本日绥赫德使二妇女来我家说，所看定的古玩要送我。我说不白要，价值多少，八月务必清还，目下无现银。二妇女说，既无现银，我们家有无利息的银子，要使就有。因此借他家银子三千八百两，系绥赫德的第四子，同他家赵姓、孟姓家人送来，我们收了。后来我大哥哥听见，即向我说，所借银两，务必急速清还，若不还使不得等语。

讯据绥赫德之子富璋供称：上年十一月内，有卖古董的沈四，将老平郡王的儿子六阿哥带到我家，拿了几宗古董去。后来又要借银子，我父亲使我同家人赵地藏保、孟二哥，将三千八百两银子送到老平郡王府，见了，将银子交给了六阿哥。他原要给二分利息，我们不敢要利，也并未要文约是实等语。

又详讯民人沈四、绥赫德家人孟二哥。据沈四供称：我系本京民，在廊房胡同开古董铺。上年十二月间，有原任织造绥赫德，到我铺内说，我家也有几件古董，你随便到我家去看看。隔了十数日，我找到他家去看了，将玉如意一枝、瓷瓶一个、铜鼎一个拿出来。隔了两三日，他家要回去了。后因我时常在老平郡王府内行走，今年正月间，老平郡王将我叫到府里说，你替我借几两银子使用，我说无处去借，有原任织造绥赫德家有许多古董，何不到他家要几件，当些银子使用？老平郡王说好，著六阿哥同你去。我同六阿哥到绥赫德家，将那玉如意、铜鼎拿出当了五十两银子，六阿哥拿进去了。第二日，老平郡王说，我给绥赫德家送几样饽饽去，可好么？我说好，他必定感念王爷的恩。随差赵姓太监送了四盒饽饽，绥赫德家又回送了四件古董。后来听见老平郡王发了财了，并没有听见是哪里得的银子。这六七日前，老平郡王向我说，我因无银使用，将绥赫德家银子使了三四千两。绥赫德因何送银的情由，我不知道是实等语。盂二哥供称：今年正月间，我同地藏保，跟着我们小主儿，到老平郡王府里进银子。去时，我同地藏保骑着马，小主儿坐着车，车内放着三包袱银子，数目多少，我不知道。到了府前，我在外边看着车，小主儿同地藏保进去了。随后地藏保出来，将车上的银子包袱拿进府内去了是实等语。

复详讯富璋，据称：从前曹家人往老平郡王家行走，后来沈四带六阿哥并赵姓太监到我家看古董，二次老平郡王又使六阿哥同赵姓太监到我家，向我父亲借银使用。头次我父亲使我同地藏保送银五百两，见了老平郡王，使六阿哥同赵姓太监收下，二次又使我同地藏保、盂二哥进银三千三百两，老平郡王叫六阿哥、赵姓太监收下。老平郡王时常使六阿哥、赵姓太监往来，与我父亲说话，我实不知道说些什么。今年三四月间，小平郡王差两个护卫到我们家，向我父亲说，你借给老王爷银子，小王爷已经知道了，嗣后你这里若再使人来往，或借给银子，若教小王爷听见时，必定参奏，断不轻完等语。

将此处研讯绥赫德家人地藏保，据供：雍正十年十一月，我跟随富璋初次送银五百两，二次送银三千三百两，富璋进府里去来，我并没进去。还有我们家人盂二哥，也会跟去。因何送银情由，我不知道是实。於本月小平郡王差两员官，到我们家，向我主子绥赫德说，你若再差人往府内去时，必然拿究，如此说过是实等语。

再四严加详讯，绥赫德方供：奴才来京时，会将官赏的扬州地方所有房地，卖银五千馀两。我原要带回京城，养赡家口。老平郡王差人来说，要借银五千两使用，奴才一时糊涂，只将所剩银三千八百两送去借给是实。后来小平郡王差了两个护卫，向奴才说，你若再要向府内送什么东西去时，小王爷断不轻完，自此我没有差人去。奴才如今已经七十馀岁，岂有求托王爷图做官之意？因王爷一时要借银，我糊涂借给了，并没有别的情由等语。

查绥赫德系微末之人，累受皇恩，至深至重。前於织造任内，种种负恩，仍邀蒙宽典，仅革退织造。绥赫德理宜在家安静，以待馀年，乃并不守分，竟敢钻营原平郡王纳尔苏，往来行走，送给银两，其中不无情弊。至於纳尔苏，已经革退王爵，不许出门，今又使令伊子福靖，私与绥赫德往来行走，借取银物，殊干法纪。相应请旨，将伊等因何往来，并送给银物实情，臣会同宗人府及该部，提齐案内人犯，一并严审定拟具奏。为此谨奏。

雍正十一年十月初七日奉旨：绥赫德着发往北路军台效力赎罪，苦尽心效力，着该总管奏闻；如不肯实心效力，即行请旨，於该处正法。钦此。

雍正皇帝一看，这事也不好判断。老平郡王纳尔苏之前就已经圈禁在家，又是世袭罔替的铁帽子王，也不好再怎么处置。福彭又是自己的亲信，并被授为定边大将军，率师讨伐噶尔丹策零。况且福彭也"试图阻止"他父亲和弟弟的行为，对福彭也不能过分处置。于是，就把绥赫德发配军中赎罪了事。

至此，绥赫德也落了一个悲惨的结局。

从这件事情的来龙去脉我们不难发现，一开始，老平郡王纳尔苏对雍正皇帝把曹家的祖业家产全部赏给绥赫德就心怀不满。绥赫德被雍正皇帝革去江宁织造主事职衔以后，并没有抄家治罪，绥赫德也自我感觉没什么了不起的大事，老想着走走门路，托托关系，官复原职。可是走门路、托关系需要大量的银子，于是就把原本曹家在扬州的房屋及曹家的古董变卖，以换取银两。因纳尔苏是曹寅的女婿、曹頫的姐夫，曹家人就到纳尔苏家"行走"，把绥赫德变卖曹家扬州房屋的事告诉了老平郡王纳尔苏。纳尔苏知道以后，就设了购买古董和借银子这个"套"，而绥赫德不知是"套"，认为纳尔苏是"皇亲国戚"，大儿子福彭又是当朝"红人"，二儿子福秀，又是和宝亲王弘历（后来的乾隆皇帝）、傅恒、弘庆都是"连襟"关系。绥赫德能够攀附上这样的"皇亲国戚"，官复原职还是大有希望的。纳尔苏"索要"的银子数目，正好是绥赫德将曹家在扬州的原房产所卖的钱款，绥赫德一听银子数目就知道纳尔苏是来要房款了，于是就"做贼心虚"地就将剩下的三千八百两送了过去。如果雍正皇帝知道绥赫德私自出卖封赏给他的曹家家产，这是要掉脑袋的。因此，绥赫德也不敢不给。至于绥赫德是借给福靖还是有意"贿赂"，因当时没有写借据，而且福靖还说要给"二分利息"，绥赫德的儿子说是"不敢要"。况且纳尔苏的大儿子、小平郡王福彭后来又派遣两位宫中官员，到绥赫德家里对他说了"你若再差人往府内去时，必然拿究"这些话。这些无关痛痒、不轻不重的话，绥赫德当然吓得不轻。可想而知，这件事也就没法说清楚了。反正事情已经出现了，各说各有理。

对于这起案件的审理结果，雍正皇帝的十六弟庄亲王允禄应当说起了关键作用。

庄亲王允禄是李士桢之妻王氏侄女的儿子。也就是说，允禄的母亲是康熙皇帝的顺懿密妃王氏。李士桢又是李煦的父亲，李煦是曹頫和曹佳氏的舅舅，而曹佳氏既是纳尔苏的嫡福晋，也是福彭、福靖的母亲。这样算起来，庄亲王允禄可以算得上是纳尔苏和曹家的亲戚。同时，允禄又和老平郡王纳尔苏同是皇室宗亲，又和小平郡王福彭同朝为官。而涉及纳尔苏、曹家和绥赫德的这个案子，既是雍正皇帝的弟弟允禄等人审理的，也是允禄奏报的。结果，庄亲王允禄说绥赫德不守本分，竟敢投机钻营纳尔苏，送给银物，其中有无情弊也不能否认。于是，雍正皇帝下旨，把70多岁的绥赫德发配到军中赎罪。同时还说，如不肯实心效力，即行请旨，于该处正法。

就此案而言，原本是纳尔苏主动向绥赫德"索要"银物，雍正皇帝理应将纳尔苏定罪。然而不仅未将纳尔苏定罪，反而将绥赫德定罪，其罪名是"以财物钻营老平郡王"。至于怎样处理纳尔苏"索要"到手的三千八百两银子，雍正皇帝只字未提，这就有点匪夷所思。以雍正皇帝寻常惯用的处理方式，肯定是要把这些银子的去向裁决清楚。按照常理来讲，虽然没有给纳尔苏定罪，但毕竟收了绥赫德的三千八百两银子，再怎么着纳尔苏也必须交出，收归国库。既然对这笔银子毫无说法，那就说明庄亲王允禄不仅知道这些银子的来龙去脉，而且还在雍正皇帝面前为纳尔苏说了好话。因此，雍正皇帝也就没有下令追缴。这样看来，绥赫德真够冤的。

九十二、堂前黼黻焕烟霞

《红楼梦》第三回写林黛玉进荣国府。进入堂屋中，抬头迎面先看见一个赤金九龙青地大匾，匾上写着斗大的三个大字，是"荣禧堂"，后有一行小字："某年月日，书赐荣国公贾源"，又有"万几宸翰之宝"。大紫檀雕螭案上，设着三尺来高青绿古铜鼎，悬着待漏随朝墨龙大画，一边是金蜼彝，一边是玻璃。地下两溜十六张楠木交椅，又有一副对联，乃乌木联牌，镶着錾银的字迹，道是：

座上珠玑昭日月，堂前黼黻焕烟霞。

这副对联中的"日月"和"黼黻"，不是作者的心血来潮和随意之笔，而是大有来头。"日月"二字我们好理解，这个"黼黻"二字，泛指礼服上所绣的华美花纹，多指朝廷官服。

在中国古代，"黼黻"之衣，不是什么人都能够随便穿着，只有皇帝或者诸侯才能够享用。清朝名臣于成龙曾经在《江宁府志·曹玺传》中写道：

康熙二年特简督江宁织造，江宁局务重大，黼黻朝祭之章出焉。

这句话的大致意思是，曹玺在康熙二年（1663 年）被派去管理江宁织造，江宁织造的任务重大，因为要专门给皇帝做黼黻朝祭用的龙袍。

清代皇帝服饰有朝服、吉服、常服、行服等种类。皇帝的龙袍以明黄、金黄或杏黄等亮黄色为主色，上面织有九条纹龙，但以实物来看前后只有八条，据此，有人认为还有一条龙是皇帝本身。其实，这条龙只是被织在衣襟里面，一般不易看到。这样一来，每件龙袍实际即为九条龙，由于其中的两条龙是织在左右两肩的位置，所以从正面或背面单独看时，所看见的都是五条龙，与"九五之尊"正相吻合。

清朝皇帝穿的衣服是极其名贵的，特别是皇帝的衮服，是古代最尊贵的礼服之一。这种衮服，只有在皇帝大婚、祭天地、祭宗庙等重大庆典活动时才穿。

由于"衮服"造价昂贵，且制造工艺复杂，即使最熟练的织匠，每天最多也只能织很少一部分。因此，织成一件衮服所耗费的时间难以想象。

江宁织造为皇帝织造的衮服或者龙袍，也非常讲究，不仅做工精细，用料也极为名贵。除此之外还必须做到"天衣无缝"。而要做到"天衣无缝"，工艺设计要极其精细，每一个图形、每一个花纹、每一种颜色都不能有丝毫马虎，要不然很难做到"天衣无缝"。

织造皇帝衣服所用的织线，也不是一般的丝绸线，做工也是极其复杂考究。首先，要把雄性孔雀羽毛、蚕丝线，非常小心地用人工搓成很细很细的真丝孔雀线，然后再用蚕丝包住极细的金线，以手工捻搓成金丝线，用真丝孔雀线和真丝金线作为经线和纬线进行人工纺织。而其中五彩缤纷的众多花纹，需要织匠一丝不苟地逐一悉心织造，不仅费工费时，而且要求织匠绝不能有丝毫的粗心和马虎。

20 世纪 50 年代末，在定陵出土文物的丝织品中，有一件最具代表性的织物，那就是明朝万历皇帝身上穿着的龙袍。这件袍料的全名为"孔雀羽、织金妆花、柿蒂过肩龙、直袖、膝栏、四合如意、云纹纱袍面料"。文物专家后来在这件龙袍料的腰封上，查到它出自明代江宁织造局。这是中国有史以来出土的唯一一件龙袍珍品。

万历皇帝身上穿的这件龙袍，采用的是"纱地妆花"的织造技法。龙袍上的 17 条龙使用了真金线和包裹了孔雀羽的丝线原料。把黄金制成真金线，不仅费时费工，而且还要小心细致，一般的工匠很难做到。

首先要把金块制成极薄的金箔，然后两个人相对而坐，轮流举锤夯打。夯打用力还不能过大，拿捏要准确，力度要均匀，这样经过 3 万多次的锤打，把一块厚重的黄金，变成极薄的金箔，再把金箔粘在一种特殊的纸张上，压紧抛光，最后裁成条，剥出金线，随后再和蚕丝相互缠绕，捻搓成金丝线。这样的金线制作，需经历上百道工艺。锤打一克 18K 的黄金，能延展到一平方米左右。

制造龙袍的关键工艺就是"挑花结本"，要求必须是按照传统工艺手工完成。"挑花"要求很高，一般"挑花"要求 100 根，而龙袍必须达到 1800 根。以妆花缎龙袍为例，匹长 12 米多，全匹 18378 梭，以每梭 9 个分色场次计算，结本的耳子线需要 16.5 万多根，编结的花本长达 100 余米，其工程浩大烦琐可想而知。

另外，龙袍的下摆，斜向排列着许多弯曲的线条，还有许多波浪翻滚的水浪，水浪之上，又立有山石宝物，俗称"海水江涯"。"海水江涯"由八宝纹和立水纹组成，位于吉服袍的下摆处，被称为"八宝立水"。八宝纹包括珊瑚珠、珊瑚枝、方胜、犀角、杯、古钱、火珠、如意等。这种"八宝立水"装饰，除了表示绵延不断的吉祥含意之外，还有"一统山河"和"金瓯永固"的吉祥寓意。

除此之外，织造"龙袍"还必须要有十二章纹样，否则就不能称为龙袍。《红楼梦》荣国府中的荣禧堂上，镶着錾银字迹的"座上珠玑昭日月，堂前黼黻焕烟霞"对联中的"日月"和"黼黻"就在十二章纹之中。

十二章纹包括日、月、星辰、山、黼、黻、龙、华虫、藻、宗彝、火、粉米，12 种吉祥和祝愿的纹饰。

其中：日、月、星辰，取其照临之意，代表三光照耀，象征着帝王皇恩浩荡，普照四方。山，取其稳重、镇定之意，代表皇帝持重稳健，气定神闲，象征帝王能治理四方水土。龙，取其神异、变幻之意，象征帝王们善于审时度势地处理国家大事。华虫，羽毛五色，甚美，取其有文彩之意，象征王者"文采昭著"。宗彝，取供奉、孝养之意，象征帝王忠、孝美德。藻，取其洁净之意，象征皇帝的品行冰清玉洁。火，取其明亮之意，象征帝王处理政务光明磊落，火焰向上也有率土群黎向归上命之意。粉米，取有所养之意，象征着皇帝给养着人民，安邦治国，重视农桑。黼，取割断、果断之意，象征皇帝做事干练果敢。黻，取其辨别、明察、背恶向善之意，代表着帝王公正严明，是非明辨。

十二章纹包含了至善至美的帝德，象征皇帝是山川大地的主宰，其权力"如天地之大，万物涵复载之中，如日月之明，八方照临之内"。

十二章纹中的图案不是随随便便任何人都能使用，这也有具体规定。一般而言，皇帝可用十二章，皇太子、亲王等最多只能用九章，其他皇子、大臣也只能用五至七章，以此来显示皇帝君临天下的威武和尊贵。

九十三、作者熟悉织造工艺

《红楼梦》书中第五十二回有这样一段描述。贾宝玉去见贾母，书中写道：

贾母道："下雪呢吗？"宝玉道："天阴着，还没下呢！"贾母使命鸳鸯道："把昨儿那一件乌云豹的氅衣给他罢。"鸳鸯答应了，走去果取了一件来。宝玉看时，金翠辉煌，碧彩闪灼。又不似宝琴所披之凫靥裘。只听贾母笑道："这叫'雀金呢'，这是哦啰斯国拿孔雀毛拈了线织的。前儿把那一件野鸭子的给了你小妹妹，这件给你罢。"宝玉磕了一个头，便披在身上。

贾宝玉穿着贾母给的"雀金呢"，带着一帮人出去，回来已是傍晚时分。因为不小心，把"雀金呢"后襟子烧了一块。麝月看时，果见有指顶大的烧眼，就赶紧包了，叫一个婆子出去修补。婆子去了半日，仍旧拿回来说道："不但能干的织补匠人，就连裁缝绣匠并作女工的问了，都不认得这是什么，都不敢揽。"

随后接着写道：

晴雯听了半日，忍不住翻身说道："拿来我瞧瞧罢。没个福气穿就罢了。这会子又着急。"宝玉笑道："这话倒说的是。"说着，便递与晴雯，又移过灯来，细看了一会。晴雯道："这是孔雀金线织的，如今咱们也拿孔雀金线就像界线似的界密了，只怕还可混得过去。"麝月笑道："孔雀线现成的，但这里除了你，还有谁会界线？"晴雯道："说不得，我挣命罢了。"宝玉忙道："这如何使得！才好了些，如何做得活。"晴雯道："不用你蝎蝎螫螫的，我自知道。"一面说，一面坐起来，挽了一挽头发，披了衣裳，只觉头重身轻，满眼金星乱迸，实实撑不住。若不做，又怕宝玉着急，少不得恨命咬牙捱着。便命麝月只帮着拈线。晴雯先拿了一根比一比，笑道："这虽不很像，若补上，也不很显。"宝玉道："这就很好，那里又找哦啰斯国的裁缝去。"晴雯先将里子拆开，用茶杯口大的一个竹弓钉牢在背面，再将破口四边用金刀刮得散松松的，然后用针绗了两条，分出经纬，亦如界线之法，先界出地子后，依本衣之纹来回织补。补两针，又看看，织补两针，又端详端详。无奈头晕眼黑，气喘神虚，补不上三五针，伏在枕上歇一会。

以上《红楼梦》书中的描述，乍看起来就是贾母给了贾宝玉一件"雀金呢"，贾宝玉出去玩不小心烧了一小块，回来后晴雯、麝月给他补好了。但是，仔细分析，就能够说明几个问题。

一是贾母送给贾宝玉的"雀金呢",其实就是"雀金裘"。贾母说是"拿孔雀毛拈了线织的"。晴雯说"这是孔雀金线织的"。说明织造这件"雀金呢"的材料有孔雀毛和金丝线。作者描写晴雯非常清楚这种织造工艺,说明作者对这种织造工艺也很熟悉。

二是婆子说的"都不认得这是什么,都不敢揽",说明这件"雀金呢"极其罕见名贵,就连京城的织补匠和裁缝绣匠都没见过,都不敢揽这个活儿。

三是麝月说"孔雀线现成的",说明作者有意或者无意地告诉读者,贾家做过"雀金裘",所以家里有现成的孔雀线。麝月说:"但这里除了你,还有谁会界线?"说明除了晴雯,没有人会这种织造工艺。这也映射出这是贾家的独门技艺。

四是织造"雀金裘"的工艺与织造"龙袍"的工艺基本相同,都是以黄金制成片金线,把蚕丝与金线捻成金丝线,再用蚕丝及孔雀、雉、翠鸟等珍禽的羽毛捻成丝线织成。这个工艺全国只有一个地方能做,那就是江宁织造府。

通过上面《红楼梦》书中的描写和笔者的分析,我们可以肯定地说贾家事就是曹家事。《红楼梦》原作者就是曹頫。要不然作者不会把这个"雀金裘"的工艺说得那么清楚、简单。如果作者不是对"雀金裘"这种织造工艺了如指掌的话,全凭艺术想象或者道听途说,根本写不出如此贴切的文字。由此,也更加进一步说明,《红楼梦》的原作者就是曹頫而不是曹雪芹。因为按照曹雪芹的年龄来推断,织造"雀金裘"的工艺,他是不会知道得这么清楚的。

至于贾母说是什么"哦啰斯国"做的,这其实就是作者说的"假话"。此"假话"也是有意告诉读者一个"真事",这个"孔雀裘",其实就是江宁织造曹家自己做的。因此,作者也故意把"俄罗斯国"说成"哦啰斯国",让读者一看就知道,这是作者故意蒙骗读者的"狡猾之笔"。

我们知道,孔雀一般生活在热带、亚热带地区。在中国主要生长在云南的西双版纳。而俄罗斯大部分地区属于亚寒带、寒带气候,根本不会有大批孔雀在此生长。再说了,俄罗斯的纺织业向来不发达,纺织工艺与中国相比,差得不是一星半点,即使有孔雀羽毛这种原料,也绝对织不出"雀金呢"这样的丝织品来。

另外,《红楼梦》第四十九回写道:

只见宝琴来了,披着一领斗篷,金翠辉煌,不知何物。宝钗忙问:"这是哪里的?"宝琴笑道:"因为下雪,老太太找了这一件给我的。"香菱上来瞧道:"怪道这么好看,原来是孔雀毛织的。"湘云道:"哪里是孔雀毛,就是野鸭子头上的毛做的。"

史湘云所说"野鸭子头上的毛做的"这件金翠辉煌的斗篷叫作"凫靥裘"。这与织造"雀金裘"的工艺大同小异。在这里作者通过史湘云的口中说出来,也更加进一步证明了《红楼梦》的原作者不仅懂得"雀金裘"的制作工艺,也对"凫靥裘"的制作工艺了如指掌。

《红楼梦》书中描写的"雀金裘""孔雀裘",也叫"孔雀锦"。这种织造工艺,现在通常叫"云锦"。这是我国特有的织造技艺,迄今为止没有第二个国家能够掌握这种织造技术。

《红楼梦》书中,林黛玉在王熙凤住处见贾母时,穿的"缕金百蝶穿花大红洋缎窄袄"是云锦;薛宝钗在梨香院见贾宝玉的时候,穿的是"玫瑰紫二色金银鼠比肩褂"是云锦;贾宝玉见北静王,北静王穿的"江牙海水五爪坐龙白蟒袍"是云锦。

云锦的"锦"字,是"金"和"帛"字的组合,其意为豪华贵重的丝帛。在古代只有达官贵人才能穿得起这种丝帛。

云锦一词,来源于清代道光年间的南京"云锦织所",最早的文字记载则是出自民国南京的《工商半月刊》。由于其用料考究,织工精细,图案色彩绚丽夺目、典雅华贵,宛如天上彩云一样缤纷绚烂,故称"云锦"。因云锦只有南京能够生产,因此,云锦也被称为"南京云锦"。

"南京云锦"是中国传统的丝制工艺品,有"寸锦寸金"之称。因其色泽光丽灿烂,美如天上云霞而得名。云锦浓缩了中国丝织技艺的精华,是中国丝绸文化的璀璨结晶,代表了中国丝织工艺的最高成就。云锦用料考究,织造精细、图案精美、锦纹绚丽多姿,集历代丝织工艺之大成,又融合了其他各种丝织工艺的宝贵精华,达到了丝织工艺的巅峰状态。

在古代丝织物中"锦"是代表最高技术水平的织物,而南京云锦则集历代织绵工艺艺术之大成,名列中国四大名锦之首。自元朝开始,特别是明清时代,一直是皇家御用贡品,被公认为"东方瑰宝"和"中华一绝"。

云锦由于使用了金、银、铜线及蚕丝、绢丝,以及各种鸟兽羽毛织造,使织造出的丝织物效果更加华丽、独特、美轮美奂。比如云锦绣品上的绿色,就是用孔雀羽毛织就,每个云锦的纹样都有其特定含义。

金银在织物中大量运用,是云锦织物的一大特色,金银能够使云锦更加华贵典雅、艳丽堂皇。尤其是"三色金"的使用,使得云锦的色彩更加华美异常。真丝则是云锦最主要也是最基本的材料。真丝不仅具有良好的吸色性,而且也是云锦色彩的重要保证。

云锦中使用的鸟兽羽毛等特殊材料,能够保证织物色彩斑斓。例如把孔雀羽毛织进云锦,能够在光线的照射下,折射出变化多端的华丽色彩。

云锦是国家非物质文化遗产,也是全世界最昂贵的面料之一,其织造工艺极其复杂,至今仍无法用机器替代。织造时,需要提花工和织造工两人在长5.6米、宽1.4米、高4米的大花楼木织机上默契配合。即使最熟练的夫妻档,一天也只能生产5厘米左右的云锦。一幅78厘米宽的锦缎,在它的织面上就有1.4万根丝线,所有花朵图案的组成就要在这1.4万根线上穿梭,从确立丝线的经纬线到最后织造,整个过程复杂而艰辛。

九十四、是否被"诛杀灭族"

成稿于乾隆九年（1744年）的《八旗满洲氏族通谱》卷七十四中记载：

曹锡远，正白旗包衣人，世居沈阳地方，来归年分无考。其子曹振彦，原任浙江盐法道。孙，曹玺，原任工部尚书；曹尔正，原任佐领。曾孙，曹寅，原任通政使司通政使；曹宜，原任护军参领，兼佐领；曹荃，原任司库。元孙，曹颙，原任郎中。曹頫，原任员外郎。曹顒，原任二等侍卫，兼佐领。曹天佑，现任州同。

20个世纪60年代又发现了《五庆堂重修辽东曹氏宗谱》，其中就有曹寅一支的有关记载：

十三世，颙，寅长子，内务府郎中，督理江南织造，诰封中宪大夫，生子天佑。頫，寅次子，内务府员外郎，督理江南织造，诰授朝议大夫。顒，宜子，原任二等侍卫兼佐领。

十四世，天佑，颙子，官州同。

在冯其庸先生编撰的《曹雪芹家事新考》中，有过这样的记载：

十三世，颙，寅长子，内务府郎中，督理江南织造，诰封中宪大夫，生子天佑。十四世，天佑，颙子，官州同。

可见冯其庸先生在《曹雪芹家事新考》中的记载与《五庆堂重修辽东曹氏宗谱》是一致的。

从以上有关史料记载中不难看出，曹寅一支自十四世曹天佑之后，谱系中就没有了后续记载。

我们知道，族谱是宗族用来记载本族源流、世系发展、族规家法、族产族田等情况的簿籍，是维系封建宗族制度精神上的纽带，是确认族众血缘关系亲疏远近、防止血缘关系混乱的重要依据。按照中国传统，凡是续修宗谱，大都对本族的起源、历经年代及家族名人有所记载。

那么，曹寅一支为什么到了曹天佑以后，就完全没有后继之人和后续宗谱了呢？

如果按照续修宗谱的一般模式和程序，就应该在总序或者前言中，说明本族的历代延续以及先辈名人，并继续添加本族的后人名字，故名"续修"。我们知道，曹家是皇家包衣，特别是自曹寅的父亲曹玺起，曹家一直深受康熙皇帝的恩宠。曹家的曹寅、曹荃、曹宜以及曹颙、曹頫、曹顒等，都相继担任过至少五六品以上的朝廷官员。特别是曹寅，曾经做过康熙皇帝的御前侍卫，两淮巡盐御史，曾经官至三品，相当于现在的副部级。曹寅在任江宁织造主事的 20 多年间，曹家是诗书之家、名门望族，地位极为显赫。那么，曹家续修宗谱不可能不将曹寅父子的这些"丰功伟绩"记录在上，况且这也是曹氏家族历史上的光辉及荣耀。尽管自曹頫以后，曹寅这一支被抄家治罪，最后是"飞鸟各投林，落了片白茫茫大地真干净"。但是，曹家还有曹荃、曹宜以及其儿子存在。如果说江宁织造曹家时至今日的 200 多年间一直没有续修宗谱，这是不可能的事情。即使从曹天佑以后，曹寅一支没有后人，那么曹荃、曹宜等其他分支也应该组织续修，绝对不会就此销声匿迹。

在冯其庸先生编撰的《曹雪芹家事新考》第一章《概论》第六节《关于此谱收藏的情况》中，冯先生的考证结论是：关于此谱载曹天佑而不载曹雪芹的问题，据曹先生（曹家后人曹仪策）说，祖辈相传，是因为曹雪芹写了《红楼梦》，封建时代认为这是坏书，因此把曹雪芹当作忤逆不孝一样来对待，所以不收入宗谱，也就是不再承认他是曹家的子孙。

国务院原古籍整理出版规划小组成员杨廷福教授，在冯其庸先生所著的《曹雪芹家世新考》后序中写道：《红楼梦》在清代是禁书，为封建礼教所不容，按谱法曹雪芹是属于所谓的"过恶"的人，是列于"背义""杂贱"的不齿者，《五庆堂谱》当然要"削其名"了。

在封建礼教社会，的确有九种人和不齿者六条被"削其名"、不入宗谱的相关规定。这九种人分别是：乐艺、僧、道、义男、奸盗、过恶、并犯祖茔、盗卖坟地、嫁娶不计良贱。不齿者六条是：一曰弃祖、二曰叛党、三曰犯刑、四曰败伦、五曰背义、六曰杂贱。

诚然，在清朝统治时期，曹雪芹因为撰写《红楼梦》这部"坏书"，曹家族人害怕"文字狱"受到牵连，把曹雪芹当作忤逆不孝之人，不再承认他是曹家的子孙而拒入宗谱，这也情有可原。但是，《红楼梦》程甲本早在乾隆五十六年（1791 年）就由"萃文书屋"印刷面世了。而这个"萃文书屋"是官办的"宫廷印刷馆"，既是官办，那就是经过乾隆皇上御批之后才出版印刷的。既然乾隆皇帝都同意出版《红楼梦》，说明自乾隆五十六年（1791 年）之后，《红楼梦》已经不是什么"坏书"了。那么，曹家祖上也不会因为曹雪芹撰写《红楼梦》而遭到"文字狱"的迫害。因此，曹家族人因为害怕"文字狱"受到牵连，把曹雪芹当作忤逆不孝之人，不再承认他是曹家的子孙而拒入宗谱，那就纯属子虚乌有了。

而事实上，在曹家的历史上，曹雪芹这个人根本就不存在，而是《红楼梦》作者的一个笔名。也就是说，《红楼梦》的真正作者不是曹雪芹，而是曹家最后一任江宁织造曹頫。即使这个"曹雪芹"存在，那也只能是曹頫的儿子或者某位侄子，也不可能是曹天佑。

乾隆皇帝登基以后，赦免曹頫并恢复了他的内务府员外郎职务，后来还被诰授从四品的"朝议大夫",但自此以后,就再也找不到他的任何历史记载,我们只是从脂砚斋、畸笏叟的数次批语中探寻到曹家的一些蛛丝马迹。如果曹頫在曹家彻底败落之后真的出家做了和尚,而且还被抄家治罪,或者写了《红楼梦》这部"坏书"而被"削其名"拒入宗谱,这应该也能理解。但是,无论从《八旗满洲氏族通谱》,还是从《五庆堂重修辽东曹氏宗谱》中,都有曹頫被录入的历史记载。由此说明曹頫并没有因为出家或者抄家治罪而被"削其名"。既然如此,那么,曹家后人曹仪策的这一说法,根本站不住脚。

《八旗满洲氏族通谱》凡例中有这样一段说明:

凡初来归依有名位可考者,通行载入外,其有自始归依之人以及后世子孙俱无名位者,伊等自有家谱可考,概不登录。唯系希姓,虽无名位,亦载一二人以存其姓。并为每个姓氏中勋业最显著者立传,事迹不显著者亦简记之。

虽然曹家自曹振彦开始加入了"旗籍",并被编入了《八旗满洲氏族通谱》之中。但《八旗满洲氏族通谱》凡例中的"后世子孙俱无名位者,伊等自有家谱可考"之句说明,曹家应该"自有"本支的族谱。

我们知道,曹家从曹玺开始就分两家,一个是曹玺(尔玉),一个是曹尔正。自曹寅起分为三家,即曹寅、曹荃、曹宜。况且曹頫过继给曹寅本支以后,曹荃一支还有三个儿子。即使曹寅这一支的家谱因"抄家"遗失,那么曹頫及曹天佑不可能没有后人。如果他们真的"无后",那曹荃、曹宜总不至于也"无后"吧!况且族谱续修是整个曹氏家族的大事,不单单涉及曹寅一支。族谱修成以后,绝不会就刻印那么三五册,至少整个曹氏家族的长房都会分到一部。那么,为什么200多年来,一点儿也找不到曹氏族谱或者曹寅本支及其后人的任何文字记载呢?

带着诸多的疑问,笔者通过"百度先生",终于查到了曹寅后人的有关历史记载。

晚清文人汪堃(1871—1942),在其所著的《寄蜗残赘》卷九中写道:

《红楼梦》一书,始于乾隆年间……相传其书出于汉军曹雪芹之手。嘉庆年间,逆犯曹纶,即其孙也。灭族之祸,实基于此。

清末文人陈其元(1812—1882),在其所著的《庸闲斋笔记》卷八之"红楼梦之贻祸"中写道:

此书乃康熙年间江宁织造曹楝亭之子雪芹所撰。楝亭在官有贤声,与江宁知府陈鹏年素不相得,及陈被陷,乃密疏荐之,人尤以为贤。至嘉庆年间,其曾孙曹勋以贫故入林清天理教。林为逆,勋被诛,覆其宗。世以为撰是书之果报焉。

清末文人陈彝(1827—1896),在其所著的《谈异》卷二中也写道:

作《红楼梦》之曹雪芹,真有其人,其子孙陷入王伦逆案,状法,无后。同乡殷秋樵所云,异日详之。

因资料严重缺乏,以上几种说法是否可信,我们无法考证。但汪堃、陈其元把曹家后人遭受"灭族之祸"的根本原因，说成是因撰写《红楼梦》这部书的"报应"，这完全是卫道腐儒们的无稽之谈和恶意诽谤。这些愚昧放肆的错误言论实在是荒唐可笑。

虽然他们这些言论愚不可及，但其中几个关键词说得非常明确。那就是其"子孙"在"嘉庆年间"加入了"林清天理教"或"陷入王伦逆案"，成为"叛乱"分子被"诛杀"而遭到"灭族之祸"。

那么，究竟三位老先生所说的"其孙"和"其子孙"到底是谁，的确不好准确判断。不过从陈其元的记载中我们可以判断，这个"其曾孙"中的"其"，指的应该是曹寅。"曾孙"是指儿子的孙子。按照曹寅的"曾孙"来判断，这个加入"林清天理教"的人要么是曹天佑的儿子，要么是曹頫的孙子，或者两个人都参加了"林清天理教"。照此分析，那么，陈其元所说的"其曾孙"就应该是曹勋，而汪堃所说的"其孙"就应该是曹纶。也有可能因为考证有误或后人笔误，或许曹勋、曹纶其实就是同一人。

陈彝所说的曹雪芹"其子孙陷入王伦逆案"中的"其子孙"，到底是曹雪芹的"儿子"还是"孙子"，陈彝并没有说清楚。况且也没有说明这个"其子孙"的具体名字，这就有点难以判断。如果《红楼梦》作者是曹天佑，这个"子"就是曹寅的"重孙"，那么"孙"就是曹寅孙子的儿子，也就是曹天佑的孙子。如果作者是曹頫，这个"子"就是曹寅的"孙子"，那么"孙"就是曹頫的儿子，曹寅的孙子。

据考，"林清天理教"也称"林清事变"。事件发生在清嘉庆十八年（1813年），是一场蓄谋已久的民众起义进攻京城事件。因1813年是癸酉年，也被称为"癸酉之变"。其主要策划者是天理教北京片区领袖林清和河南片区领袖李文成以及山东片区首领冯克善。他们各自负责北京、河南及山东的起事，以此遥相呼应，目的是推翻清王朝统治。

嘉庆十七年（1812年）八月，林清、李文成、冯克善、徐安国等人就在河南道口召开秘密会议，制订起事计划。他们将京畿及直鲁豫三地交界地区的坎卦教、震卦教和离卦教三大势力联合起来，组成天理教。决定由林清负责攻取北京，李文成占领河南，冯克善夺取山东，并定于嘉庆十八年（1813年）秋冬在三地同时起事。先由林清打进紫禁城，占领全北京。李文成、冯克善率兵马北上接应，三军在北京会师后，一举将嘉庆皇帝"俘获斩杀"，以此遥相呼应，目的是推翻清朝政府，建立新政权。

嘉庆十八年（1813年）九月十五日，林清趁京城兵力空虚，防卫松懈之机，召集200多名天理教成员潜入京城要地，在内线太监刘得财等人的引导下，分东西两路攻入了紫禁城。天理教成员有的冲到了乾清门附近的隆宗门，有的冲到了养心殿前的养心门，与守卫皇宫的八旗官兵展开厮杀。由于寡不敌众，加之清军又调来了1000多名火器营官兵，天理教成员除少数被迫撤退外，多数成员被杀或者被捕。时隔两天后，林清被供出后，在京城附近的宋家庄被捕。二十三日，嘉庆皇帝在丰泽园亲自审讯林清及太监刘得财等人，随即将林清等人正法。此后，清王朝对其他被捕者进行了长达

40 多天的残酷刑讯，最终将 300 多名起义者及其家人子女分别处以凌迟枭首、锉尸枭首、杖徒斩绞等。

从"林清事变"发生在嘉庆十八年（1813 年）这一时间点来看，正与曹天佑的儿子或者曹頫的孙子的年龄大体相吻合。

由此说明，曹寅一支至曹天佑及曹頫之后的子孙因"林清事变"均被"诛杀灭族"而再无后人，也在情理之中。

不过，台湾清华大学人文社会学院院长黄一农先生，对此提出了不同观点。

黄一农先生在其所著的《嘉庆癸酉之变与曹雪芹家族》一文中认为，曹勋应为曹绋之误。而《钦定平定教匪纪略》中并无曹勋其人。黄先生还认为，参加"癸酉之变"林清天理教的曹绋不是曹寅后人。参加林清天理教的这个曹绋，当时担任独石口（河北赤城县北长城一处关口）都司，是林清同伙当中的骨干成员。他在嘉庆二年其父廷奎于贵州任内过世后，扶柩返京，因生活极为困窘，借过林清骒马、钱文，随后又和林清等人结拜为兄弟，遂被林清吸收入教。

如果按照黄一农先生的考证结论，这个曹绋就与曹寅后人无关。至于黄先生所说的这个曹绋，是不是与曹頫、曹天佑这个后人的曹绋重名，我们无法考证。但是，汪堃、陈其元和陈彝三位老先生都说曹寅的后人因参与"林清天理教"或者"王伦逆案"成为朝廷"逆犯"而被"诛杀灭族"，而且有人物，有时间，有地点，有事件，有结果。笔者认为，这不会是三位老先生的道听途说或者无中生有的恣意编造。要不然，无法解释曹家自曹頫和曹天佑之后，全都无缘无故地销声匿迹这一事实。

因此说，曹寅的后人因参加"逆案"被"诛杀灭族"，应该真实可信。

九十五、甲戌本发现过程及价值

中国近代思想家、文学家、哲学家胡适先生，于 1927 年在上海发现了曾经轰动红学界的甲戌本《脂砚斋重评石头记》抄本。

之所以把这个抄本称为甲戌本，是因为在这个抄本的第一回，写有"至脂砚斋甲戌抄阅再评，仍用《石头记》"等语句。而这句中的"甲戌"二字则表明，这个底本的抄阅年代是甲戌年，也就是乾隆十九年（1754 年），因而这个本子也就简称为"甲戌本"。

据一些红学家判断，甲戌本《脂砚斋重评石头记》，不仅是迄今为止发现的《红楼梦》所有抄本中年代最早的本子，而且也是最接近原稿的本子。对此，红学界普遍认为，甲戌本在现存 10 多种抄本中最为珍贵。

据资料考证，甲戌本原为清朝著名藏书家、书画家刘位坦先生藏有。

刘位坦出生于嘉庆七年（1802 年），卒于咸丰十一年（1861 年），字宽夫，号后园，北京大兴人，清朝著名藏书家、书画家。刘位坦是道光五年（1825 年）经过朝廷选拔到国子监读书的拔贡生。

拔贡生是清代国子监贡生名目之一。清代各直省学政每逢酉年选拔府、州、县等优秀者进入国子监读书学习，被称为"拔贡"。通过选拔入国子监学习者称为"拔贡生"，亦简称"拔贡"。拔贡生在国子监学习期满后，一般情况下经过考试可以授予知县、七品京官等职位。当时的拔贡生是每 12 年选拔一次。应当说，刘位坦作为其中一员，应该比较优秀。

咸丰元年（1851 年），刘位坦以御史身份出任湖南辰州府。咸丰八年（1858 年）请求辞职回乡。刘位坦家中收藏的碑帖拓本极为丰富，而且典籍、金石、书画等包罗万象。他的名气因藏有甲戌本《脂砚斋重评石头记》而闻名红学界。

刘位坦去世以后，就把甲戌本《脂砚斋重评石头记》传给了他的儿子刘铨福。

刘铨福，字子重，别号白云吟客，生于嘉庆末年，卒于光绪中期。官至刑部郎中。刘铨福在他父亲的影响下，藏书嗜古，能世其学，亦善花卉。他的收藏在红学研究上有重要贡献。晚清名臣、清代洋务派代表人物张之洞称："大兴刘铨福子重，家世好古，多交通人。园池幽胜，藏弄之富，都下无比。"可见，刘铨福父子的古籍藏书还是相当丰富的。

胡适先生发现甲戌本《脂砚斋重评石头记》后，不吝花重金购买了这部对后来研究探讨《红楼梦》影响深远的"孤本"。

对于购买这部甲戌本的前后过程，胡适先生曾经说道："去年我从海外归来，便接着一封信，说有一部《脂砚斋重评石头记》抄本，愿意让给我。我以为'重评'的《石头记》大概是没有价值的，所以当时就没有回信。"

没多久，胡适先生跟梁实秋、徐志摩等人筹办《新月》杂志，并合开了一家"新月书店"，为了扩大书店的影响，他们在当时比较有影响的《申报》上，刊登了《新月书店启示》的宣传广告。"买书人"看到后，竟直接把书送到了新月书店，要求转交给胡适先生。胡适翻开一看，很是吃惊，于是就想买下来。由于此书要价高达三十大洋，当时胡适手头没钱，他就先借了家资丰厚、具有"小孟尝君"之美称的邵洵美的大洋，这才买下了这部甲戌本。1928年，胡适先生经过对此书的研究探讨，写出并发表了一篇近两万字的《考证红楼梦的新材料》的文章。文章一经发表，立马轰动了学术界。由此，世人这才知道《红楼梦》旧抄本的重要性。胡适先生认为：这个《石头记》旧抄本，乃是世间所存最古老的《红楼梦》写本，里面所提供的资料以及众多的批语等，足可考知曹雪芹的家事、死亡时间，甚至原始稿本状态。

1948年年底，北平战事吃紧。民国政府紧急启动了所谓"学人抢救计划"，派遣飞机接北平城内的知名学者南下。胡适正是这些学者中的重要一员。由于北平周边飞机场被解放军占领，南京派来的飞机一时无法降落。城内国民党守军遂向南苑机场发动猛烈突击，在付出巨大代价之后，一度控制了南苑机场。趁此机会，胡适等学者才得以登机。飞机在猛烈炮火中强行起飞，最终成功南下。

当时胡适收藏有100多箱书籍。离开前几小时，他曾想，我不是藏书家，但却是用书家。收集了这么多书，舍弃了实在太可惜，全部带走根本不可能。结果再三犹豫，只带了一些笔记，并且在那两万多册的书中，只挑选了一部甲戌本和程乙本带到台湾。

1950年春天，胡适先生来到美国，委托美国有关机构对此抄本拍照，制作成微缩胶卷予以存档。1962年胡适去世之后，甲戌本《脂砚斋重评石头记》被康奈尔大学保存。2005年，上海博物馆以80万美元的高价购回此本原件。

这个本子残缺的比较多，只存有第一至八回、第十三回至十六回、第二十五回至二十八回，总共十六回。这其中还有很多书页破烂残缺。

甲戌本《脂砚斋重评石头记》既然是乾隆十九年（1754年）定稿的本子，那么为什么会出现落款乾隆三十九年（1774年）的"甲午八月泪笔"这条令人费解的批语呢？难道这个所谓的"甲戌本"不是甲戌年定稿的本子吗？

笔者认为，这个抄本的确是甲戌年（1754年）脂砚斋定稿的一个本子，然而胡适先生购买的这个本子，并不一定是甲戌年（1754年）脂砚斋定稿的原稿本，而是根据甲戌本原稿底本传抄的一个本子。在传抄的过程中，一些"好心"的传抄者，看到其他抄本中的一些批语比较重要，就把这些批语加在了甲戌本上了。胡适先生发现的这个甲戌本抄本，是一个过录本，并不是甲戌年脂砚斋定稿的原稿原本。

还有一种可能就是，甲戌本《脂砚斋重评石头记》定稿后，此本一直在另一个批书者手中，这位批书者在后来阅读的过程中，又添加了很多批语，因此造成了批语晚于甲戌年（1754 年）的情况。

这种类似的情况在甲戌本中还有好几处。

例如甲戌本第一回就有"若从头逐个写去，成何文字？《石头记》得力处在此。丁亥春"这样一条批语。

丁亥年是乾隆三十二年，也就是公元 1767 年，这条批语的落款也比甲戌年（1754年）晚了 13 年。

不仅如此，庚辰本中的很多批语也是如此。庚辰年是乾隆二十五年（1760 年），也出现过畸笏叟丁亥年（1767 年）的年代落款。例如庚辰本第二十回的两条眉批：

"花解语"一段乃袭卿满心满意将玉兄为终身得靠，千妥万当，故有是。余阅至此，余为袭卿一叹。丁亥春。畸笏叟。

茜雪至"狱神庙"方呈正文。袭人正文标目曰"花袭人有始有终"，余只见有一次誊清时，与"狱神庙慰宝玉"等五六稿，被借阅者迷失，叹叹！丁亥夏。畸笏叟。

因此可以断定，在甲戌本、庚辰本，还有其他几种版本之中，凡是落款年代晚于定稿原本年代的批语，都是作批者后来阅读时的添加，或者"好心"抄书者后来加上去的。对此，我们不能因为这些本子的部分批语的落款年代比底本定稿的年代晚上十年二十年，而怀疑这些本子的真实性。

九十六、无可替代的《凡例》

甲戌本《脂砚斋重评石头记》除了是迄今为止发现的《红楼梦》最早抄本之外，它的最大特殊性就在于卷首写有《凡例》，在《凡例》的最后，还有一首七言律诗。这也是甲戌本区别于其他各抄本最为突出的一点。因此，分析研究甲戌本《凡例》，对于我们了解作者的人生经历，进一步破解《红楼梦》的种种谜团，具有非常重要的意义。

所谓《凡例》，一般是指写于某作品之前，向读者说明撰写作品的意图及书中想要阐明的观点，主要用于重点介绍本作品的内容或编撰体例的文字说明，类似于现在作品出版前写的前言或者序言，也可以是出版书籍的"编者声明"，用于提醒读者应该注意的地方。因此，《凡例》是帮助读者了解作者意图、作品内容和结构的基本线索之一。

从《凡例》原文的内容来看，虽然字数不多，但是仔细品读，我们发现这短短的文字中却蕴含着《红楼梦》一书的诸多纲领性的东西。

《凡例》交代了《红楼梦》这部小说的命名情况、写作过程和创作主导思想。同时，也间接地交代了小说原作者的身世及坎坷经历等。因此说，甲戌本《凡例》的重要性是不容置疑和无可替代的。对此，红学大师周汝昌先生才会评价说："甲戌本《石头记》是国宝。"

既然甲戌本的这个《凡例》如此重要，那么为什么在《红楼梦》的其他各版本中，把《凡例》中的诸多内容，要么删减、要么整合、要么校改于第一回正文之中，而不像甲戌本那样，在正文的开头单独列出呢？

作者之所以把甲戌本《凡例》单列于正文之首，这是因为既能突出《凡例》的重要性，又能使读者简明扼要地了解这部书的创作意图和指导思想。特别是借此提醒读者，这部书"只是着意于闺中"，笔墨所到之处，大多是家长里短，儿女情长，并不是"怨事骂时之书"，也"毫不干涉时世"。希望读者不要盲目地对号入座。这也是《凡例》中的诸多内容，在其他各种版本中被校改整合或者删减的重要原因。同时，也许有些编校者或者抄书者，总感觉这个《凡例》单独列出意义不大，不如整合到第一回正文之中。所以在抄写或者编校的过程中，把《凡例》的内容经过删减，并入第一回的缘故。其不知这样并入，完全破坏了作者的原本意图。

纵观《红楼梦》整篇内容，它经历了一个由深层次"掩盖"到浅层次"透露"的过程，文字浅显的一面遮掩了深寓其中的另一面。而甲戌本《凡例》是在"浅表掩盖"的外衣笼罩下，所透露出的诸多内容，能够为我们阅读了解《红楼梦》这部伟大著作提供至关重要的信息。作者的这种家庭不幸遭遇，个人命运坎坷和满腔悲愤情仇，使他越来越感到有一种不吐不快的创作欲望。但是，随着"文狱冤案"越来越触目惊心，作者在揭露和抨击甚至辱骂当朝时局，以发泄不满的同时，也不得不采取一虚一实、一明一暗的"阴阳笔法"，声东击西地释放一些"烟幕弹"，既能够让读者感到雾里看花、知其然而不知其所以然，使"假语真言"的表达更加含蓄委婉，"怨世骂时""涉于世态"的内涵更加隐蔽、更加深刻，又能使当朝权贵以及"好事者"抓不着任何把柄，不至于遭到"文字狱"的残酷迫害。

因此，甲戌本的这个《凡例》，既是《红楼梦》这部书的总纲，也是我们解开《红楼梦》未解之谜最为重要的参考资料。虽然2012年在天津发现的庚寅本也有其《凡例》，但目前争议比较多，是真是假还无确切定论。就目前而言，众多的红学家还依然认为，甲戌本《凡例》的重要性无可替代。

可以说，甲戌本因为有了《凡例》，它才享有了"独一无二"的重要价值。

九十七、是"故意"还是"笔误"

甲戌本《凡例》虽然只有寥寥数百字，但信息量大，概括性强，内涵丰富，寓意深刻，因此具有非常重要的参考价值。

《凡例》开头一段这样写道：

红楼梦旨义。是书题名极多□□。□□《红楼梦》是总其全部之名也。又曰《风月宝鉴》，是戒妄动风月之情。又曰《石头记》，是自比石头所记之事也。此三名皆书中曾已点睛矣。如宝玉做梦，梦中有曲，名曰《红楼梦十二支》。此则《红楼梦》之点睛。又如贾瑞病，跛道人持一镜来，上面即錾"风月宝鉴"四字。此则《风月宝鉴》之点睛。又如道人亲眼见石上大书一篇故事，则系石头所记之往来。此则《石头记》之点睛处。

以上这段文字，作者至少向我们透露了以下四层意思。

一是这篇《凡例》，一开始就向读者讲明了《红楼梦》这部书的主旨要义、指导思想、主要内涵和深刻寓意等。

二是强调《红楼梦》这部书的书名很多。比如：《红楼梦》《风月宝鉴》《石头记》等等。而《红楼梦》是总其全部之名。

三是明确地、具体地、巧妙地指出了每一个书名各自不同的关键核心内容。《红楼梦》是全书的总名字，《风月宝鉴》是戒妄动风月之情，《石头记》是作者自比石头所记之事。而且三个书名在书中皆已"点睛"。比如贾宝玉做梦，梦中有曲，名曰《红楼梦》十二支。这是点睛《红楼梦》。又如贾瑞病，跛足道人持镜前来，镜子上面錾有"风月宝鉴"四个字。这是点睛《风月宝鉴》。再如空空道人亲眼看见一块大石头上字迹分明的一段文字，就是石头记录悲欢离合的传奇故事的来龙去脉。这是点睛《石头记》。

在这一自然段中，从第四句"是自比石头所记之事也"开始，到"然此书又名曰《金陵十二钗》"止，作者连续用了四个"点睛"。

"点睛"，其意思应该为"在关键处用几句话点明实质，使内容生动有力"。如果《凡例》中用的是"睛"字，按照以上的意思来理解，那么这连续四个"点睛"，也基本上起到了"点明实质"，使内容更加"生动有力"的实际效果。

然而让人不可理解的是，翻开甲戌本中的《凡例》，抄本中写的根本不是"点睛"，而是"点晴"。把目字旁的"睛"写成了"日"字旁的"晴"，这就有点让人摸不着头脑。

为了弄清"点睛"还是"点晴",笔者查找了人民文学出版社 2009 年出版的甲戌本《脂砚斋重评石头记》影印版和周汝昌先生过录胡适先生的甲戌本《石头记》抄本及 2012 年在天津发现的"庚寅本"中的《凡例》,发现这些本子写的都是"点晴"。

那么,甲戌本《凡例》中的"点晴",到底是作者"有意而为",还是抄书者的"笔误"呢?如果是抄书者的笔误,一处二处的笔误倒是情有可原,再怎么着也不能连续四次出现这样的低级错误。那么,作者把本应该是"睛"的字,换成了"晴",究竟有什么特殊用意呢?难道作者不厌其烦地连续用这四个"点晴",借此表达作者"欲说还休"的真实意图,以"蒙蔽"读者吗?

按照《红楼梦》书中惯用的谐音文化,"晴"字就应该是"情"和"清"的谐音。"点晴"可以理解为"点情",也可以理解为"点清"。如果是"点情",那就是作者反复强调的"此书只是着意于闺中",也"并非怨世骂时之书",书中写的都是男女爱情和家长里短、吃酒听戏、吟诗作赋等闲情琐事,与朝廷与政治没有半点关系,这显然是作者"睁着眼睛说瞎话",根本不是作者的原本之意。如果是"点清",那这部书所要点出或者要表现的故事内容和人物事件,就是"清朝"时期的事情。这既是点明故事发生的时代背景,也是作者撰写这部书的根本目的所在。

在甲戌本《凡例》中,明确把《红楼梦》定位为全书的总名,又曰《风月宝鉴》,是戒妄动风月之情。作者也明确告诫读者,这本书虽然写的是男女"风月之情",但它不是该书的主旨,所以"戒掉"这一点才可以算是读懂。如果读者认为它是描写"男女爱情"的言情小说,那就大错特错了。

纵观《红楼梦》的整个故事,是以撰写一个大家族生活起居、儿女情长、恋爱婚姻、矛盾纠纷、家族兴衰、人生起伏、命运遭遇等为主题的经典小说。同时,因为这部小说的历史背景是发生在清康雍乾三朝时期,而且"明写"贾家而"暗喻"曹家、李家。所以作者非常小心谨慎。就像作者自己所描述的那样,笔墨所到之处,大多是家长里短,儿女情长,很少撰写家庭之外的事情,至于涉及朝政的人和事,更是少之又少。作者这样做的目的,就是尽力抹去《红楼梦》的政治色彩,尽可能地避免给作者带来"文狱冤案"。然而事实并非如此。

新中国的缔造者毛泽东曾经说过:"《红楼梦》不仅要当作小说看,而且要当作历史看。"从《红楼梦》书中所"暗喻"出的历史事实来看,这不仅是一部"怨世骂时之书",也是一部"四大家族"的血泪史和衰亡史。风月谈情、吃酒猜谜、吟诗作赋,只是一件漂亮好看的外衣,是作者故意迷糊别人的"烟幕弹"。作者创作这部书的本旨本意,就是以此来揭露和批判大清王朝的文化专制、黑暗腐败和残酷统治,其实际用意依然是"怨世骂时"。我们看《红楼梦》,千万不要被那些梦幻通灵、对诗吟曲、风花雪月、家长里短给搞糊涂了。这也是作者故意把"点睛"写成"点晴"的根本用意所在。

九十八、"作者自云"极为重要

在甲戌本《凡例》中，有一段非常重要的"作者自云"。这一段"作者自云"，不仅向我们透露了作者的诸多信息，而且也间接地告诉我们《红楼梦》原作者的家庭经历和人生坎坷。

《凡例》中的"作者自云"写道：

因曾历过一番梦幻之后，故将真事隐去，而撰此《石头记》一书也，故曰"甄士隐梦幻识通灵"。但书中所记何事，又因何而撰是书哉？自云："今风尘碌碌，一事无成，忽念及当日所有之女子，一一细推了去，觉其行止见识，皆出于我之上。何堂堂之须眉，诚不若彼一干裙钗？实愧则有余、悔则无益之大无可奈何之日也。当此时则自欲将己往所赖上赖天恩、下承祖德，锦衣纨绔之时、饫甘餍美之日，背父母教育之恩、负师兄规训之德，已至今日一事无成、半生潦倒之罪，编述一记，以告普天下人。虽我之罪固不能免，然闺阁中本自历历有人，万不可因我不肖，则一并使其泯灭也。虽今日之茅椽蓬牖，瓦灶绳床，其风晨月夕，阶柳庭花，亦未有伤于我之襟怀笔墨者。何为不用假语村言，敷演出一段故事来，以悦人之耳目哉？故曰'风尘怀闺秀'。乃是第一回题纲正义也。开卷即云'风尘怀闺秀'，则知作者本意原为记述当日闺友闺情，并非怨世骂时之书矣。虽一时有涉于世态，然亦不得不叙者，但非其本旨耳，阅者切记之。"

作者说"上赖天恩，下承祖德"，说明这个江宁织造官是曾经受到皇帝的特殊恩宠而"承袭"来的，不是靠科举考试得来的。"背父母教育之恩、负师兄规训之德"以及"一事无成、半生潦倒"之句，说的是到了"半生"的年龄，竟然"一事无成"，沦落到了这种地步，辜负了父母的教育和师兄的规训，作者因此才说自己"我之罪固不能免"。

作者说："因曾历过一番梦幻之后，故将真事隐去，而撰此《石头记》一书也。"这一句中的"梦幻"是作者特有所指。实际上，作者是说他曾经经历过荣华富贵到衰败凄凉的人生经历，这些经历，仿佛像"做梦"一样，梦境过后一切荣华富贵全都化作烟云，不复存在。而"将真事隐去"，说的是不能将他亲身经历的"真事"原原本本地写出来，而是假借"通灵"之说，撰写《石头记》这个故事。作者要告诉读者的是，不要把《红楼梦》当作一场"梦幻"来看，并且提醒读者要特别注意"梦幻"背后的真实故事。

作者这样做既是出于"避祸"的需要，也是出于艺术创作的需要。这样做的目的，就是让读者既能感到书中的故事虚无缥缈、似有非有，不让你看得太清楚、太真切、太真实，又能够把作者的亲身经历、家族的兴衰际遇真实地表达出来。因为书中有很多内容和情节涉及当朝"时政"，肯定不能随便乱写，但作者又不能不写，因此就把这些"真事"，拐弯抹角地编成所谓的"梦幻"故事。作者本来自幼就在江宁织造府中生活过很长一段时间，而江宁既是金陵，又是南京，又名石头城，因此作者就把自己在石头城所经历的诸多往事，以小说的形式，把"梦幻"故事表现出来，这才把小说的名字命名为《石头记》和《红楼梦》。也就是说，《石头记》是"石头"所作的"真实记录"，而"记录"的内容，大部分是在南京"石头城"的所见所闻。这些坎坷经历，就像"梦幻"一样转瞬即逝、不堪回首。正因为作者经历了人生的跌宕起伏，看到了家族由盛而衰，而当今却沦落到了"茅椽蓬牖，瓦灶绳床"和"举家食粥酒常赊"的艰难境地，这才不止一次地发出了"血泪盈面"的无奈"感慨"。

那么，作者为什么故意"将真事隐去"而撰此一书呢？笔者认为重点有以下几个方面：

一是作者出于"政治"方面的担忧。主要是害怕残酷的"文字狱"殃及无辜，遭到当朝惩罚，不得不采取隐晦曲折、以假隐真的创作手法，来表达自己的真实情感，以揭露封建王朝的文化专制和残酷黑暗，抨击清朝军队对汉族百姓的血腥屠杀。

二是作者出于艺术创作的需要。"将真事隐去"，能够不受"真实事件"条条框框的诸多影响和束缚，可以将生活的真实与艺术的"真实"融为一体，把"真事实事"加以整合提炼、高度概括、艺术加工，使之更具典型意义。能够使读者在"云雾缥缈"中"难辨真假"。读者如果认为是"假"，描写的是"满纸荒唐言"，要说是"真"，描写的是"一把辛酸泪"。而这些用"离合悲欢，兴衰际遇"的心酸之泪编成的故事，还能够"追踪蹑迹"在现实中找到依据。这些"真"与"假"，既是艺术的再加工、再创作，能够充分体现作者超凡的思想艺术境界，更能展现艺术的真实、生活的厚度和作者的功力。

三是作者出于抚慰"伤痛"的需要。《红楼梦》作者曾经经历过家族的大起大落和人生的跌宕起伏，这种不堪回首的兴衰际遇，给他留下了无法弥补的切肤之痛。家庭的不幸遭遇，人生的爱恨情仇，前途的无望无助，使作者无法倾诉、无处寄托、无以释放。这种撕心裂肺的惨痛情感，需要慰藉、需要发泄、需要寄托、需要安放。在万般无奈之际，只好把挠肺纠心的人生感受和"字字看来皆是血"的家族经历，写进小说之中，以寄托自己的哀望，释放自己的情感，安放自己的灵魂，抚慰自己的伤痛。作者这样写的目的，就是用眼花缭乱、奇妙无比的艺术手法，暗隐自己的身世和家族的重大隐情。

但是，书中都是记录的什么事？而又为什么撰写这部书呢？

作者告诉我们说："今风尘碌碌，一事无成，忽念及当日所有之女子，一一细推了去，觉其行止见识，皆出于我之上。何堂堂之须眉，诚不若彼一干裙钗？实愧则有余、悔则无益之大无可奈何之日也。当此时则自欲将已往所赖上赖天恩、下承祖德，锦衣纨绔之时、饫甘餍美之日，背父母教育之恩、负师兄规训之德，已至今日一事无成、半生潦倒之罪，编述一记，以告普天下人。虽我之罪固不能免，然闺阁中本自历历有人，万不可因我不肖，则一并使其泯灭也。"

这段话说明，作者是一位家庭条件非常优越，而且地位很高、深谙世事而又屡遭不幸且满腹才华的人，要不然普通老百姓根本没有资格得到皇帝的莫大"天恩"。正因为作者原来曾经"上赖天恩，下承祖德"，也曾有过"锦衣纨绔，饫甘餍美"的美好富裕生活，才会在"茅椽蓬牖，瓦灶绳床"的艰难困苦情况下，想把家庭的遭遇、个人的坎坷不幸告诉别人。作者满腹的愤懑和屡遭打击的仇恨，激发出了他灵魂深处的意志和决心，这才产生了想"编述一记，以告普天下人"的创作欲望。这样，既能为百年家族的辉煌树碑立传，也能让读者了解曹家败落的事实真相，为自己惨遭的种种不幸鸣冤叫屈。同时，也可借此展现自己的满腹经纶及博学才华，希望得到后人的理解和认同。

《红楼梦》书中描写的"贾不假，白玉为堂金作马"，就是形容其家族的富贵及奢华。当时曹家是"钟鸣鼎食之家，翰墨诗书之族"，曾经显赫至极。其间曹寅还监管两淮盐政，可谓富甲一方、地位显赫。康熙皇帝去世后，曹家接二连三遭到打击，最后因"骚扰驿站""暗移家产"被革职治罪抄家，后因"弘皙谋逆案"受到牵连，从此曹家彻底败落。曹家由奢侈豪华的名门望族沦落到如此不堪的境地，作为当事者的曹𫗧，自愧曹家败落在自己手里，思前想后，惭愧悔恨。回想曾经"烈火烹油、花团锦簇"的家庭盛况，再看看现在"茅椽蓬牖，瓦灶绳床"的穷困潦倒生活，自感"无材可去补苍天"，故将真事隐去，而撰此《石头记》一书。

这一大段"作者自云"，表达了作者梦幻破灭后对人生的无奈，对生活的无助和对前途的无望。既反映出作者悲情满腹的人生窘态和悔恨交加的复杂心情，也是创作这部书面临的艰辛处境和自惭自愧的沉痛倾诉。这既是作者在不堪回首的情况下所表现出的极其复杂的创作心态，也是作者假借《红楼梦》这部书，揭露和批评大清王朝残酷统治的血泪控诉。

九十九、"伪造者"不会如此神奇

纵观 200 多年的"红学"研究历程，凡是涉及其作者及家世的一些"证据"链条，都会产生不同程度的争论或质疑。

云南省红楼梦学会会长、红学家吴玲女士曾经说过："搞学术研究，怀疑精神是最宝贵的。因为研究之价值，就在于发现别人之所未见。"

对于甲戌本《凡例》的真实性，著名红学家冯其庸先生和著名汉学家、红学家吴世昌先生提出了自己的观点。

冯其庸先生认为：《凡例》中的"此书开卷第一回也"，原来这个"书"字是拼凑者为了与前两条《凡例》格式上一致才硬加进去的……殊不知加一"书"字，马脚全露。吴世昌先生已指出：添一"书"字，反而弄得文理不通了。

冯先生说："作者自云因曾历过一番梦幻之后，故将真事隐去，而借通灵之说，撰此《石头记》一书也。"这不是把问题说得清清楚楚了吗？怎么忽然又横插一杠子，紧接着再问"又因何而撰是书哉"呢？这样一句孤立突出的问句，不是十分明显的可以看出，它是后来被硬楔进去因而上下都无法贯通的多余的文字吗？

冯先生还说："故曰风尘怀闺秀，乃是第一回题纲正义也。"这里已经讲了"风尘怀闺秀"了，紧接下去，又说"开卷即云风尘怀闺秀，则知作者本意"云云，文字重床叠架，令人不可卒读。还有，"自欲将已往所赖天恩祖德"一句，行文妥帖，而被插入"上赖""下承"之后，两个"赖"字相近，不仅重复，而且不顺。

冯其庸先生历任中国红学会会长、《红楼梦学刊》主编等职，他一生以潜心研究《红楼梦》著名于世，曾经有多部研究红学的书籍问世，可以说他是中国红学研究的著名"专家"。冯先生所提出的关于《凡例》语句中的诸多矛盾之处，是现实存在的。

正如周汝昌先生所说："五条凡例制作较早，属笔较弱，只是试笔雏形，不够成熟。"

作为中国红学界的"大咖"级学者，冯其庸和周汝昌先生有责任、有义务提出这些疑问。这对于深入研究探讨《红楼梦》这部伟大作品，应该是一件好事。目的就是能够使红学研究更加严谨、更加规范、更加符合实事求是的科学精神。

吴世昌先生认为：《凡例》是书贾所作。若是作者自撰，何至于第一则内容自相矛盾，末了又是文义不全？我相信这几条凡例，不但与作者曹雪芹无关，甚至和评者脂砚斋，序者棠村也无关。只是 1774 年以后准备在庙市中得数十金的书贾过录此本时杜撰的半通不通的文字，以表示此本比他本为备。故既称凡例，又曰旨义，明明书名《石头记》，却又标识红楼梦旨义。其矛盾混乱，不一而足。

吴世昌先生更是否定了《凡例》与作者和批者甚至与曹棠村均无关联的结论。按照他的推断，这个《凡例》是一些受到金钱利益驱使的书商，为谋取更大利益而"杜撰"出的文字。

1980年6月16日至20日，在美国梦斗塔湖畔的威斯康星大学，举办了首届国际《红楼梦》研讨会。会上，冯其庸先生提交了《论〈脂砚斋重评石头记〉甲戌本"凡例"》的研究探讨文章。其论证的中心意思就是：《红楼梦》甲戌再评原本上并没有《凡例》，今存甲戌本上的这个《凡例》是后人伪造的。冯先生说："我认为甲戌本《石头记》的《凡例》，其前四条是后加的，其第五条是就脂砚斋重评《石头记》第一回的回前评改窜的。《凡例》伪造的时代，最早大致不能早于乾隆四十九年（1784年）。"

但经过一番激烈的辩论之后，参加研讨会的众多红学研究学者普遍认为，《凡例》应是脂砚斋甲戌再评原本上原有的，并不是后人的伪造。至此，对于甲戌本《凡例》是后人伪造的争论暂且告一段落。

甲戌本《凡例》并不是后人的伪造，还有一个明显的证据，那就是甲戌本《脂砚斋重评石头记》第五回的一条眉批。这条眉批是：

按此书凡例本无赞赋闲文，前有宝玉二词，今复见此一赋，何也？盖此二人乃通部大纲，不得不用此套。前词却是作者别有深意，故见其妙。此赋则不见长，然亦不可无者也。

这条批语的前两句，也同时见于蒙府本（清王府旧藏本）和戚序本（乾隆进士德清戚蓼生所藏并序）。所不同的是，蒙府本和戚序本把"眉批"改成了"双行夹批"。

这条批语不仅提到了"凡例"，而且还说"此书凡例本无赞赋闲文"。说明甲戌本的这个《凡例》原本就已经存在。而且蒙府本和戚序本的双行夹批中也提到了"凡例"二字，这就更加证明了甲戌本《凡例》不是后人的伪造。如果是后人的"伪造"，这个"伪造"的人又怎么能够预先在蒙府本、戚序本中留下"凡例本无赞赋闲文"这样的文字呢？

2012年，天津一个叫王超的自由职业者发现了一个手抄本《脂砚斋重评石头记》，因该抄本中明确标有"乾隆庚寅"字样，也被称为"庚寅本"。"乾隆庚寅"年是乾隆三十五年，也就是公元1770年，而其中就有《凡例》。"庚寅本"中的《凡例》虽然与甲戌本的《凡例》有些个别差异，但是总体基本一致。如果这个乾隆三十五年（1770年）定稿的庚寅本是"真本"的话，那么，甲戌本《凡例》后人伪造的可能性基本没有。

关于甲戌本《凡例》是否伪造，笔者认为伪造的可能性并不大。试想，有谁闲得无聊，挖空心思地白白"燃烧"自己的脑细胞去伪造一篇不属于自己，甚至与自己毫不相干的《凡例》呢？即使像吴世昌先生认为《凡例》是"书商"为了金钱利益而故意伪造，那也不会伪造的像冯其庸先生认为的"前后不搭，语句重叠，文理不通"吧！如果真有一些"烧脑族"非要"不辞辛苦"地花费精力来伪造，最起码也一定会伪造得比《红楼梦》原作者还要严谨，还要贴切，还要严丝合缝，绝不会让别人找出瑕疵，成为"千古笑谈"。况且这些"伪造"者，怎么能够如此有针对性地伪造出像"因曾历过一番梦幻之后"和"上赖天恩、下承祖德""锦衣纨绔之时、饫甘餍美之日"和"背父母教育之恩、负师兄规训之德，已至今日一事无成、半生潦倒之罪"这样撕心裂肺、振聋发聩的贴切文字呢？而且甲戌本《凡例》中的这个"作者自云"，分明是和曹家最后一任江宁织造曹頫的人生经历对得严丝合缝。如果这些"伪造者"能够事先造出曹頫的整个人生经历和曹家的兴衰际遇，那这个"伪造者"也太神奇、太有"智慧"了吧！因此说，甲戌本《凡例》是后人伪造的可能性根本不存在。

甲戌本《脂砚斋重评石头记》的原版原本我们虽然无缘看到，但从人民文学出版社 2010 年出版的甲戌本《脂砚斋重评石头记》影印版的整体面貌来看，这个本子抄写的字体是清朝时期科举考试普遍使用，而且广为流行的"馆阁体"。况且《凡例》内容的抄写也较为整齐讲究，字距行距整体划一，方正典雅，中规中矩。《凡例》的正文虽然低两个字书写，但并不是因为不是原作者所撰，而表示作者在撰写或者抄书者在抄写的过程中，故意低两格书写，以区别于通篇正文，借此能够引起读者的高度注意，以此表示《凡例》的重要性及统揽全书的价值。

综合以上分析判断，甲戌本《凡例》并不是后人伪造。

一〇〇、《凡例》属原作者自撰

关于甲戌本《凡例》是原作者自撰，还是别人所写，目前也有很多的争论。而大多数红学家则认为，《凡例》是批书者脂砚斋所为。

中国古代小说史研究专家陈毓罴先生认为：这篇《凡例》有两处提到"作者自云"，显然是旁人在转述作者的生活，并非作者自己现身说法。

著名汉学家、红学家吴世昌先生认为：《凡例》是书商所作。

著名红学家周汝昌先生认为，甲戌本《凡例》是脂砚斋所写。周先生在和他哥哥周祜昌先生合著的《石头记鉴真》中写道：

通部评语都在赞美书文，赞美作书人。针对"作者自云"须眉不如裙钗之说。才有七律"谩言红袖啼痕重"之句，有所分辨，有所谦抑，有所推崇，以批书人的身份来说话，说是批书人之作，恰如其分。作者自己是说不出这种话，是作不出这样的凡例来的。说得出、作得出的还有谁呢？只有一个批书人脂砚斋。

对于以上几位红学"大咖"的观点，笔者认为并非如此。

按照一般常理来说，原作者曹頫一把辛酸一把泪地把《红楼梦》创作完成，到了需要简单明了地说明作品的创作意图和深刻内蕴的时候，对自己花费毕生心血撰写的作品，让别人轻描淡写、不痛不痒地写个《凡例》，这似乎不太不合常情。也许大家认为，脂砚斋是作者的挚爱亲人，让脂砚斋蜻蜓点水似的着点笔墨也理所当然。试想，以作者对《红楼梦》所付出的"十年辛苦不寻常"的血泪程度和倾注的真挚情感，他能够退避三舍而心甘情愿地让别人代写吗？

按照作品创作的一般情况而言，某一作品创作完成之后，这部作品在何种背景下写成，想寄予作者的哪些情感，表达什么样的价值取向等，最知道创作内情和创作心路历程的毫无疑问是作者自己。让"誊写"者和作批者越俎代庖、取而代之，这既不合情，也极不合理。

从《凡例》中的内容我们看出，作者创作这部小说，有一个鲜明的创作意图和主导思想。那么，谁来决定创作这部小说的主导思想和"书之本旨"呢？毫无疑问是由作者自己，绝不可能让作批书者和"抄手"来决定。反之，作者就不能称其为作者，那就叫"写手"了。写手也不可能写出像《红楼梦》这样具有人生经验、社会经验、感情经验、政治经验、艺术经验的鸿篇巨著的。也就是说，小说作者只有一个或者两个，评点者可能有十个二十个。如果每个评点者都给作者画个条条框框，拟个"书之本旨"，定个主导思想，再让作者循规蹈矩地去遵守，这不是天大的笑话吗？

虽然一些文字材料或者某些作品在写作之前，会提前搞个写作提纲或者故事概括，但《红楼梦》这部书并不是寻常一般的市井小说，这么浩瀚无比的文字量，这么多盘根交错的人物关系，这么多生动鲜活的人物性格，这么复杂多变的故事情节，仅靠草拟个大框框能够写得出来吗？

倘若《凡例》是脂砚斋所作，按照脂砚斋的通常习惯，她不应该开头就说"红楼梦旨义"，而应该说"石头记旨义"，因为脂砚斋习惯于称《石头记》而不称《红楼梦》。在甲戌本脂砚斋的所有评语中，总是出现"今读石头记""方是石头记笔力""余又自石头记中见了"等语句，从不说"今读红楼梦""方是红楼梦笔力"等。经脂砚斋阅评过的抄本，全部都叫《脂砚斋重评石头记》，没有一个叫《红楼梦》的。作为书名《红楼梦》，虽然也在脂砚斋评本中出现过，但也是凤毛麟角。

据中国《红楼梦》学会常务理事、山东大学文学院教授马瑞芳女士统计，甲戌本脂批中提到"红楼梦"和"石头记"书名的地方有20多处，其中16处是"石头记"，提到"红楼梦"的只有4处，其中3处还明确指第五回不是指全书。所以《凡例》不可能是脂砚斋所作。

况且，《凡例》中的"当此时则自欲将已往所赖上赖天恩、下承祖德，锦衣纨绔之时、饫甘餍美之日，背父母教育之恩、负师兄规训之德，已至今日一事无成、半生潦倒之罪，编述一记，以告普天下人"等等语句，非常明确地告诉我们，这既是作者本人的真情告白，也是作者自己"曾历过一番梦幻之后"的悲情自述。脂砚斋的原型史湘云，父母早亡，自幼无人疼爱，虽然经常到曹家居住，但是，她有什么资格受到过当朝皇帝的"天高地厚洪恩"。她自幼父母双亡，哪来的"背父母教育之恩"。她一个弱小女子，早早就嫁人为妻，她有什么"祖先恩德"可承继。她很早就跟随叔叔婶婶，过着寄人篱下的生活，还不时遭到婶子的"白眼"，她哪来的"锦衣纨绔、饫甘餍美"的豪华富裕生活。至于"半生潦倒之罪"和"虽我之罪固不能免"，她有什么"罪"，又"罪"在哪里，更何况《凡例》中明确告诉我们，撰写《凡例》的是一位须眉男子，而不是"裙钗"女人，要不然作者也不会用"何堂堂之须眉，诚不若彼一干裙钗"这样的话语来道白。因此说，脂砚斋的原型史湘云，根本不会是甲戌本《凡例》的撰写者。

一般情况而言，"上"字是指上方，代表方位的意思。在中国古代封建社会，"上"字的意思是指"君主和皇帝"，也可以指自己的亲生父母等。在清朝时期，"上"字如果不代表方位和亲生父母，那就特指"君主和皇帝"。作者写"上赖天恩"，肯定是皇帝曾经直接有恩于他。而且"天恩"一词也更加进一步说明，作者曾经深受皇帝的恩赐或者恩宠的史实。

那么，江宁织造曹家有谁能够"上赖天恩、下承祖德"呢？又有谁曾经有过"锦衣纨绔之时、饫甘餍美之日"的奢华生活呢？还有谁"背父母教育之恩、负师兄规训之德，已至今日一事无成、半生潦倒之罪，编述一记，以告普天下人"呢？

我们知道，曹頫是在曹寅、曹颙父子因病去世以后，在康熙皇帝的亲自过问下，才过继给曹寅之妻李氏为嗣子，并承继江宁织造主事职衔的。雍正六年（1728 年）初，曹頫因"骚扰驿站"和"企图转移家产"被雍正皇帝下令革职抄家获罪，后因"弘晳谋逆案"受到牵连，从此曹家土崩瓦解，彻底败落。

纵观曹頫的人生经历，如果没有康熙皇帝的亲自安排，他就没有机会过继给曹寅之妻李氏为嗣子，更不可能承继江宁织造主事职衔，"上赖天恩、下承祖德"用在他身上恰如其分。曹頫三四岁时就在南京江宁织造府跟随伯父曹寅长大，曹家是诗书之家、江南望族，当时正处于鼎盛辉煌时期，曾经过着奢侈豪华的富裕生活，"锦衣纨绔之时、饫甘餍美之日"的美好生活他是实实在在亲身经历过。曹頫因"骚扰驿站"和"企图转移家产"被革职抄家治罪，后因"弘晳谋逆案"受到牵连，曹家的这座大厦从此瞬间倒塌。面对家族惨遭晴天霹雳般的无情打击，曹頫自愧曹家败落在自己手中，既违背了父母的教育之恩，又辜负了兄长的重托，最终使曹家落到了如此不堪的地步。曹頫深感自己对不起康熙皇帝的恩宠厚爱，对不起父母兄弟及曹家一大家子男女老少的殷切厚望，在悔恨交加之际，这才有了"编述一记，以告普天下人"的创作欲望。

可以说，《红楼梦》这部书，既是作者在绝望中的铭心哀叹，也是万般无奈的孤独慰藉，既是爱恨情仇的栖息归处，也是安放灵魂的一座宝塔。

因此，我们可以断定，甲戌本《凡例》不是脂砚斋所写，而是原作者曹頫撰写。

一〇一、《凡例》是成书后所作

对于甲戌本《凡例》到底是成书之前撰写还是成书之后撰写，红学界也有争论。不过笔者认为，甲戌本《凡例》是作者成书之后撰写。

这篇甲戌本《凡例》的正文共分五个自然段，每一自然段的首句是：

是书题名极多，《红楼梦》是总其全部之名也。然此书又名曰《金陵十二钗》，审其名则必系金陵十二女子也。

书中凡写长安，在文人笔墨之间则从古之称，凡愚夫妇儿女子家常口角则曰"中京"，是不欲着迹于方向也。

此书只是着意于闺中，故叙闺中之事切，略涉于外事者则简，不得谓其不均也。

此书不敢干涉朝廷，凡有不得不用朝政者只略用一笔带出，盖实不敢以写儿女之笔墨唐突朝廷之上也。又不得谓其不备。

此书开卷第一回也，作者自云："因曾历过一番梦幻之后，故将真事隐去，而撰此《石头记》一书也，故曰'甄士隐梦幻识通灵'。"

我们从这五个自然段的开头可以看出，开头的第一句话，基本上全部都是"是书"和"书中"什么什么，"此书"怎么怎么。

按照一般的写作惯例，如果这部作品还没有写出来，或者没有全部写完，在写序言或者前言的时候，不会说"书中"怎么怎么、"此书"什么什么。试想，一部作品，还没有着手去写，或者正在撰写过程中，怎么能够说"书中"怎么怎么样？"此书"怎么怎么样呢？因此可以断定，甲戌本《凡例》是成书之后所作。

这一点在《凡例》的结尾诗中也能找到可靠依据。

在甲戌本《凡例》的最后，有一首脍炙人口的结尾诗，诗中写道：

浮生着甚苦奔忙，盛席华筵终散场。

悲喜千般同幻渺，古今一梦尽荒唐。

漫言红袖啼痕重，更有情痴抱恨长。

字字看来皆是血，十年辛苦不寻常。

我们从甲戌本《凡例》结尾诗的最后一句的"字字看来皆是血，十年辛苦不寻常"可以看出，如果《红楼梦》没有创作完成，作者根本不会写出"十年辛苦不寻常"之句。既然如此，那就意味着经过10年的辛苦创作，《红楼梦》这部书已经大功告成。

同时也说明，《凡例》是成书之后所作。

另外，从《凡例》第一自然段与甲戌本第一回的关系来看，我们大致可知道《凡例》的形成时间。

在《凡例》的第一自然段中，提到了《红楼梦》的 4 个名字，即：《红楼梦》《风月宝鉴》《石头记》《金陵十二钗》。而甲戌本正文中的第一回，则在此基础上多了一个《情僧录》。

甲戌本第一回这部分原文是：

从此空空道人因空见色，由色生情，传情入色，自色悟空，遂易名为情僧，改《石头记》为《情僧录》。至吴玉峰题曰《红楼梦》。东鲁孔梅溪则题曰《风月宝鉴》。后因曹雪芹于悼红轩中披阅十载，增删五次，纂成目录，分出章回，则题曰《金陵十二钗》。

从甲戌本原文的这一段描写中，我们可以看出，其书名分别有《石头记》《情僧录》《红楼梦》《风月宝鉴》《金陵十二钗》。原文的书名排列与《凡例》中的书名排列，不仅顺序有变化，而且还多出了一个《情僧录》书名。而在《红楼梦》其他版本的第一回中，只有《石头记》《情僧录》《风月宝鉴》《金陵十二钗》，而又独独少了《红楼梦》这个书名。

从甲戌本《凡例》把《红楼梦》作为书名出现，以及在甲戌本第一回也把《红楼梦》作为书名出现，而其他版本唯独没有《红楼梦》书名来看，《凡例》的形成时间不会晚于甲戌年。

那么，为什么在《脂砚斋重评石头记》的其他版本中，《凡例》的前四个自然段和最后的七言律诗被删除，唯独把《凡例》第五自然段进行修改整理，被列入第一回中的部分内容呢？

或许是因为抄书者或者编修者，看到《凡例》前四个自然段的内容烦冗尘杂，前后不搭且文理生硬、语句不顺，特别是《凡例》中的"书中"怎么怎么、"此书"怎么怎么，显得凌乱不堪或者有点多余，这才把前四个自然段删除，而把第五自然段的内容稍作修改并入了第一回的缘故。岂不知，这样一改，就完全破坏了《凡例》的独立性、完整性和重要性。更重要的是，体现不出《凡例》"总纲"和"引线"的突出作用，达不到作者原本所要表达的"宗旨"。

由此也可以判断出，《红楼梦》这部书，在甲戌年（1754 年）之前就已经完成了全部创作。

既然书稿已于甲戌年（1754 年）创作完成，那么为什么畸笏叟在甲午年（1774 年）还说"书未成"呢？

其实，畸笏叟在甲午年（1774 年）所说的"书未成"，并不是整部书没有写完，而是因为书中八十回后有大量"有碍朝政"的诸多文字描写。这些重要情节，作者对大清王朝的讥刺谩骂会更加尖锐、更加露骨。此时的畸笏叟也想经过删减以后再传播于世，但是这部分内容不仅占据了全书的近三分之一，而且作者描写大部分是"抄家"治罪、家破人亡、被迫流落烟花柳巷等情节内容，如果全部删改，就会破坏整部书的整体情节安排和创作宗旨，加之当时畸笏叟已经处于耄耋之年，体力和精力难以支撑繁重的增删修改任务，而能够帮助誊抄整理的人已经全部去世，所以畸笏叟所说的"书未成"，其实是说此书"增删修改"未完成。这也是庚辰本、戚序本只留存前八十回的主要原因。

一〇二、《凡例》为什么缺字

　　翻开影印版甲戌本《脂砚斋重评石头记》中的《凡例》第一页，我们看到，第三行"是书题名几多"的下面明显少了两个字，而且"几多"的"多"字和下边的"红楼"二字，明显地与《凡例》正文中的其他字，在书写运笔特征上截然不同，而且着墨很重，能够非常明显地看出后人"描目"或者添加的痕迹。同时，在"多""红楼"和"鉴是"的上面，分别加盖了胡适先生的朱色印章。据此，一些红学家认为，甲戌本《凡例》中的"多""红楼"和"鉴是"等字，是后来的添加，而添加的这几个字是胡适先生所为。

　　对于甲戌本《凡例》首页中的"缺失"及"卖书人"的一些情况，胡适先生曾经这样解释道：

　　我在民国十六年夏天得到这部世间最古的《红楼梦》写本的时候，我就注意到首叶（页）前三行的下面撕去了一块纸：这是有意隐没这部抄本从谁家出来的踪迹，所以毁去了最后收藏人的印章。我当时太疏忽，没有记下卖书人的姓名住址，没有和他通信，所以我完全不知道这部书在那最近几十年里的历史。

　　我们从胡适先生的这段话得知，他在得到甲戌本的时候，就已经看到《凡例》第一页前三行下面撕去的一角。胡适先生认为，这是"卖书人"故意隐没这部抄本从谁家出来的踪迹，所以毁去了最后收藏人的印章。并且他还说自己"太疏忽"，没有记下卖书人的姓名住址，而且也没有和这个"卖书人"通信。

　　在《历史档案》1995 年第二期上，曾经刊登过"卖书人"胡星垣于 1927 年 5 月 22 日写给胡适先生的一封信，这封信的内容是：

　　兹启者：敝处有旧藏原抄《脂砚斋批红楼》，惟只十六回，计四大本。因闻先生最喜《红楼梦》，为此函询，如合尊意，祈示之，当将原书送闻。

　　此信就保存在胡适先生收信的档案夹里。原信只有一页，为三十二开白色红竖格八行信纸，下边印有"上海新新有限公司出品"字样。信封也是白色，正面写有"本埠静安寺路投沧州饭店，胡适之先生台启，马霍福德里三百九十号胡缄"。邮戳为"十六年五月二十三日，上海"。

　　胡适先生说购买甲戌本的时候，由于自己"太疏忽，没有记下卖书人的姓名住址"。但后来在他遗留的档案夹里，却发现了"卖书人"胡星垣写给他的这封信，而且，姓名、单位、地址、日期全部清清楚楚。由此来看，胡适先生分明是说了"假话"。如果说是一本平平常常的书，要说胡适先生没在意或者忘记了，这还能说得过去。可是甲戌本可不是一般的书，以胡适先生对此书的喜爱程度和花费"重金"购买的情况来看，他不会忘记买书的整个过程，而且这封信他也不会这么快就忘记得干干净净。那么，胡适先生为什么故意隐瞒"卖书人"胡星垣与他通信这一事实呢？难道胡适先生害怕暴露"卖书人"的情况后，其他想要隐瞒的情况就会随之"曝光"吗？胡适先生到底"隐瞒"了有关甲戌本的什么情况呢？

对于胡适先生所说的《凡例》第一页前三行下面撕去的一角，山东大学教授吴佩林先生，在《红楼梦学刊》2015年第二辑上，发表了《影印甲戌本首页"鉴是"二字非胡适所补》的一篇文章。吴佩林先生在文章中说：

胡适先生对甲戌本的介绍，的确难以完全解释影印本首页上的补字情况。从影印本上看，第四行末端"鉴是"二字与正文书法特征亦有明显差异，与胡适"首叶（页）前三行的下面被撕去了一块纸"的描述不符，难怪人们怀疑他这番话语的真实性。正如欧阳健先生分析的，"只要翻检一下甲戌本的影印件，就可发现第一行顶格写'脂砚斋重评石头记'八字，第二行低一格写'凡例'二字，第三行为'红楼梦旨义是书题名极□□□□□'，行末撕去五字，第四行末撕去两字。可见撕去的是首叶（页）前四行的下部，呈斜撕状……这就产生了胡适是否说了假话的疑问。"

吴佩林先生经过考证后认为：

最早关注影印甲戌本首页文字差异的是台湾红学家潘重规教授，但他只注意到了《凡例》第一行的"多""红楼"三字。1975年夏天，他曾托毛子水先生查询原本情况，后来证实这三个字确是胡适先生所补。

至于第四行末端的"鉴是"二字，吴佩林先生判断不是胡适先生所补，而是原本"鉴是"二字受损，出版社对其进行了适当处理和改补。据此，吴佩林先生认为，出版社对"鉴是"二字的替换和改补，不但没有必要，反而给读者和研究者带来了困惑，是弄巧成拙，费力不讨好。

另外，对于《凡例》第一页前三行下面撕去的这一角，也有一些红学家说是周汝昌先生在借阅这个本子抄阅完后，就在首页第一行的"红楼"二字上，钤上了周汝昌先生自己的印章，引起了胡适先生的反感，胡适先生这才撕掉了周汝昌的印章，重新装裱甲戌本后，把撕掉的字补上，然后不得不钤上自己的印章以释人疑。对此，笔者有点不甚赞同。

胡适先生在1948年借给周汝昌先生甲戌本的时候，周先生已经着手撰写《红楼梦新证》一书了。正因为周先生对《红楼梦》研究的痴迷和追求，才博得胡适先生的欣赏和喜爱，并邀请周汝昌一同研究探讨。当时，胡适先生还托请在燕京大学授课的小说专家孙楷第先生，将自己珍藏的《四松堂集》乾隆抄本和《红楼梦》戚序本拿给周汝昌阅读研究。据此，周先生还不止一次地感叹道："胡先生能这样对他爱护有加，其人品和学问少有人比。"那个时候的周汝昌，虽然名望不及胡适，但也小有名气。当时，他肯定也深知这个本子的重要学术价值。再怎么着，他也不会在这个孤本上盖上自己的印章，而且还是他敬重的人花重金购买的。这种恶心人的"下作"之事，笔者认为周汝昌先生绝对干不出来。

笔者为什么能够肯定周先生不会在这个孤本上盖上自己的印章呢？

周汝昌先生和胡适先生原先并不熟识，他们的相识源于一篇文章。

1948年1月18日，《民国日报》图书副刊上发表了一篇署名周汝昌的《〈红楼梦〉作者曹雪芹生卒年之新推定》一文，胡适先生看到之后，很感兴趣，于是就慕名写信给周汝昌。在信中，胡适肯定了周汝昌发现《懋斋诗钞》是"一大贡献"，同意其对"《东皋集》的编年次序"的推定及"推测雪芹大概死在癸未除夕"的观点。但同时又表示，"关于雪芹的年岁，我现在还不愿改动"，并说明了两点理由。这封信于同年2月20日在《民国日报》上公开发表。

作为30来岁就涉足研究探讨《红楼梦》的年轻新人，胡适先生的来信，使周汝昌欣喜若狂。当时，以胡适先生这样国内知名的学者，能够给一个年轻人主动写信而且还把此信发表在比较有影响的《民国日报》上，当时，周汝昌先生既感到受宠若惊又深受鼓舞。由此，便更加进一步激发了周汝昌先生继续深入研究《红楼梦》的热情。

出于两个人都痴迷《红楼梦》研究探讨的缘故，自此，两人书信不断往来，切磋探讨《红楼梦》的诸多相关问题。其中对一些观点和看法，两个人也发生过好多次争论。

胡适先生在研究《红楼梦》的过程中，收藏积累了大量的《红楼梦》作品及各种文献资料，其中甲戌本《脂砚斋重评石头记》堪称海内孤本、稀世之宝。当时，周汝昌刚刚涉足红学研究，一些参考资料根本无法找到。后来，周汝昌为了研究探讨《红楼梦》的需要，就向胡适借阅甲戌本《脂砚斋重评石头记》进行深入研究，并且征得胡适的同意抄写副本。这样，周汝昌、周祜昌兄弟二人用了两三个月的时间，从头至尾全部抄写了一遍。因为出于今后深入研究的特殊需要，他们在抄写这个本子的过程中，除了字体不一样以外，基本上保持了甲戌本《脂砚斋重评石头记》的原版面貌，由此还刻意模仿了原本原稿上的"刘铨福印""子重"及"髯眉"等三枚红色印章。对于周汝昌先生抄写甲戌本副本这件事，胡适在写给周汝昌的书信中，对周先生抄留副本这件事也阐明了自己的观点，并且表态说："你们弟兄费了整整两个月的工夫，抄完了这个脂砚甲戌本，使这个天地间仅存的残本有个第二本，我真觉得十分高兴！这是一件大功劳！将来你把这副本给我看时，我一定要写一篇题记。这个副本当然是你们兄弟的藏书。我自己的那一部原本，将来也是要归公家收藏的。"

既然周先生抄写的这个本子，在"几多"和"鉴是"的上面，并没有胡适先生的印章，也没有右上方页眉处的印章，说明当时周先生在抄写这个本子的时候，胡适先生还没有在上面钤上自己的印章。由此说明，甲戌本中的"多"和"红楼"等字并不一定是胡适先生所补。而"多"字后边的空白两个字，在周先生的抄本上也是留有空白，说明胡适先生的这个甲戌本的原本原稿，也是没有这两个字。这样，那也就否定了周先生在这个孤本上盖上自己印章的推论。

假设"多"和"红楼"这几个字是胡适先生补上的，那么"多"字后边的空白两个字，胡适先生为什么没有补齐呢？

据此，一些学者认为：它后面的两个空格，胡适先生没有能够找到合适的字而保留了空格原样。

笔者认为这种解释根本站不住脚。胡适先生珍藏的这部甲戌本，是他花重金购买的，他对这个本子应该说是情有独钟，也进行了数次深入研究。而且，1948 年 12 月，国民政府安排飞机接胡适等学者去台湾的时候，他把自己多年收藏的 100 多箱、两万多册书籍全部舍弃，唯有把这部甲戌本和一部程乙本带到了台湾，可想而知他对这部书是多么重视。特别是这个本子独有的《凡例》，要说胡适先生倒背如流似乎有些夸张，但字字句句胡适先生肯定能够记得大概。既然他能够补上"多"和"红楼"三个字，也不会找不到"合适"的字来补上"多"字后边缺失的两个字。以胡适先生这样博闻的学者，他肯定能够毫不费力地补上。至于他为什么没补，或许他根本不知道这两个字是什么，或许有什么不可言传的"秘密"，也只有胡适先生自己清楚了。

至于说"多"字后边空白的两个字，胡适先生为什么没补，的确不得而知。不过笔者隐隐感觉，这其中肯定还会有其他不可告人的"隐情"，到底有什么"隐情"，目前没有任何"线索"可考，只有期待红学家和红学爱好者在今后的研究探讨中找出确切答案。

一〇三、缺失的是哪"两字"

甲戌本《凡例》"多"字后边缺失的这两个字，究竟是什么字呢？

对于缺失的这"两字"，红学界有好几十条补作建议。在此，我们选择几条有代表性的补作建议进行判断分析。

《推背图和红楼梦独特解读》系列丛书的作者白金贤先生的补作建议是：

"是书题名极多内涵"。

白金贤先生认为缺失的这两个字是"内涵"。

著名政治学家、法学家和《红楼梦》研究专家吴恩裕先生的补作建议是：

"是书题名极多一曰红楼梦"或"是书题名极多或曰红楼梦"。

吴恩裕先生认为缺失的这两个字是"一曰"或者"或曰"。

著名红学家沈治钧先生提出了"是书题名极妙一曰红楼梦"的补作建议。沈先生不仅提出了"一曰"的补作建议，而且把原先缺失的"多"字，改成了"妙"字。

我们先按照吴恩裕、沈治钧先生的"一曰"二字和原文连贯起来对比看看。

红楼梦旨义，是书题名极多，一曰红楼梦，是总其全部之名也。又曰风月宝鉴，是戒妄动风月之情。又曰石头记，是自譬石头所记之事也。

我们再用吴恩裕先生建议的"或曰"来对比看看。

红楼梦旨义，是书题名极多，或曰红楼梦，是总其全部之名也。又曰风月宝鉴，是戒妄动风月之情。又曰石头记，是自譬石头所记之事也。

这一条看起来也能够说得过去，但如果前边用"或曰"，后边再接连用两个"又曰"，总体上显得不是很顺畅得体。

我们再按照白金贤先生的"内涵"二字与原文连贯起来看看。

红楼梦旨义，是书题名极多内涵，红楼梦是总其全部之名也。又曰风月宝鉴，是戒妄动风月之情。又曰石头记，是自譬石头所记之事也。

白金贤先生的补作建议看起来也较为合理。但是，如果前面没有"一曰"和"或曰"，而后边的"又曰"似乎显得有点唐突和生硬之感。

笔者感觉吴恩裕、沈治钧先生的"一曰"补作建议较为合理妥当。这段话连起来就是：

红楼梦旨义，是书题名极多，一曰红楼梦，是总其全部之名也。又曰风月宝鉴，是戒妄动风月之情。又曰石头记，是自警石头所记之事也。

补齐了"一曰"这两个字以后，这段话读起来似乎感觉比较顺畅合口。

但是，笔者在反复品读这句话的时候，总感觉用"一曰"两字还是有点不尽人意。于是又翻开甲戌本《脂砚斋重评石头记》影印本，细心阅读了《凡例》的内容。这样反复阅读几次以后，又试着补了"然曰""题曰"和"故曰"等。

我们先按照"然曰"补上看看：

红楼梦旨义，是书题名极多，然曰红楼梦，是总其全部之名也。又曰风月宝鉴，是戒妄动风月之情。又曰石头记，是自警石头所记之事也。

我们再用"题曰"补上看看：

红楼梦旨义，是书题名极多，题曰红楼梦，是总其全部之名也。又曰风月宝鉴，是戒妄动风月之情。又曰石头记，是自警石头所记之事也。

我们再用"故曰"补上看看：

红楼梦旨义，是书题名极多，故曰红楼梦，是总其全部之名也。又曰风月宝鉴，是戒妄动风月之情。又曰石头记，是自警石头所记之事也。

这样经过反复诵读几遍以后，笔者感觉用"题曰"还是比较合适一些。

因为在《脂砚斋重评石头记》第一回原文中，就有"至吴玉峰题曰《红楼梦》。东鲁孔梅溪则题曰《风月宝鉴》。后因曹雪芹于悼红轩中披阅十载，增删五次，纂成目录，分出章回，则题曰《金陵十二钗》"等语句。而且在这几个书名的前边，都用了"题曰"二字。况且如果没有"题曰红楼梦"，那随后的"又曰风月宝鉴"和"又曰石头记"就显得有些生硬和突兀。因此，按照"题曰"二字进行补作，前后都能够比较合口顺畅。

按照"题曰"进行补作后，这段话连起来就是：

红楼梦旨义，是书题名极多，题曰红楼梦，是总其全部之名也。又曰风月宝鉴，是戒妄动风月之情。又曰石头记，是自警石头所记之事也。

至于"题曰"这两个字补得恰当不恰当，合理不合理，这只是个人的一家之言。真情期待您的高明见解。

一〇四、雍正继位是否"合法"

在《红楼梦》书中，有好几处变相侮辱谩骂雍正皇帝的"暗写"，并且在中国民间，对雍亲王胤禛承继皇帝大位的合法性产生过诸多质疑。如果说作者侮辱谩骂雍正皇帝这也可以理解。因为自雍正即位之后，江南三织造接二连三相继败落。先是将苏州织造李煦抄家治罪，最后以"奸党"之名，流放到东北严寒之地冻饿致死。杭州织造孙文成也被清查，终因找不到贪腐证据，最后被雍正以年迈为由革职罢免。

特别是江宁织造曹頫，雍正即位之后，接连斥责曹頫办事不力，连续两年罚其俸禄，弄得曹頫胆战心惊。随后没多久又因"骚扰驿站"和"暗移财产"遭到革职并"带枷催追"欠款。雍正皇帝如此大规模地兴利除弊、整治贪腐、推行新政，应当说是出于国家大局的需要，本是无可厚非。但具体整治到自己身上，或者说拿江宁织造开刀，当事者曹頫就有可能很不理解。总认为当朝皇帝对自己过不去，因此借助小说的形式变相辱骂当朝皇帝，应该可以理解。但是，如果作者借此质疑雍正继承皇位的合法性，这就有点说不过去。

诚然，对于雍正继位是否合规合法，民间有很多种说法。对此，笔者也谈谈个人看法。

据考，康熙六十一年（1722年）的冬季，康熙皇帝在南苑行猎的过程中，因"偶感风寒"身体感觉不太舒服，随后就住在了北郊畅春园清溪书屋休养。由于康熙皇帝身体不适，于是，他就让四阿哥胤禛代替自己去天坛举行冬至祭天大典。十一月十三日凌晨，康熙皇帝突然病情恶化，至晚间突然去世。

在现场目睹此景的意大利传教士马国贤，在他的日记中记载道："驾崩之夕，号呼之声，不安之状，即无鸩毒之事，亦必突然大变，可断言也。"意思是说，康熙皇帝在他临死之前的一段时间，惊恐自己即将死亡而大声哀号哭喊。

根据《康熙朝实录》记载：

甲午。丑刻。上疾大渐。命速召皇四子胤禛于斋所。谕令速至。南郊祀典、著派公吴尔占恭代。寅刻。召皇三子诚亲王允祉、皇七子淳郡王允祐、皇八子贝勒允禩、皇九子贝子允禟、皇十子敦郡王允䄉、皇十二子贝子允祹、皇十三子胤祥、理藩院尚书隆科多至御榻前。谕曰：皇四子胤禛人品贵重，深肖朕躬，必能克承大统。著继朕登基、即皇帝位。皇四子胤禛闻召驰至。巳刻。趋进寝宫。上告以病势日臻之故。是日，皇四子胤禛三次进见问安。戌刻。上崩于寝宫。

雍正承继大统的消息昭告天下以后，清廷内外一片愕然。不久，有关雍正"篡权谋位"的说法在朝野上下开始流传。

一种意见认为，雍正承继大统完全合法，其依据就是康熙的临终遗诏。另一种意见认为，雍亲王胤禛早就觊觎皇帝大位，特别是在康熙皇帝病危之时，他利用隆科多担任理藩院尚书、九门提督的便利，及时控制着宫中的局势。隆科多按照雍亲王胤禛的授意，私自拟定了"遗诏"，雍正这才夺得了皇位。还有一种说法就是雍亲王胤禛串通隆科多篡改了传位遗诏。本来康熙皇帝想把大位传给十四阿哥胤禵。雍亲王胤禛串通隆科多，把"传位十四子"，篡改为"传位于四子"。还有的说，康熙皇帝病重期间，喝了一碗人参汤，喝完之后没多久，康熙皇帝就驾崩了。据此认为康熙皇帝是被胤禛和隆科多下毒害死的。

中国近代清史学家孟森，在他所著的《清世宗入承大统考实》中指出：

圣祖并非寿终正寝，"圣祖传位于四阿哥（胤禛）之遗诏，已证明为戌刻圣祖崩后始入受传者（即胤禛）之耳，为不近情。"世宗"在京所得传位之末命，皆出于隆科多"，但世宗"修《实录》已知受遗诏于隆科多之口为大嫌疑"。从世宗雍正七年十月戊申的一道上谕，可见"以遗诏中'十'字改作'于'字之故，并非久后野人之语，实是当时宫廷中宣布之言"；"就其所言，亦足证圣祖继统简在允禵之说"为不虚。而《清圣祖实录》为世宗所修，故所载圣祖遗诏、世宗为己继位所做的辩解、世宗对包括允禵在内的诸皇子的攻击，"或出世宗之意，不敢信为圣祖真面目"。"世宗之立，内得力于隆科多，外得力于年羹尧，确为实事"。

根据孟森《清世宗入承大统考实》的这些记载，笔者认为，他对雍正"篡改遗诏"这一说法，很大成分是"盗用"民间和野史的传闻。虽然隆科多、年羹尧是雍正继位前后的得力干将，但作为当时主管京城保卫的九门提督和左膀右臂，这都是他们应当承担的分内工作。因此，孟森所谓的"确为实事"，大部分都是"道听途说"，根本无确切事实依据。

谣言千遍成"真理"。虽然以上几种说法在民间流传很久，而且就雍亲王胤禛串通隆科多偷偷把"传位十四子"，篡改为"传位于四子"的说法至今还被广泛流传。不过笔者认为，无论是"私拟遗诏""故意下毒"，还是"篡改遗诏"，这些说法都不怎么靠谱。

在大清朝时期，皇帝的传位诏书与其他普通的诏书完全不同，它关系到改朝换代、江山永续和国家长治久安的大事。从诏书制作到书写体例，既有严格的具体规定，也是当朝的顶级标准。因此，"私拟遗诏"和"篡改遗诏"之说，绝不可能。

康熙皇帝在第二次废除太子胤礽后没多久，西北战事吃紧。这个时候，康熙皇帝任用十四阿哥胤禵作为西征军统帅，掌握军权，并在密折上嘱咐他要获取人心，多打胜仗，为国立功。对此，一些人认为这是康熙皇帝有意在培养和考验胤禵，有朝一日好承继大统、接替皇位。但是，允禵也不是个安分守己的人，他统率大军进驻青海之后，就在西宁建立衙府、收受贿赂。这件事被康熙皇帝的"眼线"发现并"密报"给了康熙，引起了康熙皇帝的极大不满。同时，康熙皇帝还在自己体弱多病之时，安排胤禵回到西北前线，而让皇四子胤禛代行祭天大典。说明康熙皇帝已经无意把皇位传给十四子胤禵，而对皇四子胤禛似乎更加器重。

另外，传说雍亲王胤禛串通隆科多，把"传位十四子"中的"十"篡改为"于"字的说法也根本站不住脚。因为，根据大清的用语规范，传位诏书均写为"传位皇某子"。如果将其中的"十"字改成"于"字，那就成了"传位皇于四子"，这根本就说不通。据辽宁省档案馆专家介绍，传位诏书满文中的"于"和"十"是完全不同的两个字，根本没有"篡改"的可能。而且清代时期的"于"字与"於"字是绝对不能互用的，诏书中用的都是繁体的"於"字，根本没办法篡改。也就是说，诏书压根没有"传位十四子"或"传位于四子"这样的字眼。更为重要的是，清代诏书都必须用满、汉两种文字书写，而且汉字和满文全部都是竖写。汉字可以添笔加画，满文根本无法任意添加更改。因此可以说，雍正皇帝并不是"篡位谋政"，他的皇帝大位是合法有效的。

至于雍正皇帝即位之后，迫害打击以八阿哥允禩为首的"八爷党"集团，以及赐死立下赫赫战功的年羹尧，圈禁两朝皇权交替的关键及核心人物隆科多，甚至连他一母同胞的十四阿哥允禵都不放过，"八爷党"以及年羹尧、隆科多等人的可悲下场，既是他们居功自傲、结党营私、欺罔贪婪、搅扰施政行为的咎由自取，也是雍正皇帝出于兴利除弊、稳固皇权的特殊需要，并不能因此怀疑雍亲王胤禛继承皇位的合法性。

一〇五、为何"家以顿落"

在周汝昌先生所著的《红楼梦新证》第六章"史料编年"中，详细记载了从明崇祯三年（1630 年）曹寅的父亲曹玺出生，到乾隆五十六年（1791 年）的曹家几代人重要事件的考证材料。周先生对于曹頫的考证记载，是从康熙五十四年（1715 年）曹頫过继曹寅之妻李氏为嗣子并承继江宁织造主事职衔开始的，直到乾隆三年（1738 年）。自乾隆三年到乾隆十年（1745 年）的 7 年间，"史料编年"一章中就没有了关于曹頫的任何记载。然而，周先生又考证出乾隆十年（1745 年）"时曹氏因遭巨变，家以顿落。贫居西郊，啜饘粥，但犹傲兀，时复纵酒赋诗，始草《石头记》"的结论。

乾隆元年（1736 年），曹頫被乾隆皇帝恢复了内务府员外郎职务。内务府员外郎虽然官职不大，但按照现在的职务，相当于厅级或副厅级干部。当时每年的俸银是八十两，禄米四十石。即使没有养廉银，按照当时的收入水平，应当属于小康以上的生活水平，为什么到了乾隆十年（1745 年）就一贫如洗，住着茅草房子，用的土坯烂瓦炉灶，吃饭时连馒头米饭都吃不起，仅靠喝粥维持生活呢？曹頫一家在雍正六年（1728 年）搬到北京的时候，在崇文门外还有十七间半的房屋居住，为什么到了乾隆十年（1745 年）搬到北京西郊了呢？究其原因就像周汝昌先生所说的"因遭巨变，家以顿落"。

在清朝时期，朝廷就有一项明确的制度规定，那就是：凡抄家籍没者，其坟园房地及看园子之人等祭祀产业，例不入官。这一规定说明，即使是犯罪被抄家籍没的罪人，其自家的"坟园房地"还是属于自己所有。一方面可以安葬和祭祀亡者，另一方面也可以收种粮食，养家糊口，维持基本生活。

康熙五十四年（1715 年）七月十六日，曹頫给康熙皇帝奏报了《江宁织造曹頫覆奏家务家产折》。这道奏折中就有"通州典地六百亩，张家湾当铺一所"的记载。据著名红学家周汝昌、冯其庸先生考证，北京通州张家湾是当时曹家祖坟所在地。曹家的曹玺、曹寅父子既是康熙皇帝极为宠信的心腹近臣，也是赫赫有名的江南望族。当时他们家的祖茔房舍典地就有 600 亩之多。按照当时大清的制度规定，这些典地田亩应该都属于曹家的"自有财产"。曹家败落后，曹頫及子侄们，利用祖茔田地收种点粮食，即使达不到小康生活水平，最起码养家糊口完全没有问题。为什么后来"家以顿落，贫居西郊"，仅靠喝粥汤过日子呢？

最为可能的是，曹家参与了发生在清朝乾隆四年（1739年）十月的一起"篡位谋逆"大案。

根据现有的史料记载，这起"篡位谋逆"大案，是以废太子胤礽的儿子弘晳为首，其他参与其中的有康熙第十六子庄亲王允禄本人及儿子弘普、康熙第十三子怡亲王胤祥的两个儿子弘昌、弘晈，康熙第五子恒亲王允祺的儿子弘昇等一批皇室宗亲等，力图密谋夺取皇位而发生的一起轰动朝野的重大政治事件。

因为康熙皇帝健在时，江南三织造曾经深受康熙的恩宠。特别是曹寅在世时，曹家与太子胤礽、怡亲王胤祥等关系密切，其儿子孙子肯定与曹家的关系也非同一般。而唯独和雍亲王胤禛有些疏远。最主要的是雍正继位没多久，就下令查抄曹家，此时曹家也很想看到弘晳能够夺取皇位，以图东山再起、复兴曹家。

综合分析这起"案件"的前前后后，虽然没有直接的证据，但通过乾隆免去福彭主审官这一事实，也能够找到曹家参与或者受到"弘晳谋逆案"牵连的旁证。

这起"篡位谋逆"案发生之后，乾隆皇帝便以雷霆万钧之力很快侦破了此案，并交宗人府审理。一开始，原本是平郡王福彭与讷亲等人担任主审官。然而，就在福彭被任命此案主审官仅4天，便免除了他的主审官。

乾隆四年（1739年）十月十六日内阁别样档曾经记载：

又平郡王福彭奏：属下包衣大李如蕙、披甲人奚受，私赴外县生事，请旨革职，交部治罪，至臣约束不严之咎，亦请皇上交宗人府议处一折。

奉谕旨：知道了。平郡王不必交该衙门议处。

这份内阁别样档的记载，说的是福彭的下属李如蕙和奚受"私赴外县生事"，有"约束不严之咎"。李如蕙和奚受"私赴外县"去干什么？生的什么事？并没有详细说明，我们也无处查考。不过，从免除福彭"主审官"和"自请处分"来看，福彭很显然与"弘晳谋逆案"有关联。

我们知道，福彭的母亲曹佳氏是曹寅的亲女儿，也就是曹頫的姐姐，福彭应该称曹頫为舅舅。如果曹頫及其家人参与了"弘晳谋逆"大案，福彭又是曹頫的亲外甥，他为了"避亲"而不参与审理此案也应是合情合理合规。但是，在撤销他"主审官"的同时，他又"自请处分"，这就很难排除曹家参与"弘晳谋逆"大案的可能性。

"弘晳谋逆案"发生后，曹頫的外甥福彭受命担任此案的主审官，审讯工作进行4天之后，福彭就不再继续主持主审。而且就从这一年开始，福彭开始淡出政坛，并遭到长达10多年的闲置，直至乾隆十三年（1748年）十一月，年仅41岁的福彭突然病故。福彭之所以失去乾隆皇帝的宠信，估计是他在"弘晳谋逆案"的审理过程中，要么是里外沟通，销毁证据；要么是网开一面，以求为他的舅舅曹頫开脱罪名。乾隆皇帝虽然和福彭关系不错，但如果福彭以权干政、徇私舞弊，乾隆为了"以正朝纲"，也不可能轻易放过福彭。因此，福彭从此不被乾隆重用，逐渐淡出政坛也非常自然。

周汝昌先生在《红楼梦新证》书中，对"弘晳谋逆案"作过汇录。但其内容大部分都是乾隆对参与人员的评论，没有说明案件的实质内容和事实经过，更没有曹頫是否参与这起案件的任何情况和最终结局。史书上也没有关于这方面史实的任何明确记载。

周先生曾经说：

虽然由于文献缺乏，我们对曹家再次惨遭彻底毁败的直接的、确切的案由一时无法列举，因而不能不用间接而曲折迂回的办法来窥测，但曹家最后一次的巨变显然是和这类案子里的下层人物、边沿关系有了株连，其他原因是否还有，尚待深入研讨。

周先生还说：

乾隆四年，爆发了一次大事变，弘历的叔叔胤禄为首，和一群堂兄弟如弘晳、弘昇、弘昌、弘普、弘㬙等密谋"大逆不道"，一一得罪。足以说明皇室内争还在进行，其间株连瓜蔓，曹家内务府三旗包衣人，正是易受牵连的奴隶阶层。

在此，周汝昌先生也认为：曹家属内务府"三旗"包衣人，正是易受牵连的奴隶阶层。因此，后来曹家的"巨变"，应该与这起轰动朝野的"弘晳谋逆"大案有一定的关联。

曹家参与或者受到这起大案的牵连导致彻底败落，在《红楼梦》书中也有暗写。

书中第七十九回，有一首回前诗写道：

静含天地自宽，动荡吉凶难定。

一喙一饮系生成，何必梦中说醒。

这首诗作中的"静含天地自宽"之句，是说弘晳密谋"篡权"这件事正处于"谋划"状态，情况还不明朗，只能祈祷上天，以求自我宽慰。"动荡吉凶难定"之句，说明曹家正处于动荡不稳的状态，究竟是"吉兆"还是"凶兆"目前难以断定。而"一喙一饮系生成"中的"一喙一饮"，出自《庄子·养生主》的"泽雉十步一啄，百步一饮，不蕲畜乎樊中。"意思是，沼泽地的野鸡，十步一啄，百步一饮，不想圈在笼子里。也就是说曹家很想改变被"圈在笼子里"的状况，但在没有形成事实之前，只能走一步、看一步，成功与否只能"听天由命"。"何必梦中说醒"之句，其意思是，何必要在梦中才能觉醒。说明参与"篡权谋逆"大案，导致曹家彻底败落已是必然。早知如此，何必当初，现在觉醒已经太晚了。

从这首回前诗中可以看出，对于弘晳"篡权谋逆"能否成功，曹家也是忐忑不安，是"吉"是"凶"难以断定，只能静观其变，听天由命。而最终失败导致曹家败落，他们也是后悔莫及。

同一回，写贾宝玉到紫菱洲徘徊瞻顾，书中写道：

见其轩窗寂寞，屏帐翛然，不过有几个该班上夜的老妪。再看那岸上的蓼花苇叶，池内的翠荇香菱，也都觉摇摇落落，似有追忆故人之态，迥非素常逞妍斗色之可比。既领略得如此寥落凄惨之景，是以情不自禁，乃信口吟成一歌曰：

池塘一夜秋风冷，吹散芰荷红玉影。

蓼花菱叶不胜愁，重露繁霜压纤梗。

不闻永昼敲棋声，燕泥点点污棋枰。

古人惜别怜朋友，况我今当手足情！

这首诗中的"池塘一夜秋风冷，吹散芰荷红玉影"之句说明，曹家期待的"篡权谋逆"这件事最终以失败告终。"一夜秋风冷"说明，这件事出现在"秋天"。而这起大案恰好发生在乾隆四年（1739年）的十月。而"吹散芰荷红玉影"之句，是说池中的芰荷被秋风吹散。后两句是写骨肉分离，兄妹失散，家破人亡，倍加心痛。

这首诗虽然明写贾迎春出嫁，兄弟姐妹分离时的依依不舍，但也"暗喻"了曹家受到"谋逆大案"牵连后，妻离子散、家破人亡的凄凉惨景。

如果曹家确实参与或受到了这起"篡权谋逆"案的牵连，那么周汝昌先生所说的"曹氏因遭巨变，家以顿落，贫居西郊"的结论应该比较正确。

一〇六、抨击清朝官场黑暗

　　《红楼梦》第一回，有一个穷困儒生贾雨村。贾雨村进京求取功名，无奈囊中空空，连赴京赶考的路费都没有，只得暂居在葫芦庙中安身。平时也就是给人代写个书信，谁家有红白事，他给着点笔墨，写点东西，就靠这个混口饭吃。后因甄士隐慷慨相助，他才有钱赶路并考中进士，做了知府。不久因"未免有些贪酷之弊"被革职，后经友人推荐，受聘到林如海家担任林黛玉的幼年老师。随后，借林如海的关系攀附上了贾政，在贾政的极力帮助下，他又官复原职。因为贾雨村善于投机钻营找门路，通过贾政的人事关系，在应天府做了官。开始他经验不足，还缩手缩脚，后来胆子越来越大，良心也越来越黑，人也越来越坏。最为可恨的就是，还对曾经资助他走上仕途的贵人之女落井下石。

　　书中有"薄命女偏逢薄命郎，葫芦僧乱判葫芦案"一回，说的是贾雨村因补授了应天府，一下马就有一件人命官司详至案下，乃是两家争买一婢，各不相让，以至殴伤人命。彼时雨村即传原告之人来审。

　　这个案子的前后缘由是，甄士隐有个女儿叫甄英莲，四岁那年的元宵节，因家奴霍启看护不当被"人贩子"拐走。"人贩子"养到十二三岁的时候，将其带至异省卖给他人。有一个家族落魄的公子哥冯渊，见甄英莲眉清目秀，便想买来当小妾。这对英莲来说本应是一个较好的归宿。但是，甄英莲又被薛宝钗的哥哥薛蟠看中，薛蟠出的银子比冯渊多，这个"人贩子"贪图银子，竟一女卖两家，又将英莲卖给了薛蟠。因此，导致两家因争抢英莲而大打出手。薛蟠倚财仗势，命令手下将冯渊用棍棒活活打死，甄英莲被薛蟠抢走。冯渊的家仆将薛蟠告到了衙门。这是贾雨村到应天府上任以后接手的第一个案子。当贾雨村听说冯家的仆人说告了一年的状，竟无人做主的时候，他不禁大怒，发签就要抓凶手。这时却被一旁的门子阻拦，贾雨村疑惑不解，于是二人遂退后密谈。书中写道：

　　这门子道："老爷既荣任到这一省，难道就没抄一张本省'护官符'来不成？"雨村忙问："何为'护官符'？我竟不知。"门子道："这还了得！连这个不知，怎能做得长远！如今凡作地方官者，皆有一个私单，上面写的是本省最有权有势，极富极贵的大乡绅名姓，各省皆然，倘若不知，一时触犯了这样的人家，不但官爵，只怕连性命还保不成呢！所以绰号叫作'护官符'。方才所说的这薛家，老爷如何惹他！

他这件官司并无难断之处，皆因都碍着情分面上，所以如此。"一面说，一面从顺袋中取出一张抄写的"护官符"来，递与雨村，看时，上面皆是本地大族名宦之家的谚俗口碑。

门子又接着说道："这四家皆连络有亲，一损皆损，一荣皆荣，扶持遮饰，俱有照应的。今告打死人之薛，就系丰年大雪之'雪'也。也不单靠这三家，他的世交亲友在都在外者，本亦不少。老爷如今拿谁去？"

对于薛蟠和冯渊争夺的这个女子，书中写道：

门子又说道："老爷你当被卖之丫头是谁？"雨村笑道："我如何得知？"门子冷笑道："这人算来还是老爷的大恩人呢！他就是葫芦庙旁住的甄老爷的小姐，名唤英莲的。"雨村罕然道："原来就是他！闻得养至五岁被人拐去，却如今才来卖呢？"

对于如何了结此案，书中写道：

门子给贾雨村出主意道："老爷明日坐堂，只管虚张声势，动文书发签拿人。原凶自然是拿不来的，原告固是定要将薛家族中及奴仆人等拿几个来拷问。小的在暗中调停，令他们报个暴病身亡，令族中及地方上共递一张保呈，老爷只说善能扶鸾请仙，堂上设下乩坛，令军民人等只管来看。老爷就说'乩仙批了，死者冯渊与薛蟠原因夙孽相逢，今狭路既遇，原应了结。薛蟠今已得了无名之症，被冯魂追索已死。其祸皆因拐子某人而起，拐之人原系乡某姓人氏，按法处治，余不略及'等语。小人暗中嘱托拐子，令其实招。众人见乩仙批语与拐子相符，余者自然也都不虚了。薛家有的是钱，老爷断一千也可，五百也可，与冯家作烧埋之费。那冯家也无甚要紧的人，不过为的是钱，见有了这个银子，想来也就无话了。老爷细想此计如何？"雨村笑道："不妥，不妥。"

通过以上门子的一番话语我们看到，门子不仅摸清了贾雨村的心思和底细，也十分清楚官场的"潜规则"。正是他给贾雨村提出的了结此案的具体方式，最终改变了案件的审理，达到了徇私枉法的目的，上演了一出经过精心策划的阴谋。尽管贾雨村还假装正经地说"不妥，不妥"，可贾雨村这个泯灭人性和良知的"奸熊"，却心口不一，还是按照门子所说的办法，审理了结了此案，开脱了薛蟠。

清朝时期，的确有这么一个特殊的职业，叫作"门子"。

所谓"门子"，也就是指旧时在官衙中为官员服务的差役。这个"门子"的地位虽然很低，但位置非常重要。因为，在中国古代社会，特别是大清时代，地方官员如知府、县令等，一般都采取"回避制度"，也就是通常我们所说的"异地做官"。而像门子之类的衙役胥吏们，却大都采用本地人员担任。因此，新官到某个地方上任，肯定对当地的情况不熟悉。所以，知府、县令等官必须依靠这些熟悉当地情况的胥吏们，才能通晓当地的人情关系，不至于得罪人。同时，在古代封建社会，地方官员往往集行政、司法、财政等于一身，权利虽然很大，但也有时顾不过来。一些具体性、事务性的工作，往往都是这些胥吏们代为办理。主管官员如果不和门子胥吏们搞好关系，他们就会暗中"使绊子"，从而影响自己的业绩和仕途。

而贾雨村所在应天府中的这个"门子"，恰巧就是原先葫芦庙里一个小沙弥，因葫芦庙被大火烧了之后，无处安身，想投奔其他的庙宇修行，又耐不住清凉凄苦，因此趁着还年轻就蓄了发，来应天府衙当了"门子"。虽然来官场当一名地位低下的小小胥吏，但是与凄凉清苦的和尚相比，不仅收入稳定，还能够混迹于官场，结交权贵，而且还有一些隐形的"灰色收入"，如果哪一天被长官看重，那前途就更不用说了。

但是"算路不打算路来，聪明反被聪明误"。尽管这个"门子"为了贾雨村的仕途尽心尽责，出谋划策。但同时也反映出这个"门子"阴险奸诈的心态。此时贾雨村也深知长期与这么个险恶可怕的人一起共事，其后果不堪设想。因此，案件了结没多久，那个趋炎附势、自作聪明的门子，就被贾雨村找了个理由，远远地打发走了。

"葫芦僧乱判葫芦案"的前前后后，充分反映出清政府的官场无情、黑暗、冷漠、残酷和腐败。

纵观案件的处理结果，这也完全暴露了像贾雨村这些清朝官员之流的丑恶嘴脸。特别是在甄英莲这件事上，如果贾雨村不知道甄英莲就是甄士隐丢失的女儿，贾雨村的良心多少还能说得过去。但是，贾雨村明明知道英莲是昔日恩人甄士隐的女儿，却为了自己的仕途，不敢得罪有权有势的薛家，就把甄英莲错判给了呆霸王薛蟠，后来受尽了夏金桂的虐待折磨。可以说，贾雨村是甄英莲悲剧命运的第一推手，他亲自把自己恩人的女儿推向了火坑，推向了深渊，推向了死亡。这种徇私枉法、欺男霸女、草菅人命、腐化堕落的官员形象，在《红楼梦》书中也有很多的"明喻"和"暗写"。

第四十八回，书中写道：

平儿咬牙骂道："都是那贾雨村什么风村，半路途中哪里来的饿不死的野杂种！认了不到十年，生了多少事出来……"

平儿虽然是王熙凤的陪嫁丫头、贾琏的小妾，但她性格温顺，为人平和，对王熙凤言听计从。就连这种心地善良的人，都能口出污言地骂贾雨村是"饿不死的野杂种"，可想而知贾雨村是多么的讨厌无耻。

第一回在"这士隐正痴想，忽见隔壁"之处，有一条甲戌侧批：

"隔壁"二字极细极险，记清。

这里所说的"隔壁"的葫芦庙内，恰巧住的就是穷儒贾雨村。这条批语说明，"隔壁"的这个贾雨村，是个"极险"之人，并告诉读者要"记清"。贾雨村这位自私、虚伪、贪婪、忘恩负义、恩将仇报、落井下石的官员形象，不仅体现了朝廷选人用人的腐败，而且也真实反映了清代的政治黑暗与腐朽。八十回后，贾雨村肯定还会有更加卑鄙无耻的拙劣表演。

在《红楼梦》书中，作者不仅对官场的黑暗腐败进行了无情抨击，而且还表现出了对当朝时局的厌恶与憎恨。

例如，第三十六回，贾宝玉说："好好的一个清净洁白女子，也学得钓名沽誉，入了国贼禄鬼之流。"这里的"国贼禄鬼"，是骂清朝的官员利欲熏心、贪求官禄、投机钻营、徇私枉法。

再如第十七回，大观园建成之后，贾宝玉随贾政及几位老先生题匾额对联。在几处匾额作题时，贾宝玉才思敏捷，所题之处深得老先生称颂。此时，贾政认为贾宝玉在几位老先生面前故意卖弄，就大喝一声道："无知的业障！你能知道几个古人，能记得几首熟诗，也敢在老先生前卖弄！你方才那些胡说的，不过是试你的清浊，取笑而已，你就认真了！"

第十八回，前日贾政闻塾师背后赞宝玉偏才尽有，贾政未信，适巧遇园已落成，令其题撰，聊一试其情思之清浊。

以上有两个地方提到"清浊"二字。表面看，"试你的清浊"就是试试贾宝玉的才思和愚笨，即"试其情思之清浊"。实际上，作者另有其意。

"清浊"意为"清水与浊水"，也可以理解为"清气与浊气"。这里的"清"作者所指的应该是大清朝，"浊"应该理解为"浊水"或者"浊气"。其意思就是污浊、不干净的脏东西。

在这里，作者明目张胆地说大清王朝污秽污浊，是不干不净的肮脏东西，充分反映了作者对清朝当局的憎恨和厌恶。同时，也毫不留情地抨击了清朝的政治腐败和残酷黑暗。

一〇七、谁敢如此骂"皇上"

《红楼梦》第三回，写林黛玉初进贾府，丫环按照王夫人的安排，叫林黛玉到王夫人处。此时有一条甲戌眉批中的笑话，说的是一庄农人进京回家，众人问曰："你进京去可见些个世面否？"庄人曰："连皇帝老爷都见了。"众罕然问曰："皇帝如何景况？"庄人曰："皇帝左手拿一金元宝，右手拿一银元宝，马上捎着一口袋人参，行动人参不离口。一时要屙屎了，连擦屁股都用的是鹅黄缎子，所以京中掏茅厕的人都富贵无比。"

这段笑话说明，皇帝手里不仅拿着金银元宝，马上还驮了一口袋人参，而且边走边吃着人参。就连上厕所擦屁股，用的都是织锦缎子。批者的目的，就是借此笑话，变相辱骂当朝皇帝不顾天下苍生百姓死活，放纵奢侈，挥霍无度。

《红楼梦》第十五回，北静王水溶见到贾宝玉甚为喜欢，就和贾政说了一些关于对贾宝玉多加教育，不可放纵溺爱等语句。随后，水溶又将腕上一串念珠卸下来，递与宝玉道："今日初会，仓促竟无敬贺之物，此系前日圣上亲赐鹡鸰香念珠一串，权为敬贺之礼。"应当说，当今圣上亲赐的鹡鸰香念珠是非常珍贵的。

第十六回，宝玉又将北静王所赠鹡鸰香串珠重取出来，准备转赠给林黛玉。林黛玉看到这个串珠，不屑一顾地说："什么臭男人拿过的，我不要他。"遂掷而不取。

林黛玉把当今圣上亲自赐给北静王的"鹡鸰香念珠"，说成是"臭男人拿过"的。当今圣上亲自赐给北静王的东西，毫无疑问是经过手的，这就等于明目张胆地变相骂当今皇上是"臭男人"。作者借林黛玉之口，拐弯抹角地变相骂皇上是"臭男人"，这在清朝时期极其大逆不道，一旦有人告发，肯定是要杀头治罪。

第三十六回，袭人与贾宝玉有一段关于"文死谏，武死战"的对话。袭人先问他春风秋月，再谈及粉淡脂莹，然后谈到女儿如何好，又谈到女儿死，袭人忙掩住口。书中写道：

宝玉谈至浓快时，见她不说了，便笑道："人谁不死，只要死的好。那些个须眉浊物，只知道文死谏，武死战，这二死是大丈夫死名死节。竟何如不死的好！必定有昏君他方谏，他只顾邀名，猛拼一死，将来弃君于何地！必定有刀兵他方战，猛拼一死，他只顾图汗马之名，将来弃国于何地！所以这皆非正死。"袭人道："忠臣良将，出于不得已他才死。"宝玉道："那武将不过仗血气之勇，疏谋少略，他自己无能，送了性命，这难道也是不得已！那文官更不可比武官了，他念两句书汗在心里，若朝廷少有疵瑕，他就胡谈乱劝，只顾他邀忠烈之名，浊气一涌，即时拼死，这难道也是不得已！还要知道，那朝廷是受命于天，他不圣不仁，那天地断不把这万几重任与他了。可知那些死的都是沽名，并不知大义。"

我们知道，"君"在古代被称为国家最高统治者。"昏君"是对古代无道君主的贬称。一般而言，他们昏聩不明、荒淫无道，对国家和民众犯下了许多罪行。因此，老百姓才称其为"昏君"。

在以上袭人与贾宝玉的对话中，作者提到了"昏君""将来弃君于何地""将来弃国于何地""朝廷是受命于天，他不圣不仁，那天地断不把这万几重任与他了"等关键语句。在古代朝廷当中，民间习惯于称皇帝为"天子"。那么谁是"昏君"？谁能够"受命于天"？谁又能够"弃君弃国"、又说谁"不圣不仁"，有谁能够承担起"天地万几重任"。明白人一看，这分明是作者在咒骂清朝最高统治者皇帝。

第四十六回，贾赦想纳贾母的贴身丫环鸳鸯为妾，经过多人三番五次的劝导，鸳鸯就是坚决不从。书中写道：

鸳鸯趁着王夫人、薛姨妈、李纨、凤姐儿、宝钗等都在贾母处"凑趣儿"，就拿着一把剪子，到贾母跟前跪下，一边哭，一边把邢夫人怎么来说，园子里她嫂子又如何说，今儿她哥哥又如何说，"因为不依，方才大老爷越性说我恋着宝玉，不然要等着往外聘，我到天上，这一辈子也跳不出他的手心去，终究要报仇。我是横了心的，当着众人在这里，我这一辈子莫说是'宝玉'，便是'宝金''宝银''宝天王''宝皇帝'，横竖不嫁人就完了……"

我们知道，弘历在他 23 岁的时候，就被雍正皇帝封为和硕宝亲王。25 岁的时候，就承继大统做了皇帝。毫无疑问，弘历没做皇帝之前，文武大臣及奴才们都称他为"宝亲王"。做了皇帝以后，虽然不可能称他为"宝皇帝"，但在臣子的心里，很可能也默认他为"宝皇帝"。《红楼梦》作者借鸳鸯之口，当着这么多人的面，公然直呼其名，把"宝天王""宝皇帝"都骂了。这在乾隆朝时期，那可是犯下了抄家杀头的死罪。

第二十一回有这样一段描写：

宝玉拿一本书，歪着看了半天，因要茶，抬头只见两个小丫头在地下站着。一个大些的生得十分水秀，宝玉便问："你叫什么名字？"那丫头便说："叫蕙香。"宝玉便问："是谁起的？"蕙香道："我原叫芸香的，是花大姐姐改了蕙香。"宝玉道："正经该叫'晦气'罢了，什么蕙香呢！"又问："你姊妹几个？"蕙香道："四个。"宝玉道："你第几？"蕙香道："第四。"宝玉道："明儿就叫'四儿'，不必什么'蕙香''兰气'的。哪一个配比这些花，没的玷辱了好名好姓。"一面说，一面命他倒了茶来吃。袭人和麝月在外间听了抿嘴而笑。

这段话，贾宝玉说这个叫蕙香的丫头"正经该叫'晦气'罢了，什么蕙香呢！"

当得知她在家排行"老四"的时候，贾宝玉立马情绪失控，好像很生气地说道，"明儿就叫'四儿'，不必什么'蕙香''兰气'的。哪一个配比这些花，没的玷辱了好名好姓。"

我们知道，贾宝玉向来怜香惜玉，也比较有"女人缘"，尤其对有点"颜值"的漂亮女孩子，更是心旌神荡，喜欢得不得了。他"羡美人之良质""慕美人之华服""爱美人之容貌""比美人之态度"，是个地地道道的"痴情种子"。他曾经说过："女儿是水做的骨肉，男人是泥做的骨肉。我见了女儿，我便清爽，见了男子，便觉浊臭逼人。"就连与贾宝玉融为一体的江南那个"真"的宝玉也曾经说过："必得两个女儿伴着我读书，我方能认得字，心里也明白，不然我自己心里糊涂。"他还对小厮们说，"这女儿两个字，极尊贵，极清净的，比那阿弥陀佛，元始天尊的这两个宝号还更尊荣无对的呢！你们这浊口臭舌，万不可唐突了这两个字，要紧。但凡要说时，必须先用清水香茶漱了口才可，设若失错，便要凿牙穿腮等事"。可是，面对这个温顺可人的漂亮丫环蕙香，他竟然说"晦气"和"玷辱了好名好姓"。尤其是知道她在家排行第四时，更是气不打一处来。这确实有点匪夷所思。

然而，就在贾宝玉把蕙香称作"四儿"时，出现了一条非常重要的批语。这条批语写道：

又是一个有害无益者。作者一生为此所误，批者一生亦为此所误，于开卷凡见如此人，世人故为喜，余反抱恨，盖四字误人甚矣。被误者深感此批。

这个时候，批者看到"四儿"两个字，说这个"四儿"是一个有害无益的人，作者一生为此类人所误，批书者也为此类人所误，自本书开卷全篇，凡是读到这样的人，大家都觉得喜欢，而批书者反而抱恨终天，因为这个"四"字误人不浅。被误的人看到这条批语都感同身受。

那么，为什么作者和批者都对这个"四儿"如此恨之入骨呢？

这是因为，雍正皇帝在他们兄弟排行中是"老四"，而乾隆皇帝上边分别有大哥弘晖、二哥弘盼和三哥弘昀，排行也是"老四"。自从雍正这个"老四"做了皇帝之后，江南三织造的曹家、李家和孙家的好日子一天不如一天，直至抄家的抄家，革职的革职，发配的发配。特别是乾隆四年（1739 年），曹家因受到"弘晳谋逆案"的牵连，从此遭到灭顶之灾，曹家因此也完全败落。作者曹頫借助《红楼梦》这部小说，变相骂雍正和乾隆两个"四儿"晦气，说他们"玷辱了好名好姓"。又因为作者和批者一生都被这两个叫"四儿"的人整治所误，所以，批者脂砚斋也骂"四儿"是一个有害无益的人。

一〇八、揭露清军屠城杀戮

《红楼梦》书中有一个名叫冯紫英的人物，他出场的次数并不算多，因此一般不会引起别人的注意。但是，他仅有的几次出场，却给我们提供了极其重要的信息。

第二十六回，书中写道：

薛蟠见他面上有些青伤，便笑道："这脸上又和谁挥拳的？挂了幌子了。"冯紫英笑道："从那一遭把仇都尉的儿子打伤了，我就记了再不怄气，如何又挥拳？这个脸上，是前日打围，在铁网山教兔鹘捎一翅膀。"宝玉道："几时的话？"紫英道："三月二十八日去的，前儿也就回来了。"宝玉道："怪道前儿初三四儿，我在沈世兄家赴席不见你呢。我要问，不知怎么就忘了。单你去了，还是老世伯也去了？"紫英道："可不是家父去，我没法儿，去罢了。难道我闲疯了，咱们几个人吃酒听唱的不乐，寻那个苦恼去？这一次，大不幸之中又大幸。"

然而，就在冯紫英所说的"这一次，大不幸之中又大幸"的旁边，有一条甲戌侧批：

似又伏一大事样，英侠人累累如是，令人猜摹。

冯紫英脸上挂彩受伤，薛蟠问其缘由，冯紫英说是"打围"不慎，被"兔鹘捎一翅膀"，在补充宝玉话题时又说是"这一次，大不幸之中又大幸"。而且批语还再一次说出"似又伏一大事样"，不仅批者在"猜摹"，而且读者肯定也会"猜摹"。

冯紫英的脸上被"兔鹘捎一翅膀"，应该算是比较轻微的小伤，顶多划破点脸皮，根本算不了什么。而且他还能出来和贾宝玉、薛蟠一起聚会喝酒，这点小伤怎么能够说是"大不幸"而后"又大幸"了呢？这个"不幸"与"大幸"究竟暗含怎样的隐情呢？而且批语还说"似又伏一大事样"。这"伏"的又是什么重要的"大事"呢？

众所周知，《红楼梦》这部书的背后，大都隐藏着令人震惊的秘密。在这里作者用移花接木、前后颠倒的创作手法，明写冯紫英去铁网山"打围"，实则是写"扬州屠城"这一件骇人听闻的"大事"。

"扬州屠城"也叫"扬州十日"。根据史料记载，顺治二年（1645年）四月，清兵在努尔哈赤第十五子多铎的率领下，分兵亳州、徐州两路，向南推进，直取扬州。明末抗清名将史可法率领军民顽强抵抗，清军屡攻不下。多尔衮、多铎数次诱降，史可法严词拒绝。后终因寡不敌众，四月二十五的深夜，扬州城被清军攻陷。四月二十六日，清军开始屠戮劫掠，十日不封刀，整个扬州城"堆尸贮积，手足相枕，血入水碧赭，化为五色，塘为之平。"扬州的老百姓除少数在破城之前逃出和个别在清军入城后隐蔽幸免于难外，几乎全部惨遭清军的血腥屠杀，仅被和尚收殓的尸体就超过 80 万具。当时的幸存者史可法的亲信幕僚，在《扬州十日记》中记载，屠杀共持续十日，故名"扬州十日"。

兔鹘，是一种凶猛的鹰，又名海东青，生长在黑龙江流域，驯化后是女真人捕猎的得力助手，因此，也被看作是女真族的神鹰。

"兔鹘"的另外一层意思是契丹、女真族的束带。著名清史研究学者何龄修先生在《洪承畴与明清易代研究》一书中的序言中曾经说道：

清朝皇室先世从明初开始就是东北卫所武官，他们所代表的满族（女真人）就是明朝臣民中国边疆的一个少数民族。

何先生在这里明确说明了早期的满族就是"女真人"。

清朝时期的满族，实际上是宋朝时候金国的女真族。元灭金后，设军民万户统其地。明时女真诸部分为海西女真、建洲女真和"野人"女真。努尔哈赤属建洲女真。天聪九年（1635 年），皇太极改为满州族，自此满族这一称谓代替了女真族。

由此说明，这里的"兔鹘"暗指的就是当时的满族人。冯紫英所说的被兔鹘"捎一翅膀"，是指在突围逃脱的过程中所带来的伤痕。扬州血腥的"十日屠城"，这是汉族百姓极大的灾难，所以叫作"大不幸"。冯紫英仅仅受点轻伤，能够突围逃脱出来，侥幸躲过了一场浩劫，保住了性命，正是这"大不幸"中的"又大幸"。

在"文字狱"盛行的清朝时期，官方对所有有关"扬州屠城"的记载全部被刻意掩盖，导致清末以前大部分的汉族百姓，对这起惨无人道的屠杀事件一无所知。

《红楼梦》作者假借冯紫英在铁网山"打围"，把"扬州屠城"这个重大事件真实地表现出来，进一步揭露了清军屠杀汉族百姓的罪恶行径，体现了作者高超的创作技巧和手法。

一〇九、"芒种节"寓意"亡种劫"

《红楼梦》第二十七回写道：至次日乃是四月二十六日。原来这日未时交芒种节。同时，作者还在二十九回分别两次提到"四月二十六日"这个具体日期。据此，红学界普遍认为，"四月二十六日"是贾宝玉的生日。然而，笔者认为绝非如此。

我们知道，"谐音法"一直是《红楼梦》写作的一大特色。作者利用音同而字不同的汉字特点，以此寓意书中某种人物及事件。作者两次提到这个具体日期，是作者借用"芒种节"的谐音来真实表现"亡种"或者"亡种劫"。

从字义来分析，"亡种"的"亡"可以理解为：消亡、灭亡、伤亡、死亡等。"种"当"种族"讲。"劫"作为"劫难"讲。因此，这里的"亡种节"，应当理解为"种族灭亡"或者"种族劫难"。

那么，清朝时期除了"扬州屠城"以外，清军还有哪些灭绝人性的"屠城"劫难呢？

据史料考证，清军在入关前，努尔哈赤对汉人实施了残酷的民族压迫。汉人稍有反抗，便大肆屠杀，仅辽河以东地区，就残杀了100多万汉族同胞。此后，后金军队多次进入山东、河北等地。仅济南一地，就留下了13万具汉族民众的尸体。

清军进入中原，先后进行了四川大屠杀、广州大屠杀、济南之屠、苏州之屠、南昌之屠、赣州之屠、江阴之屠、昆山之屠、嘉兴之屠、海宁之屠、沅江之屠、金华之屠、厦门之屠、潮州之屠、舟山之屠、湘潭之屠、南雄之屠、泾县之屠、大同之屠，等等。这些惨绝人寰的大屠杀，使汉族人口由天命八年（1623年）的5165万，锐减至顺治十七年（1660年）的1908万。近三分之二的汉族人口惨遭清朝军队的残酷毒杀。

据赵文林、谢淑君合著的《中国人口史》记载，1626年，四川人口为356万。到了30多年后的1661年，人口还剩下95万，损失了四分之三。清朝军队的大屠杀，其死亡人数之多，手段之残忍，是中国历次改朝换代最多也是最为残酷的。虽然清朝的这些屠城事件，在许多历史文献中均无记载，但中国民间依然留下了大量的真实记录。

据《清史稿·王骘传》记载，闽浙总督王骘在给康熙皇帝的上疏中曾经说："四川祸变相踵，荒烟百里，臣当年运粮行间，满目疮痍。自荡平后，休养生息，然计通省户口，仍不过一万八千余丁，不及他省一县之众。"

王骘的上疏说明，当时，四川境内接二连三的大屠杀，到处满目疮痍，百多里见不到一个人。虽然进行了休养生息，但整个四川全境的人口还不如其他省份一个县的人口多。可见，那个时期的汉族平民百姓的大量死亡，显然和清军的残酷屠杀是脱不了干系的。

其实不仅是四川，其他相关地区也遭受过类似的厄运。康熙十八年（1679年），浏阳县知县曹鼎新曾经说过："自甲寅吴逆倡乱……以至王师赫怒，整兵剿洗，玉石难分，老幼死于锋镝，妇子悉为俘囚，白骨遍野，民无噍类。"

大清军队自进入中原腹地以来，一向有屠杀汉族平民百姓的种种劣迹。曹鼎新作为清朝的一县之长，他不可能无中生有说瞎话，更不可能添油加醋地故意抹黑清朝政府，所以这类记载具有一定的真实性和可信度。

下面我们再来看看，"四月二十六日"的时候，作者在《红楼梦》书中都写了哪些事。

《红楼梦》第二十七回写道：

至次日乃是四月二十六日，原来这日未时交芒种节。尚古风俗：凡交芒种节的这日，都要设摆各色礼物，祭饯花神，言芒种一过，便是夏日了，众花皆谢，花神退位，须要饯行。然闺中更兴这件风俗，所以大观园中之人都早起来了。那些女孩子们，或用花瓣柳枝编成轿马的，或用绫锦纱罗叠成干旄旌幢的，都用彩线系了。每一棵树上，每一枝花上，都系了这些物事。满园里绣带飘飘，花枝招展。

"芒种节"在中国算不上什么特殊的节日。但是，在《红楼梦》书中，却出现了几件不可思议的事情。而且作者还强调"至次日"这三个可有可无的字。作者的意思就是提醒读者，"四月二十六日"的前一天就是"四月二十五日"，读者要特别记清这一天。

其一是"祭饯花神"。芒种节是农历二十四节气中的第九个节气，连节日都算不上。而大观园中的男女老少却专门"设摆礼物，祭饯花神"。而且，还要扎编轿子、马匹，把绫锦纱罗弄成小旗，用彩线系在树上，搞得满园里绣带飘摇、花枝招展。大观园的男女老少们祭个花神，就搞得场面这么隆重，的确非常奇怪。

我们知道，"阴历"是中国的传统历法之一。民间大部分以"阴历"作为纪年。按此推论，那"四月二十六日"应该是"阳历"的六月中下旬。无论是作者所处的南京还是北京，这个时候正是百花盛开、万紫千红之际，哪来的"众花皆谢，花神退位"之说。而且作者还专门用了一个"祭"字，而"祭"字的意思就是"对死者表示追悼的仪式"。

那么，四月二十六日这天，他们到底"祭"的是什么事？而"追悼"的又是什么人呢？

清军是四月二十六日开始对扬州实施的"大屠杀"。这里"祭奠"的就是被清军残忍杀害的扬州百姓灵魂，并希望他们能够安息瞑目，早日托生。

其二是"黛玉葬花"。第二十六回，晴雯和碧痕正拌嘴，忽见宝钗来了，晴雯就

335

把气移在宝钗身上，在院内抱怨说："有事没事跑了来坐着，叫我们三更半夜的不得睡觉！"这时，忽听又有人叫门，晴雯也没问是谁，便说道："都睡下了，明儿再来罢！"林黛玉认为丫头们彼此玩耍惯了，恐怕没听真是她的声音，于是又高声说道："是我，还不开？"晴雯还是没有听出是林黛玉，便使性子说道："凭你是谁，二爷吩咐的，一概不许放人进来呢！"此时林黛玉回去不是，站着也不是。正没主意，只听里面一阵笑语之声，细听一听，竟是宝玉、宝钗二人。

过了一会儿，林黛玉又发现贾宝玉和袭人出来送薛宝钗，待宝玉进去关了门，林黛玉自觉无味，回来后无精打采地卸了残妆，倚着床栏杆，两手抱着膝，眼睛含着泪，好似木雕泥塑的一般，直坐到二更多天方才睡了。

"至次日乃是四月二十六日"，是饯花之期，林黛玉就独自一人面对满目落花，触景生情，遂悲悲戚戚、呜呜咽咽地吟出了一首揪心撕肺、催人泪下的《葬花吟》。

林黛玉葬花意在爱花怜花惜花。她是怕花落到水里，被污水糟蹋，或者被人无情践踏，于心不忍。因此，她把那些飘落的花捡起来，亲自埋在土里。其实，这是作者以花喻人，借葬花来寄托哀思。

我们从"扬州屠城"事件可知，清军攻陷扬州的日期是四月二十五日的深夜，自四月二十六日起，清军连续十天，对扬州百姓烧杀奸淫。而林黛玉自五岁就随父生活在扬州。因此，作者采用"时空穿越"的艺术手法，借林黛玉"夜间失寐"和"独自伤心"，表达对扬州平民百姓的担忧。而在《葬花吟》中，就有"昨宵庭外悲歌发，知是花魂与鸟魂"的词句。四月二十六日的"昨宵"就是"四月二十五日"，这一天扬州失陷，悲剧发生，二十六日清军屠城，扬州百姓的冤魂遍地。这是作者借用黛玉葬花来悼念"扬州屠城"的八十万遇难者。

在《葬花吟》中，作者用"花谢花飞花满天，红消香断有谁怜"诗句，比喻清军屠杀扬州百姓血肉横飞、尸骨遍地的惨烈情景，象征扬州百姓尸骨难寻，魂魄无处可归的悲凉境遇。用"人去梁空巢也倾"，暗示出扬州城内万户萧疏、人绝城空的凄惨景象。接着以"一年三百六十日，风刀霜剑严相逼"的诗句，写出对清朝官兵疯狂杀戮、残酷迫害扬州百姓禽兽暴行的无比痛恨。以"独把花锄泪暗洒，洒上风枝见血痕"，表露出作者对扬州沦陷，无数汉族同胞被杀，"俯尸遍呼，漠无应者"的悲痛欲绝。而"未若锦囊收艳骨，一抔净土掩风流。质本洁来还洁去，强于污淖陷渠沟"几句，既暗示了这葬花冢就是掩埋以史可法为首的抗清将士英雄忠骨之处的象征，同时还表达了作者对抗清将士宁死不屈、誓不降清的高尚品格的无比敬仰和深切怀念。面对国破家亡的无奈现实，最后作者只能以"尔今死去侬收葬，未卜侬身何日丧？侬今葬花人笑痴，他年葬侬知是谁"的复杂情怀，表示出对国家前途命运的担忧，对家族衰败的惋惜和对自身归宿万般无奈的迷茫心态，流露出作者无可奈何的悲情和感伤情怀。

其三是打"平安醮"。打醮，就是道士设坛为人做法事，以求消灾免难、祈求上苍赐福庇佑的一种宗教法事活动。通常也是指祈神酬恩和施鬼祭魂的民间宗教祭典活动。

元妃命贾家在五月初一至初三打平安醮。作者这样安排也很有深意。

清虚观打醮本是一件普通的宗教活动，但在《红楼梦》书中却极不普通。从作者的描述看，这次打醮是元春安排的一场普通的宗教仪式。按照通常的规制，只需要族长带着一些男人去跪香打醮就可以了，不但"老太君"不必亲自参加，其他人等也没必要参加。但这次贾家内宅上下倾巢出动。不仅如此，与贾府素有世交关系的许多家庭，也临时派人参加，这就有点"小题大做"了。

原来，自四月二十六日推后七天是五月初三。这个日期恰好在"扬州屠城"七天之内。元妃安排贾家"头七"内打平安醮，一方面是为了祭奠被清军屠杀的扬州百姓灵魂，另一方面也是祈求上苍赐福消灾，庇佑人们平平安安。

"头七"是一种民间丧殡习俗。起源于东汉到南北朝时期，当时佛教传到中国，饱受战乱之苦的平民百姓如同得到甘霖一般，心灵得到了寄托，加之朝廷的支持，佛教便迅速盛行起来。佛教有个说法，人死后七日便会重新投胎转世，如果不成功便会再等下一个七日，共七次四十九天，所以人死后的"头七"内，家人就要举办祭奠仪式。"头七"这一习俗，由于各地民俗不同，有的在"头七"当天祭奠，也有的在"头七"即将结束的前一天。"头七"既是中国民间的传统习俗，也是代表了人们对死者的一份追思和祝愿，以此祭奠去世的灵魂。

其四是"超度亡魂"。作者强调的"四月二十六日"，在第二十九回里又被提了出来。

第二十九回这样写道：

那张道士先哈哈笑道："无量寿佛！老祖宗一向福寿安康？众位奶奶小姐纳福？一向没到府里请安，老太太气色越发好了。"贾母回完话后，张道士笑道："托老太太万福万寿，小道也还康健。别的倒罢，只记挂着哥儿，一向身上好？前日四月二十六日，我这里做遮天大王的圣诞，人也来得少，东西也很干净，我说请哥儿来逛逛，怎么说不在家？"

《红楼梦》的叙事技巧非常奇异巧妙，书中的很多地方，作者大都是安排"一明一暗""一假一真"两条线索并行。作者表面上借助人物和故事情节的描写，背后所要表现的就是人物原型的真实信息。我们只有通过字面上的"明写"，结合一些批语，才能揣摩和体会到作品的实质和内涵，这样才能够"读懂"《红楼梦》。

张道士提到"前日四月二十六日，我这里做遮天大王的圣诞。"作者再一次强调"四月二十六日"这一天，绝不是等闲之笔，而且还说什么"遮天大王的圣诞"。其实，这个"遮天大王"，纯粹是作者的杜撰。在中国的历史传说中，根本就没有什么所谓的"遮天大王"。为了引起读者的注意，作者笔下的张道士口中念的竟是"无量寿佛"。

从《红楼梦》一书的描写来看，这个清虚观是个道观，按照道法来讲，道士只能唱诵"无量天尊",而佛家才能够唱诵"无量寿佛"。作者作出这种不合常理的安排,并不是作者不懂佛道,而是刻意所为。

在古代中国民间,有"超度亡灵"之风俗。民间一般的观念认为,人死之后,若不超凡入圣,便成了孤魂野鬼。所以,要为死去的人"超度亡灵",从而希望其亡魂早日脱离地狱苦海,尽早步入极乐世界。

一些红学家认为,作者提到的"四月二十六日"这一天,就是贾宝玉的生日。笔者认为,这种观点实在荒唐可笑。如果说"五月初三"是贾宝玉的生日,元妃安排贾家打"平安醮",以求上苍赐福庇佑贾宝玉,这还能说得过去。但是,当时贾宝玉还活蹦乱跳地健在,根本不可能为活着的人"超度亡灵"。

因此说,作者正面写的是宗教仪式,但更深层的意思就是为"扬州屠城"中遇难的将士及无数死难的汉族同胞"超度亡魂",以此帮助死难者早日脱离地狱苦难,共度涅槃彼岸。

以上接连发生的四件事,先是"设摆礼物,祭饯花神",然后就是"黛玉葬花",再后就是打三天"平安醮",最后为死难者"超度亡魂"。作者非常巧妙地连续借用这四件事,用来祭奠被清军屠杀的将士和汉族百姓,真可谓独具匠心。

一一〇、腌臜更有满头疮

　　《红楼梦》开篇就出现了一对其貌不扬的癞头和尚和跛足道人。在前八十回里，一僧一道两位神仙总共出场了 8 次。这奇异神秘的一僧一道，虽然是作者虚构的两个串场子的"大仙"，但他们是神瑛侍者贾宝玉下凡历劫的助推者，是绛珠仙草林黛玉还泪报恩的缔造者，是薛宝钗"不离不弃，芳龄永继"金锁的点化者。他们不仅穿梭于仙界和凡间，时隐时现地贯穿于《红楼梦》全书，而且指引和决定着众多人物的生死命运。这一僧一道，不仅为小说增添了很多神秘色彩，同时也给读者留下了许多费解的困惑。

　　女娲补天剩下的这块石头，是由这一僧一道携入红尘，跻身于花柳繁华之地、温柔富贵之乡，历尽悲欢离合炎凉世态，演绎出了一场"怀金悼玉"的《红楼梦》。

　　《红楼梦》书中，赵姨娘心怀鬼胎，勾结贾宝玉寄名的干娘马道婆施弄巫蛊，陷害贾宝玉和王熙凤。就在贾宝玉和王熙凤危在旦夕之际，这两个和尚道士不期而至，拿着那块"通灵宝玉"念诵一番，很快就解除了灾厄。那个淫思凤姐的风流子弟贾瑞，在病入膏肓之际，又是他们送来了"风月宝鉴"，让贾瑞只能反照，不可正照，但贾瑞经不住妖艳女色的诱惑，结果一命呜呼，悲惨死去。这二位大仙救苦救难，指点迷津，解除冤孽，点化世人，这不得不引起我们的高度注意。尤其是这个癞头和尚。

　　"癞"是一种病名，被称为大风恶疾、癣疥等皮肤病。按照这个意思来理解，那癞头和尚就是患有大风恶疾且头上长满癣疥癞疮的一个腌臜和尚。

　　《红楼梦》书中是这样描写的：

　　一日，正当嗟悼之际，俄见一僧一道远远而来，生得骨骼不凡，丰神迥异，说说笑笑来至峰下，坐于石边高谈快论。

　　书中描写这一僧一道名"茫茫大士"和"渺渺真人"，在没有下凡之前，是骨骼不凡，丰神迥异，而到了人世凡间、芸芸众生面前，却幻化成了头上长满癣疥癞疮的一个癞头和尚和一个一瘸一拐的跛足道人。作者安排这样两个丑陋无比、形象猥琐不堪的和尚道人，到底有何用意呢？

　　我们知道，凡是出家当和尚的人都要剃光头发，这在佛教中叫剃度。按照佛教的说法，头发代表着人间的烦恼和错误恶习，剃掉头发也就等于去掉了尘世间的一切凡心，才能够了却一切尘缘和牵挂，一心一意专注修行。

　　在我国古代，汉族自古以来就非常重视衣冠服饰，因此，老百姓通常把头发看得十分重要。

《孝经》有言："身体发肤，受之父母，不敢毁伤，孝之始也。"意思是说：我们的身体四肢、毛发皮肤是父母给我们的，我们必须珍惜它、爱护它、保护它，这是行孝的开始，否则是对父母的不孝和不敬。

男子留辫子本来是女真人的风俗。清朝早期满族男子的发型是把前颅、两鬓、头顶及周围一圈的头发全部剃光，就留下后脑勺那一小部分头发编成小辫子。这种小辫子，须得能穿过清朝铜钱的方孔才算合格。所以，当时的满族人称这种发型叫作"金钱鼠尾头"。后来经过演变，后面的头发留得稍微多了一点，辫子也更粗。现在反映清朝时期的一些电影及电视剧中的男子发型，就是演变后的发型。

大清王朝统治中原以后，大批的民间反清社团和反清组织此起彼伏。特别是前明时期的"文化精英"。他们纷纷著书立说，抨击异族的入侵，斥骂清朝军队惨无人道的血腥屠杀，不断鼓动汉族同胞"反清复明"。这对清朝统治者来说，无疑是一种很大的威胁。在这种情况下，清朝统治者认为，要想巩固统治地位，必欲采取强制手段，彻底泯灭汉人的民族意识和民族气节。因此，清朝统治者就把"剃发易服"作为削弱汉族意识，磨灭民族思想最重要的标志之一。当时提出的口号就是："留头不留发，留发不留头。"

就《红楼梦》人物的发式而言，很明显不是当时满族人的发式。但对贾宝玉的发式描写，却有着明显的变化。

书中第三回写贾宝玉：

头上戴着束发嵌宝紫金冠，齐眉勒着二龙抢珠金抹额，穿一件二色金百蝶穿花大红箭袖，束着五彩丝攒花结长穗宫绦，外罩石青起花八团倭锻排穗褂，蹬着青缎粉底小朝靴。面若中秋之月，色如春晓之花。鬓若刀裁。

或许有人认为，贾宝玉穿的"二色金百蝶穿花大红箭袖"就是清朝标准的满族人的服饰。其实不然。箭袖也叫箭衣，俗称"马蹄袖"。早在明朝时期，就有箭手穿着，并不是清朝时期满族人特有的服饰。当时满族人的男子全部都是剃头留辫子，不可能"戴着束发嵌宝紫金冠"，更不会"鬓若刀裁"。可见贾宝玉的发式是汉族传统男子的特有发式。

然而第七十八回又写道：

秋纹将麝月拉了一把，笑道："这裤子配着松花色袄儿、石青靴子，越显出这靛青的头，雪白的脸来了。"

秋纹所说的"靛青的头"，明显是当时"剃发"以后的标准发式。由此说明，贾宝玉的发式经过了"汉族"到"满族"的明显转变。也就是说，贾宝玉最后的发式，是"剃发易服"后的产物。

其实，清朝军队入关之初，就曾经颁发过"剃发令"。顺治二年（1645 年），摄政王多尔衮下令再次颁发"剃发令"，并且规定："全国官民，京城内外限十日，直隶及各省地方以布文到日亦限十日，全部剃发。"多尔衮在颁布"剃发令"的同时，还同时颁布了"易服令"，规定"官民既已剃发，衣冠皆宜遵本朝之制。"顺治三年（1646 年）顺治皇帝又颁布了"剃发令"，规定京城内外，限十日；各省自诏令到达之日算起，亦限十日，官军民一律剃发，迟疑者按逆贼论，斩！

"剃发令"和"易服令"的颁布，激起了全国汉族同胞的强烈抗议，也引起了清朝汉族臣僚的抗议之声。

据《清世祖实录》记载，顺治元年（1644 年），孔子第六十二代玄孙，原任陕西河西道副使孔闻谭，曾经上书摄政王多尔衮说："臣家的宗子衍圣公孔衍植已率领四氏的子孙告于祖庙，都遵循命令剃发。但念在先圣孔子是典章礼仪的宗师，颜子、曾子、孟子三大圣贤共同兴起和维护。他们所制定的礼仪，没有比冠服之礼更大的了。先圣的章甫和缝腋，子孙世世代代谨守，所以从汉朝到明朝，各朝制度虽然有增减变化，但下臣家族服制却三千年没有改变。今日一旦变更，恐怕皇上尊崇儒学重视道德的目的没有完全达到。是否应该蓄发，以恢复先世的衣冠？"

顺治二年（1645 年）十月，多尔衮以顺治皇帝的名义下旨说："贵国既得中华，当用中华冠服。"有令云："孔子圣之时，闻谭妄言，殊辱乃祖，理当正法。念圣裔，革职为民，永不叙用。"不久，孔闻谭在家中郁郁而终。

"剃发令"的颁布与实施，是满大清统治者实行的一项民族高压政策，是大批汉人成为"亡国遗族"的最重要的标志。由于这项政策涉及民族文化认同，最重要的就是为了削弱汉族的民族意识，有利于清政府的殖民统治，曾经激起了汉族人的强烈反对和顽强抵制，结果招致清政府的血腥镇压。

当时，为了抵制反抗"剃发令"这一暴政，无数汉民或逃隐山林，或愤而自杀，或出家当道士和尚。同时，他们高呼："宁为束发鬼，不做剃头人！"在苏州，一对卖面饼的老夫妇，在剃法令下来之后，老头吟唱道："发兮发兮，白者父之精，黑者母之血兮，吾无发兮其何以见父母兮。"然后，两人悬梁自尽。在浙江温州，有一户姓徐的大户拖羊带牛，拿着必需的农具，在山上盖起了茅草棚，一住就是 30 多年，既不让外人上山，自己也从不下山。最为悲壮的要数"江阴八十一日"。江阴人为了誓死捍卫自己的头发，他们在阎应元、陈明遇的领导下，坚守城池 81 天，杀死清兵 7.5 万人，有 6.7 万人战死城墙上下。不久江阴城破，清兵连杀数日，直到满城杀尽，方才封刀。当时，死于清朝士兵刀下的老百姓又有 17 万多人，仅有 53 名老人和孩子幸免于难。因此，"剃发易服"是满洲贵族制造的人类历史上最为罕见的野蛮暴行之一。

"剃发令"颁布之初，由于当时中国的钢材冶炼水平不高，其剃头刀子也不是很锋利，所以每次剃头的时候，比较容易剃破头皮，甚至流血不止并形成疮疤。那个时候，一般十天半月就要刮干净一次，有的甚至前次的疮疤还没有完全恢复，后一次又剃出了新疮疤。这种满头疮疤的头，就像和尚的头上长满了癣疥癫疮，感染以后经常流脓流血，不仅极其难看，而且还恶臭难闻，使人避而远之。

《红楼梦》第二十五回，就有描写和尚及道人模样的诗句。其中描写和尚的诗句是：

鼻如悬胆两眉长，目似明星蓄宝光，

破衲芒鞋无住迹，腌臜更有满头疮。

描写道人模样的诗句是：

一足高来一足低，浑身带水又拖泥。

相逢若问家何处，却在蓬莱弱水西。

从这两首诗中我们不难看出，这一瘸一拐，衣着邋遢，浑身肮脏，满头生疮的两个不堪形象，暗示了清政府外表盛世，内藏乱世，民生步履维艰，世道满目疮痍的危局。

因此，《红楼梦》作者借用"癞头和尚"和"跛足道人"这两个不雅形象，一方面暗讽清朝时期的"剃发令"，另一方面嘲讽颁布"剃发令"的清朝统治者就像个"跛足"的跳梁小丑，不得人心。因此，贾宝玉这才说出了"看到女子就清爽，见到男子就觉得浊臭逼人"的语句。这些都充分反映了作者对于清朝统治者不雅形象的强烈不满，无情地揭露和控诉了清政府实行殖民统治的野蛮暴行。

一一一、"南直"召祸之"实病"

《红楼梦》第一回有一段写道：

不想这日三月十五，葫芦庙中炸供，那些和尚不加小心，致使油锅火逸，便烧着窗纸。此方人家多用竹篱木壁者，大抵也因劫数，于是接二连三，牵五挂四，将一条街烧得如火焰山一般。彼时虽有军民来救，那火已成了势，如何救得下？直烧了一夜，方渐渐地熄去，也不知烧了几家。只可怜甄家在隔壁，早已烧成一片瓦砾场了。

此时，有一条甲戌眉批：

写出南直召祸之实病。

这条批语中的"南直"是指南直隶。明成祖从南京应天府迁都北京以后，以旧时的江南省所辖各府直隶南京，时称南直隶。"南直"在清朝时期，改称为"江南省"。"召祸"之"祸"，是指曹家、李家在雍正继位后相继被革职、抄没。"写出南直召祸之实病"的意思就是"写出了江南三织造的曹家、李家、孙家招致抄家治罪的根本原因"。

《红楼梦》作者写葫芦庙的和尚，因为用热油炸供神用的食品，结果不小心，致使热油溢出锅外着火，导致甄家被"烧成一片瓦砾场"。也就是说，甄家被烧的罪魁祸首就是"葫芦庙"里的和尚。

"葫芦"的谐音就是"胡虏"。"胡虏"也称"鞑虏"或"鞑子"。秦汉时期称"匈奴"为"胡虏"，在明朝初期反元时，一般蔑称"蒙古鞑子"。由"鞑子"引申而来的"鞑虏"一词，具有更为强烈的憎恨色彩。历史上汉人对北方的少数民族如蒙古族、满族等，均称为"胡虏"或者"鞑虏"。南宋抗金英雄岳飞，在他的《满江红·怒发冲冠》中，就有"壮志饥餐胡虏肉，笑谈渴饮匈奴血"之句。孙中山先生提出的"驱除鞑虏，恢复中华"，就是指用革命手段推翻清王朝的统治，把斗争矛头直指清王朝。因此，这里的"胡虏"，是专指当时的"满族人"。

既然"胡虏"指的是当时的满族人，那"葫芦庙的和尚"无疑指的就是清政府的当权者。这个当权者，不仅把甄家"烧成一片瓦砾场"，并"接二连三，牵五挂四，将一条街烧得如火焰山一般"。

在这里，作者借葫芦庙炸供失火，暗写雍正皇帝对江南"三大织造"的无情打击和残酷迫害。

雍正皇帝继位后，于雍正元年（1723年）将苏州织造李煦革职抄家治罪，将其家产赏给了年羹尧。雍正四年（1726年）七月，将曹寅女婿平郡王纳尔苏革爵圈禁。雍正五年（1727年）二月，又查出李煦为八阿哥胤禩购买苏州女子，而被定为"奸党"，流放到东北吉林，两年后冻饿致死。雍正五年（1727年）十二月，江宁织造主事曹頫因"骚扰驿站"遭到革职。雍正六年（1728年）正月，又因"企图转移财产"查抄曹家，曹頫被"带枷催追"欠款。同时，将曹家的全部家产赏给了绥赫德。杭州织造孙文成也被雍正以年迈为由革职罢免。在康熙一朝曾经显赫一时的江南"三大织造"，在雍正继位后的五六年时间，相继败落，可谓是"接二连三，牵五挂四"，落了个"白茫茫大地真干净"。

庚辰本《脂砚斋重评石头记》第六十三回，有这样一段描写：

因又见芳官梳了头，挽起攥来，带了些花翠，忙命她改妆，又命将周围的短发剃了去，露出碧青头皮来，当中分大顶，又说："冬天作大貂鼠卧兔儿带，脚上穿虎头盘云五彩小战靴，或散着裤腿，只用净袜厚底镶鞋。"又说："芳官之名不好，竟改了男名才别致。"因又改作"雄奴"。芳官十分称心，又说："既如此，你出门也带我出去。有人问，只说我和茗烟一样的小厮就是了。"宝玉笑道："到底人看得出来。"芳官笑道："我说你是无才的。咱家现有几家土番，你就说我是个小土番儿。况且人人说我打联垂好看，你想这话可妙？"宝玉听了，喜出意外，忙笑道："这却很好。我亦常见官员人等多有跟从外国献俘之种，图其不畏风霜，鞍马便捷。即这等，再起个番名，叫作'耶律雄奴'。'雄奴'二音，又与匈奴相通，都是犬戎名姓。况且这两种人自尧舜时便为中华之患，晋唐诸朝，深受其害。幸得咱们有福，生在当今之世，大舜之正裔，圣虞之功德仁孝，赫赫格天，同天地日月亿兆不朽，所以凡历朝中跳梁猖獗之小丑，到了如今竟不用一干一戈，皆天使其拱手挽头缘远来降。我们正该作践他们，为君父生色。"芳官笑道："既这样着，你该去操习弓马，学些武艺，挺身出去拿几个反叛来，岂不尽忠效力了。何必借我们，你鼓唇摇舌的，自己开心作戏，却说是称功颂德呢。"宝玉笑道："所以你不明白。如今四海宾服，八方宁静，千载百载不用武备。咱们虽一戏一笑，也该称颂，方不负坐享升平了。"芳官听了有理，二人自为妥帖甚宜。宝玉便叫他"耶律雄奴"。

同一回下边又有一段文字描写道：

一时到了怡红院，忽听宝玉叫"耶律雄奴"，把佩凤、偕鸳、香菱三个人笑在一处，问是什么话，大家也学着叫这名字，又叫错了音韵，或忘了字眼，甚至于叫出"野驴子"来，引得合园中人凡听见无不笑倒。

此段文字只有"庚辰本"和"戚本"等少数本子所有。据说"列藏本"也有此段内容。其他各版本均被删除。

为什么这段文字只在少数几个抄本出现，而其他各本都被删除掉了呢？

这是因为，在迄今发现的《红楼梦》的所有版本中，"庚辰本"是继"甲戌本"

以后发现最早的版本。甲戌本虽然比庚辰本早 6 年，但甲戌本现只存有十六回，而庚辰本存有七十八回。如果甲戌本也像庚辰本和"戚本"一样相对完整的话，甲戌本肯定也会有此段文字。

"戚本"是乾隆年间戚蓼生收藏并作序的一个本子，此本经过整理后，前八十回相对比较完整，错讹字极少。应当说，"戚本"是所有脂本中面貌颇为精良的一个流传本。

这两个版本因为年代较早，相对于其他版本而言，基本上保持了作者的原稿原意。后来的一些版本，因为这一段的文字含有讽刺谩骂"清政府"的文字描写，作者和传抄者害怕"文狱冤案"，所以在传抄的过程中，均被删除掉了。

庚辰本和"戚本"的这两段文字描写，作者至少给我们说明了这么几个事实。

一是从芳官所剃头的形状和装扮来看，明显就是清朝满人的作派。芳官所剃的头，是"将周围的短发剃了去，露出碧青头皮来，当中分大顶"。这种头型，与清朝满人的"金钱鼠尾头"相似。再看看服饰。芳官的服饰是"脚上穿虎头盘云五彩小战靴，或散着裤腿，只用净袜厚底镶鞋"，也与北方寒冷地区游牧民族的穿着打扮基本相似。

二是自古以来，尧、舜就是华夏民族祖先的代表，是华夏民族的骄傲和象征。也就是说，"舜"是黄帝的嫡系子孙。作者所说的"大舜之正裔"，单指的是汉族。既然如此，那么"中华之患"指的就是"夷狄之患"，也就是入侵中原的清朝贵族。

三是贾宝玉嫌芳官的名字不别致，就又把他的名字改作"雄奴"。随后贾宝玉又说"再起个番名，叫作'耶律雄奴'。'雄奴'二音，又与匈奴相通，都是犬戎名姓。"随后又写"这两种人自尧舜时便为中华之患"。

"耶律"，初为契丹的一个部落名，辽建国后，用耶律为国姓，其实是契丹族鲜卑的一个分支。

"雄奴"，按照作者一贯使用的"谐音"手法，亦是"匈奴"。

"犬戎"，也是蒙古草原游牧民族之一。

虽然《红楼梦》书中出现的这些名字都是"番名"，但作者所暗指的就是当时的"满族人"。而就在芳官所说的"我说你是无才的"一句旁边，有一条庚辰双行夹批：

用芳官一骂，有趣。

说明批者也非常清楚作者是在暗骂"清朝政府"。

四是贾宝玉所说的"所以凡历朝中跳梁猖獗之小丑，到了如今竟不用一干一戈，皆天使其拱手挽头缘远来降"这段话，是对清军入关的前期，"拱手挽头"降清的"朝中跳梁猖獗之小丑"的讽刺和谩骂，比如吴三桂乞降多尔衮，孔有德、尚可喜投靠后金政权等。

作者所写的"犬戎"，虽然是个民族的名称，同时也一语双关，把"耶律"和"雄奴"描写成"都是犬戎名姓"。作者在这里是在暗骂当时的"满族人"是"中华之患"，是不通人性、胡乱咬人的"犬狗"。同时，作者借用丫头之嘴把当时的满族人说成"野驴子"。可见作者对清朝政府是多么厌恶和憎恨。

其实，《红楼梦》书中侮辱谩骂清朝政府的地方不止一处。其中第六回在介绍刘姥姥的亲家王成时说："只有其子，小名狗儿。狗儿亦生一子，小名板儿。嫡妻刘氏。又生一女，名唤青儿。一家四口，仍以务农为业。"

作者绕来绕去，说的就是"王成的儿子狗儿，娶妻刘氏，生了一儿一女，儿子叫板儿，女儿叫青儿"。而"板"和"青"隐含了"反清"二字。其中的关系就是"狗"妻生"清"，也就是寓意"清狗"。

作者把当时满族人称为"清狗"，与书中提到的"犬戎""野杂种""野驴子"，都是采取隐喻和暗写的方式侮辱谩骂清朝满族人。

一一二、脂粉香娃"割腥啖膻"

"腥膻"亦作"腥羶"讲。一层意思是指又腥又膻的气味，比喻丑恶污浊的事物和现象。另一层意思是对入侵外敌的一种轻蔑称呼。

明朝《精忠记》作者姚茂良，在其《精忠记·应诏》中说道："率百万之师，决千里之胜，扫荡腥膻，殄灭无遗，庶可以雪国家之耻。"

明太祖朱元璋曾经说过："胡元入主中国，夷狄腥膻，污染华夏，学校废弛，人纪荡然。"

民主革命家、思想家章炳麟先生也曾说过："自甲申（顺治元年，1644年）沦陷，以至今日，愤愤于腥膻贱种者，何地蔑有？其志坚于印度，其成事亦必胜于印度。"

以上无论是姚茂良的"扫荡腥膻，殄灭无遗"，还是朱元璋的"夷狄腥膻，污染华夏"，都是对清政府的污蔑和憎恨。章炳麟先生更是直白地大骂清朝满人为"贱种"。

著名抗清英雄张煌言，由于叛徒出卖，被清军生擒。当他赴刑场时，面无惧色，大义凛然。抬头举目望见吴山，叹息说："大好江山，可惜沦于腥膻！"这里的"腥膻"，特指的就是当时的"满族人"和"清朝军队"。

庚辰本《脂砚斋重评石头记》第四十九回，有一段闺阁女子"割腥啖膻"吃"鹿肉"烧烤的精彩描写：

李纨等忙出来找着他两个说道："你们两个要吃生的，我送你们到老太太那里吃去。哪怕吃一只生鹿，撑病了不与我相干。这么大雪，怪冷的，替我作祸呢。"宝玉笑道："没有的事，我们烧着吃呢。"李纨道："这还罢了。"只见老婆子们了拿了铁炉、铁叉、铁丝蒙来，李纨道："仔细割了手，不许哭！"说着，同探春进去了。

后面又接着写道：

湘云一面吃，一面说道："我吃这个方爱吃酒，吃了酒才有诗。若不是这鹿肉，今儿断不能作诗。"说着，只见宝琴披着凫靥裘站在那里笑。湘云笑道："傻子，过来尝尝。"宝琴笑说："怪脏的。"宝钗道："你尝尝去，好吃的。你林姐姐弱，吃了不消化，不然她也爱吃。"宝琴听了，便过去吃了一块，果然好吃，便也吃起来。一时凤姐儿打发小丫头来叫平儿。平儿说："史姑娘拉着我呢，你先走罢。"小丫头去了。一时只见凤姐也披了斗篷走来，笑道："吃这样好东西，也不告诉我！"说着也凑着一处吃起来。黛玉笑道："哪里找这一群花子去！罢了，罢了，今日芦雪广遭劫，生生被云丫头作践了。我为芦雪广一大哭！"湘云冷笑道："你知道什么！'是真名士自风流'，你们都是假清高，最可厌的。我们这会子腥膻大吃大嚼，回来却是锦心绣口。"宝钗笑道："你回来若作得不好了，把那肉掏了出来，就把这雪压的芦苇子摁上些，以完此劫。"

在以上这两段描写中，李纨说出了"吃一只生鹿"，史湘云提到了"鹿肉"和"我们这会子腥膻大吃大嚼"等语句。一方面说明"腥膻"指的是鹿肉，另一方面指的就是当时的满人和清朝军队。而"鹿"与胡虏的"虏"发音相同，鹿肉就是影射"胡虏肉"。"胡虏"又称"鞑虏"，"鞑虏"又称"鞑子"，是历史上汉人对北方少数民族的称呼。这些北方的游牧民族，他们的主要食物以牛、羊等腥膻食物为主。鹿肉属于腥膻一类，"割腥啖膻"也就是吃"胡虏肉"。而这种吃还不是一般"文绉绉"地吃，而是"烧着吃""大吃大嚼"。不但要割了它，而且还要生吃了它。作者用"鹿"代表"胡虏"，用"割腥啖膻"来表达对清朝满族人的厌恶和仇恨，真可谓是匠心独具。

面对清朝极为残酷的"文字狱"，如果作者没有家破人亡、骨肉离散这一件件铭心刻骨的深仇大恨，他也绝对不会拿自己的脑袋开玩笑，明目张胆地用"割了生吃""烧着吃""大吃大嚼"这种极具毒辣的语言来侮辱谩骂清朝政府。

这种侮辱谩骂"大清"的文字，在《红楼梦》书中还有很多处。

第十七回元妃省亲，书中写道：

贾妃满眼垂泪，方彼此上前厮见，一手搀贾母，一手搀王夫人，三个人满心里皆有许多话，只是俱说不出，只管呜咽对泪……半日，贾妃方忍悲强笑，安慰贾母、王夫人道："当日既送我到那不得见人的去处，好容易今日回家娘儿们一会，不说说笑笑，反倒哭起来。一会子我去了，又不知多早晚才来！"说到这句，不觉又哽咽起来。邢夫人忙上来解劝。

在这段原文中，贾元春说出了"不得见人的去处"之句。这句话的本意是说贾元春身居宫中，不能经常与家人见面。表面上也确实挑不出什么毛病，但仔细一想，就是作者含沙射影地"暗喻"皇宫是个污秽肮脏、不堪入目的地方。作者借贾元春之口贬斥皇宫"见不得人"，这不是明目张胆地骂皇宫中的皇帝和后妃娘娘鸡鸣狗盗、卑鄙龌龊、污秽肮脏吗？

然而，就在贾元春这段话的中间，有两条庚辰双行夹批。第一条是：

追魂摄魄，《石头记》传神摸影全在此等地方，他书中不得有此见识。

"追魂摄魄"是指摄取魂魄之意。在这里，批者是说在《石头记》书中，这种既"追魂摄魄"又"传神摸影"的高超艺术手法达到了"鬼斧神工"的地步。作者在此含而不露地运用这些隐喻、暗喻的创作手段，可谓登峰造极。

另一条是：

说完不可，不先说不可，说之不痛不可，最难说者是此时贾妃口中之语。只如此一说，千贴万妥，一字不可更改，一字不可增减，入情入神之至！

这条批语是说，贾妃贬斥皇帝后宫"见不得人"的这句话不说不可，说出来不痛不痒不可，这句话能够从贾元春口中说出，实在是难能可贵。批者赞扬这句话字字珠玑，千贴万妥，恰到好处。这样的字句一个字不可更改，一个字不可增减，其技艺达到了出神入化的绝妙境界，写得实在是好极了。

由此说明，作者这样酣畅淋漓地骂皇宫中的当朝皇帝和后妃娘娘卑鄙无耻，污秽肮脏，批者也是大快人心，拍手叫好。同时，批者也高度赞扬了作者面对残酷"文字狱"所表现出的视死如归的无惧无畏精神。

一一三、贾敬"宾天"有映射

雍正十三年（1735年）八月二十三日子时，雍正皇帝突然暴死在圆明园。一时间，京师传言迭起，猜测纷纷，其死因说法各异，成为清朝一大奇案，轰动朝野。

其实，雍正皇帝的死，并不是坊间传的那么离奇。他与《红楼梦》书中贾敬的死颇为相似。

我们先来了解一下贾敬在《红楼梦》书中的一些情况。

贾敬是宁国公贾演的孙子，京营节度使世袭一等神威将军贾代化的儿子，贾珍、贾惜春的父亲。贾敬虽然曾经是贾氏家族的族长和领头人物，但他一味好道，除了过年过节、元妃省亲或者贾母生日等回家以外，几乎不回贾府，家里家外大小事项一概不管不问，住在都外玄真观修炼，烧丹炼汞，后因吃秘制的丹砂烧胀而死，死后追赐为五品虚职官衔。

作者描写贾敬很多的所作所为，与雍正皇帝十分相似。因此，有不少红学家推论，作者利用贾敬这一形象来映射雍正皇帝。

书中第六十三回写道：

众姐妹在榆荫堂击鼓传花，喝酒逗趣。正玩笑不绝，忽见东府中几个人慌慌张张跑来说："老爷宾天了。"众人听了，唬了一大跳，忙都说："好好的并无疾病，怎么就没了？"家下人说："老爷天天修炼，定是功行圆满，升仙去了。"尤氏一闻此言，又见贾珍父子并贾琏等皆不在家，一时竟没个着己的男子来，未免忙了。只得忙卸了妆饰，命人先到玄真观将所有的道士都锁了起来，等大爷来家审问。一面忙忙坐车带了赖升一干家人媳妇出城，又请太医看视到底系何病。大夫们见人已死，何处诊脉来，素知贾敬导气之术总属虚诞，更至参星礼斗，守庚申，服灵砂，妄作虚为，过于劳神费力，反因此伤了性命的。如今虽死，肚中坚硬似铁，面皮嘴唇烧得紫绛皱裂，便向媳妇回说："系玄教中吞金服砂，烧胀而殁。"众道士慌的回说："原是老爷秘法新制的丹砂吃坏事，小道们也曾劝说'功行未到且服不得'，不承望老爷于今夜守庚申时悄悄地服了下去，便升仙了。这恐是虔心得道，已出苦海，脱去皮囊，自了去也。"尤氏也不听，只命锁着，等贾珍来发放，且命人去飞马报信。

同一回又写道：

且说贾珍闻了此信，即忙告假，并贾蓉是有职之员。礼部见当今隆敦孝弟，不敢自专，具本请旨。原来天子极是仁孝过天的，且更隆重功臣之裔，一见此本，便诏问贾敬何职。礼部代奏："系进士出身，祖职已荫其子贾珍。贾敬因年迈多疾，常养静于都城之外玄真观。今因疾殁于寺中，其子珍，其孙蓉，现因国丧随驾在此，故乞假归殓。"天子听了，忙下额外恩旨曰：

贾敬虽白衣无功于国，念彼祖父之功，追赐五品之职。令其子孙扶柩由北下之门进都，入彼私第殡殓。任子孙尽丧礼毕扶柩回籍外，着光禄寺按上例赐祭。朝中由王公以下准其祭吊。钦此。

此圣旨一下，不但贾府中的所有人都跪拜谢恩，就连朝中的所有大臣也都称颂不绝。

我们再来了解一下雍正皇帝"宾天"前后的一些情况。

据《雍正朝起居注册》记载：

雍正十三年（1735年）八月十八日，召办理苗疆事务王大臣议事，命哈元生、张照一定要彻底清除苗患，否则唯他们是问。八月二十日，谕军机大臣关于北路军营驼马事务。引见宁古塔将军杜赉咨送补授协领、佐领人员。八月二十一日，上不豫，仍办事如常。八月二十二日，上不豫。子宝亲王、和亲王朝夕侍侧。戌时，上疾大渐，召诸王、内大臣及大学士至寝宫，授受遗诏。八月二十三日，子时，龙驭上宾。

《雍乾嘉三帝事记》中记载：

雍正十三年秋皇上暴病。鄂尔泰飞马及鞍，疾走入内。御榻数人，皇后至，面泪容。鄂揭开御帐瞧，"哟"声出。庄、果二亲王亦到。近瞻御容，都吓了一跳。庄王道："把账放下，图后事。"面请皇后安，后咽道："好端端人，为什么立刻暴亡？"

清朝重臣张廷玉在自己的《年谱》中也记载道：

八月二十日，圣躬偶尔违和，犹听政如常。廷玉每日进见，未尝有间。八月二十二日漏将二鼓，方就寝，忽闻宣召甚急，趋至圆明园，内侍三四辈待于园之西南门，引至寝宫，始知上疾大渐，惊骇欲绝。庄亲王、果亲王、大学士鄂尔泰、公丰盛额、纳亲、内大臣海望先后至，同到御榻前请安，出候于阶下。太医进药周效，至二十三日子时，龙驭上宾矣。

从雍正皇帝"宾天"的前后情况来看，八月二十一日，雍正皇帝虽然感觉到身体有些不适，但是仍然能够正常工作。到了第二天，身体还没有明显好转，于是宣诏他的儿子弘历及弘昼在侧服侍。到了晚上戌时，病情逐渐加重。这个时候，急召各诸王、内大臣及大学士至寝宫，授受遗诏。结果到了二十三日的凌晨，雍正皇帝就"龙驭归天"了。

以上是雍正皇帝从身体不适到"龙驭归天"的大致过程，并没有说明他的死因。

从《雍乾嘉三帝事记》的记载中，我们可以看出，雍正的死用的是"暴病"，说明雍正皇帝是突然死亡，事前没有一点征兆，只是感觉身体不适。大学士鄂尔泰揭开御帐一看，发出了"哟"的一声，而且庄亲王允禄、果亲王允礼近瞻御容，也都吓了一跳，说明雍正皇帝死后的面部不堪入目，非常恐怖。这个时候皇后也哭着说道："好端端人，为什么立刻暴亡？"

张廷玉在他的《年谱》中的记载也都与《清世宗实录》的记载基本相同。只不过是他用了"惊骇欲绝"四个字，可见雍正皇帝死后，其身体及面部着实令人"惊恐害怕"。

据了解，雍正皇帝年轻的时候就非常热衷于佛家典籍，尤其对道教情有独钟。康熙五十五年（1716 年）秋天，当时的雍亲王胤禛，就曾安排其府中的谋士戴铎，在武夷山请一道士算过一命，得到一个"卍"字，于是异常兴奋，就将道士看作先知先觉的异人。成为皇帝之后，他还在宫中养着娄近垣、贾士芳、张太虚等人。他极力推崇金丹派南宗祖师张伯端，并已经完全掌握了张伯端的炼丹要领。

在中国第一历史档案馆，目前还依然保存了 9 份由雍正皇帝给地方大臣亲信的手书密谕，命他们"可留心访问有内外科好医生与深达修养性命之人，或道士，或讲道之儒士、俗家"。倘若"遇缘访得"，先"厚赠以安其家"，然后"着人优待送至京城"。这份密谕用如此恳切真诚之语，要求地方官员为他"访道求仙"。雍正的心腹大臣，浙江总督李卫，就向他推荐了一个"深通数学，亦明性理"的河南方士贾士芳。对此，雍正非常高兴，并说，"闻此人甚高博，可令踊跃鼓舞"，随即急令田文镜"密送至京"。可见，雍正皇帝对"讲道之儒士、俗家"是多么欣赏厚待。

从雍正四年（1726 年）开始，雍正皇帝就痴迷炼丹，经常服食丹药。他还因此写过一首题为《烧丹》的诗："铅砂和药物，松柏绕云坛。炉运阴阳火，功兼内外丹。"他曾自号"破尘居士""圆明居士"，时常在宫中做法会，亲自收门徒。他大修古刹名寺，给道士僧人赐封号。他特别宠幸龙虎山驻京道士娄近垣，封他为四品龙虎山提点、钦安殿住持，并赐封娄近垣为"妙正真人"。由此看来，雍正皇帝可谓是史上宠信道士、迷恋丹药的帝王第一人。

据清宫档案记载，从雍正八年（1730 年）冬季开始，到雍正十三年（1735 年）八月二十三日"宾天"为止，雍正皇帝参与道教活动一直十分频繁。今天的北京故宫博物院，仍保存着当年雍正皇帝身穿道教服装的画像。

我们再来看看贾敬死后和雍正皇帝"宾天"之后的种种迹象和表现。

一是东府中的几个人把贾敬的突然死亡说成是"宾天"。"宾天"一词，是表示帝王死亡时的委婉代称。一般而言，只有帝王的死，才可以说成是"宾天"。

《礼记》中讲：天子死叫"崩"，诸侯死叫"薨"，大夫死叫"卒"，士死叫"不禄"，庶人死叫"死"。在《二十四史》及《清史稿》中，"宾天"总共出现过 21 次，这 21 次专指的就是帝王或皇太子、皇后之死。这说明"宾天"在正史中均属于皇室的专用词汇。这样看来，"宾天"和"驾崩"从广义上理解都是指帝王之死。按照这个说法，贾敬"白衣无功于国"，死了以后才被追赐五品职衔，他的死用"殁""卒"

和"不禄"都相对比较合适。而"宾天"一词，用在他身上很显然极不合适。

二是当贾家人听说贾敬死后的消息"唬了一大跳，忙都说：'好好的并无疾病，怎么就没了？'"说明贾敬死得很突然，死前毫无一丝征兆，这与雍正皇帝的突然"暴亡"非常相似。而且家人所说的"好好的并无疾病，怎么就没了"，也与皇后所说的"好端端人，为什么立刻暴亡"如出一辙。

三是书中描写贾敬"如今一味好道，只爱烧丹炼汞"，和贾敬死后"肚中坚硬似铁，面皮嘴唇烧的紫绛皱裂"，以及太医所说的"系玄教中吞金服砂，烧胀而殁"等，说明贾敬因服用丹药过量，面皮、嘴唇被烧得不成样子。雍正皇帝"宾天"后，鄂尔泰揭开御帐看时，发出"哟"的一声。庄亲王允禄、果亲王允礼近瞻御容，也都吓了一跳。还有张廷玉的私人记录也记载，当他见到雍正皇帝时，令其"惊骇欲绝"等，说明雍正皇帝死后有可能七窍流血，面部恐怖吓人。这些记载与贾敬的死有很多相通之处。

客观来讲，雍正的勤政还是比较突出的，其建树之多、政绩之大，不亚于中国历史上的一些名主贤君。在他担任皇帝的 13 年中，除了他的生日以外，几乎每天都是"五加二白加黑"。他每天的睡眠时间只有四五个小时，仅他亲自朱批过的折子就有 360 多卷，批语多达 1000 多万字。但是，古代一切君主，除个别特殊情况以外，没有一个不迷恋女色的。雍正皇帝虽然吃斋念佛，但是他的后宫嫔妃也并不少，有史可查且有名有分的后宫女人就有近 30 位，还有一些没有记录在案的宫女。由此看来，很多当朝皇帝，不仅喜爱江山，而且很爱美人。

大约雍正六年（1728 年）以后，由于铲除了"八爷党"集团，各项改革措施也基本走向正规，雍正皇帝感觉可以松口气享乐享乐了，于是逐渐迷恋女色。又因当时雍正皇帝年过五十，而且长期"加班加点"，睡眠不足，肯定有些力不从心，只得依赖丹药，导致身体每况愈下，以致最终"暴亡"。

据清内务府《活计档》记载：

从雍正八年（1730 年）到十三年（1735 年），雍正皇帝先后一百五十七次下旨向圆明园运送炼丹所需物品，其中用煤就有二百三十四吨，还有大量的矿银、红铜、黑铅、硫磺等炼丹物资。

可见，当时圆明园的炼丹场面是多么热火朝天。

四是书中描写贾敬长期住在京都城外的玄真观修炼，家事不管、正业不务，整天和道士们"胡羼"，与史料记载的雍正皇帝不在宫中居住办公，长期住在圆明园基本相似。

五是书中描写尤氏"命人先到玄真观将所有的道士都锁了起来，等大爷来家审问"，与乾隆皇帝下令驱逐全部道士，封锁一切消息基本一致。

就在雍正皇帝"宾天"的第二天，乾隆皇帝特下旨驱逐雍正养在圆明园中的道士等人，并严令他们不许透露宫中的任何只言片字。同时，还告诫太监、宫女们，不准将宫中消息传出，让外间闲话，也不许传出内廷，违者不贷。这些都进一步证明，雍正皇帝是突然"暴亡"而死，死时身体及面部不堪入目，一旦传出宫外，有损皇家的面子和声誉，所以下令封口，不得外传。

六是贾敬的"敬"字和雍正皇帝谥号"敬天昌运建中表正文武英明宽仁信毅睿圣大孝至诚宪皇帝"的首字"敬"字完全一致。说明作者故意不避讳"敬"字，以贾敬之死暗喻雍正"暴亡"。

七是雍正皇帝的丧事费用理所当然由宫中支付，而作者写贾敬死后的用度，当朝皇帝竟然下额外恩旨，"着光禄寺按上例赐祭。朝中由王公以下准其祭吊。"这明显地有违规制。

光禄寺是古代的官署名，主要是掌管皇宫的膳食吃喝。到了清代，皇帝的膳食改由内务府掌管，就把光禄寺改成了只负责祭祀所用膳食等事。类似于现在的治丧委员会。

贾敬既无戍边之军功，也无效国之业绩，他死后的丧事祭祀所用的银两，不仅由光禄寺支领，甚至还要"按上例"。所谓按上例，便是按最高规格。同时，当朝皇帝还亲自恩准王公以下的大臣官员前去祭奠，这的确有点匪夷所思。

宁国府死了一个东不管、西不问，死后才追封为五品官衔的普通老人，不仅惊动了当朝皇帝专下谕旨，而且其丧事规格如此之高，这在《大清律例》制度如此严格的情况下，显然是有悖常理。

其实，作者这样描写贾敬的死以及"按上例"安排贾敬的丧事，就是假借贾敬之死，隐写雍正皇帝的非正常"暴亡"。

一一四、"偷狗戏鸡"有暗喻

　　《红楼梦》这部书的创作手法非常隐秘独特，这种独特隐秘之处，就是书中有正面、有反面，有映射、有暗喻。让读者看似明修栈道，实则暗度陈仓，看似"假如真"，实则"真事隐"。作者在不经意的平淡细微之处，通过一些"小事件"和"小人物"的精彩描写，真实地折射出所要达到的"暗喻"事实。

　　《红楼梦》第七回中的焦大就是一个极为典型的事例。

　　在《红楼梦》前八十回里，身为老奴仆的焦大仅出场一次。虽然焦大在第七回只有寥寥数语，但焦大"醉骂"，却是非同一般。

　　事情的来龙去脉是，王熙凤和贾宝玉到宁国府闲玩，天黑了准备回家，王熙凤与贾宝玉都有车轿回府，而秦可卿的弟弟秦钟，便要另派车马送回家。焦大当时喝多了酒，总管赖二派他去送秦钟，焦大不愿意去，于是趁着酒劲，才敢如此放肆地大骂。他先是骂总管赖二，又骂贾蓉，最后他却骂出了"每日家偷狗戏鸡，爬灰的爬灰，养小叔子的养小叔子"这样明显带有侮辱性的脏话来。那么，焦大骂谁"偷狗戏鸡"呢？

　　既然焦大指冬瓜说葫芦地骂出了如此恶毒的话来，绝不是焦大无中生有的信口雌黄，那肯定是意有所指、有根有据。

　　笔者认为，焦大所骂的"偷狗戏鸡"，指的就是贾珍、薛蟠等人"狎昵娈童"，以及贾珍、贾琏兄弟"二马同槽"共占尤氏姐妹，还有贾珍、贾琏、贾蓉搞"聚麀之诮"等种种风月淫乱情事。

　　第七十五回，写贾珍、贾琏、贾蓉和邢德全吃酒赌钱，此间服侍的小厮都是十五岁以下的孩子，其中有两个十六七岁娈童以备奉酒的，都打扮得粉妆玉琢。其间，薛蟠搂着一个娈童吃酒，又命将酒去敬"傻舅"邢德全。

　　在以上描写中，提到了"娈童"二字。这里的"娈"，本意为美好的意思，也作"相貌美丽的女子"讲。在中国古代封建社会，"娈童"是专指与男人发生不正当性行为的男童和少年。

　　"狎昵娈童"在中国古代并不新鲜。早在战国时代，"狎昵娈童"之风就已形成。一开始仅仅是在某些达官贵族、皇亲国戚之间流行。因为宫廷生活和官场的钩心斗角、尔虞我诈，很容易让这些人心理扭曲，再加上身边美女如云，天长日久"玩莺戏鸾"感觉不刺激、不新鲜，于是就想花样翻新地玩起了"狎昵娈童"。清朝时期，"狎昵变童"不仅在达官贵族、皇亲国戚中盛行，就连有钱有势的商人和儒雅风流的乡绅文人也都无所顾忌、跟踪效仿。明末清初昆剧优伶王紫稼，长得"妖艳绝世，举国趋之若狂"。扬州八怪之一郑板桥的小童五凤，性敏貌美，深得郑板桥的怜爱。清代著名诗人袁枚年近七旬时还收了年轻貌美的男秀才刘霞裳做学生，师徒成双成对，游山玩水。袁枚还在自己的著作《随园诗话》与《子不语》中，一再谈及"龙阳之美"，记载了他多则"同性恋"的故事。可见，清朝时期的"狎昵变童"之风气是多么盛行。

应当说，在贾珍的宁国府中，侍奉他的丫环、小厮们肯定不少，而贾珍偏偏不用这些丫环、小厮们侍奉，而是"包养"了两个打扮粉妆玉琢的清秀男童。既然薛蟠能够"搂着变童吃酒"，可想而知，贾珍、贾蓉父子会做出什么难以形容的龌龊勾当。

我们再看看贾珍、贾琏、贾蓉三人怎样行"聚麀之诮"的。

贾珍的儿媳妇秦可卿死后，宁国府里办丧事缺少人手，贾珍的夫人尤氏便把自己异父异母的两个妹妹尤二姐、尤三姐接来，帮忙照料家中事务。因此，这才在贾珍、贾琏、贾蓉与尤家姐妹之间，发生了"聚麀之诮"及"二马同槽"等等诸多风流故事。

尤二姐、尤三姐是贾珍继室尤氏的异父异母妹妹，说是贾珍的"小姨子"，其实尤家姐妹俩和贾珍的继室尤氏，根本没有半点血缘关系。尤二姐、尤三姐虽然出身卑微，但两个人却长得婀娜多姿，风流可人。尤其是尤三姐更是有一种万人不及的瑰姿艳逸。

尤氏姐妹由于没有受过良好的教育，爱慕虚荣，幻想美好的爱情和富足的生活，其轻佻的举止和率性的做派，容易遭到不怀好意之徒的欺凌。贾珍正是摸透了尤家姐妹的心思，馋涎两个"小姨子"千娇百媚的美貌风情，因此才不顾伦理道德，做出了"威逼利诱"尤家姐妹的龌龊勾当。他先是对尤二姐百般挑逗引诱。尤二姐终究没有抵挡住贾珍这个"情场老手"的"勾引"，半推半就地成了贾珍的"囊中之物"。当贾珍占有尤二姐之后，就把尤二姐让给了贾琏。于是，色胆包天的贾珍又略施手段，占有了尤三姐。与贾珍、贾蓉同属一路货色的贾琏，也是贪图尤家姐妹的美色，他先是在贾珍、贾蓉父子二人撮合下，趁着"行丧"期间偷娶了尤二姐，然后他还"吃着碗里看着锅里"，始终"心怀鬼胎"地对尤三姐"念念不忘"。

因为尤二姐、尤三姐特殊的身份地位，贾珍、贾蓉父子也从未把她们当作亲戚看待。在他们眼中，尤氏姐妹就像是两朵令人垂涎的嫩草野花，有一种搞不到手誓不罢休的扭曲心态。而一心想攀上高枝的尤家姐妹也是娇吟婉转地虚与迎合。因为她们姐妹的生活，全靠"姐夫"贾珍"无微不至"地接济周全。骨子里她们也想渴望有朝一日能借此摆脱贫困生活，因此也不敢贸然得罪贾珍、贾蓉之流。其实，尤二姐、尤三姐一开始也非常清楚贾珍、贾琏、贾蓉将她们当"粉头"玩的。可是因为生活所迫，也只能与其假颜欢笑，顺势周旋。尤老娘曾经说过："我们家里自先夫去世，家计也着实艰难了，全亏了这里姑爷帮助。"由此可见，尤家母女实际上就是靠亲戚周济过日子的"特困户"。对她们姐妹而言，为了生存而牺牲尊严，也是不得已而为之。但在内心深处，她们对这些富家子弟、浪荡公子也是非常憎恶。

我们看看贾珍、贾琏、贾蓉之流在书中的一些表现。

第六十三回写道：

贾蓉见了"二尤"，色眯眯地笑说："二姨娘，你又来了，我们父亲正想你呢。"尤二姐便红了脸，骂道："蓉小子，我过两日不骂你几句，你就过不得了，越发连个体统都没了。还亏你是大家公子哥儿，每日念书学礼的，越发连那小家子瓢坎的也跟不上。"说着顺手拿起一个熨斗来，搂头就打，吓得贾蓉抱着头滚到怀里告饶。尤三姐便上来撕嘴，又说："等姐姐来家，咱们告诉他。"贾蓉忙笑着跪在炕上求饶，她两个又笑了。贾蓉又和二姨抢砂仁吃，尤二姐嚼了一嘴渣子，吐了他一脸。贾蓉用舌头都舔着吃了。

第六十四回写道：

却说贾琏素日既闻尤氏姐妹之名，恨无缘得见。近因贾敬停灵在家，每日与二姐三姐相认已熟，不禁起了垂涎之意。况知与贾珍、贾蓉等素有聚麀之诮，因而乘机百般撩拨，眉目传情。那三姐却只是淡淡相对，只有二姐也十分有意。但只是眼目众多，无从下手。贾琏又怕贾珍吃醋，不敢轻动，只好二人心领神会而已。

以上这段出现了一个"聚麀之诮"词语。"聚麀"是指兽类不分父子共用一个母兽。就是指父子共占一个女子的禽兽乱伦行为。"诮"字含有责备、讥讽之意。那么"聚麀之诮"，就是作者讽刺贾珍、贾琏、贾蓉兄弟爷仨共占一个女子的禽兽行为。

第六十四回写道：

自古道"欲令智昏"，贾琏只顾贪图二姐美色，听了贾蓉一篇话，遂为计出万全，将现今身上有服，并停妻再娶，严父妒妻种种不妥之处，皆置之度外了。却不知贾蓉亦非好意，素日因同他姨娘有情，只因贾珍在内，不能畅意。如今若是贾琏娶了，少不得在外居住，趁贾琏不在时，好去鬼混之意。

于是在贾珍、贾蓉的撮合下，贾琏就购置了房产，瞒着王熙凤偷娶了尤二姐。

第六十五回写道：

眼见已是两个月光景。这日贾珍在铁槛寺作完佛事，晚间回家时，因与他姨妹久别，竟要去探望探望。先命小厮去打听贾琏在与不在，小厮回来说不在。贾珍欢喜，将左右一概先遣回去，只留两个心腹小童牵马。一时，到了新房，已是掌灯时分，悄悄入去。两个小厮将马拴在圈内，自往下房去听候。

下面又接着写道：

当下四人一处吃酒。尤二姐知局，便邀他母亲说："我怪怕的，妈同我到那边走走来。"尤老也会意，便真个同他出来，只剩小丫头们。贾珍便和三姐挨肩擦脸，百般轻薄起来。小丫头子们看不过，也都躲了出去，凭他两个自在取乐，不知作些什么勾当。

没过多久，贾琏也骑马前来。来到之后，先是吃酒，尤二姐心里有鬼，就用话语搪塞贾琏。文中写道：

贾琏听了，笑道："你且放心，我不是拈酸吃醋之辈。前事我已尽知，你也不必惊慌。你因妹夫倒是作兄的，自然不好意思，不如我去破了这例。"说着走了，便至西院中来，只见窗内灯烛辉煌，二人正吃酒取乐。

于是，贾琏便推门进去，与贾珍虚假周旋。此时，尤三姐站在炕上，指贾琏笑道："你不用和我花马吊嘴的，清水下杂面，你吃我看见。见提着影戏人子上场，好歹别戳破这层纸儿。你别油蒙了心，打量我们不知道你府上的事。这会子花了几个臭钱，你们哥儿俩拿着我们姐儿两个权当粉头来取乐儿，你们就打错了算盘了。"

尤三姐又接连说道："将姐姐请来，要乐咱们四个一处同乐。俗语说'便宜不过当家'，他们是弟兄，咱们是姊妹，又不是外人，只管上来。"

后面接着写道：

这尤三姐松松挽着头发，大红袄子半掩半开，露着葱绿抹胸，一痕雪脯。底下绿裤红鞋，一对金莲或翘或并，没半刻斯文。两个坠子却似打秋千一般，灯光之下，越显得柳眉笼翠雾，檀口点丹砂。本是一双秋水眼，再吃了酒，又添了饧涩淫浪，不独将她二姊压倒，据珍琏评去，所见过的上下贵贱若干女子，皆未有此绰约风流者。二人已酥麻如醉，不禁去招他一招，他那淫态风情，反将二人禁住。那尤三姐放出手眼来略试了一试，他弟兄两个竟全然无一点别识别见，连口中一句响亮话都没了，不过是酒色二字而已。自己高谈阔论，任意挥霍洒落一阵，拿他弟兄二人嘲笑取乐，竟真是她嫖了男人，并非男人淫了她。一时她的酒足兴尽，也不容他弟兄多坐，撵了出去，自己关门睡去了。

贾珍在他父亲去世期间，偷偷摸摸地前来和尤三姐饮酒作乐，这在封建社会绝对是"大逆不道"的不孝之徒，更何况他还想顺势与尤三姐"挨肩擦脸、百般轻薄"，干些"鸡鸣狗盗"之事。贾琏虽然偷娶了风情万种的尤二姐，但他也是垂涎尤三姐的美色。当他知道贾珍正和尤三姐在西屋厮混后，竟然不顾羞耻地撞破了尤三姐和贾珍的"好事"。可是尤三姐也不是省油的灯，面对贾珍、贾琏等人的坏心思，于是索性泼辣放荡起来，直接当场揭开了两人的丑陋面具，不留一丝一点情面。

贾珍、贾琏、贾蓉共享尤家姐妹的这种不齿行为，真正坐实了他们父子、叔侄之间的"聚麀之诮"。他们这种毫无廉耻的丑恶形象，展现得淋漓尽致。

怪不得柳湘莲说："你们东府里除了那两个石头狮子干净，只怕连猫儿狗儿都不干净。我不做这剩王八。"

《红楼梦》表面上是写家奴焦大醉骂贾珍、贾琏、贾蓉之流，而实际上，就是作者假借焦大之口，辱骂清朝皇室及大臣"鸡鸣狗盗"。

清朝统治者为吸取前明荒淫亡国的深刻教训，在顺治初年就颁布了《大清律例》，其中就规定："文武官员嫖娼、吃花酒的要打六十大棍，拉皮条的打三十大棍。"然而，上有政策下有对策。不允许嫖娼吃喝花酒，达官显贵们就另辟蹊径，狎相公、玩象姑、逛相公堂子（男娼馆）。一时间，狎伶之风在清朝皇室及官员中盛行，巨商富贾、达官贵人纷纷买来眉清目秀的男童当男宠。

康熙朝重臣李光地，在其《榕村续语录》中曾经记载："山西巡抚噶礼迎驾……轿顶及钩琐皆真金，每一站皆作行宫，顽童歌女，皆隔岁聘南方名师教习，班列其中……"

在康熙皇帝晚年，仍不断地征召江南年轻貌美女子入宫。康熙五十年（1711年）以后的一段时间，在与康熙有实质性关系的妃嫔中，大部分是江南美貌女子，其中有四五个为他生下子女。

顺治皇帝之死有的说是患"天花"，有的说染上了梅毒。如果是梅毒，那就不能排除因"狎昵男优"而染毒的可能性。乾隆皇帝六下江南，不仅玩遍江南美女名媛，而且还为嫖江南娼妓而两度废后。纪晓岚编修《四库全书》时，乾隆还送了两个宫女给纪晓岚淫乐。和珅是乾隆皇帝的权臣，他虽然出身一般，但长相清秀俊美，颜值很高。传说乾隆皇帝把他看成了自己一直难以忘怀的某位皇妃转世，从而"一见钟情"，倍加宠爱怜惜，20多岁就骤然升至高位，成为权倾朝野的重量级人物。

以上这些事例虽然都是民间传说，但也不可能全是无中生有的生编乱造。虽然他们或贵为天子，或位高权重，但是他们卑鄙无耻的种种表现，就足以说明，当时的皇宫，不仅是政治经济军事的最高决策机构，而且也是个"偷狗戏鸡"的"大染缸"和奢侈糜烂的集散地。

一一五、暗写孝庄"养小叔子"

在《红楼梦》第七回中，出现了"焦大醉骂"这一情节。他不仅骂出了"每日家偷狗戏鸡"，而且还骂出了"养小叔子的养小叔子"之句。

我们先看看《红楼梦》书中"养小叔子"的究竟是谁。

在中国民间，"小叔子"是指嫂子对自己丈夫弟弟的称谓。所谓"养小叔子"，就是指弟弟和哥哥的妻子"偷情乱伦"或发生不正当的男女关系。

在《红楼梦》一书中，"养小叔子"之人有的说是王熙凤和贾蓉，也有说是贾宝玉和秦可卿。可王熙凤是贾蓉的婶婶，贾宝玉是秦可卿的叔叔。暂且不说这几个人之间是否发生过不正当的男女关系，单从辈分上来说，都称不上"养小叔子"。

还有一种说法指的是秦可卿和贾蔷。书中说贾蔷"父母早亡，从小儿跟着贾珍过活"。说明贾蔷是贾蓉的本族弟弟，也就是秦可卿的小叔子。贾蔷虽然风流俊俏，但他经常"斗鸡走狗，赏花阅柳"，不务正业，秦可卿不可能看上贾蔷这号人。加之贾蔷和贾蓉弟兄二人"最相亲厚，常相共处"，这个被养的小叔子，根本不会是贾蔷。

剩下的就是王熙凤和贾瑞了。贾瑞自从在宁府遇到王熙凤，便淫思觊觎，从此动了"勾引"之心。但王熙凤只是假意与他周旋，根本没让贾瑞"近身"，形成"苟合"之实。贾瑞对王熙凤只不过是朝思暮想的"单相思"，况且最后王熙凤设下毒计戏弄整治贾瑞，最终贾瑞因惊吓得病而死。贾瑞与王熙凤之间你来我往的这些风流"孽缘"，虽然没有既成事实，但这些风流韵事肯定在贾家上下广为传开。焦大作为在贾家多年的老奴仆，他也肯定知晓这件事。所以，焦大在醉酒之时，看见王熙凤在此，也就口无遮拦地骂出了"养小叔子"这句话。

焦大醉骂"养小叔子"，读者看不明白，其实批者脂砚斋看得非常清楚。脂砚斋认为，焦大含沙射影地骂"养小叔子"的对象就是王熙凤。王熙凤与贾瑞虽然不是亲嫂子和亲弟的关系，但是王熙凤与贾瑞三番五次地你来我往，贾瑞为什么而死，贾家所有人心知肚明。因此说，焦大所骂的"养小叔子"之人，就应该是王熙凤。没想到，王熙凤"养小叔子"，结果把贾瑞这个"小叔子"给"养死"了。

笔者认为，焦大喝醉酒所骂的"养小叔子"之事，也是作者借焦大之口，揭露和辱骂清朝皇室中的"乱伦"丑闻。

清朝时期，满族的婚姻习俗与汉族大有不同。古代的满洲贵族，自家的哥哥或者弟弟早亡，其遗孀可以嫁给近亲的弟弟或者哥哥。有的甚至连婶侄、叔侄媳之间都可以通婚。如果是合情合理合法的"明媒正娶"，倒也说得过去。但要是偷偷摸摸地发生不正当关系，那就"有失体统"，甚至要受到极其严厉的处罚。

皇太极先是娶了自己的姑姑博尔济锦氏，接着又娶了博尔济锦氏年仅 13 岁的侄女，后被封为庄妃，后来还娶了博尔济锦氏另一个 26 岁的侄女，也就是庄妃的亲姐姐。

据《清代外史》记载，皇太极有一位小女儿，在这辈分上康熙应该称为姑姑。康熙的这位姑姑长大以后，有大臣奏请为这位格格聘嫁。康熙听到之后说："不用再谈聘嫁，早已被我纳为妃了。"臣属们听后大吃一惊，说："宫闱之类乃王化所基，伦常不能紊乱。今公主于皇上乃是父亲同辈，皇上怎么能娶自己的同姓之姑为妃呢？"康熙颇不以为然地说："未必。所谓同姓不婚，指的是母与姊妹及自己所生之子女，若是姑母辈，既非我母，又非我女，也不是我的姊妹，就算纳之为妃又如何。"大臣们听后极为愕然，无言以对。

民间流传，孝庄太后与多尔衮不清不白，是清政府入关以来的第一件未解之谜。按照早期满族的通婚习俗，弟娶兄嫂不足为怪，但从汉族的伦理道德来看，那也极不光彩。至于孝庄太后嫁没嫁给多尔衮，正史中没有任何记载，不过从顺治皇帝对多尔衮的称谓变化上，就足以说明问题。

顺治皇帝承继大统之初，多尔衮由睿亲王被封为叔父摄政王，赐穿貂蟒朝衣。因为顺治皇帝本来就应该称多尔衮为叔叔，这种称谓也合情合理。顺治二年（1645 年），多尔衮晋为皇叔父摄政王，这对于顺治皇帝来讲，也能够说得过去。毕竟顺治皇帝还年幼，把皇权交给多尔衮打理也属正常。但是到了顺治五年（1648 年）的年底，多尔衮就变成了皇父摄政王。这就有点匪夷所思了。叔父摄政王、皇叔父摄政王都没有改变多尔衮这个"叔叔"的事实。"皇父"是指皇帝父亲的意思，而把"叔"去掉，改成"皇父"，那就意味着顺治皇帝把多尔衮称为自己的"父亲"了。这一称谓的改变，是否意味着孝庄嫁给了"小叔子"多尔衮了呢？即使孝庄没有正大光明地嫁给多尔衮，是否他们之间存在事实上的"婚姻"关系呢？果真如此，那孝庄皇太后就是标准的"养小叔子"。特别是多尔衮死后不久，顺治皇帝先是追封他为"清成宗"，然后立马削去爵位，剖尸鞭刑，挫骨扬灰。这个时候，孝庄太后居然没有任何阻止的意见。虽然历史上没有孝庄太后与多尔衮"偷情乱伦"的任何文字记载，但类似于这样的皇家"丑事"，绝对不可能在"正史"中出现。

由于当时顺治还是个"儿童皇帝"，在征战南北、平定叛乱和国家治理上，依靠自己的亲叔叔，这也无可厚非、合情合理。但作为早就暗恋孝庄的多尔衮而言，也极有可能"趁人之危"，用各种手段胁迫孝庄屈从自己。孝庄太后为了稳固儿子的皇位，委曲求全地委身于多尔衮的可能性不是没有。不管是孝庄太后和多尔衮之间有没有不正当的"男女关系"，只要不是冠冕堂皇的"明媒正娶"，那就是标准的"乱伦"和

"偷情"。

另外，从孝庄太皇太后去世以后的遗嘱来看，可能是孝庄自己感到是"有玷之身"，自愧与皇太极同穴下葬，到了阴间无颜面对曾经叱咤风云的昔日丈夫。因此，孝庄太皇太后才留下遗言，安排康熙皇帝不要与皇太极同穴安葬。

清代大臣、学者徐乾学曾经撰文，康熙虽不能葬孝庄于昭陵，而亦终不忍别葬，以致浮厝数十年。而臣下无言此事者，即以深知此事如佛所云："不可说，不可说！"能说者，为后世我辈。

据考，徐乾学出生于天聪五年（1631年），卒于康熙三十三年（1694年），曾任内阁学士、刑部尚书、《明史》总裁官等。著有《憺园文集》三十六卷。他是清初大儒顾炎武的外甥。家有藏书楼"传是楼"，是中国藏书史上著名的藏书楼。

按照徐乾学的生卒年来看，他对孝庄与多尔衮之事应该有所了解。当时，连他都对此事"不可说"，可想而知他此时的心态。其实，明白人一看就明白，他的"不可说"实际上是"不能说"或者"不敢说"，他是害怕说出来丢官坐牢，牵连家族。而他的"能说者，为后世我辈"之句，则告诉我们，当时虽然"不敢说"，但"后世之辈能说"。由此证明，多尔衮和孝庄的这种"乱伦"和"偷情"关系，并不是坊间无事实、无根据的传言，而是实有其事。

以上事实说明，孝庄太后与多尔衮之间，如果没有正式"嫁娶"，而保持着不清不白的男女关系，正与焦大所骂的"养小叔子"完全吻合。

一一六、隐写多尔衮"爬灰"

我们再看看焦大所骂的"爬灰"之人究竟是谁？

著名作家刘心武先生认为："扒灰"就是"偷锡"，转化为谐音，就是"偷媳"。也就是公公跟儿媳乱来，发生不正当关系。

那么《红楼梦》书中谁和儿媳"偷情"并发生了不正当的关系呢？

根据《红楼梦》书中的描写和批语中的透露，这个和儿媳"偷情"并发生不正当关系的人就是贾珍。

《红楼梦》书中虽然没有明写贾珍与儿媳"偷情"，但是有一条批语却透露出贾珍与儿媳的乱伦奸情。这条批语写道：

"秦可卿淫丧天香楼"，作者用史笔也。老朽因有"魂托凤姐"贾家后事二件，岂是安富尊荣坐享人能想得到者？其事虽未行，其言其意，令人悲切感服，姑赦之，因命芹溪删去"遗簪""更衣"诸文，是以此回只十页，删去天香楼一节，少去四五页也。

这条批语的意思是说："秦可卿婬丧天香楼"这一回，作者写的是实事，不是人为的随意编造。老朽因有魂托梦给凤姐，安排贾家两件后事。这两件事，安富尊荣、坐享其成的这些人根本不会想到。这些事虽然还没去做，但是其言其意，令人悲伤感动。因为这一回写的是"实事"，就"命"芹溪删去了"遗簪""更衣"等部分文字。此回原来有十多页，删去天香楼一节，就少去了四五页。

根据这条批语透露，作者在《红楼梦》原稿中，曾经专门写了"秦可卿淫丧天香楼"这一回，只是由于"老朽"畸笏叟的干预，命其删去了"遗簪""更衣"等文字，就把这一回改成了秦可卿因病而死的情节描写。

即便删去了"遗簪""更衣"这些情节描写，但是，我们现在能够看到这些原稿的部分痕迹还是依然存在。如秦可卿突然病死的消息传开后，贾府上下疑心重重、"无不纳罕"。还有秦可卿的灵位被摆放在天香楼上，丫环瑞珠因看到贾珍和秦可卿的乱伦"丑事"，知道以后没有什么好果子吃，就触柱而亡。另外一个丫环宝珠，也心甘情愿地做秦可卿的义女，为秦可卿摔丧驾灵。特别是秦可卿死后，贾珍竟"哭得像个泪人"似的，悲伤地貌似身体虚脱不支，还要拄杖而行。不仅如此，贾珍还要尽他的所能，为秦可卿大办丧事。

虽然秦可卿长得秀眉慧眼，琼鼻樱唇，肌肤如玉，婀娜多姿，也尽管她的这种"轻熟"女性之美十分地讨人喜欢，但贾家只是死了一个"重孙媳妇"，这在封建社会根本算不上什么大事，贾珍就如此这般地为秦可卿大办丧事，反映出秦可卿和贾珍"偷情"暴露后，因羞辱在天香楼自缢而死，并不是外界所说的"病死"。

《红楼梦》作者这样写的目的，一方面是对贾珍之流最无情、最辛辣的讥刺和鞭笞，另一方面也是借焦大之口，揭露辱骂多尔衮霸占自己的"侄媳妇"的欺男霸女行为。

提起这件事，我们不得不说说皇太极的十四弟多尔衮，和皇太极的长子肃亲王豪格因争夺皇位的一些恩恩怨怨。

崇德八年（1643年）八月初九晚十时，清太宗皇太极在盛京清宁宫猝死。由于事发突然，事前也没有预立储嗣，由此展开了激烈的皇位争夺战。按照当时的情况，最有可能承继皇位的就是皇太极的哥哥代善、皇太极十四弟多尔衮和皇太极的长子肃亲王豪格。代善自称年老体衰，难以胜任而主动退出。这样，多尔衮和豪格也一直明暗争夺、互不相让。后经过多方斡旋，相互妥协，最后由皇太极年仅6岁的第九子爱新觉罗·福临承继大统，并由多尔衮和努尔哈赤的侄子济尔哈朗两人共同辅政，把豪格排除在了权力中心之外。由此，福临就成为清朝入关以后的首位皇帝。年号顺治。

多尔衮和豪格两人虽是叔侄关系，但豪格在年龄上却比多尔衮大几岁。由于代善主动退出，皇位的争夺战就在多尔衮和豪格之间展开。其间或许多尔衮和孝庄达成了某种"默契"，结果孝庄的儿子福临继承了皇位。

多尔衮没有坐上皇帝宝座，肯定对豪格怨恨在心。因当时大清逐鹿中原战事正紧，而豪格又是作战强手，身为摄政王的多尔衮正是用人之际，此时报复豪格时机并不成熟，因此并没有立即整治豪格。

顺治四年（1647年），豪格亲率清军平定四川张献忠部。张献忠在西充凤凰山（四川南充市）被豪格射死，豪格班师回朝。这时，有大臣告发豪格在四川作战中，不仅隐瞒自己部将夸大战绩，而且还启用了朝廷罪人扬善的弟弟吉赛。于是，豪格被革除一切职务和爵位，被圈禁起来。没想到半个月后，征战沙场20多年，一向身体健硕的豪格，竟然不明不白地死在了禁所。

豪格死后没多久，手握帝王实权的摄政王多尔衮，借机霸占了豪格的继福晋博尔济吉特氏（多尔衮的侄媳妇）为妃。这样的丑事在当时是绝对隐晦不宣的。到了顺治八年（1651年），多尔衮死后被追论谋逆罪时，这才将此事定罪。多尔衮霸占侄媳妇，即使算不上严格意义上的"扒灰"，但也与"扒灰"之意差不了多少。

《红楼梦》作者假借焦大之口，大骂清朝顺治、乾隆皇帝"偷狗戏鸡"；大骂孝庄与多尔衮的不正当"乱伦"；大骂多尔衮霸占侄媳妇，足足辱骂了他们三五代祖宗，而且也深刻揭露了清朝皇室的放纵奢侈，荒淫无度。可想而知，《红楼梦》作者对他们的所作所为是多么的憎恨和厌恶。

还有，在焦大骂完之后，作者竟然写出了"众小厮听他说出这些没天日的话来"之句。

"天日"是指天空和太阳。通常也比喻天理和光明。《宋书·武帝纪中》就有"镇北将军臣宗之，青州刺史臣敬宣，并是裕所深忌惮，欲以次除荡，然后倾移天日，于事可易"等语句，这里的"天日"是指"皇帝"。而作者所写的"没天日"，表面上是指焦大说出了这些见不得光明和没有天理的话。而作者实际所要表达的意思就是，清朝皇权统治下的社会极端腐朽黑暗，没有公道、没有天理，他们奢侈荒淫的罪恶勾当，是不能见到一点光明的。要不然，这些小厮们听到焦大说出"没天日"的话，也不会吓得魂飞魄丧。

因此，批者脂砚斋在看出来作者故意借焦大醉骂之后，才批出了："忽接此焦大一段，真可惊心骇目。一字化一泪，一泪化一血珠"的批语。

一一七、"祯"字不可随便乱用

《红楼梦》第十五回，在贾宝玉路谒北静王的过程中，贾政说了一句寓意深刻的话，而其中的一个"祯"字，却大有深意。

这一段是这样描写的：

水溶见他言语清楚，谈吐有致，一面又向贾政笑道："令郎真乃龙驹凤雏，非小王在世翁前唐突，将来'雏凤清于老凤声'，未可量也。"贾政忙赔笑道："犬子岂敢谬承金奖。赖藩郡馀祯，果如是言，亦荫生辈之幸矣。"

这段话中最为关键的是"赖藩郡馀祯"五个字。按照字义来理解，"赖藩郡馀祯"中的"赖"是依赖、凭借的意思；"藩郡"是对被封了王位的王爷恭敬的称呼，这里是指北静王；"馀"当作剩下和多出来地讲；"祯"作为福讲。从字面上来理解，这句话的意思就是"托王爷您的福"。

然而，在书中出现"祯"字，这可是雍正乾隆朝时期的"大忌"。

我们知道，雍正皇帝原来的名字叫"胤禛"，和他一母同胞的弟弟十四阿哥的名字叫"胤祯"，"禛"和"祯"及"朕"在汉字上的读音基本一致，而"朕"是皇帝的自我专用词汇。雍正皇帝登基后，除了他一个人，别人万万不能使用"禛"和"祯"的同音字。所以，为了避讳"胤禛"中的"禛"和皇帝专称的"朕"字，十四阿哥就把原来名字中的"祯"字改为"禵"字。这个字，在清朝雍正、乾隆时期是最为重要的忌讳字，连雍正皇帝一母同胞的弟弟都不能用这个同音字，普通老百姓那就更不用说了。作者在《红楼梦》书中白纸黑字地出现这个字，是要冒很大的政治风险的。试想，雍正当上皇帝后，其他人不仅"祯"字不能用，而且"胤禛"中的"胤"字也是要避讳的，就连他的哥哥弟弟们的"胤"字都全部改为"允"字。皇帝的弟兄们都不能使用"胤"字了，作者在《红楼梦》书中用"祯"这个字，这不是犯了大忌了吗？弄不好是要杀头的。

在周汝昌先生和他的哥哥周祜昌先生合著的《石头记鉴真》一书中写道：

此四字《甲戌本》和《梦觉本》《程甲本》一致，都作"藩郡馀祯"，这是雪芹原文。《己卯本》《庚辰本》都改作"藩郡馀贞"，《程乙本》又改作了"藩郡馀恩"，而《蒙府》《戚序》又作"藩郡提携"。惟《杨藏本》独作"藩郡馀祯"。

从周汝昌和周祜昌先生的文章中我们不难看出，关于"藩郡馀祯"这四个字中的最后一个"祯"字，在《红楼梦》其他版本中的使用是不一样的。大部分的版本使用的都是"祯"或"贞"字，而《程乙本》《蒙府本》《戚序本》分别用的是"恩"和"提携"。说明《程乙本》《蒙府本》《戚序本》的抄录者或者稿本保存者，已经意识到用"祯"字的同音字是要冒风险的，因此就把原本原稿中的"祯"字改为"恩"和"提携"。这样一改，也比较符合"赖藩郡馀祯"这句话的原意。而《杨藏本》却明目张胆地用雍正皇帝"胤禛"的"禛"字，如果说是抄书者的笔误就分明有些牵强了。

根据周汝昌、周祜昌先生的考证，在《红楼梦》众多的版本中，非常明显地不避讳"祯"和"朕"的同音字，并不是一种版本，这就足以证明不是抄书者的笔误，而是作者的故意所为。

其实，清军刚刚入关的时候，避讳制度还不是十分严格。如顺治皇帝乳名就叫福临，他曾下诏布恩，特许天下臣民可不避讳这个"福"字，并说："不可为朕一人，致使天下之人无福。"但是到了康熙、雍正、乾隆朝时期，避讳制度就开始严格起来。尤其是乾隆朝时期。

在乾隆朝时期，不少文人只是因用词不妥，或者择字不精不准，结果几乎都遭到被处死的下场。这样的例子不胜枚举。

湖北有一个秀才叫程明諲，在为别人撰写祝寿文时，文中有"创大业于河南"等文字，被人告发说是"创大业"就是想"做皇帝"，程明因此被砍了头。

清朝名臣鄂尔泰的侄子、广西巡抚鄂昌更是冤得不轻。他在与好友的唱和诗中，把蒙古人称为"胡儿"，乾隆皇帝知道后认为：满蒙本是一家，骂蒙古人"胡儿"就是骂我。结果二话没说，就赐鄂昌自尽。

乾隆大兴"文字狱"，断章取义，望文生义，捕风捉影地滥杀无辜。他与康熙、雍正相比，有过之而无不及，算得上自秦朝以来文化专制和文化浩劫的一代罪人。

其实，作者敢明目张胆地不避讳"祯"和"朕"的同音字，是对时局残酷的故意抨击和对雍正皇帝的无比憎恨。作者能够冒着被杀头的政治风险，勇敢地进行抗争，既反映出作者曹頫对雍正皇帝以及清朝残酷统治的厌恶和憎恨，同时也表现了作者对朝局时事的无畏无助和无奈。

第二十二回写道：

三人果然都往宝玉屋里来。一进来，黛玉便笑道："宝玉，我问你：至贵者是'宝'，至坚者是'玉'。尔有何贵？尔有何坚？"宝玉竟不能答。

这一段，作者表面上是写林黛玉问贾宝玉，而实际上这是作者的自问自答。而林黛玉所说的"至贵者是'宝'，至坚者是'玉'"，就明确点出了"宝玉"二字。由此说明，"至贵至坚"者就是"贾宝玉"。作者不惧强权统治，敢于无情地揭露批判大清王朝的官场腐败与政治黑暗，应被视为"至贵"。面对极具无情暴虐的"文字狱"，作者胆敢写出清军屠杀汉族百姓，甚至明目张胆地讽刺谩骂当朝圣上，应被视为"至坚"。这种"至贵至坚"的胆大包天之举,既表现出了作者的刚正人生,又体现了"顽石"坚贞不屈的本性。

《红楼梦》作者在逆境中戴着政治专权、文化专制的冰冷镣铐悲情起舞,却依然能够跳出最飘逸、最灵动、最潇洒、最铭心刻骨、如泣如诉的凄美舞姿,的确映现了他"至贵至坚"的浩然胸襟。我们通过作者这种坚不可摧的铮铮铁骨,仿佛看到了他创作背后的沉浮心酸与振臂呐喊。

一一八、"程本"的出版及特点

　　乾隆五十六年（1791年），程甲本《绣像红楼梦》由萃文书屋用木活字排印出版，这是《红楼梦》第一个由官方正式刊印的本子。因书中有程伟元、高鹗的序言，故称"程本"，也被称为"程甲本"。次年萃文书屋再版，对程甲本文字做了大量增删改动，故称"程乙本"。

　　因受当时木活字印刷技术和条件的诸多限制，程甲本印刷数量极少。就在程甲本刊印70天后，又排版印刷了程乙本。由于《绣像红楼梦》程甲本是第一次刊印，而且接着又刊印了程乙本，因此，程乙本在很长时间不被人们看好，而程甲本却一再被人翻刻，且流行了130多年。直到1927年，程乙本才由上海亚东图书馆出版。自此，程乙本才取代程甲本，成为最流行的《红楼梦》版本之一。此版本现存数量多于程甲本。就目前来看，国家图书馆、中国书店、山东图书馆、杭州图书馆、绍兴图书馆、上海图书馆以及一些私人藏书家均有收藏。

　　程乙本较程甲本除了在文字上作了一些"补遗订讹""略为修辑"以外，两种版本与其他版本的最大不同就是，卷首附有木刻二十四幅绣像图赞，而且每幅绣图各配有一首赞诗，这二十四首赞诗，有诗、词、谣、曲，体式多样，言语雅致，用典颇丰。这是其他任何《红楼梦》版本所没有的，属于程甲本、程乙本独有。这二十四幅图赞，有多幅涉及其后四十回的基本内容，而且每首诗都有图形不一的"印文"。这也证明了绣像和赞诗是为"程本"专做的。

　　这二十四幅绣像和赞诗可分为三大组。第一组五幅（首），分别为石头、宝玉、贾氏宗祠、史太君、贾政王夫人（合）。第二组十二幅（首），为金陵十二钗正册中的所有人，分别为贾元春、贾迎春、贾探春、贾惜春、史湘云、薛宝钗、林黛玉、李纨（含贾兰）、王熙凤、巧姐、秦可卿、妙玉。第三组七幅（首），分别为薛宝琴、李纹、李绮、邢岫烟（合），尤三姐，香菱袭人（合），晴雯，女乐，僧道。而最后一组又分为三层。尤三姐及前两首为第一层，香菱、袭人、晴雯为第二层，女乐、僧道为最后一层。因为香菱、袭人、晴雯是在原作第五回太虚幻境金陵十二钗副册、又副册中的人，与前后两层有着显然的独立性。而原书的金陵十二钗正册的排列顺序为林黛玉、薛宝钗并列第一，其余的为贾元春、贾探春、史湘云、妙玉、贾迎春、贾惜春、王熙凤、贾巧姐、李纨、秦可卿。副册香菱，又副册晴雯、袭人。

经过对比可以看出，图赞中的人物排列，颠覆了原书太虚幻境第五回中的顺序。

《红楼梦》程甲本二十四图赞诗是：

一、石头图赞诗：石耶玉耶，顽耶灵耶。乾端坤倪，铸尔形耶。痴海情天，炼尔神耶。来无始，去无终耶。渺渺茫茫，吾安穷耶？方形印文：本来面目。

二、宝玉图赞诗：琳琅品重，朱贡王廷。花月情多，自开绛洞。尘网重而情缘素结，真如会而色相俱空。从此归来三宝地，不妨还我太虚天。方形印文：怡红公子。

三、贾氏宗祠图赞诗：江左皇皇族，祠堂气象新。衣冠三代列，俎豆四时陈。鹤立金萱蔼，鹓行玉树春。莫言神叹息，终看叶振振。圆形印文：聚安合真。

四、史太君图赞诗：安重深闺质，慈祥大母仪。盛衰同一瞬，白首苦低垂。方形印文：富贵寿考。

五、贾政、王夫人图赞诗：谁言萱草解忘忧，辛苦严慈意未休。寄语人间佳子弟，可能无忝所生不？方形印文：温温恭人。

六、元春图赞诗：窈窕淑女，宜君宜王。归宁父母，鸾声锵锵。终允兄弟，不可弥忘。永言配命，鼠忧以痒。方形印文：花如桃李。

七、迎春图赞诗：菱洲亭畔水萦洄，泪湿阑干空自哀。底事闲愁挥不去，一篇感应却疑猜。葫芦印文：菱洲。

八、探春图赞诗：有女有女，婉淑且娱。家政代理，巨细允宜。克除厥弊，出入量为。日勤日俭，弗偏弗私。卓卓仪范，为女者师。椭圆印文：蕉下客。

九、惜春图赞诗：漫道扫眉班马，休论傅粉荆关。解识名园是画，居然拾得寒山。圆形印文：藕榭。

十、李纨、贾兰图赞诗：抱得松筠操，青青耐早霜。鸾飞孤月影，桂发一枝香。爱雪邀开社，追凉玩插秧。教儿知稼穑，妇德自流芳。方形印文：稻香老农。

十一、王熙凤图赞诗：才调风流迥出尘，宫花分得一枝新。侬家乍醒阳台梦，斜掠烟鬟半未匀。长方印文：冰雪净聪明。

十二、巧姐图赞诗：维七夕生，是以巧名。金闺旧梦，空车纺声。谁假十万，嫁织女星。椭圆印文：竹篱茅舍自甘心。

十三、秦氏图赞诗：香案帘前使，瑶台月下逢。卿卿本是许飞琼，争被芳名唤起梦魂中。露冷珠旋落，人遥豆不红。低枝无奈五更风，一点幽情还逐晓云空。——调寄南柯子。方形印文：春梦如云。

十四、薛宝钗图赞诗：宜尔室家，多藉闺中弱息。无违夫子，何殊林下高风。庭闲鹤梦，知午睡之初长；绣并鸳衾，感霜翎之忽铄。圆形印文：蘅芜君。

十五、林黛玉图赞诗：人间天上总情痴，湘馆啼痕空染枝。鹦鹉不知侬意绪，喃喃犹诵葬花诗。方形印文：潇湘妃子。

十六、史湘云图赞：拾得麒麟去，非关风月媒。芍祸沉醉后，花向夕阳开。长方印文：枕霞旧友。

　　十七、妙玉图赞诗：清寒孤另，云景月华心性。抚前轩，得意妄言处，无情有恨间。红梅栊翠寺，白雪稻香村。不信维摩室，有昆仑。——调寄女冠子。长方印文：槛外人。

　　十八、薛宝琴图赞诗：鹤氅翩翩红靺鞨，泥金裘洒珍珠屑。生来自合是梅妆，清一色。娇难别，天花影里胭脂雪。——调寄天仙子。长方印文：阳春白雪。

　　十九、李纹、李绮、邢岫烟图赞诗：翠鬓碧沼曲栏杆，一段闲情寄钓竿。鱼自忘机人自戏，鸳鸯相睡不相看。长方印文：四美具。

　　二十、尤三姐图赞诗：君有情，妾无性，胭脂虎，鼠子惊。妾有情，君无性，氤氲使，归花城。说分说缘都是幻，女子无媒羞自献。君不见，桃花血蘸鸳鸯剑。书卷印文：无成有终。

　　二十一、香菱、袭人图赞诗：南园草色绿盈盈，朱栏外，有人声。秾桃艳李让渠赢。怎解道，夫妻蕙，占佳名。小娃恶谑太憨生，裙带染，绣苔青。郎君阿姊两多情，悄解换，偷眼看，怕卿卿。——调寄系裙腰。方形印文：维参与昂。

　　二十二、晴雯图赞诗：丽质何因犯主威，披裘人自泣斜晖。可怜白骨添新冢，蔓草荒烟蝶乱飞。方形印文：芙蓉女儿。

　　二十三、女乐图赞诗：艳舞娇歌，乱红沾袖香生鬓。紫菱洲近，惊散沙鸥阵。弦管无情，竟作晨钟信。休提问，梵声禅韵，千里江南恨。——调寄菩萨蛮。长方印文：舞裙歌板逐时新。

　　二十四、僧道图赞诗：我盗一只牛，你偷一只狗。若无牛狗，大家撒手；若有牛狗，大家一口。到底是怎么看？月华满天，万象来会。聚妄合真，随意点缀。葫芦印文：幻形人相。

　　尽管程甲本、程乙本没有按照《脂砚斋重评石头记》的原稿直接排印，也尽管后四十回由于底本的先天缺憾，在"截长补短""略为修辑"的编撰过程中，不免加进了整理者的很多主观成分。但从根本上讲，程甲本、程乙本可以称得上200多年来《红楼梦》最成功、最具参考价值的版本。

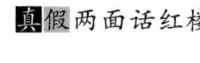

一一九、绝非"略为修辑"

　　程甲本、程乙本相对于其他古抄本而言，应当说改动较大。其中除了一些语言风格修改变动之外，还对一些人物的性格命运以及"敏感"语言作了大量"修辑"。按照当时的环境来看，这些修改虽然情有可原，但却背离了原作者的"原本原意"。由此看来，程甲本、程乙本的修改，并不是程伟元、高鹗所说的"略为修辑"。

　　其实，程甲本、程乙本有些地方修改得相对比较合理。比如一些错字漏字及许多地方的结构不合理，语句不通顺等。但有些地方改得牛头不对马嘴，破坏了原作者，特别是脂砚斋、畸笏叟批语中所透露出的八十回后的原本原意和伏线安排。

　　书中最明显的是第五回关于香菱的判词。甲戌本的原文写香菱的结局是"根并荷花一茎香，平生遭际实堪伤。自从两地生孤木，致使香魂返故乡"。而"自从两地生孤木"这一句中的"两地生孤木"暗涵一个"桂"字，其实暗指的就是"夏金桂"。自从夏金桂嫁给薛蟠后，香菱就没过上一天舒心安稳的日子，整天受到夏金桂的排挤谩骂和欺凌，香菱最终被夏金桂折磨而死。而程乙本后四十回里却是夏金桂先死了，香菱竟被扶为薛蟠的正妻。所以，不少红学家认为，程乙本中对香菱结局的描写，违背了《红楼梦》第五回中关于香菱判词的原意。

　　程甲本这种肆意篡改的地方也很多。如第一回说到那块"无材补天"的顽石的来历是"历尽离合悲欢，炎凉世态"，程甲本把讽刺当时社会人情世态的文字篡改为："引登彼岸的一块顽石"。所谓"彼岸"，正是佛家所说的西方极乐世界。程甲本篡改的结果，抹去了原文对封建社会黑暗统治的讽刺。同一回，程甲本将"因毫不干涉时世"7个字删去，也说明这段文字是非常刺激大清王朝神经的。同时，还洗白了尤三姐的淫荡奔放形象，将后来的尤三姐写成了一名烈女。

　　程甲本除了篡改原著的诸多内容以外，还删除了不少原文内容，例如第六十三回，删去了贾宝玉为芳官改名为"耶律雄奴""凡历朝中跳猖獗之小丑"，"雄奴"二音又与"匈奴"相通，都是犬戎名姓等两大段，其删除的有900字之多。其他地方也有大量的删除。

　　类似于这样的删减修改，按理说也是情有可原，因为按照当时的政治环境来判断，有可能程甲本中的一些文字有辱骂大清的诸多露骨描写，而不得不在70天后再次修正、补充、印刷程乙本。重印后的程乙本与程甲本的版式及插图完全一致，只不过是程乙本亦有两万多字的删改。

著名红学家冯其庸先生在他所著的《石头记脂本研究》中指出：

我至今认为这后四十回，不是曹雪芹的文字，拿这个后四十回如果与前八十回比，我认为它有三个比不上曹雪芹的前八十回。

一是思想不如曹雪芹。后四十回的民主思想明显比前减弱了，锋芒不见了，增加了调和的色彩。

二是生活积累不如曹雪芹。前八十回的生活都是作者身经的，因此有生活实感，叙事就像是从作者的肺腑里流出来的，处处都给你一种生活的新鲜感、亲切感，后四十回除了有些部分仍具有生活的新鲜、真实感外，大部分却显得有些模仿前八十回的痕迹。虽然后四十回如黛玉焚稿、宝蟾送酒等段落，仍不失为佳章，尤其是焚稿一段，确实赢得了千千万万的读者，无怪乎有人认为后四十回的有些段落，是曹雪芹剩稿，此点虽不能作定论，但也可见后四十回的少数佳处仍是令人难忘的。

三是文笔不如曹雪芹。认真读前八十回，再读后四十回，确实会觉得其文字的味道神韵，其叙事的内涵比起前八十回有明显的逊色。戚蓼生所说的"注彼而写此，目送而手挥，似谲而正，似则而淫"的这种境界，求之后四十回就难得到。

冯先生对程甲本的这三点看法，代表了大多数红学家的观点。

细心的读者有可能已经注意到，目前我们经常看到的《红楼梦》版本，是经过多次校正后的通行本。在这些通行本当中，如果将后四十回与前八十回相比较，后四十回的确有诸多不尽人意的地方。从多处的描写来看，其笔力、笔功似乎显得轻率浮躁，缺乏前八十回雍容顺畅的清新与气度。尤其是在各种人物性格及细节的描写上，也缺少前八十回那种隽永灵动的逼真感觉。从诸多文字中所透露出来的情感、内涵、力度、广度和深度上，与前八十回相比，均缺乏其震撼人、打动人、感染人的磅礴气势。然而，对于这样一部鸿篇巨著来讲，尽管有很多不尽人意的地方，我们绝不能仅仅凭后四十回的这些缺憾和不足，就贸然否定后四十回的辛苦笔墨。毕竟现在我们还能够看到一部相对完整的《红楼梦》。单从这一点来讲，我们应该感谢程伟元和高鹗对《红楼梦》广泛流传所作的贡献。

我们知道，脂砚斋、畸笏叟的大量批语，是指引我们阅读、理解《红楼梦》的一把钥匙。如果没有脂砚斋、畸笏叟等人的批语，我们很难读懂或者全面深刻理解《红楼梦》的艺术真谛，尤其是八十回后的内容和情节。高鹗、程伟元在出版程甲本、程乙本《红楼梦》时，把脂砚斋、畸笏叟的批语全部删除了，无论从哪个角度来讲，这都是不应该的。程伟元既是书商也是文人，他不会不明白这些批语对《红楼梦》整部书的价值，更不会不明带批语的《红楼梦》更有利于程甲本、程乙本的销售和流传，实现经济效益最大化。然而他们却删除得干干净净。这是因为脂砚斋、畸笏叟的大量批语，暗示了《红楼梦》文字表面背后的"真事"，即清朝的政治斗争、宫廷秘事、

黑暗腐败和作者的人生坎坷及本人家事，等等，这是删除众多批语最根本的原因。如果他们不删除这些"有碍朝政"的"敏感"批语，程甲本、程乙本能不能正式出版、广为流传都很。

一二○、"禁书"解禁之传说

清朝政府进入中原初期，为了巩固统治地位，采取了各种削弱汉族意识，磨灭民族思想的强制手段，并打着"端风俗、正人心"的幌子，强化对各种小说的管制和打击，尤其对民众思想影响深远的"问题小说"的禁锢打击更为严厉，其中包括被清朝政府视为"宣淫纵欲、指奸责佞、糟蹋旗人、流毒无穷"的《红楼梦》。因此，这部小说一经流传，就曾因《大清律例》被列为"禁书"之一。

既然当时《红楼梦》被列为"禁书"之一，那么，为什么后来又准许刊刻出版了呢？

据说，有一天乾隆皇帝闲来无事，突然心血来潮私访了弘晓的怡亲王府。弘晓是康熙皇帝的孙子，也是雍正皇帝最器重的十三弟胤祥的第七子。弘晓一生藏书颇丰，是个名副其实的藏书大家。乾隆三十七年（1772年），乾隆皇帝下令编修《四库全书》，各地藏书家均奉旨进呈，唯独弘晓家的藏书未进呈。弘晓家中的藏书有4500多种。不但有很多特别稀有、非常珍贵的经典书籍，而且三教九流的各种书籍，无所不包。乾隆皇帝到怡亲王弘晓的府邸私访，有可能早就听说弘晓藏书很多，就闲来无事过来看看。当时弘晓不在家，乾隆就在弘晓的书房翻阅观赏，无意中看到了《石头记》这部书，于是乾隆皇帝就把这部书带走了。因为这部书在当时被列为"禁书"，按照《大清律例》规定，绝对不允许私自阅读或传抄。弘晓回家听说后，吓得不得了，就急三忙四地找到这部书的其他抄本，命令家人赶紧整理删改。经过删改誊抄完之后，弘晓就带着面见乾隆皇帝，并若无其事地对乾隆皇帝说：《石头记》这部书整体写得不错，但有些内容实为不妥，就安排家人进行了删改整理。于是弘晓就把删改的《石头记》面呈给乾隆皇帝。乾隆皇帝看了删改整理后的《石头记》后，感觉还不错。再加上当时《石头记》在皇室宗亲当中流传甚广，而且很受欢迎，于是就安排人员再一次地删改整理、刊刻印刷，从此《石头记》流传开来。

以上关于乾隆皇帝突然私访弘晓的怡亲王府，发现并带走《石头记》抄本这一说法真实与否，我们不能确定。但是，吴恩裕先生在他所著的《己卯本〈石头记〉新探》一文中指出：

发现的中国历史博物馆残抄本的抄者共有甲、乙、丙、丁、戊、己、庚七人。他们抄书时，每人各分抄一页，抄的次序是：

第五十六回：甲、乙、丙、丁、甲、戊、己、庚、乙、甲、丙、丁、戊，共十三人次。

第五十七回：甲、戊、丙、乙、丁、庚、己、丁、乙、己、甲、戊、丙、戊、丙、丁、己、戊，共十八人次。

第五十八回：乙、甲、丙、丁、己、戊、丙、巳、丙、己、甲，共十一人次。

第五十九回前半回：丁、戊、甲、丙，共四人次。

第五十五回后半回：巳、丙、庚、戊、丁，共五人次。

残抄本抄时是这样；北图现存己卯本，虽有时一人连抄多页，但总的抄法基本上也是一样。

对于为什么会去找这么多人急着抄写这部书，吴恩裕先生认为：对于这一情况的解释，不外两种可能：一个是抄者着急要赶快抄完；另一个是出借底本的人急于索回原底本。比较起来，我认为第二个可能性较大，因为当时正是脂砚斋在庚辰年春夏之际，急待就己卯本再加改定的时候。

我们知道，吴恩裕先生所说的这部"己卯本"，是怡亲王弘晓府中的一个原抄本。也有的红学家把这个本子称为"怡亲王府本"。书中避康熙皇帝玄烨的"玄"、雍正皇帝胤禛的"禛"、弘晓父亲胤祥的"祥"和怡亲王弘晓的"晓"等家讳。这个抄本的全称为《脂砚斋重评石头记》。因为书中有"己卯冬月定本""脂砚斋凡四阅评过"等文字，故简称"己卯本"。

鉴于吴恩裕先生的分析判断，笔者认为，怡亲王弘晓之所以组织这么多人，急着删改《石头记》，一方面就像吴恩裕先生所说的"出借底本的人急于索回原底本"，另一方面因为这部书属于"禁书"，这在当时是绝对不能保存或传抄的。乾隆皇帝从弘晓府中带走这部"禁书"，弘晓当然非常害怕。为了免受乾隆皇帝的惩罚，弘晓不得不尽快"借到"这部书的另外抄本，命令家人赶紧"增删修改"其中的"碍语"内容，并呈报给乾隆皇帝。弘晓在组织人员"增删修改"过程中，除了删除明显辱骂清政府的章节和词语外，最为明显的就是把第二回"成则王侯败则贼"中的"王"改为了"公"字，变成了"成则公侯败则贼"。因为在皇亲国戚中，这"王"那"王"很多，弘晓本人就是怡亲"王"，他不愿看到"成则王侯败则贼"。另外，"王"字影射当朝"皇帝"。如果书中有"成则王侯败则贼"之句，那就明显地污蔑当朝"皇帝"。把"王侯"改为"公侯"，那就和皇帝没有半毛钱关系了。

这样看来，乾隆皇帝突然私访怡亲王弘晓府邸，发现并带走《石头记》抄本这一说法的可信度还是比较高的。

同时，这也与书中第二十一回中"因索书甚迫，姑志于此，非批《石头记》也"的这段批语能够遥相对应。

后 记

笔者第一部红学论著《临窗听雨话残梦》出版后，孙女、孙子看到搬来的 10 多捆书，非常兴奋。孙女问我："爷爷写字累不累？"我说："很累！"又问："那你还写这么多字？"我说："爷爷喜欢！"三岁的孙子双手抱书于胸前，许久不肯放下。我问他为什么老是抱着，他张口就说："喜欢！"我又问他："为什么喜欢？"他说："我喜欢爷爷的书！"

孩子们虽然童心好奇，但他们充满稚气的语言却给了我莫大的鼓舞和安慰，由此也激发了我继续探讨学习的欲望和精神动力。

《红楼梦》问世 200 多年来，诸多学者一直深陷其中，呕心研读。他们对红学的热爱和孜孜不倦的探佚研究，着实令人钦佩。但近代以来，红学界也出现了相互争吵、相互质疑、相互贬低甚至相互谩骂等诸多怪象。就连为红学研究付出毕生心血的周汝昌、冯其庸等资深红学"大咖"，也都曾遭受过别人的批评、质疑和谩骂。

云南省红楼梦学会会长吴玲女士曾经说过："搞学术研究，怀疑精神是最宝贵的。因为研究之价值，就在于发现别人之所未见。"

因此说，无论是红学研究还是其他学术研究，有不同意见、不同观点，甚至发生争吵、进行辩论，这对于去伪存真，探讨交流，弄清事实，追求真理，应该都是一件好事。但学术研究必须要以事实说话，以证据服人。既不能无尺度地演绎，更不能无原则地编造。必须坚持真理，实事求是、客观严谨，经得起历史的检验。

拙作在撰写过程中，也曾困惑颇多，有时为弄清某一问题，揪心撕肺，无所适从。有时半夜爬起来查找资料，修改校准。回想起来，其辛苦实在难以言表。好在拙作终于收官，在此特向我的家人以及关心关注关爱的亲朋好友表示衷心感谢！

拙作引用古本《脂砚斋重评石头记》原文中出现的错别字，因尊重原本原文原意，没作更改。比如引用原文中男女混用的"他"字。专属女用的"她"字是 20 世纪二十年代兴起的，清朝时期对女子不用"她"字，故特此说明。

业余时间写作，实属不易，"执灯熬眼"，夜不能寐，自不必说。加之老眼昏花，水平有限，出现标点符号不准确及错字、漏字、多字在所难免，烦请读者谅解！

拙作一些推论观点纯属一家之言，权当您茶余饭后消遣娱乐。如果有牵强附会或生扯硬拉之嫌，烦请您一笑置之，不必当真。

百人读"红楼"有百解千解，众多的"谜底"还没有完全解开，何况一些观点学术界也一直争论不休。由于所涉历史史料有限，个人又才疏学浅，谈不上什么探佚研究，只不过有此兴趣，出于热爱，业余时间玩玩而已，欢迎您提出宝贵意见。

感谢北京日报出版社及湖北新梦文化传媒有限公司的编审们，为本书不辞辛苦地查阅资料、勘误校正，在此表示由衷地感谢！

2020 年 3 月于中兴·世纪城